इजराइल

इजराइल

पुनर्जन्म लेनेवाले एक देश का इतिहास

डैनियल गोर्डिस

प्रभात
प्रकाशन

प्रकाशक

प्रभात प्रकाशन प्रा. लि.

4/19 आसफ अली रोड, नई दिल्ली-110002

फोन : 011-23289777 • हेल्पलाइन नं. : 7827007777

इ-मेल : prabhatbooks@gmail.com ❖ वेब ठिकाना : www.prabhatbooks.com

संस्करण

2025

अनुवाद

निशांत गोयल • श्वेता भट्ट

पेपरबैक मूल्य

छह सौ रुपए

मुद्रक

आर-टेक ऑफसेट प्रिंटर्स, दिल्ली

ISRAEL

by Daniel Gordis

(Hindi translation of

ISRAEL: A CONCISE HISTORY OF A NATION REBORN)

Published by **PRABHAT PRAKASHAN PVT. LTD.**

4/19 Asaf Ali Road, New Delhi-110002

by arrangement with Inkwell Management LLC, New York

ISBN 978-93-5521-200-9

₹ 600.00 (PB)

एला सारा बेन सैसन–गॉर्डिस
(रानी और सिम्ची, सिय्योन की बेटी)
(जकर्याह 2:14)

और

बेला चाईकोफ के लिए,
इजराइल के प्रति जिनका आजीवन जुनून और
यहूदी शिक्षा के प्रति समर्पण उनके बच्चों और पोते–पोतियों को प्रेरित
करना जारी रखता है।

रोना बंद करो,
अपनी आँखें आँसू से न भरो;
तुम्हें अपने काम का पुरस्कार मिलेगा,
अंत में तेरी आशा पूरी होगी,
तेरे वंश के लोग अपने देश में लौट आएँगे।
—यिर्मयाह 31:16-17

"मुझे ऐसा लगता है कि मानव जीवन को एक जन्मभूमि के किसी स्थान पर अच्छे से जमा हुआ होना चाहिए, जहाँ उसे अपने द्वारा की जानेवाली मेहनत के बदले धरती के चेहरे से एक अपनत्व की भावना देखने को मिले, उन ध्वनियों और उच्चारणों के लिए, जो इसे परेशान करते हैं, क्योंकि जो कुछ भी उस प्रारंभिक घर को ज्ञान के भविष्य के विस्तार के बीच एक परिचित अचूक अंतर देगा, एक ऐसा स्थान, जहाँ शुरुआती यादों की निश्चितता स्नेह के साथ अंतर्निहित हो सकती है।"

—जॉर्ज एलियट, डैनियल डेरोंडा

इजराइल के लिए अग्रिम प्रशंसा

"डैनियल गॉर्डिस की 'इजराइल : पुनर्जन्म लेनेवाले एक देश का संक्षिप्त इतिहास' कृति बिल्कुल इजराइल की ही तरह साहसी, गहन और अद्वितीय है। यह तीसरे यहूदी राष्ट्रमंडल के प्रारंभ से लेकर आज तक की असाधारण कहानी को सामने लाती है। सियोनवाद या यहूदीवाद के इतिहास में रुचि रखनेवाले किसी भी व्यक्ति को इस अत्यंत आवश्यक, निष्पक्ष और संतुलित पुस्तक में अमूल्य जानकारी और गहन अंतर्दृष्टि मिलेगी।"

—अरी शावित

'माय प्रॉमिस्ड लैंड : द ट्रायंफ ऐंड ट्रेजेडी ऑफ इजराइल' के लेखक

"डैनियल गॉर्डिस ने एक ऐसा आँखें खोलने वाला इतिहास लिखा है, जो न केवल अपने राजनेताओं और योद्धाओं के माध्यम से, बल्कि अपने कलाकारों और लेखकों तथा कवियों के माध्यम से भी इजराइल की कहानी बताता है। गॉर्डिस इजराइल की आत्मा को हमारे सामने प्रस्तुत करते हैं और यह समझाने में मदद करते हैं कि क्यों इस ग्रह पर सबसे अधिक नफरत करनेवाला देश सबसे प्रिय भी है।"

—योसी क्लेन हलेवी

'लाइक ड्रीमर्स : द स्टोरी ऑफ द इजराइली पैराट्रूपर्स हू रीयूनिटेड यरुशलम ऐंड डिवाइडेड ए नेशन' के लेखक

"एक बेहद जटिल कहानी का एक आकर्षक, सुलभ, सूक्ष्म और स्मार्ट वर्णन, कोई भी ऐसा व्यक्ति, जो दुनिया के इस जटिल कोने के बारे में जानने की इच्छा रखता हो, उसके लिए तो इस पुस्तक को पढ़ना बेहद आवश्यक है।"

—डेबोराह ई. लिपस्टाड

एमोरी विश्वविद्यालय में आधुनिक यहूदी इतिहास और होलोकॉस्ट स्टडीज के डोरोट प्रोफेसर और 'डिनायल : होलोकॉस्ट हिस्टरी ऑन ट्रायल' के लेखक

"गॉर्डिस इस बात के सार को प्रस्तुत करते हैं कि इजराइल कौन है, यह कहाँ से आया है और यहूदी राज्य क्यों रहेगा तथा यह अस्तित्व में रहना चाहिए, अब मुझसे जब भी यह पूछा जाएगा कि 'क्या इजराइल के बारे में पढ़ने के लिए कोई पुस्तक है?' तो अब मेरे पास इसका एक जवाब है।"

—राजदूत डेनिस रॉस

राष्ट्रपति बिल क्लिंटन के अधीन विशेष मध्य-पूर्व समन्वयक और 'द मिसिंग पीस : द इनसाइड स्टोरी ऑफ द फाइट फॉर मिडिल ईस्ट पीस' और 'डूमेड टू सक्सीड : द यूएस-इजराइल रिलेशनशिप फ्रॉम ट्रूमैन टू ओबामा' के लेखक

"इजराइल का इतिहास निश्चित तौर पर आधुनिक समय की सबसे बड़ी कहानी है और इसे

संक्षिप्त तथा सम्मोहक तरीके से बताना एक उत्कृष्ट उपलब्धि है। डैनियल गॉर्डिस ने समृद्ध गद्य, गहन अंतर्दृष्टि और जुनून में इजराइल के इतिहास को प्रस्तुत करते हुए ऐसा और बहुत कुछ कर दिखाया है। यहूदी राज्य में रुचि रखनेवाले किसी भी व्यक्ति के लिए एक दिलचस्प पुस्तक। उनकी यह पुस्तक विद्वानों, छात्रों और नीति-निर्माताओं के लिए एक आवश्यक संसाधन बन जाएगी।"

—माइकल ओरेन

संयुक्त राज्य अमेरिका में इजराइल के पूर्व राजदूत
और 'सिक्स डेज ऑफ वॉर : जून 1967' और 'द मेकिंग ऑफ द मॉडर्न मिडिल ईस्ट
ऐंड एलाई : माई जर्नी अक्रॉस द अमरीकन-इजरायल डिवाइड' के लेखक

"निकट विनाश से पुनरुत्थान तक, इजराइल के संक्षिप्त—इसके बावजूद घने और दर्दनाक—इतिहास के समृद्ध आलोक में डैनियल गॉर्डिस एक नए प्रकार के यहूदी समाज के निर्माण की जटिलता में विस्मय को बुनते हैं। कभी न मरनेवाले सपने के साथ, नया राष्ट्र आत्म-चिंतनशील, आध्यात्मिक और बौद्धिक है, लेकिन फिर भी यह ऐसा है, जिसने दलदल और रेगिस्तान पर विजय प्राप्त की है और बार-बार हथियार उठाए हैं, क्योंकि इसके पास कभी पीछे मुड़ने का विकल्प ही नहीं था। पुस्तक 'इजराइल' एक असाधारण अनुस्मारक है कि अपनी नई भाषा, धर्मनिरपेक्ष संस्कृति और अद्वितीय उपलब्धियों के साथ इजराइल देश मानव निर्मित चमत्कार से कम नहीं है।"

—तालिया कार्नर, 'होटल मॉस्को और यरुशलम मेडेन' के लेखक

"आखिरकार यह सामने आ ही गई—इजराइल देश की सफलता और पीड़ाओं का एक संवेदनशील, सुरुचिपूर्ण ढंग से लिखा गया निष्पक्ष विवरण।"

—डेविड वोल्प, सिनाई मंदिर, लॉस एंजिल्स के रब्बी
और 'डेविड : द डिवाइडेड हार्ट ऐंड मेकिंग लॉस मैटर' के लेखक

"डैनियल गॉर्डिस एक उपन्यासकार की लेखन प्रतिभा के साथ विश्वकोष के ज्ञान को भी जोड़ते हैं। वे इजराइल के इतिहास के विस्तार को फैलाते हुए जटिल ऐतिहासिक घटनाओं को सुलभ बनाते हैं और यह समझाते हैं कि बीसवीं शताब्दी में यहूदी राज्य के पुनर्निर्माण ने यहूदी इतिहास को हमेशा के लिए कैसे और क्यों पूरी तरह से बदल दिया है। 'इजराइल : पुनर्जन्म लेनेवाले एक देश का संक्षिप्त इतिहास' एक ऐसी पुस्तक है, जो वास्तव में मायने रखती है।"

—रब्बी जोसेफ तेलुश्किन

'ज्यूइश लिटरेसी, ए कोड ऑफ ज्यूइश एथिक्स' के लेखक

"गॉर्डिस ऐतिहासिक विवेक के साथ एक किस्सा बुनते हैं और इजराइल के इतिहास,

इसकी राजनीति और विशेष रूप से इसकी आत्मा को प्रतिबिंबित करने के लिए इजराइल के रचनात्मक व्यक्तित्वों के लिए साहित्यिक स्रोतों और परिचय, दोनों का प्रभावी ढंग से उपयोग करते हैं। 'इजराइल : पुनर्जन्म लेने वाले एक देश का संक्षिप्त इतिहास' पुस्तक पूरी तरह से जीवंत, स्पष्ट और ज्ञान से परिपूर्ण है।"

—इलन ट्रोएन

'एसोसिएशन फॉर इजराइल स्टडीज' के अध्यक्ष

अनुक्रम

परिचय

एक महान् मानवीय कथा

इजराइल में यथार्थवादी होने के लिए आपको चमत्कारों पर विश्वास करना आना चाहिए।

—**डेविड बेन गुरियन,** इजराइल के प्रथम प्रधानमंत्री[1]

"यहूदियों को रूस से बाहर निकाला जा रहा है," मार्क ट्वेन ने 1898 में 'हार्पर्स' पत्रिका में लिखा।[2] "स्पेन ने उन्हें चार सौ साल पहले और ऑस्ट्रिया ने उसके करीब कुछ शताब्दी बाद उन्हें निर्वासित करने का फैसला किया। ईसाई यूरोप ने प्रत्येक युग में उसकी गतिविधियों पर लगाम लगाई। यहूदी द्वारा कानून के जरिए एक के बाद एक व्यापार तब तक छीन लिया गया, जब तक कि व्यावहारिक तौर पर उनके पास कुछ भी नहीं बचा। उसे कृषि में संलग्न होने से रोका गया; उसे कानून का अभ्यास करने से रोका गया; उसे चिकित्सा का अभ्यास करने से रोका गया, सिवाय यहूदियों के बीच, उसे हस्तशिल्प से रोका गया। यहाँ तक कि सीखने के स्थानों और विज्ञान के स्कूलों को भी इस जबरदस्त प्रतिद्वंद्वी के लिए बंद करना पड़ा।

ट्वेन का ध्यान इस बात पर गया कि इसके बावजूद एक यहूदी पुरुष के पास यह सुनिश्चित करने की एक रणनीति मौजूद थी कि यहूदियों का भविष्य उनके अतीत से बेहतर होगा। "क्या आपने (थियोडोर हर्जल की) योजना के बारे में सुना है? मुझे लगता है, वह दुनिया के यहूदियों को फिलिस्तीन में एक साथ इकट्ठा करना चाहता है, उनकी अपनी खुद की सरकार के साथ—सुल्तान के शासन के तहत। पिछले साल (प्रथम जायोनी कांग्रेस) में हर जगह से प्रतिनिधि थे और

प्रस्ताव को निर्णायक समर्थन के साथ प्राप्त किया गया था।"

यहूदियों ने जो कुछ भी पाया है, ट्वेन ने उसके बारे में प्रशंसा के शब्द कहे कि यूरोप में उनकी दुर्दशा के लिए सहानुभूति के साथ, यहाँ तक कि फिलिस्तीन में एक राज्य बनाने की उनकी एक बिल्कुल नई इच्छा की थोड़ी समझ के साथ। इसके बावजूद ट्वेन के अपने कुछ संदेह भी थे। "मैं सुल्तान नहीं हूँ और मैं आपत्ति नहीं कर रहा हूँ; लेकिन अगर दुनिया के सबसे चालाक दिमागों का जमाव एक स्वतंत्र राष्ट्र में होने जा रहा है तो मुझे लगता है कि उसे रोकना पूरी तरह से व्यवहारकुशल होगा। नस्ल को अपनी ताकत का पता लगने देना ठीक नहीं रहेगा, अगर घोड़ों को अपनी ताकत के बारे में पता चल गया, तो हम उनकी सवारी नहीं कर पाएँगे।"

ट्वेन उससे भी कहीं अधिक भविष्यदर्शी थे, जिसकी उन्होंने अपेक्षा की थी। 'हार्पर' में उनके लेख के प्रकाशित होने के ठीक पचास साल बाद इजराइल राज्य बनाया गया था और कई मायनों में, यह अब तक की सबसे असाधारण मानवीय कहानियों में से एक है। ऐसे एक किसी अन्य व्यक्ति का नाम लेना बेहद कठिन होगा, जो इस प्रकार के विपत्ति के दौर से गुजरा हो और जिसने कुछ ही दशकों के अंतराल में इतना कुछ हासिल किया हो, बल्कि इतनी बुलंदियों तक पहुँचा हो। हालाँकि बहुत कुछ वास्तविक, पिछली शताब्दी में इजराइल में जो कुछ भी सामने आया है, वह कभी-कभी एक कल्पना जैसा लगता है।

इजराइल ऐसे बेघर लोगों की एक कहानी है, जिन्होंने अपने सपने को सदियों तक जीवित रखा। ऐसे लोगों की कहानी, जो रसातल के किनारे से बचकर आए, एक ऐसे देश के भविष्य को गढ़ने की कहानी, जब कुछ भी संभव नहीं लग रहा था। 70 सी.ई. में रोमनों द्वारा यहूदिया से निर्वासित कर दिए जाने के बाद यहूदियों ने दो हजार वर्षों तक अपनी पैतृक मातृभूमि में वापस लौटने का सपना देखा था। उनकी रोज की पूजा यरुशलम के संदर्भों से भरी हुई होती और वे ईश्वर से उन्हें सियोन वापस लौटाने की दुआ माँगते। वे चाहे जहाँ पर भी हों, जब भी प्रार्थना करते, तो उनका मुँह यरुशलम की तरफ ही होता। वे अपने त्योहार पासओवर सीडर का समापन अगले वर्ष यरुशलम में करते। यहूदियों

ने सियोन को स्वेच्छा से नहीं छोड़ा था और न कभी यह विश्वास करना छोड़ा था कि वे एक दिन वापस लौटने में सफल रहेंगे।

उन्नीसवीं शताब्दी के अंत और बीसवीं शताब्दी के प्रारंभ में यहूदियों ने एक छोटी संख्या में फिलिस्तीन की ओर बढ़ना प्रारंभ कर दिया, क्योंकि उनमें से कुछ को इस बात का भरोसा था कि जल्द ही यूरोप में यहूदियों के खिलाफ हिंसा भड़क उठेगी। यूरोपीय राष्ट्रवाद के युग में उन्होंने महसूस किया कि यहूदियों का भी अपना अलग देश होना चाहिए; लेकिन यह बड़े अफसोस की बात है कि यहूदियों की प्रार्थनाओं ने नहीं, बल्कि बीसवीं सदी की भयावहता ने उनके उस सपने को हकीकत में बदल दिया।

हालाँकि अंग्रेजों ने 1917 के 'बालफोर घोषणा-पत्र' में यहूदी राष्ट्र के विचार के प्रति अपने समर्थन की घोषणा की थी, लेकिन उसकी प्रगति बेहद धीमी थी। वे मिले-जुले भाववालों के विरोधी हो गए; 1930 के दशक में अंग्रेजों ने यहूदियों को फिलिस्तीन की ओर जाने से रोकना शुरू कर दिया, जिससे जियोनीवाद की उभरती हुई उस आशा को निराशा हुई कि वे एक व्यवहार्य राज्य बना सकते हैं। इसके बाद 1939 और 1945 के बीच नाजियों ने धरती पर मौजूद सबसे बड़े यहूदी समुदाय पोलैंड के 3.3 मिलियन यहूदियों में से 90 प्रतिशत की हत्या कर दी। कहा जाता है कि उन्होंने दुनिया की एक-तिहाई यहूदी आबादी को मार डाला।

उस भीषण नरसंहार के बाद अंतरराष्ट्रीय सहमति धीरे-धीरे आंशिक रूप से बदलने लगी। यह स्पष्ट हो गया कि यहूदियों को सिर्फ रहने के लिए एक स्थान चाहिए। यहूदीवादियों (जियोनिस्ट) ने अपनी प्रतिष्ठित संस्थाओं का निर्माण जारी रखा और आखिरकार अंग्रेजों को वहाँ से बाहर निकलने को मजबूर कर दिया। मई 1948 में इजराइल राष्ट्र का निर्माण हुआ।

प्रारंभिक वर्ष बेहद कठिन थे। एक बिल्कुल नया देश, जिसके पास कोई वित्तीय भंडार नहीं था और बुनियादी ढाँचा भी न के बराबर ही था, उसको अचानक से अपनी आबादी से कहीं अधिक आप्रवासियों को समायोजित करना पड़ा। अलग यहूदी राज्य बनने के बाद उत्तरी अफ्रीका, ईरान, इराक और अन्य जगहों पर रह रहे यहूदी मेजबान देशों द्वारा वहाँ से निष्कासित कर दिए गए और वे सब इजराइल आ गए; इसके अलावा नरसंहार का सामना करनेवाले

एक लाख पचास हजार यहूदी भी इजराइल की सीमाओं पर आ डटे।

पूर्व में दलदली और इसके कुछ क्षेत्र अभी भी पूरी तरह से बंजर थे, बाकी का हिस्सा भी अनुपजाऊ ही था, जो प्राकृतिक संसाधनों से रहित था और जिसके पास नकदी लगभग न के बराबर थी, ऐसे एक देश के पास इन सभी लोगों का पेट भरने और सिर छिपाने के लिए छत की व्यवस्था करने के बहुत कम साधन उपलब्ध थे, तब इसने भोजन के लिए राशन देना प्रारंभ कर दिया। अपने निर्माण के कुछ ही वर्षों के भीतर यह देश वित्तीय तौर पर ढहने के कगार पर था।

इसके बावजूद इजराइलियों ने हार नहीं मानी और इसका एक बड़ा कारण था कि उनके पास और कोई विकल्प मौजूद नहीं था। अमेरिकी यहूदी, जो काफी लंबे समय से एक अलग यहूदी राज्य का सपना सँजोए हुए थे, ने इजराइल को बहुप्रतीक्षित वित्तीय संसाधन उपलब्ध करवाए। इसके बाद जर्मनी ने नरसंहार का मुआवजा दिया। इजराइल ने धीरे-धीरे गरीबी और कमजोरी से उबरना प्रारंभ कर दिया। समय बीतने के साथ इसने सड़क और निर्माण का एक बुनियादी ढाँचा, एक राष्ट्रीय जलवाहक और कहीं अधिक आवासों का निर्माण किया। इसने अपनी ताकत को इकट्ठा किया और एक जटिल अंतरराष्ट्रीय कूटनीति में अमेरिका, इंग्लैंड और फ्रांस के साथ सहयोग करते हुए अपने क्षेत्र से कहीं आगे एक खिलाड़ी के रूप में सामने आया। इजराइल के गठन के दो दशक बाद इसकी सफलताओं और यहूदी होने के अर्थ की अलग छवि के चलते सोवियत यहूदियों को वहाँ प्रवास करने की अनुमति माँगने के लिए प्रेरित किया। कुछ दशकों बाद इजराइल एक आर्थिक और तकनीकी महाशक्ति बन गया; पश्चिम की ईर्ष्या का एक बहुत बड़ा कारण बनते हुए, क्योंकि उसके पास पूरे यूरोपीय उपमहाद्वीप की तुलना में कहीं अधिक नैस्डैक में सूचीबद्ध कंपनियाँ थीं।

हर क्षेत्र में इजराइल द्वारा आश्चर्यचकित कर देनेवाले विकास के संकेत थे। एक ऐसा देश, जिसे 1950 के दशक में खाने की राशनिंग करनी पड़ी थी, वर्ष 2000 तक, अंतरराष्ट्रीय स्तर पर पुरस्कार जीतनेवाली दर्जनों वाइनों का वह उत्पादन कर रहा था। एक ऐसा देश, जिसके पास कई दशकों तक सिर्फ एक टेलीविजन स्टेशन (सरकारी नियंत्रणवाला) था, उसमें अब अनगिनत चैनल प्रसारित हो रहे थे और वह ऑस्कर के लिए प्रतिस्पर्धा करनेवाली फिल्मों का निर्माण कर रहा था। एक

ऐसा देश, जिसमें नरसंहार से बचे कई लोग रह रहे थे, जो कइयों के लिए लाचारी और सहनशीलता की एक तसवीर थे, वह एक सैन्यशक्ति बन गया था। लंबे समय तक सीखने को पवित्र माननेवाले लोग असाधारण परिणामों के साथ उस परंपरा को अपने नवजात देश में लाए, नोबेल पुरस्कार जीता और कई क्षेत्रों में अनुसंधान के लिए अंतरराष्ट्रीय मानक स्थापित किए।

भले ही यह एक देश की कहानी है, लेकिन इजराइल की कहानी क्रांति की कहानी भी है। यहूदीवाद एक आंदोलन था, जो यहूदियों के अस्तित्व की स्थिति को बदलने के लिए प्रतिबद्ध था। जियोनीवादियों ने जोर देकर कहा कि यह समय यहूदियों के पुनर्जन्म का है।

कई मायनों में जियोनीवाद पुराने दौर के यहूदीवाद के खिलाफ एक प्रकार का विद्रोह था। यूरोप में रहनेवाले यहूदियों पर लगातार हमले किए जा रहे थे और उन्हें हाशिए पर धकेला जा रहा था। जियोनी नेताओं ने यह कहना शुरू कर दिया कि इस सबके लिए एक तरफ जहाँ यूरोप दोषी है, तो वहीं यहूदी भी इसके लिए दोषी हैं। अब वह समय आ गया था, जब यहूदियों के पास कभी भी पीड़ित न बनने का मौका है और वे चाहे जहाँ भी रह रहे हों, वे अपने घर वापस लौट सकते हैं, जब तक कि उनका मेजबान देश अपने यहाँ पर रह रहे यहूदियों को बेदखल करने या उनकी हत्या करने का फैसला न करे। इंग्लैंड ने 1290 में यहूदियों को बेदखल किया और स्पेन ने 1492 में, फिर हिंसक यूरोपीय-यहूदी विरोध आया। इस बीच जियोनी नेताओं ने इस बात की शिकायत की कि यहूदी खुद का बचाव करने और इतिहास को अपने हाथों में लेने के बजाय निष्क्रिय, कमजोर, भयभीत बने रहे और प्राचीन पवित्र ग्रंथों में रमे रहे।

प्रारंभिक कई जियोनी विचारकों ने कहा कि इसे एक-न-एक दिन बदलना ही था। इन प्रारंभिक जियोनीवादियों के क्रांतिकारी उत्साह को बढ़ा-चढ़ाकर कहना मुश्किल था। जियोनीवाद कई मायनों में उनके संबंधों को उनके सामने आनेवाली चीजों से अलग करने के बारे में था। यहूदी लोग एक नए प्रकार के यहूदी को गढ़ने के लिए इतने उतावले थे कि उन्होंने अपने नाम भी बदल लिये। इजराइल के पहले चार प्रधानमंत्री इसके उदाहरण हैं। डेविड बेन गुरियन का जन्म डेविड

ग्रुएन के रूप में हुआ था। मोशे शेरेट का जन्म मोशे शेरटोक के रूप में हुआ था; लेवी एशकोल मूल रूप से लेवी शकोलनिक थे। गोल्डा मीर (इजराइल की पहली महिला प्रधानमंत्री) गोल्डा मेयर्सन थीं। अपने नामों को बदलना उनका 'और अधिक नहीं' कहने का एक तरीका था—यह एक नई यहूदी विश्वदृष्टि, एक नए यहूदी शरीर, एक नए यहूदी घर, नए यहूदी नामों का समय था। यह एक 'नए यहूदी', यहूदी लोगों के पुनर्जन्म का समय था।

इजराइल देश में यह एक नया यहूदी जनमा है। वास्तव में नए यहूदी के कई रूप सामने आए हैं। यूदावाद और यहूदियों को क्या होना चाहिए और क्या बनना चाहिए, इसको लेकर चल रही मौजूदा बातचीत इजराइल को और भी अधिक आकर्षक बनाती है। यह बातचीत कई बार विनम्र और संयमित होती है; कई बार यह इजराइल के राजनीतिक मोर्चों पर भयंकर संग्राम का रूप ले लेती है। तमाम अपशब्दों के बावजूद जियोनीवाद इस मोर्चे पर सफल रहा है, और वह भी बेहद सराहनीय ढंग से। आज के यहूदी बीते समय के यूरोपीयन, पीछे हट जानेवाले या डरपोक नहीं हैं। इस बात में कोई संदेह नहीं है कि जियोनीवाद एक बिल्कुल नया यहूदी बनाने में सफल रहा है।

जियोनिज्म इस संभावना के खिलाफ भी एक क्रांति था कि ऐसे यहूदी भी हो सकते हैं, जिनके पास इस धरती पर कोई ऐसी जगह मौजूद न हो, जिसे वे अपना घर कह सकें। बीसवीं शताब्दी के मध्य में जब यूरोप नरसंहारवाली घृणा की आग में जल रहा था, तब कई यहूदियों के पास भागने के लिए कोई जगह ही नहीं थी। अमेरिका ने अपनी सीमाएँ बंद कर दी थीं। कनाडा ने भी ऐसा ही किया। अंग्रेजों ने फिलिस्तीन जाने की माँग करनेवाले यहूदियों को रोक दिया। सैकड़ों यहूदियों से भरी हुई नावें लंगर डालने के लिए जगह तलाशने के असफल प्रयास करती हुई समुद्र में तैर रही थीं। कई मौकों पर तो यूरोप में नरसंहार से बचकर भागते हुए यहूदियों से भरे जहाजों को वापस यूरोप ही लौटना पड़ा या फिर दुश्मनों के जहाजों ने उन्हें जान-बूझकर डुबो दिया, क्योंकि कोई भी देश अपने यहाँ 'अतिरिक्त यहूदियों' को नहीं आने देना चाहता था।

जियोनीवाद इसे पूरी तरह से बदलने के लिए प्रतिबद्ध था; यह एक ऐसी दुनिया के लिए प्रतिबद्ध था, जिसमें यहूदियों को कभी भी दोबारा बेघर न होना

पड़े। इजराइल के गठन ने उस मोर्चे पर भी एक स्वप्न को साकार किया।

यहूदियों द्वारा सदियों तक निर्वासित जीवन बिताने के बाद जियोनीवाद यहूदी लोगों के लिए उस सांस्कृतिक समृद्धि को बहाल करने के बारे में था, जो किसी के भी पास उस समय उपलब्ध होती है, जब वह अपनी पैतृक मातृभूमि में रहता है, अपनी भाषा बोलता है और अपने भविष्य का निर्धारण स्वयं करता है। अगर यहूदियों को ऐसे स्थानों पर फेंक दिया गया था, जिसे उनके धार्मिक ग्रंथों में 'पृथ्वी के चारों कोनों' के रूप में जाना जाता है, जियोनीवादियों को उम्मीद थी कि वे उन्हें एक बार दोबारा इकट्ठा कर पाएँगे, अगर सदियों के निर्वासन ने कभी बोली जानेवाली और जीवंत भाषा 'हिब्रू' को सिर्फ पवित्र और धार्मिक ग्रंथों में प्रयोग की जानेवाली एक एक भाषा में बदल दिया था तो जियोनीवाद उस प्राचीन भाषा में एक नया जीवन प्राप्त करेगा। यहूदी लोग भी बाकी सभी लोगों की तरह संगीत, कला, साहित्य और कविता का निर्माण करेंगे। उनकी उच्च संस्कृति और लोकप्रिय संस्कृति होगी। यहूदी लोग उन शहरों में रहेंगे, जिनमें उनके पुरखे रहते आए थे, वे उन्हीं रास्तों पर चलेंगे, जो उनके 'बाइबल' के पूर्वजों के घर थे। यहूदी नेता युद्ध और शांति, अर्थशास्त्र, स्वास्थ्य देखभाल और आप्रवास पर नीति बनाएँगे। जियोनीवाद इस सबमें, साथ ही बहुत कुछ और करने में सफल रहा। इजराइल यहूदी लोगों के इस पुनर्जन्म को कैसे दरशाता है, यह उस कहानी का हिस्सा है, जो यह पुस्तक बताती है।

निश्चित रूप से जियोनीवाद की सभी आकांक्षाओं को पूरा नहीं किया जा सका है। थियोडोर हर्जल और इजराइल जांगविल जैसे लोगों का मानना था कि यहूदी लोग मध्य-पूर्व में ऐसी प्रगति लाएँगे, जिसके परिणामस्वरूप वहाँ पहले से रहनेवाले लोगों द्वारा उनका स्वागत किया जाएगा। उन्होंने इस बात की आशा की और सोचा कि बिना कोई संघर्ष किए ही एक यहूदी देश की स्थापना की जा सकती है। दुःख की बात है कि उनका यह सपना पूरी तरह से भोलापन ही था। इजराइल अपनी स्थापना के दशकों पहले से ही एक कड़वे और दर्दनाक संघर्ष में घिरा हुआ है, एक ऐसा संघर्ष, जिसके दुखद रूप से कम होने के कोई संकेत नहीं दिखते हैं।

कई मायनों में आधुनिक इजराइल देश के वास्तुकार थियोडोर हर्जल भी मानते थे कि एक बार यहूदियों का अपना देश बन जाने के बाद यूरोप और दुनिया

में कहीं भी यहूदी-विरोध अतीत की बात हो जाएगी! यह आशा भी पूरी तरह से भोली ही थी। इजराइल ने कुछ मायनों में, वास्तव में यहूदियों को लेकर दुनिया के दृष्टिकोण और यूरोप में यहूदियों की स्थिति को और अधिक जटिल बना दिया है। अंतरराष्ट्रीय समुदाय में इजराइल का उत्थान और पतन, उतार और चढ़ाव, इजराइल की कहानी का एक महत्त्वपूर्ण हिस्सा है; यह खंड उस पर भी एक नजर डालेगा।

इजराइल एक जटिल और स्फूर्त स्थान है। यह पवित्र स्थानों से भरा एक देश है, साथ ही यहाँ पर बार और संगीत से भरे धर्मनिरपेक्ष (कुछ लोग इसे अपवित्र कह सकते हैं) भी हैं। कई मायनों में एक गहन पारंपरिक और कुछ में अति आधुनिक समाज है। यह अति-रूढ़िवादी यहूदियों का घर है, जो आधुनिकता से बहुत दूर हैं और दुनिया की उच्च तकनीक वाली राजधानियों में से भी एक है। यह विभिन्न रंगों के यहूदियों, विभिन्न जातीय पृष्ठभूमि के यहूदियों, विभिन्न भाषाओं को बोलनेवाले यहूदियों, धर्मनिरपेक्ष और धार्मिक दोनों तरह के यहूदियों एवं कई गैर-यहूदियों का भी घर है। इजराइल में जगह बनानेवाले अधिकांश आप्रवासी (और इजराइल ने प्रति व्यक्ति दुनिया के किसी भी देश के मुकाबले अधिक आप्रवासियों को अपने यहाँ शरण दी है) ऐसे देशों से आए थे, जहाँ लोकतांत्रिक परंपरा का अभाव था; इसके बावजूद इजराइल एक लोकतंत्र बना रहा है और वह उस रूप में लगातार संपन्न भी हो रहा है; हालाँकि आकार और जनसंख्या दोनों के ही मामले में इजराइल एक बेहद छोटा सा देश है, लेकिन इसकी कहानी निरंतर दुनिया के ध्यान के केंद्र में बनी हुई है। इस यहूदी देश को समझे बिना इसकी सारी जीवंतता के साथ ही इसकी जटिलता को भी आज की दुनिया को समझना निश्चित रूप से असंभव है। इजराइल ने दुनिया का जितना ध्यान अपनी ओर आकर्षित किया है, अबतक इजराइल की कहानी को बड़े स्तर पर सुनानेवाला ऐतिहासिक दृष्टि से इतना सटीक और संतुलित खंड नहीं आया है, जितना यह पुस्तक व्यक्त करती है। यह बात निश्चित है कि इजराइल से संबंधित कई उत्कृष्ट एक खंड वाले इतिहास हैं, लेकिन उनमें से अधिकांश इस पुस्तक से अधिक नहीं तो कम-से-कम दो या फिर तीन गुना तक अधिक लंबे हैं और वे सामान्य पाठकों को अपनी ओर आकर्षित भी नहीं करते हैं; उन पुस्तकों की अधिक लंबाई उन्हें ऐसे कुछ मुद्दों

तक गहराई में जाने का अवसर प्रदान करती है, जिन्हें यहाँ पर सिर्फ छुआ ही गया है, या फिर ऐसे मुद्दों और घटनाओं पर चर्चा करती है, जिन्हें इन पृष्ठों में छुआ तक नहीं गया है, जो अकसर उस समग्र 'कहानी' को अस्पष्ट करता है, जो यह पुस्तक बताती है।

इनमें से कई पुस्तकें यह तो बताती हैं कि क्या हुआ, लेकिन इस बारे में विस्तार से कुछ नहीं बतातीं कि ऐसा क्यों हुआ या कहानी के सभी विभिन्न घटक एक सुसंगत संपूर्ण के रूप में कैसे जुड़ते हैं? इसके बावजूद इजराइल वैश्विक मामलों के केंद्र में रहता है, जिसका कारण हम समझ नहीं सकते। ऐसे में यह पुस्तक एक यहूदी राज्य के विचार की कहानी सुनाती है, जहाँ यह धारणा उत्पन्न हुई, इसे कैसे संरक्षित किया गया और कैसे सपना वास्तविकता में बदल गया?

यह पुस्तक 'क्या हुआ' इसकी कहानी तो बताती ही है, साथ ही विशेष रूप से इस बात पर भी केंद्रित है कि चीजें क्यों हुईं? यहूदियों को फिलिस्तीन जाने और वहाँ पर एक देश बनाने का विचार कहाँ से आया? जियोनीवादियों ने इस बात पर जोर क्यों दिया कि सभी जगहों के बीच फिलिस्तीन ही उनका देश होना चाहिए? दुनिया इस विचार के पीछे कब और क्यों पड़ी? गैर-लोकतांत्रिक देशों से आए अधिकांश लोगों ने एक ऐसे लोकतंत्र का निर्माण कैसे किया, जो अपनी स्थापना के बाद से ही सराहनीय रूप से आगे बढ़ा है? आखिर ऐसा क्यों है कि इजराइली ढेर सारे मुद्दों पर निराशाजनक और जोरदार तरीके से क्यों बँटे हुए हैं? आखिर ऐसा क्यों है कि इजराइली और अमेरिकी यहूदी समुदाय कई महत्त्वपूर्ण मुद्दों पर काफी लंबे समय से विभाजित हैं? इजराइल के भविष्य में क्या लिखा है?

यह पुस्तक कई ऐसी कहानियों को भी सामने लाती है, जो इस बात पर केंद्रित हैं कि इजराइली कैसे स्वयं को और अपने देश को समझते हैं? जिस तरह अमेरिकी पॉल रेवरे की रात की सवारी की कहानियाँ, जॉर्ज वाशिंगटन द्वारा तमाम बाधाओं के बावजूद जमी हुई डेलावेयर नदी को पार करने की कहानी और अलामो में अंत तक की साहसी लड़ाई उस कहानी के केंद्र में है, जो अमेरिकी अपने बारे में बताते हैं, बिल्कुल वैसे ही इजराइलियों की अपनी कहानियाँ हैं, जो वे अपने इतिहास के बारे में बताते हैं।

इजराइलियों की मानसिकता को समझने के लिए ये यादें बेहद महत्त्वपूर्ण हैं, वे किस प्रकार से अपने इतिहास, अपने राष्ट्र को देखते हैं और दुनिया उन्हें कैसे देखती है? इसलिए यह पुस्तक उन कहानियों में से सबसे महत्त्वपूर्ण कहानी को भी बताती है।

इसके अलावा इस पूरे इतिहास के पीछे के दुर्जेय, भावुक और विचित्र लोगों का परिचय भी यहाँ पर करवाया गया है, हालाँकि अपेक्षाकृत संक्षिप्त होने के उद्देश्य से, यह पुस्तक इजराइल के इतिहास की कई घटनाओं को विस्तृत रूप में शामिल करती है। उदाहरण के लिए, जब इजराइल के युद्धों की बात आती है, तो यह पुस्तक इस बात पर ध्यान केंद्रित करती है कि इजराइल को कुछ विशेष युद्धों में क्यों घसीटा गया। जो कुछ हुआ, उसके पीछे की क्या बाध्यता थी और एक विशिष्ट युद्ध के कारण इजराइल के समाज एवं इसकी अंतरराष्ट्रीय स्थिति दोनों के साथ क्या हुआ? इजराइल के प्रत्येक युद्ध के सैन्य कारनामों का दस्तावेजीकरण करनेवाली अन्य पुस्तकें उपलब्ध हैं; लेकिन ऐसा करना हमारा उद्देश्य नहीं है।

कुछ अन्य मुद्दे ऐसे हैं, जो लगभग अछूते ही रहते हैं। उदाहरण के लिए, इजराइल का आर्थिक इतिहास बेहद आकर्षक हैलेकिन जर्मन पुनर्मूल्यांकन जैसे क्षणों के अपवाद के साथ, जिसने इजराइल को आर्थिक रूप से बचाया या इजराइल की असंभाव्य उच्च तकनीकी उछाल! यह पुस्तक इजराइल की अर्थव्यवस्था पर अधिक ध्यान नहीं देती है। कई घटनाओं और व्यक्तित्वों को जानते-बूझते इस प्रकार के एक संक्षिप्त इतिहास में इसे शामिल नहीं किया गया है।

इजराइल जैसे जटिल और भरपूर देश से संबंधित कोई संक्षिप्त पुस्तक का प्रस्तुतीकरण होना लाजिमी है। यहाँ तक कि कुछ 'उद्देश्यपूर्ण' प्रतीत होनेवाले तथ्य अभी भी भारी असहमति के विषय हैं और निश्चित ही, प्रमुख खिलाड़ियों की प्रेरणा और इरादों को निर्धारित करना और भी कठिन है।

हालाँकि तथ्यों पर बहस से परे एक बड़ा मामला है, जिसमें इजराइल को लेकर सबसे उचित 'बखान' किया गया है। इस प्रकार की एक पुस्तक को कोई भी दो लोग बिल्कुल एक जैसा नहीं लिखेंगे। उपलब्धियों का कितना जश्न मनाना

है, गलतियों एवं निराशाओं को कब व कैसे उजागर करना है, क्या शामिल करना है और क्या छोड़ना है, कुछ लोगों ने निर्णय क्यों लिये तथा उन्होंने जो चुना, उसके पीछे का क्या कारण था, उसके बारे में क्या माना जाए और इस सबको एक एकल, सुसंगत परिप्रेक्ष्य में कैसे रखा जाए, ये ऐसे मुद्दे हैं, जिनको लेकर कई पाठक सदा असहमत ही रहेंगे।

मैंने प्रयास किया है कि मैं ऐसी परिस्थितियों के प्रति संवेदनशील रहूँ और ऐसा करने के साथ ही कहानी को इस प्रकार से सुनाने का प्रयास किया है, जो मेरे खयाल से वास्तविकता का समर्थन करती है। उपलब्धियों और गलतियों, असाधारण इतिहास और चिंताजनक भविष्य, नेक इरादे, साथ ही द्वेषपूर्ण, दोनों पर ध्यान केंद्रित करके मैंने इजराइल के इतिहास को वास्तविकताओं के मिश्रण के रूप में नहीं, बल्कि एक कहानी के रूप में प्रस्तुत करने का प्रयास किया है, जैसा कि किसी भी महान् कहानी में होता है। ऐसे पात्र होते हैं, जो विकसित होते हैं और मिट जाते हैं, जो गलतियाँ करते हैं, लेकिन महानता तक पहुँचते हैं। लोग, आंदोलन, राजनीतिक दल, राज्य और अन्य इस कहानी के पात्र हैं। मैं अपनी ओर से जितना अधिक कर सकता था, मैंने कहानी को उतना सम्मोहक और निष्पक्ष, दोनों तरह से बताने का प्रयास किया है।

'इजराइल : पुनर्जन्म लेनेवाले एक देश का संक्षिप्त इतिहास' पुस्तक एक छोटे से देश का इतिहास और वह प्राचीन विचार, जिससे उसका जन्म हुआ, को सुनाती है। यह एक ऐसे देश की कहानी सुनाती है, जिसने लंबे समय तक सामने आनेवाली बाधाओं को दूर किया है, लेकिन जो अभी भी भयानक—कुछ लोग अजेय कहते हैं—दुश्मनों और बाधाओं का सामना कर रहा है। यह लोगों के पुनर्जन्म की कहानी है, लेकिन एक बड़ी कीमत देकर। इजराइल की कहानी बेहद जटिल है, साथ ही नाटकीय और दुखद भी। यह बेहद अद्भुत और प्रेरणादायक कहानी है, जो हमारी दुनिया को लगभग हर ओर से प्रभावित करती है।

अब कहानी सुनाने का समय है, ताकि यह समझा जा सके कि क्या घटित हुआ और उससे भी अधिक यह महत्त्वपूर्ण है कि क्यों घटित हुआ?

1

कविता और राजनीति : यहूदी देश को घर की तलाश

'उस स्नेही और खूबसूरत देश में, क्या बुराई राज करती है और क्या वहाँ विपत्तियाँ भी आती हैं?'

—चैम नचमन बियालिक 'टू द बर्ड'

उन्हें एक पीढ़ी की आवाज बनना था, एक कवि, जिसकी दुःख भरी आत्मा उसके तमाम लोगों के दुःख-दर्द को दिखाती एक खिड़की थी। मात्र उन्नीस वर्ष की आयु में जब उन्होंने अपनी कविता 'अल हत्जिपोर' ('टू द बर्ड') प्रकाशित की, तभी यह बात तय हो गई कि हयिम नहमान बियालिक को जल्द ही हिब्रू के सार्वकालिक महानतम कवि के रूप में पहचाना जाएगा, निश्चित रूप से अपने युग का सबसे महान् कवि। बियालिक की कविताओं ने उस हताशा और उदासी को प्रतिबिंबित किया, जिसे यहूदी लोगों ने उन्नीसवीं शताब्दी के अंत में महसूस किया था, साथ ही एक स्थान की उनकी लालसा को भी, जिसे वे अपना घर कह सकते थे, भले ही उन्होंने कभी उसे देखा तक नहीं था।

"मेरी आत्मा आपकी आवाज सुनने के लिए किस कदर तरस रही थी," कवि 'सियोन' से लौटनेवाले एक पक्षी से कहता है, जिसे उस समय 'फिलिस्तीन' के नाम से जाना जाता था। वह पक्षी से पूछता है कि उस रमणीय स्थान में जीवन कैसा है, जिसकी वह कल्पना करता है? "क्या सियोन पर ईश्वर का आशीर्वाद है? क्या हेर्मोन पर्वत पर ओस मोतियों की तरह गिरती है? उस स्नेही एवं खूबसूरत देश में क्या बुराई राज करती है और क्या वहाँ विपत्तियाँ भी आती हैं?" ये सब

असल में सवाल नहीं थे, बल्कि ये चिंतन-समुद्र के उस पार बसे एक स्थान को लेकर देखे गए स्वप्निल सपने थे, जो कभी यहूदी लोगों का घर होता था और जो—बियालिक और उनकी पीढ़ी के बाकी लोगों की नजर में—एक बार फिर उनका घर हो सकता था।

1892 में जब बियालिक ने 'टू द बर्ड' प्रकाशित की, उस समय पूर्वी जीवन में यहूदी जीवन कई मायनों में बेहद दयनीय था। रूस के यहूदियों को मुख्य रूप से केवल एक विशिष्ट क्षेत्र में रहने की अनुमति थी, जिसे 'पेल ऑफ सेटलमेंट' कहा जाता था। यहूदियों के खिलाफ हिंसा पूरी तरह से अनियंत्रित थी और सरकार तथा स्थानीय अधिकारी या तो उसे प्रोत्साहित करते थे या फिर उसे अनदेखा करते थे। जैसा कि यहूदियों पर होनेवाले इन हमलों को नरसंहार कहा जाता था, ये पहले भी होते आए थे, लेकिन उन्नीसवीं शताब्दी के अंत में व्यापक क्षेत्र में इसने तीव्रता प्राप्त कर ली थी। 1860 के दशक में रोमानिया और 1871 में ओडेसा में नरसंहार हुए थे; यहूदी जानते थे कि वे एक पूरी तरह से अनजानी घृणा का सामना कर रहे हैं, जिस कारण से वातावरण को पूर्ववत् नहीं किया जा सकता।

यूरोप में यहूदी-विरोध और अधिक जटिल होता जा रहा था। पूर्वी यूरोप में इसका अधिकांश भाग धार्मिक दावों या इस आरोप से प्रेरित था कि यहूदियों ने यीशु को मार डाला है*, हालाँकि मध्य और पश्चिमी यूरोप में, जिसमें तब तक विज्ञान का प्रसार हो चुका था, में नस्ल का सिद्धांत सामने आ गया। अब यूरोपीय नस्लवादी कहने लगे कि यहूदियों की सबसे बड़ी समस्या उनकी नस्ल की है, उनके धर्म की नहीं। यहाँ तक कि ईसाइयत में धर्म परिवर्तन करके भी यहूदियों को 'ठीक' नहीं कर सकता। 1879 में विल्हेम मार नाम के एक जर्मन नागरिक, जिन्होंने इस धारणा को खारिज कर दिया था कि यहूदी सामान्य समाज को अपना सकते हैं, ने यहूदियों के प्रति घृणा के लिए एक बिल्कुल नया शब्द गढ़ा, जिसे उन्होंने खुद ही साझा किया। उन्होंने उसे 'एंटी सेमिटिज्म'[1] नाम दिया।

---

* यह आरोप सबसे पहले 'मत्ती 27:24-25' में सुझाया गया है—पिलातुस ने देखा कि अब कोई लाभ नहीं, बल्कि दंगा भड़कने वाला है। सो उसने थोड़ा पानी लिया और भीड़ के सामने अपने हाथ धोए, वह बोला, "इस व्यक्ति के खून से मेरा कोई सरोकार नहीं है। यह तुम्हारा मामला है।" उत्तर में सब लोगों ने कहा, "इसकी मौत की जवाबदेही हम और हमारे बच्चे स्वीकार करते हैं।" (किंग जेम्स संस्करण)

हिंसा ही यहूदियों के प्रति यूरोपियों के तिरस्कार की अभिव्यक्ति थी। 1880 के दशक में रूसी सरकार ने स्कूलों और विश्वविद्यालयों में प्रवेश पानेवाले यहूदियों की संख्या सीमित कर दी। अधिकारियों ने यहूदियों को उत्पीड़ित करने के अंतहीन तरीके खोजे और 1891-1892 में रूसी पुलिस ने कम-से-कम बीस हजार यहूदियों को मॉस्को से निकाल दिया।[2] उन्होंने जहाँ का भी रुख किया, यहूदियों को हर महाद्वीप में तिरस्कार और उत्पीड़न का सामना करना पड़ा।

कई यहूदियों को इस बात की उम्मीद थी कि परिस्थितियों में बदलाव आएगा कि आधुनिकता, तर्क और सहिष्णुता एक नए युग की शुरुआत करेंगी, लेकिन यह उम्मीद भी बहुत जल्दी ही धूमिल हो गई। एक रूसी यहूदी उपन्यासकार पेरेट्ज (पीटर) स्मोलेंस्किन (1842-1885) ने यहूदियों को चेतावनी दी कि उन्हें यथार्थवादी होना चाहिए। "उन लोगों पर विश्वास न करें, जो यह कहते हैं कि यह ज्ञान का युग और मानव जाति के लिए प्रेम का युग है; उन लोगों की बातों में न फँसें, जो इस समय की प्रशंसा मानवीय न्याय और ईमानदारी के समय के रूप में करते हैं; यह सब झूठ है।"[3]

समय के साथ कई लोगों को यह बात पूरी तरह से स्पष्ट हो गई कि पूर्वी यूरोप में यहूदी जीवन जितना बदतर था, वह आनेवाले समय में उससे और भी बदतर होने जा रहा था। अब सामूहिक पलायन शुरू हो गया। 1882 और 1914 के मध्य, लगभग 2.5 मिलियन यहूदी पूर्वी यूरोप, मुख्यतः ऑस्ट्रिया, पोलैंड और रोमानिया को छोड़कर चले गए। प्रथम विश्वयुद्ध से पूर्व के पंद्रह वर्षों के दौरान लगभग 1.3 मिलियन यहूदियों ने रूस छोड़ दिया। उनमें से एक बड़ा हिस्सा अमेरिका चला गया, जहाँ उन्होंने बीसवीं शताब्दी के संपन्न अमेरिकी यहूदी समुदाय का निर्माण किया। उनका ही एक छोटा सा हिस्सा फिलिस्तीन चला गया।

निराशा भरे ऐसे माहौल के बीच 1873 में हयिम नहमान बियालिक का जन्म हुआ। जब वे मात्र छह वर्ष के थे, तभी उनके पिता की मृत्यु हो गई और उनका पालन-पोषण उनके बेहद कट्टर धार्मिक दादा ने किया। उन्होंने तेरह साल की उम्र तक हेडर (एक पारंपरिक यहूदी स्कूल हाउस) में पढ़ते हुए पारंपरिक यहूदी शिक्षा प्राप्त की और उसके बाद सत्रह साल की उम्र तक जितोमिर येशिवा में

अध्ययन किया। इसके बावजूद बियालिक अपने युग के कई युवा यहूदियों की तरह (और जैसा कि बेहद जल्द उनके कई साथी जियोनी लेखकों और कवियों के साथ भी हुआ) पश्चिमी संस्कृति और यहूदी ज्ञान (हस्काला) की दुनिया की ओर आकर्षित हुए। 1770 के दशक से प्रारंभ होकर 1880 के दशक तक चलनेवाले एक आंदोलन 'हस्काला' ने परंपरा और सामूहिकता पर यहूदी जोर को सुधारने और यहूदी समाज में एक अधिक तर्कसंगत, विश्लेषणात्मक, बौद्धिक और व्यक्तिवादी तरीके को अपनाने की माँग की।

हालाँकि हस्काला सिर्फ एक बौद्धिक आंदोलन ही नहीं था, बल्कि इसके राष्ट्रीय और सामाजिक एजेंडे भी थे। हस्काला के प्रतिनिधियों के लिए यहूदियों के सामने सबसे बड़ी चुनौती यहूदी मोहल्ले के जीवन की संकीर्णता से बाहर निकालना था, "यहूदी लोगों के आत्मविश्वास को बढ़ाने के लिए, उनकी गरिमा को बहाल करने, उनके भावनात्मक जीवन को फिर से जगाने, उनके सौंदर्यबोध को तेज करने और लंबे अलगाव एवं कारावास के अपमानजनक परिणामों का प्रतिकार करने के लिए।"[5]

बियालिक का हस्काला से पहला सामना एक नए येशिवा में स्थानांतरित होने के बाद हुआ। पारंपरिक यहूदी धर्म के अध्ययन के लिए आधुनिक दृष्टिकोण को तलाश रहे बियालिक वोलोझिन लिथुआनिया स्थित विश्व-प्रसिद्ध येशिवा में स्थानांतरित हुए थे। वहाँ पर उनका सामना हस्काला से हुआ और वे जल्द ही यहूदी राष्ट्रवाद, प्रबुद्धता और रूढ़िवादी यहूदी धर्म को एकीकृत करने के लिए प्रतिबद्ध छात्रों के एक समूह 'नेटजैक इजराइल' ('इजराइल की अनंतता') के साथ संबद्ध हो गए।

बियालिक 1891 में वोलोझिन छोड़कर ओडेसा आ गए, जो उस समय दक्षिणी रूस* में आधुनिक यहूदी संस्कृति का केंद्र था। उन्होंने उस समय उस

* 'जियोनीवाद' (जियोनिज्म) शब्द इजराइल की धरती पर एक राष्ट्रीय यहूदी घर को फिर से बनाने के लिए आंदोलन का जिक्र करते हुए उस समय के एक प्रसिद्ध सार्वजनिक बुद्धिजीवी नाथन बिरनबाम द्वारा गढ़ा गया था। उन्होंने पहली बार 1 अप्रैल, 1890 को अपनी पत्रिका 'सेल्फ-एमेंसिपेशन' के लिए लिखे एक लेख में इसका इस्तेमाल किया। उन्होंने जनवरी 1892 में पहली बार एक सार्वजनिक संबोधन में इस शब्द का इस्तेमाल किया। [लॉरेंस एपस्टीन, द ड्रीम ऑफ सियोन : द स्टोरी ऑफ द फर्स्ट जायोनीस्ट कांग्रेस (लानहम, एमडी : रोमैन एंड लिटिलफील्ड, 2016), पृ. 13)]

बौद्धिक मंडल के प्रभाव में, यानी 1892 में 'टू द बर्ड' पुस्तक का प्रकाशन किया। इसके कुछ समय के भीतर ही वे यह सुनिश्चित करने के लिए जितोमीर वापस लौट आए, ताकि उनके दादा को उनके ओडेसा 'भाग निकलने' के बारे में पता न चले। घर वापस लौटने पर उन्हें पता चला कि उनके दादा और बड़ा भाई दोनों ही मौत के मुहाने पर खड़े हैं। ऐसा लग रहा था, जैसे उनके घर का माहौल उनके आसपास के यहूदियों की स्थिति को प्रतिबिंबित कर रहा हो! उन दोनों की मृत्यु के बाद उन्हें दक्षिणी पोलैंड के एक छोटे से गाँव सोस्नोविएक में हिब्रू पढ़ाने की नौकरी मिली, लेकिन उस नौकरी ने उन्हें दु:खी कर दिया; लेकिन वह दु:ख भी उनके लिए बेहद फायदेमंद साबित हुआ। उन्होंने लगातार लिखा और इसके कुछ ही समय बाद दुनिया के सबसे प्रतिभाशाली यहूदी कवियों में से एक के रूप में ख्याति प्राप्त की।

बियालिक की सभी कविताएँ यहूदियों की पीड़ा से संबंधित नहीं हैं। बियालिक ने 1898 में यहूदी निराशा से भरी हुई नहीं, बल्कि यहूदी आशा से जुड़ी एक कविता लिखी। 'मिकराई सियोन' ('सियोन की सभा') शीर्षकवाली कविता 1897 में बेसल में आयोजित हुई पहली जियोनी कांग्रेस के सम्मान में लिखी गई थी। "भले ही मोक्ष अभी तक नहीं मिला है, हमारा उद्धार अभी भी जीवित है; महान् समय आ गया है और आ रहा है।" बियालिक ने आशा और अपेक्षा से भरी एक कविता में लिखा।

आखिर यह आशा अचानक आई कहाँ से? वह 'महान् समय' क्या था, जिसे बियालिक ने और भी करीब बढ़ते देखा था? बेसल में जो कुछ भी हुआ था, वह इतना महत्त्वपूर्ण क्यों था? और यह उद्धारक कौन था?

पहली जियोनी कांग्रेस में शामिल होने के लिए दुनिया भर से प्रतिनिधि बेसल आए थे। ब्रिटेन और अमेरिका से, फिलिस्तीन से और अरब देशों से, रूस, जर्मनी, फ्रांस आदि से आए 197 प्रतिनिधि इस भावना के साथ स्विट्जरलैंड में एकत्र हुए कि वे इतिहास रचने जा रहे हैं।

यह अगस्त 1987 का समय था और करीब दो हजार वर्षों में पहली बार रोमवासियों द्वारा दूसरे मंदिर को नष्ट कर देने और जूडिया में रहनेवाले यहूदियों

की एक बड़ी संख्या को निकाल बाहर करने के बाद, दुनिया भर के यहूदी इतिहास को अपने हाथों में लेने के लिए एक स्थान पर एकत्र हुए। अब ऐसा नहीं था कि आपस में एक-दूसरे से कटे रहनेवाले यहूदी दुनिया भर में फैले हों, हर्जल के आह्वान के लिए धन्यवाद, वे अब सहस्राब्दियों में पहली बार अपने पुराने दावे पर जोर दे रहे थे कि वे दुनिया के इतिहास के मंच पर यहूदियों को दर्शकों के बजाय प्रतिनिधि बनाने के लिए दृढ़ संकल्पित लोग हैं।

अच्छे पोशाक पहने हुए वे एक बड़े से हॉल में घुसे, जिसपर डेविड के स्टार का एक बड़ा सा चिह्न बना हुआ था और सिर्फ दो शब्द लिखे थे—'जियोनिस्टेन कांग्रेस'। उन्होंने अपनी मातृभाषा में बाचतीत की, इनमें अधिकांश पुरुष थे, लेकिन कुछ महिलाएँ भी शामिल थीं, जिनमें कुछ अमीर थे और बाकी के गरीब। उस वातावरण में उनकी ऊर्जा को आसानी से देखा जा सकता था। उनके अपनी कुरसियों पर बैठने के साथ ही, मुंगरी को तीन बार बजाने की आवाज के साथ सभा शुरू हुई। सुल्तान की तारीफ की गई, क्योंकि उस समय ओटोमन साम्राज्य फिलिस्तीन को नियंत्रित करता था। इसके बाद जेसी, रोमानिया के डॉ. कार्ल लिप्पे, जो लंबे समय से संगठन होवेवी सियोन ('लवर्स ऑफ सियोन')* के सदस्य और कांग्रेस के सबसे वरिष्ठ प्रतिनिधि थे, खड़े हुए। उन्होंने यहूदी परंपरा के अनुसार अपना सिर ढक लिया और वहाँ उपस्थित लोगों में से कई ने रोते हुए पारंपरिक यहूदी शेहेच्याहू प्रार्थना का गायन किया—"धन्य हैं आप, हमारे भगवान्, जिन्होंने हमें जीवित रखा है, हमें संरक्षित किया है और हमें इस क्षण तक पहुँचने में सक्षम बनाया है।"

इसके बाद इस कांग्रेस को आहूत करनेवाले थियोडोर हर्जल बोलने के लिए खड़े हुए। उन्होंने जर्मन भाषा में बोलना शुरू किया, "हम यहाँ पर उस घर की आधारशिला रखने के लिए एकत्र हुए हैं, जो यहूदी राष्ट्र को आश्रय देगा।"[6]

हर्जल जिस पश्चिमी यूरोपीय दुनिया में रहते और काम करते थे, वहाँ पर सिर्फ यह विचार कि यहूदी देश को आश्रय के लिए एक घर की आवश्यकता

* तकनीकी रूप से संगठन का नाम 'हिबत सियोन' ('लव ऑफ सियोन') था और इसके सदस्यों को 'होवेवी सियोन' ('सियोन के प्रेमी') कहा जाता था, हालाँकि समय के साथ 'हिबत सियोन' और 'होवेवी सियोन' को अदले-बदले संगठन के नाम के रूप में इस्तेमाल किया गया।

है, पूर्व की तुलना में कहीं अधिक विवादास्पद था। बियालिक की दुनिया के पूर्वी यूरोपीय लोगों की तुलना में पश्चिमी यूरोपीय यहूदी लोगों के बीच इस बात की थोड़ी आशा थी कि यहूदी विरोधी आंदोलन अतीत के अवशेष हैं। आखिरकार पुरानी यहूदी बस्ती की दीवारें—पड़ोस में, जिनमें यहूदियों को रहने के लिए मजबूर किया गया था—गिर चुकी थीं और यहूदी महाद्वीप के शहरों में बस चुके थे। वे जल्दी ही यूरोप के अभिजात वर्ग का हिस्सा बन गए थे। वे शैक्षिक, सांस्कृतिक और आर्थिक रूप से यूरोपीय समाज की सीढ़ी चढ़ गए थे। देखने पर उनके लिए जीवन एक सदी पहले के जीवन की तुलना में बहुत बेहतर लग रहा था।

> सन् 1800 में मध्य और पश्चिमी यूरोपीय संस्कृति का इतिहास यहूदियों या किसी विशिष्ट यहूदी व्यक्ति के संदर्भ के बिना लिखा जा सकता था।...यूरोपीय राजनीति, बौद्धिक जीवन, शोध या विज्ञान में एक भी यहूदी व्यक्ति मौजूद नहीं था।...1900 के करीब आते ही तसवीर बिल्कुल बदल गई। यहूदी या यहूदी मूल के लोग, अब अर्थशास्त्र, राजनीति, विज्ञान और कला में महत्त्वपूर्ण भूमिका निभा रहे थे।[7]

सदियों के प्रतिबंधों और यहूदी विरोध के बावजूद अपेक्षाकृत कम समय में यहूदियों ने जो कुछ हासिल करके दिखाया, वह बेहद आश्चर्यजनक है। वे पेशेवर और बुद्धिजीवी, प्रमुख वैज्ञानिक और महत्त्वपूर्ण बौद्धिक तथा सामाजिक आंदोलनों का नेतृत्व करनेवाले हीरो बन गए।

इस सारी प्रगति के बावजूद पश्चिमी यूरोप के यहूदी भी महाद्वीप की इस नफरत से बच नहीं सके। पूर्वी यूरोप में एक तरफ जहाँ यहूदियों को विघटनकारी क्रांतिकारियों के रूप में बलि का बकरा बनाया जाता था, वहीं दूसरी तरफ पश्चिमी यूरोप में उन्हें समाज की वित्तीय परेशानियों के लिए दोषी ठहराया जाता था, हालाँकि वे जर्मनी की कुल आबादी के एक प्रतिशत से भी कम थे, लेकिन यहूदियों ने समाज के सभी व्यवसायों में, विशेष रूप से वित्त और राजनीति में उच्च और कुलीन पदों को बिना समय गँवाए ग्रहण कर लिया था।

इससे कई जर्मन क्रोधित हो गए। लगभग हर जगह पर यहूदी विरोधी भावना बेहद प्रबल थी। समाचार-पत्रों, पुस्तकों और पत्रिकाओं ने रूढ़िवादी, लालची और भ्रष्ट यहूदियों के खिलाफ आवाज उठाई, एक ऐसा मकसद, जिसने बीसवीं

सदी के मध्य के नरसंहार करनेवाले शासनों के लिए दरवाजे खोले। 1873 में आए एक आर्थिक संकट के बाद जर्मन पूँजीपति वर्ग के अधिकांश लोगों ने अपनी नई वित्तीय समस्याओं के लिए यहूदियों को दोषी ठहराया। हालाँकि वे अभिजात भी उतने ही लालची थे, जितने कि अन्य, लेकिन प्रचलित मिथकों में ये अभिजात लोग एक महान् राजनेता, बहादुर सैनिक और समर्पित लोक सेवक ही बने रहे। संकट के दौर के बाद जनता की नाराजगी उनके प्रति या फिर उनके नेतृत्ववाली सरकारों के प्रति नहीं, बल्कि यहूदियों की ओर बनी रही।"[8]

पश्चिमी यूरोप में यहूदियों द्वारा आधुनिकता को अपनाने और उनकी पेशेवर एवं बौद्धिक उपलब्धियों ने यूरोप की घृणा को और भी बढ़ा दिया। यहूदियों को इस बात की उम्मीद थी कि उन्होंने यूरोपीय आक्रोश को पीछे छोड़ दिया है, लेकिन ऐसा प्रतीत होता था कि यूरोप के पास यहूदी घृणा का असीमित भंडार था, जो फैलने को तैयार थी। यहूदी इसमें कुछ भी नहीं कर सकते थे।

ऐसी ही आशाजनक, आकर्षक और इसके बावजूद तेजी से निराशाजनक होते वातावरण में थियोडोर हर्जल बालिग हुए। 1860 में पेस्ट (अंततः बुडापेस्ट बनाने के लिए मिलनेवाले दो राज्यों में से एक) में जनमे हर्जल अठारह वर्ष की आयु में अपने परिवार के साथ वियना चले गए। वहाँ पर उनका सामना यूरोपीय बौद्धिक और सांस्कृतिक विरासत से हुआ, और जैसा बियालिक के साथ हुआ—वे भी जल्द ही उसमें आसक्त हो गए। उन्होंने उत्साहपूर्वक पढ़ा और वे उन लेखकों की प्रसिद्धि के समान स्तर को प्राप्त करने की इच्छा रखते थे, जिन्हें उन्होंने इतनी उत्सुकता के साथ पढ़ा था। उन्होंने भी बिल्कुल बियालिक की ही तरह लगातार लिखा, इसके बावजूद कला और रंगमंच के प्रति उनका सच्चा प्रेम था। उनके माता-पिता और उनके संबंधी उनकी जीविका चलाने की क्षमता को लेकर चिंतित रहते थे। उन्होंने उन्हें कानून का अध्ययन करने को प्रोत्साहित किया। इसलिए हर्जल ने वियना विश्वविद्यालय में दाखिला ले लिया।

अपने विश्वविद्यालय के कॅरियर की शुरुआत में हर्जल ने उस युग के प्रमुख बुद्धिजीवियों में से एक यूजीन कार्ल ड्यूहरिंग की एक पुस्तक पढ़ी। उस पुस्तक में यहूदियों की समस्या को नस्ल, नैतिकता और संस्कृति की समस्या (1882) के

रूप में दरशाया गया था और इस पुस्तक में बताया गया था कि यूरोप में यहूदियों का उद्धार और यूरोपीय समाज में उनका एकीकरण यूरोप के लिए हानिकारक है। ड्यूहरिंग ने इस उद्धार के अधिकांश भाग को उलटने की सिफारिश की; उनके कुछ अनुयायियों ने तो यहूदियों के यहूदी बस्ती में वापस लौट जाने की बात करना शुरू कर दिया।

हर्जल के लिए ड्यूहरिंग के विचारों में परेशान करनेवाली बात यह थी कि ड्यूहरिंग एक अशिक्षित ठग था। हर्जल ने सोचा, 'अगर ड्यूहरिंग ज्ञान की इतनी अधिक सार्वभौमिकता के साथ अविवादास्पद बुद्धिमत्ता को एकजुट करता है, ऐसी बातें लिख सकता है, तो हम अज्ञानी जनता से क्या उम्मीद कर सकते हैं?'[9]

विडंबना यह है कि ड्यूहरिंग ही वह व्यक्ति था, जिसने थियोडोर हर्जल के 'ज्यूइश क्वेश्चन' के प्रति समर्पण में एक महत्त्वपूर्ण भूमिका निभाई।

उन्होंने बाद में यहूदियों और यूरोप में उनके भविष्य पर ध्यान दिया और अपनी डायरी में लिखा—"निश्चित रूप से ड्यूहरिंग की पुस्तक पढ़ने के बाद से।"[10]

हालाँकि इसके बीज बहुत पहले ही रोपे जा चुके थे। उन्होंने बाद में याद किया कि एक युवा लड़के के रूप में, जब उनके शिक्षकों में से एक ने यह समझाने की कोशिश की थी कि 'बुतपरस्त' शब्द का क्या अर्थ है, तब शिक्षक ने कहा था—"मूर्तिपूजक, मुसलमान और यहूदी।"[11] हर्जल ने वियना विश्वविद्यालय में बौद्धिक वाद-विवाद के लिए समर्पित एक छात्र संघ 'लेसेहेल' में शामिल होने के लिए आवेदन किया, लेकिन मार्च 1881 में 'चर्चा' के एक यहूदी-विरोधी घटना में बदल जाने के बाद 'लेसेहेल' को भंग कर दिया गया। इसके बजाय अडिग हर्जल 'अल्बिया' में शामिल हो गए, जो वियना के जर्मन राष्ट्रवादी छात्र संगठनों में से एक था; हालाँकि यहाँ भी विश्वविद्यालय—यूरोप के बौद्धिक आभिजात्य वर्ग की सीट—यहूदियों के प्रति प्रतिशोधी ही साबित हुई। उनके शामिल होने के दो वर्ष बाद उनके कई जाति भाइयों ने रिचर्ड वैगनर स्मारक में भाग लिया, जो एक बार फिर एक यहूदी-विरोधी रैली में बदल गया।[12] इसके विरोध में हर्जल ने संगठन से इस्तीफा दे दिया, लेकिन सदस्यों ने उनके इस्तीफे को अस्वीकार कर दिया और बाद में उन्हें अपनी शर्तों पर निकाल बाहर किया।

उनके जीवन के केंद्रीय विचार—एक यहूदी राष्ट्र की आवश्यकता—से हर्जल की पहली मुलाकात शायद हंगरी की संसद् में हुई थी। कहा जाता है कि हंगेरियन राष्ट्रवादी और नेशनल एंटी-सेमिटिक पार्टी के संस्थापक ग्योजो इस्तोजी ने प्रस्ताव किया कि हंगरी की 'यहूदी समस्या' को हल करने के लिए यहूदियों को अपना खुद का राज्य स्थापित करना चाहिए और उन्हें वहाँ चले जाना चाहिए।[13] 'यहूदियो, फिलिस्तीन जाओ!' हंगरी के यहूदी-विरोधी आंदोलन का नारा बन गया। सबसे रोचक बात यह है कि इस्तोजी का आदर्श वाक्य अंततः हर्जल का आदर्श वाक्य बन गया।

हमें इस बात का पता नहीं कि इस्तोजी की यहूदियों को फिलिस्तीन चले जाने की नफरत भरी बातों ने हर्जल को काफी हद तक प्रभावित किया या नहीं, लेकिन यह बात पूरी तरह से सत्य है कि हर्जल जैसे-जैसे अपने जीवन में आगे बढ़े, उन्हें प्रत्येक मोड़ पर यहूदी विरोध का सामना करना पड़ा। वे वियना छोड़ने के बाद पेरिस चले गए और वियना में स्थित एक प्रमुख यूरोपीय समाचार-पत्र 'न्यू फ्रेई प्रेसे' के लिए एक लेखक के रूप में काम करने लगे। हर्जल एक नामचीन लेखक बनते जा रहे थे। उन्होंने पेरिस में रहते हुए पनामा नहर के वित्तपोषण से जुड़े एक घोटाले को उजागर किया, एक ऐसी परियोजना, जिसमें कई यहूदी निवेशकों पर रिश्वत और भ्रष्टाचार का आरोप लगाया गया था। हालाँकि घोटाले से कहीं अधिक हर्जल को जिस बात ने प्रभावित किया, वह यह थी कि इसमें ऐसे यहूदी व्यक्ति शामिल थे, जिनके परिवार फ्रांस के राजनीतिक और सैन्य हलकों में बेहद प्रभावशाली थे, उन्हें कट्टर महानगरीय यहूदियों के रूप में चित्रित किया गया था, जिन्होंने वफादार फ्रांसीसी नागरिकों की मेहनत की कमाई का गबन किया था।[14]

उन्होंने ऑस्ट्रिया में बौद्धिकता आधारित यहूदी विरोध का उदय देखा था, जिसे यूरोप के प्रसिद्ध विश्वविद्यालयों के सर्वश्रेष्ठ मस्तिष्कों ने भी खारिज नहीं किया था और अब फ्रांस में हर्जल ने देखा कि लोकतंत्र और गणतांत्रिक सरकार भी इसका कोई समाधान नहीं हैं।

हर्जल ने भी बिल्कुल बियालिक की ही तरह अपने आप को अपने लेखन में पूरी तरह से उतार दिया। 1894 के अंत में सिर्फ दो अति कठोर सप्ताहों के अंतराल में हर्जल ने अपना पहला नाटक 'द न्यू गेट्टो' तैयार किया, जो उनका पहला ऐसा

कथानक था, जिसमें सभी किरदार स्पष्ट रूप से पूरी तरह यहूदी थे। यह नाटक 'ज्यूइश क्वेश्चन' से खुले तौर पर निबटता था। नाटक का मुद्दा, जिसे बहुत अधिक कलात्मक न बनाकर पारदर्शी रखा गया था। हालाँकि यूरोप ने यहूदियों को मुक्त कर दिया है, इसके बावजूद यहूदी अभी भी सामाजिक और आर्थिक रूप से अलग कर दी गई बस्ती में रह रहे हैं और उन पर खुद को साबित करने का बेहद दबाव है।[15] यहाँ तक कि स्वतंत्र पश्चिमी यूरोप में भी यहूदियों को निर्दोष साबित होने तक दोषी ही माना जाता था।

लेकिन स्थितियाँ जल्द ही बद से बदतर होने जा रही थीं। हर्जल उस समय फ्रांस में सामने आनेवाले एक नए घोटाले 'द न्यू गेट्टो' में व्यस्त थे। यहूदी मूल के एक फ्रांसीसी तोपखाना अधिकारी कैप्टन अल्फ्रेड ड्रेफस पर जर्मनों के साथ फ्रांसीसी गोपनीयता साझा करने का आरोप लगाया गया था। फ्रांस उस समय तक कभी न खत्म होनेवाली क्रांतियों के दौर से गुजर रहा था, अत: मुकदमे की सुनवाई वास्तव में अभी भी प्रतिस्पर्धी दलों के लिए दोधारी तलवार जैसी थी। न्याय की हत्या का आलम यह था कि जब ड्रेफस को दोषी पाया गया और औपचारिक रूप से उसका पद छीन लिया गया तो एमिल जोला (प्रसिद्ध फ्रांसीसी उपन्यासकार, पत्रकार और सार्वजनिक बुद्धिजीवी) ने अपना अब तक का सबसे क्लासिक पत्र, 'ज'एक्यूज' लिखा, जिसमें सरकार पर यहूदी-विरोधी और ड्रेफस को गलत तरीके से जेल में डालने का आरोप लगाया गया।

आमतौर पर कहा जाता है कि यूरोप में ड्रेफस के खिलाफ चल रहा मुकदमा 'ज्यूइश क्वेश्चन' के साथ हर्जल के जुड़ाव के कारण भी था, इतिहासकार अब मानते हैं कि असल में ऐसा नहीं था। वास्तव में हर्जल ने अपने एक कॉलम में ड्रेफस द्वारा जेल प्रहरी को की गई एक टिप्पणी का उल्लेख किया था, "देखिए, मैं व्यक्तिगत प्रतिशोध का शिकार हूँ। मुझे इसलिए सताया जा रहा है, क्योंकि मैं एक यहूदी हूँ।"[16] लेकिन ड्रेफस की यहूदीयता उनके लेखन का केंद्रबिंदु नहीं थी।

बड़े अचरज की बात है कि एक बैठक में हर्जल की पूर्ण विफलता के चलते ही उन्हें सबसे बड़ी सफलता प्राप्त हुई। वे एक यहूदी राज्य बनाने के अपने कट्टरपंथी विचार के पक्ष में समर्थन माँगने के लिए एक निवेशक और

परोपकारी बैरन मौरिस डी. हिर्श के पास गए थे, लेकिन हिर्श, जो पूर्वी यूरोप में यहूदियों के भविष्य को लेकर डरे हुए थे, के दिमाग में 'यहूदी समस्या' का एक वैकल्पिक समाधान था। यह ताकतवर उद्योगपति, जो पहले ही फिलिस्तीन को एक अव्यावहारिक विकल्प बताकर खारिज कर चुका था, ने पहले ही रूस के कुछ यहूदियों को अर्जेंटीना में स्थानांतरित करने में मदद की थी। हर्जल ने उसे समझाने का प्रयास किया, लेकिन हिर्श के प्रति उनकी प्रतिक्रिया बेहद बचकानी थी। उन्हें बैठक से खाली हाथ ही लौटना पड़ा। अगली बार और बेहतर करने के लिए दृढ़ संकल्पित होकर उन्होंने विशेष रूप से यह स्पष्ट करने के लिए कि वे हिर्श के साथ क्या संवाद करना चाहते हैं, अपने विचारों को लिखित रूप देना प्रारंभ किया।

आसानी से हार न माननेवाले और अगली बार एक बेहतर तर्क के साथ, हर्जल ने एक और परोपकारी यहूदी परिवार, प्रसिद्ध रॉथशिल्ड्स की ओर रुख किया। उनके लिए पूरी योजना का एक अधिक विस्तृत और सुव्यवस्थित विवरण तैयार किया, जिसे उन्होंने पहले से ही लिखना प्रारंभ कर दिया था। यह वह मूलपाठ था, जो उनकी सबसे प्रसिद्ध पुस्तक 'द यहूदी स्टेट' का आधार बन गया।

उनका मामला बेहद सीधा था। एक यहूदी देश—एक स्थान, जिसका निर्धारण किया जाना अभी बाकी था या तो अर्जेंटीना या फिर फिलिस्तीन—'यहूदी समस्या' का समाधान सिद्ध हो सकता था। हिर्श को जिस बात का यकीन था, उसके उलट, हर्जल इस लक्ष्य को पाने को लेकर पूरी तरह से आश्वस्त थे। उन्होंने तर्क दिया कि यह सभी के लिए सबसे उचित था कि यहूदियों को अपने लिए एक देश सुरक्षित कर लेना चाहिए।

उनका मानना था कि एक यहूदी देश में यहूदी न सिर्फ यहूदी-विरोध से बचे रहेंगे, बल्कि एक अलग यहूदी देश का अस्तित्व पूरी दुनिया में कहीं भी यहूदी-विरोध के अंत के रूप में परिणत होगा। हर्जल ने अपनी बात के पक्ष में तर्क दिया, "यहूदियों की वापसी से कोई आर्थिक व्यवधान, संकट या अत्याचार नहीं होगा।" उन्होंने कहा, "वे जिन देशों को छोड़कर आएँगे, वे समृद्धि के दौर में प्रवेश करेंगे। क्योंकि एक यहूदी देश के निर्माण की शुरुआत का मतलब यहूदी-विरोधवाद का अंत है।"[17] ये काम सिर्फ कल्पना की उड़ान भर नहीं था। उनका कहना था कि

यहूदी कई ऐसे लोगों की तुलना में कहीं अधिक शिक्षित हैं, जिन्होंने अपने लिए संप्रभु राष्ट्रों का निर्माण किया था, अगर वे बाकी के लोग सफतापूर्वक क्रांतियों को अंजाम दे सकते हैं, तो यहूदी भी निश्चित रूप से ऐसा कर सकते हैं।

बिल्कुल ऐसे ही कारणों के लिए हर्जल ने तर्क दिया कि यहूदियों को अपने आंदोलन के लिए अधिक विरोध का सामना नहीं करना पड़ेगा; अंतरराष्ट्रीय समुदाय इस विचार का समर्थन करेगा, क्योंकि वे देश भी 'यहूदी समस्या' से 'पीड़ित' थे। उन्होंने लिखा—

> "नए राष्ट्र का निर्माण न तो हास्यास्पद है और न ही असंभव। हमने अपने समय में ही उन राष्ट्रों से संबंधित प्रक्रिया देखी है, जो बड़े पैमाने पर मध्यम वर्ग के सदस्य नहीं थे, लेकिन वे गरीब, कम शिक्षित और ऐसा होने के परिणामस्वरूप हमसे कहीं अधिक कमजोर थे। यहूदी-विरोधी भावना से पीड़ित सभी देशों की सरकारें हमें वह संप्रभुता प्राप्त करने में सहायता करने में दिलचस्पी लेंगी, जो हम पाना चाहते हैं।[18]

उनका तर्क था कि दुनिया को यहूदियों से जो समस्या है, वह न तो सामाजिक है और न ही धार्मिक, बल्कि वह पूरी तरह से राजनीतिक है अतः इसके लिए एक राजनीतिक समाधान की आवश्यकता है, जिसे अंतरराष्ट्रीय समुदाय को स्वीकार करना ही था।

> मुझे यकीन है कि मैं यहूदी-विरोध को समझता हूँ, जो एक बेहद जटिल हरकत है। मैं इसे यहूदी दृष्टिकोण से देखता हूँ, वह भी बिना किसी भय या घृणा के···मुझे लगता है कि यहूदी प्रश्न धार्मिक से अधिक सामाजिक नहीं है, भले ही यह कभी-कभी यह और अन्य रूप धारण कर लेता है। यह एक ऐसा राष्ट्रीय प्रश्न है, जिसे सिर्फ एक राजनीतिक वैश्विक प्रश्न बनाकर ही हल किया जा सकता है, जिसका परिषद् में दुनिया के सभ्य राष्ट्रों द्वारा चर्चा और निपटारा किया जाना है।[19]

लेकिन उस सच्चाई का क्या, जो यहूदी पूरे यूरोप और दुनिया में फैले हुए और बँटे हुए थे? हर्जल ने कहा कि किसी को भी इस फैलाव से गुमराह नहीं होना चाहिए। "हम सब एक हैं—एक लोग।"[20] उन्होंने जोर देकर कहा कि चूँकि अन्य

लोगों के पास अपने राष्ट्र हैं, इसलिए यहूदियों का भी होना चाहिए।

हर्जल ने अपनी पुस्तक अत्यधिक उत्साह में लिखी है। उन्होंने पुस्तक को लिखने का वर्णन करते हुए कहा, "मैं पिछले कुछ समय से अनंत श्रेष्ठता के काम में लगा हुआ हूँ। फिलहाल मुझे इस बात का नहीं पता कि मैं इसे पूरा कर पाऊँगा या नहीं! यह एक शक्तिशाली सपने जैसा प्रतीत होता है, लेकिन यह पिछले कई दिनों और हफ्तों से मुझपर हावी है।"[21]

इसमें वे लोग भी शामिल थे, जो इसे अच्छे से पढ़ते थे। लगभग सौ पृष्ठों वाली एक संक्षिप्त पुस्तक ने हर्जल को यहूदी दुनिया में एक घरेलू नाम बना दिया। फरवरी 1896 में प्रकाशित हुई इस पुस्तक ने दुनिया भर में हलचल मचा दी। आधुनिक युग के किसी भी अन्य यहूदी कार्य की तुलना में यह अधिक तेजी और व्यापक रूप से मुद्रित, अनुवादित हुई और पढ़ी गई थी। "यह पुस्तक सिर्फ 1896 में ही अंग्रेजी, हिब्रू, यिडिश, रोमानियाई, बल्गेरियाई, रूसी और फ्रेंच भाषाओं में उपलब्ध थी। उनके इस प्रस्ताव से छात्र बेहद उत्साहित थे; 'द ज्यूइश स्टेट' के आते ही हर्जल लगभग रातोरात एक अकेली आवाज से अंतरराष्ट्रीय आंदोलन के नेता के रूप में स्थापित हो गए।"[22]

आंदोलन का केंद्रीय विचार—हालाँकि वह अब सामान्य प्रतीत होता है, तब एक आश्चर्यजनक प्रस्ताव था और अब अधिकांश दुनिया आश्वस्त हो चुकी है—यहूदी लोगों को एक अलग राष्ट्र की आवश्यकता थी, वे एक राष्ट्र निर्मित कर सकते थे।

हालाँकि वह थियोडोर हर्जल थे, जिन्होंने जियोनीवाद को एक राजनीतिक आंदोलन के रूप में प्रारंभ किया, लेकिन कई ऐसे भी लोग थे, जो उनसे काफी पहले ही ऐसे विचार सामने रख चुके थे। 1853 में हर्जल की 'ज्यूइश स्टेट' के अस्तित्व में आने से करीब चालीस वर्ष पूर्व अवराहम मापू ने पहला 'आधुनिक हिब्रू' उपन्यास प्रकाशित किया था। बियालिक की ही तरह मापू का जन्म एक पारंपरिक परिवार में हुआ था, लेकिन यह यूरोपीय संस्कृति से प्रभावित हुए। मापू का उपन्यास 'द लव ऑफ जियॉन' प्राचीन 'बाइबल' के इजराइल में पैगंबर ईसाइयाह के दौर में आरंभ होता था। वह उपन्यास एक कहानी से कहीं अधिक

था; इसने यहूदियों की पैतृक मातृभूमि की याद में एक नई जान फूँक दी और "उनकी मूक अभिलाषाओं को सामने लाकर रख दिया···संपूर्ण लोगों के (के लिए) एक संपूर्ण और समृद्ध जीवन के लिए।"[23] इस पुस्तक ने यहूदी लोगों के दिलों को छू लिया और इसकी काफी अच्छी बिक्री हुई। मापू के साथ आधुनिक जियोनीवाद की पहली हलचल सामने आई।

मूसा हेस (1812-1875) का काम हालाँकि और भी अधिक नाटकीय था। जर्मनी में जनमे, आंशिक रूप से अपने पारंपरिक रब्बी दादा द्वारा (एक बार फिर से बियालिक की तरह) पाले गए, हेस पाखंडी पंथवादी डच यहूदी दार्शनिक बारूक स्पिनोजा के भक्त थे। बाद में उनके कट्टरपंथी झुकाव ने उन्हें समाजवाद की ओर अग्रसर किया। पारंपरिक यहूदी धर्म से खुद को और भी दूर करते हुए उन्होंने एक कामकाजी कैथोलिक महिला से शादी की।[24]

लेकिन हेस को जल्द ही इस बात का पता चल गया कि यहूदी धर्म को छोड़कर समाजवाद को अपनाना और कैथोलिक महिला से शादी करना भी उन्हें यूरोप के यहूदी-विरोध से नहीं बचा सकता। उन्होंने लिखा, "यहाँ तक कि धर्मांतरण भी यहूदियों को जर्मन यहूदी-विरोध के भारी दबाव से मुक्त नहीं कर सकता। जर्मन यहूदियों के धर्म से उतनी ही नफरत करते हैं, जितनी वे अपनी जाति से करते हैं, वे अपनी अजीबोगरीब नाक से कम, यहूदियों के अजीबोगरीब विश्वास से ज्यादा नफरत करते हैं।"[25]

इसलिए 1862 में हेस ने 'रोम ऐंड यरुशलम' लिखी,[26] जिसमें उन्होंने तर्क दिया कि यूरोप द्वारा यहूदियों का स्वागत किया जाना हमेशा ही कठिन होगा। "हम हमेशा देशों के बीच परदेशी ही बने रहेंगे। वे हमें बरदाश्त कर सकते हैं और हमें मुक्ति भी दे सकते हैं, लेकिन वे हमारा सम्मान तब तक नहीं करेंगे, जब तक हम यूबी बेने इबी पटेरिया (जहाँ भी चीजें अच्छी होती हैं, वहाँ अपनी मातृभूमि होती है) को अपनी महान् राष्ट्रीय यादों से ऊपर रखेंगे," उन्होंने लिखा।[27] यहूदियों को फिलिस्तीन वापस लौट जाना चाहिए, उन्होंने कहा कि वह पैतृक मातृभूमि, जिसका उन्होंने सपना देखा था और सहस्राब्दियों से जिसके बारे में बात करते आ रहे हैं, जहाँ उन्हें जमीन पर काम करना चाहिए और एक समाजवादी समाज का निर्माण करना चाहिए।

हालाँकि इसे अब राजनीतिक जियोनीवाद के इतिहास का एक महत्त्वपूर्ण अंग माना जाता है, लेकिन हेस जब तक जीवित थे, तब तक 'रोम ऐंड यरुशलम' को वस्तुतः अनदेखा कर दिया गया; उस समय यहूदी यूरोप में यहूदी जीवन के भविष्य के बारे में उन्हें गंभीरता से लेने के लिए जरा भी चिंतित नहीं थे।[28] हर्जल ने जब अंततः 'रोम ऐंड यरुशलम' पढ़ी—'द ज्यूइश स्टेट' को लिखने के बाद, तो उन्होंने लिखा—"हमने जो कुछ भी करने का प्रयास किया, वह पहले से ही उनकी पुस्तक में मौजूद है।"[29] जियोनीवाद, जैसा कि इस आंदोलन के एक महान् इतिहासकार लिखते हैं, एक 'दुबारा जनमा आंदोलन' है।[30]

हेस की 'रोम ऐंड यरुशलम' शायद इकलौता ऐसा जियोनीवादी काम था, जिसका हर्जल के काम से पहले क्लासिक बनना तय था। 1821 में एक रूसी परिवार में जनम और हस्काला की अच्छी जानकारी रखनेवाले लियोन पिंस्कर ने भी एक पुस्तक लिखी थी। ओडेसा में विश्वविद्यालय में भाग लेनेवाले प्रारंभिक यहूदियों में से एक पिंस्कर ने कानून का अध्ययन किया, लेकिन उन्होंने जल्द ही महसूस किया कि यहूदियों पर कोटे का मतलब है कि उन्हें कभी नौकरी नहीं मिलेगी, इसलिए वे एक चिकित्सक बन गए।

यह यहूदियों के खिलाफ होनेवाली हिंसा ही थी, जिसने पिंस्कर को सार्वजनिक जीवन की ओर आकर्षित किया। उनके मामले में 1871 के नरसंहार और 1881 में बड़े पैमाने पर हुए हमलों ने उन्हें अंदर तक हिलाकर रख दिया। वे अंततः इस नतीजे पर पहुँचे कि मेजबान देशों में यहूदियों को कभी भी स्वीकार नहीं किया जाएगा। उन्होंने लिखा—"जीवितों के लिए यहूदी एक मरा हुआ व्यक्ति है; मूल निवासियों के लिए दूसरे ग्रह से आया हुआ और एक आवारा; संपत्ति के मालिकों के लिए एक भिखारी; गरीबों के लिए एक शोषक और एक करोड़पति; देशभक्तों के लिए बिना देशवाला एक व्यक्ति और सभी वर्गों के लिए एक घृणा करने लायक प्रतिद्वंद्वी।"[31] 1881 के नरसंहार के एक वर्ष बाद उन्होंने 'ऑटो-एमेंसिपेशन' लिखा, जिसे उन्होंने 'ए वॉर्निंग टू हिज फेलो पीपल, फ्रॉम अ रशियन ज्यू' उपशीर्षक दिया और जिसमें उन्होंने यहूदियों से राष्ट्रीय पुनर्जन्म तथा स्वतंत्रता की तलाश करने का आग्रह किया।

हेस के काम के विपरीत, जो काफी हद तक क्षीण पड़ गया, पिस्कर ने

अपनी ओर कुछ ध्यान खींचने में सफलता प्राप्त की; उसके सामने आने के दो वर्ष बाद वे 'हेवोवी सियोन' की स्थापना का हिस्सा थे, जो अपने आप में पहला ऐसा संगठन था, जो फिलिस्तीन में यहूदियों के आप्रवास को बढ़ावा देने के काम में लगनेवाले प्रारंभिक यूरोपीय संगठनों में से एक था। इसके बावजूद उन्होंने यह बात महसूस की कि सिर्फ संगठन ही पर्याप्त नहीं रहेगा; यहूदियों को एक नेता की भी आवश्यकता है। उन्होंने लिखा—"हमारे पास शायद मूसा जैसी प्रतिभा वाले एक नेता की कमी है—इतिहास लोगों को बार-बार ऐसे मार्गदर्शक नहीं देता है, लेकिन हमें जिस चीज की सबसे ज्यादा जरूरत है, उसकी एक स्पष्ट मान्यता, अपने खुद के घर की पूर्ण आवश्यकता की मान्यता, हमारे बीच कई ऊर्जावान, सम्माननीय और प्रतिष्ठित दोस्तों को जगाएगी, जो नेतृत्व करेंगे और शायद उस एक मनुष्य से कम न होंगे, जो हमें अपमान और उत्पीड़न से छुड़ा सके।"[32]

यह बिल्कुल ऐसे था, जैसे पिंस्कर हर्जेल के बारे में ही सोच रहे थे।

प्रारंभिक जियोनी आंदोलनों की इस धीरे-धीरे सामने आती पृष्ठभूमि के विपरीत हर्जेल की पुस्तक ने पहले लिखी गई पुस्तकों के बिल्कुल उलट पूरी दुनिया में हलचल मचा दी। 'द ज्यूइश स्टेट' से उत्पन्न हुआ उत्साह इतना गहन था कि मार्च 1896 की शुरुआत तक इस पुस्तक के प्रकाशित होने के मात्र कुछ ही हफ्तों में किसी ने हर्जेल के सामने 'जियोनीवादी कांग्रेस' का प्रस्ताव रखा और उन्होंने इसे अपना लिया। वास्तव में वह उनमें समाहित हो गया, जैसे कि योजना के प्रारंभिक चरणों में सहायता करनेवाले एक व्यक्ति ने सामने रखा—"कांग्रेस के इतर कोई और दुनिया जैसे उनके लिए वास्तव में कोई अस्तित्व ही नहीं रखती थी। उन्होंने अपना सारा ध्यान उस काम की बारीकियों को समर्पित कर दिया। उन्होंने कुछ भी अपने हाथ से फिसलने नहीं दिया। उन्होंने निर्देश जारी किए, उन निर्देशों के पालन होने की निगरानी की और यह सब एक सौम्य वाणी में, चेहरे पर एक दोस्ताना मुसकराहट के साथ, फिर भी इतने स्पष्ट रूप से कि किसी को भी इसकी अवज्ञा करने या विरोध करने की जहमत नहीं उठानी पड़ी।"[33]

लगभग अठारह महीने की योजना के बाद हर्जेल ने सुनिश्चित कर लिया था कि कांग्रेस एक प्रभावशाली कार्य होगा। वे चाहते थे कि 29 अगस्त, 1897 को जब

ये खुले तो कांग्रेस का प्रभाव एक भव्य नए राजनीतिक आंदोलन की घोषणा करे। उन्होंने इस बात पर जोर दिया कि वहाँ पर उपस्थित रहनेवाले सभी पुरुष (वहाँ पर महिला प्रतिनिधि भी शामिल थीं) सूट और सफेद टाई पहनें, जब मैक्स नोर्डो, जो संभवत: हर्जेल के सबसे करीबी सहयोगी थे और शायद इकलौते ऐसे प्रारंभिक जियोनीवादी थे, जो अपनी जियोनीवादी भागीदारी से पहले से ही एक अंतरराष्ट्रीय बौद्धिक प्रतिष्ठा रखते थे, जब साधारण कपड़ों में आ गए, तो हर्जेल ने उन्हें होटल में वापस लौटने और निर्देशों के अनुसार कपड़े पहनकर वापस आने की सलाह दी।

कुछ पर्यवेक्षकों को हर्जेल की प्रवृत्ति नाटकीय रूप से अत्यधिक मनोरंजक प्रतीत हुई, लेकिन हर्जेल स्वभाव से कहीं अधिक प्रेरक थे। "प्रतिनिधियों और दुनिया दोनों को ही यह दिखाने के लिए कि कुछ असाधारण हो रहा है, कुछ किए जाने की आवश्यकता है और कुछ महान् तथा सुंदर की घोषणा (के बारे में) एक सपना, जो उन्हें एक साथ लाया था।"[34]

अपनी सारी धूमधाम और परिस्थितियों, अलग-अलग विचारधाराओं तथा असंस्कृत विचारों से भरी यह पहली जियोनी कांग्रेस एक शानदार सफलता साबित हुई। दर्शक इतने मंत्रमुग्ध थे और बौद्धिक रूप से परियोजना के प्रति इतने प्रतिबद्ध थे कि वे घंटों तक चलनेवाले भाषणों के लिए बैठे रहते थे।[35]

नवसंगठित आंदोलन के लक्ष्यों की स्पष्ट परिभाषा कांग्रेस की सबसे महत्त्वपूर्ण उपलब्धियों में से एक थी। जियोनीवादी कार्यक्रम, जिसे कई दिनों की तर्कपूर्ण बहस के बाद इसके सटीक शब्दों के साथ तैयार किया गया था, अंतत: लिखा था—

"जियोनीवाद फिलिस्तीन में यहूदी लोगों के लिए सार्वजनिक रूप से मान्यता प्राप्त, कानूनी रूप से सुरक्षित मातृभूमि को सुरक्षित करना चाहता है।" इस लक्ष्य को प्राप्त करने के लिए कांग्रेस निम्नलिखित तरीकों की परिकल्पना करती है—

1. किसानों, मजदूरों और कारीगरों के साथ फिलिस्तीन की स्थापना को बढ़ावा देना।
2. पूरे यहूदी समुदाय को उनके संबंधित देशों के कानूनों के अनुसार उपयुक्त स्थानीय और सामान्य निकायों में व्यवस्थित करके।

3. राष्ट्रीय यहूदी भावना और राष्ट्रीय चेतना को मजबूत करके।
4. किसी भी सरकारी सहमति को प्राप्त करने के लिए प्रारंभिक कदम उठाकर, जो कि जियोनीवाद के उद्‌देश्य तक पहुँचने के लिए आवश्यक हो।[36]

यूरोप के स्वतंत्र यहूदियों ने जिस हद तक यूरोप के शैक्षिक अवसरों का फायदा उठाया था, उसे देखते हुए यह कोई आश्चर्य की बात नहीं थी कि वहाँ पर मौजूद प्रतिनिधियों में से एक प्रो. जवी हरमन शापिरा ने आग्रह किया कि राजनीतिक जियोनीवाद के प्रक्षेपण का अभिन्न अंग के रूप में फिलिस्तीन में एक 'हिब्रू विश्वविद्यालय' का निर्माण होना चाहिए। अपने प्रारब्ध से ही जियोनीवाद एक साक्षर आंदोलन था—पारंपरिक यहूदी धर्म और यूरोपीय प्रबोधन के बीच भिड़ंत, यहूदी हताशा और यहूदी अनंतकाल की भावना से पैदा हुआ, जो शिक्षा और लेखन के प्रति उतना ही प्रतिबद्ध था, जितना कि राजनीतिक लक्ष्यों के प्रति।

इसके अलावा कांग्रेस ने एक गान को भी अपनाया। 1878 में लिखा गया, 'हातिकवाह'* (मूल से कहीं अधिक संक्षिप्त संस्करण में) एक साधारण गान है, जो केवल एक वाक्य से बना है—

'जब तक कि हृदय में, भीतर से,
एक यहूदी आत्मा तरसती है,
और आगे, पूर्व के छोर की ओर,
एक आँख अभी सियोन की ओर घूरती है।
हमारी आशा अभी भी जीवित है,
दो हजार वर्षों की आशा,
अपनी धरती पर मुक्त जन होना,
सियोन और यरुशलम की धरती पर।'

* 'हातिकवाह' कई अन्य राष्ट्रगानों से बहुत अलग है। अधिकांश ऐसे गान ('द स्टार-स्पैंगल्ड बैनर', 'ला मार्सिलेज' और यहाँ तक कि 'द इंटरनेशनल' सहित कई अन्य) सिर्फ युद्ध और संघर्ष की चर्चा करते हैं, लेकिन 'हातिकवाह' ऐसा नहीं करता। 'हातिकवाह' बहुत छोटे से मायने में एक बेहद दुर्लभ गान भी है; इसकी गीतात्मक और शोकाकुल धुन इजराइल के राष्ट्रीय गान पर मार्च करने को असंभव बना देती है।

कांग्रेस ने कई अन्य मुद्दों पर भी विचार-विमर्श किया। इस पहली जियोनी कांग्रेस के दौरान ही एक 'यहूदी राष्ट्रीय कोष' (जिसका मूल मिशन तुर्क फिलिस्तीन में भूमि खरीदना और विकसित करना था) का विचार पहली बार सामने आया था। कांग्रेस ने कई समितियों और प्रशासनिक निकायों को भी स्थापित किया, जिन्होंने बाद में आंदोलन को इतना प्रभावी बना दिया।

हर्जेल, जिन्होंने बेहद सावधानी से प्रत्येक अंश की योजना तैयार की थी और जिन्होंने इसे अमलीजामा पहनाने के लिए अपनी सारी ऊर्जा इसमें ही खपा दी थी, ने कांग्रेस को खुशी से भरे माहौल में छोड़ दिया। कुछ सप्ताह बाद उन्होंने अपनी डायरी में लिखा—"अगर मैं बेसल कांग्रेस को एक शब्द में बयाँ कर सकता, जिसे मैं सार्वजनिक रूप से न करने के लिए बहुत सावधान रहूँगा तो वह यह होगा—'मैंने बेसल में यहूदी राज की स्थापना की।' अगर मैं आज की तारीख में इस बात को जोर से कहूँ तो इसके जवाब में पूरी दुनिया हँसेगी, शायद पाँच साल में और पचास साल में तो निश्चित रूप से, हर कोई इस बात को स्वीकार करेगा।"[37]

नई ऊर्जा से लबरेज हर्जेल अब पहले से कहीं अधिक दृढ़ निश्चयी हो गए थे। उन्होंने पहली बार फिलिस्तीन की यात्रा की। उन्होंने यहूदियों की पुश्तैनी भूमि (और उन स्थानों में से एक, जहाँ उन्होंने सोचा कि अंततः एक यहूदी राज्य बनाया जा सकता है*) देखने के लिए यह यात्रा नहीं की थी, बल्कि उस समय की राजनीति को समझने के लिए यह यात्रा की थी। कैसर विल्हेम द्वितीय और सुल्तान के कई प्रतिनिधि उस दौरान पवित्र भूमि का दौरा कर रहे थे और हर्जेल ने महसूस किया कि उनके लिए उन्हें अपने पक्ष में करने का सबसे आसान तरीका, वहाँ पर उनसे मिलना ही हो सकता है।[38]

कैसर शायद ही एक स्वाभाविक सहयोगी था। पहली जियोनीवादी कांग्रेस में भाग लेनेवाले एक जर्मन प्रतिभागी ने कांग्रेस के बाद कैसर को एक पत्र लिखा था,

---

* 1896 में जब हर्जेल ने 'द ज्यूइश स्टेट' लिखा था तो वे इस बात को लेकर पूरी तरह से अनिश्चित थे कि उन्होंने जिस देश की कल्पना की है, उसकी स्थापना कहाँ होनी चाहिए? उन्होंने लिखा, "दो क्षेत्रों को लेकर विचार किया जा रहा है, फिलिस्तीन और अर्जेंटीना।" (थियोडोर हर्जेल, द यहूदी स्टेट (न्यूयॉर्क : डोवर प्रकाशन, 1989, पृ. 64 देखें)। हालाँकि 'अल्टन्यूलैंड', जिसे उन्होंने इसके छह वर्ष बाद 1902 में लिखा, में हर्जेल स्पष्ट रूप से फिलिस्तीन में एक यहूदी राष्ट्र की कल्पना करते हैं।

जिसमें उसके उद्देश्यों के बारे में विस्तार से बताया गया था। उस पत्र को प्राप्त करने के बाद कैसर ने हाशिए में लिखा—"यहूदियों को फिलिस्तीन जाने दो, जितनी जल्दी ऐसा हो, उतना अच्छा। मैं उनके रास्ते में बाधाएँ खड़ी नहीं करनेवाला।"[39] लेकिन यहूदियों के प्रति कैसर की दुश्मनी के बावजूद हर्जेल खुद को उनसे मिलने के प्रयास करने से रोक नहीं पाए, अगर यहूदी-विरोधी अपने लक्ष्य साझा करते तो हर्जेल उस स्तर तक उनके साथ सहयोग करने को भी तैयार थे, जब तक कि वे एक यहूदी राष्ट्र स्थापित करने के उनके लक्ष्य को आगे बढ़ा रहे थे।

एक बंजर देश को लेकर उनके विचार, जिनमें उन्होंने विस्तृत असीम क्षमताएँ देखीं, ने हर्जेल के सबसे प्रसिद्ध उपन्यास 'अल्टन्यूलैंड' या 'ओल्ड-न्यू लैंड' नामक एक यूटोपियन उपन्यास में स्थान बना लिया। 1902 में प्रकाशित हुई 'अल्टन्यूलैंड' भविष्य के यहूदी राज्य को बिल्कुल उसी नजर और नजरिए से देखती है, जिससे हर्जेल के दौर के बाकी यूटोपियन उपन्यास देखते थे। पुस्तक के कथानक के केंद्र में एक समावेशी यहूदी और उसका यात्रा करनेवाला गैर-यहूदी साथी है, जो कई वर्षों तक एक दूरस्थ द्वीप पर अलग-थलग रहने के बाद फिलिस्तीन में नए पुनर्गठित यहूदी राष्ट्र की खोज करते हैं। हर्जेल जिस समाज का बखान करते हैं, वह रमणीय है। रेगिस्तानी भूमि को हरा-भरा बना दिया गया है, आधुनिक शहरों ने वहाँ की उन जीर्ण-शीर्ण बस्तियों का स्थान ले लिया है, जो हर्जेल ने तब देखी थीं, जब वे वहाँ गए थे। सभी धर्मों के लोग तनाव के बिना सद्भाव के साथ रह रहे हैं, अपने-अपने तरीकों से उपासना कर रहे हैं। फिलिस्तीन बुद्धिजीवियों और अन्वेषकों, लेखकों और महान् राजनेताओं से भरा हुआ है।

यह भविष्य के फिलिस्तीन को लेकर पूर्ण यूटोपियन दृष्टिकोण था, लेकिन चूँकि शायद यूरोप में जीवन इतनी अधिक हताशा से भरा होता जा रहा था कि यह एक ऐसा दृष्टिकोण था, जिसे उनके कई पाठकों ने बेहद गहराई के साथ सम्मोहक पाया—

> "सब्बाथ का जादू पूरे पवित्र शहर पर फैला हुआ था, जो अब उस गंदगी, शोर और दुर्गंध से मुक्त हो गया था, जो अकसर सभी पंथों के उन भक्त तीर्थयात्रियों को नाराज कर देता था, जो लंबी और थका देनेवाली यात्राओं को पूरा करके अपने लक्ष्य तक पहुँचे हैं। पुराने दौर में तो उन्हें

अपने तीर्थस्थानों तक पहुँचने से पहले कई घृणित दृश्यों का सामना करना पड़ता था, अब सबकुछ बदल चुका है…जमीन और गलियों को सुंदर तरीके से तैयार किया गया है और उनकी अच्छे से देखभाल हो रही है…मुसलिम, यहूदी और ईसाई कल्याण संस्थान, अस्पताल और क्लीनिक कंधे-से-कंधा मिलाकर खड़े हैं। एक बड़े चौराहे के बीच में शानदार पीस पैलेस था, जहाँ शांति-प्रेमियों और वैज्ञानिकों के अंतरराष्ट्रीय सम्मेलन आयोजित किए जाते थे, क्योंकि यरुशलम अब मानव आत्मा के सभी बेहतरीन प्रयासों—विश्वास, प्रेम, ज्ञान का घर था।"[40]

ऐसा नहीं था कि सिर्फ यरुशलम का ही पुनर्निर्माण किया गया था। यहूदी मातृभूमि के निर्माण ने यूरोप में यहूदियों की समस्याओं का काफी हद तक समाधान कर दिया था।

डॉ. वॉल्टर ने यूरोप में रुक गए यहूदियों पर यहूदियों के बड़े पैमाने पर हुए उत्प्रवास के प्रभावों के विवरण को प्रस्तुत किया। वे अपने आप से यह कहने के लिए मजबूर हो गए, उनकी नजरों में यह बात हमेशा से पूरी तरह से स्पष्ट थी कि जियोनीवाद यूरोप में रुकनेवाले यहूदियों के लिए उतना ही फायदेमंद होगा, जितना कि प्रवास करनेवालों के लिए।[41]

यह एक साहसिक सपना था और कई मायनों में एक काल्पनिक सपना भी, लेकिन यह जल्दी ही व्यावहारिक भी हो गया। यूरोप में रहनेवाले यहूदी जितने अधिक अधीर होते गए, वे अपने लिए एक बिल्कुल अलग दुनिया की कल्पना करने को लेकर उतने ही अधिक सक्षम होते गए। हेस के पास था। पिंस्कर के पास था। इनके बाद बियालिक ने किया। थियोडोर हर्जेल ने उस पूरे जुनून को एक राजनीतिक आंदोलन की शक्ल दे दी। वे इस भ्रम में नहीं थे कि यह आसान होनेवाला है, लेकिन उन्होंने कभी इस बात को लेकर संदेह भी नहीं किया कि ऐसा नहीं हो सकता। अपने पाठकों के लिए उनका संदेश, जैसा कि उन्होंने 'अल्टन्यूलैंड' के एपिग्राफ में स्पष्ट रूप से कहा था, सरल था—"यदि आप इसे चाहते हैं तो यह कोई सपना नहीं है।"[42]

□

2

मातृभूमि के कुछ निशान

"जब यहोवा सियोन में लौटनेवालों को ले आया, तब हम स्वप्न देखनेवाले जैसे हो गए।"

—**भजन संहिता**, 126

हालाँकि आमतौर पर ऐसा कहा जाता है कि 1897 में बेसल में आयोजित हुई पहली जियोनी कांग्रेस में शामिल होनेवाले सभी प्रतिनिधि वे लोग थे, जिन्होंने जियोनीवादी आंदोलन को स्थापित किया, लेकिन यह बात पूरी तरह से सच नहीं है। प्रथम जियोनी कांग्रेस में भाग लेनेवाले प्रतिभागियों ने जियोनीवाद की शुरुआत एक राजनीतिक आंदोलन के रूप में की, लेकिन वह सपना, जो इनके आंदोलन के मूल में था, इजराइल की भूमि में अपने पैतृक घर लौटने की लालसा, इससे कहीं पहले ही उत्पन्न हो चुकी थी। यह सपना उतना ही पुराना था, जितने स्वयं यहूदी लोग।

सिर्फ यहूदी ही उन लोगों में से एक नहीं थे, जो यह बात समझते थे कि अपनी पैतृक भूमि पर कोई भी जितना फल-फूल सकता है, उतना किसी अन्य स्थान पर संभव नहीं है। जियोनी कांग्रेस से बीस वर्ष से भी अधिक समय पूर्व, जॉर्ज एलियट (मैरी एन इवांस का उपनाम) ने उस प्रेम की शक्ति के बारे में, जिसे लोग भूमि के एक टुकड़े के लिए महसूस कर सकते हैं, लिखा—वह भी यहूदियों का उल्लेख तक किए बिना।

> मेरे खयाल से एक मानव जीवन एक पैतृक भूमि में किसी स्थान पर अच्छे से निहित होना चाहिए, जहाँ उसे धरती की ओर देखने पर कोमल

> भाईचारे का प्रेम मिले, उस मेहनत के लिए, जो पुरुष करते हैं, उन ध्वनियों और उच्चारणों के लिए, जो उसका पीछा करते हैं, जो कुछ भी भविष्य के ज्ञान के विस्तार के बीच उस प्रारंभिक घर को एक परिचित अचूक अंतर देगा—एक ऐसा स्थान, जहाँ प्रारंभिक यादों की निश्चितता स्नेह के साथ हो सकती है।[1]

आज का इजराइल—उसके सपनों, उसकी सफलताओं और निराशाओं तथा उसके नागरिक अपने सामने आनेवाली चुनौतियों का सामना किस प्रकार से करते हैं—को समझने के लिए हर किसी को उस प्राचीन कहानी को समझना आवश्यक है, जो यहूदी लोग काफी लंबे समय से अपने बारे में सुनाते आ रहे हैं और उस कहानी में इजराइल की भूमि की केंद्रीयता को भी।

यहूदियों के लिए सियोन की यादें 'बाइबल' की वजह से 'स्नेह से परिपूर्ण' थीं, क्योंकि वह एक ऐसी पुस्तक थी, जिसे उन्होंने एक 'राष्ट्रीय डायरी' के रूप में देखा था। धार्मिक यहूदियों के लिए तो 'बाइबल' निश्चित रूप से परमेश्वर का शाश्वत वचन थी, जिसमें इस बात को लेकर आज्ञाएँ दी गई थीं कि उन्हें अपना जीवन कैसे जीना चाहिए! धर्मनिरपेक्ष यहूदियों के लिए 'बाइबल' साहित्य की सार्वकालिक सर्वश्रेष्ठ कृतियों में से एक थी, हालाँकि सभी के लिए 'बाइबल' एक ऐसी पुस्तक थी, जो उनके अपने लोगों की कहानी सुनाती थी—उन्हें क्या पसंद था, वे कहाँ रहते थे, वे कैसे सफल हुए और वे कब असफल हुए। वह उनके परिवार की कहानी थी और उस परिवार की कहानी के केंद्र में इजराइल की भूमि थी, जिस भूमि पर थियोडोर हर्जेल अब उन्हें वापस लौटने का आग्रह कर रहे थे। उनकी 'डायरी' ने संकेत किया कि कहानी के केंद्र में उनकी भूमि के बिना कोई यहूदी राष्ट्र और कोई यहूदी परिवार नहीं हो सकता।

इजराइल की भूमि इसके प्रारंभिक क्षणों से ही यहूदी लोगों की कहानी का हिस्सा है, जब 'बाइबल' उस पल का वर्णन करती है, जिस क्षण यहूदी लोग पैदा हुए थे, तो वह कहती है—प्रभु ने अब्राम* से कहा, "अपनी जन्मभूमि से निकल,

---

* जिनेसिस 17:5 में उसका नाम बदलकर इब्राहिम कर दिया गया है—"मैं तुम्हारे नाम को बदल दूँगा। तुम्हारा नाम अब्राम नहीं रहेगा, तुम्हारा नाम इब्राहिम होगा। मैं तुम्हें यह नाम इसलिए दे रहा हूँ कि तुम बहुत से राष्ट्रों के पिता बनोगे।"

उस स्थान पर, जो मैं तुझे दिखाऊँगा।"[2] अब्राम आज्ञा का पालन करता है और कुछ ही समय बाद परमेश्वर उससे कहते हैं, "मैं इस भूमि को तुम्हारी संतानों को सौंप दूँगा।"[3] 'वादा किए गए देश' की धारणा बिल्कुल उसी समय सामने आती है, जब यहूदियों की कहानी शुरू होती है।

यह भूमि पूरे समय लोगों की कहानी के केंद्र में बनी रहेगी। इब्राहिम कैनान (जैसा कि उसे उस समय जाना जाता था) को अपना घर बनाता है, लेकिन कभी-कभी (विशेषकर अकाल के दौरान) उसे और उसकी संतानों को अपने अस्तित्व को बचाए रखने के लिए पड़ोसी देशों की यात्रा करनी पड़ती है। जिनेसिस की यह पुस्तक (मूसा की पाँच पुस्तकों में से पहली, जिन्हें समग्र रूप से 'टोरा' कहा जाता है), कई मायनों में भूमि के बारे में ही है। यह शहरों के निर्माण और कुओं की खुदाई, दफन करनेवाली गुफाओं को खरीदने और भूमि को परिवार के बीच बाँटने के बारे में है। यह जमीन छोड़ने और उस पर वापस लौटने के बारे में है। जिनेसिस मूल रूप से इब्राहिम के मिश्रित परिवार की कहानी है, लेकिन उस कहानी के केंद्र में वह भूमि है, जिस पर उन्हें रहने के लिए कहा गया है।

जिनेसिस की पुस्तक के समाप्त होने और एक्सोडस की पुस्तक से परदा उठने के बाद इब्राहिम की संतानें अब सिर्फ एक परिवार भर नहीं रह जाती हैं, वे अब लोगों का रूप ले लेती हैं, उन्हें अब इजराइली कहा जाता है और वे फिरौन के दास बनकर मिस्र में फँस गए हैं, हालाँकि फिरौन को इस बात का सहज ज्ञान हो जाता है कि इजराइलियों को दास बनाए रखना पूरी तरह से असंभव होगा, क्योंकि वे पहला अवसर मिलते ही अपनी भूमि पर वापस लौटने का प्रयत्न करेंगे। फिरौन अपने लोगों से कहते हैं, "देखिए, ये इजराइली लोग हमारे लिए बहुत अधिक संख्या में हैं। हमें इनके साथ बेहद सयाना व्यवहार करना चाहिए, ताकि इनकी संख्या में बढ़ोतरी न हो; वरना युद्ध होने की स्थिति में ये हमारे खिलाफ लड़ने के लिए हमारे दुश्मन के साथ हाथ मिला सकते हैं और वे इस भूमि से बाहर चले जाएँगे।"[4] फिरौन इस बात को समझता है कि पहला मौका मिलने पर इजराइली उसका ताज पाने के लिए विद्रोह नहीं करेंगे, बल्कि वे अपने घर वापस जाने के लिए ऐसा करेंगे। बस वहीं पर फिरौन लोगों और उनकी भूमि के बीच के चुंबकीय आकर्षण को सूँघ लेते हैं और लोग हमेशा अपनी प्राचीन मातृभूमि में लौटने के लिए संघर्ष करेंगे।

बिल्कुल ऐसा ही होता है। एक नया नेता पैदा होता है, जो उनकी दासता को समाप्त करने के लिए दृढ़ संकल्पित होता है। मूसा लोगों को दासता से मुक्त करता है और उन्हें मिस्र से बाहर निकालता है। शेष टोरा तब सामने आता है, जब इजराइली वादा किए गए देश के लिए अपनी लंबी यात्रा करते हैं, जैसे कि 'बाइबल' यह कहानी कहती है, यह रेगिस्तान से होकर गुजरनेवाली चालीस साल लंबी एक ऐसी यात्रा थी, जो प्यार और युद्ध, संदेह और विद्रोह से घिरी हुई थी। इसके कई हजारों साल बाद जियोनीवादी यह समझ पाए कि टोरा वास्तव में कह क्या रहा था—सच्ची स्वतंत्रता की राह लंबी और कठिन होगी। यहोशु की पुस्तक में इजराइली अंततः उस भूमि पर पहुँच जाते हैं, स्वयं इब्राहिम जिसकी यात्रा कर चुके थे, लेकिन सबसे आवश्यक बिंदु कि घर को पाना इतना आसान नहीं होगा, को पूरी तरह से स्पष्ट कर दिया गया था।

'बाइबल' के कथानक में एक राष्ट्रीय घर की स्थापना को लेकर एक और बिंदु दिया गया था—इजराइलियों के आगमन के बावजूद अपनी मातृभूमि में बने रहना इतना आसान काम नहीं होगा। 'बाइबल' के लेखानुसार, इस भूमि पर पहले से ही सात विभिन्न देशों का कब्जा था और कुछ अन्य बाहरी खतरे भी मौजूद थे।[5] युद्ध बारंबार होते रहते थे और इजराइली राजनीतिक नेतृत्व के कई मॉडल विफल हो चुके थे। आखिरकार एक मातृभूमि में सुरक्षित बने रहने के सामने आनेवाले कभी न खत्म होनेवाले खतरों का सामना करके थक चुके इजराइलियों ने, जिनमें 12 विभिन्न जनजातियाँ शामिल थीं, एक राजा की माँग उठाई।

इजराइलियों का पहला राजा शाऊल बेहद दोषपूर्ण था और जल्द ही युवा डेविड ने उसका स्थान ले लिया। पहले-पहल देखने में छोटा सा और संकोची प्रतीत होनेवाला डेविड जल्द ही एक कुशल सैन्य कमांडर बन गया और एक स्थिर राजशाही तथा विशाल राज्य की स्थापना की। हालाँकि डेविड भी दोषों से भरपूर था (उदाहरण के लिए, वह निर्दयी हो सकता है), 'बाइबल' एक ऐसी कहानी बताती है, जिसमें उसने दृष्टि, शक्ति, आध्यात्मिक संवेदनशीलता को मूर्त रूप दिया था, उसे एक ऐसे नेता के रूप में वर्णित किया गया था, जितना हाड़-मांस का बना हुआ कोई भी व्यक्ति आदर्श रूप में हो सकता था। क्या इसमें अचंभेवाली कोई बात है कि पहली जियोनी कांग्रेस में जब प्रतिनिधियों में

से एक ने हर्जेल की उपस्थिति में महसूस की गई भव्यता को व्यक्त करने की कोशिश की, तो उन्होंने लिखा—

> "एक अद्‌भुत और उन्नत कृति हमारे सामने उभरकर आई, जो असर और कद में पूरी तरह से राजसी थी, जिसकी गहरी आँखों में शांत प्रताप और अनकहा दु:ख पढ़ा जा सकता था, यह हाउस ऑफ डेविड का एक शाही वंशज है, जो एक बार फिर से सजीव हुआ है और जो किंवदंती, कल्पना और सुंदरता से सजा हुआ है।"[6]

पहली जियोनी कांग्रेस के जादू और शक्ति का एक अंग यह था कि अपने प्रतिभागियों को पिछले गौरव की बहाली की शुरुआत के जैसी लग रही थी; एक ऐसा गौरव, जिसे यहूदियों ने हजारों साल पहले अनुभव किया था, एक ऐसा उत्कर्ष, जिसे वे पहले जानते थे—इजराइल की भूमि में।

डेविड ने राज्य को अपने पुत्र सुलेमान को सौंप दिया, जिसने दसवीं शताब्दी ईसा पूर्व में यरुशलम में पहला मंदिर निर्मित किया। यह मंदिर इजराइल के धार्मिक जीवन का केंद्र बन गया। वहाँ पर बलि चढ़ाई जाती थीं और इजराइली वर्ष में तीन बार वहाँ की तीर्थयात्रा करते थे। इसके अलावा यरुशलम और मंदिर, सभी अर्थों और उद्‌देश्यों के लिए इजराइली दुनिया की राजधानी के रूप में भी सेवा कर रहे थे। आनेवाले समय में टेंपल माउंट, जिस पर मंदिर स्थित था, पहले और दूसरे मंदिर के वहाँ स्थापित होने के चलते न सिर्फ यहूदियों के लिए पवित्र हो जाना था, बल्कि ईसाइयों और मुसलमानों के लिए भी बेहद पाक हो जाना था। ईसाइयों के लिए यह ऐसी जगह थी, जहाँ यीशु ने मंदिर में भ्रष्टाचार के खिलाफ प्रचार किया था और पैसे बदलनेवालों को निष्कासित कर दिया था। मुसलमानों के लिए टेंपल माउंट की पवित्रता अल अक्सा मसजिद और कुब्बत-अल-सखरा से निकली थी, जो वहाँ पर 691-692 सी.ई. से पहले उस स्थान पर पूरी हो जाएगी, जहाँ से इसलामिक मान्यताओं के अनुसार पैगंबर मुहम्मद ने जन्नत की यात्रा प्रारंभ की थी।

हालाँकि सुलेमान की निर्माण की इन परियोजनाओं में बड़ी लागत आई थी, जिनके लिए धन की व्यवस्था करने के इरादे से उन्होंने करों को बढ़ा दिया।

परिणामस्वरूप जनजातियाँ अधीर हो गईं; विशेषकर उत्तरी क्षेत्र में रहनेवाले, खुद को सुलेमान की ओर से उपेक्षित महसूस कर रहे थे, जिनके बारे में उन्हें लगता था कि वे दक्षिणी जनजातियों का पक्ष ले रहे हैं। राजनीतिक उठा-पटक के बावजूद सुलेमान अपने गठबंधन को बनाए रखने में सफल रहा, हालाँकि उसका पुत्र रहबाम अपने पिता की तरह कुशल राजनीतिज्ञ नहीं था और 928 ईसा पूर्व में राजशाही बार-बार-झगड़नेवाले दो अलग राज्यों में बँट गई—उत्तर में एक राज्य, इजराइल का राज्य (बारह इजराइली जनजातियों में से दस से बना) और दक्षिण में एक राज्य, यहूदिया (बारह जनजातियों में से दो से बना)।

इस प्रकार यहूदियों ने अपने बारे में जो वर्णन किया था, उसमें एक और विषय शामिल हो गया—फूट का खतरा। दो इजराइली राज्यों के मामले में विभाजित आगत आपदा। सत्ता संघर्षों ने उत्तरी साम्राज्य को निगल लिया; दो शताब्दियों के अंतराल में कम-से-कम उन्नीस विभिन्न राजवंशों ने राज्य पर शासन किया। इससे भी बदतर यह था कि ये दोनों राज्य अकसर एक-दूसरे से क्रूरतापूर्वक लड़ते थे।

इजराइल के आज के समय के जीवन का एक और महत्त्वपूर्ण आयाम ऐसा है, जिसे आज से हजारों वर्ष पूर्व 'बाइबल' में प्रस्तुत किया गया था, जैसा कि उस क्षेत्र में हमेशा से होता आया था—राज्य चारों तरफ से शक्तिशाली दुश्मनों से घिरे हुए थे। उत्तर में असीरियन साम्राज्य था, जहाँ पर आज उत्तरी इराक स्थित है। एक बेहद क्रूर सैन्य शक्ति, यह फरात नदी के पश्चिम में स्थित कई राष्ट्रों, जिनमें इजराइल और यहूदिया भी शामिल थे, के लिए एक बड़ा खतरा था। असीरिया के अलावा उत्तर में एक और खतरनाक शक्ति अरम स्थित थी। पूर्व में बेबिलोनिया नामक एक और ऐसा साम्राज्य था, जो हमेशा युद्ध के मैदान में बैठा मिलता था। मामलों को इससे भी कहीं अधिक जटिल करने वाला दक्षिण में मिस्र का विशाल साम्राज्य स्थित था। इस क्षेत्र को नियंत्रित करने की सोचने वाले किसी भी राष्ट्र के लिए उस भूमि को जीतना बेहद आवश्यक था, जिसपर इजराइल और यहूदिया के देश स्थित थे। देखा जाए तो कई मायनों में, यहूदी राष्ट्रों पर इसका कोई फर्क नहीं था कि परिणाम क्या होता है? इनमें से जो भी शक्ति विजयी होती, आखिरकार वही उन्हें अपने आधीन कर लेती।

यह भी एक ऐसा नजरिया है, जिसके माध्यम से समकालीन इजराइल अपनी

चुनौतियों को देखता है। मध्य-पूर्व उस दौर में भी एक जटिल क्षेत्र था। अस्तित्व का तब भी एक निरंतर संघर्ष था।

बेकरार इजराइली साम्राज्य बने रहने के लिए जो कुछ भी कर सकते थे, उन्होंने किया। उन्होंने गठबंधन बनाए और श्रद्धांजलियाँ अर्पित कीं, हालाँकि लंबे दौर में, इनमें से कोई भी रणनीति सफल नहीं रही। कई अप्रत्याशित घटनाक्रमों से भरी कहानी में संधियों और प्रतिद्वंद्विता की भरमार थी, दोनों ही राज्य लगातार कमजोर होते गए। यह केवल कुछ समय की बात थी, जब उनका अस्तित्व समाप्त होनेवाला था और इसके पीछे कारण थे, उनकी भीतरी लड़ाई और उनके आसपास स्थित क्रूर सेनाओं से मिलनेवाली लगातार धमकियाँ।

733 से 732 ईसा पूर्व तक असीरियन राजा टिलथ पिलेसर तृतीय ने गैलिली और ट्रांसजोर्डन पर कब्जा कर लिया तथा स्थानीय निवासियों के एक बड़े हिस्से को निर्वासित कर दिया। ऐसा करने के दौरान उसने मध्य-पूर्व में एक नई रणनीति अपनाई और एक ऐसी रणनीति, जिसे आधुनिक युग में भी दोहराया गया—लोगों का जबरन निर्वासन। इजराइलियों के मामले में इस निर्वासन ने उनके धार्मिक जीवन को काफी हद तक प्रभावित किया। उस समय तक इजराइलियों की पहचान बड़े पैमाने पर उस विशेष जनजाति से जुड़ी हुई थी, लेकिन जनजातियों की पहचान उस भूमि से अबाधित थी, जिसमें वे निवास करते थे। इजराइलियों को एक बार उनकी भूमि से निर्वासित कर देने के बाद उनके लिए अपनी आदिवासी पहचान को बनाए रखना लगभग असंभव था।

अचानक अपनी पसंद से नहीं, बल्कि परिस्थितियों के चलते, इजराइलियों को एक बार फिर से मजबूर होकर यह सोचना पड़ा कि उनके लोग होने का असल मायने क्या हैं? इसके बाद भी सहस्राब्दी में एक से भी अधिक बार ऐसे मौके आए, जब निरंतर बदल रही दुनिया में यहूदियों (और जियोनीवादियों को भी) के सामने यही चुनौती आई।

'बाइबल' हमें यह नहीं बताती कि उत्तरी साम्राज्य की उन दस जनजातियों का क्या हुआ, जो तितर-बितर हो गई थीं। निर्वासन की कहानी जबरन प्रवास के खतरों—किसी भी व्यक्ति के लिए—को सामने लाती है, जिसे यहूदी और अरब,

दोनों ही लोगों को बीसवीं शताब्दी में फिर से भुगतना था। 'बाइबल' के समय की उन जनजातियों के साथ जो कुछ भी हुआ हो, जैसा कि 'बाइबल' कहानी सुनाती है, यहूदिया की दो जनजातियाँ वे थीं, जो इजराइलियों और यहूदी लोगों में तब्दील हो गईं।

चूँकि दक्षिणी राज्य अभी भी उत्तर और दक्षिण, दोनों ही दिशाओं से बड़ी शक्तियों का सामना कर रहा था, बाकी की दो जनजातियों के अस्तित्व के लिए चुनौती भी अभी खत्म नहीं हुई थी। असीरिया की सैन्य ताकत कम हो गई, लेकिन बेबीलोन ने आगे आकर उस शून्य को भर दिया। दक्षिण में मिस्र का शक्तिशाली साम्राज्य अभी भी खतरनाक था। ऐसे में यहूदिया के नेताओं ने कई ऐसी बड़ी गलतियाँ कीं, जिन्होंने उनकी स्थिति को और भी बदतर कर दिया। गलत तरीके से यह मानते हुए कि बेबीलोन की स्थिति कमजोर हो चुकी है, यहूदिया के राजा ने बेबीलोन के राजा का सम्मान करना बंद कर दिया। इससे गुस्साए बेबीलोन ने, 598 बी.सी.ई. में यहूदिया पर आक्रमण करते हुए यहूदिया राजा को मार डाला, इसके तुरंत बाद मंदिर को लूट लिया और करीब दस हजार लोगों (अधिकांश सैनिक और शिल्पी) को बंधक बना लिया। असीरिया के राजा के पदचिह्नों पर चलते हुए, बेबीलोन के राजा ने यहूदियों की राष्ट्रीय इच्छा को कुचलने के लिए लोगों को तितर-बितर करने के लिए शक्ति का उपयोग किया।

यहूदियों द्वारा विद्रोह करने और बेबीलोन के शासन को स्वीकार करने से इनकार करने पर बेबीलोन के एक नए राजा नकूबदनेस्सर ने एक बार फिर यहूदियों पर हमला किया। इस बार यहूदी विद्रोह को हमेशा के लिए कुचलने के लिए बेबीलोनियों ने न केवल आबादी को पूरी तरह से खदेड़ने और तितर-बितर करने का फैसला किया, बल्कि इजराइल की भूमि में यहूदी जीवन के प्रतीक तक को नष्ट करने का भी फैसला किया। 586 ईसा पूर्व में उन्होंने सुलेमान के मंदिर को जला दिया।

अब यहूदिया भी हाथ से जा चुका था। यहूदियों की स्वतंत्रता समाप्त हो चुकी थी। बेबीलोन का देशनिकाला हो चुका था, अब सभी यहूदी लोग दोबारा कभी इजराइल की जमीन पर नहीं बस सकेंगे।

इजराइली धर्म के प्रति बलीय धर्म-संप्रदाय और याजकीय नेतृत्व की केंद्रीयता को देखते हुए मंदिर का विनाश और उसके साथ ही बलि चढ़ाने की उनकी प्रथा एवं याजकों की शक्ति के अंत का मतलब शायद इजराइली जीवन का अंत था, हालाँकि अपनी समाजशास्त्रीय और धार्मिक बुद्धिमत्ता के बल पर इजराइली नेतृत्व ने अपने अनुयायियों के आगे इस बात के लिए झोली फैला दी कि वे इस नुकसान को अंत के रूप में न देखें, बल्कि आपदा के समय में भी आशा को बनाए रखें।

एक पैगंबर यिर्मयाह, जिन्होंने यरुशलम के पतन को देखा था और जो निर्वासन के दौरान नबी बन गए थे, ने इस बात पर जोर दिया कि इन अप्रत्याशित क्रूर घटनाओं को लोगों के अंत के रूप में नहीं देखा जाना चाहिए। "घरों का निर्माण करो और उनमें बस जाओ; बागीचे लगाओ और उनके फल खाओ; विवाह करो और पुत्र-पुत्रियाँ पैदा करो; अपने बेटों के लिए पत्नियाँ तलाशो और अपनी पुत्रियों को उनके पतियों के हवाले कर दो; ऐसा करने से तुम बढ़ोगे ही, घटोगे नहीं।"[7]

इसके अलावा 'बाइबल' में पैगंबर हनन्याह द्वारा प्रस्तुत किया गया एक पूरी तरह से अलग दृष्टिकोण था। उन्होंने जोर देकर कहा कि बेबीलोनवासियों को सत्तर नहीं, सिर्फ दो वर्ष तक शासन करना चाहिए। उसने संकेत दिया कि इजराइलियों को निर्वासन की आदत डालने की आवश्यकता नहीं है। यिर्मयाह ने जितना सोचा था, वे उससे कहीं जल्दी घर जा सकते थे।

यिर्मयाह और हनन्याह के आँकड़ों के बीच यह बहस—यहूदियों को निर्वासन में जीवन के लिए अभ्यस्त हो जाना चाहिए या जितनी जल्दी हो सके, अपनी भूमि पर वापस आने पर जोर देना चाहिए—यहूदी जीवन में सदियों तक ऐसे ही बनी रही। यह एक यहूदी राज्य बनाने की कोशिशों में जुटे हर्जल और उसके विरोधियों, जो अपने भाग्य को भगवान् के भरोसे छोड़ना चाहते थे, के बीच नाराजगी का कारण बना रहा। बाद में यह इजराइल के प्रारंभिक नेतृत्व, जिसे इस बात की उम्मीद थी कि दुनिया भर के यहूदी इजराइल तक अपना रास्ता खुद बना लेंगे और अमेरिकी यहूदियों के नेतृत्व, जिनका सारा जोर इस बात पर था कि अमेरिकी यहूदियों ने अमेरिका-यहूदियों की पैतृक भूमि के बाहर अपने लिए आदर्श स्थान तलाश लिया है, के बीच की बहसों में प्रत्यक्ष तौर पर दिखाई देता है।

यह निर्वासन अंततः कुछ दशकों तक चला, लेकिन अपने पैतृक घर, सियोन वापस लौटने का उनका सपना मद्धिम नहीं हुआ। निर्वासित किए गए इजराइलियों ने अपनी सामूहिक स्मृति उस भूमि पर केंद्रित की, जिसे वे छोड़कर आए थे और वह भूमि, जिसे वे अभी भी अपना घर मानते थे। भजन संहिता की पुस्तक इस बात की झलक पेश करती है कि बहुतों की विश्वदृष्टि कैसी रही होगी! भजन 137[8] कहता है, "बाबुल की नदियों के किंनारे बैठकर हम सियोन को याद करके रो पड़े।" वे रोए जरूर, लेकिन उन्होंने उस भूमि पर वापस लौटने का सपना भी देखा, जिसे उन्होंने खो दिया था। एक और भजन सियोन की उनकी यादों के आँसुओं के बारे में तो बात नहीं करता, लेकिन भविष्य में आनेवाले बेहतर दिनों के बारे में सपने देखता है—

"जब प्रभु ने सियोन के निर्वासितों को लौटाया,
तो हमें लगा कि हम स्वप्न देख रहे हैं।
हमारे मुख पर हँसी खिल उठी,
हम आनंद के गीत गाने लगे।
गैर-यहूदी आपस में यह कहते थे—
'प्रभु ने उनके लिए अपूर्व कार्य किए हैं।'
उसने वास्तव में हमारे लिए अपूर्व कार्य किए हैं
और हम आनंदित हो उठे।
प्रभु! मरुभूमि की नदियों की तरह
हमारे निर्वासितों को लौटा दो।
जो रोते हुए बीज बोते हैं,
वे गाते हुए चुनते हैं;
जो बीज लेकर जाते हैं, जो रोते हुए जाते हैं,
वे फूल लिये लौटते हैं, वे गाते हुए लौटते हैं।"[9]

यहूदी सदियों तक इसी भजन को गाते रहे। उन्होंने कभी उस भूमि को देखा तक नहीं था और उन्हें यह बात बहुत अच्छी तरह से पता थी कि वे शायद वापस जाने के लिए जीवित न रहें। उन्हें उस जगह के बारे में अधिक नहीं पता था, जहाँ

लौटने की आशा वे पाले हुए थे, लेकिन उनकी आत्मा के भीतर कहीं एक सपना जरूर था, जिसे लेकर वे निश्चित थे कि वह पूरा जरूर होगा, एक-न-एक दिन वे अपनी मातृभूमि पर जरूर लौटेंगे और जब तक उन्होंने ऐसा कर नहीं लिया, तब तक सियोन के सपने उनके आध्यात्मिक एवं राष्ट्रीय जीवन का एक केंद्रीय स्तंभ बने रहे।

हिब्रू 'बाइबल' के अंतिम शब्दों में—फारस के राजा साइरस, जिन्होंने 539 ईसापूर्व में बेबीलोनियनों को हराया था, ने निर्वासितों को सूचित किया कि वे घर लौट सकते हैं और मंदिर का पुनर्निर्माण कर सकते हैं। "तुम (परमेश्वर) के लोगों में से जो भी चाहे, वह (यरुशलम को) जा सकता है।"[10] हम इस बात को अच्छे से नहीं जानते कि निर्वासित समुदाय के कितने प्रतिशत लोगों ने सियोन वापस लौटने और मंदिर का पुनर्निर्माण करने के विकल्प को चुना, लेकिन निश्चित रूप से ऐसा करनेवालों की संख्या बेहद कम थी।[11]

हालाँकि 'बाइबल' जो कहानी बुनती है, वह उन लोगों पर केंद्रित नहीं है, जिन्होंने निर्वासन में रहना चुना, बल्कि साइरस के उस प्रबोधन पर केंद्रित है कि अब घर वापस जाने का समय आ गया है। यहूदियों की राष्ट्रीय कहानी, जो परमेश्वर द्वारा अब्राहिम को 'वह स्थान, जो मैं तुझे दिखाऊँगा' (इजराइल की भूमि) तक जाने के लिए कहने के साथ शुरू हुई थी—'बाइबल' के अंतिम शब्दों 'उसे (यरुशलम का) जाने दो' के साथ समाप्त होती है।

अनुदेशात्मक रूप से 'बाइबल' की कहानी घर के वादे से प्रारंभ होती है और यहूदियों को इजराइल की भूमि पर वापस लौटने के साथ समाप्त होती है। 'बाइबल' ऐसे लोगों की कहानी कहती है, जो हमेशा तरसते रहते हैं और कभी एक दिन भी अपनी मातृभूमि पर वापस लौटने के वादे को नहीं भूलते हैं।

साइरस के आदेश का पालन करने और बेबीलोन को छोड़कर इजराइल की भूमि में जानेवालों ने खुद को एक ऐसे स्थान पर पाया, जो बेहद अस्थिर था—जितना अस्थिर वह आज भी बना हुआ है। आखिरकार वापस लौटनेवालों की वह छोटी सी संख्या मंदिर का निर्माण करने में सफल रही, हालाँकि प्रारंभ में वह अपने पुराने स्वरूप की एक छायामात्र ही था। दूसरा मंदिर करीब छह सौ वर्षों तक खड़ा रहा, लेकिन यहूदी संप्रभुता आंतरिक रही।

फारसी साम्राज्य के उत्थान और पतन के बाद, इस क्षेत्र पर सिकंदर महान् ने कब्जा कर लिया था। ग्रीक शासन कई बार बेहद कठोर था और धार्मिक स्वतंत्रता में अकसर दुष्टतापूर्वक रोक लगा दी जाती थी, हालाँकि कई ऐसे यहूदी थे, जिन्होंने अपने चारों ओर फैली हेलेनिस्टिक संस्कृति को अपना लिया था, इसके बावजूद बहुत कम संख्या में ऐसे लोग भी थे—एक ऐसे पैटर्न में, जो आनेवाली सदियों में यहूदी जीवन को दोहराएँगे, जिन्होंने इस बात पर जोर दिया कि विदेशी सांस्कृतिक और धार्मिक प्रभाव का विरोध किया जाना चाहिए।

इनका मानना था कि सिर्फ अपनी पुश्तैनी मातृभूमि में रहना ही काफी नहीं है। वहाँ रहने का फायदा तभी है, जब उन आदर्शों, विश्वासों और प्रतिबद्धताओं द्वारा इसे आकार दिया जाए, जो हमेशा से यहूदी जीवन के केंद्र में रहे हैं।

ग्रीक द्वारा यहूदी धार्मिक स्वतंत्रता के दमन के जवाब में यहूदी प्रतिरोधक समूहों ने हथियार उठाए, जो डेविड के साम्राज्य के बाद से सत्ता का सबसे महत्त्वपूर्ण यहूदी प्रदर्शन बन गया। 164 ईसापूर्व में मैकाबीज के नाम से जाने जानेवाले यहूदियों के एक छोटे से समूह ने यूनानियों के खिलाफ एक सफल विद्रोह शुरू किया। मैकाबीज चार सौ से अधिक वर्षों में इजराइल की भूमि में पहला स्वायत्त यहूदी राज्य बनाने में कामयाब रहे और यहूदी हमेशा 'हनुक्का की छुट्टी' के माध्यम से उस सफलता का जश्न मनाएँगे।

यहूदी लगभग एक सदी तक संप्रभु रहे, जिसके बाद वे एक बार फिर दास राष्ट्र बन गए, लेकिन इस बार रोमन साम्राज्य के दास बने। पहले-पहल रोमन शासन के अधीन जीवन काफी संतोषजनक था। रोम यहूदिया से काफी दूर था और इजराइल की भूमि में रहनेवाले यहूदियों का दैनिक जीवन रोमन नेताओं के लिए इतना महत्त्वपूर्ण मुद्दा नहीं था। इजराइलियों को मुख्यतः खुद पर ही छोड़ दिया गया था, हालाँकि उस दौर के तमाम दास लोगों की ही तरह, वे भारी करों का भुगतान करने को बाध्य थे, हालाँकि समय के साथ इसमें बदलाव आया। रोमन शासन समय के साथ अधिक दमनकारी होता गया—रोमनों ने करों को बढ़ा दिया और यहूदी धार्मिक स्वायत्तता को धीरे-धीरे मिटा दिया। 6 सी.ई. में रोम ने यहूदिया के प्रत्यक्ष शासन की स्थापना की और ऐसा करके यहूदी संप्रभुता के भ्रम को भी पूरी तरह से समाप्त कर दिया।

एक बार फिर संप्रभुता की यहूदी लालसा ने विद्रोह को जन्म दिया। एक छोटा सा समूह, जिसे इस बार 'जीलॉट्स' के नाम से जाना गया, ने रोमनों के विरुद्ध सैन्य विद्रोह की वकालत की। पहले-पहल 66 सी.ई. में जब वास्तव में विद्रोह छिड़ा, तो विद्रोहियों ने रोमनों को पीछे हटने को मजबूर कर दिया; हालाँकि रोमन विशाल ताकत थे और विरोधी यहूदी उनके सामने कुछ भी नहीं थे। 70 सी.ई. तक, रोमन यरुशलम पर हमला करने को तैयार थे। सेना ने शहर को चारों ओर से घेर लिया था और किसी को भी भीतर जाने या बाहर निकलने की अनुमति नहीं थी। खाद्य आपूर्ति समाप्त हो गई और जनता भूख से बेहाल हो गई; इसके तुरंत बाद रोमनों ने यरुशलम की दीवारों को तोड़ दिया। उन्होंने यरुशलम शहर को तबाह कर दिया और दोनों मंदिरों को जमींदोज कर दिया। रोमनों ने यहूदियों की एक बड़ी आबादी का कत्लेआम कर दिया और उस क्षेत्र के बचे हुए यहूदियों में से कई को निर्वासित कर दिया। ऐसा करते हुए करीब ढाई हजार सालों के निर्वासन की आधारशिला रख दी।

दूसरे यहूदी राष्ट्रमंडल का एक भयावह अंत हो गया था। यरुशलम अब नहीं था, हालाँकि रोम शासन के आगे न झुकने की अर्ज इतनी जोशीली थी कि प्रतिरोध से भरे कुछ हिस्से में लोग मौजूद रहे। इनमें सबसे प्रसिद्ध मसादा (मृत सागर के पश्चिमी किनारे पर एक गढ़वाले पहाड़) पर बनी जीलॉट्स की चौकी, सबसे लंबे समय तक डटी रही, लेकिन आखिरकार उन्हें भी हार का सामना करना पड़ा; असल में रोम बेहद विशाल था और जीलॉट्स को इस बात का पता था। आखिरकार रोमनों ने उन्हें चारों ओर से घेर लिया, लेकिन इससे पहले कि रोमन उनकी जान लेते या फिर उससे भी बुरा करते, यानी उन्हें गुलामी या फिर वेश्यावृत्ति के लिए बेच दिया जाता, इन बचे हुए चुनिंदा यहूदी लड़ाकों ने खुद ही अपनी जान लेने का फैसला किया। कुछ लोगों ने लगभग सभी महिलाओं, बच्चों और अधिकांश पुरुषों को मार डाला, जब तक कि एक शेष जीलॉट ने खुद को नहीं मार डाला; मसादा पर मौजूद लगभग एक हजार यहूदियों में सिर्फ दो महिलाएँ और पाँच बच्चे ही जीवित बचे थे।[12]

रोम के खिलाफ लंबे चले युद्ध की एक बड़ी कीमत चुकानी पड़ी थी। हमारे पास उस समय की मौजूद अधिकांश जानकारियाँ देनेवाले इतिहासकार जोसीफस

इस बात पर ध्यान आकर्षित करवाते हैं कि युद्ध में सैकड़ों-हजारों यहूदी मारे गए, जबकि कई अन्य को या तो गुलाम बनाकर बेच दिया गया या फिर उन्हें रोम की खदानों में काम करने के लिए मजबूर किया गया।

आश्चर्यजनक रूप से, रोम के हाथों मिली करारी हार भी यहूदियों की अपनी पैतृक भूमि पर अपने संप्रभु शासन को बहाल करने की लालसा को कम नहीं कर पाई। 130 सी.ई. में, दोनों मंदिरों के ध्वस्त होने के लगभग साठ साल बाद सम्राट् हैड्रियन ने यरुशलम के पुनर्निर्माण की योजना की घोषणा की, हालाँकि उन्होंने यरुशलम के पुराने यहूदी गौरव को बहाल करने के बजाय उसका नाम बदलकर 'एलिया कैपिटोलिना' कर दिया और वहाँ पर एक गैर-इसाई वेदी लगाने की योजना तैयार की। उन्होंने इस स्थान को सीरिया फिलिस्तीन, जो आज के नाम फिलिस्तीन की उत्पत्ति है, के रूप में संदर्भित करना प्रारंभ कर दिया।

इस उकसावे पर शिमोन बार कोखबा ने वृद्ध ऋषि रब्बी अकीवा के समर्थन से विद्रोह की साजिश रची। सैकड़ों-हजारों लड़ाके उसके साथ शामिल हुए। यह विद्रोह 132 सी.ई. में प्रारंभ हुआ और जैसा कि 66 सी.ई. वाले विद्रोह के दौरान भी हुआ था, यहूदियों ने प्रारंभ में तो रोमन सेनाओं के खिलाफ कुछ जीत प्राप्त की। बार कोखबा ने यरुशलम और अतिरिक्त क्षेत्र के बड़े क्षेत्रों पर कब्जा कर लिया। उन्होंने जिन क्षेत्रों को स्वतंत्र करवाया, वहाँ पर स्वायत्त यहूदी शासन की स्थापना की। आधुनिक पुरातत्त्वविदों को उस अवधि के हिब्रू शिलालेख 'इजराइल की मुक्ति', 'इजराइल की स्वतंत्रता' या 'यरुशलम की स्वतंत्रता' लिखे कई सिक्के मिले हैं, जो बार कोखबा की अल्पकालिक संप्रभुता की निशानी हैं।[13]

हालाँकि अतीत की ही तरह रोमन साम्राज्य की विशाल शक्ति विद्रोहियों की शक्ति के मुकाबले कहीं अधिक थी। हैड्रियन की सेना ने बार कोखबा और उनके लड़ाकों को हरा दिया और उन्हें यरुशलम के दक्षिण में स्थित बेतार नामक एक शहर में पीछे हटने को मजबूर कर दिया। 135 सी.ई. में रोमनों ने तीन वर्ष पुराने विद्रोह के अंतिम अवशेषों को भी पीछे छोड़ दिया। प्राचीन वृत्तांतों का दावा है कि करीब 5,80,000 पुरुषों को अपनी जान से हाथ धोना पड़ा था, जबकि कइयों को दास बनाकर बाजार में बेच दिया गया था।

यहूदिया तीसरी बार दास बना था। यहूदी संप्रभुता एक बार फिर समाप्त हो

गई। इस बार सत्तर वर्ष बाद भी कोई पुनर्प्राप्ति नहीं होनी थी, इस हार के साठ साल बाद भी कोई विद्रोह नहीं। इस बार वास्तव में सबकुछ खत्म हो गया था।

लगभग दो सहस्राब्दियों यानी 1,762 वर्षों तक यहूदियों को बिना राजनीतिक स्वायत्तता के रहना पड़ा। वे दूसरों के द्वारा शासित भूमि पर अपने घरों का निर्माण करते और वे ऐसे लोगों की मेजबानी में अपना जीवन गुजारते, जो कई बार तो उनके साथ अच्छा व्यवहार करते, लेकिन कई बार बुरा। अधिकांशत: 1897 में थियोडोर हर्जेल द्वारा जियोनीवादी कांग्रेस के पहले अधिवेशन में बेसल में अपने प्रतिनिधियों को एकत्र किए जाने तक यहूदी संप्रभुता को बहाल करने का कोई गंभीर या ठोस प्रयास नहीं किया गया।

हर्जेल का संदेश प्राचीन इजराइल के वैभव को प्राप्त करना और इस लंबे क्षयकारी निर्वासन को खत्म करने के लिए जोर लगाने का था। यहूदियों को अब उन लोगों की कृपा पर रहने की आवश्यकता नहीं है, जो उन देशों पर राज करते हैं, जहाँ यहूदी बसे हुए हैं। उन्होंने जोर देकर कहा कि यही वह समय है, जब यहूदियों को इतिहास को अपने हाथों से लिखना चाहिए।

जब थियोडोर हर्जेल 1897 में बेसल में आयोजित पहली जियोनीवादी कांग्रेस में बोलने के लिए मंच पर खड़े हुए तो यहूदियों को अपनी पैतृक भूमि पर लौटने का सपना सँजोए हुए दो सहस्राब्दियों के करीब का समय हो चुका था। वे ऐसा करने में कैसे कामयाब रहे? वे एक ऐसे स्थान की यादों को ताजा कैसे रख पाए, जिसे उन्होंने कभी देखा तक नहीं था? अगर हम जॉर्ज एलियट के शब्दों में कहें तो वे "उस प्रारंभिक घर को एक परिचित अचूक पहचान देने में कैसे कामयाब रहे, जबकि वे कभी वहाँ रहे नहीं थे, वहाँ कभी गए तक नहीं थे और शायद कभी जाने में कामयाब भी न हों?"

यहूदियों ने बेसल में काफी हद तक उस दिन की योजना बनाने का काम किया था, जिसका सपना उन्होंने देखा था। वह इतिहास के क्षणों को चक्रीय रूप से फिर से जीना था, भले ही उन्होंने स्वयं उनका अनुभव न किया हो। यहूदी परंपरा की सबसे बड़ी विशेषता यह थी कि उन्होंने अपनी उपासना और छुट्टियों में अतीत

को इस प्रकार से शामिल किया, जिससे वह मौजूदा और वास्तविक लगता रहा। उन्होंने चाहे जो कुछ भी किया, कहा या फिर सोचा, इजराइल की भूमि उनके ध्यान के केंद्र में बनी रही। उन्होंने जब भी प्रार्थना की, दिन में तीन बार तो उन्होंने इजराइल का रुख करना जारी रखा। उन्होंने सदी-दर-सदी, अव के हिब्रू महीने के नौवें दिन उपवास करना जारी रखा, एक ऐसी तारीख, जिसे लेकर मान्यता है कि उस दिन दोनों मंदिरों को ध्वस्त किया गया था। वे चाहे स्पेन में बैठे हों या फिर पोलैंड में, उन्होंने अपने भोजन के बाद की विनती में एक आशीष शामिल किया, जो कहता था, "आपकी कृपा है प्रभु, जो करुणा में यरुशलम का निर्माण कर रहे हैं।"

पासोवर सीडर के समापन पर दुनिया भर के यहूदियों ने अफ्रीका और यूरोप में, यमन में और इराक में 'अगले साल यरुशलम में' गाया। यहूदी शादियों में दूल्हा पारंपरिक तौर पर एक गिलास तोड़ता है और जश्न मनानेवालों को याद दिलाता है कि प्रसन्नता के क्षणों में भी उन्हें यरुशलम की तबाही को नहीं भूलना चाहिए। ऐसी सैकड़ों नहीं तो दर्जनों यहूदी प्रथाएँ मौजूद हैं, जिन्होंने आनेवाली यहूदी पीढ़ियों के लिए सियोन (यरुशलम) की यादों को ताजा रखा, जिन्होंने उसे कभी देखा तक नहीं था और जिन्हें यह पता था कि वे उसे कभी देख भी नहीं पाएँगे।

जब बियालिक ने 1892 में 'टू द बर्ड' प्रकाशित करने का फैसला किया तो यह यहूदी स्मृति को संरक्षित करने की रणनीति थी, जो ऐसे सुग्राही कानों तक पहुँची। इस कविता के शब्द भले ही नए थे, लेकिन इसने जिस सपने को अभिव्यक्ति प्रदान की थी, वह नया नहीं था। कई मायनों में बियालिक केवल यिर्मयाह, हनन्याह और भजन संहिता की पुस्तक का एक सिलसिला भर थे, जिन्होंने कहा था कि हो सकता है कि यहूदी अलग-अलग स्थानों पर रहें, लेकिन वह एक ही स्थान है, जो असल में मातृभूमि होगा।

जादू काम कर गया। उन्नीसवीं शताब्दी के अंत में यूरोप के यहूदियों पर टूट पड़ते ही और जैसे-जैसे राष्ट्रवाद पूरे उपमहाद्वीप पर फैलने लगा और जैसे ही कई यहूदियों को यह महसूस हुआ कि अब यूरोप अधिक समय तक उनका घर नहीं रहेगा, उन्हें भीतर से यह बात पता थी, उनका असल घर कहीं और है। धार्मिक और धर्मनिरपेक्ष, बुद्धिजीवी या नहीं, पूर्वी यूरोपीय और पश्चिमी, उन्हें सियोन के

सपने के संदर्भ में एक ऐसी परंपरा में पाला-पोसा गया था कि जब हर्जेल ने 'द ज्यूइश स्टेट' लिखी, तो उसमें एक ऐसे सपने की बात की गई थी, जो यहूदियों को अपने दिल के बेहद करीब लगी। हर्जेल के विचार बड़े पैमाने पर इतनी तेजी से फैले, क्योंकि वे पूरी तरह से नए नहीं थे; वह उस सपने को साकार कर रहा था, जिसे यहूदियों ने कई शताब्दियों तक पाला था।

इसलिए हमें बासेल में कांग्रेस के प्रतिनिधियों में से एक द्वारा किए गए अवलोकन से आश्चर्यचकित नहीं होना चाहिए कि "हर कोई दम साधकर बैठ गया, जैसे कोई चमत्कार हो रहा हो और सच में, हमारे सामने जो कुछ घट रहा था, क्या यह कोई चमत्कार नहीं था? और फिर बेतहाशा तालियाँ बज उठीं; सभी प्रतिभागियों ने पंद्रह मिनट तक तालियाँ बजाईं, चिल्लाए और अपने रुमाल लहराए।"[14] आखिरकार यूरोप से निराश हो चुके सभी यहूदियों के लिए उन यहूदियों के लिए, जिनके लिए जियोनीवाद एक नए सपने और एक नई आशा की शुरुआत था, हर्जेल इब्राहिम का रूप थे, जिन्होंने सोचा, 'उस स्थान के लिए, जो मैं तुम्हें दिखाऊँगा।' वे मूसा थे, जो अपने लोगों के झुंड को वादा किए गए देश में ले जा रहे थे। वे डेविड थे, एक पूरी तरह से नई यहूदी संप्रभुता के वादे के साथ। वे बार कोखबा थे, जो इस बात पर जोर दे रहे थे कि अब इतिहास की ताकतों को पीछे धकेलने का समय आ चुका है। हर्जेल ने लगभग अकेले ही एक प्राचीन सपने को जीवन दे दिया था, आशा को बहाल किया था और यहूदियों को अपने लिए पूरी तरह से अलग भविष्य की कल्पना करने की प्रेरणा दी थी।

पहली जियोनी कांग्रेस के बाद राजनीतिक जियोनीवाद का बोलबाला था, लेकिन कई मायनों में यह कोई नई बात नहीं थी। यह और कुछ नहीं, सिर्फ पुनर्जीवित हुआ एक प्राचीन सपना ही था।

□

3

विचारधारा नहीं, एक बातचीत

सदी के अंत पर जियोनी विभाजन

"किशिनेव हर उस स्थान पर मौजूद हैं, जहाँ यहूदी शारीरिक या आध्यात्मिक यातना से गुजरते हैं, जहाँ उनका स्वाभिमान घायल होता है और उनकी संपत्ति नष्ट हो जाती है, क्योंकि वे यहूदी हैं। आइए, हम उन्हें बचाएँ, जिन्हें अभी भी बचाया जा सकता है!"

—थियोडोर हर्जेल, 1903 में छठी जियोनी कांग्रेस में[1]

विंस्टन चर्चिल ने 1949 में बड़े उत्साह के साथ याद किया—"हमने अपने देश, अपने साम्राज्य और पूरी दुनिया के लिए बड़ी उम्मीदों के साथ बीसवीं शताब्दी की सुबह में प्रवेश किया। उन्नीसवीं शताब्दी का उत्तरार्ध और बड़ा हिस्सा उदारवादी प्रगति का काल था। 1900 में उज्ज्वल, व्यापक और आसान दिनों की ओर बढ़ने की भावना आशातीत रूप से प्रबल थी।"[2]

सदी के अंत में कई यहूदियों ने चर्चिल के आशावाद को साझा किया। चर्चिल ने जिस उदारवादी प्रगति की बात की थी, उससे यूरोपीय यहूदियों के लिए नए अवसरों का प्रारंभ होना चाहिए था और यहूदियों को राष्ट्रों के एक परिवार में शामिल होने का पूर्वाभास देनेवाली 1897 की पहली जियोनीवादी कांग्रेस ने भविष्य को और भी अधिक उज्ज्वल बना दिया।

इसलिए जब आशा से भरी उम्मीदें धराशायी हो गईं और जब बीसवीं सदी का प्रारंभ यहूदियों के खिलाफ हिंसा के आवेग के साथ हुआ, तो कई यहूदी अंदर तक हिल गए। रूस में इसका प्रारंभ सियोन के बुजुर्गों के प्रोटोकॉल के प्रकाशन

के साथ हुआ, जो एक काल्पनिक बैठक के 'विवरण' की कूट रचना थी, जिसमें यहूदियों पर प्रेस और विश्व की कंपनियों में हेर-फेर करके दुनिया पर कब्जा करने की साजिश रचने का आरोप लगाया गया था। प्रोटोकॉल का अनुवाद कई भाषाओं में किया गया और इसे दुनिया भर में फैलाया गया।

इसके तुरंत बाद यहूदियों के प्रति रूस की शत्रुता मौखिक से हिंसा में तब्दील हो गई। बाकी के हमलों के मुकाबले सबसे अधिक स्तब्ध करनेवाला हमला था, 1903 का किशिनेव नरसंहार। यह आतंक रविवार, 19 अप्रैल को ईस्टर के दिन शुरू हुआ—

> "प्रारंभ में युवाओं ने चुफ्लिंस्की स्क्वायर से हटाने के लिए यहूदियों को खदेड़ना शुरू कर दिया और उसके बाद छुट्टी के दौरान नशे की बढ़ती स्थिति में वयस्कों ने भी धीरे-धीरे उनका साथ देना शुरू कर दिया। उसी शाम करीब बीस से पच्चीस समूह, जिनमें से प्रत्येक में लगभग तीस से पचास के बीच व्यक्ति शामिल थे, बेस्सारबिया की राजधानी के यहूदी क्षेत्र में फैल गए, किशोर लड़कों ने घरों और दुकानों की खिड़कियों को तोड़ने का बीड़ा उठाया। रॉयल स्कूल और शहर के धार्मिक कॉलेजों के छात्र तथा धर्म-शिक्षणार्थी हाथों में लोहे की छड़ें और कुल्हाड़ी लिये गुंडों के पीछे चल रहे थे; उन्होंने उनकी सहायता से यहूदियों की संपत्ति को लूटा और नष्ट कर दिया। स्थानीय पुलिस ने हस्तक्षेप करने की जहमत नहीं उठाई और खुफिया पुलिस के मुखिया लेवेंदल ने भी गिरोहों को ऐसा करने को उकसाया। अपनी गाड़ी में सड़कों से गुजरते हुए, ऑर्थोडॉक्स बिशप इकोव ने अधिकांश मोल्डावियन हमलावरों को आशीर्वाद दिया।"[3]

भीड़ को एक बार जब इस बात का पता चल गया कि गवर्नर अब कोई हस्तक्षेप नहीं करेंगे, तो स्थितियाँ और भी अधिक बिगड़ गईं। नग्न क्रूरता वस्तुतः वर्णित नहीं की जा सकती। उसके बाद जो हुआ···

> रात के समय हत्या और नरसंहार···50,000 यहूदियों (जनसंख्या के एक-तिहाई) अब बर्बरता के शिकार हो गए। एक लड़के की जीभ काट दी गई, जबकि दो साल का बच्चा अभी जीवित था···मेसिर वीसेमेन, जिसकी एक आँख युवावस्था से ही खराब थी, साठ रूबल देकर अपनी जान की

भीख माँग रहा था; भीड़ का नेतृत्व कर रहे व्यक्ति ने उसका पैसा ले लिया और उसकी किराने की छोटी सी दुकान को तहस-नहस करते हुए उसकी दूसरी आँख भी फोड़ दी और बोला, "तुम अपने जीवन में अब कभी ईसाई बच्चे को देख नहीं पाओगे।" सिरों में कील ठोंक दी गईं; शरीरों को दो हिस्सों में काट दिया गया; पेटों को फाड़ दिया गया और उनमें पंख भर दिए गए। महिलाओं और लड़कियों के साथ बलात्कार किया गया और कुछ के स्तन काट दिए गए।[4]

जैसे-जैसे आतंक बढ़ता जा रहा था, सेंट पीटर्सबर्ग की वेदोमोस्ती ने बाद में रिपोर्ट किया कि 'उच्च वर्ग बेहद शांत बना रहा और इन भयानक नजारों को उसने अत्यंत उदासीनता की नजरों से देखा।'[5] आंतरिक मामलों के मंत्री द्वारा गवर्नर को एक तार भेजने, जिसमें उनसे इस नरसंहार पर रोक लगाने को कहा गया था, के बाद सैनिकों को तैनात किया गया और 21 अप्रैल की सुबह तक मार्शल लॉ लागू हो गया था।

संख्या बहुत ज्यादा थी। इस नरसंहार के दौरान चौंतीस पुरुषों (जिनमें दो बच्चे भी शामिल थे) और सात महिलाओं को मौत के घाट उतार दिया गया था; और घायल आठ अन्य यहूदी बाद में अपनी चोटों के परिणामस्वरूप दम तोड़ गए। संपत्ति को भी भारी नुकसान पहुँचाया गया था। नरसंहार के तुरंत बाद शहर में पहुँचने वाले एक पत्रकार ने इस बात पर ध्यान दिया कि स्थानीय गैर-यहूदी नागरिकों की भावना 'न तो खेद और न ही पछतावे' वाली थी।[6]

इस नरसंहार के कुछ ही समय बाद ओडेसा स्थित 'ज्यूइश हिस्टॉरिकल कमीशन' ने बियालिक को किशिनेव जाने और वहाँ पर बचे हुए लोगों का साक्षात्कार करने तथा उनकी कहानी को दुनिया के सामने लाने को कहा। बियालिक इस काम के लिए एक स्वाभाविक पसंद थे। एक दशक पूर्व प्रकाशित हुई उनकी कविता 'टू द बर्ड' के बाद से ही उनकी प्रतिष्ठा में काफी इजाफा हो चुका था। 1901 में उनकी कविताओं का एक और संग्रह प्रकाशित होने के समय तक उन्हें व्यापक रूप से अपनी पीढ़ी के हिब्रू भाषा के महान् लेखकों में से एक—अगर सबसे महानतम नहीं—माना जाने लगा था। एक अन्य जियोनी नेता और खुद

एक प्रतिभाशाली लेखक, जीव जाबोटिंस्की ने कहा कि "बियालिक पूरे आधुनिक साहित्य में इकलौते ऐसे कवि थे, जिनकी कविताओं ने सीधे एक पीढ़ी की आत्मा को प्रभावित किया।"[7]

किशिनेव पहुँचकर बियालिक ने जो कुछ भी देखा और सुना, उसने उन्हें भीतर तक झकझोरकर रख दिया। हालाँकि उनकी साहित्यिक प्रतिक्रिया महाकाव्य कविता 'इन द सिटी ऑफ स्लॉटर' में न केवल भीड़ द्वारा लूटपाट किए जाने, बलात्कार करने, हत्या करने पर, बल्कि आश्चर्यजनक रूप से स्वयं यहूदियों पर उनके रोष को भी दिखाया गया है। इस लंबी और जटिल कविता के बीच में बियालिक एक घर के तहखाने का वर्णन करते हैं, जहाँ कोसेक्स का एक गिरोह बार-बार यहूदी महिलाओं का बेरहमी से बलात्कार करता है। इस बर्बर हमले की वास्तविकता के सामने आने के साथ बियालिक के प्रस्तुतीकरण के अनुसार, हमलावरों को रोकने में असमर्थ यहूदी पुरुष तो पीपों के पीछे जाकर छिप जाते हैं और वे इतने डरे हुए होते हैं कि कोशिश तक नहीं करते हैं। ये 'मैकाबीज के बेटे' बियालिक उन्हें कड़वी निंदा करते हुए बुलाते हैं, बियालिक के मुताबिक यूरोपीय यहूदी समुदाय के साथ जो कुछ भी गलत हुआ है, ये उसके प्रतीक हैं।

इसके बाद बियालिक यहूदी परंपरा पर ही अपनी नाराजगी जाहिर करते हैं। बियालिक 'वर्णन करते हैं' कि कैसे हमले के बाद, कैसे पुरोहित वंश के इन पुरुषों ने अपनी अभी तक जीवित पत्नियों के टूटे हुए शरीरों को पार किया और दौड़कर यह पूछने रब्बी के पास गए, "क्या मेरी पत्नी अभी भी मेरे लिए पाक है ?"[8]

बियालिक वस्तुतः चिल्लाते हैं, "आप सिर्फ यही देखकर चिंतित होते हैं ? आप जिन लोगों से प्रेम करते हैं, वे टूटे हुए हैं, उनके साथ बलात्कार हुए हैं, वे जमीन पर पड़े हुए हैं और आप सिर्फ यहूदी कानून की चिंता में घुले जा रहे हैं, यह बात कि क्या आपकी पत्नियाँ अभी भी यौन संबंध के लायक हैं ? आपकी मानवता को क्या हो गया है ? आप क्या बन गए हैं ?"

जाहिर है कि इस बात से कोई फर्क नहीं पड़ता कि बियालिक ने जिस दृश्य का वर्णन किया है, वह कभी हुआ था या नहीं! आखिरकार वे एक कवि थे, कोई इतिहासकार नहीं। जो चीज मायने रखती है, वह है उनका डर, यूरोप क्या कर पाने में सक्षम था और यहूदी परंपरा ने उनमें जो सहनशीलता पैदा कर दी थी, उसके

परिणामस्वरूप यहूदी क्या नहीं कर सकते थे!

बियालिक का दावा है कि यहूदियों के उनकी अपनी भूमि से निर्वासन ने, यहूदियों की ताकत और हिम्मत से कहीं अधिक उनसे लूट लिया है। इससे उनकी महसूस करने की क्षमता खत्म हो गई है। देशनिकाले ने उन्हें समाप्त कर दिया है और यहूदी परंपरा की कानून प्रणाली, जो बेकार हो चुकी दुनिया में पवित्रता और शुचिता के क्षणों का निर्माण करती होगी, अब यहूदियों की आत्मा को जो बेहद आवश्यक है, उससे भटकाते हुए उनकी आत्मा का नाश कर रही है। बियालिक जोर देकर कहते हैं कि यहूदी परंपरा एक ऐसा कैंसर है, जिसने यहूदी मानवता को पूरी तरह से नष्ट कर दिया है।

इसलिए बियालिक के लिए और उनके कई समकालीनों की नजरों में भी यहूदी मातृभूमि में वापसी में जियोनीवाद की बात वास्तव में एक आश्रयस्थान बनाने या फिर यूरोप में फैली 'यहूदी समस्या' के समाधान के लिए नहीं है। यहूदियों के अपनी मातृभूमि में वापस लौटने की सबसे बड़ी वजह यह थी कि यहूदी अपने लिए एक 'नए यहूदी' बना सकें। उन्होंने जोर देकर कहा कि अब पुराने समय के मैकाबहज को बनाने का समय है। यहूदी राष्ट्र के पुनर्जन्म का समय आ गया था।

बियालिक इकलौते ऐसे यहूदी नेता नहीं थे, किशिनेव की घटनाएँ, जिनके लिए बदलाव लानेवाली थीं। हर्जेल के लिए किशिनेव सिर्फ इस बात का एक और सबूत थे कि यहूदियों को एक घर की सख्त आवश्यकता है, वे जहाँ कहीं भी उसे बनाने में सफल रहें, क्योंकि वे ओटोमंस के साथ बहुत कम प्रगति कर पा रहे थे, इसलिए हर्जेल, जिन्होंने पहले अपने राष्ट्र के लिए अर्जेंटीना को एक स्थान के रूप में माना था, ने अब फिलिस्तीन के अलावा अन्य स्थानों पर विचार करना शुरू कर दिया था।

23 अगस्त, 1903 को शुरू हुई छठी जियोनी कांग्रेस में उन्होंने किशिनेव का आह्वान करते हुए कहा कि किशिनेव कोई घटना या स्थान नहीं है, बल्कि एक अवस्था है। उन्होंने जोर देकर कहा, "किशिनेव हर उस स्थान पर मौजूद हैं, जहाँ कहीं भी यहूदियों को शारीरिक या आध्यात्मिक यातना से गुजरना पड़ता है, जहाँ

उनका स्वाभिमान घायल होता है और जहाँ उनकी संपत्ति नष्ट की जाती है, ऐसा सिर्फ इसलिए होता है, क्योंकि वे यहूदी हैं। आइए, हम उन्हें बचाएँ, जिन्हें अभी भी बचाया जा सकता है।"[9] उन्होंने अपने सहयोगी मैक्स नोर्डौ को लिखा कि उन्हें पूर्वी अफ्रीका क्षेत्र में ग्रेट ब्रिटेन के प्रस्ताव को स्वीकार करना चाहिए। उन्होंने उस प्रस्ताव की याद दिलवाते हुए नोर्डौ को लिखा—"सिर्फ यही एक है···हमें सिर्फ एक शब्द में, अभी की राजनीति करनी चाहिए।"[10]

वे 'समय की राजनीति' असल में जोसेफ चेंबरलेन (ब्रिटिश औपनिवेशिक सचिव) द्वारा प्रस्तुत किया गया एक प्रस्ताव था, जिन्होंने हर्जल के राजनयिक दबाव के जवाब में सुझाव दिया था कि यहूदियों को फिलिस्तीन वापस लौटने पर जोर देने के बजाय पूर्वी अफ्रीकी क्षेत्र में जमीन का एक टुकड़ा ले लेना चाहिए। हर्जेल ने छठी जियोनी कांग्रेस में इस विकल्प को पेश किया, जिसे 'युगांडा योजना' के रूप में जाना जाता है (हालाँकि वह भूमि, जिसके बारे में बात की जा रही थी, वह आधुनिक केन्या था, एक ऐसा क्षेत्र, जो बहुत पहले तक युगांडा के संरक्षित राज्य का हिस्सा था[11]), जैसा कि अनुमान लगाया गया था, इसके बाद जोरदार बहस हुई। योजना का समर्थन करनेवालों ने यह तर्क दिया कि "युगांडा यहूदियों का अंतिम गंतव्य नहीं होगा; यह फिलिस्तीन में उनकी पैतृक मातृभूमि को उनकी स्थायी वापसी के रास्ते में केवल एक अस्थायी पड़ाव होगा। आश्चर्य की बात यह है कि कुछ राष्ट्रीय-धार्मिक प्रतिनिधियों ने, जिनसे इस बात की उम्मीद थी कि वे धार्मिक यहूदियों के रूप में इजराइल की भूमि को वापस पाने पर जोर देंगे, उन्होंने हर्जेल की इस भावना का समर्थन किया और इस योजना के पक्ष में मतदान किया।"*

लेकिन इस विचार को भयंकर विरोध का सामना करना पड़ा। कितने ऐसे

* फिलिस्तीन के स्थान पर सुझाया गया इकलौता विकल्प बहुत दूर था। यहूदी अपने लिए एक स्थान पाने के लिए इतने अधिक बेताब थे कि उन्होंने कई अन्य संभावनाओं की वकालत की और उन्हें पाने का प्रयास किया। 1800 के प्रारंभ में न्यूयॉर्क के ग्रैंड आइसलैंड को एक संभावना के रूप में सुझाया गया था। इसके बाद के दशकों में सुझाए गए अन्य स्थानों में पूर्वी अफ्रीका स्थित उसिन गिशु (1903-1905), अंगोला स्थित बेंगुएला पठार (1907-1914), मेडागास्कर (1933-1942), पोर्ट डेवी, तस्मानिया (1940-1945) और सूरीनाम (1938-1948) शामिल थे। 1948 में इजराइल का गठन होने के बाद एक यहूदी मातृभूमि की तलाश में होनेवाली इन अंतहीन प्रतीत होनेवाली खोजों पर विराम लगा। [एडम रोवनर, इन द शैडो ऑफ सियोन : प्रॉमिस्ड लैंड्स बिफोर इजराइल (न्यूयॉर्क : एनवाईयू प्रेस, 2014)]

लोग होंगे, जो खुद को एक ऐसे स्थान पर जाने के लिए विस्थापित करेंगे, जिसे उन्हें जल्द ही छोड़ना होगा ? कई लोगों को इस बात का डर था कि यहूदी या तो युगांडा जाएँगे ही नहीं और अगर वे ऐसा करते भी हैं तो एक बार फिलिस्तीन के मूर्त संभावना बनने के बाद वे दोबारा वहाँ से जाने को तैयार नहीं होंगे। 'युगांडा योजना' उनके जीवन में फिलिस्तीन लौटने की संभावना को पटरी से उतार सकती थी। जियोनीवाद सिर्फ यहूदी लोगों के लिए एक घर पा लेने तक ही सीमित नहीं था—ये उनकी पैतृक मातृभूमि में दोबारा एक घर को स्थापित करने से संबंधित था। यहाँ तक कि कई धर्मनिरपेक्ष जियोनीवादियों (जो भूमि के प्रति अपने धार्मिक लगाव को किसी के सामने जाहिर नहीं करते थे) ने भी इस प्रस्ताव के विरोध में मतदान किया और इस बात पर जोर दिया कि "एक घंटे के लिए भी सियोन को छोड़ना एक गंभीर और मौलिक वैचारिक विधर्म की तरह लग रहा है।"[12] कुछ रूसी प्रतिनिधियों, जिनमें किशिनेव से आए लोग भी शामिल थे,[13] जिन्हें यहूदियों के लिए एक सुरक्षित आश्रय खोजने की तात्कालिकता को किसी अन्य से कहीं अधिक महसूस करना चाहिए था, ने भी पूर्वी अफ्रीका में एक यहूदी राज्य के विचार का कड़ा विरोध किया।

हर्जेल को जल्दी ही इस बात का अनुमान हो गया कि उन्होंने अनजाने में एक ऐसा तूफान ला दिया है, जिसे नियंत्रित करना उनके वश में नहीं है। जियोनीवादी कांग्रेस और जियोनीवादी आंदोलन पूरी तरह से विभाजित हो गया। हर्जेल के पास हो चुके नुकसान की तत्काल भरपाई करने लायक कुछ भी नहीं था।

जियोनी समुदाय अब एक गहरी और कटु आलोचनात्मक बहस में उलझ चुका था और यह हमेशा के लिए बनी रही। 'युगांडा विचार' खुद ही समय के साथ फीका पड़ जाता और अप्रासंगिक हो जाता, लेकिन अन्य मुद्दे सामने आ जाते। यह बात अब स्पष्ट होती जा रही थी कि जियोनीवाद कभी भी एक साधारण राजनीतिक आंदोलन नहीं था। जियोनीवाद यहूदी भविष्य और एक यहूदी राष्ट्रीय घर के विषय के आरापार केंद्रित था, लेकिन यह बात कि इन आवश्यकताओं को कैसे पूरा किया जाए, अकसर गंदी और तीखी असहमति का विषय बना रहा। यह जनता आंदोलन था, जियोनीवाद वास्तव में एक जटिल और अकसर उत्साही बातचीत थी।

चूँकि इसमें शामिल सभी लोग इस बात को समझते थे कि भोंड़ा प्रदर्शन

किसी के लिए भी अच्छा नहीं होगा। कांग्रेस ने युगांडा के मुद्दे को पीछे छोड़ने का प्रयास किया और सिर्फ इस प्रस्ताव की व्यवहार्यता का पता लगाने के लिए मतदान किया। इसके बावजूद कुछ प्रतिभागी नाराज हो गए और मतदान के बाद इस प्रस्ताव के विरोध का नेतृत्व करनेवाले येचिएल त्सचलेनो गुस्से में 128 अन्य विरोधी प्रतिनिधियों के साथ हॉल से बाहर निकल गए।

हर्जेल ने निराशा में सम्मेलन छोड़ दिया। खराब स्वास्थ्य और रूस के यहूदियों की विकट स्थिति से त्रस्त उन्होंने अपनी बेशकीमती कांग्रेस को एक ऐसे विभाजनकारी प्रस्ताव के कारण तेजी से टूटते हुए देखा था, जिसे उन्होंने खुद पेश किया था। 1904 के बसंत तक उन्होंने अपनी सामरिक त्रुटि की गंभीरता को महसूस किया; जियोनी कार्यकारिणी की एक बैठक में, जिसे बाद में 'सुलह सम्मेलन' के नाम से जाना गया, उन्होंने कहा कि "हमारे लिए केवल फिलिस्तीन में ही एक समाधान पाया जा सकता है।"[14]

जैसी कि हर्जेल को उम्मीद थी, 'युगांडा योजना' को अंततः जुलाई 1905 में आयोजित हुई सातवीं जियोनी कांग्रेस में खारिज कर दिया गया, लेकिन हर्जेल उस कांग्रेस में शामिल होने के लिए जीवित नहीं रहे। 3 जुलाई, 1904 को केवल चवालीस वर्ष की आयु में हृदय गति रुकने से उनका निधन हो गया।

हर्जेल को बचपन से ही पता था कि वे हृदय की बीमारी से जूझ रहे हैं। इसके बावजूद उन्होंने अपनी जान को बिना किसी हिचक के जोखिम में डाला; उन्होंने जानते-बूझते एक सपने को साकार करने के लिए खुद का बलिदान कर दिया, जिसके बारे में उन्हें विश्वास था कि वह उनके लोगों की रक्षा कर सकता है। यहूदियों ने न सिर्फ उनके बलिदान को पहचाना, बल्कि यहूदी इतिहास में भारी परिवर्तन को भी स्वीकार किया, जिसके लिए वे काफी हद तक जिम्मेदार थे।

"वियना," एक लेखक ने कहा, "पहले कभी ऐसे अंतिम संस्कार का साक्षी नहीं बना था।"[15] हर्जेल के अंतिम संस्कार में शामिल होनेवाले एक यहूदी लेखक स्टीफन ज्विग ने लिखा—

> "जुलाई की उस तारीख को वह एक अजीब दिन था, जो इसके साक्षी बननेवाले सभी लोगों के लिए बेहद अविस्मरणीय था। वे अचानक हर स्टेशन से, हर ट्रेन से, दिन और रात, हर क्षेत्र से, प्रत्येक बंदरगाह से, वहाँ

आए और वे हजारों की संख्या में आए। पश्चिमी और पूर्वी यूरोप के यहूदी, रूसी और तुर्की यहूदी, हर जिले और हर दूर-दराज के गाँव से, वे शहर की ओर बढ़ते आए। बुरी खबर का सदमा अभी भी उनके चेहरों पर स्पष्ट रूप से देखा जा सकता था और वह सच, जिसे इतने लंबे समय तक असहमति और गपशप द्वारा छिपाया गया था, अब हमारे सामने अपनी पूरी ताकत से प्रकट हो गया था कि यह व्यक्ति, जिसे अब दफनाया जा रहा है, एक महान् आंदोलन का अगुआ था। वियना को अचानक इस बात का पता चल रहा है कि जो मर गया है, वह कोई साधारण सा लेखक या कवि नहीं था, बल्कि वह एक ऐसा व्यक्ति था, जो विचारों को अमलीजामा पहनाता था। एक ऐसा व्यक्तित्व, जिसके जैसे लोग इतिहास में बहुत कम पैदा होते हैं। पूरे देश के लोगों का दिल असहनीय दर्द से जूझ रहा है और मुझे पहली बार इस बात का अहसास हुआ है कि इस विलक्षण व्यक्ति ने अपने दृष्टिकोण से दुनिया में कितना साहस और आशा पैदा की है।"[16]

यहूदी लोगों के पास सैकड़ों सालों में ऐसा नेता पैदा हुआ है। हर्जेल और बियालिक शायद ही एकमात्र ऐसे नेता थे, किशिनेव, जिनके जीवन को बदलनेवाला था। "किशिनेव में हुई हत्याओं ने मेरे दिल को पूरी तरह से भर दिया है और मैं कुछ और नहीं सोच पा रहा हूँ," आशेर ज्वी गिंजबर्ग ने लिखा। वे इस बात को लेकर भी सहमत थे कि यहूदी लोग जो कुछ भी हैं, उन्हें उसके अलावा और कुछ होने की भी आवश्यकता है। "ये पाँच मिलियन मानव आत्माओं के लिए बेहद अपमानजक बात है कि वे खुद को दूसरों पर आश्रित रखें, अपने सम्मान और जीवन की रक्षा करने की कोशिश किए बिना अपनी गरदनों को कटने के लिए खुद आगे करें और फिर मदद के लिए रोएँ।"[17]

1856 में यूक्रेन में (हर्जेल के जन्म से चार साल पहले) पैदा हुए आशेर ज्वी गिंजबर्ग ने 'अहद हाम' ('आम आदमी') का एक छद्म नाम अपनाया और वे इसी नाम से वे पूरी दुनिया में पहचाने गए। अपनी शानदार प्रतिभा के चलते बहुत ही जल्द पहचान बनानेवाले अहद हाम का जन्म हसीदिया दुनिया में गहराई में समाए हुए एक परिवार में हुआ और उनके उसी में बने रहने की उम्मीद की गई थी; हालाँकि बियालिक और बाकियों की तरह, अहद हाम उस विशाल

बौद्धिक दुनिया के लिए पूरी तरह से तैयार थे, जो यूरोप और हस्काला में मौजूद थी। एक स्वरूप उभर रहा था। उस दौर के सबसे प्रमुख जियोनीवादियों में से अधिकांश ऑर्थोडॉक्स परिवारों में पैदा हुए थे, लेकिन उनमें से कुछ ने किसी–न–किसी कारण से यहूदी परंपराओं की दुनिया को छोड़ दिया था। उनके नेतृत्व में जियोनीवाद, गहरे यहूदी ज्ञान का एक सम्मिश्रण बन जाएगा और उसके साथ ही उस परंपरा में से अधिकांश का बैरी भी, जिसमें उनका लालन–पालन हुआ है।*

पारंपरिक यहूदी दुनिया को छोड़नेवाले कुछ अन्य लोगों के विपरीत अहद हाम ने आध्यात्मिक दुनिया के प्रति प्रेम बनाए रखा, जिसने उन्हें आकार दिया था। जनश्रुति के अनुसार, उनके पिता ने उन्हें चेतावनी दी कि अगर वे विधर्मी पुस्तकों को पढ़ना जारी रखते हैं तो उन्हें अपने पिता के पुस्तकालय में आने की अनुमति नहीं होगी। अहद हाम इस बात को लेकर इतने घबरा गए थे कि एक बार तो उन्होंने इस विदेशी साहित्य–जगत् के प्रति अपनी रुचि को छिपाने के लिए एक पुस्तक को जला भी दिया था;[18] वे अपने पिता के यहूदी शास्त्रीय पुस्तकों से सुसज्जित पुस्तकालय से दूर होने का जोखिम नहीं उठा सकते थे।

अपने पिता की बात का मान रखते हुए वे एक धार्मिक पृष्ठभूमि की लड़की से शादी करने के लिए तैयार भी हो गए थे और चौदह वर्ष की आयु में प्रतिष्ठित हसीदिया परिवार की एक लड़की के साथ उनकी शादी हो गई, जो उन्हें पसंद नहीं थी।[19] फिर भी आश्चर्यजनक रूप से यह रिश्ता लंबा चला।

उनके पिता के संकट में फँसने के बाद (अधिकांश प्रारंभिक जियोनीवादी नेताओं की एक और समान जीवनी संबंधी विवरण) अहद हाम ने ओडेसा जाने का फैसला किया, जो बौद्धिक यहूदी पुनर्जागरण का एक केंद्र था, जिसके प्रति वे बहुत आकर्षित थे। एकमात्र ऐसा रूसी शहर, जिसमें यहूदियों को रहने की अनुमति थी, ओडेसा एक संपन्न यहूदी बौद्धिक परिवेश का घर था; जियोनीवाद के कई महान् विचारक वहाँ से आए।

अहद हाम ने स्वयं को ओडेसा की यहूदी संस्कृति से संबद्ध कर लिया, लेकिन

---

* ऐसे जियोनी लेखकों, जिनके लिए यह एक धार्मिक और बौद्धिक अवसर था, की संख्या बेहद आश्चर्यजनक थी। सूची में कई अन्य लोगों के अलावा मैक्स नोर्डौ, ए.डी. गॉर्डन, एलीएजर बेन–येहुदा, मीका जोसेफ बर्डीजेव्स्की, अहद हाम, चौम वीजमैन, योसेफ ब्रेनर और बर्ल काट्जेलसन शामिल थे और ये सभी पुस्तक में आगे शामिल हैं।

ऐसा आंतरिक संघर्ष के बिना नहीं हुआ। उन्होंने हसीदियाई दुनिया की कलात्मकता के प्रति प्रतिबद्धता को बरकरार रखा। उन्होंने 1888 में एक अस्वाभाविक रूप से प्रत्यक्ष लेख 'केतविम बालिम' ('एक फटी हुई पांडुलिपि') में लिखा—

> "सर्दियों की उन लंबी शामों के दौरान कई बार जब मैं प्रबुद्ध पुरुषों और महिलाओं के साथ बैठा हूँ, ऐसी मेज पर बैठा हूँ, जिसपर ट्रेफ (नॉनकोशेर) भोजन और कार्ड रखा है और मेरा दिल खुश है तथा मेरा चेहरा चमक रहा है, मुझे नहीं पता कि ऐसा कैसे हुआ, अचानक ही मेरे सामने एक बहुत पुरानी मेज रखी है, जिसके पाए टूटे हुए हैं, जिसपर कटी-फटी (पवित्र) पुस्तकें बिखरी हुई हैं, बेहद अनमोल पुस्तकें धूल भरी और मैं वहाँ बैठा हुआ मोमबत्ती की मद्धिम रोशनी में उन्हें पढ़ रहा हूँ, एक को खोल रहा हूँ और दूसरी को बंद कर रहा हूँ और उनपर लिखी छोटी लिपि को पढ़ने का प्रयास तक नहीं कर रहा हूँ और पूरा संसार गार्डन ऑफ ईडन में तब्दील हो गया है।"[20]

उन्होंने जिस दुनिया को छोड़ने का फैसला किया था, उसके प्रति उनका अटूट प्रेम उन्हें उनके कुछ जियोनी समकक्षों से अलग करता था। उन्होंने जोर देकर कहा कि यहूदियों को जिस चीज की आवश्यकता थी, वह संप्रभुता नहीं थी। उनका मानना था कि यहूदियों में एक जन्मजात आध्यात्मिकता थी, जो गैर-यहूदियों से बिल्कुल अलग थी। उन्होंने तर्क दिया कि बुतपरस्त राष्ट्रवाद शक्ति में निहित है, जबकि यहूदी धर्म में आत्मा भौतिक शक्ति पर विजय प्राप्त करने के लिए है। "एक राजनीतिक आदर्श, जो राष्ट्रीय संस्कृति पर निर्भर नहीं करता," अहद हाम ने लगभग उसी समय लिखा—"हमें आध्यात्मिक महानता की हमारी निष्ठा से बहकाने के लिए और हमारे भीतर भौतिक शक्ति और राजनीतिक प्रभुत्व की प्राप्ति में गौरव का मार्ग खोजने की प्रवृत्ति पैदा करने के लिए, हमें अतीत से जोड़नेवाले धागे को तोड़ते हुए यह उपयुक्त है।"[21] उन्होंने सोचा कि जियोनीवाद को फिलिस्तीन में एक आध्यात्मिक केंद्र बनाने पर ध्यान केंद्रित करना चाहिए, न कि एक राज्य बनाने के।

अहद हाम इस बात से विशेष रूप से बेहद नाराज थे कि हर्जेल के दृष्टिकोण में स्पष्ट रूप से कुछ भी यहूदी नहीं था। उन्होंने लिखा, "यह बेहतर होगा कि यहूदी

लोग यहूदी वंश के लोगों की आबादी वाले एक छोटे से राज्य की सत्ता की दलाली में फँसने के बजाय इतिहास से ही गायब हो जाएँ।"[22]

हो सकता है कि हर्जेल यहूदी लोगों को बचाने का प्रयास कर रहे हों, लेकिन अहद हाम का मानना था कि हर्जेल की योजना पूरी तरह से रास्ता भटक गई थी।

> वे न सिर्फ संस्कृति पर विचार करने में असफल रहे, बल्कि राजनीति की अपनी शैली के जरिए उन्होंने यहूदी इतिहास के साथ एक भयावह ठहराव का प्रतिनिधित्व किया—जनता का उनका उत्कर्ष (जिसे अहद हाम ने तुरंत जनसमुदाय का आह्वान करने के रूप में विरूपित किया) और जल्द छुटकारा पाने के उनके वादे ने मिलकर अतीत के ढोंगी मसीहाओं के साथ तुलना को जन्म दिया। वे इतने आगे बढ़ गए कि उन्होंने हर्जेल पर अपधर्मिता का आरोप तक लगा दिया।[23]

अहद हाम के पास एक वैकल्पिक प्रस्ताव था। उन्होंने सोचा कि एक अलग राष्ट्र का निर्माण करने के बजाय यहूदियों को फिलिस्तीन में ही एक 'उपनिवेश' स्थापित करना चाहिए। यहूदी दुनिया के कुलीनों से आबाद यह आध्यात्मिक केंद्र पूरी दुनिया में यहूदी भावना को समृद्ध करेगा।[24] "सियोन पर्वत पर यरुशलम में परमेश्वर 'यहोवा' के उपदेश आरंभ होंगे और वहाँ से वे समूचे संसार में फैलेंगे," 'बाइबल' के नबी यशायाह ने हजारों वर्ष पूर्व बड़ी आशा के साथ उद्घोषित किया था।[25] अहद हाम ने स्पष्ट रूप से सोचा था कि जियोनीवाद को पैगंबर की भविष्यवाणी को पूरा करना चाहिए।

उनका मानना था कि यहूदी भविष्य सिर्फ सियोन में यहूदी सौभाग्य पर ही निर्भर नहीं होगा। चूँकि यहूदी संप्रभुता उनके लिए इतना महत्त्व नहीं रखती थी, इसलिए वे कई जगहों पर विभिन्न प्रकार के यहूदीवाद के फलने-फूलने के विचार के प्रति पूरी तरह से खुले थे और वे इस बात को लेकर भी आश्वस्त थे कि यहूदी अमेरिका में भी फल-फूल सकते हैं। उन्होंने पूछा, "इरेट्स इजराइल (इजराइल की भूमि) या अमेरिका के लिए? इसका सटीक उत्तर है—अमेरिका और इरेट्स इजराइल को। यहूदी प्रश्न के आर्थिक पक्ष का जवाब अमेरिका में दिया जाना चाहिए, जबकि आदर्शवादी पक्ष···वह केवल इरेट्स इजराइल में है।"[26]

1902 में हर्जेल के 'अल्टन्यूलैंड' के प्रकाशन के बाद हर्जेल और अहद हाम

(जो उस समय तक हर्जल के सबसे मुखर आलोचक थे) के बीच संघर्ष और भी निम्नतर हो गया था, लेकिन इसके ठीक एक वर्ष बाद किशिनेव में हुए नरसंहार ने अराजनीतिक अहद हाम को भी पीछे हटने को मजबूर कर दिया था। हर कोई इस बात को समझ चुका था कि यहूदी लोगों को अपने आपसी मतभेदों को दूर करने और यूरोप से बच निकलने का रास्ता तलाशने की जरूरत है, लेकिन उन्होंने हर्जेल की यहूदी राष्ट्र की योजना का विरोध करना कभी नहीं छोड़ा। वे इस बात को लेकर पूरी तरह से आश्वस्त थे कि राज्य का दर्जा यहूदियों के लिए बहुत बड़ी गलती होगी।

जियोनीवाद के एक अलग राष्ट्र की स्थापना के साथ ही अहद हाम एक लड़ाई हार गए। इसके बावजूद उनके विचार जियोनी दुनिया में गूँजते रहे और आज भी गूँज रहे हैं।

अहद हाम के प्रारंभिक अनुयायियों में फिलिस्तीन स्थित बुद्धिजीवियों का एक समूह था, जिन्होंने 'ब्रिट शालोम' (शांति के अनुबंध) की स्थापना की। यह एक ऐसा संगठन था, जो यहूदियों और अरबों के बीच शांति को बढ़ावा देने की बात करता था तथा ऐसा करने के लिए वह मुख्य रूप से इस बात की वकालत करता था कि यहूदियों को अलग राष्ट्र की अपनी तलाश को छोड़ देना चाहिए। 'ब्रिट शालोम' के सदस्य इस बात को लेकर पूरी तरह से आश्वस्त थे कि चूँकि एक यहूदी राष्ट्र हमेशा ही इस क्षेत्र के अरबों के साथ संघर्षरत रहेगा, ऐसे में यहूदियों के लिए बेहतर रहेगा कि वे यहूदियों और अरबों के द्विराष्ट्रीय राज्यों का गठन करें। ऐसा कोई कारण नहीं था कि यहूदी और अरब इस क्षेत्र, यहाँ तक कि पड़ोस को साझा नहीं कर सकते थे और पूर्ण शांति एवं सद्भाव के साथ रह सकते थे।

इस आंदोलन में कभी भी सौ से अधिक सदस्य शामिल नहीं थे, लेकिन इसका प्रभाव इसकी संख्या के मुकाबले कहीं अधिक था। इसके प्रमुख सदस्यों में एक यहूदी एजेंसी में वरिष्ठ पद पर कार्यरत अर्थशास्त्री आर्थर रुपिन; दार्शनिक मार्टिन बुबेर और विश्वप्रसिद्ध दार्शनिक व इतिहासकार गेर्शोम शोलेम शामिल थे। अल्बर्ट आइंस्टीन इस आंदोलन में कभी शामिल नहीं हुए, लेकिन उन्होंने इसका पूरा समर्थन किया; इसी प्रकार एक अमेरिकी सुधारवादी रब्बी और शांतिवादी

यहूदा मैग्नेस भी थे, जो हिब्रू विश्वविद्यालय की संस्कृति को आकार देने में अपनी भूमिका के आधार पर (वे विश्वविद्यालय के पहले चांसलर और बाद में इसके अध्यक्ष थे) इजराइल के छात्रों और विद्वानों के विचारों को प्रभावित करने में सक्षम थे। अमेरिकी यहूदी नेताओं की आनेवाली पीढ़ियाँ कम-से-कम अहद हाम और उनके अनुयायियों के काम से बेहद प्रभावित थीं, विशेषकर इजराइल के प्रारंभिक वर्षों में, उन्हें इस बात पर बेहद आश्चर्य हुआ कि एक राष्ट्र की जद्दोजहद में जियोनीवाद ने कोई बड़ी रणनीतिक गलती नहीं की, जो यहूदियों को अनजाने में ही भटका देती।

सांख्यिकीवादी और गैर-सांख्यिकीवादी, दोनों दृष्टिकोणों में जो समानता थी, वह यह कि दोनों में से किसी को भी साकार करने के लिए यहूदियों की छोटी सी भी संख्या को खुद को उठाकर एक ओटोमन प्रांत में नहीं जाना होगा। उस संबंध में कम-से-कम इस स्तर पर किसी भी दृष्टिकोण को पाना पूरी तरह से असंभव लग रहा था।

इसी दौरान जियोनीवाद के अन्य स्वरूप भी सामने आ रहे थे। मैक्स नोर्डौ, एक बेहद सम्मानित बुद्धिजीवी, ड्रेफस मामले के समय जियोनी अभियान से जुड़े हुए थे। नोर्डौ का जन्म पेस्ट के एक ऑर्थोडॉक्स परिवार में हुआ था और वे बर्लिन में स्थित एक उदार जर्मन पेपर 'वोसिशे जितुंग' के लिए पेरिस में उसके संवाददाता थे। उन्होंने जर्मन बुद्धिजीवी बनने के लिए यहूदी दुनिया को छोड़ दिया था। उन्होंने यहूदी विरासत से खुद को दूर करने के प्रयास में अपना नाम बदलकर 'सुडफेल्ड' रख लिया था।

नोर्डौ ने कुछ मायनों में किशिनेव का पहले से ही अंदाजा लगा लिया था। दूसरी जियोनीवादी कांग्रेस के समय पर ही उन्होंने मस्केलजुडेन, 'मसल-यहूदियों' के निर्माण की वकालत की। उन्होंने तर्क दिया कि जियोनीवादी जिस नए यहूदी राष्ट्र के निर्माण को लेकर व्याकुल थे, उसे नए यहूदियों द्वारा आबाद किए जाने की आवश्यकता है, जो मजबूत और सशक्त व्यक्तित्व के स्वामी हों, जिनके लिए येशिवा एक दूर की याद हो।

> हम बेहद लंबे समय से अपनी ही देह की अवमानना करने में लगे हुए हैं या और अधिक सटीक शब्दों में कहें तो दूसरों ने हमारे लिए हमारी देह की हत्या की। उनकी असाधारण सफलता को यहूदी बस्तियों में, गिरजाघरों में, मध्ययुगीन यूरोप के राजमार्गों के किनारे मौजूद सैकड़ों-हजारों यहूदी लाशों द्वारा मापा जाता है। सँकरी यहूदी गली में हमारे कमजोर पाँव उनके समलैंगिक आंदोलनों को भूल जाते हैं; हमारी आँखें अँधेरे घरों के सन्नाटे में शर्म से झपकने लगती हैं; निरंतर उत्पीड़न के डर ने हमारी शक्तिशाली आवाजों को भय से भरी फुसफुसाहट में बदल दिया, जो ऊँची आवाज में तब पहुँची, जब हमारे शहीद अपने जल्लादों के सम्मुख अपनी अंतिम प्रार्थना गाने लगे—आइए, हम अपनी सबसे पुरानी परंपराओं को अपनाएँ; आइए, हम एक बार फिर चौड़ी छातीवाले, मजबूत, दूर-दृष्टिवाले पुरुष बनें।[27]

नोर्डौ शायद अकेला व्यक्ति था, जो यह बात महसूस करता था कि जियोनीवाद को यहूदी लोगों की चेतना में खुले भौतिकतावाद के एक नए युग की शुरुआत करने की आवश्यकता है। किशिनेव के नरसंहार ने जियोनी परिवार में व्लादिमीर ज्वी जाबोटिंस्की से अधिक किसी को नहीं हिलाया।[28] 1880 में ओडेसा में जनमे, काफी हद तक दूसरों के साथ घुल-मिल जानेवाले जाबोटिंस्की (जिन्होंने आगे जाकर अपने प्रथम नाम ज्वी का उपयोग किया) ने अपने शुरुआती वर्ष यूरोप और रूसी साम्राज्य में एक पत्रकार एवं विदेशी संवाददाता के रूप में बिताए थे।

जाबोटिंस्की उस समय ओडेसा में एक यहूदी साहित्यकार सोसाइटी में पिंस्कर के आत्म-मोक्ष पर एक व्याख्यान दे रहे थे, जब उन्हें किशिनेव नरसंहार की खबर मिली। हालाँकि वे इस खबर से भयभीत थे, लेकिन फिर भी पूरी तरह से हैरान नहीं थे। नरसंहार के पहले से ही एक आसन्न नरसंहार को लेकर अफवाहें फैली हुई थीं और जाबोटिंस्की तथा कुछ अन्य लोगों ने हथियार इकट्ठा करना शुरू करने के साथ-साथ आत्मरक्षा कितनी जरूरी और महत्त्वपूर्ण है, इस पर बात करनी प्रारंभ कर दी थी।

जाबोटिंस्की अपने पूरे कॅरियर में जियोनीवादी संस्थानों के साथ बहस में

उलझे रहे, विशेषकर तब, जब उन्हें इस बात का विश्वास हो गया कि जियोनीवादी एक यहूदी राष्ट्र के अपने लक्ष्य को पाने के मामले में विरोधियों—पहले ओटोमन्स और फिर ब्रिटिश के सामने बेहद कमजोर और पूरी तरह से निष्क्रिय थे। उन्होंने जमीन को कब्जाने और उसपर निर्माण करने के लिए जियोनीवाद के समायोजन और दृष्टिकोण के 'संशोधित' होने की आशा की; और ऐसा करने के लिए उन्होंने एक अलग आंदोलन—संशोधनवादी जियोनीवाद—की स्थापना की।

सैद्धांतिक रूप से संशोधनवादी और मुख्यधारा के जियोनीवाद इतने अलग भी नहीं थे। दोनों ही फिलिस्तीन में यहूदी बस्तियों की स्थापना, एक यहूदी सशस्त्र बल के अधिकारी व यहूदियों के फिलिस्तीन को मुक्त आप्रवासन और ये सब अंग्रेजों के साथ कूटनीति के जरिए प्राप्त हुआ, पर विश्वास करते थे। इसके अलावा इन दोनों ने इजराइल की पूरी भूमि के समाधान, जैसा कि 'बाइबल' में उल्लिखित है और जॉर्डन नदी के दोनों किनारे शामिल हैं, का भी समर्थन किया। वे दोनों इस बात को लेकर पूरी तरह से अलग-अलग थे कि अपने लक्ष्य को पाने को लेकर आवश्यकता पड़ने पर कितने बल का प्रयोग करने के लिए तैयार रहें।

जाबोटिंस्की ने पूरे रूसी साम्राज्य में आत्मरक्षा शिविरों की शुरुआत की और युवाओं पर अधिक जोर दिया। कई वर्षों बाद 1923 में जाबोटिंस्की ने एक संशोधनवादी युवा आंदोलन 'बेतर' की स्थापना की, जिसका नाम 135 सी.ई. में रोमनों के खिलाफ बार कोखबा विद्रोह के समय आखिर तक आजाद रहे एक किले के नाम पर रखा गया था। बेतर को सैन्य रणनीति सिखाने और यूरोप के युवाओं को शारीरिक रूप से प्रशिक्षित करने के लिए तैयार किया गया था, जैसा कि जाबोटिंस्की ने अपने निबंध 'द आइडिया ऑफ बेतर' में समझाया, आंदोलन का उद्देश्य था—

> "बेहद सरल, हालाँकि कठिन—एक ऐसे यहूदी को तैयार करना, जिसकी राष्ट्र को एक बेहतर और जल्द बनाए जानेवाले यहूदी राष्ट्र के निर्माण के लिए आवश्यकता है ... सबसे बड़ी कठिनाई का सामना इसलिए करना पड़ रहा है, क्योंकि एक राष्ट्र के रूप में, आज यहूदी न तो 'सामान्य' हैं और न ही 'स्वस्थ' हैं। प्रवासी जीवन सामान्य और स्वस्थ नागरिकों की कुशल परवरिश को प्रभावित करता है।"[29]

बेतर पूरे यूरोप में फैल गया और पोलैंड, लातविया, लिथुआनिया, ऑस्ट्रिया, चेकोस्लोवाकिया, जर्मनी और फिलिस्तीन में इसके विभिन्न अंगों का निर्माण हो गया। इस आंदोलन में एक दशक में सत्तर हजार सदस्य शामिल हो गए।

अहद हाम और ब्रिट शालोम के विपरीत जाबोटिंस्की शांतिवादी नहीं थे। उन्होंने चेतावनी दी कि अगर यहूदियों को फिलिस्तीन चाहिए तो उन्हें युद्ध के मैदान में उतरना ही होगा। एक तरफ जहाँ बाकी के जियोनीवादी गुटों को अकसर लगा कि सैन्य कौशल और बल का उपयोग जियोनीवादी मौलिक लोकाचार के विरुद्ध है। न तो जाबोटिंस्की और न ही उनका अनुसरण करनेवाले संशोधनवादी उस समय लड़ने को तैयार होने के लिए माफी माँगेगे, जब यहूदी नियति ने ऐसा करने की माँग की।

उनका मानना था कि नियति को समय-समय पर बल प्रयोग की आवश्यकता होगी। अफसोस की बात है कि इतिहास जाबोटिंस्की और संशोधनवादियों को पूर्वज्ञानी साबित करता है।

अगर नोर्डौ और जाबोटिंस्की ने सोचा कि भौतिक शक्ति नए यहूदी के सार की कुंजी होनी चाहिए, तो दूसरों के लिए नए यहूदी को पूरी तरह से अलग शारीरिक सुदृढ़ता पर ध्यान केंद्रित करने की आवश्यकता थी। बीसवीं सदी के पहले दशक में किशिनेव नरसंहार और रूसी क्रांति की विफलता ने आप्रवासियों में गहरी वैचारिक लहर पैदा की, जिसका प्राथमिक प्रवक्ता हारून डेविड गॉर्डन (लगभग हमेशा ए.डी. गॉर्डन के रूप में जाना जाता है) था।[30] अहद हाम के एक अनुयायी तथा गॉर्डन लेबर जियोनीवाद के दार्शनिक बन गए। वे इस बात से सहमत थे कि एक नए यहूदी का समय आ चुका है, लेकिन उनकी नजरों में यह नया यहूदी अतीत को त्यागने से नहीं सामने आएगा, न ही गहरी अलौकिक आध्यामिकता से और न ही यहूदियों द्वारा एक अच्छी देह बनाने से। नया यहूदी जमीन पर काम करने से सामने आएगा।

1856 में यूक्रेन के एक छोटे से गाँव पोडोलिया, जो मोल्दोवा की मौजूदा सीमा के पास स्थित है, में पैदा हुए गॉर्डन ने अपना अधिकांश जीवन अपने एक रईस रिश्तेदार की संपत्ति का प्रबंधन करने में बिताया। 1904 में सैंतालीस वर्ष की आयु में गॉर्डन ने दूसरों की सलाह को दरकिनार करते हुए फिलिस्तीन जाने का

फैसला किया। उन्होंने अपनी पत्नी और बच्चों को अपने पास मौजूद धन के साथ इस उम्मीद में वहीं छोड़ दिया कि वे जल्द ही उन्हें अपने पास बुला लेंगे। अपने पूरे जीवन में साफ-स्वच्छ काम करनेवाले और अब उतने युवा नहीं, शारीरिक रूप से कमजोर, लेकिन निडर, गॉर्डन जमीन पर मेहनत करने के लिए पूरी तरह से दृढ़ निश्चयी थे। वे सफल हुए। चाहे गेलिली में पेटाच टिकवा की वाइनरी में या फिर अंत में डेगनिया (लेबर जियोनीवादी आंदोलन का पहला 'किबुत्ज'*) में, उन्होंने जमीन पर तब तक काम किया, जब तक कि पूरी तरह से चुक नहीं गए। वे 1921 में गंभीर रूप से बीमार हो गए, लेकिन उन्होंने अपने स्वास्थ्य की परवाह नहीं की और तब तक काम करते रहे, जब तक कि अपने पूर्ववर्ती हर्जेल की तरह उनकी भी मृत्यु नहीं हो गई।

इसके बावजूद गॉर्डन ने अपने पीछे एक ऐसी विरासत छोड़ी, जो 'यिशुव'** और बाद में इजराइल में यहूदियों की आनेवाली पीढ़ियों को प्रेरित करेगी, विशेषकर प्रारंभिक 'किबुत्ज' आंदोलन में। उनका नया यहूदी 'श्रम के धर्म' द्वारा बनाए रखा जाएगा—

> श्रम केवल वह शक्ति नहीं है, जो मनुष्य को मिट्टी से बाँधती है और जिसके द्वारा मिट्टी पर कब्जा किया जाता है, बल्कि यह राष्ट्रीय संस्कृति के निर्माण के लिए मूल ऊर्जा भी है। हमारे पास इसी का अभाव है, लेकिन हम इस बात से अनजान हैं कि यह हमारे पास नहीं है। हम एक बिना देशवाले, बिना जीवित राष्ट्रीय भाषावाले और बिना जीवित संस्कृतिवाले लोग हैं…एक महत्त्वपूर्ण संस्कृति, जो जीवन से अलग होने से कहीं दूर है, इसे अपने सभी पहलुओं में समाहित करती है…कृषि, निर्माण और सड़क बनाना—कोई भी

---

* 'किबुत्ज' (बहुवचन-किबुत्जिम) मूल रूप से समाजवादी आदर्शों पर आधारित और कृषि कार्य में निहित एक सामूहिक समुदाय का नाम है। राष्ट्र के प्रारंभिक दशकों में किबुत्ज एक प्रतिष्ठित इजराइली संस्थान बन गया। तकनीकी रूप से डेगनिया पहला केवुत्जा था, जो किबुत्ज से थोड़ा छोटा समुदाय था, लेकिन आज इसे 'पहला किबुत्ज' कहा जाता है।

** यिशुव का अर्थ है—'समझौते का स्थान।' इसके अलावा इस शब्द का प्रयोग अकसर फिलिस्तीन के राष्ट्र बनने से पूर्व के यहूदी समुदाय के लिए किया जाता है। 'न्यू यिशुव' उन यहूदियों को संदर्भित करता है, जो यहाँ वर्णित आप्रवासियों के साथ पहुँचने लगे। 'ओल्ड यिशुव' उन यहूदियों को संदर्भित करता है, जो नए आप्रवासियों के वहाँ आना प्रारंभ करने से पहले से ही फिलिस्तीन में रह रहे थे।

काम, कोई भी शिल्प, कोई भी उत्पादक गतिविधि—संस्कृति का हिस्सा है और वास्तव में संस्कृति की नींव और सामग्री भी है।[31]

यहूदियों को प्रकृति की ओर लौटने और अपने नंगे हाथों से भूमि पर काम करने की आवश्यकता है; गॉर्डन ने महसूस किया कि उन्होंने अपनी आजीविका के लिए बहुत लंबे समय तक अपने ज्ञान पर भरोसा किया था। इसने उनकी राष्ट्रीय आत्मा को विकृत कर दिया था। (एक आरोप, जिससे बियालिक और अहद हाम निश्चित रूप से सहमत होंगे।) गॉर्डन के लिए इसका उपाय भूमि में ही मिलना था; यहूदियों के लिए श्रम के जीवन में लौटने का समय आ गया था। "श्रम ने हमें पीड़ित किया है," गॉर्डन ने कहा, "और श्रम ही हमें ठीक कर देगा।"[32]

गॉर्डन की विश्वदृष्टि फिलिस्तीन के नवीन यहूदी जीवन के प्रारंभिक दशकों को किस हद तक गहराई से आकार देगी, इसे बढ़ा-चढ़ाकर बताना असंभव है। प्रारंभिक किबुत्ज आंदोलन के लिए किसानों के रूप में भूमि पर फिर से बसानेवाले यहूदियों की छवि (हालाँकि अपने चरम पर भी, बेहद कम प्रतिशत यहूदी ही कृषि क्षेत्र में काम करते थे) बड़े पैमाने पर गॉर्डन की छवि का ही परिणाम था। एक ऐसा काम, जो मामूली श्रमवाला लग सकता था, उसे करने में प्रारंभिक जियोनीवादियों ने जो गर्व महसूस किया था, वह पूरी तरह से गॉर्डन के प्रभाव का प्रतिबिंब था। अवोदा इव्रिट ('यहूदी श्रम') के प्रति प्रतिबद्धता, जो अभी भी कुछ हलकों में मौजूद है, ए.डी. गॉर्डन की भावना का एक उद्घोष है कि वास्तविक यहूदी आध्यात्मिकता इजराइल की भूमि में मेहनत करनेवाले हाथों से ही आएगी।

बियालिक और अहद हाम कभी भी पारंपरिक यहूदी ग्रंथों और वह दुनिया, जो उन ग्रंथों को उद्घाटित करती है, को नहीं भूले। प्रत्येक ने अपने लेखन में अपना प्रभाव डाला, हालाँकि कुछ जियोनीवादियों ने सोचा कि जियोनीवाद सिर्फ यहूदीवाद को बदलने के बारे में ही नहीं है, बल्कि यह इसे पूरी तरह से आगे बढ़ाने के लिए है। इस स्थिति के सबसे प्रसिद्ध प्रतिपादक रूसी विद्वान् मीका जोसेफ बर्डीचेवस्की (उच्चारण बर्दिचेव्स्की) थे, जिन्होंने कहा था कि जियोनीवाद का यहूदीवाद के खिलाफ पूर्ण विद्रोह होना चाहिए।[33] यहूदियों के लिए यह समय

यहूदी परंपरा, इतिहास और धर्म की हठधर्मिता से खुद को मुक्त करने और खुद को फिर से स्थापित करने का समय है। उन्होंने कहा, "हम अंतिम यहूदी या पहले हिब्रू हो सकते हैं।"[34]

इसलिए यह बिल्कुल भी आश्चर्य की बात नहीं है कि कई जियोनीवादियों ने पारंपरिक यहूदी धर्म को अस्वीकार कर दिया और अधिकांश पारंपरिक यहूदी दुनिया ने भी जियोनीवाद को अस्वीकार कर दिया। यद्यपि जियोनीवादियों के बीच धार्मिक यहूदी मौजूद थे, जबकि कई अन्य लोगों के लिए धार्मिक प्रतिबद्धताएँ आंदोलन में शामिल न होने का एक स्पष्ट कारण थीं।

इनके कारण सदियों पहले के इतिहास में देखे जाते थे। बेबीलोन के 'तल्मूड'* में एक बहुचर्चित परिच्छेद उन तीन शपथों का उल्लेख करता है, जिनके प्रति इजराइल और दुनिया के राष्ट्रों ने स्वयं को प्रतिबद्ध किया था। दुनिया के देशों ने इस बात की शपथ ली थी कि वे इजराइल पर घोर अत्याचार नहीं करेंगे, जबकि इजराइल ने बलपूर्वक किसी की भूमि में प्रवेश नहीं करने और दुनिया के राष्ट्रों के खिलाफ विद्रोह नहीं करने की कसम खाई थी।[35]

सदियाँ बीतने के साथ यह संक्षिप्त पाठ उन लोगों के लिए एक आधार बन गया, जो यह बात कहते थे कि यहूदियों को उस समय तक अपनी पैतृक मातृभूमि पर वापस नहीं जाना चाहिए, जब तक कि भगवान् उन्हें वापस न भेजें। उनमें से अधिकांश को यह बात बहुत अच्छी तरह से मालूम थी कि उस जमीन पर वापस लौटने के लिए उन्हें थोड़े-बहुत बल प्रयोग की आवश्यकता पड़ेगी, जिसे न करने की उन्होंने शपथ ले रखी थी। विडंबना यह है कि जियोनीवाद विरोधी और ब्रिट शालोम के सदस्यों जैसे कुछ धर्मनिरपेक्ष शांतिवादियों ने जियोनीवाद का सिर्फ इसलिए विरोध किया था, क्योंकि ऐसा करने के लिए आखिरकार बल का प्रयोग करना आवश्यक था।

हालाँकि वह शपथ केंद्रीय मुद्दा नहीं थी। धार्मिक जियोनीवाद-विरोध के मूल में असली मुद्दा और अधिक गहरा था। सदियों के फैलाव के परिणामस्वरूप

---

* निर्वासन के दौरान बेबीलोन में रह रहे यहूदी समुदायों द्वारा लगभग 200 सी.ई. से 500 सी.ई. तक रचित बेबीलोन तल्मूड सबसे महत्त्वपूर्ण यहूदी पोस्टबाइबिल पाठ है। एक विशाल कार्य (पारंपरिक संस्करण बीस खंडों में छपा है) है, यह अभी भी दुनिया भर के पारंपरिक यहूदियों द्वारा पढ़ा जानेवाला मुख्य धार्मिक पाठ है।

यहूदियों ने अपनी दुनिया को दो आध्यात्मिक अवस्थाओं—निर्वासन और प्रतिदान के रूप में देखा था।[36] यिर्मयाह की इस भावना को स्पष्ट रूप से उद्घाटित करते हुए कि यहूदी भूमि पर लौट आएँगे, जब उनके निर्माता ने फैसला किया कि यही वह समय है, जब यहूदियों, विशेष रूप से पूर्वी यूरोप के लोगों ने महसूस किया कि जब तक भगवान् उन्हें वहाँ से बाहर नहीं निकालते हैं, तब तक निर्वासन में रहना उनका धार्मिक कर्तव्य है। उनके लिए जियोनीवाद, जिसने इतिहास और यहूदियों के भाग्य को मानव के हाथों में रखने की माँग की थी, यहूदी धर्म का उल्लंघन था। यह तथ्य कि आंदोलन का अधिकांश नेतृत्व न सिर्फ कट्टर धर्मनिरपेक्ष था, बल्कि कट्टर तरीके से धर्म-विरोधी भी था और यह बात उनके मन-मस्तिष्क में बैठी हुई थी। उन्होंने जियोनीवादियों के खिलाफ आवाज उठाई, जबकि उनका उनसे कोई लेना-देना नहीं था।

इसके अलावा धार्मिक यहूदी भी थे। वे सैद्धांतिक रूप से जियोनीवाद के विरोध में नहीं थे, जैसे कि अति-ऑर्थोडॉक्स थे, उन्हें यहूदियों के इतिहास को अपने हाथ में लेने का कोई पछतावा नहीं था, फिर भी धर्मनिरपेक्ष मुख्यधारा से यहूदी पुनरुत्थान को लेकर उनका एक अलग दृष्टिकोण था। यहाँ तक कि 1800 के अंत में एक धार्मिक जियोनीवादी आंदोलन के कुछ खिंचाव मौजूद थे, लेकिन ऐसा 1902 में पाँचवीं जियोनीवादी कांग्रेस में हुआ, जब यह कहा गया कि जियोनीवाद यहूदी संस्कृति पर अपना ध्यान केंद्रित करेगा और धार्मिक जियोनीवाद के पहले महत्त्वपूर्ण संगठन 'मिजराची' की स्थापना की गई। इसकी स्थापना करनेवाले धार्मिक यहूदियों ने जोर दिया कि अकेली संस्कृति कभी भी यहूदी धर्म को बनाए नहीं रख सकती। परमेश्वर की आज्ञाओं का पालन हमेशा से ही यहूदी जीवन का आधार रहा है। सिनाई के पर्वत पर टोरा की खोज होने के ब्राद से ही यहूदी कानून के प्रति निष्ठा यहूदी अस्तित्व की कुंजी रही है। इसे कभी बदला नहीं जा सकता। उन्होंने कहा कि अगर जियोनीवाद की कोई विशेषता होनी थी, तो धर्म को उसके मूल में होना चाहिए।

मिजराची किशिनेव के एक वर्ष बाद और हर्जेल की मृत्यु के एक वर्ष बाद 1904 में आज के ब्रातिस्लावा में अपने पहले वैश्विक सम्मेलन के लिए मिले थे। अकेले ही उन्होंने धार्मिक पूर्वी यूरोपीय लोगों के यहूदी-विरोध, साथ ही जियोनी

दुनिया में मौजूद लोगों में से कई की धर्म-विरोधी भावनाओं को खारिज कर दिया था। वे 1967 तक अपेक्षाकृत गौण, लेकिन हठी बने रहे, जब वे जियोनीवाद और इजराइल को हमेशा के लिए बदल सकते थे।

जियोनीवाद अनसुलझे वाद-विवादों की एक शृंखला बन गया था। कुछ (हर्जेल) ने एक राष्ट्र की माँग की, जबकि अन्य लोगों (अहद हाम) ने इस बात पर जोर दिया कि राज्य का दर्जा आध्यात्मिक दिवालिएपन की ओर ले जाएगा, इसलिए यहूदियों को केवल एक आध्यात्मिक केंद्र की तलाश करनी चाहिए। कुछ (बियालिक) का मानना था कि धर्म ऐसा कैंसर है, जिसने यहूदियों को नष्ट कर दिया था (हालाँकि बियालिक ने यहूदी धार्मिक ग्रंथों के प्रति प्रेम बरकरार रखा था), जबकि अन्य (धार्मिक जियोनीवादी) को धर्म में यहूदी लोगों को बनाए रखने की आशा दिखाई दी। कुछ ने अरब मुद्दे को लगातार इतना नजरअंदाज किया कि वे एक ऐसे फिलिस्तीन की कल्पना करने लगे, जिसमें अरबों का नामोनिशान तक नहीं था, फिर भी अन्य (हर्जेल), जो अलग नहीं थे, को इस बात की आशा थी कि यहूदी इस क्षेत्र में जो प्रगति लेकर आएँगे, वह उनके लिए अरबों की प्रशंसा और सम्मान अर्जित करेगी, हालाँकि अन्य (जाबोटिंस्की) इन विचारों को मूर्खता से भरा हुआ मानते थे और कहते थे कि अगर यहूदी लड़ने के लिए तैयार नहीं हैं, तो सियोन में उनका कोई भविष्य नहीं। कुछ (नोर्डौ) ने यहूदी को एक नई शारीरिक स्थिति से पहचाने जानेवाले यहूदी की कल्पना की थी, जबकि बाकियों (ए.डी. गॉर्डन) ने इस बात पर जोर दिया कि नई शारीरिक स्थिति को भूमि पर काम करना चाहिए। जियोनीवाद एक आंदोलन था, लेकिन यह प्रतिस्पर्धी सपनों का एक संग्रह भी था।

एक यहूदी राष्ट्र अभी भी दूर की कौड़ी था; यहूदियों के उस राष्ट्र की वास्तविक स्थापना में अभी दशकों का समय लगना था, जिसके लिए वे पहले से ही असहमत थे। जियोनीवादी जब अंततः एक राष्ट्र का निर्माण करने में सफल हुए, हालाँकि इन सभी प्रतिद्वंद्वी गुटों को एक साथ रहना होगा, जो जल्दबाजी में घोषित और बना एक देश बन जाएगा। वे एक-दूसरे से चाहे जितने भी असहमत थे, उन्हें एक साथ रहना होगा, प्रेम करना होगा, युद्ध लड़ने जाना होगा, देश

का निर्माण करना होगा और साथ-साथ ही मरना होगा। इजराइल की बेलगाम राजनीति और अशांत राजनीतिक जीवन, कई मायनों में इन्हीं शुरुआती, अनसुलझी जियोनीवादी बहसों का परिणाम है। जब यह सामने आया, तो यह यहूदी राष्ट्र ऐसा होगा कि यहूदी लगातार यह सीखने के लिए संघर्ष कर रहे थे कि कैसे साझा किया जाए, जैसा कि महान् हिब्रू लेखक और प्रारंभिक जियोनीवादी योसेफ ब्रेनर ने कहा, "जियोनीवाद कुछ मायनों में जड़ें जमाने से पहले ही शाखाओं को उगाने के लिए मजबूर था।"[37]

□

4

एक सपने से

हकीकत की झलक तक

"भूमि और भाषा वे दो चीजें हैं, जिनके बिना यहूदी एक राष्ट्र नहीं बन सकता था।"

—एलीएजर बेन-येहुदा[1]

उन्नीसवीं सदी के आखिरी दशक में जब हर्जेल जर्मन भाषा में लिख रहे थे, उस समय इजराइल जैंग्विल अंग्रेजी भाषी दुनिया के सबसे प्रसिद्ध यहूदी थे। एक उपन्यासकार और नाटककार (और महिला अधिकार आंदोलन से गहराई से जुड़े) ने उस पारंपरिक कुटुंब को छोड़ दिया था, जिसमें उनका पालन-पोषण हुआ था और वे भी जियोनी बन गए थे।

जैंग्विल ने अपने कॅरियर के प्रारंभ में लेखों की एक शृंखला लिखी, जिसमें उन्होंने फिलिस्तीन को 'एक उजाड़, एक पथरीली तनहाई, एक सुनसान घर' और एक 'बरबाद हो चुकी भूमि' के रूप में वर्णित किया था।[2] उनके इस विचार का सबसे लोकप्रिय चित्रण था कि फिलिस्तीन 'बिना लोगोंवाली ऐसी भूमि है, जो बिना भूमिवाले लोगों का इंतजार' कर रही है।[3]

हालाँकि यह बात पूरी तरह से सटीक नहीं थी और न ही पूरी तरह से गलत थी। फिलिस्तीन में लोग मौजूद तो थे, लेकिन वे उस प्रकार से संगठित नहीं थे, जैसी यूरोपीय लोगों ने उनसे उम्मीद की होगी। तुर्कों (तुर्की साम्राज्य) ने 1517 से फिलिस्तीन को नियंत्रित किया था, इसके बावजूद उन्होंने इस स्थान को विकसित करने के लिए वास्तव में कुछ भी नहीं किया था—

"बेरुत और सीरिया के प्रांतों के बीच अस्पष्ट रूप से विभाजित, 1800 के दशक के प्रारंभ का फिलिस्तीन एक प्रशासनिक खँडहर से कुछ ही कम था। सदियों की तुर्की उदासीनता और कुशासन ने स्थानीय पाशाओं के बीच बार-बार होनेवाले युद्ध को प्रोत्साहन दिया था और बेडुइन लुटेरों के गिरोहों को देश के 4,00,000 निवासियों (1840 तक) को आतंकित करने की अनुमति दी थी। व्यापार न के बराबर था।"[4]

गरीब, असंगठित और बिना किसी सशक्त पहचानवाला होने के बावजूद वहाँ पर लोग बसे हुए थे; वह भूमि खाली नहीं थी। फिलिस्तीन में कई लाख लोग बसे हुए थे और उनमें से अधिकांश अरब थे।[5] वे मुख्यतः ग्रामीण जीवन जी रहे थे और उस क्षेत्र में करीब सात सौ या आठ सौ गाँवों में फैले हुए थे। अधिकांश जमींदारों के साथ एक प्रकार की सामंती व्यवस्था में किसानों के रूप में रहते थे, जबकि कुछ गाजा, हेब्रोन, हाइफा और अन्य शहरों में रहते थे; हालाँकि इस अवधि के दौरान अभी तक अरबी पहचान विकसित नहीं हुई थी, लेकिन इसकी शुरुआती पहचान को महसूस किया जा सकता था। 1891 तक कुछ अमीर फिलिस्तीनी अरबों ने तुर्की के अधिकारियों से यहूदी शरणार्थियों को फिलिस्तीन में बसने की अनुमति न देने का आग्रह करना शुरू कर दिया; वे इस बात को पूरी तरह समझ चुके थे कि इस क्षेत्र का 'अरब स्वरूप' बदलनेवाला है।[6]

1870 के दशक के अंत तक लगभग सत्ताइस हजार यहूदी पहले से ही फिलिस्तीन में रह रहे थे, जो मुख्य रूप से यरुशलम तक फैले थे, जहाँ वे बहुसंख्यक स्थिति में थे। ये यहूदी लगभग गरीब, बेहद धार्मिक और अपने समुदाय के बाहर जितना संभव हो सके, उतना अधिक मतलब न रखनेवाले थे; वे एक हलुक्का (वितरण) प्रणाली पर जीवित रहते थे, जो फिलिस्तीन के बाहर यहूदियों से विद्वानों, विधवाओं, अनाथों और अन्य जरूरतमंद यहूदियों के लिए धन एकत्र करती थी। यह जीवन का एक सरल तरीका था, वस्तुतः आधुनिकता से अछूता था, यहूदी और अरब निवासी जिसके लंबे समय से आदी हो गए थे।

यह बड़े आश्चर्य की बात है कि यह यूरोपीय यहूदी-विरोधवाद था, जिसने फिलिस्तीन को बदल दिया। यूरोप में यहूदी जीवन के बरदाश्त से बाहर होने के साथ ही यूरोप से बड़े पैमाने पर यहूदियों का पलायन प्रारंभ हो गया। इसी के साथ

फिलिस्तीन के लिए नया यहूदी आप्रवासन भी शुरू हो गया।

अपने निर्विवाद यूरोपियन अल्टन्यूलैंड में हर्जेल एक ऐसे भविष्य का वर्णन करते हैं, जिसमें यहूदी फिलिस्तीन में महत्त्वपूर्ण विकास लेकर आते हैं। उनका मानना था कि इसके परिणामस्वरूप अरब खुले हाथों से उनका स्वागत करेंगे। जैंग्विल, चाहे आप उन्हें आदर्शवादी कहें या फिर भोला, का भी ऐसा ही मानना था कि यूरोप से यहूदियों की आमद सबके लिए अच्छी ही होगी। 1903 के 'सियोन, व्हेन्स कमथ माई हेल्प ?' शीर्षकवाले एक लेख में वे कहते हैं कि यहूदी उस भूमि को मुक्त करवा लेंगे और उसे आधुनिक प्रगति की ओर ले जाएँगे। आखिरकार यूरोपीय यहूदियों को एक घर मिल जाएगा और स्थानीय निवासियों को एक बेहतर अर्थव्यवस्था से लाभ होगा।

लेकिन यूरोपीय यहूदियों का सामना एक ऐसी संस्कृति से होनेवाला था, जिसे वे जरा भी नहीं समझते थे—

> "उस समय यह दावा सत्यता से थोड़ा परे था कि सुल्तान और उनकी सरकार उनके क्षेत्रों पर इस प्रकार से शासन कर रही है, जैसे यूरोपीय लोग सरकार और प्रशासन को समझते हैं। ऑटोमन साम्राज्य में जो वास्तविक था, वह पूरी तरह से स्थानीय था—एक जनजाति, एक कबीला, एक संप्रदाय या एक शहर असल राजनीतिक इकाई था, जिसके प्रति निष्ठा रहती थी। इसने यूरोपीय पर्यवेक्षकों को भ्रमित कर दिया, जिनकी नागरिकता और राष्ट्रीयता की आधुनिक धारणा तुर्क राजनीति के लिए पूरी तरह से अनुपयुक्त थी।"[7]

यूरोप से आनेवाले यहूदी अपने साथ जिन यूरोपीय धारणाओं और नागरिकता को लेकर आनेवाले थे, उनका संघर्ष फिलिस्तीनी अरबों की आदिवासी, कबीलाई स्थानीय व्यवस्था के साथ होनेवाला था। इसके बदले में यूरोपीय यहूदी खुद को फिलिस्तीन के द्विपीय यहूदियों के साथ तनाव में पाएँगे, जो आधुनिकता के साथ-साथ यूरोप के यहूदियों के विरोध में बने रहे, जो इसे अपने साथ मध्य-पूर्व में लेकर आ रहे थे। राष्ट्र और समाज की अलग-अलग अवधारणाएँ, सम्मान और स्मृति के संबंध में प्रतिस्पर्धात्मक संवेदनाएँ और कई अन्य छूटे हुए संकेत आनेवाले वर्षों में यहूदियों और अरबों के बीच संघर्ष को काफी हद तक बढ़ावा देंगे।

न्यू यिशुव के लिए यहूदी आप्रवासन की प्रारंभिक लहरें अधिकांश भाग के लिए विचारधारा को लेकर बेहद कठोर नहीं थीं। ये वे यहूदी थे, जो उन्नीसवीं सदी के अंत में और बीसवीं सदी के प्रारंभ में उन्हीं कारणों से फिलिस्तीन से भाग गए थे, जिनसे लाखों अन्य यहूदी उत्तरी अमेरिका भागे थे। ये आप्रवासी एक भयावह होते यूरोप के खतरों से बचने के लिए एक ऐसे स्थान की तलाश में निकल पड़े, जहाँ से पर्याप्त सुरक्षावाले माहौल में एक साधारण जीवन जी सकें।

हालाँकि कुछ भविष्य का निर्माण करने को लेकर जोश में भरे हुए थे। वे एक नए यहूदी समाज के दृष्टिकोण के साथ फिलिस्तीन आए और उनमें से कई उम्मीद कर रहे थे कि नया समाज उस समय रूस में प्रचलित समाजवादी आदर्शों को मूर्त रूप देगा। (समाजवाद के जनक कार्ल मार्क्स की मृत्यु 1883 में हुई थी, बोल्शेविक क्रांति 1917 में हुई) उन्होंने महसूस किया कि नया यहूदी जीवन केवल उनकी पैतृक मातृभूमि फिलिस्तीन में ही पाया जा सकता है।

यहूदी आप्रवासन की पहली लहर, जिसे 'प्रथम अलियाह' के रूप में जाना जाता है, 1882 में शुरू हुई और बीच-बीच में रुकावटों के साथ 1903 तक जारी रही।* यह वह समय था, जब फिलिस्तीन (और बाद में इजराइल में) में यहूदी जीवन के विकास को बढ़ावा देने के लिए डिजाइन किए गए प्रवासी संगठन भी विकसित होने लगे। पहले अलियाह के लिए महत्त्वपूर्ण दो संगठनों ने 1882 में अपनी शुरुआत की। इनमें से पहला था 'होवेवी सियोन' ('लवर्स ऑफ सियोन'), जिसे बनाने में पिंस्कर ने मदद की थी। दूसरा, जिसे 'बिलु'** के नाम से जाना जाता है, जो विश्वविद्यालय के छात्रों (बिलुइम कहा जाता है) के एक छोटे समूह से बना था, जो अपनी अपेक्षाकृत कम संख्या के बावजूद, अपेक्षाकृत न्यूनतम उपलब्धियाँ, उनके जुनून, उत्साह और 'गेदेरा' की स्थापना के लिए उनके द्वारा किए गए समाधानों के लिए प्रसिद्ध हुए।

यूरोपीय जियोनीवादियों की आमद ने पहले से ही फिलिस्तीन में रह रहे

* आप्रवासन की प्रत्येक लहर को 'अलियाह' कहा जाता था—बहुवचन में अलियट—हिब्रू में 'जो लोग ऊपर चले गए'8 उनके लिए। शास्त्रीय यहूदी स्रोत हमेशा इजराइल की भूमि में जाने को 'ऊपर जाने' के रूप में संदर्भित करते हैं।

** 'बिलू' हिब्रू वाक्यांश 'याकूब के घराने, चलो ऊपर चलते हैं' के लिए एक संक्षिप्त शब्द है। हिब्रू शब्द बीट याकोव लेचु वे-नेल्चा है (यशायाह 2:5)।

यहूदियों, जिन्हें आमतौर पर 'ओल्ड यिशुव' के नाम से जाना जाता था, को चिंतित कर दिया। ओल्ड यिशुव यहूदी अंदर तक पवित्र थे और अपनी रब्बी शक्तियों के प्रति पूर्ण वफादार। वैचारिक रूप से अति धर्मनिरपेक्ष यह यिशुव उन्हें विदेशी लग रहा था और साथ ही ईश-निंदक भी।

यिशुव में कम-से-कम एक ऐसा केंद्रीय व्यक्तित्व मौजूद था, जिसे इस बात की आशा थी कि वह दोनों समुदायों के बीच की खाई को पाट सकता है। 1865 में जनमे रब्बी अब्राहम इसाक कूक 1904 में (जिस वर्ष हर्जेल की मृत्यु हुई) फिलिस्तीन चले गए, जो पहले से ही एक सम्मानित विद्वान् थे। अपने भीतर तक ऑर्थोडॉक्स, रेव कुक (रब्बी कूक के लिए हिब्रू में और जिस नाम से उन्हें जाना जाता था) न्यू यिशुव की धार्मिक, स्पष्ट रूप से धर्मनिरपेक्ष जीवन-शैली और दर्शन को मंजूरी देनेवाले नहीं थे, लेकिन वे उन्हें पूरी तरह से खारिज करने को भी तैयार नहीं थे। वे एक तरफ जहाँ निश्चित रूप से बियालिक और बाकी के उन लोगों से पूरी तरह से असहमत थे, जो पारंपरिक यहूदी धर्म और उसने यहूदी लोगों के लिए जो किया, उस पर हमला करते थे, वहीं दूसरी तरफ वे इस बात को स्वीकारने में भी नहीं हिचकते थे कि यहूदी जीवन में कुछ-न-कुछ ऐसा है, जो गलत है। उनका मानना था—"कुछ युवा लोग सत्ता का अनादर इसलिए कर रहे हैं, क्योंकि वे पता नहीं कैसे उससे ऊपर उठ गए थे और उनके नैतिक जुनून से मेल खानेवाले एक बौद्धिक कार्यक्रम की अनुपस्थिति उनके भ्रम, कड़वाहट और सनक का स्रोत थी। उनका विद्रोह उनकी विचार एवं तर्क की प्यास और समृद्ध भावना का एक संकेत था।"[8] उस युग की अधिकांश रब्बी शक्तियों के बिल्कुल उलट राव कूक न्यू यिशूव को एक धर्मत्यागी के रूप में देखने को भी तैयार नहीं थे। उनका मानना था कि अगुआओं को "प्रेम, न्याय और शक्ति से भरा हुआ होना चाहिए; रब्बियों का काम उन्हें आत्म-जागरूकता तक पहुँचाना है। इन युवाओं को दबाने के बजाय, आध्यात्मिक नेताओं को उन्हें सशक्त बनाना चाहिए, विशेष रूप से उस तोरा के माध्यम से, जिससे उन्होंने तिरस्कृत किया था।"[9]

इस प्रकार राव कूक ऐसे जुनून का ऐसा मिश्रण थे, जिसमें कुछ लोगों ने दो तरह से अलग दुनिया के बीच एक पुल की तलाश की थी। दिखने में अत्यधिक

पारंपरिक कूक बिल्कुल पुराने दौर के उन यहूदियों की तरह दिखते थे, जिन्होंने जियोनीवाद से जुड़ी हुई प्रत्येक चीज को अस्वीकार कर दिया था, लेकिन उन रब्बियों के विपरीत, कूक अगुआओं और न्यू यिशुव के वैचारिक उत्साह से प्रभावित थे। खेतों से गुजरते हुए उन्होंने इशारा किया और कहा, "देखो! एक यहूदी गाय!" एक बार रिशोन ले-सियोन के रास्ते में उन्होंने एक सहयोगी से कहा, "मैं इस देश में हर पत्थर को चूम सकता हूँ, यहाँ तक कि रास्ते में मिलनेवाले खच्चरों को भी।"[10]

1935 में जब उनकी मृत्यु हुई तो राव कूक ने विचारों की एक बड़ी विरासत छोड़ी, जिसके बारे में कुछ लोगों को उम्मीद थी कि वह समुदायों के बीच सेतु बन सकती है, लेकिन यह सेतु आज तक अधूरा ही है। एक पीढ़ी पश्चात् उनका बेटा ज्वी येहुदा कूक इजराइल के सबसे भावुक विचारकों में से एक, जिसे कुछ लोग सबसे विभाजनकारी व्यक्ति भी कहेंगे।

हिब्रू का पुनर्जन्म जियोनीवाद की प्रारंभिक क्रांतियों में से एक था। यदि थियोडोर हर्जेल राजनीतिक जियोनीवाद के पिता थे और अहद हाम जियोनीवादी आंदोलन के आध्यात्मिक पक्ष के पूर्वज थे, तो एलीएजर पर्लमैन, जिन्होंने बाद में अपना नाम बदलकर 'एलीएजर बेन-येहुदा' (जिसका अर्थ है यहूदा का पुत्र एलीएजर) कर दिया, आधुनिक हिब्रू के पिता हैं। जियोनीवाद कई मायनों में एक क्रांति थी। इसने इतिहास के मंच पर अभिनेताओं के रूप में यहूदी लोगों की भूमिका को बहाल किया, इसने प्राचीन राष्ट्रमंडल को फिर से स्थापित किया और बेन-येहुदा का धन्यवाद, जिसने 'बाइबल' की भाषा को पुनर्जीवित किया, वह भाषा, जिसमें यहूदी लोगों ने पहली बार खुद को परिभाषित किया था।

बेन-येहुदा का लालन-पालन जियोनीवाद के कई नेताओं और हस्काला के पुरुषों और महिलाओं के जैसे ही हुआ था। एक ऑर्थोडॉक्स घर में पले-बढ़े, वे धर्मनिरपेक्ष जियोनी दुनिया की ओर अधिक आकर्षित थे, लेकिन बियालिक की तरह कविताओं का रुख करने के बजाय बेन-येहुदा ने इस बात पर ध्यान देना शुरू किया कि कैसे प्राचीन हिब्रू भाषा आधुनिक दौर के गद्य और रोजमर्रा की बातचीत का सहयोग कर सकती है? सोरबोन में एक छात्र के रूप में उन्होंने

फ्रांसीसी राष्ट्रवाद पर फ्रांसीसी भाषा के गहन प्रभाव को देखा और फैसला किया कि यहूदी राष्ट्रवाद को इससे कम कुछ नहीं चाहिए। उन्होंने 1880 में अपनी भावी पत्नी देवोरा को लिखा—"मैंने फैसला किया है कि हमारी अपनी जमीन और राजनीतिक जीवन के लिए यह भी जरूरी है कि हमारे पास एक भाषा हो, जो हमें जोड़े रखे। वह भाषा हिब्रू है, लेकिन रब्बियों और विद्वानोंवाली हिब्रू नहीं। हमारे पास एक ऐसी हिब्रू भाषा होनी चाहिए, जिसमें हम अपने रोजमर्रा के जीवन का निर्वहन कर सकें।"[11]

बेन-येहुदा और उसकी पत्नी 1881 में जब इजराइल की भूमि में आकर बस गए तो उन्होंने एक-दूसरे से और अपने बच्चों से हिब्रू भाषा में बात करना जारी रखा। वे अपने बच्चों को हिब्रू भाषा के अलावा किसी और भाषा में बात करने की अनुमति नहीं देते थे। चूँकि वहाँ पर कोई अन्य हिब्रूभाषी नहीं था, इसलिए उनके बच्चे केवल अपने परिवार से ही बात कर सकते थे। इस प्रकार बेन-येहुदा अपने आप में हर्जेल या फिर किसी भी अन्य जियोनीवादी नेता से कम जुनूनी क्रांतिकारी नहीं थे।

समय बीतने के साथ बेह येहुदा को युद्ध के सहयोगी मिल गए। उन्होंने और हिब्रू उत्साही लोगों के एक छोटे समूह ने हिब्रू साहित्य को असाधारण गति से लिखा। लेखकों ने असामान्य रूप से समाज के एक बड़े तबके का प्रतिनिधित्व किया; उस परिवेश में उन्हें केवल कलाकारों के रूप में ही नहीं देखा गया, बल्कि क्रांतिकारी राष्ट्रीय यहूदी पुनरुत्थान की आवाज के रूप में भी देखा गया।

यह क्रांतिकारी जोश बेन-येहुदा द्वारा कई महिलाओं को अपनी विभिन्न पत्रिकाओं में लेख लिखने के लिए आमंत्रित करने में परिलक्षित हुआ। उनका कहना था—"महिलाएँ मृत, विस्मृत, पुरानी, सूखी और कठोर हिब्रू भाषा में भावना, कोमलता, लचीलापन और सूक्ष्मता डालने में विशिष्ट रूप से सक्षम होंगी।"[12] यिशुव एक समतावादी समाज से बहुत दूर थे, लेकिन जिस प्रकार दूसरी जियोनी कांग्रेस ने महिलाओं को वोट देने और पद के लिए लड़ने का अधिकार दिया था, उसी प्रकार से यिशुव में भी एक प्रारंभिक नारीवादी झुकाव था।

यिशुवा के बौद्धिक अभिजात वर्ग के क्रांतिकारी उत्साह के बावजूद हिब्रू औसत यहूदी आप्रवासियों के लिए सर्वोच्च प्राथमिकता नहीं थी। (यहाँ तक कि

खुद हर्जेल को भी इस बात का संदेह था कि हिब्रू यहूदी राज्य की भाषा होगी।[13]) उन्हें फिलिस्तीन जाने के बाद जिन चुनौतियों का सामना करना पड़ा, उन्हें देखते हुए शुरुआती अगुआ एक ऐसी भाषा बोलने के इच्छुक नहीं थे, जिसमें वे खुद को पूरी तरह से व्यक्त नहीं कर सकते थे। कइयों के लिए उनकी पसंदीदा भाषा यिडिश थी, जो पूर्वी यूरोपीय यहूदी समुदायों की भाषा थी। जाफा में नियमित रूप से आयोजित होनेवाले यहूदी नाटकों ने बड़ी संख्या में दर्शकों को आकर्षित किया, जो एक ऐसी भाषा में मनोरंजन के उत्सुक थे, जिसे वे आसानी से समझ सकें। ये शास्त्रीय क्रांतिकारी अभिजात वर्ग बनाम सामान्यजन थे। हिब्रू लेखक उच्च संस्कृति तैयार करने को लेकर बेकरार थे, लेकिन आप्रवासी भी आराम करने को लेकर उतने ही बेताब थे, ताकि उन्हें अपने दिमाग से इतनी मेहनत न करनी पड़े, जितनी उनके शरीर को करनी पड़ती है।

बेन-येहुदा और उनके सहयोगियों के सामने एक ऐसी आबादी के अलावा और भी कई बाधाएँ थीं, जो एक भाषा को पुनर्जीवित करने को लेकर बहुत अधिक उत्साहित नहीं थी। धार्मिक यहूदियों के लिए हिब्रू भाषा को पुन: स्थापित करना खुद जियोनीवाद से कम मुश्किल नहीं था। हिब्रू 'बाइबल' की पवित्र भाषा थी, मिशनाह (रब्बी साहित्य का पहला प्रमुख काम), लिटुरजी और उन्होंने जोर देकर कहा कि यहूदियों को इसे विशुद्ध रूप से सामान्य कामों में उपयोग करके खराब नहीं करना चाहिए। उन्होंने हिब्रू शब्दकोश बनाने के बेन-येहुदा के प्रयासों पर लगातार हमला किया। उन्होंने उनके कार्यालय पर पथराव किया और तुर्कों को उनके बारे में सूचना दी, जिन्होंने उन्हें कुछ समय के लिए जेल में डाल दिया। इसके बाद धार्मिक नेतृत्व ने उन्हें बहिष्कृत कर दिया। 1891 में बेन-येहुदा की पहली पत्नी देवोरा की तपेदिक से मृत्यु हो जाने के बाद उन्होंने उन्हें 'अशकेनाजी'* कब्रिस्तान में दफनाने की अनुमति नहीं दी। देवोरा की मृत्यु के बाद बेन-येहुदा ने उनकी छोटी बहन हेमदा से शादी कर ली।

धार्मिक समुदाय बेन-येहुदा को लेकर पूरी तरह से गलत नहीं था। उसने इस वास्तविकता को छिपाया नहीं कि बियालिक और दूसरों की तरह उसने भी

---

* 'अशकेनाजी' यूरोपीय मूल के यहूदियों के लिए शब्द है, जबकि 'सेफर्दी' या 'मिजार्ची', ओरिएंट मुख्य रूप से उत्तरी अफ्रीका और मध्य-पूर्व के यहूदियों को संद्रर्भित करता है।

जियोनीवाद को यरुशलम के उन धार्मिक निवासियों की दुनिया के खिलाफ विद्रोह के रूप में देखा। युगांडा विवाद के बाद बेन-येहुदा ने लिखा—

> "यहूदी जियोनीवादियों का एक विख्यात और भयावह तर्क यह है कि 'वे युगांडावादी' हमारे संपूर्ण इतिहास से मुँह मोड़ रहे हैं। यह बात कितनी निराशा से भरी हुई है! वे पुरुष, जिन्होंने दूसरों पर भी ऐसा ही करने का आरोप लगाते हुए अतीत से मुँह मोड़ लिया है! क्योंकि कोई भ्रम न रहे। केवल वे लोग, जिन्होंने अतीत से मुँह नहीं मोड़ा है, वे हैं—'पापों की जाँच के लिए समिति' (यरुशलम में उनके धार्मिक विरोधी)। हम सबने अतीत से मुँह मोड़ लिया है, यही हमारी महिमा और वैभव है।"[14]

कई मायनों में एकाकी बेन-येहुदा ने न सिर्फ धार्मिक लोगों का, बल्कि उनमें से कुछ के प्रति भी तिरस्कार की भावना जगाई थी, जो हिब्रू के पुनरुत्थान के लिए पूर्णतः प्रतिबद्ध थे। यहाँ तक कि "बाकी के प्रमुख सांस्कृतिक राष्ट्रवादियों—अहद हाम, बियालिक—ने एक सौम्य भाषायी मिस्त्री के रूप में उनका तिरस्कार किया, हालाँकि उनमें से कोई भी नए सिरे से हिब्रू शब्द गढ़ने की उनकी क्षमता का मुकाबला नहीं कर सकता था।"[15]

इसके बावजूद बेन-येहुदा ने धीरे-धीरे, लेकिन निश्चित रूप से येशुवा में बड़ी संख्या में अपने अनुयायी तैयार कर लिये। ऑर्थोडॉक्स प्रतिष्ठान पहले-पहल यूरोपीय यहूदियों को जियोनी आंदोलन में शामिल नहीं होने के लिए मनाने के अपने प्रयास में विफल रहे थे और अब वे हिब्रू के पुनरुद्धार को पटरी से उतारने में भी विफल रहे। बेन-येहुदा न केवल भाषा के, बल्कि इसे बोलनेवाले सभी लोगों के पुनरुद्धार के प्रमुख के रूप में पहचाने जाने लगे। दिसंबर 1922 में जब यरुशलम में उनकी मृत्यु हुई, तो उनके अंतिम संस्कार में लगभग तीस हजार लोग शामिल हुए और यिशुव ने तीन दिनों का आधिकारिक शोक मनाया।

फिलिस्तीन में बिल्कुल यूरोप की ही तरह साहित्य उन खाँचों में से एक होगा, जिसमें यहूदी इस बात की प्रतिस्पर्धी दृष्टि को सामने रखेंगे कि यहूदी क्या हो सकते हैं और उन्हें क्या होना चाहिए? जल्द ही हिब्रू साहित्य एक यहूदी राष्ट्रीय घर की कल्पना करने का माध्यम बन गया और इसी के साथ जियोनी जीवन के

संघर्षों और मतभेदों को व्यक्त करने का एक जरिया। लेखक और कवि यिशुव में इजराइली प्रतिष्ठानों की स्थापना के बाद आंदोलन को आकार देने में केंद्रीय भूमिका निभाएँगे।

यिशुव में आधुनिक हिब्रू साहित्य की पहली पुस्तक ज्वी यावेत्ज द्वारा लिखी गई थी, जो 1887 में फिलिस्तीन चले गए थे। वे उन आप्रवासियों से बेहद परेशान थे, जो यहूदी को पुनः बनाने को लेकर पूरी तरह से प्रतिबद्ध नहीं थे। उन्होंने अपनी धारदार कलम का इस्तेमाल करते हुए उन लोगों पर करारा हमला बोला, जिनके बारे में उन्होंने महसूस किया कि वे इस बात की सराहना करने में असफल रहे कि फिलिस्तीन आने का निर्णय क्रांति के जुनून से होना चाहिए। वे अपनी एक कहानी में दो प्रकार के यहूदियों की तुलना करते हैं, जिन्हें वे एक-दूसरे के विपरीत रखते हैं—प्रवासी यहूदी, जो 'पर्यटक' हैं और अगुआ, जो 'निवासी' हैं।[16] उनकी पसंद पूरी तरह से स्वाभाविक थी। सजे-सँवरे हुए और शारीरिक रूप से कमजोर, सिर्फ अपने आराम और दिखावे को लेकर पूरी तरह से संबद्ध, प्रवासी यहूदी की दाढ़ी बनी हुई थी, उसकी मूँछें करीने से बनी हुई थीं, उसका बस्ता उसकी जाँघ पर था, उसकी बेंत और छतरी उसके हाथ में थी, घुमावदार और झालर की तरह मुड़ी हुई, लेकिन वह देखने में पूरी तरह से फीका लग रहा था और उसका चेहरा तेजहीन।[17]

यवेत्ज की कहानी में प्रवासी यहूदी अगुआ पुरुषों, महिलाओं और बच्चों के साथ जमीन पर बैठे और दृश्य का आनंद लेने से इनकार कर देता है, क्योंकि ऐसा करने का मतलब उसकी पतलून गीली होना माना जाएगा। 'पर्यटक' के विपरीत 'निवासी' सांसारिक और सक्रिय है; वह अरबी शैली के कपड़े पहने हुए है, आत्मरक्षा के लिए एक हथियार पकड़ता है (एक छाते के बजाय) और एक सफेद घोड़े की सवारी करता है। वह स्वास्थ्य, आत्मविश्वास और जीवन जीने के जुनून का प्रतीक है। वह बियालिक का नया यहूदी है, जो नरसंहार के दौरान एक पीपे के पीछे नहीं छिपता, एक नया यहूदी, जो अपने पीड़ित व्यक्ति के अतीत को तोड़ने के लिए दृढ़ संकल्पित है, नया यहूदी अपने भाग्य पर नियंत्रण करने का इरादा रखता है, अब यवेत्ज का धन्यवाद कि नए यहूदी की साहित्यिक चर्चा यूरोप से फिलिस्तीन तक, निर्वासन से नवोदित यिशुव तक चली गई थी।

यवेत्ज 'यिशुव' को आकार देनेवाले कई लेखकों में से एक थे। शमूएल

योसेफ (शाई) जाक्जेक्स एक और ऐसे व्यक्ति थे, जो न केवल यिशुव के, बल्कि पश्चिमी दुनिया के प्रमुख लेखक बन गए थे और जिनका राव कूक के घर लगातार आना-जाना था। न्यू यिशुव के कई अन्य सदस्यों की तरह वे भी प्रवासियों के यहूदी धर्म से व्यथित थे; लेकिन दूसरों की तरह, उन्होंने भी इसके ग्रंथों के लिए आजीवन प्रेम रखा और वे उस पूरी विरासत को पीछे छोड़ने के अनिच्छुक रहे। राव कूक ने जाक्जेक्स के लिए उस संकलन की पेशकश की। कूक से मुलाकात के कुछ समय बाद ही जाक्जेक्स ने अपनी लघु कथा 'अगुनोट' प्रकाशित की, जो टूटी हुई शादियों में फँसी हुई ऐसी महिलाओं से संबंधित थी, जिनके पति यहूदी कानून का उपयोग कर उन्हें धार्मिक तलाक देने से इनकार करके उन्हें बंदी बनाए रखते थे। उन्होंने इस काम को हाल ही में अपनाए गए अपने छद्म नाम 'शाई एग्नन' के तहत प्रकाशित किया।[18] उन्हें वर्ष 1966 में फिलिस्तीन का पहला नोबेल पुरस्कार मिला।

यवेत्ज जैसे लोगों के लिए अपने नए घर की गंदगी में बैठकर 'जमीन से जुड़े' अग्रदूतों के बारे में लिखना और बात थी, वास्तव में उस प्रकार के जीवन को जीना एक बिल्कुल ही अलग बात थी। युवा और काफी उम्र तक उग्र विचारोंवाले विचारक थोक में आदर्श लेकर फिलिस्तीन आए, लेकिन उनमें से किसी के भी पास वस्तुतः कृषि का अनुभव नहीं था। उनके यूरोपियन समाजवादी कृषि समझौते तुरंत ही विफल हो गए और उन्हें आर्थिक सहायता के लिए कूड़ा तक उठाने का काम करने को मजबूर होना पड़ा।

जैसा कि इजराइल राज्य की स्थापना के दशकों बाद भी होना था, यिशुव को जिस सहायता की आवश्यकता थी, उसमें से अधिकांश प्रवासी यहूदियों की सहायता के रूप में आई थी। इन परोपकारी लोगों में प्रमुख थे बैरन एडमंड डी रोथ्सचाइल्ड। जल्द ही वे 'द बेनेफैक्टर' के नाम से मशहूर हो गए। बैरन ने बस्तियों को आवास से लेकर, उपकरण, पशुधन तक हर चीज को खरीदने में अपनी संपत्ति को लगा दिया। सदी के अंत तक उनकी कुल मौद्रिक सहायता 6 मिलियन डॉलर थी, जो आज के लगभग 150 मिलियन डॉलर के बराबर है।

कभी-कभी 'मोशावोट के गॉडफादर'* भी कहे जानेवाले रोथ्सचाइल्ड ने यूरोपीय कृषि विशेषज्ञों को फिलिस्तीन में नए आनेवाले आप्रवासियों को सलाह देने के लिए भेजा। उन्होंने वहाँ पर बड़े पैमाने पर जमीन खरीदी। उन्होंने कुल मिलाकर करीब दो सौ वर्गमील जमीन खरीदी, जिस पर करीब चालीस गाँव बसाए गए। उन्होंने जिन समुदायों का समर्थन किया, वे उत्तर में स्थित मेटुल्ला से लेकर दक्षिण में मजकेरेट बट्या (एक्रोन) तक, साथ ही अब अन्य महत्त्वपूर्ण शहरों, जैसे कि रिशोन लेजियन, रोश पिना और जिक्रोन याकोव तक फैले हुए हैं। उन्होंने सभी प्रकार के कृषि समुदायों (मोशविम और किबुत्जिम) के साथ-साथ कस्बों का भी सहयोग किया। उनकी वित्तीय सहायता से सिर्फ 1880 और 1895 के बीच ऐसे तीस से अधिक समुदायों की स्थापना की गई। यह देखते हुए कि 1937 तक फिलिस्तीन में लगभग 160 गाँव थे, उनमें से लगभग एक-तिहाई रोथ्सचाइल्ड की देन थे।

यहूदियों द्वारा की गई जमीन की खरीद-फरोख्त पूरी तरह से कानूनी थी, पर इसने तुर्कों और स्थानीय अरबों में चिंता पैदा कर दी। यहूदियों की फिलिस्तीन में पैर जमाने में बढ़ती दिलचस्पी से पूरी तरह से वाकिफ राज्य ने विरोध करना प्रारंभ कर दिया। फिलिस्तीन के लिए बिलुइम के स्थापित होने से पहले ही स्थानीय तुर्क अधिकारियों ने ओडेसा के यहूदियों के लिए फिलिस्तीन के दरवाजे बंद करने की घोषणा की (पूर्णतः बिलुइम की ओर केंद्रित घोषणा, क्योंकि ओडेसा वह जगह है, जहाँ वे स्थापित थे)। तुर्कों ने 1856 में विदेशियों को आटोमन साम्राज्य में भूमि खरीदने की अनुमति देनेवाला एक कानून पारित किया था, लेकिन 1881 में तुर्कों ने यहूदियों और ईसाइयों के जमीन खरीदने पर प्रतिबंध लगा दिया और एक स्पष्ट संदेश देते हुए इस बात की घोषणा की कि यहूदियों को अभी भी ऑटोमन साम्राज्य में प्रवास की अनुमति है, लेकिन फिलिस्तीन को छोड़कर। फिलिस्तीन में यहूदियों को भूमि की बिक्री पर लगा प्रतिबंध तुर्क शासन की समाप्ति तक जारी रहा।

हालाँकि ये प्रतिबंध यहूदियों को फिलिस्तीन में जमीन खरीदने से रोकने में

---

* 'मोशव' (बहुवचन में मोशावोट या मोशविम) एक सहकारी ग्रामीण इजराइली शहर के लिए प्रयोग किया जानेवाला शब्द है, आमतौर पर किसी कृषिक्षेत्र में।

कारगर साबित नहीं हुआ। "केंद्रीय अधिकारी विदेशियों द्वारा भूमि अधिग्रहण के प्रति अपने दृष्टिकोण को लेकर अस्पष्ट और अस्थिर थे, कानूनों और विनियमों का निर्माण अस्पष्ट होने के साथ विभिन्न व्याख्याओं के लिए खुला था और भ्रष्टाचार एवं रिश्वतखोरी तुर्क नौकरशाही में प्रत्येक स्तर पर देखी जा सकती थी।" यहूदियों द्वारा फिलिस्तीन में जमीन खरीदने का कानूनी रास्ता खुला रहा,[19] और यिशुव ने इस मौके का पूरा फायदा उठाया। पुराने यिशुव यहूदियों, जो अरबी भाषा बोलते थे और ऑटोमन संस्कृति तथा सरकार से भलीभाँति परिचित थे, की मदद से जियोनीवादियों ने बेहद चतुराई के साथ जटिल और भ्रष्ट तुर्क नौकरशाही का पीछे के रास्तों से पूरा फायदा उठाया। यहाँ तक कि हर्जेल को भी, जब वे सुल्तान से मिलने की लालसा रखते थे, तो उन्हें भी रिश्वत देकर मुलाकात का समय तय करना पड़ा।

एक तरफ जहाँ ये नए समुदाय यिशुव में रोथ्सचाइल्ड के उपकार के बिना जीवित नहीं रह सकते थे, वहीं दूसरी तरफ रोथ्सचाइल्ड और पायनियर एक-दूसरे के आमने-सामने रहते थे। आदर्शवादी युवा आप्रवासियों ने महसूस किया कि उनकी प्रचुर संपत्ति का उपयोग करना उस समाजवादी आदर्शलोक से समझौता करना है, जिसका निर्माण करने की उन्होंने उम्मीद की थी। वहीं दूसरी तरफ रोथ्सचाइल्ड उस बात से निराश, जो-जो उन्हें श्रमिकों के बीच हकदारी के दृष्टिकोण के रूप में दिखाई दिया और उन्हें अपने स्थानीय प्रशासकों को उनपर नजर रखने का जिम्मा देना पड़ा था, जिसने युवा आप्रवासियों की भावना को ही मजबूत किया कि वे जिस पूँजीवादी पदानुक्रम से बचना चाहते हैं, एक घर में भी, वह उनके पीछे पड़ा है।

यह एक ऐसा स्वरूप था, जो दशकों बाद इजराइल और उसके प्रवासी समर्थकों के बीच संबंधों में दोहराया जाएगा। विशेषकर इजराइल की विदेश नीति और इजराइल में धार्मिक बहुलवाद के मामलों के संबंध में, आप्रवासी यहूदी (और विशेष रूप से अमेरिकी यहूदी) सबसे अच्छे इरादों से काम करनेवाले रहेंगे, जबकि इजराइली कई बार, जिसे वे 'अमीरी आप्रवासी यहूदियों की दखलंदाजी' कहते हैं, उसका विरोध करेंगे।

जैसा कि बताया गया, सबसे पहले अलियाह बीस से तीस हजार यहूदियों को इजराइल ले आए। इसके बावजूद उनमें से लगभग 60 से 90 प्रतिशत प्रारंभिक आप्रवासी वहाँ आने के कुछ ही वर्षों के बाद वापस चले गए।

वैचारिक रूप से जोशीले इन नए आप्रवासियों के लिए अपनी पैतृक मातृभूमि में लौटना उत्साहजनक और निराशाजनक, दोनों ही प्रकार का मिला-जुला अनुभव था। वे आदर्शवादी स्वप्नदर्शी बनकर आए थे, लेकिन उन्होंने खुद को दूसरों की दरियादिली पर निर्भर पाया। कई आप्रवासियों के लिए धूप में भीगी हुई शांत भूमि, जिसने उन्हें बढ़ावा दिया था कि आदर्श छवि के विपरीत जाफा बंदरगाह की असलियत—गंदा और बदबूदार, एक-दूसरे को धक्का दे रहे और जमीन पर ही थूक रहे लोगों से भरा—अनुभव इस बात का पहला संकेत था कि उन्होंने जैसा सोचा था, उनका नया घर उससे बिल्कुल विपरीत है। कई लोग वापस चले गए। वहाँ पर जो रुक गए, उनके सामने आया कि उन्होंने जो तैयार करने का सपना देखा था और वे वास्तव में जो पाने में सफल हुए थे, उसके बीच चौड़ी खाई है। कुछ लोगों ने तो यूरोप के घटनाक्रमों, विशेष रूप से 1903 की युगांडा योजना से भी कम महसूस किया, अगर यूरोप के जियोनी फिलिस्तीन को छोड़ रहे थे, तो वे एक ऐसी भूमि के लिए अंतहीन परिश्रम क्यों करें, जिसमें उनकी आवश्यकता नहीं है और जिसके बारे में वैश्विक जियोनीवादी आंदोलनों को कोई चिंता ही नहीं है?

इसके बावजूद ये प्रारंभिक अगुआ उससे कहीं अधिक सफल रहे थे, जितना उनकी आत्मालोचना उन्हें सराहना करने की इजाजत देती थी। निश्चित रूप से वे उस समय इस बात को नहीं जानते थे, लेकिन उन्होंने भविष्य में आप्रवास की लहरों के लिए मार्ग खोल दिया था। उन्होंने उन समुदायों की नींव रखी थी, जो इजराइल के गाँव और शहर बनेंगे। सबसे महत्त्वपूर्ण बात यह है कि वे शायद उस स्वरूप को अपनाने वाले प्रथम थे, जो हर्जेल के दृष्टिकोण को अमलीजामा पहनाना प्रारंभ कर रहे थे।

किशिनेव नरसंहार के तुरंत बाद और युगांडा योजना के तेजी से उत्थान एवं पतन के बाद दूसरा अलियाह (1904-1914) शुरू हुआ। इस समय करीब चालीस हजार यहूदी इजराइल आए, जिनमें से अधिकांश पूर्वी यूरोप से थे।

आप्रवास की इस लहर ने फिलिस्तीन में बढ़ते यहूदी समुदाय पर और भी गहरी तथा स्थायी छाप छोड़ी। इसने पहले किब्बुत्ज, डेगनिया, जो किनेरेट (गलील सागर के लिए हिब्रू)* के दक्षिण में स्थित है; पहला यहूदी आत्मरक्षा संगठन; और जाफा का उपनगर, जो तेल अवीव बना, की स्थापना की। ये आप्रवासन की वे लहरें थीं, जो इसका अनुसरण करनेवाले इजराइलियों की प्रतिष्ठित और प्रेरक पीढ़ियाँ बन जाएँगी; इसके अलावा ये यिशुव के लिए ऐसे नेताओं का भी निर्माण करेंगी, जो राष्ट्र के चुनिंदा प्रारंभिक नेता और सैन्य ताकत बन जाएँगे।

हालाँकि इन अगुओं का जीवन भी बेहद कठिन और संदेहों से घिरा हुआ था, जैसा कि पहले अलियाह के साथ था, इस अवधि की कठिनाइयों की सबसे मार्मिक अभिव्यक्ति उस साहित्य में दिखाई देती है, जिसे दूसरे अलियाह ने लिखा था।

योसेफ हैम ब्रेनर (1881–1921) उस दौर के महानतम हिब्रू लेखकों में से एक थे। यूक्रेन के एक शेट्टेल में एक गरीब पारंपरिक यहूदी परिवार में जनमे ब्रेनर ने पोचेप में येशिवा में अध्ययन किया, लेकिन जियोनी दुनिया के अन्य लोगों की तरह वे धर्मनिरपेक्ष संस्कृति से आकर्षित हो गए। उनके मामले में वह रूसी संस्कृति थी—विशेष रूप से दोस्तोएवस्की और टॉलस्टॉय जैसे लेखकों (जिनके लेखन का उन्होंने बाद में हिब्रू में अनुवाद किया), जिसने जादू किया, हालाँकि युद्ध ने ब्रेनर की बौद्धिक गतिविधियों को बाधित कर दिया। उन्होंने 1901 से 1904 तक जार की सेना में काम किया; रूसी-जापानी युद्ध के फैलने के साथ वे लंदन भाग गए और 1908 तक वहीं रहे; हालाँकि लंदन में भी उन्हें निर्वासन जैसा ही लगा, इसलिए वे 1909 में फिलिस्तीन चले गए, जहाँ उन्होंने आधुनिक हिब्रू साहित्य की एक नई लहर का नेतृत्व किया और यिशुव के प्रमुख बुद्धिजीवियों में से एक बने।

---

* कई पारंपरिक रब्बियों के विपरीत राव कूक कभी-कभी धर्मनिरपेक्ष समुदायों में चले जाते थे, कभी-कभी स्थानीय अरब आबादी द्वारा मारे गए यहूदियों के अंतिम संस्कार में भाग लेने के लिए भी। मेरहविया में, जो हाइफा से दूर नहीं था, कूक और अन्य लोगों ने दो यहूदियों की याद में एक सेवा का आयोजन किया, जिनमें से एक डेगनिया से था। डेगनिया के रहनेवाले मोशे बार्स्की की हत्या उस समय कर दी गई थी, जब वे अपने दोस्त शमूएल दयान के लिए दवा लेने जा रहे थे। बार्स्की की स्मृति में शमूएल ने अपने पहले बेटे, जो डेगनिया में पैदा होनेवाले पहले बच्चों में से एक था, का नाम 'मोशे दयान' रखा। (येहुदा मिर्स्की, राव कूक : मिस्टिक इन ए टाइम ऑफ रेवोल्यूशन (न्यू हेवन, सिटी : येल यूनिवर्सिटी प्रेस, 2014, पृ. 84)

ब्रेनर जोशीले लेकिन जटिल पुरुष थे। इस प्रकार से कि आनेवाले समय में किसी-न-किसी रूप में जियोनीवादी आंदोलन की विशेषता होगी, वे आंदोलन के प्रति पूरी तरह से समर्पित थे, साथ ही अनवरत निराशावादी भी थे। फिलिस्तीन में हिब्रू संस्कृति का एक नया स्वरूप स्थापित करने के लिए प्रतिबद्ध, उन्होंने कभी-कभी महसूस किया कि उनके आदर्शों के बावजूद जियोनी जिसका निर्माण कर रहे हैं, उसमें कुछ भी आदर्शवादी नहीं है। उन्होंने कहा कि निर्वासन सिर्फ इजराइल की भूमि में पुनर्स्थापित हो गया है।[20]

कई मायनों में वे हिब्रू शब्दों में प्रताड़ित धर्मनिरपेक्ष संत थे।[21] यूरोप की धार्मिक दुनिया का एक उत्पाद, जो प्रबुद्धता से मोहक था, वे ठीक उसी प्रकार के व्यक्ति थे, जिससे राव कूक ने अपनी नई धार्मिक विश्वदृष्टि को आकर्षित करने की आशा की थी।

लेकिन यिशुव के प्रारंभिक लेखकों और विचारकों में से कई में गहराई से जो दिल छूने की भावना भरी हुई थी, बर्नर रब्बी के उस जाल में नहीं फँसे थे। यहूदी की दुर्दशा और उसके समय के आध्यात्मिक संकटों की गहराई के बारे में उनकी दयनीयता ने उन्हें उनकी और उनकी पीढ़ी के विद्रोह तथा लालसा के रब्बी के रहस्यवादी धर्मशास्त्र में शामिल नहीं होने दिया। कूक के बारे में ब्रेनर का यह कहना था—"कभी-कभी व्यक्ति"राव कूक की कुछ पंक्तियाँ कि हम यहाँ आत्मीय लोगों के साथ काम कर रहे हैं, तूफानी, थरथराते हुए—एक पोखर, लेकिन एक तूफान के साथ, जो अपनी लहरों को घुमा रहा है।"[22]

ये उस दौर की जियोनी दुनिया थी। दोबारा जन्म लेनेवाले यहूदी लोगों के लिए बेताब आत्माएँ, जो परंपरागत दुनिया और एक नई बहादुर, लेकिन अपरिचित—दुनिया के बीच फँसे हुए। फिलिस्तीन में जीवन की कठोर वास्तविकताओं के विरुद्ध खड़े होनेवाले एक नए समाज का निर्माण करने के लिए दृढ़ संकल्प वाले विचारक। पुराना यिशुव और नया यिशुव! खोजकर्ता बनाम निर्माता! यह एक आकर्षक, तूफानी समय था, संभावनाओं और खतरों से भरा।

जियोनीवाद जिस राज्य का निर्माण करेगा, वह इनमें से कई तनावों को प्रतिबिंबित करेगा।

ब्रेनर कई मुद्दों पर काफी हद तक निराशावादी थे कि यह प्रयास जीवित भी

रह सकता है! उनकी लघु कहानी 'अत्जाबिम' ('नर्व्स' 1911) में जियोनीवाद के भविष्य को लेकर उनका डर स्पष्ट दिखाई देता है। एक नामहीन नायक फिलिस्तीन की अपनी यात्रा की गाथा एक नामहीन कथाकार को बताता है, जो इस सवाल से जूझ रहा है कि क्या यह सार्थक था? नायक न्यूयॉर्क के लिए यूक्रेन को छोड़ देता है, जहाँ वह एक स्वेटशॉप सिलाई बटन में काम करता है, लेकिन अंततः एक बेहतर भविष्य पाने की उम्मीद में वह फिलिस्तीन के लिए रवाना होता है; हालाँकि वह जिस वास्तविकता का सामना करता है, वह उस वास्तविकता से कम कठिन नहीं है, जिसे उसने पीछे छोड़ने का सपना देखा था। फर्क सिर्फ इतना है कि वहाँ पर वह बटन टाँकता था और यहाँ पर संतरे उठा रहा है। 'सियोन' अगर कभी एक सपना था तो अब वह एक तर्कहीन आवेग से अधिक कुछ नहीं लग रहा था—'यहूदी नर्व्स' का एक दौरा।

जिस प्रकार से जियोनी सपना साकार हो रहा था, उसे देखकर चिंतित होनेवाला ब्रेनर अकेला व्यक्ति नहीं था। दूसरे अलियाह के एक प्रवासी, डेविड बेन-गुरियन (जो बाद में इजराइल के पहले प्रधानमंत्री बने), ने महसूस किया कि वे पहले अलियाह के लोग थे, जिन्होंने हार स्वीकार कर ली थी। "पहले अलियाह के लोग अटकलें लगानेवाले और दुकानदार बन गए, जो अपने ही लोगों की उम्मीदों का व्यापार कर रहे थे तथा अपने युवाओं के सपनों को चंद सिक्कों के बदले में बेच रहे थे। उन्होंने निर्वासन की मूर्ति को पुनर्जन्म के मंदिर में पेश किया," उन्होंने कहा, "मातृभूमि का निर्माण 'बुतपरस्ती' द्वारा कलंकित किया गया था।"[23] यह एक कठोर और पूरी तरह से ठीक आरोप नहीं था, लेकिन ये उस गहन आत्म-निरीक्षण और आत्म-आलोचना को दरशाता है, जो कि यिशुव और उसके बाद आनेवाले राज्य, दोनों में प्रतिबिंबित होगा।

हालाँकि ब्रेनर जटिल तो था, लेकिन वह शायद दूसरे अलियाह का सांस्कृतिक प्रतीक था। उनका काम, जिसे अभी भी शानदार माना जाता है, ऐसे मुद्दों को सामने लेकर आया, जिनका इजराइल अभी भी सामना कर रहा है। उन्होंने अपने जीवनकाल में जितना काम किया, वे निश्चित रूप से उससे कहीं अधिक काम कर सकते थे, लेकिन 1921 के जाफा दंगों में अरबी भीड़ द्वारा उनकी हत्या कर दी गई।

दूसरी अलियाह को विरासत में दो संस्कृतियाँ प्राप्त हुईं, जिन्होंने आनेवाले कई दशकों तक यहूदी राष्ट्र को प्रभावित किया—नवीकृत हिब्रू भाषा का पुनरुद्धार और आखिरकार उसे अपनाया जाना तथा जियोनीवाद की शायद सबसे प्रतिष्ठित संस्था—'किबुत्ज'।

मुख्यतः उस भूमि पर निर्मित, जिसे यहूदी राष्ट्रीय कोष ने तुर्कों से खरीदा था, किबुत्ज आंदोलन मजबूत समाजवादी आदर्शों में निहित था, इसमें सामूहिक जिम्मेदारी और ए.डी. गॉर्डन के जमीन पर काम करने के आदर्श पर जोर दिया गया था। रूस के आप्रवासी मूल के लोगों द्वारा सुझाई गई यह सामूहिकता, अंततः इजराइल के लोकाचार के लिए इन प्रारंभिक अलगावों के एकल सबसे बड़े योगदान का प्रतिनिधित्व करती है। समानता को सबसे ऊपर रखा गया। सबकुछ साझा किया गया—भोजन, लाभ, भूमि की सुरक्षा की जिम्मेदारी। यहाँ तक कि एकाकी परिवार भी किबुत्ज कुल के लिए गौण था; बच्चों को उनके माता-पिता द्वारा नहीं, बल्कि संप्रदाय द्वारा पाला जाता था; वे अपने माता-पिता के घरों में नहीं, बल्कि बच्चों के घरों में सोते थे।

यह एक जोशीला, वैचारिक रूप से समृद्ध जीवन था, जिसने उस सामाजिक और आर्थिक दृष्टि को मूर्त रूप दिया, जिसे कई अगुआ अपने साथ लाए थे। रात में किबुत्ज के सभी सदस्य व्यापार से जुड़े मामलों और किबुत्ज विचारधारा दोनों पर चर्चा करने के लिए सार्वजनिक भोजन कक्ष में इकट्ठा होते थे। अधिकांश किबुत्जवादी स्पष्टतया धर्मनिरपेक्ष भी थे; सदस्यों का मानना था कि अपने शारीरिक श्रम के माध्यम से वे खुद को नए यहूदी में बदल रहे हैं, जिसे बियालिक, गॉर्डन और कई अन्य लोगों ने दशकों पहले लिखा था।

इसके बावजूद किबुत्ज की वैचारिक तीव्रता को अकसर अपनी कीमतें चुकानी होती थीं, विशेषकर तब, जब ये विचारधाराएँ बिखरने लगीं। उदाहरण के लिए, जब प्रारंभिक किबुत्जवाद, जो मुख्यतः रूसी क्रांति से प्रभावित था, इस बात पर रजामंदी नहीं बना सका कि स्टालिन और साम्यवाद की कलंकित हो चुकी छवि का जवाब कैसे दिया जाए, तो कुछ लोग अलग हो गए। उन्होंने जब ऐसा किया, तब लोगों के लिए स्थायी रूप से विभाजित होना असामान्य नहीं था, एक पति या पत्नी में से प्रत्येक का एक नए समुदाय में रहना। परिवार टूट गए और बच्चे अनजाने में अपने

माता–पिता के सैद्धांतिक झगड़े के शिकार हुए।

प्रारंभिक किबुत्ज आंदोलन का सामना एक और संघर्ष से हुआ और जिसका सामना इजराइली समाज को आनेवाले समाज में करना पड़ा—एक संगठन के निर्माण करने तथा एक व्यक्ति के महत्त्व के बीच तनाव। यह सिर्फ जियोनीवाद ही नहीं, बल्कि कई अन्य क्रांतिकारी आंदोलनों के लिए भी सच था। इजराइली शिक्षा में इस तनाव को दरशानेवाला प्रतिष्ठित मामला राहेल ब्लूस्टीन सेला का है, जिन्हें उनके छद्म नाम, रेचल हामिशोरेट या रेचल द पोएटेस के नाम से जाना जाता है।

रेचल, जिस नाम से उन्हें हर कोई पुकारता था, एक युवा महिला के रूप में फिलिस्तीन में आकर बस गई थीं। 1919 में उनतीस साल की उम्र में वे डेगनिया चली गईं, हालाँकि वहाँ आने के कुछ समय बाद ही वे तपेदिक की चपेट में आ गईं। हो सकता है, उसकी चपेट में वे कुछ समय की रूस यात्रा के दौरान आ गई हों। बाकी के समुदाय के स्वास्थ्य के लिए चिंतित किबुत्ज ने उन्हें वहाँ से जाने के लिए मजबूर कर दिया।

अपने बाकी के छोटे से जीवन के दौरान रचेल काम की तलाश में इधर–उधर भटकती रहीं और 1931 में क्षय रोगियों के एक चिकित्सालय में उनकी मृत्यु हो गई। इसके बावजूद उनकी कविता, जो आज तक इजराइल के स्कूलों में पढ़ाई जाती है और एक राष्ट्रीय संपदा मानी जाती है, किबुत्ज के प्रति उनकी खिन्नता और जिस समुदाय का वे हिस्सा बनी थीं, उसके द्वारा बिना समय गँवाए त्याग दिए जाने के दुःख को दरशाती है।[24] उनकी सबसे प्रसिद्ध कविताओं में से एक 'शायद', जो लगभग एक सदी बाद भी इजराइल में गाई जाती है, इस उत्कंठा को दरशाती है—

शायद ऐसा कभी नहीं था।
शायद
मैं कभी जल्दी नहीं जागी और खेतों में नहीं गई
ताकि मैं मेहनत करूँ और पसीना मेरे माथे पर आए
न ही लंबे गरम दिनों में
फसल की कटाई के

पूलियों से भरी हुई गाड़ियों के ऊपर
मेरी आवाज को गाने से भर दिया
न ही खुद को शांति से नहलाया
नीले साफ पानी में
ओ मेरी किनरेट, ओ मेरी किनरेट!
क्या तुम वहाँ थे या मैं सिर्फ सपना देख रही थी?[25]

जिन्होंने अपने उद्‌देश्य के लिए अपना सबकुछ न्योछावर कर दिया, इसके बदले में क्या वे इससे अधिक के पात्र नहीं थे? क्या सिर्फ सामूहिकता ही मायने रखती थी? क्या व्यक्ति के प्रति नए यहूदी का कोई दायित्व नहीं था, भले ही इसका मतलब सामूहिकता के प्रति थोड़ा-बहुत जोखिम हो?

हालाँकि रेचेल की कविता ने वैचारिक जुनून की समृद्धि और खतरों को लेकर बेहद गंभीर सवाल उठाए, 1930 के दशक का किबुत्ज आंदोलन इसलिए फला-फूला, क्योंकि किबुत्ज ने एक अलग पथप्रदर्शक राज्य-निर्माण की भावना को मूर्त रूप दिया। समूहवादी और राष्ट्रीय विचारधाराएँ परस्पर रूप से ऐसे जुड़ी हुई थीं कि "1934 में किबुत्ज छोड़नेवाला एक युवा अगुआ अपने दोस्तों और अपने आंदोलन को धोखा दे रहा था, (जबकि) 1937-39 में उसे लगा कि वह अपने देश के साथ भी विश्वासघात कर रहा है।"[26]

हालाँकि आंदोलन ने कभी भी यिशु की ज्यादा बड़ी आबादी को आकर्षित नहीं किया। 1947 में अपने चरम पर, किबुत्जवाद में यिशुव में रहनेवाले यहूदियों का केवल 7 प्रतिशत हिस्सा था, फिर भी इजराइली समाज जो कुछ भी बना, उसपर इसका बहुत बड़ा प्रभाव था।[27] किबुत्जवाद ने इजराइल के प्रारंभिक नेतृत्व में से अधिकांश को तैयार किया, यहाँ तक कि जो लोग वहाँ नहीं रहते थे, उनके लिए भी यह देश के पथप्रदर्शक लोकाचार का प्रतीक था। इजराइल की खतरनाक सीमाओं पर जान-बूझकर स्थापित होने के चलते किबुत्जवादी आंदोलन इजराइल की सुरक्षा के लिए बेहद महत्त्वपूर्ण हो गया। इसने समुदायों में देशभक्ति एवं निष्ठा की संस्कृति पैदा की।

1960 के दशक में, जब सिर्फ 4 प्रतिशत इजराइली किबुत्जवाद पर रहते थे, कनेसेट के करीब 15 प्रतिशत सदस्य उन बस्तियों से आते थे। छह दिवसीय युद्ध

में, युद्ध में हताहत होनेवालों में किबुत्ज के सदस्यों की संख्या कुल आबादी में उनके प्रतिनिधित्व के मुकाबले करीब पाँच गुना अधिक थी। जान देनेवाले सैनिकों में लगभग पाँचवाँ हिस्सा किबुत्ज का था। युद्ध में मारा गया लगभग हर तीसरा अधिकारी किबुत्ज सदस्य था।"[28] इजराइल के पास अगर अपने प्रारंभिक दशकों में नए राज्य के प्रति भावुक समर्पण का एक 'कारखाना' था, तो वह कारखाना किबुत्ज ही था।

कई आप्रवासी एक तरफ जहाँ एक आदर्श समाजवादी समाज़ का यहूदी स्वरूप बनाने के उत्साह में फँस गए थे, वहीं दूसरी तरफ अन्य लोग एक ऐसी जगह के लिए तरस रहे थे, जो उस शहरी परिदृश्य की याद दिलाती हो, जिसे वे यूरोप में पीछे छोड़कर आए थे। कुछ लोग मौजूदा अरब शहरों में एकीकृत हो गए, लेकिन वे समुदाय उन्हें मध्य-पूर्वी लगे, जो नाटकीय रूप से उन यूरोपीय मानदंडों से पूरी तरह से अलग थे, जिनके वे आदी थे। करीब साठ मामूली पेशेवरों ने जाफा के ठीक उत्तर में फिलिस्तीन में पहला 'यहूदी उपनगर' बनाने का फैसला किया। एक प्राचीन बंदरगाह शहर जाफा में जो मौजूद था, उसके विपरीत ये लोग 'कुछ स्वच्छ, सुंदर और स्वस्थ' बनाने के लिए प्रतिबद्ध थे। एक मध्य-पूर्वी बस्ती के लिए यूरोपीय यहूदी बस्तियों की स्थितियों को ही दोहराना गलत—'जियोनीवाद विरोधी'—प्रतीत हो रहा था।[29]

"1909 में तेल अवीव का जन्म हुआ। 'तेल अवीव' हर्जेल के यूटोपियन उपन्यास 'अल्टन्यूलैंड'* के हिब्रू अनुवाद का शीर्षक था। एक नया उपनगर, जो कुछ ही दशकों में एक विश्व स्तरीय शहर बन जाएगा, को खेती करनेवाला गाँव नहीं, बल्कि एक ऐसा शहर, जिसने विभिन्न यूरोपीय मॉडलों का अनुकरण किया, जिससे वे परिचित थे। कुछ के लिए यह एक फिलिस्तीनी ओडेसा होना

---

* तेल अवीव एक ऐसी पहाड़ी है, जिसका निर्माण ऐसे विभिन्न पीढ़ियों के लोगों के घरों और इमारतों के अवशेषों से हुआ है, जो एक ही स्थान पर रह रहे थे और जो समुदायों का निर्माण करते थे। समय के साथ पहाड़ी का स्तर बढ़ जाता है, जिससे एक टीला बन जाता है, जिसे परत-दर-परत खोदकर वहाँ जीवन के विभिन्न चरणों की खोज की जा सकती है। तेल अवीत का एक संदर्भ था। अवीव 'वसंत' के लिए प्रयोग किया जानेवाला हिब्रू शब्द है। इसलिए तेल अवीव ने उस पुरानी-नई भूमि पर क़ब्जा कर लिया, जिसका उल्लेख हर्जेल ने 'अल्टन्यूलैंड' में किया था।

था। दूसरों के लिए यह भूमध्य सागर पर वियना होना था।"[30] तेल अवीव की कल्पना एक ऐसे स्थान के रूप में की गई थी, जहाँ जियोनी संस्कृति का विकास हो सके; बियालिक और उस समय के कई अन्य प्रमुख लेखकों ने वहाँ अपना घर बनाया। हिब्रू के प्रति प्रतिबद्धता ने काम किया; "1930 तक नगरपालिका स्कूलों में 13,000 से अधिक हिब्रूभाषी बच्चे थे।"[31]

तेल अवीव का अंततः 'पहला हिब्रूभाषी शहर' के रूप में पहचाना जाना अब सामान्य सा लगता है। इसके बावजूद सिर्फ यह बात कि कोई भी शहर, कहीं भी, 'हिब्रूभाषी शहर' बन सकता है, अपने आप में कट्टरपंथी जियोनी क्रांति का एक और उपोत्पाद है। मोटे तौर पर दूसरे अलियाह के आप्रवासियों के वैचारिक उत्साह का एक उत्पाद था। बेन-येहुदा की सफलता खुद जियोनी बसानेवालों की दृढ़ इच्छाशक्ति, विशेष रूप से दूसरे अलियाह के आप्रवासियों द्वारा संवर्धित है। जिस समय हर सहज प्रवृत्ति आराम के चक्कर में रहती थी। उस समय यह स्पष्ट रूप से यहूदियों और रूसीभाषी यहूदियों के लिए घर और क्षेत्र में हिब्रू को अपनी रोजमर्रा की बातचीत में नियोजित करने के लिए एक कष्टदायी परीक्षा थी, लेकिन उन्होंने इस अनुशासन के प्रति उतनी ही दृढ़ता के साथ समर्पण किया, जितना कि उन्होंने फिलिस्तीन में जीवन की अन्य कठिनाइयों का सामना किया। अधिकांश जायोनी किसानों और श्रमिकों ने तब तक बेन-येहुदा के तर्क को पूरी तरह से स्वीकार कर लिया था—एक राष्ट्र, उसकी भाषा थी, जो उसके पसीने और खून से कम नहीं।[32]

यिशुव ने एक बढ़ते हुए साहित्यिक, एक बुद्धिजीवी वर्ग, प्रकाशन की एक दुनिया और सुधी पाठकों का एक ऐसा वर्ग तैयार किया, जैसा उस क्षेत्र ने कभी नहीं देखा था और तेल अवीव अपने शिक्षित कुलीन हलकों के साथ जल्द ही 'दूसरे लीपजिग' यूरोप स्थित एक हिब्रू प्रकाशन केंद्र में बदल गया।[33] हिब्रू अब क्रांतिकारी उत्साह से अनुप्राणित विचारकों के एक छोटे से समूह की परियोजना नहीं थी। जियोनी आंदोलन के नेताओं में से एक और फिलिस्तीन में हिब्रू शिक्षक संघ के संस्थापक मेनाकेम उस्सिश्किन ने टिप्पणी की—

> "गाँव के स्कूलों में पढ़नेवाले बच्चे प्रारंभिक व्याकरण, इतिहास या विज्ञान के मूल सिद्धांतों को चाहे जितना भी सीखें, इससे कोई फर्क नहीं

पड़ता, हालाँकि उन्हें जो सीखना चाहिए, वह है—मजबूत और स्वस्थ ग्रामीण बनना, ऐसे ग्रामीण बनना, जो अपने परिवेश और शारीरिक श्रम से प्रेम करते हैं तथा सबसे बढ़कर ऐसे ग्रामीण होना, जो हिब्रू भाषा और एक यहूदी राष्ट्र को अपने दिल और आत्मा से प्रेम करते हैं।"[34]

यिशुव की बौद्धिक प्रतिबद्धताएँ हिब्रू से बहुत आगे और तेल अवीव के बौद्धिक विक्षोभ से परे थीं। 1897 में पहली जियोनीवादी कांग्रेस में ज्वी हरमन शापिरा ने शिक्षा को आंदोलन का केंद्रीय मुद्दा बनाते हुए फिलिस्तीन में एक विश्वविद्यालय के निर्माण का आग्रह किया था। 1903 तक यिशुव ने शिक्षक संघ की स्थापना की थी, जो इस बात का स्पष्ट संकेत था कि शिक्षा यिशुव और फिर यहूदी राज्य में केंद्रीय भूमिका निभाएगी।

कई दशकों बाद इजराइल ने कई नोबेल पुरस्कार जीते और 'स्टार्ट-अप नेशन' के रूप में जाना गया, इसका सबसे बड़ा कारण शिक्षा पर दिया गया जोर था, जो हजारों वर्षों से यहूदी धर्म और जियोनी क्रांति के प्रारंभिक दिनों से उसकी विशेषता थी।

जुनूनी विचारक के साथ-साथ पहले दो एलियट के जनसाधारण आप्रवासियों ने यिशुव पर एक अमिट छाप छोड़ी, हालाँकि कई लोग छोड़कर चले गए और जो लोग रुक गए, उनके लिए फिलिस्तीन में जीवन इतना आसान नहीं था। जो वहाँ पर रुके, उन्होंने पहली नई यहूदी बस्तियों का निर्माण किया और किबुत्ज आंदोलन की स्थापना की। उन्होंने हिब्रू भाषा को पुनर्जीवित किया, पहले हिब्रूभाषी शहर तेल अवीव की खोज की और फिर दोनों ने अपनी 'नई' भाषा में रंगमंच विकसित किया तथा विभिन्न विषयों पर कई प्रकाशन तैयार किए।

यह हर्जेल और अहद हाम, दोनों के सपनों को साकार करने की दिशा में पहला चरण था। स्वतंत्रता की राह अभी अधिक लंबी थी, लेकिन यहूदियों ने उस बुनियादी ढाँचे का निर्माण करना प्रारंभ कर दिया था, जो अंततः उस राष्ट्र का निर्माण करेगा, जिसे हर्जेल इतनी बेताबी से चाहते थे। इसी के साथ यह अहद हाम के उस सपने को याद में रखते हुए कि फिलिस्तीन यहूदियों के लिए एक सांस्कृतिक केंद्र के रूप में उभरकर सामने आना चाहिए, यहूदी सहस्राब्दी में

पहली बार बुनियादी ढाँचे के निर्माण और राजनीतिक संप्रभुता के लिए जमीन तैयार करने से ज्यादा कुछ कर रहे थे। वे देख, सुन और महसूस कर सकते थे कि यहूदी समाज कैसा है! इसकी अपनी भाषा होगी, साहित्य होगा, जीवन जीने का एक अलग तरीका होगा।

रोमनों द्वारा यहूदियों को निर्वासित किए जाने के बाद पहली बार जियोनीवाद उन्हें इस बात का बोध करा रहा था कि नए यहूदी लोग क्या हो सकते हैं!

□

5

बालफोर घोषणा

साम्राज्य द्वारा राज्य का समर्थन

"महामहिम की सरकार फिलिस्तीन में यहूदी लोगों के लिए एक राष्ट्रीय घर की स्थापना के पक्ष में है।"

—**बालफोर घोषणा,** 1917

'यिशुव' में जीवन में सुधार हो रहा था, लेकिन यूरोप में तबाही मची हुई थी। यह सदी मानव इतिहास के सबसे भीषण रक्तपात की साक्षी बननेवाली थी। सदी के पूर्वार्ध में ही अपनी छाप छोड़नेवाले पहले दो विश्वयुद्धों में करीब अस्सी से सौ मिलियल तक लोग—सैनिक और आम जनता—मारे जाएँगे। इसके बाद स्टालिन करीब बीस मिलियन और लोगों की हत्या कर देगा। ज्वी जाबोटिंस्की उन लोगों में से एक थे, जिन्होंने इस तबाही का पूर्वानुमान लगाया था। प्रथम विश्वयुद्ध के शुरू होने से पहले उसके जैसी एक त्रासदी की भविष्यवाणी करते हुए उन्होंने 'शीर्ष की दो या दो से अधिक शक्तियों के बीच एक विनाशकारी युद्ध, तमाम प्रकार की आधुनिक तकनीकों के उन्माद से परिपूर्ण, जिसमें हताहतों की संख्या बेहद ज्यादा होगी और जिसमें बेतहाशा पैसा भी खर्च किया जाएगा, चाहे वह प्रत्यक्ष, अप्रत्यक्ष या फिर आकस्मिक रूप से खर्च हो, उसके अंक इतने बड़े होंगे, जिसकी कोई जवाबदेही तय नहीं की जा सकती,' की बात की।[1]

इसके अलावा दूसरों ने यह सोचा कि जो कुछ भी होनेवाला है, सामने आनेवाली भयावहता जल्द ही खत्म होनेवाली नहीं है। ब्रिटिश विदेश सचिव सर एडवर्ड ग्रे ने टिप्पणी की—"पूरे यूरोप में दीपक बुझ रहे हैं। हम अपने जीवनकाल में उन्हें फिर से जलते नहीं देख पाएँगे।"[2]

जियोनीवादियों के लिए प्रथम विश्वयुद्ध की पूर्व संध्या पर सबसे महत्त्वपूर्ण सवाल यह था कि क्या ऑटोमन मध्य-पूर्व पर अपना नियंत्रण खो देंगे और अगर वास्तव में ऐसा होता है तो क्या ब्रिटेन उस क्षेत्र को अपने नियंत्रण में ले लेगा? आंदोलन जल्द ही इस बात को लेकर विभाजित हो गया कि इस अनिश्चितता को सँभाला कैसे जाए? मैक्स नोर्डौ ने इस बात पर जोर दिया कि जियोनीवादियों को तुर्कों की जितनी हो सके, चापलूसी करके उनका कृपापात्र बन जाना चाहिए, हालाँकि उनको गलत साबित करने के लिए हाल ही में मिस्र के मोर्चे के तुर्क कमांडर के रूप में नियुक्त किए गए जेमल पाशा ने तुर्कों के युद्ध में प्रवेश करने के कुछ ही हफ्तों बाद अपने यहूदी विरोधी रुख को पूरी तरह से स्पष्ट कर दिया। उन्होंने एक तुर्की-वफादार यहूदी रक्षा संगठन को भंग कर दिया, जिसकी स्थापना श्रमिक नेताओं बेन-गुरियन और यित्जाक बेन-जवी ने की थी। उन्होंने जियोनी अखबार 'हाचदुत' को बंद कर दिंया; साथ ही प्रत्येक जियोनी को तुर्की का दुश्मन और मौत के लायक घोषित कर दिया।

बेन-गुरियन ने शुरू में सोचा था कि जियोनीवादियों का भविष्य तुर्कों के साथ सुरक्षित है, लेकिन जब तुर्कों ने तेल अवीव से यहूदियों को निर्वासित करना शुरू किया, तो उन्हें महसूस हुआ कि उनसे गलती हुई थी और उनकी निष्ठा अंग्रेजों की ओर स्थानांतरित हो गई, बाकी जिनमें जाबोटिंस्की प्रमुख भी शामिल थे, शुरू से ही इस बात पर जोर दे रहे थे कि अपने आंदोलन को अंग्रेजों के साथ मिलाना अपने अभियान को आगे बढ़ाने का सबसे अच्छा तरीका है। इस बात से पूरी तरह से आश्वस्त थे कि तुर्क शासन का जारी रहना एक यहूदी राष्ट्र की स्थापना को लगभग असंभव बना देगा,[3] जाबोटिंस्की तुर्की साम्राज्य के खात्मे को देखने के लिए बेताब थे और उन्हें इस बात का भरोसा था कि ऐसा होगा। उन्होंने सोचा कि अब ब्रिटिश राजनेताओं, जो जर्मनी और तुर्कों (बाकियों के साथ) के खिलाफ युद्ध में कूदनेवाले थे और उन्हें जियोनी अभियान के न्याय के प्रति प्रभावित करने को राजी करने का समय आ गया है। "अगर हम किसी झुकाव की घोषणा नहीं करते हैं, अगर हम दोनों ही पक्षों में रहने का प्रयास करते हैं, तो हम सबकुछ खो देंगे। हमें मित्र राष्ट्रों के समर्थन में आकर अपने यहूदी सैनिकों के साथ इरेट्स इजराइल को जीतने में उनकी मदद करनी चाहिए।"[4]

जब जेमल ने फिलिस्तीन से यहूदियों के बड़े पैमाने पर निर्वासन का आदेश दिया तो कुछ को मिस्र के गब्बारी बैरकों में भेज दिया गया। जाबोटिंस्की भी निर्वासित लोगों में से एक थे और गब्बारी में ही उनकी जोसेफ ट्रंपेलडोर से पहली मुलाकात हुई थी। 1880 में काकेशस में जनमे ट्रंपेलडोर ने 1904 में रूस-जापानी युद्ध में रूसियों के लिए लड़ते हुए अपना बायाँ हाथ खो दिया था। स्वयं जार द्वारा वीरता के लिए पाँच बार सम्मानित किए जानेवाले ट्रंपेलडोर अंततः रूसी सेना में अधिकारी बननेवाले दूसरे यहूदी बने। 1912 में वे रूस छोड़कर फिलिस्तीन आ गए और गेलिली सागर के तट के पास खेतों में काम करने लगे। 1914 में जेमल ने उन्हें हजारों अन्य लोगों के साथ निर्वासित कर दिया।

ठीक उसी समय अंग्रेज तुर्कों से लड़ने में मदद करने के लिए एक यहूदी सैन्य इकाई को आदेश देने के लिए एक अधिकारी की तलाश कर रहे थे, तभी दक्षिण अफ्रीका में बोअर युद्ध के एक आयरिश प्रोटेस्टेंट पुराने सिपाही लेफ्टिनेंट कर्नल जॉन हेनरी पैटरसन मिस्र पहुँचे। यहूदी इतिहास के गहरे जानकार और जियोनीवाद के ध्येय के प्रति सहानुभूति रखनेवाले, पैटरसन इस पद पर आसीन हो गए। जाबोटिंस्की और ट्रंपेलडोर ने अंततः पैटरसन (जिन्होंने बाद में ट्रंपेलडोर को 'अपनी जानकारी में आनेवाले सबसे बहादुर व्यक्ति' के रूप में वर्णित किया) के साथ काम किया और 'सियोन म्यूल कॉर्प्स' की स्थापना की।

'सियोन म्यूल कॉर्प्स', जो करीब अठारह सौ वर्ष पूर्व बार कोखबा के नेतृत्ववाले रोमनों के खिलाफ किए गए विद्रोह के बाद यहूदी ध्वज के तले लड़नेवाले यहूदियों का पहला संगठित दस्ता था, एक प्राचीन यहूदी गौरव की पुनः स्थापना का प्रतीक था। बाद में इसके कई सदस्यों ने एक सेना का गठन किया, जिसे 'इजराइल डिफेंस फोर्सेस' के नाम से जाना गया। विडंबना यह है कि जेमल के सामूहिक निर्वासन के परिणामस्वरूप यहूदियों ने दो हजार वर्षों में पहली बार एक सेना की शुरुआत की थी।

ट्रंपेलडोर की मृत्यु 1920 में तेज हई के समझौते की रक्षा करते हुए हुई और जियोनीवादी परंपरा के अनुसार उनकी मृत्यु पर कहा गया—"इसका कोई फर्क नहीं पड़ता, देश के लिए अपने प्राण न्योछावर करना अच्छा है।" इसके तीन वर्ष बाद जब जाबोटिंस्की ने बेतर की स्थापना की, तो उन्होंने इसका नाम न केवल

उस स्थान पर रखा, जिसे शिमोन बार कोखबा ने अपना अंतिम स्थान बनाया था, बल्कि ट्रंपेलडोर के लिए भी।'*

हालाँकि जियोनी अपने आंदोलन को लेकर तुर्कों की घृणा से अनजान नहीं थे, उनमें से कई ने तुर्कों और ब्रिटिशों के बीच के संघर्ष में कोई भी पक्ष लेना नासमझी समझा। इसलिए आंदोलन ने कोपेनहेगन में एक संपर्क कार्यालय खोला, जो एक तटस्थ देश में था, हालाँकि अन्य इस बात को लेकर आश्वस्त थे कि ब्रिटिश विजयी होंगे, फिलिस्तीन पर कब्जा कर लेंगे। इसलिए उन्होंने लंदन के साथ संबंध स्थापित करने के लिए उत्तेजना में काम किया।

इस कार्य के लिए चौम वीजमैन से बेहतर कोई नहीं था, जो बाद में इजराइल के पहले राष्ट्रपति बने। 1874 में पिंस्क (आज के बेलारूस में, लेकिन उस समय रूसी साम्राज्य का हिस्सा) के पास मोटल में जनमे वीजमैन अपने युग के कई अन्य जायोनी नेताओं की तरह एक पारंपरिक रूसी यहूदी परिवार में जनमे थे; वे भी यूरोप की व्यापक बौद्धिक दुनिया की ओर आकर्षित हुए। बेहद बुद्धिमान, वे एक मुक्त बौद्धिक व्यक्तित्व भी थे; उनके प्रारंभिक शिक्षकों में से एक ने बाद में टिप्पणी की थी, "उनका या तो एक प्रतिभाशाली या एक धर्म-परिवर्तन करनेवाला बनना तय था।"[5]

वीजमैन ने रसायन विज्ञान का अध्ययन किया, पहले जर्मनी में और फिर फ्राइबर्ग विश्वविद्यालय, स्विट्जरलैंड में, जहाँ उन्होंने 1899 में कार्बनिक रसायन विज्ञान में पी-एच.डी. हासिल की। वीजमैन ने बेसल में आयोजित पहली जियोनीवादी कांग्रेस में हिस्सा नहीं लिया था (हालाँकि वे उसमें हिस्सा लेने को इच्छुक थे), लेकिन वे उसके बाद के सभी सम्मेलनों का हिस्सा बने और बहुत तेजी से आंदोलन के एक प्रमुख व्यक्तित्व बन गए। उनके प्रारंभिक ध्येयों में से एक फिलिस्तीन में उच्च शिक्षा के संस्थानों के निर्माण की वकालत करना था। यरुशलम में हिब्रू विश्वविद्यालय के निर्माण में उनका महत्त्वपूर्ण योगदान था और विज्ञान एवं प्रौद्योगिकी पर केंद्रित एक विश्वविद्यालय बनाने के उनके प्रयासों के परिणामस्वरूप अंततः 1912 में इजराइल के प्रौद्योगिकी संस्थान 'टेक्निशियन' की

* बेतर ब्रिट योसेफ ट्रंपेलडोर के लिए एक संक्षिप्त शब्द भी है, 'द कोवनेंट ऑफ जोसेफ ट्रंपेलडोर।'

स्थापना हुई। इसके अलावा वे 'वीजमैन इंस्टीट्यूट ऑफ साइंस' के संस्थापकों में से एक थे, जो 1934 में अंतरराष्ट्रीय स्तर पर एक प्रसिद्ध अनुसंधान केंद्र बन गया।

वीजमैन को 1904 में मैनचेस्टर विश्वविद्यालय में वरिष्ठ व्याख्याता नियुक्त किया गया था, जहाँ उनकी मुलाकात दो साल बाद संसद् के सदस्य बननेवाले आर्थर बालफोर से हुई। शुरू में 'युगांडा योजना' के विचार का समर्थन करनेवाले बालफोर वीजमैन से प्रभावित थे। वीजमैन धीरे-धीरे बालफोर को जियोनिस्ट ध्येय के करीब लाने में सफल रहे।

1916 में वीजमैन ब्रिटिश नौवाहन विभाग प्रयोगशालाओं के निदेशक बने और अपने काम के सिलसिले में मैनचेस्टर से लंदन चले गए। उनके शोध से एसीटोन का विकास हुआ, जो नौसेना के विस्फोटक कॉर्डाइट में एक महत्त्वपूर्ण घटक था, जिसने ब्रिटिश युद्ध के प्रयास में केंद्रीय भूमिका निभाई। इस खोज के लिए व्यापक रूप से प्रशंसित वीजमैन अपनी इस हैसियत का प्रयोग करके ऐसे प्रभावशाली ब्रिटिश लोगों तक पहुँच बनाने में सफल रहे, जिसके बारे में अन्य जियोनी नेता केवल सपना ही देख सकते थे।

इस बीच यह स्पष्ट होते ही कि ऑटोमन साम्राज्य ढह रहा है, ब्रिटेन और फ्रांस ने इस बात पर विचार करना शुरू कर दिया कि वे मध्य-पूर्व को अपने बीच कैसे बाँटेंगे, भले ही उन शक्तियों में से किसी का भी उस भूमि पर कोई वास्तविक दावा नहीं था।

1915 के अंत तक दोनों देशों के बीच बैठकों की एक शृंखला आयोजित हुई, जिसमें दोनों अपनी अपेक्षाओं को सामने रखते थे। ब्रिटेन ने अपने प्रतिनिधि के रूप में एक कैथोलिक सर मार्क साइक्स को नियुक्त किया, जिन्होंने मध्य-पूर्व का अध्ययन किया था, 1903 में अपने हनीमून के दौरान फिलिस्तीन की यात्रा की थी और अपने कॅरियर का अधिकांश समय विदेश मंत्रालय में बिताया था। फ्रांस ने फ्रांकोइस जॉर्जेस-पिकॉट को नियुक्त किया, जो एक कॅरियर राजनयिक थे और वार्त्ता के समय लंदन में फ्रांसीसी दूतावास के पहले सचिव थे। साइक्स ने पहले इस बात की सिफारिश की थी कि फिलिस्तीन को ब्रिटेन के नियंत्रण में आ जाना चाहिए, हालाँकि उन्होंने यह निर्धारित नहीं किया था कि उसके क्षेत्र

की सीमाएँ क्या होनी चाहिए? साइक्स और पिकोट द्वारा किए गए समझौते, जिसे तकनीकी रूप से 'एशिया माइनर एग्रीमेंट' कहा जाता है, लेकिन आमतौर पर साइक्स-पिकोट समझौते के रूप में जाना जाता है, ने आधुनिक सीरिया और लेबनान को फ्रांस के नियंत्रण में ला दिया। साम्राज्य के लिए भारत के महत्त्व के चलते ब्रिटेन, जिसे स्वेज नहर तक निर्बाध पहुँच की आवश्यकता थी (ब्रिटेन के लिए नहर की आवश्यकता बाद में इजराइल के 1956 के युद्ध, सिनाई अभियान में मुख्य रूप से शामिल होगी), का कारण भूमध्य सागर से जॉर्डन नदी तक तटीय पट्टी, भूमि का एक क्षेत्र, जिसमें आधुनिक जॉर्डन, दक्षिणी इराक, हाइफा और एकर के बंदरगाह और पूरे नेगेव शामिल हैं, पर नियंत्रण प्राप्त करना था। समझौते के अनुसार, पश्चिमी फिलिस्तीन, गलिल सागर के दक्षिण में और गाजा के उत्तर में अंतरराष्ट्रीय शासन के अधीन होगा। समझौते ने यरुशलम के पवित्र स्थलों के लिए भी प्रावधान किए गए और उन्हें अंतरराष्ट्रीय पर्यवेक्षण और प्रशासन के तहत रखने का प्रस्ताव दिया गया।

साइक्स या पिकोट ने किसी भी मौके पर जियोनी या फिलिस्तीन की अरब आबादी के हितों के बारे में नहीं सोचा। अरब और यहूदी दोनों ही इस समझौते से भयभीत थे। अरब दो विदेशी शक्तियों द्वारा खुद को विभाजित किए जाने के फैसले (उनके द्वारा युद्ध जीतने से ही पहले) का विरोध कर रहे थे, बेहद नाराज थे। सर हेनरी मैकमोहन (मिस्र में ब्रिटिश उच्चायुक्त) और हुसैन बिन अली (मक्का के शरीफ) के बीच पूर्व में हुई चर्चाओं में मैकमोहन ने अरबों से तुर्कों को उखाड़ फेंकने का आग्रह किया था। उन्होंने अली को इस बात के लिए आश्वस्त किया कि न सिर्फ फिलिस्तीन को तुर्कों से मुक्त करवाना, बल्कि उत्तर में सीरिया और दक्षिण में यमन के बीच एक अरब राज्य की स्थापना की दिशा में काम करना ब्रिटिश हित्र में है। 'साइक्स-पिकॉट समझौता' उन्हें उस ब्रिटिश वादे का भी पूर्ण उल्लंघन लग रहा था। ब्रिटिश और स्थानीय फिलिस्तीनी आबादी के बीच संबंध सबसे अशुभ शुरुआत के साथ आगे बढ़े थे।

जियोनीवादी भी उतने ही नाखुश थे। जियोनीवाद के प्रति फ्रांसीसी विरोध को देखते हुए संयुक्त फ्रांसीसी-ब्रिटिश नियंत्रण उनके उद्देश्यों को कमजोर कर सकता था। वीजमैन और अन्य जियोनीवादियों को एक ब्रिटिश संरक्षक का विचार

बेहद पसंद आया, क्योंकि उन्हें यह लगा कि ब्रिटेन ने "उसे (श्वेत) औपनिवेशिक विषयों को किसी भी अन्य शाही शक्ति की तुलना में अधिक स्वतंत्रता प्रदान की," जबकि उन्होंने महसूस किया कि फ्रांस ने "उनकी राष्ट्रीय पहचान को मिटाते हुए अपनी औपनिवेशिक प्रजा को फ्रांसीसी नागरिक बनाने पर जोर दिया।"[7] इसलिए जियोनी यह सुनिश्चित करने के लिए दृढ़ संकल्पित थे कि फिलिस्तीन ब्रिटिश नियंत्रण में आ जाए। हालाँकि उनके हाथ निराशा ही लगनेवाली थी, जब उन्हें अंततः पता चला कि वीजमैन और अन्य लोगों ने जितने की उम्मीद की थी, ब्रिटिश सरकार उसकी तुलना में जियोनीवादी ध्येयों का बहुत कम समर्थन करेगी।

जिस समय यह सब घटित हो रहा था, उसी समय फिलिस्तीन के यहूदी अपनी अर्मेनियाई आबादी के ऑटोमन नरसंहार के साक्षी बने। यह 1915 में शुरू हुआ और प्रारंभ में सक्षम पुरुष आबादी को जबरन श्रम में धकेला गया और उसके बाद महिलाओं और बच्चों को सीरिया के रेगिस्तान में मौत के लिए निर्वासित कर दिया गया, जिसमें लगभग डेढ़ मिलियन अर्मेनियाई लोगों की मौत हो गई। यिशुव बहुत चिंतित था; अगर तुर्क अर्मेनियाई लोगों का नरसंहार कर सकते हैं, तो क्या वे फिलिस्तीन के यहूदियों के साथ ऐसा करने में संकोच करेंगे?

यहूदियों के एक छोटे समूह ने अपनी पहल पर काम करते हुए फिलिस्तीन को तुर्कों से छुटकारा दिलाने में मदद करने का फैसला किया। आरोनसोहन परिवार द्वारा गठित और बाद में नेतृत्व किए गए एक छोटे से जासूसी संगठन ने मिलकर काम प्रारंभ किया। हारून आरोनसोहन, जो एक कृषि विज्ञानी थे, जिन्होंने गलील में गेहूँ के एक प्राचीन प्रकार की खोज के लिए ख्याति अर्जित की थी; उनकी बहनें थीं सारा और रिव्का; रिव्का का मंगेतर अवशालोम फीनबर्ग, इसके शुरुआती गुप्तचर थे। इस समूह ने खुद का नाम 'निली' रखा।*

इस क्षेत्र में जब टिड्डियों का प्रकोप हुआ, तो तुर्कों ने इसको रोकने के लिए हारून आरोनसोहन को नियुक्त किया। इसने तुरंत आरोनसोहन को पूरे क्षेत्र में सरकारी कार्यालयों और सैन्य प्रतिष्ठानों तक लगभग निर्बाध पहुँच बनाई, जहाँ

* 'निली' 'बाइबल' के वाक्यांश 'नेटजाच यिसरायल लो येशेकर' ('द ग्लोरी ऑफ इजराइल कज नॉट डिसीव') 1 शमूएल 15:29 का संक्षिप्त रूप है।

उन्होंने बड़ी संख्या में जानकारी एकत्र की, जिसे उन्होंने अंग्रेजों तक पहुँचाया। प्रारंभ में संदेह से भरे अंग्रेजों ने अंततः निर्णय लिया कि आरोनसोहन उपयोगी हो सकते हैं। वे गुप्तचर के रूप में सेवा करते हुए अंग्रेजों के साथ काहिरा में रहे, जबकि उसकी बहन सारा, भाई अलेक्जेंडर और फीनबर्ग (करीब बीस से साठ अन्य लोगों के साथ—अनुमान अलग-अलग हैं) ने जासूस के रूप में दिन-रात काम किया।

'निली' की प्रमुख गतिविधि तुर्क किलेबंदी और सैनिकों, रेल लाइनों और जलस्रोतों के बारे में जानकारी ब्रिटिशों को देनी थी, जो अचानक हमला करने की उनकी योजनाओं में सहायक साबित होती। 'निली' ने चोरी-छिपे प्राप्त की गई तमाम जानकारी को एक गुप्त कोड और सिग्नल लाइट के माध्यम से एक छोटी ब्रिटिश नौसैनिक नौका के जरिए प्रेषित किया, जो हर दो सप्ताह में एटलिट (हैफा के दक्षिण में) के तट पर लंगर डालती थी। जहाज आने बंद होने के बाद तो उन्होंने इसकी जगह कबूतरों का इस्तेमाल करना शुरू कर दिया।

हालाँकि घरेलू कबूतरों का यह झुंड ही उनके खात्मे का करण बना। तुर्कों ने सितंबर 1917 में कोड किए हुए संदेशवाले एक कबूतर को पकड़ा, जिसके बाद तुर्कों को इस बात का सबूत मिल गया कि कोई जासूसी संगठन काम कर रहा है। 1917 के अंत तक 'निली' के अधिकांश सदस्य गिरफ्तार हो चुके थे। उनमें से कई, जिन्हें अंतहीन यातनाएँ दी गईं, ने दूसरों के बारे में सारी जानकारी उगल दी। कुछ को मौत की सजा सुनाई गई और एक को दमिश्क में सार्वजनिक रूप से फाँसी पर लटका दिया गया।

जब सारा, जो उस समय अट्ठाईस वर्ष की थीं, को जिक्रोन याकोव से गिरफ्तार किया गया, तो उन्हें भी असहनीय यातनाएँ दी गईं; हालाँकि वे छल का प्रयोग करते हुए घर वापस जाने की अनुमति प्राप्त करने में सफल रहीं, अपने खून से लथपथ उन कपड़ों, जिनमें उन्हें प्रताड़ित किया गया था, के बदले नए कपड़े लेने के बहाने। न टूटने के लिए पूरी तरह से दृढ़ संकल्पित उन्होंने अपने घर में छिपाकर रखी गई पिस्तौल से अपने को गोली मारकर आत्महत्या कर ली। वे मरने से पहले कई दिनों तक घिसटती रहीं।

हालाँकि युद्ध के परिणामों पर 'निली' की गतिविधियों का अधिक प्रभाव

नहीं पड़ा। इसके बावजूद 'निली' और सारा के आत्मबलिदान की कहानी यिशुव की किंवदंती में बदल गई, क्योंकि यह पूरी तरह से इस बात को दिखाती थी कि किस प्रकार से विदेशी शक्तियों—पहले ऑटोमंस और फिर कई दशकों बाद ब्रिटिशों—को फिलिस्तीन से खदेड़ने के लिए कितने साहस और दृढ़ संकल्प की आवश्यकता थी।

लंदन में चैम वीजमैन इस बीच जियोनीवाद के ध्येय को आगे बढ़ाने के लिए अथक प्रयास कर रहे थे, हालाँकि वे आंदोलन में किसी आधिकारिक पद पर नहीं थे और कई लोग उन्हें बेकाबू तोप जैसा मानते थे। इसके बावजूद वे अनुशासित थे या नहीं, ब्रिटिश सत्ता के गलियारों तक उनकी पहुँच की कोई बराबरी नहीं थी, जिसका उपयोग करके वे फिलिस्तीन में रह रहे यहूदियों के ध्येय को आगे बढ़ाते थे और बहस किया करते थे।

यह काम इतना आसान नहीं था। काफी हद तक अरबी विदेश कार्यालय का मानना था कि फिलिस्तीन पर अरबों का दावा बहुत मजबूत है और व्यावहारिक रूप से यह फिलिस्तीन के अरबों का गुस्सा भड़कने की संभावना नहीं थी।[8] हालाँकि इसका मौका तब आया, जब 1916 में डेविड लॉयड जॉर्ज प्रधानमंत्री बने। लॉयड जॉर्ज, जिन्होंने तब जियोनी आंदोलन के हितों का प्रतिनिधित्व करनेवाले वकील के रूप में काम किया था, जब हर्जेल 'युगांडा योजना' पर बातचीत कर रहे थे और उन दोनों ने जियोनीवाद की प्राचीन जड़ों को स्वीकार किया तथा इसमें कोई संदेह नहीं था कि यहूदी उस भूमि के लिए जितना करेंगे, उसके अरब निवासी उतना नहीं कर सकते। उन्होंने कहा, "चार महान् शक्तियाँ जियोनीवाद के प्रति प्रतिबद्ध हैं और जियोनीवाद, चाहे वह सही हो या गलत, अच्छा हो या बुरा, सदियों पुरानी परंपराओं में, वर्तमान जरूरतों में और भविष्य की आशाओं में निहित है, जो उन 7,00,000 अरबों की इच्छाओं और पूर्वग्रहों की तुलना में कहीं अधिक गहरा तात्पर्य है, जो अब उस प्राचीन भूमि में निवास करते हैं, मेरी राय में यह सही है।"[9]

लॉयड जॉर्ज के राजनीतिक उदय के साथ एक दुर्लभ अवसर को भाँपते हुए वीजमैन ने लॉयड जॉर्ज और बालफोर (जो उस समय यूनाइटेड किंगडम के विदेश सचिव के रूप में सेवा कर रहे थे) दोनों को मंत्रमुग्ध कर दिया। इसके

अलावा उन्होंने ब्रिटिश विदेश कार्यालय के प्रभावशाली राजनयिक साइक्स को 'हमारी सबसे बड़ी खोजों में से एक' के रूप में संदर्भित करते हुए उनके साथ अपने संबंधों को भी मजबूत किया।

दोनों पक्षों में तीखी नोक-झोंक हुई। वीजमैन एक तरफ जहाँ अपने एजेंडे को बिना रुके आगे बढ़ा रहे थे, वहीं दूसरी तरफ कुछ ब्रिटिश सांसद जियोनी आकांक्षाओं के विरुद्ध लामबंदी कर रहे थे, क्योंकि उन्हें इस बात का डर था कि ब्रिटेन सहित अन्य देशों में यहूदियों के विरोध की भावना में इजाफा हो सकता था, खासकर अगर अरब लोग नाराजगी के साथ जवाब देते। विदेश कार्यालय में साइक्स और बाकियों ने अन्य सरकारी अधिकारियों को यह समझाने का काम किया कि फिलिस्तीन पर यहूदियों का दावा पूरी तरह से वैध है।

वीजमैन की जीत हुई। यह उनके जीवन की अब तक की सबसे बड़ी उपलब्धि थी—लॉयड जॉर्ज ने बाद में अपने संस्मरणों में लिखा कि बीजमैन को 'एसीटोन के उत्पादन में उनके द्वारा किए गए महत्त्वपूर्ण कार्य के लिए एक पुरस्कार'[11] के रूप में 'बालफोर घोषणा' दी गई थी और यह एक पत्र के रूप में आया था, जिसे बालफोर ने 2 नवंबर, 1917 को 'लॉर्ड वाल्टर रोथ्सचाइल्ड'* को लिखा था। इसमें लिखा था—

"प्रिय लॉर्ड रोथ्सचाइल्ड,

"मुझे आपको महामहिम की सरकार की ओर से यहूदी जियोनी आकांक्षाओं के प्रति सहानुभूति की निम्नलिखित घोषणा से अवगत कराते हुए बहुत खुशी हो रही है, जिसे मंत्रिमंडल के समक्ष प्रस्तुत और उसके द्वारा अनुमोदित किया गया है।

"महामहिम की सरकार फिलिस्तीन में यहूदी लोगों के लिए एक राष्ट्रीय घर की स्थापना के पक्ष में है और इस उद्देश्य की उपलब्धि को सुविधाजनक बनाने के लिए अपने सर्वोत्तम प्रयासों का उपयोग करेगी तथा यह बात पूरी तरह से स्पष्ट है कि ऐसा कुछ भी नहीं किया

---

* वाल्टर रोथ्सचाइल्ड विशाल रोथ्सचाइल्ड परिवार की ब्रिटिश शाखा के सदस्य थे; ये वे रोथ्सचाइल्ड नहीं थे, जिन्होंने यिशुव के शुरुआती एलियट का समर्थन किया था।

जाएगा, जिससे फिलिस्तीन में मौजूदा गैर–यहूदी समुदायों के नागरिक और धार्मिक अधिकारों या किसी अन्य देश में यहूदियों द्वारा प्राप्त अधिकार तथा राजनीतिक स्थिति पर प्रतिकूल प्रभाव पड़े।"

अगर आप इस घोषणा को जियोनी फेडरेशन के संज्ञान में लाएँगे तो मैं आपका बेहद आभारी रहूँगा।

सादर

आर्थर जेम्स बालफोर"[12]

हर्जेल द्वारा 1897 में बेसल में प्रारंभ किए हुए इस अनुभवहीन आंदोलन को प्रारंभ किए हुए केवल बीस वर्ष ही हुए थे और अब पृथ्वी पर सबसे शक्तिशाली साम्राज्य ने जियोनी आंदोलन को मान्यता दी थी, उसका पक्ष लिया था और उसके उद्देश्य को आगे बढ़ाने के लिए वह सबकुछ करने का वादा किया था, जो कुछ करने में वह सक्षम था। अगर तेरह साल पहले हर्जेल की मृत्यु नहीं हुई होती, तो वे आश्चर्यचकित ही रह गए होते।

इसके ऐतिहासिक महत्त्व को देखते हुए, 1917 की 'बालफोर घोषणा' आश्चर्यजनक रूप से एक अस्पष्ट दस्तावेज है। यह एक तरफ तो 'यहूदी लोगों के लिए राष्ट्रीय घर' की बात करती है, लेकिन इसमें यहूदी राज्य का कोई उल्लेख नहीं है। यह 'राष्ट्रीय घर' कब (या कैसे) बनाया जाएगा, इसकी कोई समय–सारणी नहीं थी। इस बात का कोई संकेत नहीं था कि 'फिलिस्तीन में मौजूदा गैर–यहूदी समुदायों के नागरिक और धार्मिक अधिकारों' से टकराए बिना फिलिस्तीन में यहूदियों के लिए 'राष्ट्रीय घर' कैसे बनाया जा सकता है? न ही इस बात का कोई संकेत था कि 'फिलिस्तीन' की घोषणा का क्या मतलब है, क्योंकि इसमें क्षेत्र का कोई नक्शा या परिभाषा नहीं दी गई है। अंत में दस्तावेज में इस बात को भी स्वीकार नहीं किया गया था कि घोषणा के समय फिलिस्तीन अभी भी ऑटोमंस साम्राज्य के नियंत्रण में था। हालाँकि ब्रिटिशों को इस बात का भरोसा था कि वे जल्द ही ऐसा करने में सफल होंगे, लेकिन उस समय उनके पास देने के लिए फिलिस्तीन था ही नहीं।

इनमें से कुछ सवालों के कम-से-कम कुछ के अस्पष्ट से जवाब जरूर थे। ऐसा लग रहा था कि ब्रिटिश राजनेताओं का इरादा उस स्थान पर एक राज्य बनाने का था, जहाँ यहूदियों की आबादी बहुमत में थी।[13] अभीष्ट क्षेत्र स्पष्ट रूप से बेहद विशाल था। करीब बीस साल बाद 1937 के फिलिस्तीन रॉयल कमीशन ने कहा, "जिस क्षेत्र में यहूदी राष्ट्रीय घर स्थापित किया जाना था, 'बालफोर घोषणा' के समय उसे ऐतिहासिक फिलिस्तीन के रूप में समझा गया था।" जिसका अर्थ हुआ जॉर्डन नदी के दोनों किनारे, जहाँ आज इजराइल और जॉर्डन हैं।

चूँकि फिलिस्तीन पर अभी भी ब्रिटिशों का नियंत्रण नहीं था। वे इस बात को लेकर संतुष्ट थे कि तुर्कों का साम्राज्य ढह रहा है और 'साइक्स-पिकोट समझौते' में उल्लिखित सहमतियों के आलोक में फिलिस्तीन जल्द ही उनका हो जाएगा। 'बालफोर घोषणा-पत्र' के प्रकाशन के छह सप्ताह के भीतर जनरल एडमंड एलेनबी के नेतृत्व में मिस्र के अभियान दल ने अपनी हिफाजत करनेवाले तुर्कों को यरुशलम से बाहर खदेड़ दिया। जब एलेनबी ने इस शहर की पवित्रता का सम्मान करते हुए जाफा दरवाजे से पैदल ही शहर में धूमधाम से प्रवेश किया तो सैकड़ों की संख्या में दर्शक और यरुशलम के लिए लड़नेवाली सेनाओं के ब्रिटिश सैनिक सड़कों के किनारे खड़े थे।[14]

फिलिस्तीन अब अंग्रेजों का था और उन्होंने यहूदियों से इसका वादा किया था। उन्होंने आगामी 31 वर्षों तक, यानी मई 1948 में इजराइल राज्य की स्थापना होने तक यहूदियों की इस पैतृक मातृभूमि को अपने नियंत्रण में रखा।

इस दौरान यिशुव के विकास का क्रम जारी रहा। 1913 में वियना में आयोजित हुई ग्यारहवीं जियोनी कांग्रेस ने निर्धारित किया कि यरुशलम में एक विश्वविद्यालय की स्थापना की जानी चाहिए और इसका निर्माण पाँच साल के भीतर शुरू हो जाना चाहिए। 24 जुलाई, 1918 को बालफोर के एक साल से भी कम समय के बाद माउंट स्कोपस में हिब्रू विश्वविद्यालय की औपचारिक आधारशिला रखने के लिए हजारों लोग इकट्ठा हुए। यिशुव के लिए बौद्धिक जीवन की केंद्रीयता और उसके परिणामस्वरूप निर्मित होनेवाले राज्य का स्वरूप पहले से ही स्पष्ट था।

सन् 1918 में प्रथम विश्वयुद्ध की समाप्ति के साथ एक बार फिर लोगों का दुनियाभर में आना-जाना संभव हो गया। आवाजाही की यह आजादी और यूरोप में यहूदी विरोध के एक नए दौर तथा इसके साथ ही रूस में हुए सशस्त्र संघर्षों में करीब 1,00,000 से 2,00,00 यहूदियों को अपनी जान से हाथ धोना पड़ा, इसने फिलिस्तीन के लिए पलायन का एक नया दौर प्रारंभ कर दिया। तीसरे आलियाह में (1919-1923) 35,000 लोगों को अपने साथ फिलिस्तीन लाए। युद्ध के परिणामस्वरूप दुनिया के बदले हुए स्वरूप से प्रेरित होकर तीसरे आलियाह के सदस्यों ने अंततः यहूदी प्रतिष्ठा को बनाए रखने में मददगार रहनेवाले प्रतिष्ठित पूर्व राज्य के संस्थानों के निर्माण में मदद की। 'बालफोर घोषणा' के बाद यहूदी आप्रवासन की यह पहली लहर फिलिस्तीन में उन प्रारंभिक आप्रवासियों को लेकर आई, जिनका मानना था कि उनके ध्येय को अब अंतरराष्ट्रीय स्तर पर मान्यता मिल चुकी है।

इस आमद ने कई क्षेत्रों में तकनीकी प्रगति लाने में मदद की; जिनमें से प्रमुख था पानी, दुनिया के उस हिस्से के लिए एक दुर्लभ वस्तु। वास्तव में जब ब्रिटिशों ने उस अवधि के दौरान यहूदी आप्रवासन को सीमित कर दिया तो उन्होंने यह दावा करते हुए अपने इस कदम को उचित ठहराया कि इस क्षेत्र के प्राकृतिक संसाधन उन हजारों यहूदियों का भरण-पोषण नहीं कर सकते, जो फिलिस्तीन में प्रवास करने की उम्मीद कर रहे हैं।[16] इसने जल अनुसंधान को एक अति आवश्यक विषय बना दिया। यिशुव के नेता इस बात को अच्छे से समझ गए कि उन्हें न केवल उन लोगों को पानी उपलब्ध करवाने की आवश्यकता है, जो पहले ही वहाँ आ चुके हैं, बल्कि अंग्रेजों और दुनिया को यह साबित करने की जरूरत है कि यह क्षेत्र अंग्रेजों के दावे की तुलना में कहीं अधिक प्रवासियों का भरण-पोषण कर सकता है।

भूमि की प्रकृति को देखते हुए यह कोई साधारण चुनौती साबित नहीं थी। 1880-1914 की अवधि में जियोनी आंदोलन द्वारा की गई अधिकांश भूमि खरीद पश्चिम में जाफा और हाइफा एवं पूर्व में जेर्जेल और जॉर्डन घाटियों के बीच तटीय मैदान में केंद्रित थी तथा उनके द्वारा अधिगृहीत भूमि काफी हद तक दलदली, अविकसित और जनशून्य थी। उनके द्वारा विकसित किए गए पहले गाँव 'पेटाच

टिकवाह' में रूसी प्रवासी अगुओं को मलेरिया के प्रकोप के कारण वह क्षेत्र छोड़ देना पड़ा। हदेरा के आधे से भी अधिक निवासियों की मृत्यु इसके अस्तित्व के पहले दो दशकों में हुई और मलेरिया भी इसके कारणों में एक था।[17] लेकिन वे बिना डरे वहीं डटे रहे। दो वर्ष बाद अगुआ भी पेटाच टिकवाह वापस लौट आए, दलदली जमीनों का भराव किया और इस क्षेत्र को बदलकर चकोतरा के एक केंद्र में तब्दील कर दिया, जो विशेष रूप से संतरों के बागों के लिए मशहूर है। डेविडबेन-गुरियन भी पेटाच टिकवाह में संतरे के बागों में काम करने के दौरान मलेरिया की चपेट में आ गए।

किबुत्जिम ने दलदलों को सुखाने और इस भूमि को रोगों से मुक्त करवाने के काम में पूरा साथ दिया था। बैरन डी रोथस्चिल्ड ने भी इस प्रक्रिया में महत्त्वपूर्ण भूमिका निभाई। वे अपने साथ मिस्र के श्रमिकों को लाए, जिन्होंने दलदलों को सुखाने और मलेरिया से छुटकारा दिलवाने में महत्त्वपूर्ण भूमिका निभाई। किबुत्जिम के सदस्यों ने धीरे-धीरे और दृढ़ निश्चय के साथ प्रगति की।

बिल्कुल इसी समय जियोनी आंदोलन के नेतृत्व ने जमीन पर मौजूद लोगों के साहस की बराबरी करने के लिए दूरदृष्टि का प्रदर्शन किया। उन्होंने पूरी तरह से दलदली दिखाई दे रही जमीन को खरीदा, वह भी अकसर बहुत अधिक कीमत पर। ऐसे एक कदम की समझदारी के बारे में पूछे जाने पर, पहली जियोनी कांग्रेस के सचिव रहे और बाद में यहूदी राष्ट्रीय कोष का नेतृत्व करनेवाले मेनाकेम उस्सिश्किन ने जोर देकर कहा कि कोई भी कीमत वस्तुतः बहुत अधिक नहीं हो सकती। "फिलिस्तीन में जमीन की कीमत साल-दर-साल बढ़ेगी और हम आज की तारीख में जिस चीज को नहीं पा सकते, उसे दोबारा कभी पाया नहीं जा सकता।"[18]

उनकी प्रगति बेहद असाधारण थी। 1938 तक जब अमेरिकी कृषि विभाग ने एक मृदा वैज्ञानिक वाल्टर क्ले लोडरमिल्क को यूरोप, उत्तरी अफ्रीका और फिलिस्तीन की मिट्टी का सर्वेक्षण करने के लिए भेजा, तो उस समय तक यिशुव के पास यहूदियों के आने के समय की तुलना में कहीं अधिक उन्नत जल तकनीक थी। लोडरमिल्क ने लिखा है कि यहूदियों ने जो कुछ हासिल किया था, उससे वे बेहद 'आश्चर्यचकित' थे। उन्होंने कृषि भूमि के सुधार का वर्णन किया, जिसमें

यिशुव को 'सबसे उल्लेखनीय' काम के रूप में शामिल किया गया था, जिसे उन्होंने दुनिया भर में अपनी व्यापक यात्राओं के दौरान देखा था।[19*]

यिशुव ने इसी अवधि के दौरान अपने राजनीतिक संस्थानों का भी विकास किया। 19 अप्रैल, 1920 को इसने ब्रिटिश-नियंत्रित फिलिस्तीन में यहूदी समुदाय की संसदीय सभा 'आसिफत हनीवरीम' ('प्रतिनिधि सभा') के लिए चुनाव करवाए। विधानसभा की 314 सीटें थीं (सिर्फ एक ही बार इतने सारे प्रतिनिधि थे)। हर्जेल के समय की विश्व जियोनीवादी संगठन की मतदान की परंपरा को जारी रखते हुए दलों को उनके द्वारा प्राप्त मतों के प्रतिशत के आधार पर आनुपातिक रूप से सीटें आवंटित की गईं। 30 प्रतिशत मत प्राप्त करनेवाले दल को 30 प्रतिशत सीटें प्रदान की गईं।

1920 के चुनाव में किसी भी दल को पूर्ण बहुमत नहीं मिला। वास्तव में इसके बाद हुए किसी भी मतदान में या तो यिशुव की विधानसभा में या फिर स्वतंत्रता के बाद इसका स्थान लेनेवाली इजराइली संसद् में पूर्ण बहुमत प्राप्त करने में कोई भी दल असफल रहा है। 1920 में मतदान में सिर्फ 70 सीटों के साथ लेबर मूवमेंट सबसे बड़ा दल था। नवनिर्वाचित विधानसभा यिशुव सरकार की संसद् बन गई।

यिशुव ने एक लोकतांत्रिक परंपरा कैसे विकसित की? आखिरकार यिशुव में आनेवाले अधिकांश आप्रवासी गैर-लोकतांत्रिक देशों से आए थे। रूसी और पोलिश यहूदी लोकतांत्रिक देश में नहीं रहे थे। तुर्कों के अधीन रहनेवाले यहूदी भी लोकतंत्र में नहीं रहे थे। न ही यहूदी परंपरा स्पष्ट रूप से लोकतांत्रिक थी। 'बाइबल' के दौर के राजा चुने नहीं जाते थे। तल्मूड के रब्बी, जो राजवंशों से ताल्लुक नहीं रखते थे, शायद ही लोकतांत्रिक प्रक्रिया के जरिए चुने जाते थे, फिर पहले यिशुव और उसके बाद इजराइल में यह परंपरा कैसे विकसित हुई?

यहूदी समुदाय की लोकतांत्रिक इच्छा निर्वासन के बाद विकसित हुई थी।

---

* लोडरमिल्क ने बाद में अपने निष्कर्षों को एक पुस्तक 'फिलिस्तीन : लैंड ऑफ प्रॉमिस' में संकलित किया, जो एक बेस्टसेलर पुस्तक बन गई। जब राष्ट्रपति फ्रैंकलिन डेलानो रूजवेल्ट की मृत्यु हुई, तब यह पुस्तक उनकी मेज पर खुली हुई पाई गई थी। यह संभवत: वह आखिरी पुस्तक थी, जिसे एफ.डी.आर. ने पढ़ा था। [सेठ एम. सीगल, लेट देयर बी वाटर : इजराइल्स सॉल्यूशन फॉर ए वाटर-स्टारवड वर्ल्ड (न्यूयॉर्क : थॉमस ड्यून बुक्स, 2015, पृ. 30)]

अपनी पुश्तैनी मातृभूमि से निकाल दिए जाने के बाद पूरे यूरोप में दर-दर भटकने के बाद उन्हें लगातार नए सिरे से सांप्रदायिक ढाँचों का निर्माण करना पड़ा। 1580 में शुरू होकर और 1764 तक चार भूमियों की परिषद् (लुब्लिन, पोलैंड में स्थित) ने ग्रेटर पोलैंड, लिटिल पोलैंड, रूथेनिया और वोल्हिनिया के लिए यहूदी प्राधिकरण के केंद्रीय ठिकाने के रूप में कार्य किया। इस निर्वाचित परिषद् ने कराधान, बाहरी दूसरे समुदाय के साथ संबंध सहित कई अन्य मामलों को संबोधित किया। चार भूमियों की परिषद्, साथ ही पूरे यूरोपीय यहूदी समुदाय में फैले छोटे और अधिक स्थानीय परिषद्, सभी लोकतांत्रिक रूप से चुने गए थे। जियोनी कांग्रेस ने भी उसी स्वरूप को अपनाया था। बीसवीं शताब्दी की शुरुआत तक यूरोपीय यहूदी लगभग 350 वर्षों से मतदान कर रहे थे, कानून बना रहे थे और खुद पर 'कर' लगा रहे थे।[20]

यह परंपरा उन्नीसवीं और बीसवीं सदी के प्रारंभ में फिलिस्तीन के स्पष्ट गैर-लोकतांत्रिक वातावरण का सामना करती रही और 1948 में एक यहूदी राष्ट्र की स्थापना के बाद यह उन देशों से यहूदी आप्रवास की विशाल लहरों का स्वरूप बदलने में सफल होगी, जिनमें कोई लोकतांत्रिक परंपरा नहीं थी। वास्तव में द्वितीय विश्वयुद्ध के बाद बने लगभग एक सौ देशों (ज्यादातर साम्राज्यों के पतन के परिणामस्वरूप) में से इजराइल उन चुनिंदा देशों में से एक होगा, जो लोकतंत्र बने और जिन्होंने बिना किसी रुकावट के लोकतंत्र के रूप में कार्य करना जारी रखा।

अप्रैल 1920 में जिस दिन फिलिस्तीन में पहली प्रतिनिधि सभा चुनी गई थी, उसी दिन इटली के सैन रेमो शहर में यिशुव के भाग्य पर भी चर्चा हो रही थी। ब्रिटेन, फ्रांस, इटली और जापान ने सैन रेमो सम्मेलन की इस बैठक को तुर्क साम्राज्य के कब्जेवाली भूमि के विभाजन पर चर्चा करने के लिए आयोजित किया था। उन्होंने सटीक नक्शे तो नहीं बनाए, लेकिन कुछ सामान्य सिद्धांतों पर सहमति बनी। यिशुव के लिए सैन रेमो सम्मेलन की सबसे महत्त्वपूर्ण बात यह थी कि 25 अप्रैल को प्रतिभागियों ने 1917 की 'बालफोर घोषणा' को मान्यता दी, इसे अपने प्रस्तावों में शामिल किया और आधिकारिक तौर पर ब्रिटेन को फिलिस्तीन के लिए अधिदेश प्रदान किया।

फिलिस्तीन में यहूदियों का एक राष्ट्रीय घर होगा, यह अब सिर्फ ब्रिटिश नीति ही नहीं थी, यह अब प्रथम विश्वयुद्ध के विजेताओं की स्पष्ट स्थिति थी।

फिलिस्तीनी अरब बेहद नाराज थे। उन्होंने अपने जाने-पहचाने अंदाज में हिंसा के साथ जवाब दिया। 1920 में यरुशलम में हुए दंगों में अरबों ने छह यहूदियों को मार डाला और कई अन्य को घायल कर दिया। 1921 जाफा में दंगे हुए, जो जल्द ही और स्थानों पर फैल गए, इनकी चपेट में आकर चार दर्जन यहूदियों को अपनी जान गँवानी पड़ी, जिनमें योसेफ चेन ब्रैमर भी शामिल थे।

गौर करनेवाली बात यह है कि इन दंगों ने इजराइल की संभावित सेना की प्रारंभिक शुरुआत का भी रास्ता साफ किया। 'यहूदी रक्षा संगठन' कुछ दशक पहले से ही मौजूद थे। 1907 में इन समूहों के प्रारंभिक लोगों में से एक बार-गियोरा, जो एक छोटा सा गैरकानूनी गार्ड समूह था, की स्थापना की गई। बार-गियोरा और इसके जैसे अन्य यहूदियों के ऐसे छोटे समूह थे, जो धन के बदले गार्ड के रूप में अपनी सेवाएँ प्रदान करते थे; बार-गियोरा ने सेजेरा (जिसे आज इलानिया कहा जाता है), वह बस्ती, जहाँ बेन-गुरियन ने फिलिस्तीन पहुँचने के तुरंत बाद खेतों में काम किया था, की रक्षा की। दो साल बाद 1909 में एक बड़े रक्षा समूह 'हाशोमर' ('द वॉचमैन') को विकसित करने के लिए बार-गियोरा को भंग कर दिया गया। हाशोमर ने यहूदियों और उनके गाँवों को सुरक्षा प्रदान करने के लिए अपने दायरे का विस्तार करना शुरू कर दिया। ये फिलिस्तीन में यहूदी समुदायों की संगठित रक्षा करने का पहला प्रयास था।

हाशोमर ने यहूदी खेतों पर काम करनेवाले अरब रक्षकों को भी बदलने की योजना बनाई, यहाँ तक कि यूक्रेनी कोसैक गाँवों में खेतों पर चौकीदार रखने को लेकर उसकी बड़ी योजनाएँ थीं, जो आखिरकार व्यर्थ साबित हुईं।[21] फैलती अरब हिंसा को देखते हुए और इस बात को पहचानते हुए कि ब्रिटिश यहूदियों को पर्याप्त सुरक्षा प्रदान नहीं कर पा रहे हैं, यिशुव के नेताओं ने 1921 में यहूदी खेतों और गाँवों की रक्षा के लिए 'हगनाह' ('द डिफेंस') बनाने का फैसला किया। इसने उनके अधिदेश में विस्तार किया और हमलों को रोका तथा उन्हें विफल किया; हालाँकि अपने अस्तित्व के पहले कई वर्षों के दौरान 'हगनाह' केवल अव्यवस्थित रूप से संगठित था और पूरी तरह से प्रभावी भी नहीं था।

यिशुव जबकि अभी खुद की रक्षा करना सीख ही रहा था, उसे भारी कूटनीतिक झटका लगा। 1921 में 'बालफोर घोषणा' के ठीक चार साल बाद और सैन रेमो प्रस्तावों में बालफोर को शामिल किए जाने के एक साल बाद विंस्टन चर्चिल, जिन्हें उपनिवेशों के लिए राज्य सचिव नियुक्त किया गया था और जिन्हें तब तक जियोनीवादियों के मित्र के रूप में देखा जाता था, ने अपने जियोनी सहयोगियों से परामर्श किए बिना मध्य-पूर्व के नक्शे को फिर से बनाने का फैसला किया।[22] उसने फिलिस्तीन के उस हिस्से को उकेरा, जो जॉर्डन नदी के पूर्व में था और ट्रांसजॉर्डन देश (जिसे बाद में जॉर्डन कहा गया) बनाया।[23]

बालफोर और सैन रेमो की यादें अभी भी ताजा थीं और वे जियोनीवादी, जो मैंडेट के मानचित्र को अपने भविष्य के राष्ट्र के नक्शे के रूप में देखकर चल रहे थे, उन्होंने देखा कि उनके भविष्य के देश का तीन-चौथाई हिस्सा अचानक से किसी और को दे दिया गया। उन्होंने जितना सोचा था, यहूदी राष्ट्र उससे कहीं अधिक छोटा होने जा रहा था और वे उस समय इस बात से भी पूरी तरह अनजान थे कि आनेवाले दशकों में यह भी कम हो जाएगा!

जिस समय चर्चिल मैंडेट को विभाजित कर रहे थे, उसी समय यहूदी आप्रवासन और एक यहूदी राज्य के लिए अंतरराष्ट्रीय समर्थन से नाराज फिलिस्तीनी अरबों ने यिशुव पर नए सिरे से हमले शुरू कर दिए। जियोनी नेतृत्व अब यह बात समझा कि उसने अपनी योजनाओं में अरबों की ओर से होनेवाले प्रतिरोध को तो शामिल किया ही नहीं था। अहद हाम ने इस विफलता को सीधे तौर पर संबोधित किया—"हम अरबों के विषय में रेगिस्तान के आदिम पुरुषों के रूप में सोचने के आदी हैं, एक गधे जैसे राष्ट्र के रूप में, जो न तो देखता है और न समझता है कि उसके आसपास क्या हो रहा है, लेकिन यह बहुत बड़ी भूल है।"[24]

हो सकता है कि अहद हाम, जिन्होंने एक अलग राष्ट्र की माँग नहीं की थी, के पास यह मानने के पीछे कोई कारण हो कि यहूदी और अरब मिलकर एक साथ शांतिपूर्ण तरीके से रह सकते हैं; हालाँकि एक अलग यहूदी राष्ट्र के प्रति पूरी तरह से प्रतिबद्ध लोगों के लिए अरबों के साथ तनावपूर्ण होते संबंध और भी अधिक तनावपूर्ण थे। इस बढ़ते तनाव को लेकर और कोई भी इतना अधिक स्पष्ट नहीं था,

जितने ज्वी जाबोटिंस्की थे, जिन्होंने 1923 में दो पैंफलेट, 'द आयरन वॉल' और 'बियॉण्ड द आयरन वॉल' लिखे थे। जाबोटिंस्की ने जोर देकर कहा कि अरबों को कम आँकना एक गलती थी। वे फिलिस्तीन से उतने ही जुड़े हुए थे, जितने उस जमीन के अन्य टुकड़ों पर रहनेवाले लोग उस जमीन को प्यार करते हैं—

> "हमारे शांति के सौदागर हमें इस बात के लिए राजी करने की कोशिश कर रहे हैं कि अरब या तो बेवकूफ हैं, जिन्हें हम अपने वास्तविक लक्ष्यों को छिपाकर बेवकूफ बना सकते हैं या फिर वे भ्रष्ट हैं और उन्हें रिश्वत देकर, सांस्कृतिक और आर्थिक लाभ के बदले फिलिस्तीन के उनके दावे को हमारे लिए छोड़ने के लिए मनाया जा सकता है। मैं फिलिस्तीनी अरबियों को लेकर उनकी इस धारणा को अस्वीकार करता हूँ। सांस्कृतिक तौर पर वे हमसे पाँच सौ वर्ष पीछे हैं, उनके पास न तो हमारे जैसा धैर्य है और न ही दृढ़ संकल्प; लेकिन वे भी हमारे जितने ही अच्छे मनोविज्ञानी हैं; साथ ही सदियों के शानदार वाद-विवाद ने उनके मस्तिष्क को भी उतना ही तेज कर दिया है, जितने हमारे हैं। हम अपने ध्येय की सरलता को लेकर उन्हें चाहे जो कुछ भी बताएँ, उन्हें हलका करके आँकें या फिर उन्हें अपने शब्दजाल में फँसाने के लिए कितने भी मीठे बोल बोलें, लेकिन उन्हें पता है कि हम क्या चाहते हैं और इसके साथ ही हमें यह बात भी अच्छी तरह से पता है कि वे क्या नहीं चाहते हैं! वे फिलिस्तीन के प्रति उसी सहज प्रेम को महसूस करते हैं, जैसा कि पुराने एज्टेक ने प्राचीन मेक्सिको के लिए महसूस किया था और सिओक्स ने अपने रोलिंग प्रेयरीज के लिए महसूस किया था।"[25]

उन्होंने कहा कि इसका मतलब यह हुआ कि अरब कभी भी जियोनीवादियों के साथ समझौता करने के लिए आगे नहीं आएँगे। जियोनीवादियों को अगर फिलिस्तीन में अपने पाँव जमाने हैं, तो उन्हें अरब हिंसा का सामना बेहद कड़ाई के साथ करना होगा—

> इसका मतलब यह नहीं है कि फिलिस्तीनी अरबों के साथ कोई समझौता नहीं हो सकता। हाँ, एक स्वैच्छिक समझौते तक पहुँचना असंभव था, जब तक अरबों के मन में इस बात की भावना रहेगी कि हमसे छुटकारा पाने की संभावना न के बराबर है, वे इस आशा को मीठे शब्दों या फिर

रोजी-रोटी के बदले छोड़ने से इनकार कर देंगे, क्योंकि वे कोई भीड़ नहीं हैं, बल्कि जीते-जागते मनुष्य हैं और जीते-जागते मनुष्य इस प्रकार के महत्त्वपूर्ण मामलों में तभी दखल देते हैं, जब उन्हें हमसे छुटकारा पाने की संभावना न के बराबर होती है, क्योंकि वे लोहे की उस दीवार को पार नहीं कर सकते। वे अपने चरमपंथी नेताओं को तब तक नहीं छोड़ेंगे, जिनका नारा है—'कभी नहीं!'[26]

आनेवाले दशकों में जिसे इजराइल के राजनीतिक अधिकार की मार्गदर्शक भावना बनना था, जाबोटिंस्की बोले, "इस प्रकार के एक समझौते तक पहुँचने का एकमात्र तरीका लोहे की एक ऐसी दीवार है, जो फिलिस्तीन में एक मजबूत शक्ति है, जो किसी भी अरब दबाव के लिए जिम्मेदार नहीं है। दूसरे शब्दों में कहें तो भविष्य में एक समझौते तक पहुँचने का एकमात्र तरीका वर्तमान में एक समझौते की माँग करने के सभी विचारों को त्याग देना है।"[27]

बदकिस्मती से जाबोटिंस्की दूरदर्शी साबित हुए। जल्द ही प्राचीन यहूदी समुदाय को पूरी तरह से नष्ट कर देनेवाली हिंसा की एक नई लहर भड़क उठी।

यरुशलम में टेंपल माउंट को लेकर महीनों से तनाव व्याप्त था। सितंबर 1928 में यहूदियों ने पश्चिमी दीवार के सामने एक अस्थायी अवरोध बनाया, ताकि यहूदी परंपरा के अनुसार पुरुष और महिलाएँ योम किप्पुर पर अलग-अलग प्रार्थना कर सकें। इसके प्रत्युत्तर में बड़े मुफ्ती, हज अमीन अल-हुसैनी ने पश्चिमी दीवार पर यहूदी गतिविधियों पर रोक लगाने की माँग की, जिससे उकसावे का एक कृत्य शुरू हुआ, जिसने भविष्य में स्थितयों को और बिगाड़ने का काम किया।[28]

यहूदियों द्वारा 'अल-हरम अल-शरीफ' ('नोबल सेंचुरी', जिसे यहूदी टेंपल माउंट के रूप में जाना जाता था) की रूपरेखा तैयार करने की अफवाहें फैलने लगी थीं, साथ ही 'डोम ऑफ द रॉक'* के स्थल की क्षति किए जाने की झूठी बातें

* यहूदियों द्वारा टेंपल माउंट पर कब्जा करने या मसजिदों को नष्ट करने की अफवाहों ने अरब-यहूदी संघर्ष में आग में घी का काम किया और दोनों समुदायों के बीच हिंसा की शुरुआत से ही भड़कानेवाली साबित हुईं। 1929 में इन अफवाहों ने हेब्रोन के सदियों पुराने यहूदी समुदाय को नष्ट कर दिया, जिसने अरब-यहूदी संघर्ष को और भड़काने का काम किया। 2000 में तत्कालीन एम.के. एरियल शेरोन (उन्होंने किसी भी मसजिद में प्रवेश नहीं किया) द्वारा टेंपल माउंट की एक घोषित और कानूनी यात्रा ने मुसलमानों को नाराज कर दिया, जिसे यासिर अराफात ने 2000 से 2004 तक चलनेवाले दूसरे इंतिफादा को हटाने के बहाने के रूप में इस्तेमाल किया और

फैली थीं; मुसलमान नेताओं ने दावा किया कि यह 'नुकसान' यहूदियों द्वारा किया गया था।[29] शुक्रवार 23 अगस्त, 1929 को अरब युवकों ने हेब्रोन में येशिवा छात्रों पर पत्थर फेंके। उस दिन जब शमूएल रोसेनहोल्ट्ज नाम का एक युवक अकेले येशिवा के पास गया, तब अरब जबरन इमारत में घुस गए और उसे मार डाला। वह दंगों में मरनेवाले दर्जनों लोगों में से पहला व्यक्ति था।

अगली सुबह यहूदी सब्त के दिन डंडों, चाकुओं और कुल्हाड़ियों से लैस अरबों की भीड़ ने हेब्रोन के यहूदी समुदाय को चारों ओर से घेर लिया। अरब महिलाओं और बच्चों ने यहूदियों पर पत्थर फेंके, जबकि पुरुषों ने यहूदी घरों में तोड़-फोड़ की और यहूदियों की संपत्ति को नष्ट कर दिया। दंगाइयों ने समुदाय के रब्बियों में से एक की ओर रुख किया, जिसके घर में डरे हुए कई यहूदी छिपे हुए थे, उसके सामने शर्त रखी, अगर रब्बी अश्केनाजी यहूदियों को उनके हवाले कर दे तो वे उसको बख्श देंगे। उसके इनकार करने पर यहूदियों ने उनकी हत्या कर दी। इसके बाद हुआ दंगा बहुत जल्दी हेब्रोन से बाहर भी फैल गया। इस उपद्रव के अंत तक 133 यहूदियों को अपनी जान से हाथ धोना पड़ा, जिनमें से 67 की मौत सिर्फ हेब्रोन में ही हुई थी।[30] इस नरसंहार में बचनेवाले सैकड़ों यहूदियों की जान उनके अरब पड़ोसियों ने बचाई थी, जिनमें से कुछ ने अपनी जान को जोखिम में डालते हुए कुछ यहूदियों को अपने घरों में छिपा लिया था।[31] इसके बावजूद हेब्रोन यहूदी समुदाय, जिसे चार सदियों पहले स्पेन के यहूदी शरणार्थियों द्वारा स्थापित किया गया था और जो दुनिया के सबसे पुराने यहूदी समुदायों में से एक था,[32] पूरी तरह से नष्ट हो गया।

किशिनेव फिलिस्तीन आए थे। 1929 के अरब दंगों और हिब्रोन यहूदी समुदाय के बड़े पैमाने पर हुए नरसंहार के प्रतिक्रियास्वरूप यिशुव ने अपनी अर्धसैनिक क्षमताओं को विकसित करना शुरू किया। 'हगनाह' ने विदेशी हथियार हासिल किए और अपने खुद के हथियार भी बनाए। आखिरकार, इसने पच्चीस

हजारों लोगों को अपना शिकार बनाया। वर्ष 2015 में इन (झूठी) अफवाहों ने कि इजराइल ने उस यथास्थिति को बदलने की योजना तैयार की है, जो इस बात को तय करती है कि कौन टेंपल माउंट की यात्रा कर सकता है और कौन वहाँ प्रार्थना कर सकता है, लोगों को भड़काने का काम किया, जिसके बाद अरबों ने एक बार फिर यहूदियों को चाकू से गोदना और गोली मारना तथा उन्हें अपने वाहनों से टक्कर मारना शुरू कर दिया।

हजार पुरुष और महिला स्वयंसेवकों से सुसज्जित बीस शाखाएँ स्थापित कीं। इसने अपेक्षाकृत बेहद कम समय में ही खुद को एक अप्रशिक्षित सेना से एक सुव्यवस्थित भूमिगत बल में बदल दिया। इस तरह एक यहूदी सेना तैयार होने लगी थी।

उसी समय 'हगनाह' ने 'हवलगाह' या 'रिस्ट्रेंट' नामक नीति अपनाई। इसके लड़ाकों को और कुछ नहीं, बल्कि सिर्फ यहूदी समुदायों की रक्षा करने का निर्देश दिया गया था। वे अपनी पूरी क्षमता के साथ हमलों को रोक सकते थे, लेकिन हमले की योजना बनाए जाने की जानकारी मिलने से पहले कोई काररवाई नहीं कर सकते थे।[33]

फिलिस्तीन में यहूदियों पर अरब हिंसा के बढ़ने के साथ 'हवलगाह' की नीति विवादास्पद हो गई। जाबोटिंस्की ने 'द आयरन वॉल' में लिखा था कि जियोनीवादियों को हिंसा का जवाब हिंसा के साथ देने की आवश्यकता है और यिशुव में जो स्थितियाँ थीं, वे उन्हें पूरी तरह से सही साबित कर रही थीं। 1931 में जाबोटिंस्की से पूरी तरह से प्रभावित लड़ाकों का एक समूह 'हगनाह' से अलग हो गया। उन्होंने अपना एक अलग लड़ाका गुट स्थापित किया। वे अब अपने ऊपर हमला होने का इंतजार नहीं करते थे, बल्कि दुश्मन के हमला करने से पहले ही उसपर टूट पड़ते थे। समूह को पहले 'हगनाह बेट' (हगनाह 'बी') कहा जाता था। बाद में इसने अपना नाम बदलकर 'इरगुन त्जवाई लेउमी' ('राष्ट्रीय सैन्य संगठन') कर लिया और इसे 'इरगुन'* के नाम से जाना जाता था। प्रारंभ में इसके अधिकांश लड़ाके जाबोटिंस्की के संशोधनवादी आंदोलन या बेतर के सदस्य थे; वास्तव में जाबोटिंस्की समूह के सर्वोच्च कमांडर थे और ब्रिटिशों द्वारा उन्हें फिलिस्तीन से निर्वासित किए जाने के बाद से यह एक शक्तिहीन अधिकारी का पद था। उन्होंने 1940 में अपनी मृत्यु तक उस उपाधि को बरकरार रखा।

'हगनाह' की तुलना में बल के उपयोग के लिए 'इरगुन' एक बहुत अलग अभिविन्यास था। 'हतिक्वाह' के विपरीत, मुख्यधारा के जियोनीवाद का गान

---

* 'इरगुन' को एट्ज़ेल के रूप में भी जाना जाता था, जो इब्रानी शब्द इरगुन तजवाई लेउमी के लिए एक संक्षिप्त शब्द है।

(हगनाह जिसका हिस्सा था), जिसमें युद्ध या लड़ाई का उल्लेख नहीं है, बेतार का गान (जाबोटिंस्की के विश्वदृष्टि का प्रतिबिंब और यिशुव तथा इजराइली राजनीति में उनका अनुसरण करनेवाले उनके शिष्यों की स्थिति) यदि आवश्यक हो तो युद्ध के माध्यम से यहूदी लोगों को बचाने के लिए स्पष्ट रूप से प्रतिबद्ध था—

हर बाधा के सामने
चढ़ाई के समय और असफलताओं के समय में
आग अभी भी जल सकती है
विद्रोह की लौ के साथ
मौन के लिए गंदगी है
बलिदान रक्त और आत्मा
छिपी महिमा के लिए
मरना या पहाड़ को जीतना
योदफत, मसादा, बेतारो।

एक तरफ जहाँ यिशुव के यहूदी धीरे-धीरे अपना बचाव करना सीख रहे थे, तो वहीं दूसरी तरफ यूरोप में यहूदी और भी अधिक असुरक्षित होते जा रहे थे। प्रथम विश्वयुद्ध जितना भीषण था, यहूदियों के लिए उससे कहीं अधिक विनाशकारी युद्ध छिड़नेवाला था। किशिनेव और हेब्रोन में जो हिंसा भड़की थी, वह जल्द ही यूरोप में होनेवाली घटनाओं से कमतर होनेवाली थी। यहूदी लोगों द्वारा अनुभव किया जानेवाला अब तक का सबसे काला, सबसे भयानक समय सामने आनेवाला था।

□

6

अगर वे जा भी सकते हों तो जाने के लिए कोई स्थान नहीं

"हम अंग्रेजों के साथ मिलकर हिटलर के खिलाफ ऐसे लड़ेंगे, जैसे कोई श्वेत-पत्र ही न हो; हम श्वेत-पत्र से ऐसे लड़ेंगे जैसे कोई युद्ध ही न हो।"

—**डेविड बेन-गुरियन,** 1939 में

एडोल्फ हिटलर ने 1925 में 'मीन कैम्फ' प्रकाशित की। उसने लिखा कि यहूदी पूरी दुनिया पर कब्जा करने का इरादा रखते हैं और एक बार ऐसा होने पर वे मानवता को नष्ट कर देंगे। "अगर यहूदी बाकी दुनिया पर विजय प्राप्त कर लेते हैं, तो उनका मुकुट होगा मानवता का अंतिम संस्कार और यह ग्रह, जैसे कि हजारों वर्ष पूर्व हुआ था, बिना पुरुषों के ईथर के समान हो जाएगा।"

हिटलर ने घोषणा की कि जियोनीवाद यहूदी साजिश का एक हिस्सा है—

"जिस समय जियोनी पूरी दुनिया को यह विश्वास दिलाने की कोशिश कर रहे थे कि यहूदियों की नई राष्ट्रीय चेतना फिलिस्तीन में एक यहूदी राज्य की स्थापना से संतुष्ट होगी, तब ऐसा करते हुए यहूदी सीधे-सादे लोगों को धोखा देने के लिए एक और तरीका अपना रहे थे। अपने रहने के लिए फिलिस्तीन में एक यहूदी राज्य स्थापित करने का उनका जरा सा भी इरादा नहीं है। वे वास्तव में अपनी अंतरराष्ट्रीय ठगी और धोखाधड़ी के लिए एक केंद्रीय संगठन स्थापित करना चाहते हैं।"[1]

जनवरी 1933 में हिटलर को जर्मनी का चांसलर नियुक्त किया गया। मार्च

के महीने में चुनाव आयोजित करवाए गए और रैहस्टाग में नाजी सबसे बड़े दल के रूप में सामने आए। यह देखते हुए कि हिटलर ने लगभग एक दशक पहले 'मीन कैम्फ' प्रकाशित की थी, जर्मनों के पास यह समझने का हर कारण था कि उन्होंने क्या चुना है! डेविड बेन-गुरियन ने भविष्यवाणी की—"यहूदी लोग राष्ट्रीय घृणा, दमन, स्वतंत्रता के इनकार और तानाशाही के मजबूत होने के पहले शिकार होंगे।"[2]

डेविड ग्रुएन, जिन्होंने बाद में अपना नाम बदलकर डेविड बेन-गुरियन कर लिया, का जन्म 1886 में छोटे शहर प्लोंस्क (अब पोलैंड में, लेकिन रूसी साम्राज्य का हिस्सा) में हुआ था। कई शुरुआती जियोनी नेताओं की तरह, उनका पालन-पोषण एक धार्मिक परिवार में हुआ था, जो धर्मनिरपेक्ष अध्ययन और जियोनीवाद के लिए प्रतिबद्ध थे। एक छोटे बच्चे के रूप में उन्होंने अपने घर में अपने पिता को होवेवी सियोन बैठकों की मेजबानी करते हुए देखा। उन बैठकों से प्रभावित होकर और बाद में अब्राहम मापू के 'बाइबल' आधारित और सियोन-इच्छुक उपन्यास 'द लव ऑफ सियोन' से प्रभावित होकर युवा ग्रुएन—जो 'बाइबल' में एक यहूदी राज्य के नैतिक आधार के लिए एक कार्यक्रम देखने आया—एक पक्का जियोनी बन गया।

सत्रह वर्ष की आयु में ग्रुएन को छठी जियोनी कांग्रेस की युगांडा योजना के बारे में पता चला तो वह इस बात से बेहद खिन्न था कि यह आंदोलन यहूदी लोगों की पैतृक मातृभूमि में एक यहूदी राज्य की धारणा को छोड़ने पर भी विचार करेगा। वे आखिर में इस नतीजे पर पहुँचे कि फिलिस्तीन में एक यहूदी राज्य बनाने के लिए काररवाई की आवश्यकता है, शब्दों की नहीं; और ग्रुएन ने फिलिस्तीन जाने का फैसला किया।

आखिरकार ग्रुएन 7 सितंबर, 1906 को जाफा के बंदरगाह—वही बंदरगाह, जिसे हर्जेल ने 'अल्टन्यूलैंड' में वर्णित किया था—पर पहुँचे और इसके कुछ समय बाद वे पेटाच टिकवाह में संतरों के बागानों में काम कर रहे थे। वे इस बात को माननेवाले थे कि शारीरिक श्रम यहूदी राष्ट्र के निर्माण की कुंजी है (ए.डी. गॉर्डन की परंपरा का पालन करते हुए), वे अलग-अलग बागानों में काम करते हुए गैलिली तक पहुँच गए। 1910 में वे पोली सियोन की आधिकारिक पत्रिका

'अचदुत' (एकता) के संपादकीय मंडल में सेवा प्रदान करने के लिए यरुशलम चले गए। उन्होंने जब वहाँ अपना पहला लेख प्रकाशित किया तो उन्होंने अपने नए अपनाए हुए और हिब्रू अंतिम नाम 'बेन-गुरियन' के अंतर्गत किया।

फिलिस्तीन में तुर्कों के नियंत्रण को देखते हुए बेन-गुरियन इस नतीजे पर पहुँचे कि अगर उन्हें यिशुव का नेतृत्व करने में कोई भूमिका निभानी है, तो उन्हें तुर्की शिक्षा की आवश्यकता है। 1911 में उन्होंने कानून का अध्ययन करने के लिए फिलिस्तीन से तुर्की के लिए प्रस्थान किया (हालाँकि उन्होंने डिग्री पूरी नहीं की) और फिर मार्ग-प्रशस्त करनेवाले आंदोलन के प्रचार के लिए तथा पोएले सियोन सम्मेलनों में भाग लेने के लिए अमेरिका जाते रहे। न्यूयॉर्क में रहते हुए वे पाउला मुनवेस से मिले और 1917 में उन्होंने उनसे शादी कर ली। उनके एक बेटा और दो बेटियाँ हुईं।

'बालफोर घोषणा' के बाद गुरियन ने तुर्कों के प्रति अपनी निष्ठा बदलकर ब्रिटिशों की ओर कर ली। वे ब्रिटिश सेना की यहूदी लड़ाकू टुकड़ी में शामिल हो गए और फिलिस्तीन अभियान में ब्रिटिशों की ओर से तुर्कों के खिलाफ लड़े, हालाँकि उन्होंने पोएले सियोन के साथ काम करना जारी रखा। उन्होंने अपना खुद का राजनीतिक दल 'अचदुत हावोडा' ('श्रम की एकता') भी शुरू किया, जो उस दल के विभाजन के बाद पोली सियोन के अधिकांश वामपंथी सदस्यों से मिलकर बना था। 1921 में बेन-गुरियन यिशुव के श्रमिक संघ 'हिस्ताद्रुत' के सचिव बने। उन्होंने तेरह वर्षों तक 'हिस्ताद्रुत' का नेतृत्व किया और इस दौरान यिशुव के वरिष्ठ सदस्य के रूप में अपना स्थान मजबूती से स्थापित किया। जिस समय तक उन्होंने 1933 की यूरोप की आपदा की भविष्यवाणी की, तब तक वे व्यापक रूप से यिशुव की आधिकारिक आवाज के रूप में पहचाने जाने लगे थे।

यूरोप पर मँडरा रहे आतंक के बादलों ने यिशुव में परस्पर विरोधी भावनाओं को जन्म दिया। जो कुछ सामने आ रहा था, उसने काफी हद तक उनके डर को ठीक साबित किया था, जो लोग फिलिस्तीन आ गए थे; इसने इतिहास की उनकी पूर्वाभास की भावना को सटीक साबित किया था, हालाँकि यह निस्संदेह यिशुव में उन लोगों के लिए मान्यता का एक उपाय प्रदान करता है, जो पहले यूरोप छोड़

चुके थे। फिलिस्तीन में रहनेवाले कई यहूदी यूरोपीय यहूदियों की सहायता के लिए हरसंभव प्रयास करने के लिए प्रतिबद्ध थे।

उनमें से कुछ को उम्मीद थी कि आर्थिक दबाव लागू करने और जर्मनी का बहिष्कार करने से हिटलर का शासन नरम पड़ सकता है और वह अपनी बढ़ती यहूदी-विरोधी नीतियों, जो तब तक जानलेवा नहीं हुई थीं, से पीछे हट सकता है। जाबोटिंस्की को इस बात की उम्मीद थी कि अगर एक संयुक्त यहूदी मोर्चा जर्मनी को भारी आर्थिक नुकसान पहुँचा सकता है, तो यह जर्मनी में नागरिक अधिकारों को बरकरार रखने के साथ-साथ यहूदी मुक्ति को बढ़ावा भी दे सकता है।[3]

हालाँकि अधिकांश यिशुव जर्मनी के बहिष्कार के खिलाफ था। उन्होंने इस बात पर जोर दिया कि नाजी जर्मनी से निबटने का सबसे प्रभावी तरीका सीधी बातचीत है। उनके ऐसा मानने के पीछे कई कारण थे। यिशुव को इस बात का डर था कि बहिष्कार जर्मनी को और अधिक नाराज कर सकता है और वहाँ रहनेवाले यहूदियों के लिए स्थितियाँ और भी विकट हो सकती हैं; इसके अलावा उन्हें इस बात की भी उम्मीद थी कि जर्मनों के साथ वार्त्ता जर्मनी के यहूदियों के यिशुव में आप्रवासन को प्रोत्साहित कर सकती है।

बहिष्कार ने यिशुव के इतिहास की एक और विचित्र घटना को जन्म दिया, जो आज भी पूरी तरह से रहस्य ही बनी हुई है। चौम अर्लासोरॉफ, जो उस समय यहूदी एजेंसी के राजनीतिक विभाग के प्रमुख और विदेश मंत्री थे, 1924 में नरसंहार से बचने के लिए अपने परिवार के साथ यूक्रेन से तेल अवीव चले गए थे। फिलिस्तीन के रास्ते में उन्होंने जर्मनी में समय बिताया, जहाँ उन्होंने अर्थशास्त्र में पी-एच.डी. की डिग्री हासिल की।

जर्मनी में रहने के दौरान उनका प्रेम-प्रसंग माग्दा रिशेल नामक एक महिला से था, जिसने आगे चलकर जर्मनी के अफवाह फैलानेवाले कुख्यात मंत्री जोसफ गोएबल्स से शादी की। जून 1933 में यिशुव के नेतृत्व के शीर्ष पर पहुँचने के बाद अर्लोसोरॉफ जर्मन अधिकारियों के साथ बातचीत करने के लिए जर्मनी लौट आए और ऐसा करने के लिए उन्होंने संभवतः अपनी पूर्व नौकरानी के संपर्कों की मदद ली, ताकि वे उन लोगों तक पहुँच बना सकें, जिनसे उनका मिलना आवश्यक था।[4] जर्मनी में उनका मिशन 'हावराह' ('स्थानांतरण समझौता') नामक एक

योजना को आगे बढ़ाना था, जो जर्मन यहूदियों को अपनी सारी संपत्ति जब्त करवाए बिना जर्मनी छोड़ने की अनुमति देता। जर्मनी से आनेवाले यहूदी अपना पैसा उस फंड में जमा करेंगे, जो फिलिस्तीनी बैंकों को उपलब्ध कराया गया था। इसके बाद वे बैंक जर्मन सामान खरीदेंगे, जिन्हें फिलिस्तीन भेजा गया था। फिलिस्तीन में व्यापारी उस सामान को खरीदता और खरीद से प्राप्त पैसा जर्मनी से आए यहूदियों को वापस कर दिया जाता।[5] इसमें सभी का फायदा होता दिखाई दे रहा था। जर्मनी को उन यहूदियों से छुटकारा मिल गया, जो उसे पसंद नहीं थे, यिशुव को आप्रवासियों की आमद से फायदा हुआ, जर्मनी छोड़नेवाले यहूदी अपनी कुछ संपत्ति रख सकते थे और फिलिस्तीन जर्मन सामान आयात करने में सक्षम था, जिसकी उसे सख्त जरूरत थी। करीब बीस हजार जर्मन यहूदियों ने इस योजना का लाभ उठाया, इससे 30 मिलियन डॉलर जर्मनी से यिशुव चले गए।

फिर भी जैसे-जैसे जर्मनी ने अपने यहाँ यहूदियों पर शिकंजा कसा, 'स्थानांतरण समझौता' तेजी से विवादास्पद होता गया। कई लोगों ने कहा कि अर्लासोरॉफ ने शैतान के साथ एक समझौता किया है। बेन-गुरियन ने आव्रजन को बढ़ाते हुए यिशुव को बनाए रखने के साधन के रूप में योजना का बचाव किया, लेकिन अन्य लोगों का मानना था कि जर्मनी का बहिष्कार किया जाना चाहिए था और 'स्थानांतरण समझौता' बहिष्कार के प्रभाव को कमजोर कर देता। जाबोटिंस्की ने 'स्थानांतरण समझौते' के खिलाफ आवाज उठाई; उन्होंने इसे जर्मनी के आर्थिक अलगाव को कमजोर करने का एक मूर्खतापूर्ण प्रयास माना। संशोधनवादी अखबार 'हाजिट हाम' (द पीपल्स फ्रंट) ने 16 जून, 1933 को एक कॉलम प्रकाशित किया, जिसमें अर्लासोरॉफ के समझौते की निंदा की गई थी और यह चेतावनी दी गई थी कि यहूदी लोग 'जानते हैं कि इस घिनौने कृत्य का जवाब कैसे देना है।' इस लेख में अर्लासोरॉफ को व्यक्तिगत रूप से निशाना बनाया गया था।[6]

बाद में उसी रात चौम अर्लासोरॉफ और उनकी पत्नी सीमा तेल अवीव के समुद्र तट पर टहलने गए। अँधेरे में दो आदमी उनके पास आए और उनमें से एक ने अर्लासोरॉफ के चेहरे पर टॉर्च की रोशनी डाली, जबकि दूसरे ने बंदूक निकाली और उन पर गोली चला दी। अर्लासोरॉफ को तुरंत अस्पताल ले जाया गया, लेकिन कुछ ही घंटों के भीतर उनकी मृत्यु हो गई।

जाबोटिंस्की की संशोधनवादी पार्टी को तुरंत ही हत्या का दोषी ठहराया जाने लगा। दो दिन बाद सीमा द्वारा टॉर्चवाले व्यक्ति के रूप में पहचाने जाने के बाद संशोधनवादी आंदोलन के संगठन बेतर के एक सदस्य अवराम स्टावस्की को गिरफ्तार किया गया। दो अन्य संशोधनवादियों को भी गिरफ्तार किया गया, एक साथी के रूप में और दूसरा बंदूकधारी के रूप में। वामपंथियों ने जाबोटिंस्की पर बंदूक 'उपलब्ध' करवाने, साथ ही पूरी योजना बनाने का आरोप लगाया। इसके बदले में जाबोटिंस्की ने उन तीनों के बचाव में जबरदस्त प्रयास किया। स्टाव्स्की, जिन्हें शुरू में दोषी ठहराया गया था और मौत की सजा सुनाई गई थी, को जुलाई 1934 में फिलिस्तीन में ब्रिटिश कोर्ट ऑफ अपील्स द्वारा सजा को पलट दिए जाने के बाद रिहा कर दिया गया।

इसके लिए किसी और को दोषी नहीं ठहराया गया और अर्लासोरॉफ की हत्या अभी तक एक रहस्य बनी हुई है, हालाँकि उनकी हत्या ऐसी अंतिम घटना नहीं होगी, जिसमें यहूदियों ने एक यहूदी राज्य में राजनीतिक असहमति के चलते एक यहूदी को मार डाला।

जैसा कि यिशुव के कुछ सदस्यों ने अनुमान लगाया था, यूरोप में बिगड़ती स्थिति वास्तव में आप्रवास के लिए एक वरदान थी। अरब हिंसा कम हो गई थी और यिशुव का बुनियादी ढाँचा विकसित हो रहा था। फिलिस्तीन में जीवन धीरे-धीरे आसान होता जा रहा था, क्योंकि संयुक्त राज्य अमेरिका ने अपने आव्रजन प्रतिबंधों को कड़ा कर दिया था (यू.एस.एस.आर. ने भी ऐसा ही किया था, हालाँकि यहूदी शायद ही वहाँ जाने के लिए संघर्ष कर रहे थे), 1930 के दशक तक फिलिस्तीन यहूदी पलायन का मुख्य गंतव्य बना रहा था। यहूदी एजेंसी ने पैसे की कमी और सरकार के दबाव में फिलिस्तीन में आनेवाले आप्रवासियों की संख्या को सीमित कर दिया। आप्रवास के लिए 'प्रमाण-पत्र' आवश्यक थे; उनके लिए प्रतिस्पर्धा कभी-कभी बेहद नाजुक हो जाती थी और आरोप लगते थे कि एजेंसी धनी वर्गों को स्वीकार कर रही थी, जिनके बेन-गुरियन के राजनीतिक विचारों का समर्थन करने की अधिक संभावना दिखाई देती थी। आप्रवासन एक भयावह विषय था, जो किसी भी पल फूट सकता था; यह इजराइल के पूरे इतिहास के दौरान ऐसा ही रहा।

एक तरफ जहाँ चौथे आलियाह (1924-1929) में मुख्यत: मध्यम वर्ग, शहरों में निवास करनेवाले पोलिश आप्रवासी शामिल थे, वहीं पाँचवें आलियाह (1932-1936) में शामिल होनेवालों के बारे में ऐसा माना जा रहा था कि वे सुशिक्षित, धनी जर्मन हो सकते हैं, जो यूरोप के तेजी से डरावने होते यहूदी विरोधी माहौल से बाहर निकलने को बेताब होंगे; हालाँकि पाँचवें आलियाह के अधिकांश आप्रवासी उनसे पहले के एलियट के सदस्यों की ही तरह मध्य और पूर्वी यूरोप से थे। आप्रवासियों की संख्या में भी लगातार इजाफा होता जा रहा था। 1934 में एक बार यह बात स्पष्ट होने के बाद कि हिटलर की यहूदी विरोधी गतिविधियाँ सिर्फ तेज ही होंगी, यिशुव ने उस समय तक एक वर्ष में अब तक की सबसे अधिक संख्या में आप्रवासियों को देखा; करीब बयालीस हजार यहूदी इजराइल पहुँचे। यिशुव धीरे-धीरे यहूदियों के एक ऐसे जनसमूह की ओर बढ़ रहा था, जिसे राज्य का दर्जा दिए जाने की आवश्यकता होगी।

चैम नचमन बियालिक ने जब किशिनेव नरसंहार के बाद 'द सिटी ऑफ स्लॉटर' पुस्तक की रचना की थी, उस समय न तो उन्होंने और न ही उनके पाठकों ने उस अँधेरे की कल्पना तक की थी, जिसमें यूरोप डूबनेवाला था। बियालिक अंतत: 1921 में जर्मनी छोड़कर रूस आ गए और उसके बाद 1924 में वे फिलिस्तीन चले गए। एक बार फिलिस्तीन पहुँच जाने के बाद बियालिक ने खुद को बड़े सार्वजनिक मामलों के लिए समर्पित कर दिया और पहले की तुलना में बहुत कम लिखा, लेकिन वे पूरी पीढ़ी की आवाज बने रहे। 1934 की गरमियों में बियालिक प्रोस्टेट सर्जरी कराने के लिए वियना पहुँचे। सर्जरी विफल होने के बाद 4 जुलाई, 1934 को उनकी मृत्यु हो गई।

यिशुव के प्रतिष्ठित कवि के अंतिम संस्कार के दौरान पूरा तेल अवीव शहर बंद रहा। बड़े-बड़े पोस्टरों के जरिए अंतिम संस्कार के समय की घोषणा की गई और मध्य-पूर्व की जलानेवाली गरमी के बावजूद हजारों लोग ज़ुलूस के रूप में सड़कों पर उतर आए और 1922 में एलीएजर बेन-येहुदा के सामूहिक अंतिम संस्कार की याद को ताजा कर दिया। धार्मिक और धर्मनिरपेक्ष, अशकेनाजिम और मिज्राचिम—वे न केवल तेल अवीव से, बल्कि पूरे फिलिस्तीन से आए थे। नीले

और सफेद झंडे, जिन पर काले रिबन लगे हुए थे, लगभग हर इमारत पर दिखाई दे रहे थे। बियालिक के ताबूत को स्थानीय कब्रिस्तान ले जाया गया, जहाँ उन्हें दफनाया गया। उनके दाहिनी ओर अहद हाम और बाईं ओर चौम अर्लासोरॉफ की कब्रें स्थित थीं। राजनीतिक कार्यकर्ता (अर्लासोरॉफ), कवि (बियालिक) और दार्शनिक (अहद हाम) कंधे-से-कंधा मिलाकर लेटे थे—जियोनीवाद की गहरी बौद्धिक जड़ों और कई अलग-अलग आवाजों, साथ ही महत्त्वपूर्ण क्षणों में उन कई धाराओं की एक साथ आने की एक उपयुक्त छवि।

1935 में नाजियों ने नूर्नबर्ग कानून पारित किया, जिसने जर्मन यहूदियों की नागरिकता छीन ली और यहूदियों एवं अन्य जातियों के बीच विवाहेतर यौन संबंधों को भी अवैध कर दिया। फिलिस्तीन में आप्रवासन 61,000 यहूदियों के साथ एक और सार्वकालिक उच्च स्तर पर पहुँच गया। 1933 और 1936 के बीच कुल मिलाकर फिलिस्तीन की यहूदी आबादी 2,34,967 से बढ़कर 3,84,078 हो गई; यहूदी आबादी का पाँचवाँ हिस्सा थे, अब लगभग एक-तिहाई रह गए थे।

सांस्कृतिक और बौद्धिक विकास का एक वास्तविक विस्फोट यिशुव को बदल रहा था और बहुत जल्दी इसने परंपरा और आधुनिकता, धार्मिक और धर्मनिरपेक्ष यहूदियों, अशकेनाजिम और सेफर्डिम, समाजवादियों और मुक्त-बाजार के शहरवासियों के घालमेल को प्रतिबिंबित किया।

एक यहूदी लोक संस्कृति उभरने लगी थी। उदाहरण के लिए, 1920 के दशक के उत्तरार्ध में तेल अवीव ने क्वीन एस्थर ब्यूटी पेजेंट की मेजबानी की, जो पुरीम की छुट्टी पर केंद्रित था।[7] माहौल को सुधारने के इरादे से आयोजित इस कार्यक्रम में जान-बूझकर एशकेनाजी और मिजराची, दोनों पृष्ठभूमि के प्रतियोगी शामिल थे। एक सौंदर्य प्रतियोगिता से कहीं अधिक प्रतियोगिता का उद्देश्य अधिकारियों को यिशुव के एक अनौपचारिक प्रतिनिधि का चयन करने में मदद करना था। 1929 में यिशुव के धार्मिक तत्त्वों के दबाव के कारण यह पेजेंट बंद कर दिया गया था, लेकिन अब यिशुव को आकार देने और बदलनेवाले यूरोपीय प्रभाव स्पष्ट थे। फिलिस्तीन में आमूल-चूल परिवर्तन आया था; ये पहले से ही उस अविकसित भूमि के पूरी तरह से विपरीत था, जिसमें पहले और दूसरे एलियट ने प्रवास किया था।

1932 में यिशुव ने मैकाबियाह खेलों का उद्घाटन किया, जो नौ दिवसीय खेल आयोजन है, जिसमें जिमनास्टिक, बास्केटबॉल, ट्रैक और फील्ड, तैराकी और टेनिस जैसी श्रेणियों में दुनिया भर के यहूदी पुरुषों और महिलाओं के लिए प्रतियोगिताएँ होती हैं। खेल आयोजन के लिए वैचारिक उद्देश्य भी थे। नोर्डौ के 'शारीरिक रूप से सौष्ठव यहूदी' सबके सामने थे, जबकि अहद हाम की यहूदी संस्कृति के केंद्र के रूप में फिलिस्तीन के दृष्टिकोण को भी बढ़ावा मिला। यिशुव ने यह भी आशा व्यक्त की कि प्रतियोगिता के लिए कई यहूदियों को फिलिस्तीन में लाने से आप्रवासन में वृद्धि होगी।

मंचीय और पारंपरिक, दोनों ही प्रकार का नृत्य यिशुव के जीवन का प्रमुख अंग बन गया। मंचीय नर्तक राष्ट्रीय नृत्य प्रतियोगिता में भाग लेते, जबकि लोक नर्तक तत्कालीन प्रतिष्ठित 'दलिया महोत्सव' में अपनी प्रतिभा का प्रदर्शन करते, जिसे कुछ ही समय पूर्व 1944 में प्रारंभ किया गया था।[8] यिशुव में मात्र एक प्रतियोगिता के रूप में जो शुरू हुआ था, उसने बाद के दशकों तक जियोनी संस्कृति के अधिकांश हिस्से को स्वरूप दिया, क्योंकि 'इजराइली लोक नृत्य' जियोनी संस्कृति की एक केंद्रीय विशेषता बना रहेगा। "इससे पूर्व 1940 के दशक तक इजराइली लोक नृत्य बाहर भेजे जाते थे और इन्हें नए यहूदियों के महत्त्वपूर्ण निशानों के रूप में देखा जाता था। लोक नृत्य इजराइल की पहचान का एक महत्त्वपूर्ण प्रतीक और दुनिया भर में इजराइली संस्कृति के सबसे महत्त्वपूर्ण और सफल निर्यातों में से एक बन गया।"[9]

यिशुव में बौद्धिक और आर्थिक जीवन भी बदलाव के दायरे में आया। जर्मन आप्रवासियों की आमद के कारण हिब्रू विश्वविद्यालय में छात्रों की संख्या में नाटकीय वृद्धि हुई। बैंकिंग और वित्त पूँजी का भी विकास हुआ। चूँकि जर्मन यहूदी और कुछ मध्यम वर्ग के पोलिश यहूदी पर्याप्त धन के साथ फिलिस्तीन आए थे, इसके परिणामस्वरूप फिलिस्तीन में जल्द ही डिपार्टमेंटल स्टोर और महँगे कैफे देखे जा सकते थे। यिशुव में 'स्थानांतरण समझौते' का पैसा (जिसके चलते प्रत्यक्ष रूप से अर्लासोरॉफ की हत्या कर दी गई थी) भी आने लगा था। यहूदियों ने ऐसे स्थानीय अरबों से काफी अधिक मात्रा में भूमि खरीदी, जो नकदी के बदले अपनी संपत्ति बेचने के इच्छुक थे।

इसके बावजूद यिशुव को अपने लिए जो महान् विकास जैसा दिखाई दे रहा था, वही अरबों को गंभीर विस्थापन जैसा प्रतीत हुआ। कई स्थानीय लोगों ने महसूस किया कि यहूदी आप्रवासन के तेजी से बढ़ते ज्वार से उनके जीवन को प्रभावित किया जा रहा है। अरबों की हताशा एक बार फिर हिंसा के रूप में फूट पड़ी।

15 अप्रैल, 1936 को अरबों ने तुलकार्म (जो आज नेतन्या के पूर्व में वेस्ट बैंक है) के पास तीन यहूदी ड्राइवरों को गोली मार दी। उनमें से एक की मौके पर ही मौत हो गई। पाँच दिन बाद एक और की मौत हो गई, जबकि तीसरा बच गया। इस घटना के प्रत्युत्तर में दो दिन बाद एक कट्टरपंथी यहूदी गुट ने पेटाच टिकवा में झोंपड़ी में रहनेवाले दो अरबों की गोली मारकर हत्या कर दी। उसी दिन यहूदी पीड़ितों में से एक के अंतिम संस्कार के दौरान अरब-विरोधी और ब्रिटिश-विरोधी प्रदर्शन भी हुए। एक अरबी की पिटाई की गई और उसे बचाने का प्रयास करनेवाले एक पुलिस अधिकारी का भी यही हश्र हुआ। यहूदियों ने जूते पॉलिश करनेवाले अरब लड़कों की पिटाई की। इसके बाद अरबों की तरफ से पलटवार हुआ। 19 अप्रैल को बेरोजगार किसानों और प्रवासी श्रमिकों ने जाफा पर धावा बोल दिया, जिसमें नौ यहूदियों की मौत हो गई और साठ घायल हो गए। जाफा जल्दी ही पूरी तरह से अराजकता से घिर गया, जिसमें यहूदी और अरब एक-दूसरे की तलाश कर रहे थे और एक-दूसरे से भाग रहे थे। हजारों यहूदी तेल अवीव भाग गए।

1936-1939 का 'अरब विद्रोह' शुरू हो चुका था। अरब समुदाय ने एक बार फिर यहूदी आप्रवासन और यिशुव के विकास का विरोध हिंसा के साथ करने का फैसला किया। इस विरोध के दौरान हिंसा का भड़कना आम बात हो गई थी। अरबों ने उन खेतों और बागानों को आग के हवाले कर दिया, जिन्हें यहूदियों ने साफ किया था और उन पर खेती की थी। उन्होंने यहूदी दुकानों को तहस-नहस कर दिया और उनके घरों पर हमला किया। अरब समुदाय ने यिशुव की अर्थव्यवस्था को नुकसान पहुँचाने के लिए हड़तालें कीं, लेकिन हड़तालों का बिल्कुल विपरीत प्रभाव पड़ा, अरबों ने अनजाने में यहूदी व्यापार को बढ़ावा दिया। यहूदी दुकानों और कारखानों ने शून्य को भर दिया और यिशुव की यहूदी अर्थव्यवस्था का विस्तार हुआ।

उन्होंने चाहे जितना भी विकास किया हो, लेकिन यिशुव अरबों द्वारा की जा रही लगातार हिंसा की घटनाओं से बेहद चिंतित थे। अरबों के साथ शांतिपूर्वक जीवन निर्वहन करने की बात पर विश्वास करनेवाले यहूदी अब और अधिक संदेह में थे। यह बात स्पष्ट करने के लिए कि यहूदी आबादी अपने राज्य के सपने को नहीं छोड़ेगी, यहाँ तक कि हिंसा के बावजूद यिशुव ने और अधिक गाँवों को बसाया।

यहूदी समुदाय का मनोबल गिराने के अपने प्रयासों के विफल होने के बाद अरब नेतृत्व ने विद्रोह को अपनी माँगों को अंग्रेजों के सामने रखने के अवसर के रूप में इस्तेमाल किया। वे यरुशलम में मिले और यहूदी आप्रवास पर पूर्ण रोक लगाने की माँग की। उन्होंने भूमि की बिक्री पर प्रतिबंध लगाने की भी माँग की और अरब बहुमतवाली सरकार हो, इसकी माँग उठाई। जब वे यह माँग कर रहे थे, हिंसा तब भी जारी रही।

चूँकि अरब विद्रोह के दौरान प्रारंभ में उन्हें भी निशाना बनाया गया था, इसलिए अरब हिंसा के प्रति ब्रिटिश प्रतिक्रिया बेहद निष्ठुर थी। उन्होंने मुफ्ती को खदेड़ दिया और जाफा के हिस्सों को समतल कर दिया, लेकिन तभी उन्होंने रणनीति बदल दी। हिंसा से बचने के लिए और क्षेत्र में शांति बनाए रखने की उम्मीद में, उन्होंने दंगा करनेवाले अरबों को खुश करने के बारे में सोचा। 1936 के मध्य में उन्होंने आगामी छमाही में यहूदी आप्रवास को 4,500 तक सीमित करने का प्रस्ताव रखा। 1935 में, ठीक एक वर्ष पूर्व ही 61,000 यहूदी फिलिस्तीन में आकर बस गए थे। 9,000 यहूदी प्रवासियों की वार्षिक सीमा का प्रस्ताव सामने रखते हुए ब्रिटिश प्रभावी रूप से यहूदी आप्रवासन में 85 प्रतिशत की कमी का सुझाव दे रहे थे, हालाँकि अरबों ने आश्चर्यजनक रूप से उस प्रस्ताव को भी खारिज कर दिया, इस बात पर जोर दिया कि आप्रवासन पर पूरी रोक होनी चाहिए।

हिंसा जारी रही। ब्रिटिशों ने हिंसा के अपने आप ही कम हो जाने की उम्मीद और एंग्लो-अरब संबंधों को जोखिम में न डालने के बारे में सोचते हुए अरब हिंसा का जवाब बेहद संयम के साथ दिया, लेकिन उनकी यह नीति पूरी तरह से विफल साबित हुई। छह महीने बाद दो सौ अरब, अस्सी यहूदी और अट्ठाईस

अंग्रेज हिंसा में मारे गए। हर क्षेत्र में स्पष्ट बदलाव की आवश्यकता थी।

ब्रिटिशों ने तत्काल उपाय के रूप में फिलिस्तीन में कुछ और अधिक सैनिक भेजे और कुछ यहूदियों को हथियार उपलब्ध करवाए, ताकि वे अपनी रक्षा करने में समर्थ हो सकें। उन्होंने रात का कर्फ्यू और गार्ड-गश्त की भी व्यवस्था की। इसके बावजूद वे इस बात को भी समझते थे कि इस स्थिति के लिए एक दीर्घकालिक समाधान की आवश्यकता है। यह पता लगाने के लिए कि वह समाधान क्या हो सकता है, अंग्रेजों ने फिलिस्तीन की स्थिति का अध्ययन करने और सिफारिशें करने के लिए 'फिलिस्तीन रॉयल कमीशन' (जिसे पील आयोग के रूप में जाना जाता है, क्योंकि इसकी अध्यक्षता लॉर्ड विलियम रॉबर्ट वेलेस्ली पील ने की थी) की स्थापना की।

'पील आयोग' नवंबर 1936 में भूमि का सर्वेक्षण करने और यहूदी तथा अरब के प्रतिनिधियों से उनकी बात सुनने के लिए पहुँचा। 7 जुलाई, 1937 को आयोग ने 404 पन्नों का अपना विस्तृत विवरण जारी किया, जिसमें ('बालफोर घोषणा' के विपरीत) इसकी योजना के नक्शे भी शामिल थे। 'पील आयोग' की सिफारिश थी कि चूँकि यहूदी और अरबी मूल रूप से हितों के विरोध में हैं और चूँकि दोनों एक ही भूमि पर अधिकार का दावा कर रहे हैं, इसलिए उनके क्षेत्र को आपस में साझा करने की संभावना नहीं है; विभाजन एकमात्र संभव समाधान है।

पील आयोग में पहली बार ऐसा हुआ था कि किसी ने उस स्थान पर दावा करनेवाले दो पक्षों को समायोजित करने के लिए फिलिस्तीन के विभाजन का प्रस्ताव दिया था। रोश हनिकारा से लेकर बेएर तुविया, गलील और यिज्रेल और यरदन घाटियों के दक्षिण तक तटीय मैदान यहूदियों को सौंपा जाना था। यरुशलम और बेथेलहम के इतर, जो जनादेश के नियंत्रण में रहने थे, बाकी सबकुछ अरब आबादी के हवाले किया जाना था। आयोग ने यह भी मान लिया था कि फिलिस्तीन के भीतर अरब राज्य ट्रांसजॉर्डन से जुड़ा होगा। गौरतलब है कि आयोग ने यहूदी और अरब समुदायों को अलग करने के लिए जनसंख्या हस्तांतरण का आह्वान किया था; आनेवाले वर्षों में जनसंख्या हस्तांतरण का विषय इस क्षेत्र में विवादास्पद मुद्दा बना रहेगा।

पील ने जिस क्षेत्र को यहूदी राज्य को सौंपने का प्रस्ताव रखा था, वह जियोनी आंदोलन ने जितना सोचा था, उसकी अपेक्षा काफी छोटा था। बालफोर ने एक तरफ जहाँ यह परिभाषित नहीं किया था कि 'फिलिस्तीन' का क्या अर्थ है, पील आयोग ने स्वयं स्वीकार किया—"जिस क्षेत्र में यहूदी राष्ट्रीय घर स्थापित किया जाना है, उसे 'बालफोर घोषणा' के समय संपूर्ण ऐतिहासिक फिलिस्तीन समझा गया है।"[10] उस क्षेत्र में आज का गाजा, इजराइल, वेस्ट बैंक और अब का पूरा जॉर्डन है। पील उस भूमि के एक छोटे से हिस्से पर एक यहूदी राज्य का प्रस्ताव कर रहे थे; 20 प्रतिशत यहूदियों को यह आवंटित किया गया था, जबकि इधर लगभग 70 से 75 प्रतिशत अरबों को आवंटित किया गया था।[11]

कई जियोनीवादी नेता, जिनमें जाबोटिंस्की और उनके अनुयायी शामिल थे, ब्रिटेन द्वारा उस नक्शे का परित्याग करने से नाराज थे, जिसके बारे में उनका मानना था कि उन्हें 'बालफोर घोषणा' में निहित किया गया था और वे 1921 में चर्चिल द्वारा ट्रांसजॉर्डन के निर्माण के बाद और भी अधिक भूमि देने के विचार से भी निराश थे।

एक बार फिर यहूदी निराशा को कविता के माध्यम से अभिव्यक्ति मिली। उस युग के प्रमुख कवियों में से एक, उरी ज्वी ग्रीनबर्ग, ऑस्ट्रिया-हंगरी में एक हसीदिक परिवार में पैदा हुए थे, लेकिन 1923 में सत्ताइस साल की उम्र में उस वक्त फिलिस्तीन चले गए, जब वे पोलिश नरसंहार में बाल-बाल बच गए थे। 1929 के हेब्रोन दंगों के बाद उनका राजनीतिक दृष्टिकोण सख्त हो गया। वे अंततः जाबोटिंस्की के संशोधनवादी जियोनी आंदोलन के अनुयायी बन गए, इसलिए ग्रीनबर्ग स्वाभाविक रूप से उन लोगों में से थे, जिन्होंने भूमि को विभाजित करने की 'पील योजना' का मुखर विरोध किया था।

1936 में जब 'पील कमीशन' के प्रस्ताव को विकसित किया जा रहा था, तब अपने 'वन टुथ एंड नॉट टू' कविता में उन्होंने रब्बी साहित्य में उत्कृष्ट, सर्वव्यापी वाक्यांश, 'अवर रब्बीज टॉट' को बजाया और लिखा—

आपके रब्बियों ने सिखाया, मसीहा आनेवाली पीढ़ियों में आएँगे
और यहूदिया बिना आग या लहू के जी उठेगा··

और मैं कहता हूँ, यदि आपकी पीढ़ी पिछड़ जाती है
और प्रहार और नंगे हाथों अंत को नहीं छीनता है··
तो मसीहा आनेवाली पीढ़ियों में भी नहीं आएगा।
यहूदिया नहीं उठेगा।[12]

ग्रीनबर्ग ने कविता में आगे चेतावनी दी कि 'ब्लड फॉर ब्लड' यहूदियों के लिए जेंटाइल्स से कम नियम नहीं है। यहूदियों को यहूदिया के उत्थान के लिए युद्ध करना होगा। यह एक ऐसी वैचारिक स्थिति थी, जिसे कुछ इजराइली नेता स्वीकार करेंगे, भले ही दशकों बाद।

एक तरफ जहाँ कई लोग जाबोटिंस्की से सहमत थे, वहीं दूसरी तरफ सिर्फ कुछ ही यहूदियों ने इस योजना का विरोध किया। वीजमैन और बेन-गुरियन ने यह सुनिश्चित करने के लिए उत्साहपूर्वक काम किया कि यहूदी समुदाय पील की सिफारिश के पीछे एकजुट हो जाए, जैसा बेन-गुरियन ने, जियोनी समुदाय को स्पष्ट रूप से यह बात याद दिलवाते हुए कि यह देखते हुए कि पहली जियोनी कांग्रेस को आयोजित हुए अभी सिर्फ चालीस वर्ष ही बीते हैं और इसे देखते हुए यह एक असाधारण उपलब्धि है, कहा, "हर्जेल ने फिलिस्तीन के किसी भी हिस्से को ईश्वर के प्रसाद के रूप में स्वीकार कर लिया होगा और बिना किसी प्रतिबद्धता के एक यहूदी राज्य के लिए मान गए होंगे कि यही और सिर्फ यही हमेशा एक यहूदी राज्य होगा।"[13] जैसा कि वीजमैन ने उल्लेख किया है, पील आयोग की सिफारिश का इरादा उनकी उम्मीद वाले यहूदी राज्य से काफी छोटा था। इसके बावजूद इसने यह स्पष्ट किया कि हर्जेल का दृष्टिकोण—दीर्घकाल में—साकार होगा। वीजमैन ने सारगर्भित ढंग से कहा, "यहूदी इसे अस्वीकार करने पर बेवकूफ ही होंगे, भले ही यह एक मेजपोश के आकार का हो।"[14]

अगस्त 1937 में ज्यूरिख में आयोजित बीसवीं जायोनी कांग्रेस ने पील की सिफारिशों को मंजूरी दे दी, हालाँकि वे इसके व्यापक विवरणों को लेकर शायद ही उत्साहित थे, लेकिन उन्हें एक ऐसा राज्य मिलनेवाला था, जिसकी उन्होंने कुछ साल पहले जितनी कल्पना की थी, वह उससे कहीं अधिक था।

यहूदी समुदाय ने पील की सिफारिशों को स्वीकार कर लिया, जबकि

अरबों ने उन्हें पूरी तरह से खारिज कर दिया था। ट्रांसजॉर्डन के राजा अब्दुल्ला ने प्रत्यक्ष रूप से योजना का समर्थन किया, क्योंकि ये फिलिस्तीन के अरबों को उनके राज्य के साथ फिर से मिलवाता और उसे अधिक कृषियोग्य भूमि आवंटित करवाता, हालाँकि अरब आबादी के जनसाधारण द्वारा इसका कड़ा विरोध किया गया था और अब्दुल्ला समझ गए थे कि वे उनकी उपेक्षा नहीं कर सकते। हज अमीन अल-हुसैनी, यरुशलम के मुफ्ती (अंततः नाजियों के समर्थक) ने भी जोरदार विरोध किया और यह सुनिश्चित किया कि अरब उच्च समिति इसे अस्वीकार कर दे।

अरबों ने अपने पूर्ववर्ती चिर-परिचित अंदाज में हिंसा के एक और दौर के साथ पील का जवाब दिया और इस बार उनके निशाने पर सिर्फ यहूदी ही नहीं, बल्कि ब्रिटिश भी थे। मृतकों में फिलिस्तीन में पील आयुक्तों के लिए यात्रा व्यवस्था के आयोजन के लिए जिम्मेदार ब्रिटिश अधिकारी लुईस एंड्रयूज भी शामिल थे। जाने-माने जियोनीवादी एंड्रयूज को 26 सितंबर को चर्च जाते समय गोली मार दी गई।

अक्तूबर 1937 के मध्य तक उग्र हिंसा ने एक साल पहले की हिंसा को भी पीछे छोड़ दिया था। बस्तियाँ, बसें, यहूदी नागरिक और ब्रिटिश गश्ती पुलिस, सभी के हिंसा के लक्ष्य थे। लिडा का नया हवाई अड्डा जला दिया गया था और तेल की लाइनें क्षतिग्रस्त कर दी गई थीं। देश के अधिकांश सार्वजनिक परिवहन को बंद करना पड़ा तथा सड़कों के किनारे बनी खदानों और लगाए गए विस्फोटकों के कारण अंग्रेजों ने रात की यात्रा पर प्रतिबंध लगा दिया। उन्होंने और अधिक सैनिकों को तैनात किया, हिंसा में शामिल लोगों के लिए मौत की सजा लागू की, एक ऐसी सजा, जिसका वे आनेवाले वर्षों में अकसर सहारा लेंगे, हालाँकि इन सभी कदमों का प्रभाव न के बराबर हुआ था। फिलिस्तीन युद्ध में डूबता जा रहा था।

इस बीच यूरोप में स्थितियाँ और भी विकट होती जा रही थीं। फरवरी 1938 में बेन-गुरियन ने कहा, "जर्मनी ऑस्ट्रिया को निगल रहा है और कल चेकोस्लोवाकिया की बारी आएगी।"[15] नौ महीने बाद नवंबर 1938 में यूरोप की प्रमुख शक्तियाँ जर्मनी द्वारा चेकोस्लोवाकिया (जिसे जर्मन सुदेतनलैंड कहते हैं)

के हिस्से पर कब्जा करने को लेकर सहमत हुईं। ब्रिटेन के प्रधानमंत्री नेविल चैंबरलेन ने कहा कि जर्मनी की आक्रामकता के प्रति उनकी मौन स्वीकृति शांति बनाए रख रही है, बेन-गुरियन इस बात को समझ रहे थे कि ये तुष्टीकरण से ज्यादा कुछ नहीं है, जो हिटलर को प्रोत्साहित करेगी। उन्होंने फिलिस्तीन में यहूदी आत्मरक्षा के लिए जिम्मेदार एलियाहू गोलोम्ब को लिखा और कहा, "मेरी राय में आज यूरोप के अब तक के सबसे काले दिनों में से एक है और किसे पता कि 'शांतिपूर्ण' चेकोस्लोवाकिया 'समझौते' के बाद जल्द ही हमारी बारी नहीं आएगी!"[16]

जैसा कि बेन-गुरियन ने अंदाजा लगाया था, पश्चिम यहूदियों की रक्षा करने के मुकाबले अरब नेतृत्व को खुश करने में अधिक रुचि दिखा रहा था। यिशुव ने दिसंबर में जर्मनी से यहूदी बच्चों को बचाने और उन्हें फिलिस्तीन वापस लाने का प्रस्ताव अंग्रेजों के सामने पेश किया। इसी समय मुफ्ती ने जनादेश से सेशेल्स में अरब उच्च समिति के गिरफ्तार सदस्यों को रिहा करने के लिए कहा, ताकि वे लंदन में फिलिस्तीन अरब प्रतिनिधिमंडल के प्रतिनिधियों के रूप में काम कर सकें। अरबों द्वारा किए गए अनुरोध में किसी की जान दाँव पर नहीं लगी हुई थी, इसके बावजूद अंग्रेजों ने अरबों के अनुरोध के प्रति सकारात्मक रुख प्रदर्शित किया और वहीं दस हजार यहूदी बच्चों को बचाने की यिशुव की याचिका को खारिज कर दिया।[17]

9 और 10 नवंबर, 1938 को नाजी प्रचार, बयानबाजी और भेदभावपूर्ण कानूनों ने अपना अपरिहार्य फल दे ही दिया। मानसिक रूप से असंतुलित एक यहूदी द्वारा पेरिस में एक जर्मन अधिकारी की हत्या के बाद जर्मनी और ऑस्ट्रिया में यहूदियों के खिलाफ नफरत भरी हिंसा भड़क उठी। नाजियों ने जर्मनी और ऑस्ट्रिया में यहूदी घरों, यहूदी उपासनागृहों और व्यवसायों को नष्ट कर दिया गया। दो सौ सड़सठ यहूदी उपासनागृहों को जला दिया गया और यहूदियों के स्वामित्ववाली साढ़े सात हजार वाणिज्यिक दुकानों को तहस-नहस कर दिया गया। अग्निशामकों को निर्देश दिया गया था कि वे सिर्फ उसी स्थिति में हस्तक्षेप करें, जब गैर-यहूदी की संपत्ति खतरे में हो। नाजी एस.एस. सैनिक और हिटलर यूथ यहूदी घरों में जबरन घुस गए और यहूदी नागरिकों पर हमला किया।

महिलाओं के साथ बलात्कार किया गया; जबकि कइयों ने खुद को उस स्थिति से बचाने की खातिर आत्महत्या कर ली। छब्बीस हजार यहूदियों को यातना शिविरों में भेज दिया गया, जिनमें से कइयों की मृत्यु उनके साथ हुए बर्बर व्यवहार के परिणामस्वरूप तुरंत ही हो गई। यह हमला, जो दशकों पहले के नरसंहार की वापसी था, को 'क्रिस्टलनाचट', 'टूटे हुए काँच की रात' के रूप में याद किया जाता है। कई मायनों में इसने प्रलय (होलोकॉस्ट) की शुरुआत को दरशाया।

एक महीने बाद दिसंबर के महीने में जब यिशुव के नेता नवंबर में जो कुछ भी घटित हुआ था, उस पर चर्चा करने के लिए एकत्र हुए, तो उन्होंने उस संदर्भ में पहली बार 'शोआ' शब्द का इस्तेमाल किया।[18] यह 'बाइबल' का एक शब्द है, जिसे सपन्याह की पुस्तक से लिया गया है, जिसमें पैगंबर भविष्यवाणी करते हैं—"विपत्ति और मायूसी का दिन, अंधकार और रंज का दिन, घने बादलों का दिन।"[19] यह सच्चाई कि उन्हें एक सामान्य शब्द का प्रयोग करने के स्थान पर बहुत कम प्रयोग किए जानेवाले 'बाइबल' के शब्द को लेना पड़ा, का सीधा सा मतलब यह हुआ कि यिशुव के नेता अपने से पूर्व के नेताओं हर्जेल और जाबोटिंस्की की तरह बिना किसी ऐतिहासिक उदाहरण के ही इस आपदा को देख रहे थे। उन्हें आभास हुआ कि यहूदी इतिहास हमेशा के लिए बदलनेवाला है।

पाँच महीने बाद, मई 1939 में ब्रिटिशों ने एक श्वेत-पत्र (एक आधिकारिक सरकारी नीति दस्तावेज के लिए एक सामान्य शब्द) जारी किया, जिसमें 1936 के दंगों से संबंधित अरबों की सभी माँगों को माँग लिया गया। यूरोप उन लाखों यहूदियों के लिए मौत का फंदा बनता जा रहा था, जो वहाँ पर रह रहे थे, लेकिन इसके बावजूद ब्रिटिशों ने फैसला किया कि फिलिस्तीन में यहूदी आप्रवासन को पाँच साल की अवधि में पचहत्तर हजार लोगों तक सीमित कर दिया जाएगा; इसमें किसी भी वृद्धि के लिए अरब सहमति की आवश्यकता होगी। श्वेत-पत्र में कई क्षेत्रों में यहूदियों को भूमि की बिक्री पर प्रतिबंध और दस वर्षीय योजना भी शामिल थी, जिसमें फिलिस्तीन अरब बहुमत वाला एक स्वतंत्र राज्य बन जाएगा।

बेहद आश्चर्यजनक तरीके से अरब उच्च समिति ने यह कहते हुए उस श्वेत-पत्र को खारिज कर दिया कि संक्रमणकालीन अवधि यहूदियों के पक्ष में

है। निश्चित रूप से यहूदी समुदाय के लिए आप्रवासन के सीमित होने का मतलब यह था कि यूरोप से भागने की कोशिश करनेवाले यहूदी फिलिस्तीन नहीं जा सकते थे और यहूदी आबादी में वृद्धि, जो एक राज्य की स्थापना के लिए अति आवश्यक होगी, को अंततः रोक दिया जाएगा। उन्होंने पूरे फिलिस्तीन में यहूदी उपासनागृहों और सार्वजनिक सभाओं में विरोध प्रदर्शन किए। ज्वी जाबोटिंस्की से प्रेरित एक यहूदी सैन्य समूह ने नीति के विरोध में—अंग्रेजों के साथ हगनाह के निरंतर सहयोग की अपनी बात की अवहेलना करते हुए—यरुशलम और तेल अवीव स्थित कुछ सरकारी भवनों पर बमबारी की। इसके बाद उन्होंने बिजली की सुविधा, रेडियो और दूर संचार लाइनों सहित ब्रिटिश बुनियादी ढाँचे के रणनीतिक स्थलों पर हमला किया। उन्होंने हनगाह के संयम का विरोध किया और लोगों तक अपनी बात को पहुँचाने के लिए उन्होंने एक गुप्त समाचार-पत्र और रोडियो व्यवस्था भी स्थापित की। यहाँ तक कि यिशुव के नेतृत्व ने भी महसूस किया कि उसे अपनी रणनीति बदलने की जरूरत है। इसने अवैध आप्रवास का समर्थन करना शुरू कर दिया और यहूदियों को फिलिस्तीन में प्रवेश करने में मदद करने के लिए और अधिक प्रयास किए।

यिशुव अब इस बात से जुड़ी कोई भी उम्मीद खोते जा रहे थे कि ब्रिटिश 'बालफोर घोषणा' में किए गए अपने वादे को पूरा करेंगे। बाईस साल पहले, लॉर्ड बालफोर ने फिलिस्तीन में 'यहूदी लोगों के लिए एक राष्ट्रीय घर' का आह्वान किया था, लेकिन आव्रजन के बिना कोई भी यहूदी राष्ट्रीय घर संभव नहीं होनेवाला था; यहाँ तक कि एक तरफ तो हिटलर द्वारा पूरे यूरोप में यहूदियों को डराया जा रहा था, वहीं दूसरी तरफ ब्रिटेन ने नाजियों को यह स्पष्ट कर दिया कि यहूदियों का भाग्य उसकी चिंता नहीं है।

इक्कीसवीं जियोनी कांग्रेस की बैठक अगस्त 1939 में जिनेवा में हुई। 24 अगस्त को चौम वीजमैन ने ज़ब कांग्रेस का समापन किया, तो आसन्न त्रासदी का डर फैला हुआ था। उन्होंने कहा, "मैं भारी मन से विदा लेता हूँ, अगर जैसा कि मुझे आशा है, हमारा जीवन बच जाता है और हमारा काम जारी रहता है, तो कौन जानता है, शायद घने, काले अंधकार के पीछे से हम पर एक नया प्रकाश चमकेगा!"[20] यह सुनकर दर्शक रो पड़े।[21]

1897 में पहली जियोनी कांग्रेस एक बड़े वादे के साथ समाप्त हुई थी; 1939 में भय का वातावरण था। एक हफ्ते बाद 1 सितंबर, 1939 को जर्मनी ने पोलैंड पर आक्रमण किया। इसके दो दिन बाद ब्रिटेन और फ्रांस ने जर्मनी के खिलाफ युद्ध की घोषणा की। द्वितीय विश्वयुद्ध शुरू हो गया था। इक्कीसवीं जियोनी कांग्रेस के अधिकांश यूरोपीय प्रतिनिधि युद्ध के अंत तक मारे जा चुके थे।

ब्रिटेन अब नाजियों के खिलाफ लड़ रहा था और यिशुव ने ऐसे में खुद को लगभग अस्थिर स्थिति में पाया। आप्रवास पर प्रतिबंध के कारण ब्रिटिश यिशुव के दुश्मन थे, लेकिन ब्रिटिश भी नाजियों से लड़ रहे थे। यिशुव को किसका साथ देना चाहिए? बेन गुरियन ने जो कहा, वह आनेवाले समय में यिशुव की स्थिति का वास्तविक विवरण बन गया, "हम अंग्रेजों के साथ मिलकर हिटलर के खिलाफ ऐसे लड़ेंगे, जैसे कोई श्वेत-पत्र ही न हो; हम श्वेत-पत्र से ऐसे लड़ेंगे, जैसे कोई युद्ध ही न हो।"[22]

तीन अलग-अलग शरणार्थी जहाजों की कहानियों की तुलना में इस अवधि के दौरान दुनिया भर में यहूदियों के अस्तित्व की स्थिति को बेहतर तरीके से प्रदर्शित नहीं किया जा सकता। एक था सेंट लुइस। मई 1939 में सेंट लुइस 937 यात्रियों के साथ हैम्बर्ग से क्यूबा के लिए रवाना हुए। क्रिस्टलनाचट के बाद ज्यादातर जर्मन यहूदी यात्री इस बात को समझ चुके थे कि उन्हें भाग निकलने की जरूरत है, इसलिए उन्होंने क्यूबा का वैध वीजा खरीदा था। इसके बावजूद जब जहाज अपने गंतव्य पर पहुँचा, तो क्यूबा के राष्ट्रपति फेडेरिको लारेडो ब्रू ने उन्हें देश में प्रवेश करने की अनुमति देने से इनकार कर दिया। जहाज के गैर-यहूदी जर्मन कप्तान गुस्ताव श्रोडर ने अपने प्रत्येक यात्री के लिए आश्रय खोजने का जिम्मा उठाया। हफ्तों तक बातचीत हुई, लेकिन जब अमेरिका और कनाडा दोनों ने आप्रवासियों को सुरक्षित आश्रय देने से इनकार कर दिया, तो श्रोडर के पास यूरोप लौटने के अलावा कोई विकल्प नहीं था, जहाँ उन्होंने विभिन्न यूरोपीय देशों के साथ बातचीत की, जो कुछ यात्रियों को लेने के लिए सहमत हुए; 181 हॉलैंड, 224 फ्रांस, 228 ग्रेट ब्रिटेन और 214 यात्री बेल्जियम जा सकते थे, हालाँकि श्रोडर बाकियों के लिए आश्रय की

व्यवस्था करने में असफल रहे। यूरोप से रवाना होने के एक महीने से अधिक समय के बाद, यात्री जून के मध्य में यूरोपीय धरती पर वापस आ गए। युद्ध जैसे-जैसे आगे बढ़ा, उनमें से कई, हालाँकि वे संयुक्त राज्य के तटों से सिर्फ नब्बे मील की दूरी पर थे, ने खुद को एक बार फिर नाजी शासन के अधीन पाया। युद्ध के अंत तक 254 यात्री, उनमें से एक-चौथाई से कुछ अधिक, प्रलय में मारे गए थे।[23]

चर्चा का मुद्दा बना दूसरा जहाज क्यूबा में नहीं, बल्कि फिलिस्तीन के तट पर पहुँचा। नवंबर 1940 में 'एस.एस. अटलांटिक' जर्मनी से 1,730 शरणार्थियों को लेकर रोमानिया से हाइफा खाड़ी पहुँचा। जनादेश ने उन्हें फिलिस्तीन में प्रवेश देने से मना कर दिया और उन्हें एक अन्य जहाज 'पैट्रिया' पर जाने का आदेश दिया, जो उन्हें हिंद महासागर में एक द्वीप मॉरीशस ले जाएगा। यहूदी सैन्य सदस्यों ने इसके प्रस्थान के समय में देरी करने के लिए 'पैट्रिया' पर विस्फोटक लगा दिए, लेकिन यह योजना उलटी पड़ गई; अगली सुबह जिस दौरान अवैध आप्रवासियों के पहले समूह को 'पैट्रिया' पर ले जाया जा रहा था, विस्फोटकों ने उससे कहीं अधिक नुकसान पहुँचाया, जिसकी अपेक्षा की गई थी; विस्फोट में जहाज तबाह होकर डूब गया। 250 से भी अधिक लोग इसमें डूब गए। ब्रिटिशों ने अटलांटिक पहुँच चुके बचे हुए आप्रवासियों को एटलिट स्थित नजरबंदी शिविर में पहुँचा दिया, जो हाइफा से अधिक दूर नहीं था।

तीसरा जहाज 'स्ट्रुमा' 16 दिसंबर, 1941 को रोमानिया से रवाना हुआ, जिसमें 769 यहूदी शरणार्थियों को फिलिस्तीन ले जाया गया था और यह यात्रा सिर्फ कुछ ही दिनों की होनी चाहिए थी। इंजन में खराबी के चलते इसने इस्तांबुल के बंदरगाह पर लंगर डाला। तुर्की सरकार ने यात्रियों को अस्थायी शरण तक देने से इनकार कर दिया, जिसके परिणामस्वरूप शरणार्थी दो महीने तक जहाज पर ही रहे। जहाज में केवल चार सिंक, एक मीठे पानी का नल और आठ शौचालय थे, जिनमें टॉयलेट पेपर तक उपलब्ध नहीं था। इसमें कोई जीवनरक्षक भी नहीं था।[24] एक यहूदी एजेंसी ने इसमें हस्तक्षेप किया और ब्रिटिशों से यहूदी यात्रियों को फिलिस्तीन में प्रवेश करने देने की, चाहे अस्थायी रूप से, अनुमति

देने की गुहार लगाई, ताकि उन्हें बाद में मॉरीशस में बसाया जा सके। ब्रिटिशों ने ऐसा करने से इनकार कर दिया और 24 फरवरी, 1942 को तुर्कों ने 'स्ट्रुमा' को बंदरगाह छोड़ने का आदेश दिया। वे जहाज को खींचकर काला सागर में ले गए और उसे काम न कर रहे इंजन के साथ वहीं छोड़ दिया। एक सोवियत पनडुब्बी, जो काला सागर में सभी तटस्थ और दुश्मन जहाजों को डुबोने के (नाजी जर्मनी तक कच्चे माल की आवक को रोकने के लिए) गुप्त आदेशों के तहत काम कर रही थी, ने जहाज को तारपीडो से उड़ा दिया।[25] 'स्ट्रुमा' लगभग तुरंत ही डूब गया और उसमें सवार लगभग सभी पुरुष, महिलाएँ और बच्चे डूब गए, सिर्फ एक ही व्यक्ति जीवित बचा था।

सेंट लुइस, पैट्रिया और स्ट्रुमा इस भयावह घटना को सामने लाए। उन यहूदियों के लिए, जिनके पास जाने तक को कोई जगह नहीं थी, एक यहूदी राज्य—हर्जेल का सपना और बालफोर का वादा—पहले से भी कहीं अधिक जरूरत बन गई थी। एक यहूदी राज्य का निर्माण अब वास्तव में जीवन-मरण का प्रश्न बन चुका था।

सत्ताइस हजार फिलिस्तीनी यहूदी ब्रिटिश सेना में भरती हुए। यिशुव ने ठीक उसी दौरान श्वेत-पत्र की आव्रजन नीति का विरोध किया। यूरोप से भागनेवालों को फिलिस्तीन में प्रवेश दिलवाने में मदद करने के लिए 1938 के अंत में हगनाह ने एक संगठन 'मोसाद ले-अलियाह बेट' (आव्रजन बी के लिए संगठन) की स्थापना की, ताकि इस अवैध आव्रजन में सहायता की जा सके। 'मोसाद ले-अलियाह बेट' ने जहाज और कर्मचारियों को खरीदा, संभावित आप्रवासियों को इकट्ठा किया, उन्हें फिलिस्तीन के लिए रवाना किया और उनके प्रतीक्षा की स्थिति में पहुँचने के बाद उनकी सहायता और उन्हें छिपाने की व्यवस्था की। कई मायनों में सफल रही यह परियोजना अभी भी खट्टी-मीठी थी; 1934-38 की अवधि के दौरान लगभग चालीस हजार यहूदियों ने अवैध रूप से फिलिस्तीन में प्रवेश किया था और सितंबर 1939 तक अन्य नौ हजार, लेकिन अगले छह वर्षों के दौरान, जिस समय शरण की आवश्यकता अपने चरम पर थी, तब सोलह हजार से भी कम यहूदी ऐसा करने में सफल रहे।"[26]

इन अवैध आप्रवासियों, जिन्हें हिब्रू में 'माअपिलिम' के नाम से जाना जाता

था*, फिलिस्तीन तक अपनी राह बनाने में सफल रहे, लेकिन बाद में उन्हें अंग्रेजों द्वारा पकड़ लिया गया और बंदी शिविरों में डाल दिया गया। ऐसा सबसे बड़ा शिविर एटलिट में स्थित था, जहाँ 'निली' जासूसी समूह ब्रिटिशों की ओर से सक्रिय था।

यहूदी आव्रजन को रोकने के लिए दृढ़ संकल्पित अंग्रेजों ने उन देशों पर भी राजनयिक दबाव डाला, जहाँ से ये अवैध जहाज रवाना हुए और एक दंडात्मक उपाय के रूप में आव्रजन कोटा काफी कम कर दिया। उनका बहाना, जिस पर किसी को विश्वास नहीं था, यह था कि यहूदी शरणार्थियों के रूप में सक्रिय जासूस घुसपैठ कर सकते हैं। युद्ध के पहले उनतीस महीनों में से उन्नीस महीनों के दौरान अंग्रेजों ने यहूदी आप्रवासन को बिल्कुल भी मंजूरी नहीं दी।

इन सभी कदमों के विफल होने के बाद ब्रिटिशों ने बल का प्रयोग किया। उनके तटरक्षकों ने अवैध जहाजों पर हमला किया और शरणार्थियों को नजरबंदी शिविरों में लाया गया। प्रारंभ में मॉरीशस में और अंत में साइप्रस में (फिलिस्तीन के बेहद करीब) स्थित ये नजरबंदी शिविर बेहद क्रूर थे। इन शिविरों को लेकर प्रारंभिक सोच यह थी—"इन्हें इतना दंडात्मक होना चाहिए कि ये पूर्वी यूरोप के अन्य यहूदियों को हतोत्साहित करने का काम जारी रख सकें।"[27] एक दुखद ऐतिहासिक संयोग में अपने स्पष्ट मतभेदों के बावजूद जर्मन और ब्रिटिश, दोनों ही यहूदियों को कँटीले तारों के पीछे शिविरों में डाल रहे थे।

यिशुव मित्र देशों के युद्ध प्रयासों के समर्थन के लिए जो कुछ भी कर सकता था, उसने किया, कुछ अरबों ने अपनी निष्ठा को एक्सिस शक्तियों के प्रति समर्पित कर दिया। उन्होंने अंग्रेजों को जियोनीवाद के सहयोगी के रूप में देखा और 1936 से 1939 तक अरब विद्रोह की हार का ठीकरा ब्रिटिशों पर फोड़ दिया। यरुशलम

---

* 'माअपिलिम' शब्द 'बाइबल' मूल का है। नंबर्स 15 में मूसा इजराइलियों को देश में प्रवेश न करने का निर्देश देते हैं, "नहीं तो शत्रुओं से हार जाओगे...वहाँ तुम्हारे आगे अमालेकी और कनानी लोग हैं।" (नंबर्स 14:42-43) लेकिन अपने वतन तक पहुँचने के लिए बेताब इजराइलियों ने अवज्ञा की। "परंतु वे ढिठाई करके पहाड़ की चोटी पर चढ़ गए।" (नंबर्स 14:44) 'माअपिलिम' हिब्रू भाषा के शब्द वा-या'अपिलु से लिया गया है, जिसका मतलब होता है—'उद्यत होकर आगे बढ़ना।' इस उद्यत अवैध आप्रवासन के लिए 'बाइबल' से शब्द लिया जाना, इस बात पर जोर देता है कि यह एक घर-वापसी थी, एक पवित्र और प्राचीन कहानी का जारी रहना।

के मुफ्ती, हज अमीन अल-हुसैनी, जिन्हें ब्रिटिशों द्वारा 1936 में फिलिस्तीन से खदेड़ दिया गया था, 1941 में बर्लिन चले गए, जहाँ उन्होंने मध्य-पूर्व में नाजी प्रचार-प्रसार के विकास में मदद की, जब चर्चिल ने हाउस ऑफ कॉमन्स में इस बात की घोषणा की कि ब्रिटेन अग्रिम पंक्ति में लड़ने के लिए एक यहूदी सेना को प्रशिक्षित करेगा, तो मुफ्ती ने जर्मनी में एक इसलामी सेना का प्रस्ताव करते हुए एस.एस. के प्रमुख हेनरिक हिमलर को एक पत्र लिखा।

मुफ्ती की धमकी से जरा भी विचलित हुए बिना ब्रिटेन ने यहूदी लड़ाकों को प्रशिक्षित करना जारी रखा, जिनमें से कई ने ब्रिटिशों के युद्ध प्रयासों में योगदान दिया। 1943 में यिशुव के पुरुषों से बनी एक यहूदी टुकड़ी औपचारिक रूप से ब्रिटिश सेना में शामिल हुई। वे उत्तरी अफ्रीका और इटली में लड़े। कुल मिलाकर फिलिस्तीन के लगभग तीस हजार यहूदियों ने युद्ध के दौरान ब्रिटिश सेना में सेवा की। इस प्रक्रिया में अंग्रेजों ने कई पुरुषों को प्रशिक्षण भी दिया था, जो आगे जाकर हगनाह की रीढ़ की हड्डी बने और बाद में इजराइल की सेना।

इस सैन्य सहयोग के बावजूद कई ब्रिटिश नीतियाँ ऐसी थीं, जो यहूदियों को मनमानी और उपेक्षापूर्ण लगती थीं। विशेष रूप से एक नियम था, जो यहूदियों को शॉफर (मेढ़े का सींग) बजाने से मना करता था या टोरा स्क्रॉल को पश्चिमी दीवार पर लाने के लिए मना करता था, जो यहूदियों के लिए दो सहस्राब्दियों से पवित्र कर्म था।*

कुछ यहूदियों ने सिद्धांत और गौरव का मसला मानते हुए इन नीतियों का विरोध किया। उदाहरण के लिए, 1930 में योम किपुर के पवित्र दिन पर मोशे सेगल (जाबोटिंस्की से प्रेरित उग्रवादी समूह इरगुन के संस्थापकों में से एक) ने ब्रिटिश आदेशों की अवहेलना की और यहूदी परंपरा के अनुसार सूरज के डूबने के समय व्रत समाप्त होने पर कोटल में शॉफर बजाया। हालाँकि उन्हें गिरफ्तार कर जेल भेज दिया गया, लेकिन विरोध जारी रहा; 1947 तक प्रत्येक योम किपुर के मौके पर युवा यहूदी ब्रिटिश सेना की चेतावनियों और गश्त के बावजूद जैसे-तैसे

---

* जिसे आज 'पश्चिमी दीवार' के रूप में जाना जाता है, वह यरुशलम में प्राचीन द्वितीय मंदिर के चारों ओर की दीवार का एक शेष भाग है, जो कभी मौके पर खड़ा था, लेकिन रोमनों द्वारा उसे नष्ट कर दिया गया था। यह स्थान यहूदियों द्वारा दो हजार वर्षों से प्रार्थना-स्थल के रूप में पूजा जा रहा है।

पश्चिमी दीवार के निकट के क्षेत्र तक शॉफर पहुँचा देते और उसे बजाते, हालाँकि कुछ भागने में सफल हो जाते, लेकिन शॉफर बजानेवाले अधिकांश पकड़ ही लिये जाते। दो दशक बीत जाने के बाद जब जून 1967 में इजराइल ने जॉर्डन से पुराने शहर यरुशलम को कब्जा लिया, तब ही यहूदी उत्पीड़न या कारावास के डर के बिना अपने सबसे पवित्र स्थल पर फिर से शॉफर बजाने में सफल रहे।

जून 1941 में सोवियत संघ पर जर्मनी के आक्रमण के बाद नाजियों ने यूरोप के यहूदियों को समाप्त करना शुरू किया। आइन्सत्जग्रुप्पे या विशेष संचालन इकाइयाँ, यहूदी समुदायों को घेर लेतीं और उन सभी को गोली मार देतीं—पुरुष, महिला और बच्चे सभी को—और कुछ ही घंटों में पूरे समुदायों को नष्ट कर देते। कुछ ही महीनों में सैकड़ों-हजारों यहूदियों की हत्या कर दी गई।

उसी वर्ष हगनाह ने 'पाल्माच' नामक एक हमलावर सेना बनाई। प्रारंभ में 'पाल्माच'* को एक ऐसी सर्वोत्कृष्ट इकाई के रूप में डिजाइन किया गया था, जो जर्मन आक्रमण की किसी भी संभावना से निबटती। इसने यिशुव में सबसे अच्छे और प्रतिभाशाली युवा पुरुषों और महिलाओं को अपनी ओर आकर्षित किया तथा 1942 एवं 1943 के बीच ब्रिटिशों ने उन्हें प्रशिक्षित करने में मदद की। इसके प्रारंभ में पाल्माच में 100 पुरुष शामिल थे; मई 1948 तक जब इजराइल राज्य ने स्वतंत्रता की घोषणा की, तब इस सर्वोत्कृष्ट इकाई में अच्छे से प्रशिक्षित सैनिकों की संख्या बढ़कर 2,100 तक पहुँच गई थी और इनके अलावा 1,000 ऐसे लड़ाके भी थे, जिन्होंने अपना प्रशिक्षण पूरा कर लिया था और जरूरत पड़ने पर आगे भेजा जा सकता था। 28वें इजराइल की संभाव्य सेना के सबसे विशिष्ट वर्ग के केंद्र बन जाएँगे।

जनवरी 1942 में नाजी वरिष्ठ अधिकारी जर्मनी के वानसी में मिले। वानसी सम्मेलन ने पूरे यूरोप में नाजी नेताओं को काररवाई की नई योजना का प्रसार किया—जर्मनी यहूदियों को घेर लेगा और उन्हें पोलैंड के नजरबंदी शिविरों में भगा

* 'पाल्माच' हिब्रू शब्द 'पेलुगोट माचत्ज' के लिए एक संक्षिप्त शब्द है, जिसका अर्थ है—'हमलावर बल'।

देगा, जहाँ उन्हें गैस चैंबरों में जलाकर मार दिया गया। 1942 के वसंत तक, दस लाख रूसी यहूदियों और सैकड़ों-हजारों पोलिश यहूदियों की हत्या कर दी गई थी। अगले चार वर्षों में पाँच मिलियन लोग और मारे गए। युद्ध समाप्त होने के समय तक दुनिया के एक-तिहाई यहूदी मारे जा चुके थे; पोलैंड, जो दुनिया की यहूदी राजधानी और एक ऐसी जगह थी, जहाँ यहूदी लगातार छह सौ वर्षों तक संपन्न समुदाय के रूप में रह रहे थे, में 90 प्रतिशत यहूदियों की हत्या कर दी गई। जहाँ तक पोलिश ज्यूरी का सवाल था, हिटलर ने युद्ध जीत लिया था।

हिटलर की सेनाओं ने अपनी बढ़त यूरोप से कहीं आगे तक पहुँचा दी। 1942 में जब फील्ड मार्शल इरविन रोमेल की सेनाएँ मिस्र के भीतर तक एल अलामीन में पहुँचीं, तो यिशुव को इस बात का यकीन हो गया कि अगली बारी उनकी हो सकती है। नाजियों के बर्बर आक्रमण से निबटने की तैयारियाँ करते समय यिशुव के नेतृत्व ने फिलिस्तीन में ब्रिटिश किले पर कब्जा करने (यह मानते हुए कि ब्रिटिश नाजी आक्रमण की स्थिति में जनादेश को छोड़ देंगे), महत्त्वपूर्ण पुलों को उड़ाने की तैयारियाँ कीं और हमलावर नाजियों के खिलाफ एक अंतिम प्रयास की योजना बनाई।

नाजियों के अत्याचारों और यिशुव के डर ने यूरोपीय यहूदियों के भाग्य के प्रति यिशुव के दृष्टिकोण में बदलाव किया। वर्षों पूर्व दिसंबर 1938 में (क्रिस्टालनाचट के एक महीने बाद) बेन-गुरियन ने कहा था, "अगर मुझे इस बात का पता होता कि जर्मनी के सभी बच्चों (यहूदी) को इंग्लैंड भेजकर बचाया जा सकता है या फिर उनमें से आधे बच्चों को इजराइल भेजकर बचाया जा सकता है, तो मैं इजराइल भेजने का विकल्प चुनता, क्योंकि हम सिर्फ इन बच्चों के हिसाब-किताब का ही सामना नहीं कर रहे हैं, बल्कि इसके साथ यहूदी लोगों के ऐतिहासिक हिसाब-किताब का भी सामना कर रहे हैं।"[29] उस समय ऐसा प्रतीत हो रहा था, जैसे जियोनीवाद यूरोप के यहूदियों को बचाने से जुड़ी किसी भी अत्यावश्यकता को कम कर देता है।

हालाँकि अब यूरोप की स्थिति किसी की भी सोच से कहीं अधिक नारकीय होती जा रही थी और यहाँ तक कि बेन-गुरियन—कठोर और एकनिष्ठ जियोनीवादी—ने भी सामने आनेवाली आपदा के प्रति यिशुव के आत्मसंतुष्ट रवैए

की आलोचना की और 'यिशुववाद' के खिलाफ चेतावनी दी। 'यिशुववाद' एक शब्द है, जो उन्होंने मन की एक ऐसी स्थिति को परिभाषित करने के लिए गढ़ा था, जिसमें यिशुव को केवल फिलिस्तीन में यहूदियों के लिए जिम्मेदार माना जाता था।[30] वे समझ गए थे कि यिशुव और यूरोप के यहूदी शालीनता की अनुमति देने के लिए बहुत अधिक अन्योन्याश्रित हैं। "यूरोपीय यहूदियों का विनाश," उन्होंने कहा, "जियोनीवाद की मौत की घंटी है।"[31] लेकिन यिशुव के हाथ में अब अधिक कुछ नहीं था।

6 मई, 1942 को एक तरफ जहाँ ब्रिटिश मंत्रिमंडल ने एक आधिकारिक बयान पर सहमति व्यक्त की—"फिलिस्तीन में अवैध आव्रजन को हतोत्साहित करने के लिए सभी व्यावहारिक कदम उठाए जाने चाहिए।" वहीं दूसरी तरफ जियोनी नेताओं ने ब्रिटिश सहायता के साथ या उसके बिना यहूदी राज्य बनाने के अंतरराष्ट्रीय यहूदी के संकल्प को व्यक्त करने के लिए न्यूयॉर्क के बिल्टमोर होटल में एक असाधारण जियोनी सम्मेलन में मुलाकात की। प्रतिभागियों ने इस बात पर सहमति व्यक्त की कि ब्रिटेन पर भरोसा नहीं किया जा सकता; इसने निर्णय लिया कि यहूदी एजेंसी को जनादेश के स्थान पर फिलिस्तीन की शासकीय शक्ति सँभाल लेनी चाहिए। जियोनी आंदोलन की आधिकारिक नीति अब यह थी कि वह आप्रवास पर लगे सभी प्रतिबंधों को समाप्त करे और फिलिस्तीन में एक 'यहूदी राष्ट्रमंडल' स्थापित करे।

यूरोप में सामने आ रही भयावहता ने वह कर दिखाया, जो आधी सदी की बहस भी नहीं करके दिखा पाई थी। जियोनी आंदोलन ने पहली बार एक आधिकारिक नीति अपनाई थी कि उसका लक्ष्य एक यहूदी राज्य का निर्माण है।[32]

□

7

यिशुव ने अंग्रेजों का विरोध किया, अरब विभाजन से लड़े

"एक क्रांतिकारी युद्ध में दोनों ही पक्ष बल का प्रयोग करते हैं, स्वतंत्रता के लिए योद्धाओं को हथियारबंद होना चाहिए, वरना उन्हें एक रात में ही कुचल दिया जाएगा।"

—**मेनाकेम बेगिन,** द रिवोल्ट[1]

22 नवंबर, 1942 को द्वितीय विश्वयुद्ध के शुरू होने के बाद से पहली बार यहूदी एजेंसी ने एक बैठक आयोजित की, जो पूरी तरह से यूरोपीय यहूदियों के भाग्य को लेकर समर्पित थी। इसके अगले ही दिन इसने अपनी पहली आधिकारिक आभारोक्ति प्रकाशित की कि नाजी इस उम्मीद में संगठित रूप से यहूदियों की हत्या कर रहे हैं, ताकि वे यहूदियों का पूरी तरह से सफाया कर सकें।

इसके तुरंत बाद यिशुव में युवकों का एक समूह इस बात पर चर्चा करने के लिए इकट्ठा हुआ कि वे यूरोपीय यहूदियों को बचाने के लिए क्या कर सकते हैं? इसमें उपस्थित लोगों में से एक ब्रिटिश सेना में सेवारत यिशुव के एक यहूदी सैनिक येचिएल कादिशाई भी थे, जिन्हें मिस्र के इस्माइलिया में उनके बेस से थोड़े दिन की छुट्टी दी गई थी।

कदिशाई को बाद में याद आया कि इस बैठक के मध्य में,[2] करीब बीस-पचीस वर्ष का एक आदमी, जिसने शॉर्ट्स और छोटे फ्रेमवाला चश्मा पहन रखा था, कमरे में घुसा और एक कोने में चुपचाप बैठ गया। चर्चा के बीच में देर से आनेवाले उस व्यक्ति ने अपनी चुप्पी तोड़ते हुए बोला कि फिलिस्तीन में रहनेवाले

यहूदी पोलिश यहूदियों को बचाने के लिए सिर्फ एक काम कर सकते हैं कि जब तक यूरोप में रह रहे यहूदियों के मन में यह बात रहेगी कि उनके पास जाने के लिए कोई जगह नहीं है, तब तक उनके पास पोलैंड से भाग निकलने के लिए कोई प्रेरणा नहीं होगी। इसके अलावा उस व्यक्ति ने इस बात पर भी ध्यान दिलवाया कि हिटलर ने अब तक हंगरी या फिर रोमानिया के यहूदियों की ओर कदम नहीं बढ़ाया है, ऐसे में उनके पास वहाँ के यहूदियों को बचाने का समय है।

उस युवक ने अपनी बात जारी रखी और कहा कि किसी को भी बचाने के लिए ब्रिटिश सरकार को फिलिस्तीन का द्वार यहूदी आप्रवासन के लिए खोलना होगा, लेकिन ब्रिटिश तब तक फिलिस्तीन के द्वार नहीं खोलेंगे, जब तक कि यहूदी अत्यधिक बल का प्रयोग नहीं करते। वह बोला, अगर यिशुव को यूरोप में रहनेवाले यहूदियों की मदद करनी है तो उसे फिलिस्तीन में ब्रिटिश पर हमला करना ही होगा। इसके बाद वह बैठ गया।

बैठक बेनतीजा ही समाप्त हो गई, लेकिन जब वे लोग विदा ले रहे थे, उस समय कदिशाई, जो उस नवागंतुक के दुस्साहस से अवाक् थे, उसने अपने एक मित्र से पूछा कि अंग्रेजों के बारे में बात करनेवाला वह व्यक्ति कौन है? "वह पोलैंड में बेतर का मुखिया था," कदिशाई के दोस्त ने उसे बताया, "सोवियत द्वारा उसे बंदी बना लिया गया था और वह वहीं से यहाँ आया है। उसका नाम है (मेनाकेम) बिगिन।"

अंग्रेजों के खिलाफ यहूदी विद्रोह बस शुरू होने ही वाला था। यहूदियों द्वारा नाजियों का किया गया नरसंहार, जिसकी बेहद आश्चर्यजनक रूप से फिलिस्तीन में अधिक चर्चा नहीं हुई थी और यह एक ऐसी सच्चाई थी, जिसे लेकर बाद में यिशुव के नेताओं की आलोचना भी की गई। इस प्रकार की तीखी बहस बहुत ही कम सुनने को मिलती थी, जैसी येचिएल कादिशाई ने मेनाकेम बिगिन को पहली बार बोलते हुए सुना था, लेकिन वास्तव में यिशुव कुछ भी नहीं कर सकता था। उन बहसों में से एक के दौरान यह विचार सामने आया कि यूरोप में खुफिया जानकारी जुटाने और जीवित बचे लोगों को खोजने के लिए यहूदियों को यूरोप में भेजा जाए और ऐसा करके नाजियों के खिलाफ युद्ध में ब्रिटिशों की मदद की जाए।

ऐसे भेजे गए लोगों में सबसे अधिक प्रसिद्ध थीं चनाह सेनेश। हंगरी में पैदा हुई सेनेश स्नातक होने के बाद 1939 में फिलिस्तीन चली गईं और उसके तुरंत बाद हगनाह में शामिल हो गईं। मार्च 1944 में वे इस उम्मीद में यूगोस्लाविया चली गईं कि उन्हें वहाँ से अपनी मातृभूमि हंगरी जाने का मौका मिलेगा; उनका लक्ष्य वहाँ यहूदियों की मदद करना था, जो ऑशविट्ज मृत्यु शिविर में भेजे जानेवाले थे; हालाँकि जर्मनों ने उन्हें हंगरी की सीमा पर ही गिरफ्तार कर लिया और उसके बाद उन्हें जेल में डाल दिया गया, प्रताड़नाएँ दी गईं और आखिरकार 1944 के अंत में बुडापेस्ट में उन्हें मार डाला गया। उनकी कहानी लगभग तुरंत ही—'निली' की सारा आरोनसोहन की तरह—इजरायली विद्या और जियोनी शिक्षा का मुख्य आधार बन गई। उसके अवशेष 1950 में इजराइल वापस लाए गए; उन्हें यरुशलम में हर्जेल पर्वत पर, हर्जेल, जाबोटिंस्की और इजराइल के कई प्रधानमंत्रियों के पास ही दफनाया गया।

हालाँकि यूरोप और फिलिस्तीन दोनों में ही यहूदियों को उनकी मदद करने के लिए प्रेरक मिशनों से कहीं अधिक की आवश्यकता थी, चाहे वह कितना ही साहसी क्यों न हो! नाजियों ने यूरोप में लाखों यहूदियों का सफाया कर दिया था। फिलिस्तीन में यिशुव को अरबों और अंग्रेजों के रूप में दुश्मनों का सामना करना पड़ा। कुछ वरिष्ठ ब्रिटिश हस्तियों ने यहूदियों के प्रति अपनी अरुचि को छिपाने का कोई प्रयास नहीं किया। अपने प्रेमी को लिखे अपने पत्रों में फिलिस्तीन में ब्रिटिश सेना के कमांडर जनरल एवलिन बार्कर ने अकसर यहूदियों के प्रति अपनी नफरत व्यक्त की। एक पत्र में उन्होंने लिखा, "मुझे बहुत नफरत है...हमें बिना डरे यह कहना चाहिए कि हम उनसे नफरत करते हैं, अब वह समय आ गया है, जब इस शापित जाति को पता चले कि हम उनके बारे में क्या सोचते हैं—घिनौने लोग।"[3]

यिशुव के कुछ सदस्यों में परस्पर भावना थी। मेनाकेम बेगिन के फिलिस्तीन पहुँचने के तुरंत बाद इरगुन ने उन्हें अपना प्रमुख बनने के लिए कहा। उन्होंने इस न्योते को स्वीकार कर लिया और लगभग तुरंत—हालाँकि वे इस बात को बखूबी जानते थे कि यिशव का नेतृत्व इसके खिलाफ था—उन्होंने फिलिस्तीन को हिटलर के बाद यहूदियों के सबसे बड़े दुश्मन से छुटकारा दिलवाने का फैसला किया। बेगिन ने ब्रिटिशों के खिलाफ 'विद्रोह' (द रिवोल्ट) प्रारंभ किया।

हालाँकि इरगुन जो बल का प्रयोग करने का अधिक इच्छुक और ब्रिटिशों के खिलाफ अधिक खुले तौर पर अपनी नाराजगी प्रकट करनेवाला था, शायद ही यिशुव का सबसे मजबूत भूमिगत समूह था। उस स्थान पर एक अन्य समूह का कब्जा था, जो 1940 में ही इरगुन से टूटकर अलग हो गया था। इसका नेतृत्व दर्जनों कविताएँ लिखनेवाले, जाने-माने लेखक अवराहम स्टर्न के हाथों में था, जो इजराइल की भूमि से बेतहाशा प्रेम करते थे। स्टर्न ने इटली में चिकित्सक का काम करने की योजना बनाई थी, लेकिन जब उन्हें इस बात का विश्वास हो गया कि दूसरे लोग इजराइल को ब्रिटिशों से मुक्त करवाने के लिए कुछ नहीं कर रहे हैं, तो उन्होंने अपनी उन आकांक्षाओं को दूर कर दिया और ऐसा करने में मदद करने के लिए अपने ज्यादा उग्रवादी संगठन की स्थापना की।

इरगुन के कई सदस्यों ने स्टर्न का साथ दिया और अपनी एक 'भूमिगत मिलिशिया' की स्थापना की। उन्होंने 'लोचमेई चेरुत यिसराइल' ('इजराइल की स्वतंत्रता के लिए सेनानी') नाम रखा, जिसके संक्षिप्त रूप 'लेची' से समूह को सबसे अधिक जाना जाता है। (समूह के विरोधियों ने इसे 'स्टर्न गैंग' कहा।) इरगुन के विपरीत, जो उस समय तक ब्रिटिशों के खिलाफ पूर्ण युद्ध प्रारंभ करने को लेकर दुविधा में था, जब तक कि वे नाजियों के साथ युद्ध लड़ रहे थे, लेची ब्रिटिशों को यिशुव के एक बड़े दुश्मन के रूप में देखते थे। उन्होंने ब्रिटिशों के खिलाफ अधिक तीखा गोरिल्ला युद्ध छेड़ दिया और अकसर छोटे-छोटे ऑपरेशनों को अंजाम देते हुए विशेष रूप से ब्रिटिश सैनिक व सरकारी लोगों की हत्या की।*

* जिस प्रकार से यहूदी भूमिगत संगठनों में उनके अपने कट्टरपंथी तत्त्व शामिल थे, जैसे कि लेची, जो इरगुन के मुकाबले बहुत कम सोचे-विचारे अपने बल का प्रयोग करते थे, बिल्कुल वैसे ही ब्रिटिश भी कई बार ऐसी रणनीतियों को अपनाते थे, जो उन भूमिगत लोगों की रणनीतियों से कम डरावनी नहीं थीं, जिनका सफाया करने के लिए वे उन्हें तलाश रहे थे। ऐसी ही एक विख्यात घटना में द्वितीय विश्वयुद्ध के दौरान यूरोप में ब्रिटिश सेना में सेवा करने के बाद मेजर रॉय फर्रान को फिलिस्तीन भेजा गया, जहाँ उन्होंने इरगुन और लेची सेनानियों से खुफिया जानकारी निकालने के लिए एक गुप्त ब्रिटिश टीम बनाने में मदद की। 6 मई, 1947 को फर्रान की टीम ने इरगुन पत्रक वितरित करनेवाले सोलह वर्षीय अलेक्जेंडर रूबोविट्ज का अपहरण कर लिया। वर्षों बाद यह तय किया जा सका कि रूबोविट्ज को बेरहमी से प्रताड़ित किया गया था, लेकिन उसने अपना मुँह नहीं खोला था। पूछताछ के दौरान फर्रान ने रूबोविट्ज के सिर पर पत्थर से वार किया, जिससे लड़के की मौत हो गई। काफी कोशिशों के बाद भी उसका शव बरामद नहीं किया जा सका। एक साल बाद बदला लेने के लिए 'लेची' ने इंग्लैंड स्थित फर्रान के घर पर एक बम भेजा, लेकिन

फरवरी 1942 में एक सघन तलाशी अभियान के बाद ब्रिटिश सेना के साथ हुई गोलीबारी में स्टर्न मारा गया।

6 नवंबर, 1944 को बुडापेस्ट में चाना सेनेश के मारे जाने के साथ ही 'लेची' को यिशुव के कोप का भागी बनना पड़ा।[4] इसके दो सदस्यों, एलियाहू बेट-जूरी और एलियाहू हकीम ने मध्य-पूर्व में ब्रिटिश राज्य मंत्री लॉर्ड मोयने की काहिरा में उनके घर के बाहर हत्या कर दी। उन्होंने लॉर्ड मोयने के ड्राइवर को भी गोली मार दी। गुस्साई भीड़ से घिरे होने के बाद उन्हें मौके से ही पकड़ लिया गया; अंततः उन्हें दोषी ठहराया गया और फाँसी दे दी गई। अपने मुकदमे के दौरान 'दो एलियाहस' ने जोर देकर कहा कि उन्होंने लॉर्ड मोयने को इसलिए मार डाला, क्योंकि यहूदी आप्रवासन का उनका विरोध यहूदी लोगों के खिलाफ एक अपराध से कम नहीं था। परंतु ब्रिटिश अदालत अडिग थी; इसके अलावा इस सच्चाई ने कि ड्राइवर को भी मार डाला गया था, ने यिशुव में कई लोगों को इस बात के प्रति आश्वस्त किया कि 'लेची' एक अनुशासित लड़ाकू बल की तुलना में हत्यारों के एक गुट के रूप में काम कर रहा था।

यिशुव के नेतृत्व की चिंता इस बात को लेकर बढ़ती गई कि कहीं चरमपंथी यहूदी अर्धसैनिक समूहों के चलते पूरे यिशुव को ही ब्रिटिशों की नाराजगी का सामना न करना पड़े। बेन-गुरियन की मंजूरी के साथ हगनाह ने अन्य अर्धसैनिक समूहों को खत्म करने का फैसला किया। नवंबर 1944 और मार्च 1945 (एक अवधि, जिसे अब सैसन या 'शिकार का मौसम' के रूप में जाना जाता है) के बीच, पामाच के विशेष बलों ने इरगुन और लेची के सदस्यों की खोज की, उन्हें गिरफ्तार किया और यह बात अच्छे से जानते हुए कि ब्रिटिश उन्हें फाँसी दे देंगे, उन्हें अंग्रेजों को सौंप दिया। बेगिन ने अंग्रेजों के खिलाफ अपनी गतिविधियों को बंद करने से इनकार कर दिया, लेकिन हगनाह से लड़ने से भी इनकार कर दिया। वह यहूदियों के खिलाफ हाथ नहीं उठाएगा। बेन-गुरियन के सामने ऐसी कोई

पैकेट को रॉय ने नहीं, बल्कि उसके भाई रेक्स ने खोला, जिसकी मौके पर ही मौत हो गई, अंततः रॉय फर्रान कनाडा जाने में सफल रहे, जहाँ वे एक सफल व्यवसायी और राजनेता के रूप में स्थापित हो गए और 1971 से 1979 तक अल्बर्टा प्रांत की विधानसभा के सदस्य के रूप में सेवा की। (ब्रूस हॉफमैन, एनोनिमस सोल्जर्स : द स्ट्रगल फॉर इजराइल : 1917-1947 (न्यूयॉर्क : अल्फ्रेड ए, नॉफ, 2015), पीपी. 422 एफएफ)

बाध्यता नहीं थी; इजराइल के प्रमुख इतिहासकारों में से एक (और बेन-गुरियन की एक वैचारिक शिष्य) अनीता शपीरा ने बाद में उल्लेख किया, "सैसन बेन-गुरियन का सबसे अच्छा समय नहीं था, (लेकिन) उन्होंने इसके लिए कभी खेद व्यक्त नहीं किया।"[5]

इस बीच यूरोप में नाजियों के खिलाफ मित्र राष्ट्रों का युद्ध आगे बढ़ा। 8 मई, 1945 को जर्मनों ने बिना शर्त आत्मसमर्पण कर दिया और द्वितीय विश्वयुद्ध चार महीने बाद 2 सितंबर को समाप्त हो गया। युद्ध में करीब साठ मिलियन लोग मारे गए (1940 में दुनिया की आबादी का लगभग 3 प्रतिशत), जिसमें छह मिलियन यहूदी (एक-तिहाई यहूदी लोग), जिनकी इस प्रलय में हत्या कर दी गई थी, शामिल थे। वर्षों बाद बेन-गुरियन ने इस नरसंहार में हुई तबाही पर मुँह खोला और बोले, "अगर विभाजन कर दिया गया होता (जैसा कि पील आयोग ने सुझाया था), तो हमारे लोगों का इतिहास बिल्कुल अलग होता और यूरोप में छह मिलियन यहूदी नहीं मारे जाते, उनमें से अधिकांश इजराइल में होते।"[6]

विश्व युद्ध की समाप्ति के साथ ब्रिटेन आर्थिक तंगी में फँस गया था, शीत युद्ध की आशंका सर्वव्यापी थी और अरब तेल एक महत्त्वपूर्ण कारक था। इसके बावजूद अरब के क्रोध से बचने के लिए ब्रिटिश लेबर पार्टी की सरकार ने श्वेत-पत्र की नीति को नहीं बदला और यहूदी राज्य बनाने के लिए कुछ भी नहीं किया। यहूदियों के अनुसार 'बालफोर घोषणा' में जिसका वादा किया गया था, यहूदियों के प्रति वैमनस्य प्रदर्शन करनेवालों में ब्रिटिश ही अकेले नहीं थे। ऐसा प्रतीत हो रहा था कि यहूदी जहाँ कहीं भी गए, उन्हें शत्रुता का सामना करना पड़ा। संयुक्त राष्ट्र सहायता और पुनर्वास प्रशासन (यू.एन.आर.आर.ए.) ने युद्ध में विस्थापित हुए लोगों को शरणार्थी शिविरों में रखा और ऐसा करने के दौरान यहूदी और जर्मन विस्थापितों को साथ ही रख दिया। जब यहूदियों ने इस बात की शिकायत की कि वे उन लोगों के साथ नहीं रहना चाहते, जो अभी तक उनके उत्पीड़क थे, तो यू.एन.आर.आर.ए. अधिकारियों ने बेहद रूखेपन से जवाब दिया कि यहूदियों को जर्मनों से अलग करना जर्मनों की नस्लवादी नीतियों को कायम रखने के समान होगा।

सभी प्रमुख अमेरिकी हस्तियाँ पूरी तरह सहानुभूतिपूर्ण नहीं थीं। 1954 में जनरल जॉर्ज एस. पैटन ने अपनी पत्रिका में एक लेख लिखा, जिसमें उन्होंने कहा, "(अन्य) मानते हैं कि विस्थापित व्यक्ति एक इनसान होता है, जबकि ऐसा नहीं है और यह विशेष रूप से यहूदियों पर लागू होता है, जो जानवरों से भी बदतर हैं।"[7] पैटन ने याद किया कि उनके कमांडर जनरल ड्वाइट डी. आइजनहावर अस्थायी यहूदी उपासनागृह देखने गए थे, जिसे यहूदी विस्थापित लोगों को 'योम किप्पुर' को मनाने की अनुमति देने के लिए बनाया गया था। "हमने यहूदी उपासनागृह में प्रवेश किया, जो मानवता की उस सबसे बुरी गंदगी से भरा हुआ था, जिसे मैंने अपने जीवन में देखा था। बेशक, मैंने उन्हें बिल्कुल शुरू से देखा है और यह सोचा है कि क्या जिन लोगों को भगवान् के रूप में बनाया गया है, वे ऐसे भी दिख सकते हैं, जैसे ये दिखते हैं या ऐसे काम कर सकते हैं, जैसे ये अब करते हैं?"[8]

विस्थापित व्यक्ति युद्ध से तो बच गए थे, लेकिन वे पूरी तरह से हताश थे। आप्रवास अधिक दबाववाला एक मुद्दा बन गया, जब यू.एन.आर.आर.ए. ने यहूदी शरणार्थियों का सर्वेक्षण किया, तो उनमें से 96.8 प्रतिशत ने कहा कि वे फिलिस्तीन जाना चाहते हैं। संयुक्त राज्य अमेरिका ने ब्रिटेन पर जमीन की बिक्री पर प्रतिबंध को वापस लेने और एक लाख यहूदियों को फिलिस्तीन में प्रवेश करने की अनुमति देने का दबाव डाला, लेकिन अमेरिका ने भी युद्ध के दौरान यहूदियों के लिए अपनी सीमाएँ बंद कर दी थीं और उन्हें ऐसा आदेश देने का नैतिक अधिकार उसे नहीं था; अंग्रेजों ने ऐसा करने से इनकार कर दिया।

इसके परिणामस्वरूप यिशुव ने अवैध आप्रवासन को बढ़ावा दिया। 1945 से 1948 के बीच यूरोपीय यहूदियों के अवशेषों को बचाने के प्रयास के रूप में उन्होंने कई सौ हजार यहूदियों की मदद की, जो—जीवित रहने को बेताब थे—फिलिस्तीन में अवैध रूप से घुसने को तैयार थे। यिशुव में रहनेवाले कई बार व्यक्तिगत तौर पर खतरा उठाकर किनारों पर आनेवाली छोटी या बड़ी नावों का स्वागत करते, उसमें बैठे लोगों को किनारे पर आने में मदद करते और उनके पकड़े जाने से पहले उन्हें छिपाने में मदद करते।

हालाँकि उनमें से कई पकड़े भी जाते। भाग्य का खेल देखिए, कई ऐसे लोग, जो खुद को भीषण नरसंहार से बचाकर आखिरकार फिलिस्तीन पहुँचने में

कामयाब रहे थे, अकसर खुद को दोबारा कैद में पा रहे थे, परंतु इस बार ब्रिटिशों की। उनके शरीर से जूँ निकालने के लिए ब्रिटिशों ने उन्हें कपड़े उतारकर नहाने के लिए कहा। उस नजारे को याद करना भी कई लोगों के लिए बेहद असहनीय है।

26 जून, 1945 को न्यूयॉर्क में एक संवाददाता सम्मेलन में बेन-गुरियन ने घोषणा की कि अगर ब्रिटिश यहूदी आव्रजन पर लगे प्रतिबंधों के साथ श्वेत-पत्र की नीतियों को बनाए रखने पर जोर देते हैं, तो यिशुव के पास 'निरंतर और क्रूर बल' के साथ जवाब देने के अलावा कोई विकल्प नहीं होगा।[9] हगनाह, इरगुन और लेची ने एक साथ मिलकर 'तनुआत हमरी हैवरी' (संयुक्त प्रतिरोध आंदोलन) की स्थापना की, जिसका नेतृत्व बेन-गुरियन के हाथों में था। वे एक समन्वित रणनीति के तहत एक साथ मिलकर ब्रिटिशों के खिलाफ लड़ने के लिए सहमत हुए और उनका इरादा 'महत्त्वपूर्ण रणनीतिक केंद्रों पर हमला करते हुए बुनियादी ढाँचे और सत्ता के उन प्रतीकों को नष्ट करना था, जो ब्रिटिश जनादेश को वैध बनाते थे।' तय किए गए किसी भी ऑपरेशन को पूरा करने के लिए हनगाह को वीटो शक्ति भी प्रदान की गई थी।

संयुक्त प्रतिरोध आंदोलन का सबसे सफल हमला 16 और 17 जून, 1946 को हुआ। ग्यारह समन्वित हमलों ने सड़क और रेल पुलों को नष्ट कर दिया तथा हाइफा रेलवे प्रणाली को क्षतिग्रस्त करते हुए फिलिस्तीन को उसके पड़ोसी देशों से अलग कर दिया और ब्रिटेन की माल व सैनिकों को अपनी सीमा से पार ले जाने की क्षमता को अवरुद्ध कर दिया। ब्रिटिश जनादेश को ये हमले काफी महँगे पड़े और उसे लगभग चार मिलियन पाउंड स्टर्लिंग से अधिक का नुकसान हुआ, जो उस समय एक बड़ी रकम थी।

इसके बारह दिन बाद ब्रिटिशों ने जवाबी काररवाई की। 'ऑपरेशन अगाथा' (जिसे यिशुव ने 'ब्लैक सब्बाथ' कहा) में अंग्रेजों ने यरुशलम, तेल अवीव, रमत गण, हाइफा और नेतन्या में लॉकडाउन लगा दिया। करीब सत्रह हजार ब्रिटिश सैनिकों ने उग्रवादियों, अवैध हथियारों और आपत्तिजनक दस्तावेजों की तलाश में फिलिस्तीन का चप्पा-चप्पा छान मारा। उन्होंने सत्ताइस सौ यहूदियों को गिरफ्तार किया, जिनमें से कई जियोनी नेतृत्व से संबंधित थे। उस समय पेरिस गए हुए होने

के चलते बेन-गुरियन गिरफ्तारी से बच गए।

एक तरफ तो यहूदियों को फिलिस्तीन में घेरे में लिया जा रहा था, वहीं दूसरी तरफ यूरोप में उनकी हत्याओं का दौर जारी था। 'ब्लैक सब्बाथ' के पाँच दिन बाद 4 जुलाई, 1946 को युद्ध से बचे लगभग 150 से 200 यहूदी, जो किल्स, पोलैंड में रह रहे थे (कुछ कील्स से आए थे और अपने पूर्व घर वापस चले गए थे, जबकि अन्य कहीं और रास्ते में थे), पर हमला किया गया, जो युद्ध के बाद का पहला बड़ा नरसंहार था। हिंसक भीड़ (जिसमें पोलिश सेना और पुलिस शुरू से ही शामिल थी) के हमले में बयालीस यहूदी मारे गए, जबकि बाकी को पीटा गया या पथराव किया गया। युद्ध समाप्त हो गया था, लेकिन नरसंहार करनेवाले यूरोप वापस लौट आए थे। यह स्पष्ट था कि युद्ध के बाद भी पोलैंड यहूदियों के लिए सुरक्षित नहीं होगा।

किशिनेव को अतीत में वापस नहीं लाया गया था। हमले की खबर तेजी से फैली। हमले के चौबीस घंटे के भीतर पोलैंड में पाँच हजार यहूदियों ने अपना घर छोड़ दिया और फिलिस्तीन पहुँचने की उम्मीद में चेकोस्लोवाकियाई सीमा की ओर बढ़ने लगे, हालाँकि अंग्रेजों ने उन्हें ऑस्ट्रिया के मुहाने पर ही रोक दिया।

जाने का कोई ठिकाना न होने के बावजूद यूरोप से आनेवाले शरणार्थियों की संख्या बढ़ रही थी। यिशुव के नेतृत्व को सलाखों के पीछे डाल दिया गया था और ब्रिटिशों ने यहूदी एजेंसी के कई दस्तावेजों को जब्त कर लिया था, जिनमें से कई का इस्तेमाल बाद में यिशुव के नेताओं के खिलाफ मुकदमा चलाने के लिए किया जा सकता था। अस्थिरता से इनकार नहीं किया जा सकता; यह स्पष्ट था कि वातावरण कभी भी फट सकता था।

यिशुव के नेतृत्व तक यह सूचना पहुँची कि 'ब्लैक सब्बाथ' के दौरान ब्रिटिशों द्वारा जब्त किए गए दस्तावेजों में से कई को प्रतिष्ठित किंग डेविड होटल भवन में संगृहीत किया जा रहा है। यिशुव को इस बात का पूरा भरोसा था कि इमारत में जमा किए गए दस्तावेज पर्याप्त थे कि उनकी मदद से यिशुव के नेताओं, जिनमें गोल्डा मीर भी शामिल थे, को गिरफ्तार और संभवतः फाँसी पर भी लटकाया जा सकता है।[10] ब्रिटिश काररवाई के प्रतिशोध में और अभियोग साबित

करनेवाले सबूतों को नष्ट करने के लिए इरगुन ने होटल पर हमले का प्रस्ताव रखा, जिसके दक्षिणी विंग में 1938 से ब्रिटिश जनादेश के सैन्य और प्रशासनिक मुख्यालय स्थित थे (बाकी के कमरों का उपयोग अतिथि आवास के रूप में किया जाता था)।

1 जुलाई, 1946 को, हगनाह के तत्कालीन प्रमुख मोशे स्नेह ने मेनाकेम बेगिन को एक गुप्त नोट भेजा, जिसमें उन्हें किंग डेविड पर बमबारी की इजाजत दी गई थी। इरगुन को किंग डेविड पर बमबारी करनी थी, जबकि हगनाह और लेची को अन्य इमारतों पर हमला करना था। हगनाह और लेची ने ऐन मौके पर अपने हाथ खींच लिये और निर्धारित हमलों से दो दिन पूर्व वीजमैन ने स्नेह से कहा कि अबर स्नेह इरगुन की योजना को रोकने की माँग नहीं करते हैं तो वे विश्व जियोनीवादी संस्था से इस्तीफा दे देंगे और यिशुव बँट जाएगा। स्नेह ने कई बार बमबारी को टाला, लेकिन इरगुन के नेतृत्व को जब ऐसा लगा कि हगनाह की हिम्मत जवाब दे रही है, तो उसने खुद ही आगे बढ़ने का फैसला किया।

किंग डेविड को दूध की आपूर्ति टिन के बड़े कनस्तरों में की जाती थी। 22 जुलाई को टी.एन.टी. विस्फोटकों से भरे दूध के सात कंटेनरों को रणनीति के तहत इमारत में रखा गया था। विस्फोट के तय समय से बीस मिनट पहले इरगुन के एक सदस्य ने किंग डेविड को फोन किया और अंग्रेजी तथा हिब्रू भाषा में—इमारत में एक आसन्न हमले की चेतावनी दी। कर्मचारियों ने उस चेतावनी को अनसुना कर दिया। उस इरगुन ने फ्रांसीसी वाणिज्य दूतावास और फिलिस्तीन पोस्ट को भी फोन करके आसन्न विस्फोट की चेतावनी दी। किसी ने भी उन सूचनाओं पर ध्यान नहीं दिया।

दोपहर 12:37 बजे विस्फोट हो गया, जिससे 500 किलोग्राम के हवाई बम के सीधे प्रहार के दबाव के बराबर का विस्फ़ोट हुआ। कई लोग मौके पर ही मारे गए, जबकि दर्जनों मलबे के नीचे दब गए। हमले में कुल नब्बे लोगों की मौत हुई। मरनेवालों में अट्ठाईस ब्रिटिश थे, बयालीस अरब थे और सत्रह यहूदी थे, जिसमें ऑपरेशन को अंजाम देनेवाले इरगुन उग्रवादियों में से एक भी शामिल था। मृतकों में दो आर्मेनियाई, एक रूसी और एक ग्रीक भी शामिल था।

आश्चर्य की बात नहीं है कि हमले पर गुस्से से भरी प्रतिक्रियाएँ आने लगीं।

अमेरिकी और ब्रिटिश अखबारों ने हमले की निंदा की और इस बात की चेतावनी दी कि यह जियोनीवादी ध्येय के लिए बुरा रहेगा। यहूदी एजेंसी ने भी इस बमबारी की निंदा की और ऐसा करते हुए वे इस बेहद महत्त्वपूर्ण बात को भूल गए कि यिशुव के नेतृत्व में प्रारंभ में इसकी मंजूरी दी थी। बेन-गुरियन सहित हगनाह ने योजना में किसी भी तरह की भागीदारी से इनकार किया। प्रतिक्रिया इतनी तीव्र थी कि उस समय से संयुक्त प्रतिरोध आंदोलन प्रभावी रूप से मृत हो गया था। इरगुन और लेची ने आमतौर पर हगनाह की अवज्ञा करते हुए अपने दम पर काम करना जारी रखा।

9 दिसंबर, 1946 को किंग डेविड की बमबारी के लगभग पाँच महीने बाद बासेल की उसी इमारत में, जिसमें हर्जेल ने लगभग पचास साल पहले पहली बार कांग्रेस बुलाई थी, बाईसवीं जियोनी कांग्रेस की बैठक आयोजित की गई। बमबारी के झटकों ने बातचीत को परिभाषित किया; कांग्रेस में केंद्रीय प्रश्न यह था कि अंग्रेजों से कैसे निपटा जाए—बल प्रयोग किया जाए या अंग्रेजों द्वारा अपनी स्थिति बदलने की प्रतीक्षा की जाए? यह सोच हजारों साल पहले 'बाइबल' के यिर्मयाह और हनन्याह के बीच की बहस के विपरीत नहीं थी। वीजमैन ने कहा कि आतंकवाद 'शरीर में कैंसर' जैसा है और तर्क दिया कि 'गैर-यहूदी तरीकों' से एक यहूदी राज्य बनाने से पूरा उद्देश्य विफल हो जाएगा। उन्होंने उचित तरह से यिर्मयाह को उद्धृत करते हुए अपनी बात समाप्त की—'अगर मेरे पास जलानेवाली जीभ होती, पैगंबरवाली ताकत होती कि मैं तुम्हें बेबीलोन और मिस्र के रास्ते से भटकने पर चेतावनी दे पाता...'सियोन को सिर्फ न्याय से पाया जा सकता है' किसी और तरीके से नहीं।'[11]

वीजमैन की विनती ने बेन-गुरियन को इस बात का भरोसा करवाया कि कांग्रेस में अब वह साहस नहीं है, जो एक यहूदी राज्य बनाने के लिए आवश्यक है। बेन-गुरियन अधिवेशन से बाहर आ गए और अपने कमरे में लौट आए, वही कमरा, जिसमें हर्जेल रुके थे, जब अन्य प्रतिनिधियों ने उनसे रुकने की अपील की, तो वे मान गए। सुबह के समय इस बात को लेकर मतदान किया गया कि क्या अब वह समय आ गया है, जब यिशुव को अधिक हिंसक तरीके से ब्रिटिशों का

विरोध करना चाहिए? बेन-गुरियन ने 171 के मुकाबले 154 के मामूली बहुमत से जीत हासिल की।

तीस प्रभावशाली वर्षों के बाद चैम वीजमैन ने न सिर्फ संयम की अपनी अपील को खो दिया था, बल्कि वे अपने कुछ भूतपूर्व समर्थकों के सम्मान से भी हाथ धो बैठे थे। उन्होंने अपना जीवन इस उद्देश्य के लिए पूरी तरह से समर्पित कर दिया था और युद्ध में व्यक्तिगत भारी कीमत चुकाई थी—अंग्रेजों के लिए एक लड़ाकू पायलट के रूप में कार्यरत उनके बेटे की गोली मारकर हत्या कर दी गई थी। वे जियोनीवादी और इजराइली मामलों में एक महत्त्वपूर्ण व्यक्ति बने रहेंगे और राष्ट्रपति हैरी ट्रूमैन को इजराइल राज्य को मान्यता देने के लिए मनाने में महत्त्वपूर्ण भूमिका निभाएँगे, लेकिन इस नुकसान के परिणामस्वरूप आंदोलन में उनकी स्थिति काफी खराब हो गई।

द्वितीय विश्वयुद्ध ने ब्रिटेन को बहुत बुरी तरह से प्रभावित किया था। साम्राज्य को अपना दायरा सीमित करने की आवश्यकता थी। भारत 1947 में स्वतंत्रता प्राप्त कर लेगा और मध्य-पूर्व में जनादेश को बनाए रखने की लागत बढ़कर बहुत अधिक हो गई थी। लगभग एक लाख ब्रिटिश सैनिक (साम्राज्य की पूरी सेना का दसवाँ हिस्सा) फिलिस्तीन में तैनात थे, यानी प्रत्येक अठारह निवासियों के लिए एक सैनिक।[12]

इस बीच यिशुव के नेतृत्व ने जमीन पर अधिक-से-अधिक तथ्यों को स्थापित करने की माँग की, जो कि यहूदी राज्य की भविष्य की सीमाओं का विस्तार करने के लिए हो सकता है। 6 अक्तूबर, 1946 को (योम किपुर उपवास के समापन के तुरंत बाद), यहूदी एजेंसी ने उत्तरी नेगेव में—एक ही रात में—ग्यारह नई बस्तियों को स्थापित करने के लिए तेजी से काम किया। इन्हें एक ऐसे क्षेत्र में बनाया जाना था, जिसे पील आयोग द्वारा यहूदी राज्य के लिए आवंटित क्षेत्र में शामिल नहीं किया गया था और संभवत: भविष्य की विभाजन योजनाओं में भी शामिल नहीं किया जा सकता था।

यिशुव का यह अंदाजा कि उन्हें तेजी से आगे बढ़ना चाहिए, भविष्यदर्शी साबित हुआ। जुलाई 1946 में किंग डेगिड पर हुई बमबारी के छह महीने बाद

ब्रिटिशों ने 22 जनवरी, 1947 को घोषणा की कि वे फिलिस्तीन को छोड़ रहे हैं और उस स्थान के और भविष्य के किसी यहूदी राज्य के—भाग्य को संयुक्त राष्ट्र के हवाले कर रहे हैं।

15 मई, 1947 को संयुक्त राष्ट्र ने फिलिस्तीन पर संयुक्त राष्ट्र की विशेष समिति बनाई, जिसे इसके संक्षिप्त नाम यू.एन.एस.सी.ओ.पी. से अधिक जाना जाता है। ग्यारह देशों के प्रतिनिधियों से बनी 'यू.एन.एस.सी.ओ.पी.' को वह काम सौंपा गया, जो ब्रिटिश करने में असफल रहे थे—फिलिस्तीन समस्या का एक समाधान तलाशने का। अरबों ने तुरंत ही इस बात की घोषणा कर दी कि वे यू.एन.एस.सी.ओ.पी. की सभी बैठकों और चर्चाओं का बहिष्कार करेंगे। यू.एन. एस.सी.ओ.पी. के सदस्यों ने 2 जून को फिलिस्तीन की यात्रा की और गहन अध्ययन और जाँच के लिए तीन महीने तक वहाँ रहे।

वहाँ पर एक तरफ जहाँ नरसंहार के दौरान बचे हुए लाखों यहूदी जाने को एक स्थान की तलाश में बेताबी से बैठे थे, वहीं दूसरी तरफ अवैध आप्रवासन तेजी से जारी था। यू.एन.एस.सी.ओ.पी. जिस समय विचार-विमर्श करने में व्यस्त थे, तभी बेघर यहूदियों को ले जा रहा एक और जहाज सुर्खियों में आ गया। यह जहाज था एक्सोडस; और एक बार फिर ब्रिटिश इसके यात्रियों को फिलिस्तीन में उतरने की अनुमति देने को तैयार नहीं थे।

जेनेवा से रवाना हुआ एक्सोडस, जर्मनी और पोलैंड के युद्ध से बचे यहूदी लोगों के साथ क्षमता से कहीं अधिक भरा हुआ था। यह जुलाई, 1947 में फिलिस्तीन पहुँचा। ब्रिटिश रॉयल नेवी के साथ एक छोटी सी झड़प के बाद नरसंहार के बचे हुए तीन लोगों की मौत हो गई, जिसके बाद यात्रियों को एक्सोडस से उतारा गया। ब्रिटिशों ने उन्हें एंपायर राइवल पर स्थानांतरित कर दिया, जो उन्हें साइप्रस तो नहीं लेकर गया, जहाँ इससे पूर्व बचे हुए कई यहूदियों को ले जाया गया था, बल्कि वह उन्हें वापस यूरोप ले गया।

बचे हुए लोग भौचक्के रह गए। ऑब्रे एबन (जो बाद में अब्बा एबन के रूप में, संयुक्त राष्ट्र और संयुक्त राज्य दोनों में इजराइल के राजदूत बने) ने यू.एन.एस.सी.ओ.पी. समिति के सदस्यों को स्थानांतरण का गवाह बनने के लिए

मना लिया। एबन ने बाद में लिखा कि जब वे पहुँचे तो उन्होंने देखा—"ब्रिटिश सैनिकों ने मौत के शिविरों से बचे हुए लोगों के खिलाफ राइफल की बट, हॉज पाइप और आँसू गैस का उपयोग किया। पुरुषों, महिलाओं और बच्चों को जबरन जेल के जहाजों में ले जाया गया, डेक के नीचे पिंजरों में बंद कर दिया गया और फिलिस्तीन के पानी से बाहर भेज दिया गया।"[13] यू.एन.एस.सी.ओ.पी. के सदस्य जब यरुशलम वापस लौटे, तो उन्होंने जो ब्रिटिश क्रूरता देखी थी, उसके 'सदमे से उनका रंग पीला पड़ गया'।[14]

यू.एन.एस.सी.ओ.पी. ने यिशुव के नेताओं की बात सुनी, यहाँ तक कि गुप्त रूप से हगनाह के सदस्यों के साथ मुलाकात भी की, ताकि यह बात निर्धारित की जा सके कि एक बार ब्रिटिशों के वहाँ से जाने के बाद यहूदी अरबों से खुद की रक्षा करने में सक्षम होंगे या नहीं? 1 सितंबर, 1947 को यू.एन.एस.सी.ओ.पी. ने आधिकारिक तौर पर फिलिस्तीन के यहूदी और अरब के बीच विभाजन का प्रस्ताव रखा; अंतरराष्ट्रीय मामले में यरुशलम एक अलग इकाई बना रहेगा। जियोनीवादी अपने राज्य के दर्जे के करीब पहुँच चुके थे, वह राज्य अभी भी उनकी मूल अपेक्षाओं के मुकाबले काफी छोटा होनेवाला था। यू.एन.एस.सी.ओ.पी. द्वारा प्रस्तावित यहूदी राज्य कम-से-कम पील आयोग द्वारा उनके लिए निर्दिष्ट क्षेत्र से बड़ा था; पील ने यहूदियों के लिए जॉर्डन के पश्चिम में फिलिस्तीन का 20 प्रतिशत और अरबों के लिए 80 प्रतिशत का प्रस्ताव रखा था। दूसरी ओर, यू.एन.एस.सी.ओ.पी. ने यहूदियों के लिए 55 प्रतिशत और अरबों के लिए 45 प्रतिशत का प्रस्ताव रखा, हालाँकि यहूदियों को सौंपी गई अधिकांश भूमि रेगिस्तानी थी, फिर भी यू.एन.एस.सी.ओ.पी. की योजना यहूदियों के लिए एक बड़ा कदम और अरबों के लिए एक करारा झटका थी।

हालाँकि दो प्रस्तावित राज्यों का अनुमानित जनसंख्या संतुलन यहूदियों के लिए गंभीर चिंता का कारण था। यू.एन.एस.सी.ओ.पी. द्वारा प्रस्तावित यहूदी राज्य में 4,98,000 यहूदी और 4,07,000 अरब होंगे।[15] जबकि अरब राज्य 7,25,000 अरबों और सिर्फ 10,000 यहूदियों का घर होगा।[16] यहूदी और अरब जन्मदर के अंतर को देखते हुए तथा आसपास के देशों से अतिरिक्त अरबों को जितनी आसानी से उस क्षेत्र में आने के लिए मनाया जा सकता था, अगर अरबों ने

यू.एन.एस.सी.ओ.पी. की सिफारिशों को मान लिया होता, तो सिर्फ एक ही पीढ़ी में पूरा फिलिस्तीन उनका हो सकता था, जैसा कि पील के बाद हुआ था; हालाँकि यहूदी एजेंसी ने यू.एन.एस.सी.ओ.पी. की सिफारिशों को स्वीकार कर लिया और अरब उच्च समिति ने उसे तुरंत ही खारिज कर दिया।

1947 में संयुक्त राष्ट्र बने सिर्फ दो वर्ष ही हुए थे और सिर्फ छप्पन देश इसके सदस्य थे। नवंबर 1947 के अंतिम सप्ताह में इसकी महासभा की बैठक न्यूयॉर्क में प्रस्ताव 181, जो यू.एन.एस.सी.ओ.पी. के प्रस्ताव का एक मामूली संशोधन था, पर बहस करने के लिए आयोजित हुई। प्रारंभ में अमरीकियों ने जियोनीवादियों के प्रति मामूली समर्थन की पेशकश की। जॉर्ज मार्शल के अधीन आनेवाले विदेश विभाग ने लंबे समय से यहूदी-स्वतंत्रता विरोधी रुख अपनाया हुआ था; मतदान से एक दिन पहले यिशुव के लिए स्थितियाँ और भी बदतर बनाने के क्रम में सी.आई.ए. की एक गुप्त रिपोर्ट ने राष्ट्रपति ट्रूमैन से समर्थन नहीं देने का आग्रह किया। सी.आई.ए. इस नतीजे पर पहुँची थी कि यहूदी राज्य अपना बचाव करने में अक्षम रहेगा और संयुक्त राज्य अमेरिका को संघर्ष में घसीट लिया जाएगा, जिसका होना अब तय था। सी.आई.ए. ने पूर्वानुमान लगाया, 'यहूदी दो वर्ष से अधिक समय तक खड़े नहीं रह पाएँगे।'[17]

राष्ट्रपति ने सी.आई.ए. और विदेश विभाग की उपेक्षा की और विभाजन की योजना को न सिर्फ अमेरिका का मत दिया, बल्कि उन दूसरे देशों पर भी ऐसा करने का दबाव डाला, जिनको अमेरिका ने सहायता प्रदान की थी।[18]

सोवियत संघ ने पहले ही यहूदी स्वतंत्रता का समर्थन करने की घोषणा कर दी थी। यह मानते हुए कि यहूदी राज्य शायद समाजवादी बन सकता है (निस्संदेह इस पूरे मामले से पश्चिमी साम्राज्यवाद के प्रतीक कहे जानेवाले ब्रिटिशों का जो अपमान हुआ, उसमें होनेवाली प्रसन्नता), रूसियों ने यहूदी स्वतंत्रता को अपना पूरा समर्थन दिया। सोवियत प्रतिनिधि आंद्रेई ग्रोमीको ने कहा, "यहूदी लोग इतिहास में काफी समय से फिलिस्तीन के साथ घनिष्ठ रूप से जुड़े हुए हैं...युद्ध के परिणामस्वरूप यहूदियों को एक व्यक्ति के रूप में किसी दूसरे की तुलना में अधिक नुकसान उठाना पड़ा है...यहूदी लोग इसलिए अपना खुद का राज्य बनाने का प्रयास कर रहे हैं और इस अधिकार से उन्हें वंचित करना अन्याय होगा।"[19]

जियोनीवादियों को इस बात का डर था कि सोवियत और अमेरिकी समर्थन के बावजूद उनके पास अपने लिए आवश्यक दो-तिहाई बहुमत से कुछ मत कम हैं। महासभा में मतदान बुधवार, 26 नवंबर को होना निर्धारित था, लेकिन यहूदी एजेंसी इस नतीजे पर पहुँची कि उसे समर्थन के लिए हैती, लाइबेरिया और फिलीपींस सहित कई अन्य देशों को मनाने के लिए और अधिक समय चाहिए। ऐसे में संयुक्त राष्ट्र में उरुग्वे के प्रतिनिधि रोड्रिग्ज फैब्रागेट मददगार के रूप में सामने आए, जिन्होंने काररवाई में विघ्न डाल दिया, जिससे मतदान में देरी हुई।[20] चूँकि मतदान अब थैंक्सगिविंग की छुट्टियों तक के लिए टल गया था, जियोनी गठबंधन के पास एक और दिन था, जिसमें वह कुछ और ऐसे देशों को मना सकते थे, जिनके मत महत्त्वपूर्ण थे। एबन और अन्य लोगों ने चौबीसों घंटे काम किया, लोगों से आधी-आधी रात तक संपर्क साधा, यहूदी लोगों के मामले की पैरवी की और प्रतिनिधियों से दो हजार वर्षों में पहला यहूदी राष्ट्रमंडल स्थापित करने में मदद करने का आग्रह किया।[21]

29 नवंबर को जब महासभा एक बार दोबारा बैठी, तो पूरी दुनिया के यहूदी एक अच्छी खबर और नरसंहार के बाद एक नया जीवन जीने की अभिलाषा लिये अपने रेडियो के चारों ओर बेसब्री से बैठे थे। अमेरिकी यहूदी और यूरोपीय तथा ऑस्ट्रेलियाई यहूदी एवं यिशुव में रहनेवाले यहूदी, अचानक इस भावना से एकजुट हो गए कि आनेवाले क्षणों में उनका इतिहास मौलिक रूप से बदल सकता है। उन्होंने अपनी साँस रोक रखी थी और नाम सूची सुनी, जैसा कि उस समय तक अपेक्षित था, सोवियत संघ और संयुक्त राज्य अमेरिका ने पक्ष में मतदान किया। फिलिस्तीन के लिए जिम्मेदार ब्रिटिशों ने इसमें भाग नहीं लिया। जिस बात की सबसे कम उम्मीद थी, वह यह हुई कि 17 ऐसे देश, जिन्होंने 25 नवंबर को इस बात का संकेत दिया था कि वे मतदान से दूर रहने की योजना बना रहे हैं, उन्होंने न सिर्फ मतदान में भाग लिया, बल्कि उनके पक्ष में अपना मत भी दिया।[22] काररवाई में विघ्न ने अपना काम कर दिया। फिलिस्तीन के विभाजन का प्रस्ताव 181 को उसके पक्ष में 33 मतों, विरोध में 13 मतों और 10 तटस्थों के साथ पारित कर दिया गया।

यहूदियों का अपने राज्य का सपना सच होनेवाला था। 1897 की पहली

जियोनी कांग्रेस के बाद हर्जेल ने अपनी डायरी में लिखा था—"मैंने बासेल में यहूदी राज्य की स्थापना की, अगर मैं आज की तारीख में इस बात को जोर से चिल्लाकर कहूँ तो पूरी दुनिया मेरा मजाक बनाएगी, शायद पाँच साल में और पचास सालों में तो निश्चित रूप से, हर कोई इस बात को मानेगा।"[23] अब 1947 का वर्ष था और ठीक पचास साल बाद हर्जेल का सपना सच होनेवाला था।

पूरी दुनिया में यहूदी आपस में गले मिले और खुशी में रोए। फिलिस्तीन में थैंक्सगिविंग की प्रार्थनाओं के लिए यहूदी उपासनागृह खुल गए; यहूदी हजारों की संख्या में सड़कों पर उतर आए और नाचने लगे। एक प्रत्यक्षदर्शी के मुताबिक, अगली सुबह "उत्तर में स्थित यहूदियों के सामूहिक खेतों में अलाव अभी भी जल रहे थे। तेल अवीव के कई बड़े कैफों में मुफ्त शैंपेन बाँटी गई…यहूदियों ने तेल अवीव की सड़कों पर गश्त कर रहे कुछ ब्रिटिश सैनिकों का उपहास किया, लेकिन कुछ ने उन्हें वाइन सौंपी।"[24]

अमोस ओज, जो इजराइल के सबसे महान् उपन्यासकारों में से एक थे और जिन्हें कई बार साहित्य के नोबेल पुरस्कार के लिए एक दावेदार माना जाता था, ने बाद में अपने आत्मकथात्मक संस्मरण 'ए टेल ऑफ लव एंड डार्कनेस' में उस रात को याद किया। उन्होंने बताया कि कैसे महज आठ साल की उम्र में वे यरुशलम में जश्न मनानेवालों की बढ़ती भीड़ में अपने पिता के कंधों पर सवार होकर गए थे और सुबह के तीन या चार बजे अपने गंदे कपड़े पहने हुए ही अपने बिस्तर में घुस गए थे। कुछ ही पलों बाद अमोस ने महसूस किया कि उसके पिता उसके साथ बिस्तर पर ही हैं, लेकिन इस बार अभी भी अपने कपड़ों को न बदलने के लिए उसे डाँटने के लिए नहीं, बल्कि उसे यह बताने के लिए कि जब वे (अमोस के पिता) छोटे थे, तब उनके पोलिश स्कूल के छात्रों ने उनकी पैंट चुरा ली थी। अमोस के दादा जब शिकायत करने के लिए स्कूल गए, तो लड़के-लड़कियों ने भी उनका साथ दिया, उन पर भी हमला कर दिया और उनकी पैंट भी छीन ली। यह पूरी तरह से अपमान की कहानी थी। यह घोर अपमान से भरी कहानी थी।

ओज याद करते हुए कहते हैं कि इसके बाद उनके पिता ने 30 नवंबर, 1947 की उस सुबह उनसे कहा, "बदमाश किसी भी दिन तुम्हें स्कूल में या फिर गली

में तंग कर सकते हैं, लेकिन अब के बाद, जिस क्षण हमारा अपना राज्य बन गया है, उसके बाद तुम्हें सिर्फ यहूदी होने की वजह से नहीं सताया जाएगा, सिर्फ इतना ही नहीं, दोबारा कभी नहीं। आज रात से यह सब यहीं खत्म हो गया है। हमेशा के लिए।"[25]

अंत में ओज लिखते हैं, "मैंने उनींदी हालत में उनका चेहरा छूने का प्रयास किया (और) उनके चश्मे के बजाय मेरी उँगलियों की मुलाकात उनके आँसुओं से हुई। अपने जीवन में कभी भी, उस रात से पहले या बाद में, यहाँ तक कि अपनी माँ की मृत्यु हो जाने के बाद भी, मैंने अपने पिता को रोते हुए नहीं देखा था।"[26]

यिशुव में रहनेवाला हर व्यक्ति इस दिवास्वप्न का हिस्सा नहीं बना। मेनाकेम बेगिन ने नृत्य नहीं किया, क्योंकि वे जानते थे कि युद्ध निकट आ रहा है। अरबों ने आव्रजन और पील का जवाब हिंसा के साथ दिया था और उन्हें इस बात का पूरा भरोसा था कि वे इस बार भी ऐसा ही करेंगे। बेगिन के अभिशाप, डेविड बेन-गुरियन के बारे में भी यही सच था। "मैं नृत्य नहीं कर सका," बेन-गुरियन ने बाद में याद किया, "मुझे पता था कि हम युद्ध का सामना कर रहे हैं और हम इसमें अपने सर्वश्रेष्ठ युवाओं को खो देंगे।"[27]

यिशुव की उम्मीद से भरी भावना को व्यक्त करने के लिए नतन अल्टरमैन की कविता 'द सिल्वर प्लेटर' से बेहतर और कुछ भी नहीं है। 1910 में वारस में पैदा हुए अल्टरमैन 1925 में अपने परिवार के साथ फिलिस्तीन चले गए। 1941 तक उन्हें यिशुव के प्रमुख कवियों में पहचाना जाने लगा; उन्होंने धीरे-धीरे जियोनी आंदोलन के प्रतिष्ठित कवि के रूप में बियालिक का अनौपचारिक स्थान ग्रहण कर लिया। उन्होंने संयुक्त राष्ट्र महासभा में मतदान के बमुश्किल एक महीने बाद 26 दिसंबर, 1947 को 'द सिल्वर प्लेटर' लिखा और इसके तुरंत बाद चौम वीजमैन ने टिप्पणी की—"कोई भी राज्य लोगों को चाँदी की थाली में परोसकर नहीं दिया जाता है।"[28]

अल्टरमैन ने 'द सिल्वर प्लेटर' में सिनाई पर्वत पर टोरा के रहस्योद्घाटन की प्रतीक्षा में रेगिस्तान में 'बाइबल' के इजराइलियों के लिए राज्य की प्रतीक्षा कर रहे राष्ट्र की तुलना की। अल्टरमैन ने कहा कि यिशुव 'एक इकलौते चमत्कार' की प्रतीक्षा कर रहा है। जिस समय देश इंतजार कर रहा था, तभी एक लड़का और

एक लड़की, जो इस कविता के इकलौते पात्र थे, धीरे-धीरे और चुपचाप इकट्ठा हुए जमघट की ओर बढ़ते हैं। दोनों लगभग अस्थिर हैं और कुछ नहीं बोल रहे। अचंभित हुआ देश गंदगी या खून में लथपथ उस युवक और युवती को देख रहा है और फिर उनसे पूछता है कि वे कौन हैं? लड़का और लड़की जवाब देते हैं, "हम वे चाँदी की थाली हैं, जिनपर परोसकर यहूदी राज्य आपको दिया गया है।" और वे दोनों निढाल होकर गिर जाते हैं। इसी के साथ कविता समाप्त हो जाती है।

एक 'नया धर्म'—एक धर्मनिरपेक्ष यहूदी धर्म—राज्य का अनौपचारिक धर्म बन जाएगा, अल्टरमैन ने बताया। पारंपरिक यहूदियों के लिए जब देश इकट्ठा होकर 'इकलौते चमत्कार' को देखने का इंतजार कर रहा हो, तो वह चमत्कार सिनाई पर्वत पर टोरा का प्राकट्य है। अल्टरमैन के लिए ऐसा नहीं है; उसके लिए 'एकमात्र' चमत्कार राज्य का निर्माण है। 'बाइबल' के मुताबिक, जिस समय राष्ट्र टोरा के स्वागत की तैयारी कर रहा होता है, मूसा पुरुषों से कहता है कि वे महिलाओं की ओर न जाएँ, हालाँकि 'द सिल्वर प्लेटर' में केंद्रीय पात्र—लड़का और लड़की—अविभाज्य हैं, वस्तुतः अभेद्य हैं। यदि टोरा ने सिनाई पर्वत के तल पर लिंगों को अलग करने की माँग की, तो 29 जियोनीवादियों ने बिना कोई सवाल किए इसे अस्वीकार कर दिया। तोराह में परमेश्वर इजराइलियों को प्रकाट्य की तैयारी के भाग के रूप में अपने कपड़े धोने की आज्ञा देते हैं,[30] अल्टरमैन की कविता में लड़का और लड़की गंदगी से लथपथ हैं और वे नहीं धोते।

अल्टरमैन ने सुझाव दिया कि यहूदियों को बचाने के लिए बहुत अधिक गंदा होने की आवश्यकता होगी, अब शुद्धता और पवित्रता यहूदियों के जीवित रहने की गारंटी नहीं देगी; जीवित रहने के लिए अब ऐसे युवक और युवतियों की आवश्यकता होगी, जो मरने को तैयार होंगे।

यिशुव ने जल्दबाजी में युद्ध की तैयारी प्रारंभ कर दी। बेन-गुरियन इस उम्मीद (व्यर्थ की) के साथ ट्रांसजॉर्डन के राजा अब्दुल्ला, जिनके साथ यिशुव का लंबे समय से अन्य पड़ोसी नेताओं की तुलना में बेहतर संबंध थे, के पास पहुँचे कि ट्रांसजॉर्डन तटस्थ रहेगा। हगनाह, जो तकनीकी रूप से अभी भी एक अवैध मिलिशिया था, क्योंकि ब्रिटिशों ने तब तक फिलिस्तीन को नहीं छोड़ा था,

ने चार ब्रिगेड तैयार किए, हथियारों के लिए ठिकाने बनाए और द्वितीय विश्वयुद्ध के दौरान युद्ध का अनुभव रखनेवाले यहूदी लड़ाकों की भरती की। यहाँ तक कि साइप्रस में विस्थापित लोगों ने भी स्थानीय बढ़ई द्वारा बनाई गई लकड़ी की राइफलों का उपयोग करके हगनाह सेनानियों से प्रशिक्षण प्राप्त किया।

कुछ महीने जरूर अरबों की छिटपुट हिंसा से भरे रहे थे, लेकिन अब यू.एन. के मतदान के बाद वह हिंसा, जिससे हर कोई परिचित था, जल्द ही थमने जा रही थी। युद्ध 1949 की शुरुआत तक चलेगा, इसके दो प्रमुख चरण थे। पहले चरण में, नवंबर 1947 में संयुक्त राष्ट्र के वोट से लेकर मई 1948 में इजराइल की स्वतंत्रता की घोषणा तक, हगनाह और अन्य यहूदी सैन्य समूहों ने मामूली रूप से संगठित स्थानीय अरब लड़ाकों और अन्य देशों के अनियमित अरब बलों से लड़ाई लड़ी, जिन्होंने यिशुव पर हमला किया था। कई मायनों में ये दो स्थायी सेनाओं के बीच संघर्ष न होकर यहूदियों और अरबों के बीच गृहयुद्ध जैसा दिखता था। युद्ध के दूसरे चरण में, जो मई 1948 में शुरू हुआ और 1949 की शुरुआत में समाप्त हुआ, इजराइल, जो अब एक आधिकारिक सेनावाला देश बन चुका था—पाँच अलग-अलग देशों—लेबनान, सीरिया, इराक, जॉर्डन और मिस्र की सेनाओं के खिलाफ अपनी सेना को खड़ा करेगा।

संयुक्त राष्ट्र में हुए मतदान के एक दिन बाद एक अरब ने हदासाह अस्पताल के रास्ते में एक यहूदी एंबुलेंस पर गोलियाँ चला दीं। कोई घायल नहीं हुआ। उस दिन अरबों ने मशीनगनों और हथगोले का उपयोग करते हुए नेतन्या से यरुशलम जा रहे यात्रियों को ले जा रही एक बस पर हमला किया। वे लोग इतने भाग्यशाली नहीं थे; शादी में जा रही एक युवती सहित पाँच यहूदियों की मौत हो गई। स्वतंत्रता संग्राम के पहले उत्तरार्ध को बनानेवाले साढ़े पाँच महीने अब चल रहे थे।

चूँकि ब्रिटिशों ने अभी तक फिलिस्तीन को नहीं छोड़ा था, इसलिए तकनीकी रूप से वे ही इस क्षेत्र में व्यवस्था को बनाए रखने के लिए जिम्मेदार थे, लेकिन उन्होंने अरब हिंसा को रोकने का बहुत कम या फिर कोई प्रयास ही नहीं किया, जब अरबों ने यहूदियों के एक समूह पर हमला किया और एक हगनाह पलटन उनकी रक्षा के लिए गई, तो अंग्रेजों ने हिंसा को रोकने के लिए यहूदी लड़ाकों को सड़क पार करने से रोक दिया। लंबे समय से चली आ रही, लेकिन अब

अप्रासंगिक हो चुकी श्वेत-पत्र नीति के अनुरूप, ब्रिटिशों ने 'अवैध' आप्रवासियों को ले जानेवाले जहाजों को रोकने के अपने प्रयास जारी रखे।

यहूदी रणनीति वैसी ही बनी रही, जैसी वह पहले से थी। हगनाह अभी भी 'संयम' के लिए प्रतिबद्ध था, उसने खुद को उन व्यक्तिगत अरबों के खिलाफ प्रतिशोध तक सीमित कर दिया, जिन्होंने हमलों में भाग लिया था, लेकिन इरगुन और लेची ने अंग्रेजों और अरबों के खिलाफ अपनी गतिविधियाँ बढ़ा दीं, जिससे हमलों का एक अंतहीन दौर चला। केवल छह सप्ताह के बाद 1,069 अरब, 769 यहूदी और 123 ब्रितानियों की मृत्यु हो चुकी थी।

बेन-गुरियन ने जोर देकर यह बात कही कि उनकी सेना को किसी भी क्षेत्र को नहीं छोड़ना है, यहाँ तक कि हमला होने की स्थिति में भी नहीं और अधिकांश समय तक यिशुव की यही रणनीति रही, हालाँकि इसके अपवाद भी थे। सबसे महत्त्वपूर्ण (और अब प्रतिष्ठित) यरुशलम के दक्षिण में हेब्रोन हिल्स में स्थित एट्ज़ियन ब्लॉक के रूप में जानी जानेवाली चार बस्तियों पर हमला हुआ था। 1948 के पहले दो हफ्तों में चार बस्तियों (कफर एट्ज़ियन, मासुओट यित्जाक, ऐन त्जुरिम और रेवादिम) को घेर लिया गया था। मुफ्ती के चचेरे भाई अब्देल-कादर अल-हुसैनी के नेतृत्व में एक हजार अरब ग्रामीणों ने ब्लॉक में कुछ सौ यहूदी पुरुषों को घेर लिया (महिलाओं और बच्चों को पहले ही वहाँ से निकाल दिया गया था)। यहूदियों के पास न के बराबर हथियार के चलते, अरब महिलाओं और बच्चे सैकड़ों की संख्या में खाली सूटकेस लेकर इस घेराबंदी का हिस्सा बन गए, ताकि वे यहूदियों द्वारा पीछे छोड़े जानेवाले सामान की लूटमार कर सकें। 14 जनवरी को, यहूदी रक्षकों ने एक हमले का विरोध किया और अरब हमलावरों को पीछे खदेड़ने में सफल रहे तथा 150 अरब ग्रामीणों को मार गिराया, लेकिन इस पूरी कवायद में उन्हें अपने पास मौजूद गोला-बारूद के मामूली से भंडार के एक महत्त्वपूर्ण भाग का प्रयोग करना पड़ा और घेराबंदी जारी रही।

इसके दो दिन बाद 16 जनवरी, 1948 को एट्ज़ियन ब्लॉक के लिए एक राहत मिशन शुरू हुआ। स्तंभ, जिसमें पैंतीस पुरुष शामिल थे, उनमें से कई हिब्रू विश्वविद्यालय के छात्रों में सबसे प्रतिभाशाली थे, हरतुव (अब बीट शेमेश शहर के पास एक औद्योगिक क्षेत्र) से चले गए, चूँकि उन्हें जिस समय निकलना था, वे

उससे देरी से चले थे, इसलिए उन्होंने अंधकार का आवरण खो दिया। उनके पास रेडियो या संचार का कोई साधन भी नहीं था।

काफिला (जिसे लैमेड हेह के रूप में जाना जाता है, जो संख्या पैंतीस को दरशानेवाले दो हिब्रू शब्द हैं) एट्जियन तक नहीं पहुँचा पाया। एक प्रत्यक्षदर्शी के मुताबिक, रास्ते में काफिले का सामना एक अरब चरवाहे से हुआ। वे इस बात को जानते थे कि वे या तो उसे मार सकते हैं या फिर उसके द्वारा अपने ठिकाने का खुलासा किए जाने का जोखिम उठा सकते हैं, लेकिन उस चरवाहे ने उनसे कसम खाई कि वह किसी को कुछ नहीं बताएगा, इसलिए उन्होंने उसे जाने दिया। एक और वृत्तांत, जो कई दशकों बाद सामने आया, दावा किया कि ट्जियन ब्लॉक की पहाड़ियों के पश्चिमी हिस्से में त्जुरिफ गाँव की दो अरब महिलाएँ सुबह-सुबह जलाऊ लकड़ी इकट्ठा कर रही थीं। वे पैंतीस पाल्माच लड़ाकों में से दो निकलीं और चिल्लाते हुए दौड़कर वापस गाँव की ओर लौटीं। सैनिकों ने उन्हें न मारने का फैसला किया।[31]

एट्जियन ब्लॉक यिशुव से पूरी तरह से कट चुका था, अब उसे कहीं अधिक शक्तिशाली अरब सेना का सामना करना पड़ रहा था और उसके बने रहने की कोई संभावना नहीं थी। कुछ महीने बाद, 13 मई, 1948 को इजराइल राज्य की स्वतंत्रता की घोषणा से एक दिन पहले, एट्जियन ब्लॉक अरबों के कब्जे में आ गया। वे लोग, जो उस क्षेत्र की रक्षा करते हुए मारे नहीं गए थे, उनके पास आत्मसमर्पण करने के अलावा और कोई उपाय नहीं था; और आत्मसमर्पण करनेवालों में से कई की बाद में विजयी अरबों द्वारा हत्या कर दी गई थी।

एट्जियन ब्लॉक को हारना यिशुव के मनोबल के लिए एक बड़ा झटका था। स्वतंत्रता से ठीक एक दिन पूर्व ही भविष्य के यहूदी राज्य के पाँव उखड़ रहे थे और वह अपने कुछ बेहतरीन युवाओं से हाथ धो बैठा था।

युद्धकाल में भी यिशुव में कवि बेहद प्रभावशाली थे। 1923 में तेल अवीव में पैदा हुए यिशुव के एक और जाने-माने कवि हैम गौरी के चलते, पैंतीस लोगों की मृत्यु जल्दी ही राज्य की लड़ाई में और उसके बाद इजराइल की पौराणिक कथाओं में एक प्रतिष्ठित घटना बन गई। 'हियर लाई आवर बॉडीज' शीर्षकवाली यह कविता—युद्ध में मारे जानेवाले सैनिकों को समर्पित—उनकी आवाज में

बोलती है। "देखो, यहाँ हमारे शरीर एक लंबी-लंबी कतार में पड़े हैं। हमारे चेहरे बदल गए हैं। मौत हमारी आँखों से झलकती है। हम साँस नहीं लेते।"[32]

गौरी की कविता अंततः मृत्यु के बारे में नहीं थी, बल्कि इस विश्वास के बारे में थी कि राज्य की स्थापना होगी और ऐसा करने के लिए आवश्यक दृढ़ संकल्प। "क्या अब तुम हमें दफनाओगे?" सैनिक औपचारिक रूप से पूछते हैं, "क्योंकि हम जी उठेंगे और पहले की तरह, फिर आगे बढ़ेंगे, क्योंकि हमारे भीतर सबकुछ अभी भी जीवित है और रगों में प्रवाहित हो रहा है।" जहाँ तक उस बलिदान की बात है, जो राज्य के दर्जे के लिए आवश्यक होगा, सैनिक उस तरीके की ओर इशारा करते हैं, जिससे उनकी मृत्यु हुई थी—"हमने विश्वासघात नहीं किया। देखो, हमारी राइफल हमारे पास पड़ी है और उसमें गोला-बारूद खत्म हो चुका है···इसकी नाल अभी भी गरम है और हमारा खून रास्ते पर कदम-दर-कदम फैला हुआ है।"

गौरी का संदेश समझ में आ गया। लमेड हेह की मृत्यु और यिशुव के मनोबल पर इसके प्रभाव के साथ हगनाह ने अपनी रणनीति में संशोधन किया। 'संयम' अब गुजरे जमाने की बात हो चुकी थी। इसके बाद वे गाँव, जहाँ से हमले होने थे, वे स्वयं प्रतिशोध के शिकार बनने थे। युद्ध फैल गया और हताहत होनेवालों की संख्या—आम नागरिक और सैनिक, दोनों में भारी वृद्धि हुई। कोई भी सुरक्षित नहीं था; वस्तुतः पूरी आबादी प्रभावित हुई। बेन-गुरियन के बचपन के दोस्त, जियोनी कार्यकर्ता और बाद में इजराइल की संसद् के सदस्य श्लोमो लवी ने लड़ाई में अपने दोनों बेटों को खो दिया—एक गलील में और एक नेगेव में।[33] ऐसी कहानियाँ चारों ओर फैली हुई थीं।

तीनों भूमिगत मिलिशिया बिना रुके काम में लगे हुए थे, वह भी अकसर बिना किसी समन्वय के। प्रत्येक सैन्य समूह ने अंग्रेजों की नजर में आए बिना गोला-बारूद इकट्ठा करने के लिए (या फिर इरगुन और लेची के मामले में, हगनाह की नजरों से बचाकर) ब्रिटिश या फिलिस्तीन के अरबों के साथ युद्ध की तैयारी के लिए बंदूकें, हथगोले, गोलियों और इसी तरह के सामान के अपने गुप्त भंडार तैयार किए। ये गुप्त भंडार, जिन्हें 'स्लिक्स' कहा जाता था (संभवतः हिब्रू शब्द पर आधारित है, जिसका अर्थ है—'हटाना', हालाँकि शब्द की व्युत्पत्ति अभी तक

अस्पष्ट बनी हुई है), भंडारगृहों में छिपाकर बनाए गए थे, कुछ भूमिगत, यहाँ तक कि जलाशयों के नीचे, मोशविम और किबुत्जिम शहरों में भी।[34]

सन् 1948 तक यिशुव में पंद्रह सौ से भी अधिक स्लिक्स थे। कुछ विशेषज्ञों का कहना है कि पूरे देश में शायद ही कोई ऐसा किबुत्ज या मोशव था, जिसमें एक स्लिक न हो। हगनाह के सबसे बड़े स्लिक्स और गोलियों के मुख्य स्रोत में से एक भूमिगत बुलेट फैक्टरी (जिसे आज अयालोन फैक्टरी कहा जाता है) थी, जिसे रेहोवोट के ठीक बाहर किबुत्ज में बनाया गया था। 1945 से 1948 के मध्य इस फैक्टरी ने—जो एक क्रियशील लॉण्ड्री और बेकरी के नीचे स्थित थी और पाल्माच के युवाओं के एक समूह द्वारा संचालित होती थी—ने दो एम.एम. की दो मिलियन गोलियों का निर्माण किया, जिन्होंने पूरे युद्ध में बेहद महत्त्वपूर्ण योगदान दिया।

स्लिक के बारे में जाननेवालों को गोपनीयता की शपथ दिलवाई जाती थी। गोपनीयता की आभा इतनी पवित्र थी कि कई मामलों में तो ये लोग दशकों बाद मर गए और अपने पूरे जीवन में 'स्लिक' का उल्लेख तक नहीं किया। बाद में जब कभी उस क्षेत्र को नए निर्माण या फिर किसी और काम के लिए खोदा गया तो हथियारों के उस भंडार के बारे में पता चला। कई का तो कभी पता ही नहीं चला।

युद्ध के आगे बढ़ने के साथ अंतरराष्ट्रीय राय बदलने लगी। संयुक्त राष्ट्र के विभाजन के मतदान पर दोबारा विचार करने की बात उठाई गई और अमेरिकी विदेश विभाग ने ट्रूमैन पर भी अमरीकियों की पूर्व स्थिति को बदलने के लिए दबाव बनाया। राष्ट्रपति से समर्थन प्राप्त करना अब बेहद महत्त्वपूर्ण था, हालाँकि ट्रूमैन फिलिस्तीन पर चर्चा करने के लिए तैयार ही नहीं थे। दरअसल, फरवरी 1948 में जब वीजमैन ने विभाजन के लिए समर्थन जुटाने के क्रम में संयुक्त राज्य की यात्रा की, तो ट्रूमैन ने उन्हें समय देने से इनकार कर दिया था। इसके बाद हताश और विकल्पहीन अमेरिकी यहूदी नेता ट्रूमैन के लंबे समय से यहूदी मित्र एडी जैकबसन की ओर मुड़ गए, जिनके साथ ट्रूमैन की दशकों पहले सिलाई में काम आनेवाली वस्तुओं की एक दुकान थी। दोनों की दोस्ती बनी हुई थी।

'राष्ट्रीय बनी ब्रिथ' (उस समय का एक प्रमुख अमेरिकी यहूदी संगठन) के अध्यक्ष फ्रैंक गोल्डमैन ने जैकबसन को फोन किया और उन्हें हस्तक्षेप करने के

लिए कहा। जैकबसन ने राष्ट्रपति को लिखा, लेकिन ट्रूमैन टस-से-मस नहीं हुए। वीजमैन के पास उन्हें बताने के लिए कुछ नया नहीं था, इसलिए उन्होंने पत्र के द्वारा जवाब दिया। इसके बाद जैकबसन से वाशिंगटन की यात्रा की और ट्रूमैन का एक पुराना मित्र होने के नाते उन्हें पार्श्वद्वार से व्हाइट हाउस में प्रवेश मिल गया। ओवल ऑफिस के बाहर राष्ट्रपति का इंतजार करते हुए जैकबसन को पहले ही इस बात की चेतावनी दी गई थी कि वे राष्ट्रपति के समक्ष फिलिस्तीन का मुद्दा न उठाएँ।

हालाँकि ट्रूमैन की नाराजगी को भड़काते हुए जैकबसन ने बिल्कुल ऐसा ही किया। राष्ट्रपति ने उन्हें बुरी तरह से डाँटा, लेकिन जैकबसन ने पीछे हटने से इनकार कर दिया। ट्रूमैन के कार्यालय में रखी एंड्रयू जैक्सन की एक मूर्ति की ओर इशारा करते हुए जैकबसन ने अपने पुराने मित्र से कहा, "हैरी, तुम्हारे पूरे जीवन में तुम्हारा एक नायक रहा है···मेरा भी एक नायक है, एक ऐसा व्यक्ति, जिससे मैं कभी मिला तो नहीं हूँ, लेकिन मेरे खयाल से जो इतिहास का सबसे महान् यहूदी है, मैं चीम वीजमैन की बात कर रहा हूँ।" जैकबसन आगे बोले, "वे बेहद बीमार व्यक्ति हैं, जिनका स्वास्थ्य पूरी तरह से खराब हो चुका है, लेकिन इसके बावजूद वे सिर्फ आपसे मुलाकात करने और मेरे लोगों की बात को आपके सामने रखने के लिए हजारों मील की यात्रा करके यहाँ तक आए हैं, अब आप उनसे मिलने से सिर्फ इसलिए इनकार कर रहे हैं, क्योंकि कुछ अमेरिकी यहूदी नेताओं ने आपका अपमान किया है। आप तो ऐसे बिल्कुल भी नहीं हैं हैरी, मुझे लगा कि आप उनकी सहायता जरूर करेंगे।"

जैकबसन ने बाद में बताया कि वहाँ पर मौजूद कोई भी व्यक्ति कुछ नहीं बोला और वह समय 'सदियों जैसा' प्रतीत हो रहा था, हालाँकि इसके बाद ट्रूमैन जैकबसन की ओर मुड़े और बोले, "तुम जीते, गंजे, शरारती बच्चे। मैं उनसे मुलाकात करूँगा।" यह नुक्ता काम कर गया। वीजमैन, जिनसे ट्रूमैन पहले मिल चुके थे और 'एक अद्‍भुत व्यक्ति, मैं अब तक जितने भी लोगों से मिला हूँ, उनमें शायद सबसे अधिक बुद्धिमान लोगों में से एक' के रूप में वर्णित किया था, उसने ट्रूमैन को मना लिया।

1948 की सर्दी विशेष रूप से बेहद कड़ाके की थी। यरुशलम में बर्फ गिरी और पूरा शहर सफेद चादर तले छिप गया। अरब बलों ने फरवरी 1948 में ही रसद और गोला-बारूद को यहूदी आबादी तक पहुँचने से रोकने के लिए यरुशलम की सड़कों को अवरुद्ध कर दिया। अरब स्नाइपर्स ने भोजन और पानी के लिए पंक्ति में लगकर इंतजार कर रहे लोगों को उठा लिया। यहाँ तक कि छोटी-से-छोटी चीज के लिए संघर्ष का मतलब अपनी जान को जोखिम में डालना था।

उत्तर में भी भयंकर लड़ाई जारी थी। 10 जनवरी को सीरिया स्थित अरब लिबरेशन आर्मी अपने नौ सौ लोगों के साथ सीरियाई सीमा से केवल दो सौ गज की दूरी पर केफर सोल्ड पर हमला करने के लिए आगे बढ़ी, हालाँकि इस बार रक्षक पूरी तरह से तैयार थे और भारी नुकसान होने के बाद अरब हमलावर पीछे हट गए।

लेकिन यिशुव सड़कों के लिए लड़ाई हार रहा था, परिणामस्वरूप यरुशलम के लिए लड़ाई भी। अरबों का हौसला बढ़ता जा रहा था और यहूदी बेहद मायूस थे और शायद सबसे महत्त्वपूर्ण विदेशों में मौजूद पर्यवेक्षकों ने यह मानना शुरू कर दिया था कि अगर यहूदी स्थानीय फिलिस्तीनी यहूदियों को हरा नहीं सकते या फिर खुद को प्रदान की गई जमीन पर कब्जा नहीं बनाए रख सकते तो वे अरबों के खिलाफ युद्ध में विजयी नहीं हो सकते। अमेरिकी विदेश विभाग ने अपनी ट्रस्टीशिप योजना को आगे बढ़ाना शुरू कर दिया, जिसका मतलब प्रभावी रूप से एक यहूदी राज्य बनाने के विभाजन के फैसले को रद्द करना था और ट्रूमैन डगमगा रहे थे, क्योंकि उनके सलाहकारों ने उन्हें बताया था कि यहूदी हार सकते हैं और मारे भी जा सकते हैं।

यहूदी राज्य की स्थापना के लिए दो सदियों में एक बार मिला मौका यिशुव के हाथों से फिसलता हुआ प्रतीत हो रहा था। अब एक निर्णायक काररवाई की आवश्यकता थी।

बेन-गुरियन ने मार्च 1948 में हगनाह को 'हिब्रू राज्य के क्षेत्र पर नियंत्रण हासिल करने और उसकी सीमाओं की रक्षा करने' का निर्देश दिया। इस प्रकार 'दलेत योजना' (प्लान डी) शुरू हुई। योजना के अनुसार, अगर अरब शहरों को रणनीति के तहत तैनात किया गया था, जो कि संचार के लिए आवश्यक था या

फिर उन्हें दुश्मन के ठिकानों के रूप में इस्तेमाल किया जा सकता था, तो हगनाह का लक्ष्य दुश्मन के सशस्त्र बलों को नष्ट करना और दुश्मन की नागरिक आबादी को राज्य की सीमाओं के बाहर के क्षेत्रों में ले जाना था। ऐसा करने के पीछे यह धारणा थी कि अगर अरब विरोध करेंगे तो उन्हें गाँवों से बाहर खदेड़ दिया जाएगा; और अगर उन्होंने विरोध नहीं किया, तो वे अपने शहरों में यहूदी संप्रभुता के अधीन रह सकते हैं, हालाँकि कई अरब भाग निकले, उन्होंने यहूदी शासन के अधीन रहने की अपेक्षा वहाँ से निकलना पसंद किया। 14 मई, 1948 तक जिस दिन इजराइल राज्य ने स्वतंत्रता की घोषणा की, लगभग तीन लाख अरब फिलिस्तीन छोड़ चुके थे। फिलिस्तीनी शरणार्थियों की समस्या, जो आज भी सुलझने से कोसों दूर है, शुरू हो गई थी।

इजराइली विद्वानों के समूह, जिन्हें 'नए इतिहासकार' के रूप में जाना जाता है, जो अकसर इजराइल के राजनीतिक वामपंथ से जुड़े होते थे, का तर्क है कि बेन-गुरियन की प्रेरणा जनसांख्यिकी के बारे में इतनी नहीं थी, जितनी वह उस क्षेत्र के बारे में थी। उनका दावा है कि बेन समझ गए थे कि संयुक्त राष्ट्र की विभाजन योजना से जो जनसांख्यिकीय संतुलन पैदा होगा, वह दीर्घकाल में एक यहूदी राज्य के लिए अक्षरणीय होगा। नया राज्य अगर यहूदी और लोकतांत्रिक दोनों होना था, तो उसे पर्याप्त यहूदी बहुमत की आवश्यकता होगी। उनका मानना था कि 'दलेत योजना' और उसके जैसों का उद्‌देश्य भी मुख्यत: अधिक-से-अधिक अरबों को निकालने का था। अरब इतिहासकार भी यही दावा करते हैं, जबकि मुख्यधारा के यहूदी इतिहासकार मामले को बहुत अलग नजरिए से देखते हैं और तर्क देते हैं कि अरब बड़ी संख्या में इसलिए भागे, क्योंकि उनका नेतृत्व उनसे पहले ही आगे बढ़ रही यहूदी ताकतों के डर के चलते भाग गया था।

हाइफा के मेयर, अब्बा हशी सहित कुछ यहूदी नेताओं ने अरब निवासियों को उस शहर में रहने के लिए प्रोत्साहित किया, यहाँ तक कि विनती भी की, जहाँ उन्होंने अपने यहूदी समकक्षों के साथ कंधे-से-कंधा मिलाकर काम किया था। अरब निवासियों ने हशी के अनुरोध को नजरअंदाज कर दिया और शहर के अरब नेताओं के नक्शेकदम पर ही चले जो पहले भाग गए थे (संभवत: हिंसा से बचने के लिए और हिंसा के खत्म होने पर वापस लौटने की आशा में)।

यिशुव भी सामने आ रही मानव त्रासदी से बेखबर नहीं था और उसके कुछ नेताओं ने अरबों के साथ जो कुछ भी हो रहा था, उसके प्रति स्पष्ट रूप से अपनी सहानुभूति प्रकट की। गोल्डा मीर, जिन्होंने यहूदी एजेंसी के राजनीतिक विभाग के प्रमुख के रूप में मोशे शेरटोक की जगह ली थी, ने 6 मई को हाइफा जानेवाली अपनी अरब आबादी की उड़ान को खाली देखने के बाद कहा, "मैंने बच्चों, महिलाओं, बूढ़े लोगों को जाने का इंतजार करते हुए पाया। मैंने घरों में प्रवेश किया, ये ऐसे घर थे, जहाँ कॉफी और पीटे ब्रेड को मेज पर छोड़ दिया गया था और मेरे मन में यह खयाल आया कि वास्तव में यह तो कई यहूदी शहरों की तसवीर थी (क्योंकि द्वितीय विश्वयुद्ध में यहूदी अपने घरों से भाग गए थे)।"[35] अरबों ने विभाजन की योजना को स्वीकार करने से इनकार कर दिया था और युद्ध शुरू कर दिया था, लेकिन इस बात से इनकार नहीं किया जा सकता है कि इसके परिणामस्वरूप होनेवाली मानव-पीड़ा बहुत अधिक थी।

कुल मिलाकर युद्ध में सबकुछ ठीक नहीं था। समय चयन और रणनीति के माहिर बेन-गुरियन यह बात समझ चुके थे कि उन्हें या तो युद्ध का रुख मोड़ना होगा, वरना वे सबकुछ हार जाएँगे।[36] सड़कों पर अरबों का नियंत्रण था; यरुशलम को बाकी हिस्से से काट दिया गया था और वह खाद्य आपूर्ति के लिए बेताब था। ऐसा प्रतीत हो रहा था कि यहूदी हार रहे हैं।

स्थिति को और भी बदतर बनाते हुए अमेरिका ने संकेत दिया कि वह विभाजन को दिया गया अपना समर्थन वापस लेने का इच्छुक है और फिलिस्तीन को एक अंतरराष्ट्रीय ट्रस्टीशिप के तहत रखने के पक्ष में है। बेन-गुरियन समझ गए कि समय उसके खिलाफ है और हगनाह को बड़े पैमाने का हमला करने का आदेश दिया। अप्रैल 1948 में 'ऑपरेशन नचशोन', जिसमें उन्होंने पंद्रह सौ सैनिकों को यरुशलम में घुसने के लिए भेजा, उन्होंने लड़ते हुए सीमाओं को पार कर लिया।

अंततः चेकोस्लोवाकिया (अंतरराष्ट्रीय हथियारों के प्रतिबंध का उल्लंघन करने के इच्छुक कुछ देशों में से एक) से पहुँचे हथियारों के शिपमेंट की सहायता से यहूदी सेनाएँ भी तिबरियास, सफेद और हाइफा के सभी महत्त्वपूर्ण बंदरगाहों को जीतने में सक्षम थीं। बेन-गुरियन ने बिल्कुल समय पर कदम उठाया था और युद्ध का रुख मुड़ने लगा था।

इसके अलावा कि यहूदी बलों ने कई मौकों पर अरब आबादी को उनका देश छोड़ने के लिए मजबूर किया, युद्ध के इस हिस्से ने उसे भी बढ़ावा दिया, जिसे इतिहासकार बेनी मॉरिस ने 'अत्याचार कारक'[37] कहा—यह आरोप कि यहूदी सेनाओं ने स्वतंत्रता के इस संग्राम के दौरान कई नृशंस और जघन्य घटनाओं को अंजाम दिया, जिनमें बलात्कार और सामूहित हत्याएँ शामिल हैं; हालाँकि समकालीन विद्वान् इनमें से अधिकांश आरोपों को पूरी तरह से खारिज कर चुके हैं।

इसका सबसे प्रमुख उदाहरण बहुत विवादास्पद और अभी भी इजराइल के दुश्मनों द्वारा उद्धृत किया जानेवाला अरब गाँव दीर यासीन के लिए हुई भयंकर लड़ाई थी। 22 मार्च, 1948 को अरब सेनाओं ने यरुशलम को बाहरी यहूदी बस्तियों से पूरी तरह से काट दिया। जिस समय हगनाह 'ऑपरेशन नचशोन' के लिए पंद्रह सौ लोगों की अपनी पलटन को इकट्ठा कर रहा था, जो उसके द्वारा पहले इस्तेमाल किए गए किसी भी बल से तीन गुना बड़ी थी, इरगुन और लेची ने यरुशलम की घेराबंदी को दूर करने में मदद करने के लिए दीर यासीन शहर को सँभालने का जिम्मा उठाया, जहाँ से अरब यरुशलम को जानेवाली सड़क पर गोलीबारी कर रहे थे।

दीर यासीन यरुशलम के पश्चिमी हिस्से के उन अंतिम गाँवों में से एक था, जिसे अरबों ने अभी तक नहीं छोड़ा था। बमुश्किल प्रशिक्षित और न के बराबर हथियारों से लैस, इरगुन सेनानियों के वास्तविक युद्ध में खड़े रहने की संभावना न के बराबर थी, लेकिन किसी को भी उनकी ओर से इस प्रकार के प्रतिरोध की उम्मीद नहीं थी।

यह अभियान 9 अप्रैल को प्रारंभ हुआ। लाउडस्पीकर से सुसज्जित एक ट्रक को गाँव में भेजा गया, ताकि गाँववालों को वह स्थान छोड़ने या फिर आत्मसमर्पण करने के लिए निर्देश दे सके, लेकिन इससे पहले कि उस ट्रक की बात को सुना जाता, वह फँस गया, इरगुन और लेची सेनानियों के बीच संचार उपकरण विफल हो गए और लड़ाकों को अपेक्षा से कहीं अधिक प्रतिरोध का सामना करना पड़ा। कम प्रशिक्षित लड़ाकों ने घबराहट के मारे हथगोलों को घरों पर फेंक दिया, जिसके परिणामस्वरूप बड़ी संख्या में लोगों की जान गई। प्रारंभिक सूचना के अनुसार, 250 लोगों की जान गई और यहूदी लड़ाकों ने ग्रामीणों के साथ बलात्कार किया।

इरगुन ने माना कि हताहतों की संख्या काफी अधिक थी, लेकिन उसने इस बात पर जोर दिया कि मृतकों की संख्या सौ के करीब थी। उसने बलात्कार के आरोपों से भी पूरी तरह से इनकार किया; हालाँकि उनके इनकार का किसी पर कोई फर्क नहीं पड़ा, क्योंकि सभी पक्षों के पास इन आरोपों का अधिकतम फायदा उठाने का पूरा मौका था। हगनाह ने इन घटना का इस्तेमाल इरगुन पर गैर-जिम्मेदार और जानलेवा होने का आरोप लगाने के लिए किया। अरबों ने इसका इस्तेमाल अंतरराष्ट्रीय समुदाय के सामने यह दावा करने के लिए किया कि यहूदी उन्हें मार रहे थे और ऐसा करने से आसपास के अरब देशों के मैदान में प्रवेश करने के दृढ़ संकल्प को मजबूत करने में मदद मिली और बेन-गुरियन सहित पूरे यिशुव को अरब आतंक और उसके बाद बढ़ती हुई अरब संख्या से लाभ हुआ। बेन-गुरियन यही तो चाहते थे कि अरब लोग यहूदियों को सौंपे गए क्षेत्र से बाहर निकलें।

लेकिन क्या वास्तव में नरसंहार या फिर बलात्कार हुआ था? बाद में इजराइली और फिलिस्तीनी दोनों ही विद्वानों ने इस बात पर सहमति व्यक्त की कि कोई बलात्कार नहीं हुआ था और यह भी कि इरगुन द्वारा मरनेवालों की जो संख्या बताई गई थी, वह लगभग ठीक थी।[38] हगनाह और अरब दोनों ने ही आँकड़ों के साथ हेर-फेर किया था। निश्चित रूप से यह एक भयंकर लड़ाई थी, जिसमें भारी नुकसान हुआ था। इसके बावजूद नागरिकों को मारने का इरादा कभी भी नहीं था।

लेकिन अरबों ने इसे कभी भी इस प्रकार से नहीं देखा। उस समय एक भयानक नरसंहार के समाचार चारों ओर फैल गए, जिसने और भी अधिक अरबों को फिलिस्तीन में अपने घरों से भागने के लिए प्रेरित किया और अंततः उन्हें शरणार्थी बना दिया। वे आज की तारीख तक अपने इस दावे को साबित करने के लिए कि इजराइल 'पाप से पैदा' हुआ है, दीर यासीन का उपयोग करते हैं।

10 मई, 1948 को, गोल्डा—एक अरब महिला के वेश में—जॉर्डन के राजा अब्दुल्ला से मिलने गई। मीर जानती थीं कि अरब राज्य युद्ध में शामिल होनेवाले थे और युद्ध अधिक घातक चरण की ओर बढ़ रहा था। उन्होंने उनसे नए यहूदी राज्य पर हमला न करने का अनुरोध किया और जोर देकर कहा कि इजराइल और जॉर्डन सहयोगी हो सकते हैं, लेकिन अब्दुल्ला उस व्यापक राजनीतिक दुनिया को

समझते थे, जिसमें उन्होंने काम किया था। उन्होंने गोल्डा से कहा कि उनके पास यहूदी राज्य के खिलाफ युद्ध में शामिल होने के अलावा कोई विकल्प नहीं था। इसके बाद उन्होंने मीर से कहा कि वे यहूदी राज्य की घोषणा करने में जल्दबाजी न करें। "हम दो हजार वर्षों से प्रतीक्षा कर रहे हैं।" वे राजा से बोलीं, "क्या यह जल्दबाजी है ?"

गोल्डा मीर समझती थीं कि एक राज्य का गठन संप्रभुता से कहीं अधिक है। ये यहूदी लोगों के भविष्य को सुनिश्चित करने की कुंजी थी। यहूदियों ने जो कुछ भी भुगता है, उसके बाद बरबाद करने के लिए समय नहीं था और विफलता का विकल्प तो था ही नहीं।

लेकिन राजा अपनी बात पर अडिग रहा। अब्दुल्ला के कार्यालय से बाहर निकलते हुए मीरा उनकी तरफ मुड़ीं और बोलीं, "आपने अभी जो कुछ किया है, अगर आप उससे अधिक हमें नहीं दे सकते हैं तो युद्ध होना सुनिश्चित है और हम उसे जीतेंगे, लेकिन हम मिलेंगे जरूर—युद्ध के बाद और एक यहूदी राज्य के निर्माण के बाद।"[39]

□

8

स्वतंत्रता : एक राज्य का जन्म

"हमारे प्राकृतिक और ऐतिहासिक अधिकार के आधार पर हम इजराइल की भूमि पर एक यहूदी राज्य की स्थापना की घोषणा करते हैं, जिसे इजराइल राज्य के रूप में जाना जाएगा।"

—इजराइल की स्वतंत्रता की घोषणा

सन् 1917 में जनरल एडमंड एलेनबी को यरुशलम के जाफा गेट में प्रवेश किए तीस साल बीत चुके थे, जो फिलिस्तीन पर ब्रिटेन के नियंत्रण की शुरुआत का संकेत था, अब 14 मई, 1948 को आखिरी यूनियन जैक को हाइफा के बंदरगाह के झंडा फहराने वाले स्तंभ से उतार दिया गया और ऐसा करने के साथ जनादेश को प्रतीकात्मक रूप से समाप्त कर दिया। ब्रिटिश साम्राज्य चरमरा रहा था और फिलिस्तीन में अंग्रेजों को अपमानित किया जा रहा था। अनुभवहीन यिशुव द्वारा उन्हें फिलिस्तीन से बाहर खदेड़ दिया गया था। मैकाबीज से लड़ाई लड़नेवाले पुराने यूनानियों की तरह उन्होंने फिलिस्तीन के यहूदियों के साहस को कम करके आँका था।

जियोनी लोगों को ब्रिटिश शासन से जो उम्मीदें थीं, जब वे उत्सुकता से तुर्कों के पतन की प्रतीक्षा कर रहे थे और फिलिस्तीन पर ब्रिटिश प्रभुत्व की शुरुआत लंबे समय से धराशायी हो गई थी। अंग्रेजों ने 'बालफोर घोषणा-पत्र' के जियोनीवाद के समर्थन से 1939 के श्वेत-पत्र को शत्रुता में बदल दिया था। फिलिस्तीन में ब्रिटिश सेना के कमांडर के रूप में एवलिन बार्कर का अंतिम कार्य जमीन पर पेशाब करना था।[1]

फिर भी आखिर में सारी शत्रुता के बावजूद ब्रिटिशों ने फिलिस्तीन को उस

समय के मुकाबले बेहद उच्च स्थिति में छोड़ा था, जैसा उन्हें जनादेश के समय प्राप्त हुआ था। उन्होंने देश के बुनियादी ढाँचे का निर्माण किया था और यिशुव को उन संस्थानों को बनाने और विकसित करने की अनुमति दी थी, जो आनेवाले समय में राज्य की रीढ़ बनेंगी। आप्रवास पर उनके द्वारा बाद में लगाई गई सीमाओं के बावजूद ब्रिटिशों के अधीन यिशुव की यहूदी आबादी दस गुना बढ़ गई थी; यह 56,000 से बढ़कर लगभग 6,00,000 हो गई थी, जो एक छोटे से राज्य को व्यवहार्य बनाने के लिए पर्याप्त संख्या थी।

ब्रिटिश आखिरकार वहाँ से जा रहे थे। थियोडोर हर्जेल ने जो सपना दुनिया के साथ साझा किया था, जिसका लॉर्ड बालफोर ने समर्थन किया था, लेकिन बाद में अंग्रेजों ने उसे अवरुद्ध कर दिया था, वह सपना आखिरकार साकार होनेवाला था।

बेन-गुरियन, जिनके पास ऐतिहासिक समय निर्धारण की असाधारण युक्ति शामिल थी, समझ गए कि यिशुव के पास आया हुआ मौका दोबारा नहीं आएगा और उन्होंने स्वतंत्रता की घोषणा में किसी भी प्रकार की देरी का कड़ा विरोध किया। हैरी ट्रूमैन ने उनके समर्थन का वादा किया था* तथा यह उनके लिए आगे बढ़ने की एक और वजह थी, इसके बावजूद यिशुव के नेतृत्व के कुछ सदस्य असहमत थे। वे इस बात को लेकर चिंतित थे कि यिशुव आनेवाले समय में होनेवाले युद्ध के लिए तैयार नहीं था और उन्हें डर था कि अमेरिकी विदेश विभाग तथा केंद्रीय खुफिया एजेंसी का यह आकलन कि यहूदी राज्य अपरिहार्य अरब हमले का सामना करने में सक्षम नहीं हो सकता, दूसरों की तुलना में अधिक सही हो सकता है। उन्होंने जोर देकर कहा कि स्वतंत्रता की प्रतीक्षा करनी चाहिए।

बेन-गुरियन ने खतरे की भयावहता को समझते हुए स्वीकार किया, "हमें,

* जाहिर तौर पर ट्रूमैन इजराइल के गठन में अपनी भूमिका पर बहुत गर्व महसूस करते थे। वर्षों बाद, जब ट्रूमैन के लंबे समय के दोस्त एडी जैकबसन ने पूर्व राष्ट्रपति को 'इजराइल राज्य बनाने में मदद करनेवाले व्यक्ति' के रूप में पेश किया तो ट्रूमैन ने जवाब दिया, "आपका क्या मतलब है—'बनाने में मदद की'? मैं साइरस हूँ।" 'बाइबल' के अंतिम छंद (द्वितीय इतिवृत्त 36:22-23) के लिए एक संकेत है, जिसमें साइरस (फारस का राजा) अपने राज्य के यहूदियों को यरुशलम लौटने और वहाँ एक मंदिर बनाने का निर्देश देता है। [जॉन बी. जूडिस, 'सीड्स ऑफ डाउट : हैरी ट्रूमैन्स कंसर्न्स अबाउट इजराइल एंड फिलिस्तीन वेयर प्रेजेंट-एंड फॉरगॉटन,' न्यू रिपब्लिक (16 जनवरी, 2014)]।

क्षेत्र और लोगों के भारी नुकसान के साथ-साथ समग्र रूप से यिशुव के भीतर सार्वजनिक उथल-पुथल के लिए तैयार रहना चाहिए।"[2] फिर भी उन्होंने जोर देकर कहा कि यहूदी संप्रभुता के लिए यह 'अभी या कभी नहीं' का मौका हो सकता है। मोर्दकै बेंटोव, जो संयुक्त राष्ट्र में यहूदी एजेंसी के प्रतिनिधिमंडल का हिस्सा थे, ने बाद में लिखा, 'कमरे में दस यहूदी बैठे थे, जिन्हें इजराइल के लोगों के 2,000 वर्षों के इतिहास में शायद सबसे महत्त्वपूर्ण निर्णय लेना था।'[3] 12 मई, 1948 को तेल अवीव में पीपुल्स एडमिनिस्ट्रेशन ने 6-4 के मामूली अंतर से मतदान किया और दो सहस्राब्दी पूर्व यहूदिया के गुलाम होने के बाद से पहले संप्रभु यहूदी राज्य की घोषणा की।

शुक्रवार, 14 मई, 1948 को जब अंग्रेज जा रहे थे, उस समय पीपल्स असेंबली खचाखच भरे तेल अवीव संग्रहालय में इकट्ठा हुई। अरब बमबारी की आशंका के चलते समारोह के बारे में यथासंभव देर से प्रचार-प्रसार किया गया और औपचारिक निमंत्रण एक दिन पहले ही दिए गए थे, लेकिन फिर भी संग्रहालय के बाहर आशा से भरी हुई सैकड़ों की भीड़ उमड़ पड़ी थी।

हॉल इतना बड़ा नहीं था कि आमंत्रित किए हुए सभी लोग उसमें समायोजित हो सकें; कुछ लोग अभी भी बाहर ही फँसे हुए थे, जबकि राष्ट्रगान बजाने के लिए आमंत्रित फिलिस्तीन फिलहारमोनिक ऑर्केस्ट्रा को मुख्य हॉल के ऊपर की मंजिल पर ले जाना पड़ा। सबकुछ बेहद जल्दबाजी में तैयार किया गया था, लेकिंन काम करने की जल्दबाजी के बावजूद कोई भी उस दिन के महत्त्व को नहीं भूला। "हम अपने कर्तव्यों को पूरा कर रहे थे...मानो सपने में...मसीहा के दिन आ गए थे, विदेशी शासकों के अधीन दासता का अंत।" बेन-गुरियन के सहायक जीव शारेफ ने बाद में याद किया।[4]

भीतर का दृश्य 51 वर्ष पूर्व बासेल में आयोजित हुई पहली जियोनीवादी कांग्रेस के दृश्य की याद दिलाता था और फिलिस्तीन में आने के 42 साल बाद डेविड बेन-गुरियन मंच पर आधुनिक जियोनीवाद के संस्थापक थियोडोर हर्जेल के एक विशाल चित्र के नीचे खड़े थे।

शाम के चार बजे जैसे ही फोटोग्राफरों की लाइटें बिना किसी रुकावट के चमकने लगीं, वहाँ उपस्थित सभी लोग खड़े हो गए और 'हतिकवा' गाया।[5]

बासठ वर्षीय और पाँच फीट तीन इंच लंबे चट्टानी हौसलेवाले बेन-गुरियन, जिन्होंने फिलिस्तीन, वह भूमि, जिसपर वे 1906 में एक अरब स्टीवडोर की पीठ पर (पोलैंड से) पहुँचे थे, जो उन्हें एक चट्टान से किनारे तक ले गया था, में यहूदी आत्मनिर्णय को पुनर्जीवित करने के उद्‌देश्य से, अपने और अपने लोगों के लिए, शक्ति एकत्र करने के लिए अपना जीवन समर्पित कर दिया था, ने घोषणा को पढ़ा, "इजराइल राज्य की स्थापना का स्क्रॉल।"

स्वतंत्रता की घोषणा प्रस्तावनाओं की एक श्रृंखला के साथ शुरू हुई। इसने घोषणा की कि इजराइल की भूमि में यहूदी लोगों का जन्म हुआ है। यहूदियों ने इज़राइल की भूमि में ही वह सभ्यता विकसित की है, जिसे उन्होंने दुनिया के साथ साझा किया है। उन्होंने यह सपना देखना कभी बंद नहीं किया था कि वे अपने पैतृक वतन लौट पाएँगे। इसके बाद बेन-गुरियन ने काँपते कड़े स्वर में जारी रखा—"हमारे प्राकृतिक एवं ऐतिहासिक अधिकार के आधार पर और संयुक्त राष्ट्र महासभा के संकल्प के बल पर (हम) एतद्द्वारा एक यहूदी राज्य की स्थापना की घोषणा करते हैं। इजराइल की भूमि, जिसे इजराइल राज्य के रूप में जाना जाएगा।"[6]*

जब बेन-गुरियन ने घोषणा को पढ़कर समाप्त कर दिया तो उसके बाद रब्बी येहुदा लीब फिशमैन-मैमोन, जो धार्मिक जियोनिस्ट मिजराची पार्टी का नेतृत्व करते थे और हस्ताक्षर करने के लिए विमान से यरुशलम से आए थे, ने शेहेच्यानु आशीर्वाद का पाठ किया, ठीक उसी तरह जैसे बासेल में 1897 में पहली जियोनी कांग्रेस में डॉ. कार्ल लिपपे ने किया था। "धन्य हैं आप, भगवान्, हमारे भगवान्, ब्रह्मांड के राजा, जिन्होंने हमें जीवित रखा है, हमें बनाए रखा है और हमें इस मुकाम तक पहुँचने में सक्षम बनाया है।"[7]

इकट्ठे हुए लोगों द्वारा दूसरी बार 'हतिकवा' का पाठ कर लेने के बाद डेविड बेन-गुरियन ने घोषणा की—"इजराइल राज्य की स्थापना हो गई है! यह बैठक स्थगित की जाती है।" काररवाई केवल बत्तीस मिनट तक चली। यहूदी इतिहास के एक नए युग की शुरुआत हो चुकी थी। दो सहस्राब्दियों का निर्वासन

* स्वतंत्रता की घोषणा का संपूर्ण पाठ इस खंड के अंत में परिशिष्ट 'सी' में शामिल है।

समाप्त हो गया था और रोमनों के बाद पहली बार यहूदी अपनी पैतृक मातृभूमि में संप्रभु थे।

धार्मिकता के संक्षिप्त क्षण का प्रतिनिधित्व शेहेच्यानु द्वारा किया गया था और इसके अलावा काररवाई पूरी तरह से धर्मनिरपेक्ष थी। बेन–गुरियन बिल्कुल उसी प्रकार से नंगे सिर खड़े थे, जैसे लगभग पचास साल पहले हर्जल ने किया था। आधी सदी पहले हर्जल के समकालीनों ने एक नए यहूदी के निर्माण की याचना की थी। दिन का प्रतीकवाद स्पष्ट था कि यहूदी वास्तव में उभरा था और अब एक संप्रभु यहूदी राज्य की स्थापना कर रहा था।

इजराइल की स्वतंत्रता की घोषणा कोई धार्मिक दस्तावेज नहीं, बल्कि पूरी तरह से ऐतिहासिक है। स्वतंत्रता की अमेरिकी घोषणा के विपरीत, जो 'ईश्वर' और 'रचयिता' दोनों की बात करती है, इजराइली घोषणा में ईश्वर का कोई उल्लेख नहीं है। धार्मिक तत्त्वों को शांत करने के लिए, जो धार्मिक पाठ की आशा रखते थे, घोषणा में कहा गया है, "इजराइल की चट्टान पर अपना भरोसा रखते हुए, हम राज्य की अनंतिम परिषद् के इस सत्र में इस उद्घोषणा पर अपने हस्ताक्षर करते हैं।" लेकिन यह जान–बूझकर जोड़ा गया एक अस्पष्ट वाक्यांश था। धार्मिक लोगों के लिए, 'इजराइल की चट्टान' एक पारंपरिक वाक्यांश था, जिसका अर्थ हमेशा ईश्वर होता है।[8] (रब्बी मैमोन ने संदर्भ को स्पष्ट किया, जब उन्होंने अपने हस्ताक्षर के ऊपर तीन हिब्रू अक्षर जोड़े, एक संक्षिप्त अर्थ—'भगवान् की कृपा से।'[9]) धर्मनिरपेक्षों के लिए राज्यवाद का ईश्वर से कोई लेना–देना नहीं था; इसलिए इजराइल की चट्टान यहूदी इतिहास, यहूदी धैर्य या यहूदियों की अपनी रक्षा करने की नई क्षमता थी।*

इस घोषणा ने एक तरफ जहाँ ईश्वर को बाहर रखा था, वहीं दूसरी तरफ यह इतिहास से संतृप्त थी। यह इजराइल की भूमि में यहूदी लोगों के जन्म, उस देश में यहूदी अतीत की महिमा और बीसवीं शताब्दी में यहूदियों की भयानक पीड़ा की बात करती है। 'बाइबल' के प्रति बेन–गुरियन के प्रेम और उनके विश्वास

---

* तेल अवीव में उस शुक्रवार की सुबह सभी हस्ताक्षरकर्ता उस घोषणा पर हस्ताक्षर नहीं कर पाए थे। यरुशलम के चारों ओर घेराबंदी जारी थी और देश भर में सड़कें बेहद हिंसाग्रस्त थीं। बहुत से लोग आनेवाले दिनों में तब हस्ताक्षर करने में सफल रहेंगे, जब उन्हें ऐसा करने के लिए सुरक्षित स्थान पर लाया जाएगा।

को दरशाते हुए कि 'बुक्स ऑफ बुक्स' यहूदियों के युवा राज्य के लिए एक रोड मैप थी, इसने वादा किया कि नया राज्य 'इजराइल के पैगंबरों द्वारा परिकल्पित स्वतंत्रता, न्याय और शांति पर आधारित होगा।'

इसके बावजूद घोषणा कोई ईथरवत् दस्तावेज नहीं थी। जियोनीवाद एक तेजी से बदलती दुनिया के बारे में गहरी जागरूकता से पैदा हुआ एक आंदोलन था और यह घोषणा उन ऐतिहासिक परिस्थितियों से गहराई से परिचित थी, जिसमें यह लिखा गया था। यह स्पष्ट रूप से पहले से चल रहे युद्ध का उल्लेख करता है, जैसे कि बेन-गुरियन का पूर्वाभास था कि यहूदी लोगों और उसके नवजात राज्य के लिए दुनिया की सहानुभूति अल्पकालिक हो सकती है, इसने जोर देकर कहा कि संयुक्त राष्ट्र का प्रस्ताव 181 अपरिवर्तनीय था। यह घोषणा करते हुए "इजराइल राज्य यहूदी आप्रवासन और निर्वासन के लिए खुला रहेगा," इसने श्वेत-पत्र की नीतियों को स्पष्ट रूप से रद्द कर दिया। युद्ध के बीच में भी इसने इजराइल के शत्रुओं से शांति की पेशकश की।

घोषणा एक जटिल और बारीक ब्योरा है। यह समानता पर जोर देता है, यह वादा करते हुए—"राज्य धर्म, जाति या लिंग से इतर अपने सभी निवासियों के लिए सामाजिक और राजनीतिक अधिकारों की पूर्ण समानता सुनिश्चित करेगा।" 'इजराइल राज्य के अरब निवासियों' को संबोधित करते हुए इसने उन्हें "शांति बनाए रखने और पूर्ण और समान नागरिकता के आधार पर राज्य के निर्माण में भाग लेने के लिए" आमंत्रित किया। इसने जोर दिया कि यहूदी परंपरा की नैतिक नींव नए यहूदी राज्य ('इजराइल के भविष्यवक्ताओं द्वारा परिकल्पित') की कुंजी होगी और विशेष रूप से यहूदी लोगों के लिए एक शरण के रूप में काम करेगी, इसके बावजूद 'इसके सभी निवासियों को लाभ पहुँचाते हुए देश के विकास को बढ़ावा देगी।'

यह सुनिश्चित करना कि राज्य पूर्ण रूप से एक यहूदी राज्य होगा, इसके साथ ही गैर-यहूदी अल्पसंख्यकों के अधिकारों की गारंटी देना कभी आसान नहीं होगा। इस संतुलन को कैसे बनाया जाए, इसे लेकर आज भी इजराइल में बहस जारी है।

स्वतंत्रता की घोषणा पर यहूदियों के एक बड़े गठबंधन द्वारा हस्ताक्षर किए

गए थे, जिसमें वाम की ओर से कम्युनिस्टों से लेकर धार्मिक अधिकार पर अति-रूढ़िवादी अगुदथ इजराइल तक शामिल थे। इनमें से कई समूहों के बीच 1897 में पहली जियोनी कांग्रेस के बाद से वैचारिक मुद्दों पर विवाद थे, लेकिन अब यहूदी इतिहास में एक महत्त्वपूर्ण क्षण में यहूदी एकता का आश्चर्यजनक प्रदर्शन करते हुए उन मतभेदों को दरकिनार कर दिया गया था। भविष्य में ऐसे क्षण भी आएँगे—महान् अवसर और गंभीर खतरों, दोनों से भरे, जब राजनीतिक रूप से विभाजित इजराइल जब यह पहचान लेगा कि यहूदी लोगों का भविष्य दाँव पर है, तब बड़ी-से-बड़ी असहमतियों को भी पीछे छोड़ दिया जाएगा।

1898 में बासेल में आयोजित दूसरी जियोनी कांग्रेस के बाद से, जब उन्हें जियोनीवादी राजनीतिक व्यवस्था में सदस्यता के अधिकार दिए गए थे (यूरोपीय सरकारों द्वारा ऐसा कुछ करने से बहुत पहले), महिलाओं ने जियोनीवादी आंदोलन और यिशुव दोनों में महत्त्वपूर्ण भूमिका निभाई थी। दो महिलाओं—गोल्डा मीर (जो बाद में इजराइल की चौथी प्रधानमंत्री बनीं) और राहेल कगन-कोहेन (एक अनुभवी महिला और सामाजिक कल्याण कार्यकर्ता) ने भी स्वतंत्रता की घोषणा पर हस्ताक्षर किए।

यह किसी के लिए भी आश्चर्य की बात नहीं थी कि बेन-गुरियन की राजनीतिक दुश्मन मेनाकेम बेगिन, जिन्होंने इरगुन का नेतृत्व किया था, हस्ताक्षर समारोह से अनुपस्थित थीं। (यित्जाक शमीर, जिन्होंने लेची का नेतृत्व किया था, संभवतः उन्हें आमंत्रित नहीं किया गया होगा, लेकिन अंग्रेजों द्वारा उन्हें वैसे भी निर्वासित कर दिया गया था और वे हिरासत में थे।) बेन-गुरियन बेगिन से ज़ाबोटिंस्की के मुकाबले कम नफरत नहीं करते थे। स्वतंत्रता की घोषणा बेन-गुरियन की इजराइल की मूलभूत कथा को आकार देने की परियोजना का एक अहम हिस्सा थी और अगर उनकी चलती तो राज्य की कहानी को जो आकार दिया गया, उसमें न तो बेगिन को और न ही इरगुन को प्रमुखता से स्थान मिला होता। उस समय विदेश में होने के चलते, चौम वीजमैन हस्ताक्षर भी नहीं कर सके; उनके वापस आने पर बेन-गुरियन, जो उस ऐतिहासिक घड़ी में भी प्रतिशोध से भरे हुए थे, ने वीजमैन को स्क्रॉल में अपने हस्ताक्षर जोड़ने की अनुमति देने से इनकार कर दिया।

'नए देश के नाम में भी गहरी प्रतीकात्मक प्रतिध्वनि थी।'* नए देश के लिए कई संभावित नाम प्रस्तावित किए गए थे, लेकिन 'बाइबल' के जैकब को एक स्वर्गदूत के साथ कुश्ती करने के बाद इजराइल नाम दिया गया था। "तेरा नाम अब जैकब न होगा, परंतु इजराइल होगा, क्योंकि तूने परमेश्वर और मनुष्यों के साथ युद्ध किया है।"[10] उस समय किसी को इस बात का जरा भी अंदाजा नहीं था कि यह नाम कितना उपयुक्त रहेगा!

हालाँकि तेल अवीव संग्रहालय के बाहर उत्साहित भीड़ इकट्ठा थी, नेतृत्व ने एक बार फिर खुद को जश्न मनाने में असमर्थ पाया। बेन-गुरियन ने अपनी डायरी में लिखा, "देश में उत्सव एवं गहरा आनंद है और मैं एक बार फिर जश्न मनानेवालों के बीच शोक मना रहा हूँ, जैसे कि मैं 29 नवंबर को था।"[11] उन्होंने शिमोन पेरेस (राज्य के तब के एक युवा नेता और अंतत: इसके प्रधानमंत्री एवं बाद में राष्ट्रपति बने) से कहा, "आज हर कोई बेहद खुश है। पर कल खून बहाया जाएगा।"[12]

युद्ध का दूसरा चरण अगले ही दिन शुरू हो गया। यह जनवरी 1949 तक चलनेवाला था, जिसमें लड़ाई के तीन प्रमुख चरण शामिल थे, जिसमें दो अंतरराष्ट्रीय स्तर पर अनिवार्य संघर्ष विराम भी शामिल थे।

इस पूरे संघर्ष में पहला महीना सबसे अधिक घातक था। इजराइल 876 सैनिकों और लगभग 300 नागरिकों को खो देगा। हगनाह (जो जल्द ही आई.डी.

* 14 मई की घोषणा से कई दिन पहले, जल्द ही स्थापित होनेवाले देश के नाम पर चर्चा करने के लिए यिशुव के नेतृत्व में बैठक हुई। कुछ लोग इसे 'यहूदा' नाम देना चाहते थे, जो प्राचीन यहूदी साम्राज्य का नाम था। चूँकि विभाजन की योजना में यहूदी राज्य को दी जानेवाली भूमि में ऐतिहासिक यहूदा के अधिकांश भाग को शामिल ही नहीं किया गया था, इसलिए इस नाम को अस्वीकार कर दिया गया। अन्य नामों का भी सुझाव दिया गया था, जिनमें 'सियोन' और 'त्जबार' (सबरा) शामिल थे, लेकिन फिर किसी ने 'इजराइल' नाम का सुझाव दिया और एक मतदान आयोजित किया गया। इजराइल नाम 7-3 के बहुमत से स्वीकृत हुआ। बेन-गुरियन इजराइल के लिए उस नाम का सुझाव देनेवाले पहले व्यक्ति नहीं थे, बल्कि एक यहूदी गैलिशियन लेखक इसहाक पर्नहॉफ थे, जिन्होंने हर्जेल के जवाब में 1896 के एक छोटे से लेख में भविष्यवाणी की थी कि जब एक राज्य की स्थापना की जाएगी, तो इसे 'इजराइल राज्य' कहा जाएगा। [एलन गिलाद, 'वाय इज 'इजराइल काल्ड इजराइल?' हारेत्ज (20 अप्रैल, 2015]।

एफ., इजराइल रक्षा बल बन जाएगा) ने खुद को पाँच अरब राज्यों—जॉर्डन, मिस्र, लेबनान, इराक (इजराइल जिनके साथ सीमा भी साझा नहीं करता था) और सीरिया की सेनाओं का सामना करते हुए पाया, साथ ही सूडान, यमन और सऊदी अरब के सैनिकों का सामना करते हुए भी। बेन-गुरियन के लिए, जिन्होंने लगातार नए राज्य को 'बाइबल' की कथा के प्रकाश में देखा, यह तथ्य कि इजराइल को मिस्र और सीरिया के खिलाफ खड़ा किया गया था, बहुत महत्त्वपूर्ण था। युद्ध के दौरान उन्होंने अपनी डायरी में लिखा—"हमारे विमानों को जॉर्डन के पार अम्मान (और) पर बमबारी करने और उन्हें नष्ट करने की आवश्यकता है, फिर सीरिया हमारे हाथों में होगा। हम पोर्ट सैद, अलेक्जेंड्रिया और काहिरा पर बमबारी करेंगे। हम ऐसा करते हुए युद्ध को समाप्त करेंगे और मिस्र, अश्शूर तथा अराम के साथ अपने पूर्वजों का हिसाब चुकता करेंगे।"[13]

उन बुलंद आकांक्षाओं के बावजूद प्रारंभिक दिन अच्छे नहीं रहे। इजराइलियों को उत्तर दिशा में इराकी और सशस्त्र सीरियाई सेनाओं का सामना करना पड़ा। दक्षिण में मामले ज्यादा बेहतर नहीं दिखाई दे रहे थे। मिस्र के सैनिक नेगेव में तेजी से आगे बढ़ रहे थे और जल्द ही तेल अवीव पर हवाई हमले शुरू करने में सक्षम थे, जहाँ इजराइली जनरल स्टाफ का मुख्यालय था। स्वतंत्रता संग्राम के दौरान आई.डी.एफ. के संचालन प्रमुख और बाद में इसके चीफ ऑफ स्टाफ, यिगल यादीन ने प्रतिबिंबित किया—

> "मैं अचानक चौंक गया, जब मुझे अहसास हुआ कि पूरा उत्तर हमारे हाथ से खिसक सकता है। दक्षिण में मिस्र की सेना तेल अवीव पर आगे बढ़ रही थी। यरुशलम को काट दिया गया था और इराकी देश के मध्य भाग पर दबाव डाल रहे थे। यह एक ऐसा क्षण था, जब मुझे अचानक लगा कि पीढ़ियों का सपना बिखरने वाला है।"[14]

बेन-गुरियन ने भी महसूस किया कि अगले कुछ दिन देश के भाग्य का निर्धारण करेंगे, "यह एक दौड़ है (समय के ख़िलाफ)।" उन्होंने 19 मई को स्वतंत्रता के पाँच दिन बाद कहा, "अगर हम दो सप्ताह तक टिके रह पाते हैं तो हम ही जीतेंगे।"[15]

सभी तरफ से लंबी लड़ाई के बावजूद बेन-गुरियन ने 19 मई की शुरुआत में यिगल यादीन से यरुशलम की ओर बढ़ने का आग्रह किया, एक ऐसा कार्य, जिसके लिए यादीन को डर था कि हगनाह जरा भी तैयार नहीं था। संयुक्त राष्ट्र विभाजन योजना में यहूदी या अरब राज्यों को नहीं सौंपे गए यरुशलम को एक अंतरराष्ट्रीय संरक्षक द्वारा शासित किया जाना था, लेकिन आम धारणा यह थी कि ऐसा होने की संभावना नहीं है। संयुक्त राष्ट्र के पास कोई शक्ति नहीं है, प्रमुख अंतरराष्ट्रीय शक्तियों की इस प्रस्ताव को लागू करने में कोई दिलचस्पी नहीं थी और अरब और यहूदी दोनों शहर के अंतरराष्ट्रीयकरण में जरा भी रुचि नहीं रखते थे। अंतरराष्ट्रीय दबाव बनने की स्थिति में यहूदी समुदाय सहमत हो सकता था, लेकिन यह बात भी पूरी तरह से स्पष्ट थी कि अरब इस सुझाव को बिल्कुल उसी प्रकार से अस्वीकार कर देंगे, जैसे उन्होंने पील और विभाजन को खारिज कर दिया था।

ऐसे में एक शहर को लेकर युद्ध का आगाज हुआ। अरब सेना ने यरुशलम में मौजूद अरबों की सहायता के इरादे से, जिनके पास सामग्री भी बेहद कम थी, यरुशलम की ओर बढ़ना शुरू किया। बेन-गुरियन ने फैसला किया कि इजराइलियों को उन्हें पीछे धकेलने की जरूरत है।

समस्या थी कि वहाँ तक पहुँचा कैसे जाए? इजराइलियों को अगर यरुशलम की ओर जानेवाली सड़क पर कब्जा करने का कोई मौका था तो ऐसा करने के लिए उन्हें शहर के बाहर लगभग पंद्रह मील (आज यरुशलम के बाहर एक बख्तरबंद कोर स्मारक) दूर स्थित एक पहाड़ी की चोटी पर स्थित लैट्रन पर विजय प्राप्त करना जरूरी था। बेन-गुरियन ने एक नई यूनिट, हगनाह की सातवीं ब्रिगेड, को इस काम को अंजाम देने का आदेश दिया, लेकिन यादिन ने यह कहते हुए इसका विरोध किया कि लैट्रन की लड़ाई के लिए मोर्चे पर भेजे जानेवाले सैनिकों में से कई ऐसे हैं, जिन्हें न के बराबर अनुभव है और उनके पास बेहद सामान्य हथियार थे तथा उनमें से कई के पास रसद तक भी नहीं थी। यादिन ने बेन-गुरियन से कहा कि वे जो कुछ करने को कह रहे हैं, उसके दुष्परिणामों के बारे में एक बार सोच लें। इनमें से कई सैनिक ऐसे थे, जिन्हें नाजी मत्यु शिविरों से मुक्त करवाया गया था और वहाँ से लाकर सिर्फ साइप्रस के नजरबंदी शिविरों में भेज दिया गया था और उसके बाद से सीधे फिलिस्तीन के तट पर पहुँच गए

थे; उनके कंधों पर पुराने हथियार लादकर उन्हें बिना किसी सैन्य प्रशिक्षण के युद्ध के मैदान में भेजा जा रहा था। बेन–गुरियन समझ गए, लेकिन वे अपनी बात पर अडिग थे; लैट्रन के लिए पहली लड़ाई 24 मई को शुरू हुई।

जैसा कि यादिन ने पूर्वानुमान लगाया था, युद्ध एक बड़ा अनर्थ साबित हुआ और इजराइली सेना को खदेड़ दिया गया। एरियल शेरोन, तब एक युवा प्लाटून कमांडर (बाद में योम किपुर युद्ध के नायक और अभी भी इजराइल के पूर्व प्रधानमंत्री) घायल हो गए। इजराइलियों ने 1 जून को लैट्रन पर दूसरा हमला किया, लेकिन वह भी विफल हो गया। आधिकारिक गणना के अनुसार मारे गए इजराइली सैनिकों की संख्या 139 है, हालाँकि अन्य लोगों का मानना है कि यह संख्या इससे अधिक थी।

जैसा कि यादिन ने आगे भविष्यवाणी की थी, "लैट्रन को उस स्थान के रूप में याद किया जाएगा, जहाँ नरसंहार से बचे लोगों का खून गिरा दिया गया था।"[16] यह केवल लैट्रन के बारे में ही सच नहीं था। इजराइल के स्वतंत्रता संग्राम के दौरान इजराइल की सेना में एक लाख से अधिक यहूदियों को भरती किया गया था और जैसा कि एक इतिहासकार लिखते हैं, "बहुत से नए लोग, जो यूरोप से इजराइल के लिए युद्ध में मरने के लिए आए थे, वे शोआह के बचे हुए लोग थे।"[17] कई लोग वहाँ पहुँचते ही युद्ध में मारे गए और उन्हें अज्ञात कब्रों में दफन कर दिया गया। उन्होंने एक ऐसे राज्य की रक्षा करते हुए अपनी जान दे दी, जिसमें कोई उनके नाम तक नहीं जानता।

असफल रहे लैट्रन अभियान के कुछ दिनों के बाद एक और दिल दहलानेवाला बड़ा नुकसान तब हुआ, जब पुराने यरुशलम शहर का यहूदी क्वार्टर अरब टुकड़ी, जो अरब सेना की सबसे उन्नत, प्रशिक्षित और सुसज्जित सेना थी, जो अभी भी ब्रिटिश कमांडरों के नेतृत्व में लड़ रही थी, के कब्जे में चला गया। राज्य के भावी प्रधानमंत्री यित्जाक रॉबिन ने पुराने शहर को बेहद डरावनी दृष्टि से देखा। उन्होंने देखा कि यहूदी निवासियों ने सफ़ेद झंडे लहराते हुए अरब सेना के सामने आत्मसमर्पण कर दिया और उनके चेहरे पर हुए भारी नुकसान की परछाईं को स्पष्ट देखा जा सकता था। 586 ईसा पूर्व में बेबीलोन के राजा नबूकदनेस्सर के हाथों हारने के बाद और फिर 70 सी.ई. में रोमियों के अधीन यहूदियों को

यरुशलम से निर्वासित कर दिया गया था, अब एक बार फिर हारे हुए यहूदियों की लंबी-लंबी कतारें, अपने बचे हुए सामान को कंधों पर लादे हुए, को शहर से निर्वासित कर दिया था और वे आँखों में आँसू भरे हुए यरुशलम से बाहर जा रहे थे। जॉर्डनवासी अपने पूर्व के विजेताओं की ही तरह शहर पर कोई दया नहीं दिखानेवाले थे। वे यहूदी अनाथालयों को अस्तबल में बदल देनेवाले थे और कब्र के पत्थरों को शौचालय के रूप में इस्तेमाल करते थे। उन्नीस साल के बाद यहूदी एक बार फिर पश्चिमी दीवार को छूने और यहूदी धर्म के सबसे पवित्र स्थल पर प्रार्थना करने में सक्षम नहीं होंगे।

हगनाह ने लैट्रन पर दोबारा कब्जा करने के प्रयास से तौबा कर ली और एक वैकल्पिक मार्ग की तलाश करने का फैसला किया, जिसे 'बर्मा रोड' के रूप में जाना जाने लगा (उसे यह नाम इसलिए दिया गया था, क्योंकि इसने यरुशलम के यहूदियों को बिल्कुल वैसे ही आपूर्ति प्रदान की, जैसे बर्मा और चीन के बीच बर्मा रोड ने द्वितीय विश्वयुद्ध के दौरान जापानी घेराबंदी के दौरान चीनियों को आपूर्ति बंद करने में सक्षम बनाया था।) बर्मा रोड को एक प्राचीन पथ बनाने के लिए हताश संघर्ष उस सरलता को दरशाता है, जो कि यिशुव के दिनों में भूमिगत होने की विशेषता थी और अब वह आई.डी.एफ. के चरित्र को दरशाती है। आवश्यकता आविष्कार की जननी होती है और नवजात राज्य, यह जानते हुए कि अगर वह हार गया तो यहूदी खून बहेगा, युद्ध के दौरान कई बिंदुओं पर वे अटल थे। उदाहरण के लिए, बर्मा रोड पर—

> "इंजीनियरों ने बुलडोजर, ट्रैक्टर और शारीरिक श्रम का उपयोग करते हुए, बाग के शीर्ष पर और नीचे घाटी के लिए एक सड़क बनाने के लिए चलने योग्य एक सड़क बनाने का लगभग असंभव कार्य शुरू किया। रात में जॉर्डन की गोलाबारी के बीच लगभग असंभव सा दृश्य देखा जा सकता था; सैकड़ों की संख्या में माल ढोनेवाले चुपचाप भोजन ले जाते और पहाड़ी पर प्रतीक्षारत ट्रकों, जीपों, यहाँ तक कि खच्चरों की आपूर्ति करते हैं। यहाँ तक कि गायों के झुंड को भी इसी मार्ग से ले जाया जाता था, क्योंकि हमें शहर में गोमांस भेजने की सख्त जरूरत थी।"[18]

इस वैकल्पिक मार्ग का उपयोग करते हुए हरेल ब्रिगेड (यित्जाक रॉबिन के नेतृत्व में, जो उस समय सिर्फ छब्बीस वर्ष के थे) शहर के पश्चिमी हिस्सों को फिर से आपूर्ति और बचाव करने में सफल रहे, लेकिन वे अभी भी पुराने शहर पर दोबारा कब्जा करने में नाकाम थे।

बर्मा रोड इस प्रकार की रचनात्मकता और सरलता का शायद ही अकेला उदाहरण था। अधिकांश युद्ध के दौरान भारी हथियारों की कमी के कारण यिशुव ने घर में बने तीन इंच के मोर्टार 'दाविकडा' पर भी भरोसा किया, जो अकसर अपने लक्ष्य से चूकता नहीं था या विस्फोट करने में विफल नहीं रहता था।[19] यदि दाविकडा का कोई छुड़ानेवाला मूल्य था, तो यह था कि जब इसमें विस्फोट होता था, चाहे लक्ष्य से कितना ही दूर क्यों न हो, बम ने एक तेज रोशनी और असाधारण शोर किया, जिससे स्थानीय अरब आबादी में बड़े पैमाने पर दहशत फैल जाती थी।[20] दाविकडा यरुशलम और श्वेत युद्ध में सबसे अधिक प्रभावी साबित हुआ, क्योंकि इसके परिणामस्वरूप स्थानीय आबादी में पैदा होनेवाले आतंक ने स्थानीय आबादी को वहाँ से निकल भागने या फिर तेजी से आत्मसमर्पण करने के लिए मजबूर किया। श्वेत की लड़ाई में 6-9 मई तक दाविकडा की दिल दहला देने वाली आवाजों ने स्थानीय अरबों को इस बात का यकीन दिलवाया कि यहूदी 'परमाणु बम' का उपयोग कर रहे हैं। 'एक हगनाह स्काउट विमान, जो ऊपर की ओर उड़ रहा था, ने बताया कि 'हजारों शरणार्थी मेरुन की ओर पैदल ही चल पड़े हैं।'...अरब शहर सचमुच रातोरात एक 'भूतिया शहर' में बदल गया।'[21]

वायुसेना ने बिल्कुल ऐसी ही रचनात्मकता का प्रदर्शन किया। विमानों पर लोड किए गए वास्तविक बमों के अलावा ग्राउंड क्रू ने भी खाली सोडे की बोतलें मिल सकती थीं, बेस पर या आसपास के क्षेत्रों में, उन्हें लोड करना शुरू कर दिया, क्योंकि उन्होंने सुना था कि गिरती हुई खाली बोतलों से सीटी की सी जोरदार आवाज पैदा होती है, जो जमीन पर बैठे लोगों को बम की तरह सुनाई देती और रणनीति दुश्मन के संकल्प को कमजोर कर रही थी।

हालाँकि नवोदित यहूदी राज्य अभी भी सैन्य शक्ति में पिछड़ा हुआ था और अपनी पकड़ बनाए रखने के लिए संघर्ष कर रहा था। हताहत होनेवालों की

संख्या काफी अधिक थी। इजराइल उन भारी हथियारों को पाने के लिए बेताब था, जिन्हें उसने खरीदा था, लेकिन जो अभी उस तक पहुँच नहीं पाए थे। आकाश पर मिस्रवासियों का कब्जा था। इजराइल की स्वतंत्रता की घोषणा अभी मुश्किल से पूरी भी नहीं हुई थी और उसका भाग्य अधर में लटक गया था।

अंतरराष्ट्रीय समुदाय, जो रक्तपात को लेकर बेहद चिंतित था, युद्ध पर रोक लगाने को लेकर उत्सुक था। संयुक्त राष्ट्र सुरक्षा परिषद् ने 22 मई को तत्काल संघर्ष विराम की माँग की; संयुक्त राष्ट्र महासचिव ने युद्धविराम पर बातचीत करने के लिए स्वीडिश राजनयिक काउंट फोल्के बर्नडोट को नियुक्त किया।

बर्नडोट एक दिलचस्प आदमी थे, जिनके बारे में जितना कहा जाए, उतना कम है। द्वितीय विश्वयुद्ध के दौरान स्वीडिश रेडक्रॉस के प्रमुख के रूप में अपनी भूमिका में उन्होंने कई हजार यहूदियों को मृत्यु शिविरों में बचाया था, लेकिन उन्होंने संघर्ष को समाप्त करने के लिए पिछले दरवाजे से प्रयास करने के इरादे से वरिष्ठ नाजी नेताओं, विशेष रूप से हेनरिक हिमलर से भी मुलाकात की। उन्होंने फिलिस्तीन में युद्ध के चरम पर जब वार्त्ताकार के रूप में अपनी भूमिका को सँभाला, तब उन्हें 'गुंग-हो स्वीडिश अभिजात', 'आशावादी' और कारवाई के लिए उत्सुक 'मानवतावादी' डॉन क्विक्सोट' के रूप में देखा गया था।[22] युद्ध को समाप्त करने की जिम्मेदारी अपने कंधों पर लेकर बर्नडॉट ने एक ऐसा काम करने का जिम्मा उठाया, जिसे अब तक कोई भी पूरा नहीं कर पाया था; हालाँकि वे निडर थे और युद्ध विराम को सुरक्षित करने के लिए और बाद में अधिक स्थायी शांति की तलाश करने के लिए निकल पड़े।

आंशिक रूप से बर्नडोट की राजनीतिक पैंतरेबाजी के कारण तथा आंशिक रूप से लड़ाई में लगे सभी दलों की थकावट के कारण, दोनों पक्ष अंततः संघर्ष विराम के लिए सहमत हुए। इसके लिए मूल रूप से 1 जून का दिन निर्धारित किया गया था, लेकिन यह लागू करने में इतना जटिल साबित हुआ कि यह आधिकारिक तौर पर दस दिन बाद, यानी 11 जून को ही प्रभावी हो पाया।

राहत की शर्तों ने 'इजराइल और अरब राज्यों पर हथियारों और अतिरिक्त सैन्यकर्मियों पर पूर्ण प्रतिबंध' की शर्त निर्धारित की, लेकिन दोनों ही पक्षों ने इन शर्तों का उल्लंघन किया। अरब राज्यों ने अपनी लड़ाकू इकाइयों को मजबूत किया

और रुक-रुककर इजराइली सीमा पर गोलीबारी की। इजराइलियों ने लड़ाई के इस विराम का उपयोग भारी मात्रा में हथियारों का आयात करने के लिए किया, जिसमें से कुछ उन्होंने संयुक्त राज्य अमेरिका के साथ-साथ अन्य पश्चिमी देशों से खरीदे थे। यिशुव को चेकोस्लोवाकिया से हथियारों का एक विशाल शिपमेंट भी मिला, जिसमें 'पच्चीस हजार से अधिक राइफलें, पाँच हजार मशीनगन और पचास मिलियन से अधिक गोलियाँ शामिल थीं।'[24] यह निश्चित रूप से एक महत्त्वपूर्ण मोड़ था, कुछ चेक हथियार मानक जर्मन मौसर राइफल्स और एम.जी. मशीनगन थे और मई 1945 से पहले जर्मनों के लिए उत्पादित किए गए थे, उन पर लगे स्वस्तिक के साथ पहुँचे (स्वयंसेवक पायलटों को दी गई वरदी भी ऐसी ही थी)। द्वितीय विश्वयुद्ध के दौरान जर्मनों के लिए निर्मित बंदूकें अब यहूदियों के हाथों में थीं, जो यहूदी इतिहास के एक नए अध्याय को लिखने के लिए बेताब थीं।[25]

विदेशों से सिर्फ हथियार ही नहीं आए थे। युद्ध की शुरुआत में इजराइल के पास कोई भी सैन्य विमान नहीं था और बहुत कम संख्या में पायलट थे। वहीं दूसरी ओर, अमेरिकी सशस्त्र बलों के पास द्वितीय विश्वयुद्ध के बाद सैकड़ों की संख्या में अतिरिक्त विमान थे और कई ऐसे यहूदी पूर्व सैनिक भी थे, जो संयुक्त राज्य के लिए उड़ान भर चुके थे। इजराइल ने इन पायलटों को पाने के लिए एक गुप्त योजना शुरू की, जिनमें से कई अत्यधिक सक्षम थे, हालाँकि नरसंहार के बारे में की गई बातों ने इनमें से कुछ सैनिकों में यहूदी प्रतिबद्धता की भावना को जगाया और इनमें से कुछ ने अमेरिकी कानून का उल्लंघन करते हुए अमेरिकी अधिशेष विमानों को खरीदने, उन्हें यूरोप और फिर इजराइल के लिए उड़ान भरने में मदद की। वे पुरानी वरदी पहने हुए थे, जिनपर जमीन पर लड़ रहे कुछ सैनिकों की बंदूकों की ही तरह नाजी निशान बने हुए थे, जो जर्मन वायुसेना के निशान।

जर्मनी ने चेकोस्लोवाकिया में मेसर्सचिट युद्धक विमानों के निर्माण के लिए कारखानों का निर्माण किया था, जो द्वितीय विश्वयुद्ध समाप्त होने के बाद भी विमानों का उत्पादन जारी रखे हुए थे। अमेरिकी पायलटों ने युद्ध में शामिल होने के लिए कुछ ने मेसर्सचिट्स में इजराइल के लिए उड़ान भरी।

इजराइल में उतरने के लगभग तुरंत बाद अमरीकियों को बताया गया कि मिस्र की सेना तेल अवीव से केवल छह मील की दूरी पर है और अगर उन्होंने

तुरंत हमला नहीं किया तो अगली सुबह तेल अवीव में मिस्र के दस हजार सैनिक होंगे।[27] इसलिए उन्होंने अपने पहले बमबारी मिशन पर पुराने, एकल इंजनवाले विमानों को उड़ाया और तुरंत युद्ध के परिणाम को बदल दिया। बाद में आगे बढ़ रहे इराकी बलों पर हवाई हमलों ने उन्हें अपने स्थान पर ही रुकने और इजराइल की ओर आगे न बढ़ने के लिए बाध्य किया।[28]

कुल मिलाकर दुनिया भर के करीब 3,500 लोग स्वेच्छा से इजराइल आए और युद्ध के प्रयासों में मदद की। दिलचस्प बात यह है कि इनमें से कई यहूदी नहीं थे। करीब 190 स्वयंसेवकों ने वायुसेना में सेवा दी।[29] कई पायलटों ने इस काररवाई में अपनी जान गँवा दी। युद्ध के बाद अधिकांश अमेरिकी स्वदेश लौट गए, हालाँकि कइयों ने फैसला किया कि इजराइल ही उनका घर है और वे वहीं रुक गए। एल अल के लिए उड़ान भरकर इजराइल के विमान उद्योग में काम किया।

बेनी मॉरिस ने नोट किया कि इसके सैन्य महत्त्व के अलावा स्वयंसेवकों की इस लहर ने इजराइलियों को यह समझने में मदद की कि भले ही वे संख्या में अधिक नहीं थे, लेकिन वे अकेले नहीं थे।[30] यह नरसंहार के बाद यहूदी भाग्य में एक नाटकीय परिवर्तन था और इसने देश के मनोबल को काफी बढ़ा दिया।

पुनः शस्त्रीकरण की सख्त आवश्यकता ने युद्ध की सबसे सशक्त विनाशकारी घटनाओं में से एक को जन्म दिया। 26 मई को डेविड बेन-गुरियन ने हगनाह को 'प्रच्छन्न स्थिति' से बाहर निकाला और एक पृष्ठ पर टाइप किए गए बीस संक्षिप्त पंक्तियों के एक साधारण से ज्ञापन में घोषित किया कि वह अब इजराइल के नए राज्य की आधिकारिक सेना यानी इजराइल रक्षा बल बन जाएगा। इस ज्ञापन ने यह भी तय कर दिया कि किसी अन्य सशस्त्र समूह को संचालित होने की अनुमति नहीं दी जाएगी। प्रधानमंत्री ने इस बात का संकेत देते हुए कि देश कैसे दिन-प्रति-दिन एक साथ जुड़ता जा रहा है और बेन-गुरियन अपने हाथों में कितनी व्यापक शक्तियाँ ले रहे हैं, लिखा—"इस आदेश के अनुसार की गई कोई भी काररवाई कानूनी मानी जाएगी, भले ही वह मौजूदा कानून के किसी अन्य निर्देश का खंडन करती हो।"[31]

बेन–गुरियन और मेनाकेम बेगिन एक समझौते पर पहुँचे थे, जिसमें यह निर्धारित किया गया था कि इरगुन के सदस्य नवनिर्मित आई.डी.एफ. में शामिल होंगे। उनके हथियार और उपकरण, साथ ही हथियारों के निर्माण के प्रतिष्ठानों को सेना को सौंप दिया जाएगा। सेना के ब्रिगेड के भीतर कोई विशेष इरगुन इकाइयाँ नहीं होंगी और खरीद की अलग–अलग गतिविधियाँ समाप्त हो जाएँगी। बेन–गुरियन समझ चुके थे कि अगर इजराइल को एक वैध राज्य बनना है, तो यह प्रतिस्पर्धी मिलिशिया का घर नहीं हो सकता।

बेगिन इस बात को समझ गए और सहमति व्यक्त की कि इरगुन इजराइल राज्य के भीतर एक अलग सैन्य इकाई के रूप में काम करना बंद कर देगा। इसके बावजूद बेगिन के कुछ इरगुन लड़ाके संकटग्रस्त यरुशलम में डेरा डाले रहे, जो तब तकनीकी रूप से इजराइल का हिस्सा नहीं था, इसलिए वे बेगिन के अपनी सेना को आई.डी.एफ. में मिलाने के समझौते के तहत नहीं आते थे। उनके हथियार तेजी से कम होते जा रहे थे और बेगिन अपने सैनिकों को लैस करने को लेकर पूरी तरह से प्रतिबद्ध था। उससे भी अधिक वह यरुशलम पर कब्जा बनाए रखने के लिए जो कुछ भी संभव हो सकता था, वह करने को प्रतिबद्ध था।

इस बीच इरगुन की अमेरिकी शाखा—जिसके साथ बेगिन के रिश्ते पूर्व से ही तल्ख थे—ने बेगिन की जानकारी के बिना एक पुराना जहाज खरीदा और उसका नाम 'अल्टलेना' रखा ('सीसाँ' के लिए इतालवी शब्द, जो एक पत्रकार के रूप में जाबोटिंस्की का छद्म नाम भी था।) उस जहाज ने आखिरकार फ्रांस में लंगर डाला; फ्रांसीसियों ने मध्य–पूर्व में ब्रिटिशों के प्रभाव को रोकने के प्रयास में 150 मिलियन फ्रैंक (आज की मुद्रा में आधा बिलियन डॉलर से अधिक) मूल्य की युद्ध सामग्री दान की।[32] अल्टलेना पर लादे गए हथियारों में 5,000 राइफलें, 250 ब्रेन बंदूकें, 5 मिलियन गोलियाँ, 50 बजूका और 10 हलके बख्तरबंद वाहन शामिल थे, जिन्हें 'ब्रेन कैरियर्स' कहा जाता था। इन अति आवश्यक हथियारों के अलावा करीब 940 आप्रवासी, जिनमें से कई युद्ध में बचे हुए और साथ ही इरगुन के पुराने सैनिक भी थे—येचिएल कदिशाई सहित—भी जहाज पर चढ़ गए। उस जहाज को अपने कार्यक्रम के अनुसार 14 मई को फिलिस्तीन पहुँचना था, लेकिन वह जहाज देरी से रवाना हुआ और 11 जून—जिस दिन हथियारों के आयात पर

प्रतिबंध लगानेवाला संघर्ष विराम प्रभावी हो गया था—को इजराइल के लिए चला।

बेगिन संघर्ष विराम को बनाए रखने को लेकर प्रतिबद्ध थे और उन्हें जहाज के प्रस्थान के बारे में सूचित नहीं किया गया था, जब तक उन्हें इस बात का पता चलता कि जहाज रवाना हो चुका है, तब तक जहाज इजराइल के जलक्षेत्र के बहुत करीब आ चुका था। उन्होंने उसके कप्तान एलियाहू लंकिन से संपर्क करने की पूरी कोशिश की, तांकि उसे इजराइल के क्षेत्रीय जल में प्रवेश न करने का निर्देश दिया जा सके, लेकिन संचार उपकरण खराब हो गए और जब बेगिन को ऐसा लगा कि जहाज को वापस भेजने के लिए वह कुछ नहीं कर सकता, तो उसने बेन–गुरियन को सूचित किया।

बेन–गुरियन समझ गए थे कि जहाज का आना युद्धविराम के उल्लंघन के रूप में देखा जाएगा, लेकिन इसके साथ–ही–साथ इस तरह के अति आवश्यक हथियारों के भंडार को छोड़ने के लिए भी तैयार नहीं थे। 20 जून को इजराइल के तट पर पहुँचे जहाज को यह मानते हुए केफर विटकिन (तेल अवीव के ठीक उत्तर में) जाने का आदेश दिया गया था कि वहाँ पर यह संयुक्त राष्ट्र के पर्यवेक्षक की नजरों में नहीं आएगा। बेन–गुरियन और बेगिन के बीच तब तक इस बात को लेकर कोई समझौता नहीं हुआ कि इन हथियारों के साथ क्या किया जाना है? बेगिन ने एक तरफ जहाँ इनमें से अधिकांश की पेशकश आई.डी.एफ. के सामने की, वहीं उसने इनके 20 प्रतिशत को अपने इरगुन लड़ाकों के लिए रखने पर जोर दिया, जो यरुशलम में जॉर्डन के खिलाफ संघर्ष कर रहे थे। बेन–गुरियन ने प्रस्ताव को तुरंत ही खारिज कर दिया। उन्हें इस बात का डर था कि इरगुन (यहाँ तक कि यरुशलम का इरगुन भी) को कोई भी हथियार आवंटित करने से सेना के भीतर एक सेना के विचार को वैधता मिल जाएगी।

जहाज की खबर तेजी से फैल गई, साथ ही यह अफवाह भी कि बेगिन खुद केफर विटकिन में समुद्र तट पर दिखाई दे सकते हैं। इरगुन के सैनिक, जो उस आदमी से मिलने को बेहद उत्सुक थे, जो भूमिगत था और वे उनके नेतृत्व में लड़ रहे थे, ने अपने शिविरों को छोड़ दिया और केफर विटकिन की ओर बढ़ चले। इसने बेन–गुरियन के उस शक को और अधिक पक्का कर दिया कि बेगिन कुछ भयानक करने की ताक में है, इसलिए उन्होंने अगले दिन मंत्रिमंडल की बैठक

बुलाई। बेन-गुरियन ने अपने मंत्रियों को बताया कि बेगिन ने अल्टलेना योजना को उस समय तक छिपाया था, जब तक कि जहाज समुद्र में नहीं उतर गया था। बेगिन को लेकर उनका लंबे समय से चला रहा अविश्वास अब उनके द्वारा कही गई और किए गए काम में दिखाई दे रहा था। उन्होंने अपने मंत्रिमंडल से कहा—

> "न तो दो राज्य होंगे और न ही दो सेनाएँ होने जा रही हैं। मिस्टर बेगिन का मन जो चाहे, वे वैसा नहीं कर सकते। हमें यह तय करना होगा कि सत्ता बेगिन को सौंप दी जाए या उसे अपनी अलगाववादी गतिविधियों को बंद करने के लिए कहा जाए? यदि वे नहीं माने, तो हम गोलीबारी शुरू कर देंगे।"[33]

सेना के चीफ ऑफ स्टाफ यिसरायल गैलीली ने आई.डी.एफ. पायलटों—जिनमें से कई ऐसे अमेरिकी और अन्य स्वयंसेवक थे, जो द्वितीय विश्वयुद्ध के दौरान सहयोगी सेना पायलट रहे थे—को जहाज पर हमला करने का आदेश दिया। उन्होंने ऐसा करने से साफ इनकार कर दिया। उन्होंने कहा, "हम यहाँ यहूदियों के लिए लड़ने आए हैं, यहूदियों के खिलाफ नहीं।"

बेगिन तब तक जहाज पर चढ़ चुका था और उसने इरगुन के आदमियों को निर्देश दिया कि वे कार्गो को उतारना शुरू करने के लिए अँधेरे का इस्तेमाल करें। बेगिन को सभी हथियार आई.डी.एफ. को सौंपने के लिए एक अल्टीमेटम मिला, लेकिन उसने इसका कोई जवाब नहीं दिया; बाद में उन्होंने दावा किया कि अल्टीमेटम पूरी तरह से अवास्तविक था और उन्हें प्रतिक्रिया देने के लिए वस्तुतः समय ही नहीं दिया गया था।

हगनाह बलों और इरगुन के वफादार लोगों के बीच गोलीबारी हुई। अल्टलेना तट से दूर चला गया और तेल अवीव की ओर दक्षिण की तरफ रवाना हुआ तथा होटल के मेहमानों और समुद्र तट पर मौजूद पत्रकारों एवं संयुक्त राष्ट्र पर्यवेक्षकों के सामने ही फँस गया, इस तरह आगे बढ़ने में नाकाम रहा, तभी अचानक समुद्र तट पर मौजूद पाल्माच लड़ाकों (पाल्माच इरगुन के प्रति सबसे अधिक आक्रामक थे; यित्जाक रॉबिन उनके कमांडरों में से एक थे) ने अल्टलेना पर गोलीबारी शुरू कर दी। इरगुन के लड़ाकों ने भी जवाबी गोलीबारी की। यहूदियों ने यहूदियों पर

ही गोलियाँ चलानी शुरू कर दी थीं। बमुश्किल पाँच सप्ताह पुराना, यहूदी राज्य गृहयुद्ध के कगार पर था।

तोप द्वारा की गई और अधिक गोलीबारी ने जहाज को फँसा दिया, जो भारी मात्रा में हथियारों से लदा हुआ था। पूरे घटनाक्रम के दौरान बेगिन ने अपने सैनिकों को गोलीबारी न करने के निर्देश दिए। एक गोला आकर जहाज पर गिरा और उसपर मौजूद युद्ध सामग्री में विस्फोट होने लगे। अभी भी जहाज पर मौजूद बेगिन ने जहाज को छोड़ने के आदेश दिए; हालाँकि वह अंत तक उस पर ही टिके रहना चाहता था, लेकिन उसके सैनिकों ने उसे जबरदस्ती उतारा और किनारे पर ले गए। बेगिन जब किनारे की ओर बढ़ रहा था, तभी उसकी ओर गोलियों की जोरदार बौछार की गई; उसके साथ मौजूद कई लोगों को इस बात का पूरा भरोसा था कि हगनाह के सैनिक बेगिन को जान से मारने का प्रयास कर रहे हैं। बेगिन के जहाज छोड़ने के तुरंत बाद, बचे हुए गोला-बारूद में आग लग गई और जहाज पर भारी विस्फोट हो गया। आई.डी.एफ. के सैनिक, जो इस बात से पूरी तरह से अनजान थे कि इजराइल द्वारा स्वतंत्रता की घोषणा के तुरंत बाद यह क्या हो रहा है, अल्टलेना के यात्रियों को बचाने के लिए पानी में कूद पड़े।

इस बीच किनारे पर लड़ाई जारी रही। हगनाह और इरगुन के सैनिकों के एक-दूसरे पर गोलियाँ चलाने के साथ ही भूमध्य सागर के पानी से प्रारंभ हुआ एक यहूदी गृहयुद्ध तेल अवीव की सड़कों तक पहुँच गया। दोनों पक्षों के कई लोग हताहत हुए, लेकिन बेगिन ने जोर देकर कहा कि उसके आदमियों ने यहूदियों पर गोलियाँ नहीं चलाईं। दोनों ही पक्षों की समझ में यह बात आ गई कि इजराइल एक गृहयुद्ध को बरदाश्त नहीं कर सकता। अतः गोलीबारी रुक गई।

कुल मिलाकर केफर विटकिन में हुई गोलीबारी में मरनेवालों में इरगुन के सोलह व्यक्ति और आई.डी.एफ. के तीन लोग शामिल थे। मारे गए लोगों में से एक अवराम स्टाव्स्की भी था, जिस पर 1933 में चौम अर्लोसोरॉफ की हत्या का आरोप लगाया गया था, लेकिन बाद में उसे बरी कर दिया गया था। वह अल्टलेना के यात्रियों में से एक था और समुद्र तट पर ठीक उसी स्थान पर उसकी मृत्यु हुई, जहाँ पंद्रह साल पहले अर्लोसोरॉफ की हत्या हुई थी।

बेगिन ने हवाई तरंगों की सहायता ली और अपने इरगुन समुदाय को रेडियो

पर एक संदेश दिया, जो एक घंटे से भी अधिक समय तक चला। उन्होंने बार-बार अपने इस दावे को दोहराया कि इरगुन ने कुछ भी गलत नहीं किया था, फिर भी उन्होंने अपने आदमियों को बार-बार याद दिलाया, "भाई के खिलाफ हाथ मत उठाओ, आज भी नहीं।" उन्होंने जोर देकर कहा कि यहूदी यहूदी से नहीं लड़ें, क्योंकि यह वर्जित है कि हिब्रू सेनानियों के खिलाफ एक हिब्रू हथियार का इस्तेमाल किया जाए।

"जब दुश्मन हमारे दरवाजे पर खड़ा है, उस समय गृहयुद्ध नहीं होना चाहिए!" वह वस्तुतः अपने रेडियो संबोधन में चिल्लाया।

नाराज बेन-गुरियन ने मृत इरगुन सैनिकों को तेल अवीव में दफनाने की अनुमति देने से इनकार कर दिया।

कुछ लोगों ने हथियारों का आयात करने को लेकर बेगिन की आलोचना भी की। इसके अलावा कई लोगों ने लड़ाई को समाप्त करने में उनकी महत्त्वपूर्ण भूमिका के लिए उनकी प्रशंसा भी की। (जैसे उन्होंने सैसन के दौरान हगनाह पर हमला करने से इनकार कर दिया था।) उन्होंने बाद में दावा किया कि इजराइल के लिए उनका सबसे बड़ा योगदान उसके गृहयुद्ध को टालने का था। बेन-गुरियन भी बाद में अपनी बात पर अड़ गए थे, उन्होंने जोर देकर कहा कि उन्होंने देश को एक मिलिशिया के विद्रोह से बचाया था। अल्टलेना को डुबोने वाली तोप को लेकर उन्होंने अपने एक बयान में जोर देकर कहा कि वह इतनी पवित्र थी—"अगर एक मंदिर निर्मित किया जाए, तो वह उसके करीब स्थापित होगी।"[35]

अल्टलेना वाली घटना की सरकारी जाँच के बाद 1965 में डेविड बेन-गुरियन ने स्वीकार किया—"शायद, मुझसे गलती हुई थी।"[36]

किसी भी चीज से अधिक, जो अल्टालेना इजराइल के मिथकों में प्रतिनिधित्व करने के लिए आई थी, वह यह समझ थी कि एक राज्य के वैध होने के लिए उसके सभी सैन्य बल को राजनीतिक नेतृत्व के अधीन होना चाहिए। आनेवाले वर्षों में जब इजराइलियों ने फिलिस्तीन के निर्वाचित जनप्रतिनिधियों को अपने कई सशस्त्र गुटों पर लगाम लगाने में असमर्थ देखा तो उन्होंने कहा, "फिलिस्तीनियों के पास अभी तक अपना अल्टलेना नहीं है।"

युद्ध का अगला चरण, जो केवल दस दिनों तक चला, 8 जुलाई, 1948 को

फिर से शुरू हुआ। (युद्धविराम लगभग एक महीने से प्रभावी था।) संघर्ष के इस चरण ने युद्ध के सबसे विवादास्पद क्षणों में से एक को जन्म दिया, जिसमें एक लड़ाई की अभी भी बहुत चर्चा होती है।

यह युद्ध जिसे लिड्डा की लड़ाई के रूप में जाना जाता है, सिर्फ इजराइल के स्वतंत्रता संग्राम की ही नहीं, बल्कि इजराइल के इतिहास के 'कथाओं के युद्ध' में प्रतीक बन गई है। इजराइल के एक प्रमुख इतिहासकार (और बाद में संयुक्त राज्य अमेरिका में इजराइल के राजदूत) माइकल ओरेन ने लिखा—"इतिहास के महान् युद्ध अंततः इतिहास के बारे में महान् युद्ध बन गए,"[37] और दुनिया के किसी भी देश ने 'इतिहास के बारे में युद्ध' को इतनी मुखरता से नहीं लड़ा, जितना अभी इजराइल के बारे में लड़ा जा रहा है।

ऐसा क्यों है? जैसा कि ओरेन कहते हैं, "अरब-इजराइली इतिहास पर बहस की असामान्य गति सीधे तौर पर बड़े दाँव से संबंधित है। विरोधी न केवल विश्वविद्यालय के बुकशेल्फ पर जगह के लिए होड़ कर रहे हैं, बल्कि उन मुद्दों से जूझ रहे हैं, जिनका लाखों लोगों के जीवन पर गहरा प्रभाव है—इजराइल की सुरक्षा, फिलिस्तीनी शरणार्थियों के अधिकार, यरुशलम का भविष्य।"[38] न ही ये विशेष रूप से 'अरबों बनाम इजरायलियों' की लड़ाई है; स्वयं इजराइलियों के बीच के 'नए इतिहासकारों' के रूप में जाने जानेवाले विद्वानों के एक समूह ने संघर्ष के बारे में इजराइल की मुख्यधारा की कथा को बनाए रखने के लिए कई मौकों को खत्म करने की माँग की है और वे अपने लक्ष्य के प्रति अडिग रहते हैं, जैसा कि इजराइली इलान पप्पे—इस समूह के एक सदस्य ने कहा, "लक्ष्य है, एक यहूदी राष्ट्र-राज्य की खोज की वैधता पर पुनर्विचार करना, जो पहले भौगोलिक रूप से फिलिस्तीन हुआ करता था।"[39]

इतिहास को लेकर हुआ युद्ध बाद में इजराइल की वैधता को लेकर युद्ध बन गया, इसलिए उसके भविष्य का भी। ऐसे में यह जरा भी आश्चर्य की बात नहीं है कि स्वतंत्रता संग्राम के महत्त्वपूर्ण क्षण, विशेष रूप से वे, जिन्होंने इजराइल छोड़नेवाले फिलिस्तीनी अरबों की बड़ी संख्या में योगदान दिया (आज तक एक राजनीतिक रूप से संवेदनशील मुद्दा), इतिहासकारों के इन विभिन्न समूहों के बीच एक महत्त्वपूर्ण रणभूमि बन जाएगा।

लिड्डा इसका एक स्पष्ट उदाहरण है। जॉर्डन के हमले की जद में आया इजराइल 1948 की गरमियों तक बमुश्किल ही टिका हुआ था और बेन-गुरियन अब शहर के लिए एक और सड़क खोलने के लिए दृढ़ थे। सैन्य अधिकारियों ने निश्चित किया कि ऐसा करने के लिए उन्हें लिड्डा शहर पर कब्जा करने की जरूरत पड़ेगी, जो करीब बीस हजार की आबादीवाला एक अरब शहर था। तेल अवीव से यरुशलम तक के रास्ते पर स्थित, लिड्डा की आबादी लड़ाई के दौरान अन्य शहरों से अरब की आवाजाही के कारण आश्चर्यजनक रूप से बढ़ गई थी। ट्रांसजॉर्डनियन अरब टुकड़ी ने भी वहाँ लगभग 125 सैनिकों की एक पैदल सेना की कंपनी तैनात कर रखी थी; सैनिक और सशस्त्र स्थानीय लोग, दोनों ही लंबे समय से आई.डी.एफ. के खिलाफ युद्ध की तैयारी कर रहे थे। यह युद्ध ऑपरेशन 'दानी' के रूप में सामने आया। इजराइली सैनिकों ने 11 जुलाई को शहर पर हमला किया, लेकिन वे उसे पूरी तरह से जीतने में असफल रहे। बाद में उसी शाम एक अतिरिक्त बटालियन को शहर में भेजा गया, जिसने शहर की ग्रेट मसजिद और सेंट जॉर्ज चर्च को अपने कब्जे में ले लिया। आई.डी.एफ. ने आबादी को मसजिद और चर्च में इकट्ठा होने का आदेश दिया; जल्द ही दोनों इमारतें लोगों से भर गईं। अधिकांश सूत्रों के अनुसार, इजराइली सैनिकों ने बाद में महिलाओं और बच्चों को जाने की अनुमति प्रदान कर दी थी।

लगभग तीन सौ इजराइली सैनिकों ने शहर पर कब्जा कर लिया और अरब सेना के लड़ाकों ने स्थानीय पुलिस स्टेशन में बैरिकेडिंग कर दी, जहाँ से वे पीछे हट गए थे, एक तनावपूर्ण गतिरोध कायम था। अगले दिन अरब सेना के कई और वाहन अचानक चारों दिशाओं में अंधाधुंध गोलीबारी करते हुए शहर में घुस गए। स्थानीय लड़ाकों ने इस ताजा हमले में साथ दिया और अनगिनत इमारतों से इजराइलियों पर गोलीबारी की। शहर की एक छोटी मसजिद से भी निशाना बनाकर थोड़ी बहुत गोलीबारी की जा रही थी। इस मसजिद के शीर्ष पर बैठे अरब निशानेबाज घातक रूप से जानलेवा थे। सैनिकों को अरब गोलीबारी को खत्म करने का आदेश प्राप्त हुआ और इसके बाद के युद्ध में इजराइली सेना ने उस मसजिद पर एक टैंक-रोधी ग्रेनेड दाग दिया, हालाँकि वृत्तांत अलग-अलग हैं, लेकिन इतना तो स्पष्ट है कि कई लोग हताहत हुए थे।

लड़ाई वास्तव में शुरू कैसे हुई, मसजिद और अन्य जगहों पर कितने अरब मारे गए, मरनेवालों में कितने स्थानीय नागरिक थे, यह आज भी बहस का मुद्दा बने हुए हैं। कुछ संशोधनवादी नए इतिहासकारों ने लिड्डा में आई.डी.एफ. के आचरण को दोषी ठहराया है। एक प्रसिद्ध इजराइली लेखक ने उनके विचारों को संक्षेप में प्रस्तुत करते हुए कहा, "दोपहर के समय, तीस मिनट में दो सौ से अधिक नागरिक मारे गए।"[40] वे आरोप लगाना जारी रखते हैं और सुझाव देते हैं कि दोष सिर्फ वहाँ पर मौजूद सैनिकों का ही नहीं था, बल्कि काफी हद तक उस बड़े आंदोलन का था, जिसका वे हिस्सा थे, "जियोनीवाद ने लिड्डा घाटी में नरसंहार को उकसाया था।"[41]

कई इतिहासकार इस संशोधनवादी निष्कर्ष को स्पष्ट रूप से अस्वीकार करते हैं। 2014 में एक उच्च सम्मानित इतिहासकार ने लिडा लड़ाई के बारे में अभिलेखीय साक्ष्य की श्रमसाध्य समीक्षा की और यह प्रदर्शित किया कि इजराइल के आख्यान को आगे बढ़ाने के प्रयास ने संशोधनवादी इतिहासकारों को बहुत अधिक प्रयास करने और प्रत्यक्ष सबूतों की अनदेखी करने के लिए प्रेरित किया। वे कहते हैं कि लिड्डा में मरनेवालों की संख्या उससे कहीं कम थी, जितने का संशोधनवादी दावा करते हैं और मारे गए अधिकांश लोग लड़ाके थे। दोनों पक्षों के लोगों को अपनी जान से हाथ धोना पड़ा था और ऐसा कोई नरसंहार नहीं घटित हुआ था, जैसा होने का दावा इतिहासकार करते हैं।[42]

दिलचस्प बात यह है कि बेनी मॉरिस, एक समय पर नए इतिहासकारों के समूह के सदस्य और पारंपरिक इजराइली कथा के प्रति आलोचनात्मक रहनेवाले नरसंहार शब्द का उपयोग करते हैं। बहरहाल वे जोर देकर कहते हैं कि लिड्डा में जो कुछ भी हुआ, उसे युद्ध के बड़े संदर्भ और जिस तरीके से इजराइल तथा अरब लड़ाकों ने खुद को संचालित किया, में समझना होगा—

> हालाँकि लिड्डा यहूदी व्यवहार को नहीं दरशाता था। 1948 से पहले, कजयोनी उद्यम का विस्तार अरब भूमि को जीतकर नहीं, बल्कि खरीदकर किया गया था और वे अरब ही थे, जिन्होंने समय-समय पर यहूदियों का नरसंहार किया; उदाहरण के लिए 1929 में हेब्रोन और सफेद में। 1948 के युद्ध में अरबों द्वारा पहला बड़ा अत्याचार किया गया था—30 दिसंबर,

1947 को हाइफा तेल रिफाइनरी में 39 यहूदी सहकर्मियों की हत्या।

यह भी सच है कि यहूदियों ने अपने ने भी कहीं अधिक अत्याचार किए; लंबे समय तक चलनेवाले गृहयुद्ध लड़ाकों को क्रूर बनाते हैं और प्रतिशोध की भावना को सक्रिय करते हैं, लेकिन ऐसा इसलिए हुआ, क्योंकि उन्होंने अरबों के 400 कस्बों और गाँवों को जीत लिया था। फिलिस्तीनी एक भी यहूदी बस्ती को जीतने में विफल रहे—कम-से-कम अपने दम पर। केफर विटकिन एक अपवाद था, जिसे 13 मई, 1948 को जॉर्डन अरब सेना की सहायता से जीत लिया गया था। उन्होंने वहाँ बड़े पैमाने पर नरसंहार किया।[43]

स्वतंत्रता संग्राम भी क्रूर युद्ध था, जो अरबों के लिए सम्मान की लड़ाई और यहूदियों के लिए अस्तित्व की लड़ाई थी। दोनों पक्षों की ओर से क्रूरता की गई; हालाँकि मॉरिस नोट करते हैं कि इजराइल की ओर से ऐसे अपवाद थे। अरबों के पक्ष में वे कहते हैं कि क्रूरता एक नियम था।

लिड्डा का युद्ध जब समाप्त हुआ तो बची हुई अरब सेना पीछे हट गई। आई.डी.एफ. और स्थानीय अरब नेतृत्व एक समझौते पर पहुँचे कि आबादी शहर को छोड़कर पूर्व दिशा में चली जाएगी। एक बार फिर युद्ध के परिणामस्वरूप होनेवाली लड़ाई के चलते अपने घरों को छोड़नेवाले शरणार्थियों की लंबी कतारें लग गई थीं। यहूदी पुरातत्त्वविद् हमरिया गुटमैन ने शरणार्थियों की कतारों को देखा और बाद में लिखा—

> "लोगों की भीड़ एक के पीछे एक करके चल रही थी, महिलाएँ सिर पर थैले और बोरों का बोझ लादकर चल रही थीं। माताओं ने अपने बच्चों को अपने पीछे खींच लिया था। कभी-कभी चेतावनी देने की गोलीबारी सुनी जा सकती थी। कभी-कभी आप कतारों में शामिल किसी युवा की भेदती हुई नजर का सामना करते थे और वह ताकना कहता था—"हमने अभी तक आत्मसमर्पण नहीं किया है। हम तुमसे लड़ने के लिए लौटेंगे।"[44]

पूरे क्षेत्र में जिस ओर भी रुख करो, तबाह हो चुके शरणार्थियों की कतारें दिखाई देती थीं। यहूदियों को यरुशलम के पुराने शहर से बाहर खदेड़ा जा रहा था। अरब हजारों की संख्या में इजराइल के उत्तर से भाग रहे थे। इसके तुरंत बाद उत्तर अफ्रीकी अरब देशों में रहनेवाले सैकड़ों-हजारों यहूदी भाग गए, कुछ को

निष्कासित कर दिया गया और अन्य को दुर्व्यवहार या हिंसा की धमकी देकर बाहर भगा दिया गया। अंततः सात लाख यहूदियों को अरब देशों को छोड़ना होगा और नए स्थापित राज्य में अपना स्थान बनाना होगा। यहूदियों और अरबों के लिए समान रूप से यह भयानक विस्थापन का काल था। लोगों की इस विशाल आवाजाही से जो गुस्सा और कटुता पैदा हो रही थी, वह इस क्षेत्र में आनेवाले दशकों के लिए जहर घोल देगी।

19 नवंबर, 1948 को नतन अल्टरमैन ने हिस्ताद्रुत अखबार 'डावर' में एक कविता प्रकाशित की, जिसका शीर्षक उन्होंने 'अल जोट' ('इसके लिए') रखा। कविता में किसी विशेष घटना का उल्लेख नहीं है; हो सकता है कि यह लिड्डा के संदर्भ में हो (हालाँकि उसे कई महीने बीत चुके थे और उनके लिए इस युद्ध का जवाब देने को इतने लंबे समय तक रुकना बड़ा अजीब होता), वे किसी और घटना का हवाला या फिर युद्ध की कुरूपता को लेकर जनभावना का उदाहरण नहीं दे पाए। उन्होंने एक युवा व्यक्ति, जीप पर 'मुड़ते हुए शेर के एक शावक' के बारे में लिखा। वह एक बूढ़े आदमी और औरत से मिलता है, जो डर के मारे उस दीवार की ओर मुड़ जाते हैं, जिसके साथ-साथ वे चल रहे थे। लड़का मुसकराता है और अपने आप से कहता है, "मैं बंदूक चलाऊँगा।" इसके बाद अल्टरमैन कहते हैं, "बूढ़े आदमी ने तुरंत अपना चेहरा अपने हाथों से ढक लिया और उसका लहू दीवार पर फैल गया।" हमें यह तो नहीं पता कि अल्टरमैन किस विशिष्ट घटना पर प्रतिक्रिया दे रहे थे, हमें यह पता है कि देश के नेतृत्व ने कैसी प्रतिक्रिया दी। बेन-गुरियन अल्टरमैन से जरा भी नाराज नहीं थे, बल्कि उन्होंने उनका शुक्रिया अदा किया। असाधारण रूप से, युद्ध के बीच में भी जैसे ही बेन-गुरियन ने कविता पढ़ी, उन्होंने अल्टरमैन को यह कहते हुए लिखा—

"मेरे प्यारे अल्टरमैन,

बधाई हो—'डावर' में आपके सबसे हालिया स्तंभ की नैतिक शक्ति और अभिव्यंजक शक्ति के लिए। आप मानव विवेक की एक आवाज बन गए हैं, एक शुद्ध और वफादार आवाज। यदि वह विवेक

सक्रिय नहीं है और इन दिनों हमारे दिलों में नहीं धड़कता है तो हम अब तक की उपलब्धियों के योग्य नहीं होंगे...मैं रक्षा मंत्रालय द्वारा कॉलम के पुनर्मुद्रण के लिए आपकी अनुमति का अनुरोध कर रहा हूँ, हमारी सेना का कोई भी सशस्त्र कॉलम, यहाँ तक कि अपने हथियारों के साथ भी, के पास (आपकी कविता जितनी) शक्ति नहीं है, ताकि हम इसकी एक लाख प्रतियाँ छाप सकें और इजराइल के प्रत्येक सैनिक को वितरित कर सकें।

प्रशंसा और धन्यवाद के साथ,

—डी. बेन-गुरियन

संघर्ष में दोनों पक्षों के लोग प्रभावित हुए, हालाँकि उस समय वह चीज, जिसने इजराइली समाज को अलग किया और आनेवाले वर्षों में जो इसकी विशेषता बनी रहेगी, वह आत्म-आलोचना के लिए इसकी लगभग बाध्यकारी प्रवृत्ति थी। अभी भी अपनी प्रारंभिक अवस्था में इजराइल एक अत्यधिक आत्म-चिंतनशील समाज बन रहा था।

कवियों और राजनेताओं ने समान रूप से इस बात पर जोर दिया कि यदि इजराइल को हाल ही में प्राप्त स्वतंत्रता की योग्यता को प्राप्त करना है, तो उसे उस परंपरा के मूल्यों को प्रतिबिंबित करना होगा, जिससे यहूदी राज्य का सपना उभरा था। वह आत्म-आलोचनात्मक आवाज आनेवाले दशकों में इजराइल की महान् शक्तियों में से एक बन जाएगी।

पहले युद्धविराम के दौरान चुपके से आयात किए गए हथियारों से बेहतर रूप से सुसज्जित और जीवित रहने के अपने दृढ़ संकल्प के प्रति एकनिष्ठ, इजराइली सेना ने पूरे देश में अपनी बढ़त को और अधिक सुदृढ़ किया। संयुक्त राष्ट्र ने एक दूसरे संघर्ष विराम पर जोर दिया, जो 19 जुलाई से प्रभावी हो पाया और दस दिनों की प्रचंड लड़ाई के अंत की ओर बढ़ा।

पहले संघर्ष विराम की ही तरह दोनों ही पक्षों ने किनारा किया, हड़बड़ी की और आखिरकार सहमत हुए; जैसा कि पहले संघर्ष विराम के दौरान हुआ

था, दोनों पक्षों ने शांतिकाल को हथियारों को दोबारा प्राप्त करने, सैनिकों को सहारा देने और अपनी स्थिति को मजबूत करने के अवसर के रूप में इस्तेमाल किया। युद्ध के अगले दौर के लिए जबरदस्त तैयारी करने के दौरान इजराइलियों ने महसूस किया कि युद्ध का रुख बदल रहा है, संघर्ष जल्द ही समाप्त हो सकता है और वे इसमें विजेता हो सकते हैं। राहत का आनंद लेते हुए उन्होंने 27 जुलाई को यरुशलम की पहली वार्षिक सैन्य परेड का मंचन किया और ऐसा करते हुए वर्षों तक जारी रहनेवाली एक परंपरा की शुरुआत की।[45]

इस बीच अरबों ने महसूस करना शुरू कर दिया था कि युद्ध इजराइल का सफाया करने में विफल हो गया है। इसलिए उन्होंने एक नए मुद्दे अरब शरणार्थियों के भाग्य पर अपना ध्यान केंद्रित किया।

स्वतंत्रता संग्राम के दौरान लगभग सात लाख अरब अपने घर छोड़कर भाग गए। बेनी मॉरिस ने दिखाया है कि अरबों के चले जाने के कई अलग-अलग कारण थे। जाफा, हाइफा और अन्य बड़े शहरों और कस्बों में शहरी समाज ढह गया, खासकर अरब नेतृत्व के भाग जाने के बाद। अन्य घटनाओं में यहूदी अत्याचारों की अफवाहों, जिनमें से अधिकांश झूठी थीं, ने अरबों को यह विश्वास दिलवाया कि उनके जीवन को बचाने का एकमात्र तरीका पलायन है। इसके बावजूद अन्य घटनाओं में इजराइलियों ने अरबों को बाहर निकाल दिया। यहाँ तक कि बेनी मॉरिस भी समझते हैं कि बेन-गुरियन के पास वास्तव में कोई और विकल्प नहीं था। बेन-गुरियन की जिम्मेदारी एक व्यवहार्य यहूदी राज्य बनाने की थी और मॉरिस कहते हैं, बेन-गुरियन ने 'जनसांख्यिकीय मुद्दे और एक बड़े अरब अल्पसंख्यक के बिना एक यहूदी राज्य स्थापित करने की आवश्यकता को समझा।'[46] इसके अलावा और कुछ व्यवहार्य नहीं होता।

युद्ध के अंत तक इन सात लाख फिलिस्तीनी शरणार्थियों (मुसलिम देशों से भागनेवाले यहूदियों की अनुमानित संख्या) ने लेबनान, सीरिया, जॉर्डन और गाजा में शरण माँगी। अरबों ने संघर्ष के किसी भी समाधान के लिए अरब शरणार्थियों के मुद्दे को केंद्रीय बनाने के लिए, युद्धरत पक्षों को अलग रखने के लिए अभी भी संयुक्त राष्ट्र की ओर से काम कर रहे काउंट बर्नडॉट पर दबाव बनाया।

इजराइलियों ने जोर देकर कहा कि अरब जब तक यहूदी राज्य को नष्ट करने

के प्रयास में लड़ते रहेंगे, तब तक वे शरणार्थियों पर चर्चा नहीं करेंगे। इसलिए अरबों ने अपना रुख बदल लिया और जोर देकर कहा कि जब तक शरणार्थियों के मुद्दे का समाधान नहीं हो जाता, तब तक कोई शांति–वार्त्ता नहीं होगी। इसके बाद होनेवाली वार्त्ताओं का लक्ष्य शरणार्थी समस्या का समाधान नहीं था, बल्कि उसे वार्त्ता के प्रति अग्रगामी होना चाहिए। वास्तव में इसका मतलब यह हुआ कि शरणार्थियों की समस्या हमेशा के लिए अनसुलझी ही बनी रहे। इजराइल के दृष्टिकोण से ऐसा लग रहा था कि लेबनान, सीरिया और (कुछ हद तक) जॉर्डन ने शरणार्थियों की समस्या को हल करने के बजाय शरणार्थियों को अपनी जेब में तुरुप के इक्के के रूप में रखना चुना। वे इस 'परिसंपत्ति' का उपयोग जियोनी दुश्मन के साथ भविष्य की बातचीत में करेंगे, तब भी वे संघर्ष को समाप्त नहीं करने के लिए दृढ़ थे, जब तक कि इजराइल का अस्तित्व खत्म नहीं हो जाता।

काउंट बर्नडॉट ने न केवल शरणार्थियों को लौटने की अनुमति देने के लिए इजराइल से आग्रह किया, बल्कि यह सुझाव भी दिया कि नेगेव, यरुशलम, हाइफा बंदरगाह (जिसे अंतरराष्ट्रीयकृत किया जाएगा), लिड्डा का अंतरराष्ट्रीय हवाई अड्डा (आज बेन–गुरियन अंतरराष्ट्रीय हवाई अड्डा, इजराइल का सबसे बड़ा), सहित और भी बहुत कुछ को त्याग दे। बर्नडॉट न केवल इस तथ्य की अनदेखी कर रहे थे कि इजराइल अब जीत रहा था, बल्कि उनके प्रस्ताव ने उस भूमि को छीन लिया, जो संयुक्त राष्ट्र विभाजन योजना के तहत इजराइल को सौंपी गई थी। इस रुख ने कई इजराइलियों की नजर में उस दिखावे को समाप्त कर दिया कि बर्नडॉट एक निष्पक्ष मध्यस्थ थे। कई लोगों ने महसूस किया कि इस बात में कोई शक नहीं है कि वे एक शत्रु थे, जो अब स्पष्ट रूप से इजराइल के शत्रुओं का पक्ष ले रहे थे।

17 सितंबर, 1948 को लेची के चार सदस्यों ने मामले को अपने हाथों में लेते हुए आई.डी.एफ. की वरदी पहनी और पश्चिमी यरुशलम में अपनी योजना के अभी तक अप्रकाशित मसौदे को हाथ में लिये हुए बर्नाडॉट की हत्या कर दी, तुरंत ही अंतरराष्ट्रीय प्रतिक्रिया हुई और बेन–गुरियन को अपमानित किया गया। डेविड रेमेज, परिवहन मंत्री और स्वतंत्रता की घोषणा के एक हस्ताक्षरकर्ता ने कहा, "यीशु के सूली पर चढ़ने के बाद से हमारे ऊपर ऐसा कोई आरोप नहीं लगा है।"[47] बेन–

गुरियन इरगुन और लेची के किसी भी शेष सदस्य को खत्म करने के लिए दृढ़ थे। उन्होंने कैबिनेट को बिना किसी मुकदमे के प्रशासनिक हिरासत सहित आतंकवाद के कृत्यों को समाप्त करने के लिए व्यापक शक्तियाँ देने के लिए आश्वस्त किया। यहूदियों का भूमिगत युद्ध, जो अंग्रेजों को उखाड़ फेंकने में महत्त्वपूर्ण था, अब समाप्त हो गया था।

बेन–गुरियन इस बात को समझ चुके थे कि अभी समय उनका साथ नहीं दे रहा है। उन्होंने इजराइल के हृष्ट–पुष्ट पुरुषों की आधी आबादी और कुछ महिलाओं को लामबंद किया तथा संघर्ष स्पष्ट रूप से हमेशा के लिए नहीं चल सकता था। इसके बावजूद विभाजन योजना के तहत मूल रूप से इजराइल को सौंपी गई भूमि के क्षेत्रों में सीरियाई, मिस्र और जॉर्डन की सेनाएँ थीं और बेन–गुरियन उन्हें बाहर करना चाहते थे। इसलिए उन्होंने युद्ध को समाप्त करने के इरादे से आई.डी.एफ. को उन क्षेत्रों पर नियंत्रण स्थापित करने के लिए प्रेरित किया, जो इजराइल को सौंपे गए थे।

अक्तूबर के अंत तक उत्तर में सीरियाई और अरब लिबरेशन आर्मी बलों को बाहर कर दिया गया था। जनवरी 1949 तक, आई.डी.एफ. ने नेगेव के उन हिस्सों से मिस्रियों को बाहर निकालने में कामयाबी हासिल कर ली थी, जो विभाजन योजना में इजराइल को नहीं दिए गए थे; हालाँकि मिस्र ने गाजा पट्टी पर कब्जा कर लिया था। जॉर्डनवासी अपने स्तर पर अपने पीछे होनेवाले युद्ध को लेकर भी चिंतित थे। उन्हें और इजराइलियों को अपनी लड़ाई के दायरे को सीमित करने तथा भूमि को इस तरह विभाजित करने की समझ थी कि जॉर्डनियों को वेस्ट बैंक मिल जाए। लड़ाई की आवश्यकता ही नहीं थी। आखिरकार युद्ध समाप्त हो गया था।

बेन–गुरियन के कुछ जनरलों ने जॉर्डन नदी के पश्चिमी तट पर कब्जा करना चाहा, इस बात से निराश होकर कि इजराइल ने एक सुरक्षित प्राकृतिक सीमा स्थापित करने का अवसर खो दिया है, लेकिन बेन–गुरियन ने इसे स्थगित कर दिया। ऐसा करने के कई कारण थे। उनका मानना था कि इजराइल को जो आखिरी चीज चाहिए थी, वह अरब नागरिकों की एक बड़ी संख्या को नियंत्रित

करना था, वैसे भी बेन-गुरियन उन अरबों को लेकर चिंतित थे, जो इजराइल में रह गए थे। वे सिर्फ इसलिए इजराइली थे, क्योंकि वे राज्य के भीतर रुक गए थे, लेकिन उस समय उन्हें रेखा के दूसरी ओर के इजराइलियों के शत्रुओं से अलग करनेवाली एकमात्र बात यह थी कि वे भागे नहीं थे, जबकि उनके परिवार के सदस्य भाग गए थे। बेन-गुरियन ने सोचा भी नहीं कि वे नए राज्य के प्रति वफादार भी हो सकते हैं।

बेन-गुरियन इस बात को लेकर भी चिंतित थे कि अमेरिका इजराइल के अधिक भूमि लेने को संदेह की नजर से भी देख सकता है। यह बात भी कम महत्त्वपूर्ण नहीं है कि बेन-गुरियन ने वेस्ट बैंक पर आक्रमण न करने का फैसला किया, क्योंकि उनका ध्यान अन्य चुनौतियों में लगा हुआ था, जैसा कि अनीता शपीरा नोट करती हैं, वे "पहले से ही नए आप्रवासियों की भीड़ को लाने और उन्हें स्थापित करने के महत्त्वपूर्ण मिशन में लगे हुए थे।"[48]

अरब लोग युद्धविराम समझौतों पर हस्ताक्षर करने को लेकर मौन थे, क्योंकि उनके इनकार के बावजूद इजराइल के साथ किसी भी समझौते पर हस्ताक्षर करने का मतलब यह स्वीकार करना था कि यहूदी राज्य को नष्ट करने की लड़ाई हारी जा चुकी है, अंततः मिस्र ने 24 फरवरी, 1949 को, लेबनान ने 23 मार्च को और जॉर्डन ने 3 अप्रैल को हस्ताक्षर किए। सीरिया 20 जुलाई, 1949 को हस्ताक्षर करनेवाला अंतिम देश था।

इजराइल ने वह जीत प्राप्त की थी, जिसे लेकर अमेरिकी विदेश विभाग ने कहा था कि ऐसा हो ही नहीं सकता, लेकिन वह युद्ध से बुरी तरह से पस्त होकर सामने आया। लगभग छह हजार इजराइली मारे गए थे, जिनमें से एक-चौथाई आम नागरिक थे। यह नए राज्य की यहूदी आबादी का लगभग एक प्रतिशत था। 500 से अधिक महिलाओं को मार दिया गया था, जिनमें से 108 सैन्य सेवा में थीं। 49 प्रतिशत, फिलीस्तीनी अरबों ने लगभग एक समान संख्या—नागरिक आबादी का लगभग 1 प्रतिशत—से हाथ धोया था।

इस लड़ाई को हारनेवाले फिलिस्तीनी अरब थे, जिन्होंने आनेवाले समय में इस दौर को नकबा 'तबाही' के रूप में संदर्भित किया। युद्ध में लगभग सात लाख

फिलिस्तीनी अरब विस्थापित हुए और हजारों लोग मारे गए। यह हताहतों की एक बड़ी संख्या थी।

इतने सारे फिलिस्तीनी अरबों को अपना घर छोड़ना पड़ा, यह हृदयविदारक था और इजराइल ने उनके विस्थापन में भूमिका निभाई थी। उसी समय जिसने दिल टूटने को वास्तविक मानवीय त्रासदी में बदल दिया, वह उनके नए मेजबान देशों का निर्णय था कि वे जान-बूझकर अपने बेघर होने को इजराइल की अंतरराष्ट्रीय निंदा करने के लिए बनाए रखें। अपने देशों में प्रवेश करनेवाले फिलिस्तीनियों की शरणार्थी स्थिति को बनाए रखने के लिए लेबनानी, सीरियाई, जॉर्डन और मिस्रियों को एक कार्ड दिया, जिसे वे खेलने के इरादे से संघर्ष के रूप में सामने आए थे।

इजराइल ने बेघर यहूदियों के साथ इसका बिल्कुल उलटा किया, जब अरब देशों से निकाले गए हजारों यहूदी इजराइल के तट पर पहुँचे तो यहूदी राज्य ने उन्हें नागरिकता प्रदान की। एक ओर निंदक और हेर-फेर की प्रतिक्रिया थी, जबकि दूसरी ओर लोगों के प्रति प्रतिबद्धता और एक उज्ज्वल भविष्य की दृष्टि थी। इन अलग-अलग प्रतिक्रियाओं ने उस पर प्रकाश डाला कि प्रत्येक आबादी के लिए भविष्य में क्या होगा।

29 नवंबर, 1947 को संयुक्त राष्ट्र के मतदान के बाद के दो सालों के भीतर इजराइल स्वतंत्रता की घोषणा कर चुका था, उस युद्ध में विजयी बनकर सामने आ चुका था, जिसे उसके अरब पड़ोसियों ने उसका सर्वनाश करने के लिए शुरू किया था और कइयों ने सोचा था कि इजराइल उसका सामना नहीं कर सकता और इसके अलावा उसने कई अन्य मोर्चों पर भी काफी प्रगति की थी, हालाँकि बेन गुरियन भोले नहीं थे। वे समझ गए थे कि यहूदी राज्य का अस्तित्व ही इजराइल के अरब पड़ोसियों के लिए एक अभिशाप है। उन्होंने यह मान लिया था—वे एक बार फिर हमला करने के लिए दोबारा संगठित होंगे, आखिरकार युद्ध फिर से शुरू होना तय है।

हालाँकि प्रधानमंत्री ने अभी के लिए अपने दिमाग से युद्ध को हटा दिया और अपना ध्यान कहीं और लगाया। राष्ट्र-निर्माण का समय आ गया था।

□

9

एक राज्य के सपने से लेकर राज्य के दर्जे की असलियत

ये बातें इजराइल के लोगों, अर्थात् याकूब के बड़े परिवार से कहो "तुमने देखा कि मैंने तुमको मिस्र से बाहर एक उकाब की तरह पंखों पर बैठाकर निकाला और यहाँ अपने समीप लाया।"

—**एक्सोडस,** 19:3-4

25 जनवरी, 1949 को नए राज्य में पवित्रता की एक नई आभा व्याप्त हो गई। इजराइल को स्वतंत्र हुए करीब आठ महीने का समय बीत चुका था और उस दिन, युद्ध के पूर्ण रूप से समाप्त होने के साथ इसने अपने पहले राष्ट्रीय चुनावों का आयोजन किया।

यह देखते हुए कि यहूदी संप्रभुता के लिए दो हजार वर्षों से तरस रहे थे, कोई भी इन चुनावों के प्रतीकात्मक महत्त्व से दूर नहीं था। एक अति-रूढ़िवादी रब्बी मोशे येकुतिएल अल्परट ने जनादेश के दौरान यरुशलम में कई यहूदी समुदायों के मुख्तार (नेता) के रूप में कार्य किया था।

> सुबह के 5.35 बजे हैं। मैं जाग गया हूँ। 'मैं, मेरी पत्नी और मेरा भाई आर' शिमोन लीब और मेरे बहनोई रब्बी नेतनेल साल्डोविन और मेरा बेटा डोव। अपनी सुबह की कॉफी पीने के बाद हमने इस महान् और पवित्र दिन के सम्मान में अपने सब्त के कपड़े पहने, "क्योंकि यह वह दिन है, जिसे भगवान् ने खुश और आनंदित करने के लिए बनाया है।" (भजन 118:24) क्योंकि हजारों वर्षों या उससे अधिक के निर्वासन के बाद, सृष्टि के छह

> दिनों के बाद से हमें ऐसा दिन कभी नहीं मिला है कि हम यहूदी राज्य में जाकर मतदान कर सकें। "धन्य है वह, जिसने हमें जीवित रखा, हमें सँभाला और हमें इस अवसर तक लाया।"[1]

अल्पर्ट ने अपनी कॉफी समाप्त की, अपना इजराइली पहचान-पत्र लिया और मतदान के लिए निकल पड़े, जो सुबह के छह बजे शुरू हुआ था। *"मैं पूरे रास्ते ऐसे चल रहा था, जैसे कि 'ये (छुट्टियाँ) सिमचट तोराह हो,' जैसे कि मैं टोरा स्क्रॉल को अपनी बाँहों में लिये हुए था और हकाफोस कर रहा था, सिर्फ इसलिए, क्योंकि मेरा इजराइली पहचान-पत्र मेरे हाथ में था। उस सुबह मुझे जो हर्ष और खुशी महसूस हुई, उसकी कोई सीमा नहीं थी।"

सबसे पहले पहुँचनेवाले अल्पर्ट ने कुछ क्षणों का इंतजार किया, जिसके बाद उन्हें एक कार्ड दिया गया, जिसपर उनके नाम के साथ-साथ '1' नंबर अंकित था।

> फिर मैंने अपने जीवन के सबसे पवित्र क्षण का अनुभव किया, एक ऐसा क्षण, जिसे मेरे पिता और दादाजी को अनुभव करने का विशेषाधिकार नहीं मिला था। अपने जीवनकाल में केवल मुझे ही इस तरह के पवित्र और शुद्ध क्षण का साक्षी बनने का सौभाग्य मिला था। "खुश और धन्य हूँ मैं, खुश और धन्य है मेरा हिस्सा!" मैंने शेहेच्यानु का आशीर्वाद गाया और लिफाफे को मतपेटी में जमा कर दिया।[2]

मतदान करने के बाद ही रब्बी अर्ल्पेट, जो आमतौर पर सुबह की प्रार्थना के साथ अपना दिन शुरू करते थे, उसका पाठ करने के लिए घर लौटे।

वे शायद अकेले ऐसे उत्साही नहीं थे। तेल अवीव में भीड़ थी, लेकिन लोग साहस से भरे हुए थे। शहर के केंद्रीय यातायात केंद्रों में से एक पर तैनात किए गए पुलिसकर्मियों और एंबुलेंस ने सूचना दी कि उनके पास करने के लिए कुछ भी नहीं है।[3] नेतन्या में जब लोग मतदान के लिए लाइनों में इंतजार कर रहे थे, तो उन्होंने अपने आप ही एकदम 'हतिकवाह' गाना शुरू कर दिया, जो कभी जियोनी आंदोलन का गान था और अब यहूदी राज्य का गान है।

---

* सिमचट तोराह यहूदी कलेंडर वर्ष के सबसे खुशी के दिनों में से एक है, जब यहूदी तोराह के उपहार का जश्न मनाते हैं। पारंपरिक समुदायों में वे गोले में सात बार नृत्य करते हैं—उन नृत्यों को 'हकाफोट' या 'हकाफोस' कहा जाता है।

मतदान करनेवाले 4,40,095 लोगों ने वैद्य पात्र लोगों में से लगभग 87 प्रतिशत का प्रतिनिधित्व किया। कई दिनों बाद जब परिणाम घोषित किए गए तो कुछ लोगों को यह देखकर आश्चर्य हुआ कि डेविड बेन-गुरियन के दल, मपई को 36 प्रतिशत मत मिले थे, जिससे उन्हें इजराइल की संविधान सभा की 120 सीटों में से 46 सीटें मिलीं, जो कुछ हफ्ते बाद 'कनेसेट या संसद्' बन गई।*

इजराइल के पहले कनेसेट में गठबंधन एक व्यापक आधार था, जिसमें धार्मिक और धर्मनिरपेक्ष, यहूदी और अरब शामिल थे। ये मपई के छियालीस सदस्यों, नासरत की लोकतांत्रिक सूची का प्रतिनिधित्व करनेवाले दो अरब सदस्यों, संयुक्त धार्मिक मोर्चे के सोलह सदस्यों, प्रगतिशील पार्टी के पाँच सदस्यों और चार शेफर्दी सूची के सदस्यों से बना था। डेविड बेन-गुरियन सबसे बड़ी पार्टी के प्रमुख के रूप में प्रधानमंत्री बने। उन्होंने रक्षा मंत्री की भूमिका भी सँभाली।** बेन-गुरियन ने बिल्कुल स्पष्ट रूप से कम्युनिस्टों या अपने गठबंधन के दल मेनचेम बिगिंस हेरुट ('फ्रीडम') को शामिल करने से इनकार कर दिया। उनका मानना था कि दोनों ही नवजात राष्ट्र के मूल्यों को कमजोर कर देंगे।

इजराइल के संस्थापक इस बात को बखूबी जानते थे कि उनके पास जो

---

* तकनीकी रूप से ये पहले चुनाव एक संविधान सभा की स्थापना के लिए थे, जो एक संविधान का मसौदा तैयार करेगी और फिर भंग हो जाएगी, लेकिन उस संविधान सभा ने खुद को विधायिका घोषित कर दिया और संविधान के लेखन को बंद करने का फैसला किया। कनेसेट (इसका नाम महान् सभा के लिए हिब्रू शब्द से लिया गया है, तल्मूडिक समय में एक यहूदी विधायी निकाय) 120 सीटों से बना था और आनुपातिक प्रतिनिधित्व की उसी प्रणाली का इस्तेमाल करता था, जिसे जियोनीवादी कांग्रेस ने नियोजित किया था। उदाहरण के लिए, एक-चौथाई मत प्राप्त करनेवाला राजनीतिक दल कनेसेट में 30 सीटें जीतेगा। कई प्रतिस्पर्धी दलों को देखते हुए, हालाँकि आमतौर पर मत के बहुत छोटे अनुपात प्राप्त हुए और प्रधानमंत्रियों को 61 सीटों को नियंत्रित करने के लिए दलों के गठबंधन को एक साथ जोड़ना पड़ा, जो 120 में से बहुमत के लिए न्यूनतम संख्या थी। चूँकि आमतौर पर दलों के अलग-अलग एजेंडे होते थे, कई गठबंधन तो अपने गठन के समय से ही बेमेल विवाह की तरह थे। छोटे दल गठबंधन छोड़ने की धमकी देकर प्रधानमंत्री को पंगु बना देते हैं, जिसके परिणामस्वरूप सरकारी व्यवस्था अशांत और अस्थिर हो सकती है, जिसने अपनी स्थापना के बाद से इजराइल को त्रस्त कर दिया है।

** इजराइल के प्रधानमंत्रियों को, जिम्मेदारी के अपने दायरे के रूप में, कुछ मंत्रिमंडलीय विभागों को अपने पास रखने का अधिकार है, जो आमतौर पर किसी अन्य मंत्री को सौंपे जाते हैं। बेन-गुरियन रक्षा मंत्री के रूप में सेवा करनेवाले इकलौते प्रधानमंत्री नहीं थे। लेवी एशकोल और यित्जाक रॉबिन ने भी ऐसा ही किया था। अन्य प्रधानमंत्रियों ने अपने लिए अन्य विभागों को बरकरार रखा।

कुछ भी है, उसके लिए वे एक ऐसे व्यक्ति के आभारी हैं, जो इस महत्त्वपूर्ण उपलब्धि को देखने के लिए अब जीवित नहीं है। इसलिए कुछ महीनों बाद 17 अगस्त, 1949 को थियोडोर हर्जेल के अवशेषों को इजराइल लाया गया, जो अब माउंट हर्जेल नामक राष्ट्रीय कब्रिस्तान है। हजारों लोग तेल अवीव से यरुशलम तक सड़क पर चौंसठ वाहनों के जुलूस के पीछे चले और उनसे भी कहीं अधिक लोग सड़कों के किनारों पर कतारबद्ध खड़े थे। जुलूस का पहला पड़ाव मिकवे इजराइल था, जहाँ हर्जेल 1898 में पहली बार कैसर विल्हेम से मिले थे। इसके बाद यह रिशोन लेजियन के लिए आगे बढ़ा, जहाँ हर्जेल ने अपनी फिलिस्तीन की इकलौती यात्रा के दौरान पहली रात बिताई थी। राजधानी की यात्रा के दौरान दो लाख लोग—देश के एक-चौथाई निवासी—अपनी श्रद्धांजलि देने आए।[4] आखिरकार जब ताबूत यरुशलम पहुँचा तो करीब बीस हजार लोग श्रद्धांजलि देने के लिए कतारों में खड़े थे। पूरा मंत्रिमंडल और कनेसेट के सभी सदस्य वहाँ पर मौजूद थे और उनके साथ मौजूद थे करीब छह हजार लोग, जिन्हें भाग लेने के लिए आमंत्रित किया गया था। इसके बाद हर्जेल के ताबूत को 380 छोटे नीले और सफेद बोरों से ढक दिया गया था, जो इजराइल की भूमि की बस्तियों की मिट्टी से भरे हुए थे।[5] हर्जल को एक नए स्थापित राज्य की राजधानी में एक पहाड़ी की चोटी पर दफनाया गया था, जिसका उन्होंने सपना देखा था और जिसके लिए उन्होंने अपना पूरा जीवन लगा दिया था।

नए राष्ट्र को एक झंडे की जरूरत थी। हर्जेल ने दशकों पहले द ज्यूइश स्टेट में लिखा था—"मैं एक सफेद झंडे का सुझाव दूँगा, जिसमें सात सुनहरे सितारे हों। सफेद आधार हमारे पवित्र नए जीवन का प्रतीक है; तारे हमारे कार्य-दिवस के सात सुनहरे घंटे हैं।"[6] इस मुद्दे पर हर्जेल की बात नहीं मानी गई। अक्तूबर 1948 में इजराइल राज्य ने उस ध्वज को अपनाया, जिसने 1890 के दशक से जियोनी आंदोलन का प्रतिनिधित्व किया था। दो क्षैतिज हलकी नीली धारियों के बीच केंद्र में एक हलके नीले यहूदी तारे के साथ एक सफेद पृष्ठभूमि, ध्वज को ऊँचे, यहूदी प्रार्थना की छवि को दरशाने के लिए डिजाइन किया गया था। नए राज्य की अति धर्मनिरपेक्षता की भी सीमाएँ थीं।

कनेसेट की पहली बैठक 14 फरवरी, 1949 को आयोजित हुई। चूँकि संसद् के लिए अभी तक कोई स्थायी स्थान निर्धारित नहीं था, इसलिए इसकी बैठक यरुशलम डाउनटाउन में स्थित यहूदी एजेंसी की इमारत में हुई। इसका पहला निर्णय था देश के राष्ट्रपति, चौम वीजमैन को नियुक्त करना, जिन्होंने तीन दशक पहले लॉर्ड बालफोर को 'बालफोर घोषणा' जारी करने के लिए मनाने में महत्त्वपूर्ण भूमिका निभाई थी; हालाँकि इजराइल का राष्ट्रपति पद बड़े सम्मानवाला स्थान है, वीजमैन के व्यक्तिगत इतिहास ने कार्यालय की गंभीरता को बढ़ाया और एक बार चुने जाने के बाद वे प्लेनम को संबोधित करने के लिए उठे।

आधी सदी पूर्व द ज्यूइश स्टेट में थियोडोर हर्जेल ने एक यहूदी घर के नवीनीकरण को हर स्थान के लोगों के लिए एक मॉडल के रूप में देखा था। उन्होंने उस समय लिखा, "हम अपने कल्याण के लिए वहाँ पर जो कुछ भी प्राप्त करने का प्रयास करेंगे, उसका पूरी मानव जाति की खुशी और भलाई को बढ़ावा देने में एक शक्तिशाली प्रभाव होगा।"[7] अब हर्जेल ने जिस राज्य की कल्पना की थी, उसकी शुरुआत में वीजमैन ने कुछ ऐसा ही कहा था; उन्हें इस बात की उम्मीद थी कि यहूदियों ने अभी जो हासिल किया है, वह दुनिया भर के उत्पीड़ित लोगों को प्रेरित करेगा।

> "हम आज एक नए युग की दहलीज पर खड़े हैं। हम अंतिम सत्ता के भोर के प्रकाश को छोड़कर सामान्य लोकतांत्रिक शासन की पूर्ण धूप में प्रवेश करते हैं, यदि हम यह कहें कि यह विश्व के इतिहास में एक महान् दिन है तो हमें अति-अभिमानी नहीं होना चाहिए। इस घड़ी में पवित्र शहर के इस स्थान से सभी उत्पीड़ित लोगों और स्वतंत्रता एवं समानता के लिए संघर्ष कर रहे सभी लोगों के लिए आशा और खुशी का संदेश जाता है।"[8]

इसके बाद वीजमैन ने अपना ध्यान पास और दूर के देशों के उन दसियों हजार भाइयों की ओर केंद्रित किया, जो एक ऐसे देश के द्वार में प्रवेश कर रहे हैं, जो बाँहें फैलाए उनका स्वागत कर रहा है।"[9] उन्होंने आगे कहा, "हमारी बस यही प्रार्थना है कि निर्वासितों की संख्या बढ़े और हमारे लोगों की एक बड़ी भीड़ को गले लगाए, जो यहाँ जड़ें जमाएँगे और राज्य के निर्माण और हमारे अनुत्पादक स्थानों को फिर

से फलदायी बनाने में हमारे साथ कंधे-से-कंधा मिलाकर काम करेंगे।"[10]

एक साल बाद 5 जुलाई, 1950 को कनेसेट ने सबसे प्रतीकात्मक कानूनों में से एक को अधिनियमित किया, जिसे इजराइल ने कभी पारित किया। इसने प्रत्येक यहूदी को इजराइल में प्रवास करने का अधिकार देनेवाला 'वापसी का कानून' (लॉ ऑफ रिटर्न) बनाया। एक अन्य कानून ने इन आप्रवासियों को आगमन पर तुरंत पूर्ण नागरिकता प्रदान की। "घर वह जगह है, जहाँ जब आपको वहाँ जाना होता है, तो उन्हें आपको अंदर ले जाना पड़ता है," रॉबर्ट फ्रॉस्ट ने अपनी कविता—'द डेथ ऑफ द हायर मैन' में लिखा,[11] और यहूदी लोगों के लिए यहूदी राज्य अब वह घर है, अब यूरोप में स्थित विस्थापितों के शिविरों में ऐसे हजारों यहूदी नहीं होंगे, जिन्हें अपने यहाँ लेने को कोई भी तैयार नहीं था, फिर कभी यहूदियों से लदे जहाज समुद्र के पार रहने के लिए बेताब जगह की तलाश में नहीं होंगे। वापसी के कानून के साथ, बेघर, भटकते हुए यहूदियों के युग का अंत हो गया।

ब्रिटिश, 1939 के श्वेत-पत्र में अरब दबाव के आगे झुक गए थे और यहूदी आप्रवासन को आवश्यक रूप से समाप्त कर दिया था; श्वेत-पत्र ने राज्य के विकास करने के लिए आवश्यक आप्रवासन को गैरकानूनी घोषित करके 'बालफोर घोषणा' के सभी अभिप्रायों और उद्देश्यों को रद्द कर दिया था, अब यह कहते हुए कि इजराइल राज्य में यहूदी आप्रवासन पर कोई सीमा नहीं होगी, वापसी का कानून 1939 के ब्रिटिश श्वेत-पत्र को संशोधित कर रहा है।

इसके अलावा वापसी का कानून नाजियों के नूर्नबर्ग कानूनों का एक प्रतीकात्मक उलटफेर भी था; नाजियों ने कम-से-कम एक यहूदी दादा या दादीवाले व्यक्ति को यहूदी के रूप में परिभाषित किया था और वापसी के कानून ने उसी परिभाषा का इस्तेमाल किया था।* कनेसेट से स्पष्ट रूप से कहा, "अगर आप इतने यहूदी हैं कि वे नाजियों द्वारा आपको मारने के लिए पर्याप्त हैं, तो आप निश्चित रूप से इतने यहूदी हैं कि इजराइल राज्य आपको स्वीकार करे और आपकी रक्षा करे।"

---

* पारंपरिक यहूदी कानून प्रत्येक उस व्यक्ति को यहूदी के रूप में परिभाषित करता है, जो यहूदी माँ से पैदा हुआ हो या जो यहूदी धर्म में परिवर्तित हो गया हो। इस प्रकार वापसी के कानून ने यहूदी परंपरा से नहीं, बल्कि नूर्नबर्ग से प्राप्त यहूदीयत की परिभाषा का विकल्प चुना।

यहूदियों ने अभूतपूर्व संख्या में नवनिर्मित राज्य में प्रवास करना शुरू कर दिया। 15 मई, 1948 को मिली स्वतंत्रता और 1951 के अंत के बीच कम-से-कम 6,86,739 यहूदी इजराइल पहुँचे। वे सत्तर अलग-अलग देशों से आए थे और वे जिस आबादी में शामिल हो रहे थे, उसके आकार के सापेक्ष, ये बीसवीं शताब्दी का सबसे बड़ा एकल प्रवासन था। ये किसी भी रूप में, आधुनिक इतिहास में आप्रवासियों के सबसे असाधारण समावेशों में से एक था।

> युद्ध के दौरान 1,00,000 नए आप्रवासी आए थे, जो पिछले किसी भी वर्ष की तुलना में अधिक थे। आनेवाले समय में क्या होगा, यह इसका पहला संकेत था। राज्य के अस्तित्व के पहले बयालीस महीनों में, नए आप्रवासियों की औसत मासिक संख्या लगभग 16,000 तक पहुँच गई। कुल मिलाकर 6,90,000 आप्रवासी इजराइल पहुँचे और तीन वर्ष के भीतर यहूदी आबादी दोगुनी हो गई। मेजबान आबादी के आकार के सापेक्ष इस आप्रवासन का दायरा विशाल (था), जो किसी भी आप्रवासी देश में नहीं सुना गया था।[12]

इजराइल आनेवाले समय में भी आप्रवास की लहरों द्वारा निर्मित एक देश बना रहेगा।* 1948 में दुनिया के केवल 6 प्रतिशत यहूदी इजराइल में रहते थे; 2015 तक यह संख्या बढ़कर लगभग 46 प्रतिशत हो गई थी, यानी दुनिया के लगभग आधे यहूदी।

उनमें से कई उत्तरी अफ्रीका के अरब देशों से आए थे। 1948 में जब मिस्र की यहूदी आबादी लगभग 75,000 थी, तब उन्होंने यहूदियों को गिरफ्तार करना और उनकी संपत्ति को जब्त करना शुरू कर दिया। काहिरा के यहूदी हेड क्वार्टर पर बमबारी की गई। यहूदी वहाँ से चले गए। 1956 में मिस्र ने अपने यहाँ के 25,000 अन्य यहूदियों को बेदखल कर दिया। 1967 में उत्पीड़न की एक और लहर के कारण और अधिक प्रवासन हुआ और मिस्र की यहूदी आबादी घटकर 2,500 हो गई। 1970 के दशक तक, बस कुछ सौ ही वहाँ रह गए थे।

1948 में लीबिया में लगभग 38,000 यहूदी रहते थे। बेंगाजी पर कब्जा

---

* 2015 तक, 1948 में देश के निर्माण के बाद से इजराइल की यहूदी आबादी दस गुना से अधिक बढ़ गई थी। अनुमान बताते हैं कि इस अवधि में यहूदी प्रवासियों की जनसंख्या 10.5 से गिरकर 7.8 मिलियन ही रह गई।

करनेवाले नाजियों और उनके वहाँ से चले जाने के बाद स्थानीय आबादी द्वारा किए गए नरसंहारों के बाद 30,000 यहूदी वहाँ से भाग गए, जिनमें से अधिकांश 1949 में भागे। 1951 में लीबिया के स्वतंत्र होने के बाद आगे क्या होगा, इस बारे में चिंतित होकर और भी अधिक वह स्थान छोड़ने का फैसला किया। 1967 में जब छह दिवसीय युद्ध के बाद यहूदियों पर फिर से नरसंहार का खतरा मँडराया, तो लगभग सभी शेष यहूदी वहाँ से चले गए।

1948 में मोरक्को की यहूदी आबादी 2,65,000 थी। इजराइल की स्वतंत्रता के साथ दंगे और यहूदियों का आर्थिक बहिष्कार हुआ। 1958 तक 65,000 यहूदी वहाँ से जा चुके थे। 1963 में अन्य 1,00,000 यहूदियों को उनके घरों से बाहर निकाल दिया गया। 1968 तक वहाँ केवल 50,000 यहूदी ही बचे थे। कुछ इसी प्रकार की कहानियाँ अल्जीरिया, इराक, सीरिया, ट्यूनीशिया और यमन में भी सामने आईं। अरब देशों में कुछ यहूदी समुदायों का अस्तित्व ही समाप्त हो गया; इजराइल की स्थापना के एक दशक के भीतर लीबिया, इराक और यमन के यहूदी समुदायों में से, लगभग 90 प्रतिशत वो देश छोड़ चुके थे।[13] 1948 और 1951 के बीच केवल तीन वर्षों की अवधि में, इसलामी देशों के 37 प्रतिशत से भी अधिक यहूदी इजराइल में आकर बस गए।[14]

गैर-अरब देशों में भी बिल्कुल ऐसे ही उदाहरण सामने आए। बुल्गारिया के लगभग सभी यहूदी इजराइल चले गए और 1991 में साम्यवाद के पतन के बाद अल्बानिया के लगभग सभी यहूदियों ने भी ऐसा ही किया।

यहूदियों के लिए इजराइल पहुँचना अब कोई समस्या नहीं थी, लेकिन कुछ मामलों में अपने मेजबान देशों को छोड़ना काफी मुश्किल होता जा रहा था। इराकी सरकार ने यहूदियों को जाने देने का फैसला किया, लेकिन इस शर्त पर कि उन्हें पहले अपनी नागरिकता छोड़नी होगी। अधिकांश लोगों ने अनुमान लगाया था कि 10,000 से 40,000 के बीच यहूदी देश को छोड़ेंगे, लेकिन वे तब चौंक गए और शर्मिंदा हुए, जब 1,20,000 से अधिक संपूर्ण इराकी यहूदी आबादी का लगभग 90 प्रतिशत पलायन कर गया। जब इराकी सरकार का ध्यान इस ओर गया, तो उन्होंने यहूदियों की संपत्ति को जब्त कर लिया और (1951 में) यहूदी परिवारों को उनके साथ अपनी संपत्ति ले जाने से रोकना शुरू कर दिया। करीब-करीब

रातोरात उन्होंने इराकी समाज के कभी समृद्ध माने जानेवाले समूह को इजराइल की नई आबादी का लगभग सबसे दरिद्र वर्ग बना दिया।

आव्रजन को पूरा करने के लिए, जो इराकी यहूदियों के लिए और अधिक खतरनाक होता जा रहा था, इजराइल ने 'ऑपरेशन एज्रा और नहेम्याह' शुरू किया, जिसका नाम बेबीलोनियाई यहूदी समुदाय के नेताओं के नाम पर रखा गया था, जिन्होंने लगभग पच्चीस सौ वर्ष पूर्व साइरस में रहनेवाले यहूदियों की वापसी का नेतृत्व किया था। इजराइली सरकार इराक के यहूदियों के आव्रजन के लिए इतनी उत्सुक थी कि प्रमुख रब्बी ने मानक यहूदी धार्मिक प्रथाओं का उल्लंघन करते हुए आप्रवासियों को ले जानेवाले विमानों को सब्त के दिन उड़ान भरने की अनुमति दी।

बेन-गुरियन इस बात से पूरी तरह वाकिफ थे कि नए देश को भारी वित्तीय चुनौतियों का सामना करना पड़ेगा, लेकिन कुछ क्षेत्रों में वे वित्त की नीतियों को नियंत्रित करने की अनुमति देने को तैयार नहीं थे। आव्रजन उनमें से एक था। वे जानते थे कि बड़े पैमाने पर आप्रवासन ही इजराइल को जीवित रखने के लिए आवश्यक मानव पूँजी देगा और वे यहूदियों को अपनाने के लिए पूरी तरह से प्रतिबद्ध थे, चाहे वे कहीं से भी आ रहे हों और ऐसा करने के लिए वे इस बात की परवाह भी नहीं कर रहे थे कि यह आव्रजन इजराइल पर कितना आर्थिक बोझ लाद देगा! जब लेवी एशकोल यहूदी एजेंसी के तत्कालीन कोषाध्यक्ष (बाद में इजराइल के तीसरे प्रधानमंत्री बने) ने बड़े पैमाने पर हो रहे इराकी आप्रवासन के बारे में चिंता व्यक्त करते हुए कहा, "हमारे पास तंबू भी नहीं हैं, अगर वे आते हैं तो उन्हें सड़कों पर रहना पड़ेगा।"[15] बेन-गुरियन तब भी अपनी बात पर अड़े रहे। इजराइल उस हर यहूदी को अपनाएगा, जो इजराइल में आकर बसना चाहता है।

आव्रजन के प्रति उस कठोर प्रतिबद्धता ने बड़े अनुपात में ऑपरेशनों को जन्म दिया। उनमें से एक था 'ऑपरेशन मैजिक कारपेट', जिसमें जून 1949 और सितंबर 1950* के बीच यमन की पूरी यहूदी आबादी इजराइल पहुँच गई। यमन के यहूदी कठिन रास्ता तय करते हुए पूर्व व्यवस्थित केंद्रों तक पहुँचे, जहाँ

---

* मिस्र ने स्वेज नहर को सभी इजराइली जहाजों के लिए बंद कर दिया था, जिससे समुद्र से गुजरना असंभव हो गया था।

अलास्का एयरवेज से किराए पर लिये गए डीसी-4 स्काईमास्टर विमानों ने उन्हें लेकर इजराइल के लिए उड़ान भरी।[16] इजराइली चिकित्सा कर्मचारी वहाँ पर उनकी प्रतीक्षा कर रहे थे, ताकि इन भावी आप्रवासियों को इजराइल की यात्रा के लिए तैयार किया जा सके। इजराइल ने बड़े पैमाने पर विमान द्वारा परिवहन करते हुए 45,640 लोगों को ऐसे परिवहन विमानों में उड़ान में मदद की, जिनकी सीटों को हटा दिया गया था, जिसके परिणामस्वरूप हर विमान अपनी हर उड़ान में करीब 500-600 यात्रियों को ले जाने में सक्षम हो गया था। एक अतिरिक्त 3,275 यहूदियों को लाल सागर के रास्ते बंदरगाह शहर अदन से लाया गया था। गोल्डा मीर ने बाद में याद किया—

> "मैं कभी-कभी लिड्डा जाती थी, अदन से आते विमानों को उतरते हुए देखती थी और उनसे उतरनेवाले थके हुए यात्रियों का धैर्य एवं आत्मविश्वास मुझे आश्चर्यचकित कर देता था।"
>
> "क्या आपने पहले कभी हवाई जहाज देखा है?" मैंने एक दाढ़ीवाले बूढ़े व्यक्ति से पूछा।
>
> "नहीं।" उन्होंने जवाब दिया।
>
> "लेकिन क्या आपको उड़ने से डर नहीं लगा?" मैंने जोर देकर पूछा।
>
> "नहीं," उन्होंने दोबारा पूरी दृढ़ता के साथ जवाब दिया।
>
> "यह सब 'बाइबल' में यशायाह में लिखा गया है—'वे उकाब के पंखों के साथ आएँगे'।"* और वहाँ हवाई क्षेत्र पर खड़े होकर उन्होंने मुझे पूरा पैसेज सुनाया, उनका चेहरा भविष्यवाणी के पूरा होने की खुशी और यात्रा पूरी होने से चमक उठा।[17]

कई आप्रवासी तो ऐसी हालत में पहुँचे कि उन्हें तत्काल चिकित्सा सुविधा की आवश्यकता थी; यमन से तीन हजार बच्चे बेहद गंभीर हालत में यहाँ पहुँचे।[18] रास्ते में सैकड़ों लोगों की जान चली गई।

ये आप्रवासी जिस इजराइल में आए थे, उनके पास सैकड़ों-हजारों नए

---

* ऑपरेशन का आधिकारिक नाम 'ऑन ईगल्स विंग्स' था। 'मैजिक कारपेट' आमतौर पर इस्तेमाल किया जानेवाला उपनाम था। वाक्यांश 'उकाबों के पंखों पर' वास्तव में निर्गमन 19:4 से आता है, न कि यशायाह से—"तूने खुद देखा है कि मैंने मिस्र के साथ क्या किया और मैं कैसे तुझे उकाब के पंखों पर चढ़ाकर अपने पास ले आया।"

आनेवालों के लिए कोई तैयारी नहीं थी। आप्रवासियों को भोजन, चिकित्सा देखभाल, रोजगार और अन्य बुनियादी जरूरतें प्रदान करने के लिए इसके पास लगभग न के बराबर पैसा था। इसके बाद के दशकों में इजराइल राज्य की राजनीति को, जिसमें आनेवाले वर्षों में बेन-गुरियन की पार्टी के आधिपत्य का अंत भी शामिल है—प्रधानमंत्री की नाराजगी और उनके निरंकुश स्वभाव की सराहना किए बिना, जो इन प्रारंभिक वर्षों में उबलने लगा था, समझना असंभव है।

इन आप्रवासियों को पहले-पहल तो अस्थायी शिविरों में रखा गया, लेकिन उनकी स्थिति जल्द ही पूरी तरह से असहनीय हो गई। हाइफा के पास ऐसे ही एक शिविर के निदेशक, जो इस बात से दुःखी थे कि इजराइल बेहतर प्रदर्शन करने में असमर्थ था, ने इन नए आप्रवासियों के जीवन का वर्णन किया—

> "आप्रवासियों को बाड़े में बंद किया गया था, वे काँटेदार तारों की बाड़ से घिरे हुए थे और हथियारबंद पुलिस उनकी सुरक्षा में तैनात थी। ब्रिटिश सेना द्वारा छोड़ी गई लकड़ी और पत्थर की झोंपड़ियों में कई बार भीड़ जानलेवा स्तर तक बढ़ जाती थी। उन्हें दिन में तीन बार अपने भोजन के राशन के लिए लंबी कतारों में लगना पड़ता था। चिकित्सा और सीमा शुल्क सेवाओं के आसपास कई किलोमीटर लंबी घुमावदार कतारें देखी जा सकती थीं। आप्रवासियों को एक से अधिक बार स्नानघरों में अपनी बारी आने के लिए घंटों का इंतजार करना पड़ता था, जबकि शौचालयों में पानी भर गया। शिविर में हर समय पीने के लिए पर्याप्त पानी नहीं होता था, बिजली कई बार जाती थी और रात के समय शिविर पूरी तरह से अँधेरे की गिरफ्त में होते थे।"[19]

परिस्थितियों को सुधारने के लिए बेताब सरकार ने 1950 में स्थायी आवासों का निर्माण शुरू किया, लेकिन इजराइल एक ऐसा राज्य था, जहाँ कई मोर्चों पर भारी चुनौतियाँ थीं और निर्माण में देरी हो रही थी। इसलिए इजराइल ने 'माबारोट' ('शरणार्थी शिविर') विकसित किए, जिन्हें आप्रवासी शिविरों की भयानक परिस्थितियों को कम करने और 'वास्तविक' आवास उपलब्ध होने तक अस्थायी आवासीय स्थलों के रूप में काम करने के लिए डिजाइन किया गया था।

हालाँकि जल्द ही माबारोट में भी स्थितियाँ उतनी ही खराब हो गईं, जितनी उन आप्रवासी शिविरों में थीं और कई आप्रवासियों के लिए तो माबारोट उनके स्थायी आवास ही बन गए। आनेवाले वर्षों में कुछ माबारोट छोटे शहरों में तब्दील हो गए, जो अकसर इजराइल के सबसे गरीब शहर होते थे। चूँकि माबारोट के अधिकांश निवासी मिजराची (मध्य-पूर्वी) थे, ये शिविर ऐसे आक्रोश का कारण बन गए, जो आनेवाले दशकों में बेहद दुखदायी साबित होनेवाला था। वह आक्रोश और मिज्राचिम की बढ़ती संख्या अंततः उन्हें एक शक्तिशाली राजनीतिक शक्ति बना देगी, जिसके बारे में लेबर पार्टी को विचार करना पड़ेगा।

सीमित संसाधनों के बावजूद एक और ऐसा मुद्दा, जिसके प्रति बेन-गुरियन बेहद तत्परता से प्रतिबद्ध थे, वह था—बच्चों की निःशुल्क शिक्षा। लंबे समय से यहूदी सामुदायिक जीवन की नींव रही शिक्षा प्रारंभिक जियोनी कांग्रेस का केंद्रबिंदु रही थी। यिशुव ने दर्जनों शैक्षणिक संस्थानों का निर्माण किया था और अगर नए राज्य को फलना-फूलना था, तो शिक्षा को प्रमुख भूमिका निभानी होगी। 1949 में कनेसेट ने अनिवार्य शिक्षा कानून बनाया, जो इसके पहले कानूनों में से एक था, जिसमें पाँच से तेरह वर्ष की आयु के सभी बच्चों के लिए मुफ्त शिक्षा का आह्वान किया गया था। राज्य ने यहूदी बच्चों के लिए तीन मौजूदा समानांतर शिक्षा प्रणालियाँ अपनाईं—एक सामान्य स्कूल प्रणाली, एक राजनीतिक रूप से समाजवादी स्कूल प्रणाली (जिसे बाद में छोड़ दिया गया था) और एक धार्मिक जियोनी स्कूल प्रणाली। अति-रूढ़िवादी समुदाय के लिए एक स्कूल प्रणाली स्थापित की गई और राज्य ने पहले से मौजूद अरब शिक्षा प्रणाली की जिम्मेदारी अपने ऊपर ले ली।

1948 से पहले अरब बच्चों के लिए स्कूल ब्रिटिश सरकार के माध्यम से पब्लिक स्कूलों के लिए और निजी स्कूलों के लिए विभिन्न धार्मिक संस्थानों के माध्यम से चलाए जाते थे, हालाँकि 1948 के अंत तक केवल 30 प्रतिशत अरब बच्चों का नामांकन हुआ था, उनमें से अधिकांश प्राथमिक विद्यालय में ही थे और तब केवल दस ही अरबी हाई स्कूल थे। इजराइल ने अरब बच्चों के लिए भी मुफ्त अनिवार्य शिक्षा कानून लागू करते हुए उस स्थिति को पूरी तरह से बदलकर रख दिया।[20]

कई दशक पूर्व भविष्यदर्शी हर्जेल ने लिखा था—"अगर यहूदी वास्तव में घर लौटते हैं, तो अगले ही दिन उन्हें पता चलेगा कि वे कई सालों से एक साथ नहीं हैं। वे सदियों से अपनी मातृभूमि में निहित हैं, राष्ट्रीयकृत हैं, एक-दूसरे से अलग हैं।"[21] वे पूरी तरह से सही थे। दशकों से इजराइल के उभरते समाज और उसकी राजनीति को रंग देनेवाले तरीकों से, आप्रवास के बड़े पैमाने पर और अभूतपूर्व प्रवाह ने सांस्कृतिक संघर्ष भी पैदा किए।

इनमें से कुछ नए आप्रवासियों के इजराइल की धरती पर उतरने से पहले ही स्पष्ट हो गए थे। रास्ते में आ रहे एक जहाज, पाम क्रिसेंट पर, हंगेरियन लड़कियाँ अकसर अपनी बिकनी में धूप सेंकती थीं और यह नजारा देखकर मोरक्को के पुरुष सदमे में आ गए थे, क्योंकि वे ऐसे समुदायों से थे, जहाँ महिलाओं को अपने शरीर की नुमाइश करने की इजाजत नहीं थी।

यहाँ तक कि मध्य-पूर्व से आनेवाले और 'मिज्राचिम' के तहत एक साथ—वास्तव में एक-दूसरे से बहुत अलग थे, जैसा कि एक इतिहासकार ने लिखा—

> "इराक से पेशेवर और शिक्षित अभिजात वर्ग विदा हो गया। कुर्दिस्तान से आनेवाले लगभग सभी आप्रवासी निरक्षर थे। मिस्र में यहूदी खुद को 'यूरोपीय' समुदाय का हिस्सा मानते थे। वे दोनों व्यापारिक अभिजात वर्ग के मुख्य आधार और कम्युनिस्ट पार्टी के संस्थापक थे। यमन में वे कारीगर और घूमकर सामान बेचनेवाले लोग थे, जिन्होंने एक मसीहाई अपेक्षा के साथ सियोन को गले लगा लिया था।"[22]

हालाँकि वे कई मामलों में भिन्न थे, इन यहूदियों को अकसर यूरोपीय आप्रवासियों की ओर से कृपालु विश्वदृष्टि प्राप्त हुई, जो पिछले प्रमुख एलियट का हिस्सा थे, जिन्होंने यिशुव विकसित किया था और जो अब देश चला रहे थे। मुद्दा नस्लवाद नहीं था—इसका त्वचा के रंग से कोई लेना-देना नहीं था। यह सांस्कृतिक आभिजात्यवाद का मामला था, एक वास्तविक विश्वास था कि सभी संस्कृतियों में यूरोपीय संस्कृति सबसे अधिक विकसित थी और यह नवजात देश के लिए सबसे अच्छा होगा, अगर वह सभी को सिखाने के लिए उस कुलीन संस्कृति को अपनाए।

चूँकि इस नवोदित राज्य में आनेवाले अधिकांश मिजराची आप्रवासी बहुत

कम आर्थिक संसाधनों के साथ आए थे, इसलिए यह निश्चित रूप से मददगार साबित नहीं हुआ। कुछ अपने मूल देशों में ही लंबे समय से गरीब थे, जबकि दूसरे यहूदियों का धन उन देशों द्वारा छीन लिया गया था, जिन्होंने उन्हें निष्कासित किया था। यहाँ तक कि अगर वे अपने साथ कुछ संपत्ति लेकर भी आ जाते थे, तब भी राज्य अकसर यह मान लेते थे कि उत्तरी अफ्रीकी देशों या इराक के आप्रवासी बेसहारा ही हैं।

यहूदी आप्रवास के महान् अधिवक्ता बेन-गुरियन इस आभिजात्य प्रवृत्ति के अपवाद नहीं थे। उन्होंने लिखा—

> "वह बिखराव समाप्त किया जा रहा है (अर्थात् पूरे समुदाय, जैसे बल्गेरियाई और इराकी यहूदी, जिन्हें इजराइल में आप्रवासन के माध्यम से नष्ट कर दिया गया था और जो इजराइल में एकत्र हो रहे हैं), वे अभी भी लोगों का गठन नहीं करते हैं, लेकिन एक प्रेरक भीड़, जिसमें मानव धूल, भाषा, शिक्षा, जड़ें, परंपरा या राष्ट्रीय सपने की कमी है, इस मानव धूल को एक दृष्टि के साथ एक सभ्य, स्वतंत्र राष्ट्र में बदलना कोई आसान काम नहीं है और इसकी कठिनाइयाँ आर्थिक अवशोषण से कम नहीं हैं।"[23]

राज्य को जितना संभव हो सके, सांस्कृतिक रूप से उतना अधिक उन्नत बनाने के लिए दृढ़ संकल्पित, बेन-गुरियन ने स्कूलों को अलग करने और मिजराची तथा अशकेनाजी बच्चों को अलग-अलग शिक्षित करने का सुझाव दिया, क्योंकि उन्हें इस बात की चिंता थी कि कहीं इजराइल भी 'अरबों के जैसा', 'लेवेंटाइन' और 'अवरोही' न बन जाए।[24]

अशकेनाजी बच्चों को मिज्राचिम के स्तर पर 'उतरने' से बचाने के लिए कई नए समुदायों में अलगाव का एक अलिखित नियम था। नए निवासियों को इन गठित हो रहे समुदायों के लिए अनुमोदित किया जाना था और आश्चर्य की बात नहीं है कि कई नए मिजराची आप्रवासियों को जगह से वंचित कर दिया गया था, उन्हें बस इतना बताया गया था कि वे 'समुदाय के अभ्यस्त नहीं हैं।'[25]

इजराइल के शुरुआती वर्षों के इस आयाम को, बाद के राजनीतिक बदलावों के बीज बोने के अलावा, कई लोगों ने यहाँ तक कि अशकेनाजी दुनिया में भी इजराइल के बेहतरीन क्षणों से कहीं दूर के रूप में पहचाना था। मनोरंजन की

दुनिया में अग्रणी अशकेनाजी इस बात को समझ गए कि इजराइल, हालाँकि कई वित्तीय और अन्य चुनौतियों से घिरा हुआ था, लेकिन आनेवाले यहूदियों के साथ यह कैसे व्यवहार करेगा, इस बारे में वह अपने दृष्टिकोण पर खरा नहीं उतर रहा था। लोकप्रिय इजराइली संस्कृति में इस मुद्दे का सबसे प्रसिद्ध उदाहरण शायद 1964 की इजराइली फिल्म 'सल्लाह सबाती' थी, जिसका निर्देशन व्यंग्यकार एफ्रैम किशन (स्वयं हंगरी से एक आप्रवासी और सोबिबोर एकाग्रता शिविर सहित नरसंहार में जीवित बचे) द्वारा किया गया था। दिलचस्प बात यह है कि अंतरराष्ट्रीय स्तर पर पहचान हासिल करनेवाली यह इजराइल की पहली फिल्म थी और इसे सर्वश्रेष्ठ विदेशी फिल्म के रूप में ऑस्कर पुरस्कार के लिए नामांकित किया गया था।

'सल्लाह सबाती' कहानी के मुख्य पात्र का नाम है (हालाँकि उसका नाम जाहिरा तौर पर एक मिजराची नाम, सेलीचा शे-बती या 'आने के लिए मुझे क्षमा करें' के शब्दों के साथ किया गया एक खेल था), जिसे इजराइल पहुँचते ही आप्रवासी शिविर में डाल दिया गया। जीवन जीने की चुनौतीपूर्ण स्थितियों और न समझ में आनेवाले यूरोपीय संस्कारों, जिसे वह नहीं समझा, से परेशान सल्लाह सबाती यहूदी राज्य में अपने नए जीवन को समझ पाने के लिए संघर्ष करता है। यह फिल्म उसके मजाकिया प्रयासों को दरशाती है, जो वह अपनी आजीविका कमाने और गरिमा की उस भावना को बनाए रखने के प्रयास के दौरान करता है, जो उसके पास अपने मूल देश में था (संभवतः यमन, क्योंकि सल्लाह सबाती सुनने में एक यमनी नाम जैसा प्रतीत होता है।)

चूँकि सल्लाह सबाती ने विशेष रूप से एक दुखती हुई रग को छुआ था, इसलिए वह इतनी अधिक सफल हुई। आप्रवासियों के लिए अधिक खुले नहीं होने के चलते किबुत्जिम के तिरछेपन ने किब्बुत्ज सदस्यों की नाराजगी को जगाया, लेकिन शायद इसलिए कि उन्होंने खुद को इसके चित्रण को पहचाना। इसके अलावा सल्लाह सबाती इजराइलियों के लिए एक अनुस्मारक था कि यहूदियों को इजराइल में लाना इन लोगों के लिए अपने दायित्वों को पूरा करने के लिए राज्य का पहला कदम था, जिन्होंने अब यहूदी राज्य को अपना घर बना लिया है।

बड़े पैमाने पर हुए इस आप्रवासन ने बेन-गुरियन के सामने ऐसे विभिन्न प्रकार के लोगों से एक राज्य को बनाने की चुनौती को रखा। उन्होंने न केवल राज्य के राजनीतिक अधिकार, बल्कि इसकी नैतिक और सांस्कृतिक केंद्रीयता को सभी पृष्ठभूमि के यहूदियों को प्रभावित करने के लिए दृढ़ संकल्प किया। उन्होंने मन-ही-मन यह बात तय कर ली थी कि हर कोई और सबकुछ नवगठित राज्य के अधीन हो। "एक राज्य एक औपचारिक इकाई, ढाँचे, शासन, अंतरराष्ट्रीय स्थिति, संप्रभुता या सेना से अधिक है।" उन्होंने कहा।

"राज्य तब तक अस्तित्व में नहीं है, जब तक इसे लोगों के दिलों, आत्माओं और चेतना के भीतर आंतरिक रूप से शामिल नहीं किया जाता है। एक अवस्था मानसिक जागरूकता है, जिम्मेदारी की भावना है, (जो जोड़ती है) सभी लोगों को, राज्य के नागरिकों को।"[26] वे जो बनाने की कोशिश कर रहे थे, उसके लिए उन्होंने एक शब्द भी गढ़ा—मामलच्तियुत। इस शब्द का पर्याप्त अंग्रेजी अनुवाद तो उपलब्ध नहीं है, लेकिन 'राज्यवाद' या 'राज्य के प्रति चेतना' शब्द इसके सबसे करीब है।

यह 'मामलच्तियुत' के दायरे में था—राज्य के साथ एक राष्ट्रीय संस्कृति का निर्माण करने का उनका पूर्ण दृढ़ संकल्प—बेन-गुरियन की प्रतिभा के साथ-साथ निरंकुशता के प्रति उनकी प्रवृत्ति सबसे अधिक प्रदर्शन पर थी। आश्चर्यजनक दृढ़ संकल्प और ज्ञान के साथ, बेन-गुरियन ने राज्य के संस्थानों और संस्कृति के निर्माण के प्रभारी का नेतृत्व किया। हिस्ताद्रुत, जिसकी उन्होंने दशकों पहले नेतृत्व करने में मदद की थी, एक पावरहाउस बन गया, जो श्रमिकों के अधिकारों, शिक्षा, स्वास्थ्य देखभाल, कुछ बैंकिंग और बहुत कुछ के लिए जिम्मेदार था। कई श्रमिकों के लिए हिस्ताद्रुत वह तरीका था, जिससे बेन-गुरियन की सरकार उनकी देखभाल करती थी, जैसा कि एक मजदूर ने वर्षों बाद लिखा—"जैसे धार्मिक लोग यह मानते हैं कि भगवान् उनकी रक्षा करते हैं, मुझे पता था कि हिस्ताद्रुत मेरी देखभाल कर रहा है।"[27]

इसी के साथ नए प्रधानमंत्री एक नए राज्य के गठन को लेकर इतने दृढ़ थे और इतने आश्वस्त थे कि सिर्फ वही एक ऐसे व्यक्ति हैं, जो इस काम को कर सकते हैं और ऐसे में बाकी के सभी विचार गौण हो गए। उदाहरण के

लिए, इजराइल की स्वतंत्रता की घोषणा में यह निर्धारित किया था कि कनेसेट 1 अक्तूबर, 1948 तक एक संविधान को अंगीकार करेगा, लेकिन बेन-गुरियन इस बात से भलीभाँति वाकिफ थे कि संविधान एक न्यायपालिका का गठन भी कर सकता है, जो कानूनों को खत्म कर सकती है, आनुपातिक प्रतिनिधित्व की चुनावी प्रणाली को मजबूत कर सकता है, जिससे एक पार्टी के लिए बहुमत हासिल करना असंभव हो सकता है और असंख्य तरीकों से प्रधानमंत्री* की शक्तियों को कम कर सकता है। दीर्घकालिक अवधि के लिए उन्होंने प्रधानमंत्री के लिए एक ऐसी भूमिका का समर्थन किया, जो मानक लोकतांत्रिक सीमाओं द्वारा शासित होगी, लेकिन उस समय के लिए उन्होंने महसूस किया कि उन्हें उन व्यापक शक्तियों की आवश्यकता है, जो उनकी भूमिका को परिभाषित नहीं करती।** इसलिए उन्होंने संविधान को अपनाने में देरी की—एक ऐसा दस्तावेज, जिसे इजराइल ने आज तक अंगीकार नहीं किया है।

इस बात से चिंतित कि यिशुव की सबसे कुलीन सैन्य इकाई—पाल्माच—राजनीतिक वामपंथ से भी जुड़ी हुई थी और एक गैर-राजनीतिक सेना बनाने के लिए दृढ़ थी, जिसकी एकमात्र वफादारी राज्य के प्रति होगी, बेन-गुरियन ने सितंबर 1948 में पाल्माच को नष्ट कर दिया। इससे कई लोगों को बहुत निराशा हुई, जिन्होंने महसूस किया कि ऐसा करके उन्होंने यिशुव की महान् संस्थाओं में से एक को नष्ट कर दिया है।

बेन-गुरियन ने व्यावहारिक तौर पर टेलीविजन पर भी प्रतिबंध लगा दिया। उन्होंने एक सरकारी टी.वी. स्टेशन की स्थापना की अनुमति देने से इनकार कर

* विपक्ष के मुखिया मेनाकेम बेगिन को भी संविधान को लेकर आपत्ति थी। वे इस बात को लेकर चिंतित थे कि उस समय तैयार किया गया संविधान का मसौदा बेन-गुरियन की सत्तारूढ़ पार्टी की शक्तियों को मजबूत करेगा और विपक्ष का ज्यादा राजनीतिक नुकसान करेगा। बेगिन को इस बात की भी चिंता थी कि बेन-गुरियन के नेतृत्ववाली सरकार द्वारा पारित कोई भी संविधान धर्मनिरपेक्षता और धार्मिक-विरोधी भावना को प्रभावित करेगा, जो कि बेगिन ने महसूस किया था कि वे पहले से ही इजराइल के जीवन के लिए बहुत महत्त्वपूर्ण हो रहे थे।

** न तो बेन-गुरियन और न ही किसी प्रधानमंत्री ने संविधान का पालन किया। इजराइल में बुनियादी कानूनों के रूप में जाननेवाले कानूनों की एक श्रेणी है, जो प्रभावी रूप से एक संविधान के रूप में कार्य करती है, लेकिन इस तरह का एक संविधान स्वतंत्रता की घोषणा की प्रतिज्ञा के बावजूद कभी भी अंगीकार नहीं किया गया।

दिया। यहाँ तक कि जब यिगल यादीन, जो हगनाह में एक वरिष्ठ अधिकारी थे और अब आई.डी.एफ. के चीफ ऑफ स्टाफ थे, ने दावा किया कि टेलीविजन एक शैक्षिक और एकीकृत माध्यम के रूप में आप्रवासियों की मदद कर सकता है, तब भी बेन–गुरियन ने पीछे हटने से इनकार कर दिया। उन्होंने दावा किया कि टेलीविजन की नीची संस्कृति समग्र रूप से समाज के लिए भयानक होगी।* सरकार ने एयरवेव्स को भी नियंत्रित किया। रेडियो प्रसारण को नियंत्रित करनेवाले दो निकाय—प्रसारण प्राधिकरण और सेना रेडियो स्टेशन—दोनों ही सरकार के अधीन थे।

वहाँ पर प्रेसवाले भी थे और फिर बेन–गुरियन ने उनपर भी दबाव डाला। बेन–गुरियन ने प्रेस को स्पष्ट कर दिया कि अगर वे सरकार के साथ सहयोग करते हैं तो उन्हें ऐसी जानकारी मिला करेगी, जो उन्हें कहीं और नहीं मिल सकती, कभी–कभी खुद प्रधानमंत्री से भी।[28] प्रेसवाले अकसर बेन–गुरियन पर जबरदस्त तरीके से हमलावर होती थी; राजनीतिक जमात को आड़े हाथों लेने की यह परंपरा वहाँ आज भी जारी है। इसके बदले में बेन–गुरियन ने अपने पास मौजूद शक्तियों का उपयोग कुछ निश्चित मुद्दों को प्रेस द्वारा कैसे प्रस्तुत करना है, इसके लिए किया।

मामलच्तियुत के प्रति बेन–गुरियन की प्रतिबद्धता को दरशाने के लिए इस उदाहरण से बेहतर और कुछ भी नहीं हो सकता, हालाँकि यमनी समुदाय इसे कभी साबित नहीं कर पाया, लेकिन उनमें से कई को इस बात पर अभी भी पूरा यकीन है कि सरकार 1949 और 1952 के बीच, जब वे माबारोट में रह रहें थे, यमन की माताओं से पैदा हुए बच्चों को उनके इजराइल आने के तुरंत बाद ले लिया और उन्हें अशकेनाजी परिवारों को दे दिया गया।[29]

समय के साथ सरकार ने इन आरोपों की जाँच के लिए तीन आयोगों की स्थापना की और निष्कर्ष निकाला कि ऐसा कोई मामला नहीं था, जो इन आरोपों की पुष्टि करता हो। 2001 के अंत तक एक सरकारी आयोग ने लापता शिशुओं के 800 से अधिक मामलों की जाँच की और निष्कर्ष निकाला कि इनमें से 750

* इजराइल में टेलीविजन को 1960 में मोशे शेयरेट के प्रधानमंत्री के कार्यकाल के समय सबसे पहले लाया गया था।

बच्चों की मृत्यु हो गई थी। उनमें से अन्य 56 रहस्य बने हुए हैं।[30] यमन के परिवारों सहित कई इजराइलियों को इस बात का पूरा भरोसा है कि उनके बच्चों को चुरा लिया गया था और 'बच्चों के लाभ' के लिए उच्च सामाजिक आर्थिक स्थितिवाले परिवारों को दिया गया था। जो भी हो, आरोप केवल इस बात का प्रतिबिंब है कि उन लोगों का जीवन कैसा था, जो देश के शुरुआती वर्षों में इजराइल के निम्न वर्ग बन गए थे।

बेन-गुरियन का मामलच्तियुत पर ध्यान स्पष्ट रूप से ज्यादतियों का कारण बना और इजराइली समाज तब से उन नीतियों में से कई के निहितार्थों से जूझ रहा है। इसके बावजूद बेन-गुरियन को भी भारी चुनौतियों का सामना करना पड़ा। उन्होंने एक राज्य की स्थापना की थी और अब उन्हें ऐसे नए नागरिकों से एक देश का निर्माण करना था, जिन्होंने लंबे समय से सरकारों को ऐसी संस्थाओं के रूप में देखा था, जो हमला करती थीं, बहकाती थीं और धोखा देती थीं। यह निश्चित रूप से मध्य-पूर्वी यहूदियों के बारे में सच था, जो इजराइल आए थे; यहाँ तक कि यूरोप से फिलिस्तीन और फिर इजराइल आए थे, जिन सरकारों से वे बच रहे थे, उनके लिए कोई प्यार नहीं था। जनादेश के दौरान अंग्रेजों के अधीन जीवन ने यिशुव के यहूदियों को उसी भावना से भर दिया था।

तरह-तरह के उस मानव कच्चे माल से एक सुसंगत, स्थिर और एकीकृत समाज और लोकतंत्र का निर्माण करना आसान नहीं था और बेन-गुरियन इस बात को भलीभाँति समझते थे। वहाँ पर अति करना जरूर था, लेकिन इसके साथ दृष्टिकोण और महान् प्रतिभा भी थी। इजराइली समाज को आनेवाले दिनों में जन परीक्षणों के दौर से गुजरना था, इस बात की पूरी संभावना है कि केंद्र में राज्य और सरकार के प्रति समर्पण के साथ एक समाज बनाने का बेन-गुरियन का कभी-कभी भारी-भरकम दृढ़ संकल्प था, जिसने एक नवजात इजराइल को जीवित रहने में सक्षम बनाया।

एक और आबादी, जिसने बेन-गुरियन के सामने महत्त्वपूर्ण चुनौतियाँ पेश कीं, वह था धार्मिक समुदाय। राजनीतिक जियोनीवाद के प्रारंभिक वर्षों में, राज्य की स्थापना से बहुत पहले, यूरोप के अति-रूढ़िवादी यहूदियों ने इसे बनाने के

लिए आंदोलन में भाग लेने से इनकार कर दिया था। धार्मिक दृष्टि से उनके कुछ नेताओं ने तर्क दिया कि जियोनीवाद परमेश्वर के विधान को मजबूर कर रहा था; वफादार यहूदियों को अपने दम पर (फिलिस्तीन लौटकर) इसे समाप्त करने की कोशिश करने के बजाय भगवान् द्वारा निर्वासन को समाप्त करने की प्रतीक्षा करनी चाहिए। अन्य लोगों ने जियोनीवाद के खुले धर्मनिरपेक्षतावाद में घृणा-भाव देखा। इन यहूदियों ने, जो अपने आप को 'हरेदीम'* कहते हैं, एक राजनीतिक दल भी बनाया, जो जियोनीवाद के सामने खड़े होने की हिम्मत करनेवाली किसी भी चीज का घोर विरोध करता था। उन्होंने असंतुष्टों को निष्कासित कर दिया, इस प्रक्रिया ने अकसर परिवारों को विभाजित किया। इसके नेताओं ने कहा कि फिलिस्तीन के लिए प्रस्थान करना पूरी तरह से प्रतिबंधित है और हर उस चीज का उल्लंघन है, जिससे यहूदी धर्म बना है।

हिटलर ने इसे बदला। यहूदियों के नरसंहार के अंत तक कई हरेदी समुदायों को नष्ट कर दिया गया था और कुछ का तो नामोनिशान तक मिटा दिया गया था। लाखों हरेदी यहूदियों की हत्या कर दी गई, उन्हें गैस चैंबरों में बंद करके और जलाकर मार डाला गया, हालाँकि उन्हें यिशुव का अति धर्मनिरपेक्षतावाद गुमराह करनेवाला लगा, यहाँ तक कि उन्होंने इसे घृणित भी पाया, हरेदीम अब इस बात से इनकार नहीं कर सकते थे कि जियोनी यूरोप के बारे में पूरी तरह से सही थे।

इसके परिणामस्वरूप जियोनीवाद को लेकर उनका रुख नरम होने लगा और वे पूरी तरह से जियोनीवाद के विरोधी से जियोनीवाद के कम विरोधियों की श्रेणी में आ गए। वे जियोनीवाद की धर्मनिरपेक्षता का विरोध करते रहे और मापई की तुलना यूनानी काल के यूनानी संस्कृतिवाले यहूदियों से करते रहे। बेन-गुरियन को लेकर वे आश्वस्त थे कि उनका इरादा उनके खिलाफ वैचारिक युद्ध प्रारंभ करने का था, अगर वे विरोध नहीं करते हैं तो राज्य उनके बच्चों को जियोनीवाद की गैर-धार्मिक (वास्तव में धर्म-विरोधी) परंपरा की मुख्यधारा में शिक्षित करेगा और उन पर अपने जीवन के तरीके को बदलने के लिए दबाव डालेगा।

उन्होंने अनिच्छा के साथ इजराइल की राजनीति में कदम रखा। उन्होंने स्वतंत्रता

* 'हरेदीम' शब्द यशायाह 66:5 में प्रकट होता है और इसका अर्थ है—"वे, जो परमेश्वर के सामने काँपते हैं।"

की घोषणा पर हस्ताक्षर किए। एक बार राज्य की स्थापना हो जाने के बाद वे राज्य की संस्थाओं से अलग रहना पसंद करते, लेकिन ऐसा करने से वे इजराइल की नीतियों और चरित्र को आकार देने में भूमिका निभाने से वंचित रह जाते। धीरे-धीरे वे इजराइल की राजनीतिक प्रक्रिया में तेजी से शामिल हो गए।

बेन-गुरियन के पास अपनी ओर से इस बात को लेकर कोई दीर्घकालिक योजना नहीं थी कि हरेदिम को कैसे सँभालना है ? क्योंकि उन्हें विश्वास था कि उनकी अति-रूढ़िवादी जीवन-शैली यूरोपीय यहूदी जीवन का एक अवशेष थी, जो जल्द ही गायब हो जाएगी। उन्हें अपने सिर पर एक और युद्ध नहीं चाहिए था, इसलिए इजराइल की राजनीति में अपनी दीर्घकालिक भूमिका की चिंता किए बिना वे धर्म के उन मामलों पर यथास्थिति बनाए रखने के लिए सहमत हुए, जिस पर उन्होंने 1947 में सहमति व्यक्त की थी। सब्त सार्वजनिक अवकाश का दिन होगा, सरकार और सेना की रसोई कोषेर होगी, धार्मिक कानून विवाह, तलाक और धर्मांतरण जैसे व्यक्तिगत स्थिति के मामलों को नियंत्रित करेगा और धार्मिक समुदाय शिक्षा के मामलों में अपनी स्वायत्तता बनाए रखेंगे।

राजनीति में कई बार बहुत अलग प्रकार के समझौते करने पड़ते हैं। चूँकि बेन-गुरियन का राजनीतिक वामपंथियों और कम्युनिस्टों का गहरा संदेह था और गठबंधन में मेनाचेम बेगिन की हेरुट पार्टी को शामिल करने पर भी विचार करने से इनकार कर दिया था, उनके पास तीसरी सबसे बड़ी पार्टी 'संयुक्त धार्मिक मोर्चा' को शामिल करने के अलावा कोई विकल्प नहीं था, जो वास्तव में दो धार्मिक जियोनी पार्टियों और दो धार्मिक गैर-जियोनी पार्टियों का एक गठबंधन था। हरदीम ने एक स्वतंत्र स्कूल प्रणाली (जिसमें छात्रों को वस्तुतः कोई गैर-धार्मिक विषय नहीं पढ़ाया जाता था) स्थापित करने के लिए और अपने बेटों के लिए सैन्य सेवा से छूट प्राप्त करने के लिए ताकि युवा येशिवोट में अध्ययन जारी रख सकें और धर्मनिरपेक्ष यहूदियों के संपर्क में आने से बच सकें, जिनका उन्हें निस्संदेह सैन्य सेवा के दौरान सामना करना पड़ेगा, अपने विशेषाधिकार (गठबंधन को छोड़कर, वे सरकार को गिरा सकते हैं और सैद्धांतिक रूप से नए चुनावों को मजबूर कर सकते हैं) का इस्तेमाल किया।

हरेदिम के गायब होने के बारे में बेन-गुरियन गलत थे। उनकी संख्या

अंततः नाटकीय ढंग से बढ़ी और अब वे इजराइल में एक विशाल आर्थिक तथा राजनीतिक ताकत बन चुके हैं। वे सरकारों पर बाएँ और दाएँ ओर से महत्त्वपूर्ण राजनीतिक दबाव डालते हैं, जबकि अभी भी (दुर्लभ अपवाद के साथ) अपने सदस्यों को मंत्रियों के रूप में काम करने से मना करते हैं, ताकि उन्हें यहूदी कानून के खिलाफ जानेवाले सरकारी फैसलों को मौन स्वीकृति देने से रोका जा सके।

सैन्य सेवा से छूट के मामले में बेन-गुरियन के निर्णय की मूर्खता सबसे अधिक मुखर थी। बेन-गुरियन के समय में सैन्य सेवा से हर साल छूट दी जाती थी, 2010 तक उसी व्यवस्था के माध्यम से सैन्य सेवा से छूट पानेवाले हरदीम की संख्या सालाना 62,500 तक पहुँच जाती, यानी 15,000 प्रतिशत की वृद्धि, जबकि इसी अवधि में इजराइल की जनसंख्या केवल 1,200 प्रतिशत बढ़ी थी।[31]

स्वतंत्रता संग्राम के बाद इजराइल की अरब आबादी की संख्या 1,56,000 थी, जो देश की कुल आबादी की लगभग 20 प्रतिशत थी। अधिकांश नेगेव (वे बड़े पैमाने पर बेडौइन थे) और गलील, 'लिटिल ट्रायंगल' के रूप में जानेवाले क्षेत्र (जिसे युद्धविराम समझौते के हिस्से के रूप में जॉर्डन द्वारा इजराइल में स्थानांतरित कर दिया गया था) में रहते थे।

वे तुर्कों और ब्रिटिशों के अधीन रहने के चलते पूरी तरह से अव्यवस्थित थे और उनके पास कोई प्रभावी नेतृत्व भी नहीं था। इन मामलों को बदतर बनाते हुए 1920 के दशक के प्रारंभ से 1940 के दशक के अंत तक उनके पास जो भी नेतृत्व करनेवाले थे, वे विदेश भाग गए और अपने पीछे ऐसे लोगों को छोड़ गए, जो अपेक्षाकृत गरीब, कम शिक्षित थे और नेतृत्व की भूमिका निभाने में सक्षम नहीं थे। फिलिस्तीन के अरब नेतृत्व की वह उड़ान आनेवाले दशकों के लिए इजराइल के अरबों की दुर्दशा को आकार देगी।

इजराइल के अरब लोगों ने इजराइल के सामने एक महत्त्वपूर्ण चुनौती पेश की। स्वतंत्रता की घोषणा में निश्चित रूप से, 'पूर्ण और समान नागरिकता और अपने सभी अस्थायी और स्थायी संस्थानों में उचित प्रतिनिधित्व' का वादा किया था, इसमें जरा भी संदेह नहीं है कि बेन-गुरियन उस आदर्श के लिए पूरी तरह से प्रतिबद्ध थे। उसी समय इजराइल के नेताओं ने माना कि यह केवल इतिहास की

दुर्घटनाएँ थीं, जो भाग गए थे और वहीं रुक गए थे, जिन्होंने यह निर्धारित किया था कि अब लेबनान, सीरिया और जॉर्डन में रहनेवाला एक फिलिस्तीनी शरणार्थी कौन है और कौन नवजात राज्य की सीमाओं के भीतर रहनेवाला, जो एक इजराइली नागरिक है। इस कारण से इजराइल के अरबों को कभी भी सेना में शामिल नहीं किया गया था। 1954 में सरकार ने अरबों का मसौदा तैयार करने का फैसला किया और प्रेस में निर्णय की सूचना के बाद करीब साठ हजार अरबों ने स्वेच्छा से आई.डी.एफ. में शामिल होने की इच्छा प्रकट की।[32] हालाँकि आखिर में देश को ठंडी प्रतिक्रिया मिली। क्या इजराइली अरब वास्तव में सीमा के उस पार मौजूद सेनाओं से युद्ध करेंगे, जिनमें स्पष्ट तौर पर उनके अपने परिवार के सदस्य शामिल हैं? इसलिए सरकार ने कभी भी बड़ी संख्या में इजराइली अरबों का मसौदा तैयार नहीं किया। समय के साथ इसके कारण बदलते रहे। राज्य के प्रारंभिक वर्षों में यहूदी बहुसंख्यक इनकी वफादारी को लेकर चिंतित रहते थे। दशकों बाद भी बहुत कम अरब सेना में सेवा करने के इच्छुक थे।

इजराइल की अरब आबादी और नए राज्य के प्रति उनकी वफादारी को लेकर चिंता के दूरगामी परिणाम सेना के मसौदे में शामिल किए जाने से कहीं अधिक थे। इजराइल का अधिकांश नेतृत्व इस बात से चिंतित था कि इजराइल के अंदर के अरब नए राज्य के प्रति उनसे कम शत्रुतापूर्ण नहीं थे, जो इससे भाग गए थे और जो अब दुश्मन देशों में रहते थे। क्या उन पर भरोसा किया जा सकता है? क्या वे पहले से ही पाँचवें स्तंभ थे या आनेवाले समय में ऐसे बनकर इजराइल की सुरक्षा से समझौता कर सकते थे? बेन-गुरियन इजराइल के अरबों पर एक सैन्य सरकार थोपने के पक्ष में थे। यह एक बहुत ही हिम्मत भरा निर्णय था, विशेषकर यह देखते हुए कि इजराइल द्वारा तैनात की गई सैन्य सरकार उन ब्रिटिश जनादेश रक्षा कानूनों पर आधारित थी, जिनका उपयोग यिशुव के खिलाफ किया गया था। सैन्य सरकार के तहत इजराइल के अरबों पर सैन्य अदालतों द्वारा मुकदमा चलाया गया था और उनकी आवाजाही की स्वतंत्रता प्रतिबंधित थी (उन्हें अपने गाँवों को छोड़ने की अनुमति लेनी पड़ती थी), उच्च शिक्षा के अवसर वास्तव में बहुत सीमित थे और देश के केंद्र में रोजगार था, उसे खोजना मुश्किल है। यहाँ तक कि प्रारंभिक शिक्षा भी प्रभावित हुई; सैन्य प्रशासन के तहत सुरक्षा सेवाएँ निर्धारित करती थीं कि अरब

स्कूलों में कौन पढ़ा सकता है और ऐसा हमेशा उनके शैक्षणिक कौशल के आधार पर नहीं किया जाता था।[33] कम्युनिस्ट पार्टी के अपवाद को छोड़कर अधिकांश मौकों पर अरब यहूदी राजनीतिक दलों का हिस्सा नहीं थे।[34]

इजराइल जैसे-जैसे एक पाँचवें स्तंभ को लेकर अधिक सुरक्षित और कम चिंतित होता गया, कई इजराइली नेता—मेनचेम बेगन सहित, जिन्हें बेन-गुरियन अभी भी एक फासीवादी के रूप में प्रस्तुत करते थे, ने जोर देकर कहा कि लोकतंत्र के लिए इजराइल की प्रतिबद्धता को देखते हुए उस सैन्य प्रशासन को समाप्त करने का समय आ गया है, जो तब इजराइल के अरबों पर शासन कर रहा था। वर्षों बाद 1966 में लेवी एशकोल के अधिक नरम प्रीमियर के नेतृत्व में इजराइल ने इस प्रणाली को समाप्त कर दिया।*

इजराइल के अरबों पर सैन्य प्रशासन बहुत ही वास्तविक चुनौती का जवाब था, फिर भी इसका इजराइल के अरबों और राज्य के प्रति उनके रवैए पर दीर्घकालिक प्रभाव पड़ा। इसने दशकों तक इजराइल की राजनीति और नीतियों को निर्धारित किया।

आश्चर्यजनक रूप से कम-से-कम बेन-गुरियन तक 'निर्वासितों को इकट्ठा करने' की प्राचीन दृष्टि की पूर्ति के वास्तविक चमत्कार से लगभग अप्रभावित एक प्रमुख यहूदी समुदाय था।** जिस समय यूरोप और अरब देशों से हजारों की संख्या

---

* कम करके आँके गए प्रधानमंत्री एशकोल ने बेन-गुरियन के कई फैसलों में ढील दी, जिनमें बेन-गुरियन द्वारा संशोधनवादी जियोनी के जनक और मेनाकेम बिगिन के वैचारिक पूर्वज जाबोटिंस्की को इजराइल में दफनाने की अनुमति देने से इनकार करना भी शामिल था। 1964 में जाबोटिंस्की और उनकी पत्नी, दोनों को जाबोटिंस्की की वसीयत में किए गए अनुरोध के अनुसार यरुशलम में हर्जेल पर्वत पर राष्ट्रीय कब्रिस्तान में दोबारा दफनाया गया था। (शेमुएल काट्ज, लोन वुल्फ : ए बायोग्राफी ऑफ व्लादिमीर (जीव) जाबोटिंस्की (फोर्ट ली, एनजे : बैरिकेड बुक्स, 1995), पी. 1790।

** 'निर्वासितों को इकट्ठा करना' यह धारणा कि यहूदी लोग एक दिन अपनी पैतृक मातृभूमि में फिर से मिल जाएँगे, उस कथा का एक केंद्रीय आयाम था, जिसे यहूदी लोगों ने अपने बारे में और इसके भविष्य के बारे में सहस्राब्दियों से बताया था। लोगों के बाहर जाने के बारे में बताने से बहुत पहले 'बाइबल' इकट्ठा होने का वादा करती है—"यहोवा तुम्हें फिर स्वतंत्र करेगा। वह उन राष्ट्रों से तुम्हें लौटाएगा, जहाँ उसने तुम्हें भेजा था। यहोवा तुम्हें उस देश में लाएगा, जो तुम्हारे पूर्वजों का था और वह देश तुम्हारा होगा।" (डेउट. 30:3-4)

में यहूदी इजराइल में आ रहे थे, जहाँ से उन्हें निर्वासित कर दिया गया था, उस समय संयुक्त राज्य अमेरिका से दो हजार से भी कम यहूदी आए, जिसकी यहूदी आबादी पाँच मिलियन से भी अधिक थी।

एक विचारक बेन-गुरियन विरुचित हो गए थे। इजराइल के निर्माण के वर्षों बाद बेन-गुरियन ने कुछ कड़वाहट के साथ याद किया, "सैकड़ों वर्षों तक यहूदी लोगों के मुँह में एक प्रश्न-प्रार्थना मँडराती रही, क्या इन लोगों के लिए कोई देश मिलेगा? किसी ने इस डरावने सवाल के बारे में सोचने की जहमत नहीं उठाई, जब देश बनाया जाएगा तो क्या उसमें रहने के लिए लोग मिल पाएँगे?"[35] खतरनाक स्थानों पर या ऐसे स्थानों पर, जहाँ रहना संभव ही नहीं था, रह रहे यहूदी इजराइल आ गए। जो लोग आराम का जीवन जी रहे थे, वे नहीं आए।

बेन-गुरियन ने जहाँ अमेरिकी यहूदियों की तुलना बेबीलोनिया के यहूदियों से की, जिन्होंने राजा साइरस द्वारा उन्हें जाने की अनुमति देने के बाद भी निर्वासन में रहना ही पसंद किया था, जबकि अमेरिकी यहूदी ऐसा सोचते ही नहीं थे कि वे निर्वासन में रह रहे हैं, बल्कि उन्होंने दावा किया कि सियोन में न रहने के दो हजार वर्षों के बाद फैलाव अब यहूदी जीवन का एक सामान्य आयाम था, आखिर बेन-गुरियन ऐसा क्यों मानते थे कि एक सुरक्षित, तेजी से समृद्ध अस्तित्व से खुद को उखाड़ फेंकने और एक ऐसे देश में जाने के लिए उनका कुछ दायित्व था, जो मुश्किल से बच रहा था?

क्योंकि वे ऐसा नहीं मानते थे कि वे सब निर्वासन में थे, उभरते राज्य के प्रति कई अमेरिकी यहूदियों के उत्साहजनक समर्थन के बावजूद कुछ प्रमुख अमेरिकी यहूदी वास्तव में यहूदी राज्य के निर्माण के विचार का विरोध कर रहे थे। यहूदी धर्म के लिए अमेरिकी परिषद्, तब एक राष्ट्रीय अमेरिकी यहूदी संगठन, मुख्य रूप से राज्य के निर्माण के खिलाफ बहस करने के लिए ही बना हुआ था; यह न केवल जियोनी विरोधी प्रचार में लगा हुआ था, बल्कि अरब प्रवक्ताओं को उस समय संयुक्त राष्ट्र में उनके भाषण तैयार करने में भी मदद करता था, जब विभाजन पर निर्णय लंबित था।

हालाँकि अधिकांश यहूदी समूह इतना आगे नहीं बढ़े, भले ही उनके बीच इस बात को लेकर विवाद हो कि राज्य के निर्माण के बाद यहूदी धर्म और अमेरिकी

यहूदियों की स्थिति कैसी रहेगी? शायद उस समय की सबसे महत्त्वपूर्ण और शक्तिशाली अमेरिकी यहूदी सांप्रदायिक संस्था, अमेरिकी यहूदी समिति (एजेंसी) ने एक यहूदी राज्य के विचार को पूरी तरह से अस्वीकार भी नहीं किया और निश्चित रूप से इसके खिलाफ कोई कदम भी नहीं उठा रहा था, लेकिन वह इजराइल को यहूदी दुनिया का केंद्र बनने की भूमिका निभाने को भी तैयार नहीं था। यहाँ तक कि अमेरिकी यहूदी समिति के अध्यक्ष जैकब ब्लोस्टीन ने भी अपने सदस्यों को बताया कि जब एजेंसी 1947 की विभाजन योजना का समर्थन करने के लिए सहमत हुई, तो इसका मुख्य कारण यह था कि एक यहूदी राज्य जनसांख्यिकीय समस्या का समाधान करेगा। 'हमने सहयोग किया था', विभाजन के अनुमोदन में उन्होंने कहा, "इस विश्वास में (एक यहूदी राज्य) यूरोप के कुछ सैकड़ों-हजारों जीवित यहूदियों के लिए एकमात्र व्यावहारिक समाधान था।"[36] बेन-गुरियन ने इजराइल को यहूदी जनमानस के पुनर्जन्म के रूप में देखा; अमेरिकी यहूदी धर्म के कई नेताओं ने या तो यहूदी राज्य के विचार का विरोध किया या इसे सिर्फ यूरोप के बेघर यहूदियों को फिर से बसाने की चुनौती के एक समाधान के रूप में देखा।

यहाँ तक कि अल्बर्ट आइंस्टीन जैसे शीर्ष अमेरिकी यहूदी ने भी द्वितीय विश्वयुद्ध से पहले एक फसह सेडर में कहा था, "यहूदी धर्म की आवश्यक प्रकृति के बारे में मेरी जागरूकता सीमाओं, एक सेना और अस्थायी शक्ति के एक उपाय के साथ एक यहूदी राज्य के विचार का विरोध करती है।" उन्होंने महसूस किया कि इतिहास ने यहूदी को बदल दिया है। "मुझे डर है कि यहूदी धर्म को आंतरिक क्षति होगी—विशेष रूप से हमारे रैंकों के भीतर एक संकीर्ण राष्ट्रवाद के विकास से। हम अब मैकाबी काल के यहूदी नहीं हैं।"[37] यहाँ तक कि इजराइल के गठन ने भी उनके दृष्टिकोण को केवल मामूली रूप से बदला। उन्होंने एक दोस्त से कहा, "मैंने कभी भी किसी राज्य के विचार को आर्थिक, राजनीतिक और सैन्य कारणों से अच्छा नहीं माना, लेकिन अब पीछे नहीं हटना है और किसी को इससे लड़ना होगा।"[38] यह शायद ही एक प्रेरणादायक समर्थन था।

राज्य के निर्माण के बाद ब्लोस्टीन ने बेन-गुरियन को स्पष्ट कर दिया कि अमेरिकी यहूदी समुदाय का नेतृत्व इजराइल द्वारा अपनी सीमा को पार करने को

जरा भी बरदाश्त नहीं करेगा। एक प्रमुख 'स्थिति प्रपत्र' में उन्होंने लिखा—

> "अमेरिकी यहूदी, युवा और बुजुर्ग सभी—जियोनीवादी और गैर-जियोनीवादी समान रूप से—इससे अपने देश से गहराई से जुड़े हैं। अमेरिका ने अपने मतलब से हमारे आप्रवासी अभिभावकों का स्वागत किया। अमेरिका की मुक्त संस्थाएँ, उन्होंने और उनके बच्चों ने सदियों की लंबी यात्रा के लिए अज्ञात स्वतंत्रता और सुरक्षा की भावना हासिल की है। हम वास्तव में अमेरिकी बन गए हैं, बिल्कुल वैसे ही, जैसे इन तटों पर आनेवाले बाकी के सभी उत्पीड़ित समूह।
>
> "हम इस बात का पूरी दृढ़ता के साथ खंडन करते हैं कि अमेरिकी यहूदी निर्वासन में हैं। अमेरिकी यहूदी, हमारे बच्चों का और हमारे बच्चों के बच्चों का भविष्य पूरी तरह से अमेरिका के भविष्य से जुड़ा हुआ है। हमारे पास कोई और विकल्प नहीं है; हमें कोई और विकल्प चाहिए भी नहीं।"[39]

ब्लोस्टीन ने इजराइल को चेतावनी दी कि चूँकि अमेरिका निर्वासन देश नहीं था, इसलिए अमेरिकी यहूदियों की एक यहूदी राज्य में प्रवास करने देने की दलीलें पूरी तरह से गलत तो थीं ही, साथ ही ये खारिज करने योग्य भी थीं। जहाँ तक बेन-गुरियन के दावे (इजराइल के कई नेताओं के) कि इजराइल अब यहूदी दुनिया का केंद्र है या हर जगह यहूदियों का प्रवक्ता है, का सवाल था, ब्लोस्टीन समान रूप से प्रत्यक्ष कहा—

> "विश्व के यहूदी समुदाय का सिर्फ एक ही प्रवक्ता नहीं हो सकता, फिर चाहे कोई भी वह प्रवक्ता बनने का प्रयास क्यों न कर ले।"[40]

ब्लोस्टीन का बयान जियोनी आंदोलन और जियोनीवाद के कई नेताओं की कई धारणाओं पर सीधा हमला था। 1897 में पहली जियोनी कांग्रेस के बाद से जियोनीवादियों ने खुद को दुनिया के यहूदियों के लिए केंद्रीय संबोधन के रूप में देखा था। चूँकि नाजियों ने पोलिश यहूदी को मिटा दिया था, अमेरिकी यहूदी अब दुनिया में सबसे बड़ा और सबसे महत्त्वपूर्ण यहूदी समुदाय था और वह इस भावना को वापस लेने के लिए इजराइल को चेतावनी दे रहा था। आप्रवास के लिए ब्लोस्टीन बिल्कुल स्पष्ट थे—इजराइल जानेवाले अधिकांश यहूदी वे होंगे, जिनके

जाने के लिए कोई और जगह नहीं होगी। अधिकांश अमेरिकी यहूदियों के अपने स्थान से हिलने की संभावना नहीं है।

कई मायनों में बयानबाजी में बदलाव के बावजूद बहुत कुछ नहीं बदला है। अमेरिकी यहूदी कभी भी बड़ी संख्या में इजराइल नहीं गए। अलियाह बनानेवालों में से अधिकांश लोग रूढ़िवादी समुदाय से थे, जिसमें लगभग 10 प्रतिशत अमेरिकी यहूदी शामिल थे। अमेरिका के नब्बे प्रतिशत यहूदी समुदाय ने कभी भी इजराइल के लिए सांख्यिकीय रूप से आप्रवासन नहीं किया है।

1960 के दशक के अंत में (छह दिवसीय युद्ध के बाद) और 1970 के दशक की शुरुआत में इजराइल के प्रति अमेरिकी यहूदी दृष्टिकोण काफी स्नेही था और इजराइल के प्रति प्रतिबद्धता अमेरिकी यहूदी पहचान के स्तंभों में से एक बन गई, हालाँकि समय के साथ, संयुक्त राज्य अमेरिका में यहूदी पहचान के केंद्र के रूप में इजराइल की भूमिका कम होने लगी। फिलिस्तीनी राष्ट्रवाद का उदय, फिलिस्तीनियों के साथ चल रहे संघर्ष और वेस्ट बैंक में इजराइल की निरंतर उपस्थिति पर अमेरिकी यहूदी चिंता ने बाद में उस उत्साह को कम कर दिया। राज्य के शुरुआती वर्षों में बेन-गुरियन को इतना परेशान करनेवाली घटना आनेवाली पीढ़ियों तक बनी रहेगी।

अमेरिकी यहूदियों के प्रति निराशा के बावजूद बेन-गुरियन ने अभूतपूर्व अनुपात के आप्रवासी अवशोषण की एक परियोजना की अध्यक्षता की। मानव इतिहास में कभी भी इतनी छोटी आबादी ने इतने सारे आप्रवासियों को इतनी सफलतापूर्वक अवशोषित नहीं किया था। माबारोट का निर्माण किया गया था, लेकिन अंततः इसे नष्ट कर दिया गया। समय के साथ मिज्राचिम ने खुद को मुखर करना शुरू कर दिया और इजराइल की संस्कृति एवं राजनीतिक शक्ति के केंद्र में अपना रास्ता बना लिया। इजराइली अरबों पर सैन्य प्रशासनिक शासन समाप्त हो गया था और दुनिया भर के यहूदियों के बहुसंख्यक जनसमूह से, जिनमें कई निर्धन और अनपढ़ थे, बेन-गुरियन ने एक राज्य तथा एक समाज का निर्माण किया। जनसंख्या के सापेक्ष आप्रवासियों की संख्या से अधिक आश्चर्यजनक कुछ भी नहीं था—'किसी भी आप्रवासी देश में अनसुना' और यह तथ्य कि एक नया

लोकतंत्र उन आप्रवासियों से बना था, जो ज्यादातर गैर-लोकतांत्रिक देशों से आए थे। द्वितीय विश्वयुद्ध के बाद बनाए गए कई राज्यों में से, इजराइल उन बहुत कम राज्यों में से है, जो अपने मूल में लोकतांत्रिक बने हुए हैं।[41]

इजराइल में जीवन कई दशकों तक जटिल और खतरनाक बना रहेगा, लेकिन अधिकांश इजराइलियों का मानना है कि चाहे जो भी चुनौतियाँ हों, वे एक ऐसी परियोजना का हिस्सा हैं, जो आश्चर्यजनक रूप से सफल थी कि कई धर्मनिरपेक्षतावादियों को भी लगभग असाधारण लग रही थी। न ही वे इस तथ्य को भूलते हैं कि उनका राज्य कभी अस्तित्व में ही नहीं आया होता, अगर उसके पास बेन-गुरियन जैसा विशिष्ट प्रतिभाशाली और दूरदर्शी नेता नहीं होता, न सिर्फ प्रधानमंत्री के रूप में, बल्कि असंख्य कई भूमिकाओं में, वह व्यक्ति, जिसने सभी बाधाओं के बावजूद हर्जेल के सपने को एक राज्य में बदल दिया था।

□

10

अंतरराष्ट्रीय कार्यक्षेत्र में इजराइल का प्रवेश

"हमें नफरत से नहीं हटना चाहिए...अरबों के प्रति, जो हमारे आसपास रहते हैं और उस पल का इंतजार कर रहे हैं, जब उनके हाथ हमारे खून का दावा कर सकते हैं। हमें अपनी आँखें नहीं फेरनी चाहिए, कहीं ऐसा न हो कि हमारे हाथ कमजोर हो जाएँ। यही हमारी पीढ़ी का फरमान है, ऐसा न हो कि तलवार हमारी मुट्ठियों से मारी जाए और हमारे प्राण निकल जाएँ।"

—**मोशे दयान,** रॉय रोटबर्ग के लिए स्तुति, 1956

जनादेश के दिनों में यहूदियों पर कई हमले हुए थे, लेकिन ब्रिटिश अधिकारी (जब वे चाहते थे) हमलावरों की पहचान करने और उन्हें सजा देने में सक्षम थे, हालाँकि युद्ध के बाद के समय में इजराइल के लिए इन हमलावरों की पहचान करना बेहद कठिन हो गया, क्योंकि वे अकसर सीमा पार करके जॉर्डन या फिर मिस्र में चले जाते थे। जनादेश के दौरान एक तरफ जहाँ इस क्षेत्र की कानून-व्यवस्था को बनाए रखने में ब्रिटिशों की भी हिस्सेदारी थी, एक बार ब्रिटिशों के चले जाने के बाद इजराइल की सीमाओं से लगनेवाले अरब देशों ने ऐसी कोई रुचि नहीं प्रदर्शित की। असल में उनके लिए तो इजराइल की सीमाएँ जितनी अधिक अस्थिर होतीं, उतना ही बेहतर था। घुसपैठिए जब चाहे तब इजराइल के मानवहीन खेतों (जिन्हें वे अपना होने का दावा करते थे) में घुस सकते थे, सीमावर्ती गाँवों में लूटमार करने के लिए या फिर हिंसक और अकसर जानलेवा हमलों को अंजाम

देकर आसानी से सीमा पार करके वापस आ सकते थे, जहाँ उन्हें किसी भी प्रकार का दंड देने के अधिकार पूरी तरह से अरब अधिकारियों के पास थे।

1953 तक इजराइल राज्य पाँच वर्ष का हो चुका था। स्वतंत्रता संग्राम चार साल से पहले समाप्त हो गया था, लेकिन इजराइल के नागरिक अब जॉर्डन और मिस्र की सीमाओं को पार करनेवाले इन फिलिस्तीनी घुसपैठियों द्वारा किए जानेवाले नियमित हमलों का सामना कर रहे थे। हमले लगातार हो रहे थे। आजादी के बाद के तीन वर्षों में हर साल हजारों ऐसी घुसपैठ और हमले हुए।[1]

13 अक्तूबर, 1953 को 32 साल की सुसान कानियास और उसके तीन छोटे बच्चे, लोद (पूर्व में लिड्डा) के उत्तर में इजराइल के सबसे सँकरे हिस्से के पास, येहुद के छोटे से शहर में अपने घर में सो रहे थे। केवल नौ मील की दूरी पर पश्चिम में भूमध्य सागर और पूर्व में युद्धविराम रेखा अलग हो गई; समुद्र और सीमा के बीच लगभग समान दूरी पर स्थित येहुद युद्धविराम रेखा से पाँच मील से भी कम दूरी पर था और कई गाँवों की तरह अत्यधिक असुरक्षित था। रात के अँधेरे में फिलिस्तीनी घुसपैठियों ने सीमा पार की, उसके घर तक पहुँचे और उसके अपार्टमेंट में एक ग्रेनेड फेंका, जिसमें सुसान और उसके दो बच्चे मारे गए, जबकि तीसरा बच्चा घायल हो गया।

कानियास के परिवार की हत्या ऐसी शायद ही अकेली घटना थी। 1951 और 1956 के बीच कई सौ इजराइली 'फिदायीन' (अरबी में 'आत्म-बलिदानियों') घुसपैठियों द्वारा मारे गए थे और कई अन्य घायल हो गए थे। कानियास परिवार पर हमले के दौरान आई.डी.एफ., जो पहले-पहल यह नहीं समझ पा रही थी कि इन हमलों पर कैसी प्रतिक्रिया की जाए, पूरी तरह से तैयार थी। इजराइल में 'कार्यकर्ता' शिविर—लगभग तीस साल पहले 1923 में 'द आयरन वॉल' में जाबोटिंस्की की बात की याद दिलाता है—लंबे समय से यह महसूस कर रहा था कि पड़ोसी राज्यों को अपराधियों से गंभीरता से निपटने को प्रेरित करने के लिए इजराइल को पलटवार करना होगा और जोरदार पलटवार करना होगा। 1953 की शुरुआत में आई.डी.एफ. ने एक छोटे अभिजात वर्ग के बल को इस काम के लिए प्रशिक्षित करना शुरू किया, जो इजराइल की सीमाओं पर शांति लाने के लिए इन कट्टरपंथियों को सख्त सजा दे सकती थी। इसने यूनिट 101 का गठन किया,

जिसमें बड़े पैमाने पर खुद शामिल होनेवाले स्वयंसेवक शामिल थे, जिनमें से कुछ ने स्वतंत्रता से पहले हगनाह की कुलीन पाल्माच इकाई में सेवा की थी। इकाई की कमान एरियल शेरोन के हाथों में थी।

प्रशिक्षण बेहद कठिन था, जिसमें 'नेविगेशन अभ्यास अकसर उन्हें सीमा पार ले जाते थे; दुश्मन के गश्ती दल या गाँव के पहरेदारों के साथ मुठभेड़··· पैदल मार्च···कैलिस्थेनिक्स, जूडो और हथियार तथा तोड़-फोड़ का प्रशिक्षण।'[3] कमांडरों ने गोलीबारी भी सिखाई, जिसे वे मिशन के लिए सबसे अच्छा अभ्यास मानते थे।

सुसान कानियास और उसके बच्चों की हत्या की एक रात बाद यूनिट 101 को जवाबी हमला करने के लिए हरी झंडी मिली। सैनिक युद्धविराम रेखा के ठीक ऊपर स्थित वेस्ट बैंक के सीमावर्ती गाँव किबिया में घुस गए।

> आई.डी.एफ. सैनिकों के मुख्य दल ने करीब 700 किलोग्राम विस्फोटक तैयार किया। पॉकेट फ्लैशलाइट की रोशनी में और जॉर्डन की चिंता से मुक्त होकर काम करते हुए सैपर्स ने 45 घरों को ध्वस्त कर दिया। इस हमले में करीब तीन घंटे लगे, जो 00:30 से शुरू होकर 3:20 तक चला। सैनिकों को घरों में स्थानीय निवासी नहीं मिले, क्योंकि वे तहखानों और अटारियों में छिप गए थे। हो सकता है कि सैनिकों को उस समय लगा हो कि उन घरों में कोई भी जीवित न बचा हो। कुल मिलाकर गाँव पर कब्जा करने और उसे ध्वस्त करने की पूरी काररवाई में करीब 50-60 लोगों की मौत हुई। इसस घटना के दो या तीन दिन बाद मलबे की सफाई के बाद जॉर्डन ने घोषणा की कि 69 (या फिर 70) लोगों की मौत हुई थी, जिनमें से अधिकांश महिलाएँ और बच्चे थे।[4]

यूनिट 101 के गठन ने एक ऐसी चुनौती पेश की, जिसका सामना इजराइल को आनेवाले कई दशकों तक करना पड़ा। मध्य-पूर्व में जीवित रहना, अकसर ऐसे हिंसक पड़ोसियों से घिरे हुए, जो दूसरे के अस्तित्व को नहीं मानते थे और जो ऐसा न करने की कसम भी खाते थे, का मतलब यह था कि इजराइल को सैन्य रूप से बेहतर बल बनाए रखने के लिए भारी मात्रा में धन और दिमाग निवेश करना पड़ा। उसने यूनिट 101 के साथ बिल्कुल ऐसा ही किया। चौबीसों

घंटे चौकन्नी रहनेवाली इस रेजीमेंट की कठोरता ने आई.डी.एफ. में अभूतपूर्व क्षमतावाली लड़ाकू शक्ति का निर्माण किया। इजराइल के पास अब अपनी पहली विश्व स्तरीय विशेष बल इकाई थी।

ये जवाबी हमले इरादतन क्रूरता से भरे होते थे; इनका अभिप्राय स्पष्ट रूप से यह संदेश देना था कि फिलिस्तीन अपने निर्दोष नागरिकों पर होनेवाले किसी भी हमले को बरदाश्त नहीं करेगा और ऐसे में ये जवाबी हमले पूरी सीमा पर किए जा रहे थे। इनमें कई निर्दोष अरब नागरिकों की भी जान जा रही थी।

यह उन खूँखार सैनिकों में से कुछ के लिए भी बेहद अधिक था, जो स्वेच्छा से शामिल हुए थे। किबिया में जो कुछ भी हुआ, उससे कुछ लोग सदमे में आ गए थे। इसके बावजूद कुछ ने, यहाँ तक कि वे भी जो पाल्माच के सदस्य रहे थे और स्वतंत्रता संग्राम के दौरान पता नहीं कितने हमलों में शामिल भी रहे थे, ने इन नए हमलों में शामिल होने से इनकार कर दिया। यूनिट के एक सदस्य ने बाद में उन सवालों को याद किया, जो उन्हें इन ऑपरेशनों के बारे में परेशान करते थे—"क्या ये चीखती और चिल्लाती हुई भीड़ दुश्मन की है? ये फलाहिन (किसान या मजदूर) हमारे लिए पापी कैसे हुए? युद्ध वास्तव में क्रूर है। अवसाद सामान्य बात है। कोई इनकी कहानी नहीं सुनाता है। सभी चुप और अपने आप में मगन हैं।"[5]

इजराइल द्वारा मामले को अपने हाथों में लेने की आवश्यकता अकसर दर्दनाक और करीब एक दशक* तक जारी रहनेवाले युद्ध में तब्दील हो गई, जिसने इजराइलियों के बीच गहन आत्म-खोज की परंपरा को जन्म दिया कि वे अपने अस्तित्व के लिए लड़ने की आवश्यकता को सर्वोत्तम रूप में कैसे संतुलित कर सकते हैं, साथ ही नैतिक मानकों को बनाए रख सकते हैं, जिनको लेकर उनका मानना था कि वे जिस समाज की तलाश में थे, जिसके बनने के लिए महत्त्वपूर्ण हैं।

यह गहन चिंतन स्वतंत्रता संग्राम के आरंभ से ही शुरू हो गया था। युद्ध के कुछ समय बाद इजराइली लेखक एस. यिजहर (लेखन के लिए छद्म नाम,

---

* कई लोग 1929 के युद्ध के प्रारंभ के समय को हेब्रोन दंगों के फैलने और वहाँ के यहूदी समुदाय के विनाश से जोड़ते हैं। लगभग नब्बे साल बाद इजराइल अभी भी फिलिस्तीनियों और मुसलिम दुनिया के साथ संघर्ष में घिरा हुआ था, जिनमें से कई (फिलिस्तीनियों में से हमास और हिज्बुल्लाह, राज्यों में ईरान) ने घोषणा की कि वे इजराइल के अस्तित्व को कभी स्वीकार नहीं करेंगे।

उनका असली नाम यिजहर स्मिलान्स्की था) ने 'खिरबेट खिजेह' को प्रकाशित किया, जो ऐतिहासिक कथाओं का एक संग्रह था, जिसमें कुछ कार्यों की नैतिक जटिलता को पकड़ने का प्रयास किया गया था, जो इजराइली सेना ने युद्ध के अंत के करीब एक अरब गाँव के खिलाफ की थी। खिरबेट खिजेह में सबकुछ धीरे-धीरे चलता है, जैसे कि कथाकार दुनिया को कोहरे के माध्यम से या एक सपने में देखता है, हालाँकि धीरे-धीरे उसे पता चलता है कि अरबों से मानव टोल वसूला जा रहा था, जिन्हें उनके घरों से जबरदस्ती बाहर किया जा रहा था—"मेरे मस्तिष्क में कुछ बिजली की तरह कौंधा। एक बार को तो सबकुछ पूरी तरह से अलग लग रहा था और अधिक सटीकता से कहूँ तो निर्वासन। यह निर्वासन था। निर्वासन बिल्कुल ऐसा ही था। निर्वासन हू-ब-हू ऐसा ही दिखाई देता था।"[6]

यिजहर किसी भी तरह से इजराइल की स्थापना की वैधता पर सवाल नहीं उठा रहा था। यहाँ तक कि इजराइल की आजादी की लड़ाई लड़ने की जरूरत पर भी सवाल नहीं उठा रहा था, हालाँकि उसके पीछे आनेवाले कई इजराइली पुरुष और महिला बुद्धिजीवियों की तरह, उसने इजराइलियों से न केवल खुद पर, बल्कि लड़ाई के दूसरी तरफ भी लागत पर ध्यान देने के लिए कहा (इजराइल अच्छी तरह से जानता था, निश्चित रूप से कि उनके दुश्मन आत्म-खोज में लगे हुए थे, यह क्षेत्र वर्षों से बहुत अलग दिख सकता था)।

पुस्तक के अंत से पहले, सैनिकों में से एक, मोइशे वर्णनकर्ताओं में से एक से कहता है—"हमारे आप्रवासी इस खिरबेट (नष्ट हो चुके गाँवों के लिए अरबी शब्द) जिसका पता नहीं क्या नाम है, में आएँगे और आप मेरी बात सुन लो, वे इस जमीन को लेकर इसपर मेहनत करेंगे और यहाँ का नजारा सुंदर हो जाएगा।" ए.डी. गॉर्डन की भूमि पर काम करनेवाले यहूदियों की स्वप्निल दृष्टि और वह परियोजना, जो बेन-गुरियन के मामलच्तियुत के लिए इतनी अहम थी कि वह उपन्यास के कथाकार के उपहास एवं निंदक की वस्तु बन गई—

> "और हुर्रे, हम वहाँ पर रहेंगे और सीख लेंगे और कैसे? हम एक सहकारी दुकान खोलेंगे, एक स्कूल स्थापित करेंगे, शायद एक आराधनालय भी। यहाँ राजनीतिक दल होंगे। वे हर तरह की बातों पर बहस करते थे। वे खेत जोतते और बोते और काटते और बड़े-बड़े काम करते। हब्रू खिजेह

जिंदाबाद! फिर कौन कभी सोचेगा कि एक बार कुछ खिरबेट खिजे थे, जिन्हें हमने खाली कर दिया और अपने लिए ले लिया। हम आए, हमने गोली मार दी, हमने आग लगा दी; हमने उड़ा दिया, निष्कासित कर दिया, बाहर निकाल दिया और निर्वासन में भेज दिया।"[7]

यह बात यिजहर की आलोचना से कम महत्त्वपूर्ण नहीं है कि इजराइलियों ने न तो पुस्तक में कही गई बातों को झूठ बताया और न ही लेखक को परिया घोषित किया। इसके बजाय खिरबेट खिजे एक इजराइली बेस्टसेलर लेखक बन गया और 1964 तक इजराइली हाई स्कूल पाठ्यक्रम में शामिल हो गया।[8] एस. यिजहर कई बार ककेसेट के लिए चुने गए थे। अपनी स्वयं की आलोचना करना इजराइली समाज की सबसे बड़ी विशेषताओं में से एक रहेगी।

हर कोई 'यूनिट 101' या फिर किबिया प्रकरण को लेकर मतभिन्न नहीं था। कुछ सैनिकों ने स्वीकार किया कि हालाँकि ये हमले नैतिक रूप से पेचीदा थे, लेकिन साथ ही इस बात पर जोर दिया कि ये बेहद आवश्यक भी थे। 'यूनिट 101' के लगभग एक पुराने सदस्य मीर हर-सियोन, जिन्हें मोशे दयान ने 'बार कोखबा के बाद से हमारा सबसे बड़ा योद्धा'[9] कहा था, ने जोर देकर कहा, "हमारे कार्य अरबों के प्रति घृणा या किसी प्रकार की घृणा से प्रेरित नहीं थे। हमें जो कुछ भी करने का आदेश दिया गया था, उसमें हमने इजराइल के अस्तित्व की रक्षा की आवश्यकता देखी।"[10] जब तक आई.डी.एफ. ईंट का जवाब पत्थर से देने नहीं लगा, तब तक सैकड़ों निर्दोष इजराइलियों की हत्या कर दी गई थी। हर-सियोन, एरियल शेरोन और 'यूनिट 101' लोगों के लिए नए यहूदी के अवतार की तरह थे, जिसे नोर्डौ और बियालिक ने यहूदियों को बनाने के लिए जोर दिया था।

"अब और किशिनों नहीं होने देंगे।" हर सियोन जैसे लोगों ने जोर देकर कहा। एक यहूदी राज्य होने का सीधा सा मतलब यह था कि अब यहूदियों को सिर्फ यहूदी होने की वजह से नहीं मरना पड़ेगा।

किबिया पर हमले ने इजराइल के साहसी और शानदार सैन्य कमांडर एरियल शेरोन के सार्वजनिक एवं विवादास्पद कॅरियर की शुरुआत का भी आगाज किया। शेरोन को किसी साँचे में ढालना बहुत मुश्किल है। 1928 में दो रूसी आप्रवासियों,

वेरा और सैमुअल स्कीनरमैन के घर जनमे शेरोन (उन्होंने बाद में अपने नाम का हिब्रूकरण कर लिया) का लालन-पालन तेल अवीव के ठीक बाहर एक मोशव (सहकारी कृषि समुदाय) केफर मलाल में हुआ था। उसके माता-पिता कट्टर जियोनी थे और अपना जीवन अपनी शर्तों पर जीते थे। वे मूँगफली और शकरकंद जैसी फसलें उगाते थे, जिनके बारे में शेरोन का मानना था कि वे लंबे जिएँगे नहीं। एरिक (जिस नाम से उन्हें पुकारा जाता था) और उनकी बहन दोनों ने हाई स्कूल की पढ़ाई की, जिसे उस दौर में सामूहिक और भूमि-केंद्रित समुदाय के लोगों के लिए विलासिता की बात माना जाता था।

एरिक के माता-पिता ने छोटी उम्र से ही उनमें बहादुरी और सैन्य शक्ति का संचार किया। सैमुअल ने अपने बेटे के बार मित्जवाह के लिए जड़ा हुआ एक खंजर दिया, जिसे एक असामान्य उपहार कहा जा सकता है, लेकिन उसका एक स्पष्ट संदेश था।[11] यिशुव के दौर में पैदा होने और बड़े होनेवाले नए यहूदी हिब्रू भाषा बोलते थे, शारीरिक रूप से बलिष्ठ थे और अपना भाग्य अपने खुद के हाथों से रचने को प्रतिबद्ध थे। यह एरिक की दुनिया थी।

किबिया पर हुआ हमला उस विश्वदृष्टि की अभिव्यक्ति था। शेरोन ने 'यूनिट 101' का गठन किया, किबिया पर हुए हमले का नेतृत्व किया और उसके लिए कभी भी माफी नहीं माँगी। उसने कई साल बाद अपने संस्मरण में लिखा—"आदेश पूरी तरह से स्पष्ट थे। किबिया को एक सबक बनाना था। मैं अरब होमगार्ड को जितना हो सके, उतना अधिक-से-अधिक नुकसान पहुँचाना चाहता था।"[12] शेरोज आवश्यकता पड़ने पर अधिकाधिक बल प्रयोग की प्रभावशीलता और औचित्य में विश्वास करते थे।

उन्होंने जैसे देश के प्रति अपना जीवन समर्पित किया, शेरोन में एक सुसंगत नीति का अभाव था और कभी-कभी विरोधाभासी दिखाई देता था, हालाँकि मानसिक तौर पर उनके सिद्धांत कभी भी भिन्न नहीं थे—इजराइल का अस्तित्व शक्तिशाली और स्मार्ट दोनों होने पर निर्भर था। उत्तरजीविता के लिए विभिन्न अवधियों में बहुत भिन्न नीतियों की आवश्यकता होगी। कई बार ऐसा करने के लिए लड़ाई को दुश्मन तक ले जाना पड़ता, चाहे वह कहीं भी हो और कई बार, इसका अर्थ होता, उस क्षेत्र से पीछे हटना, जो कभी इजराइल का होता था। शेरोन

ने इन दोनों के साथ-साथ और बहुत कुछ किया। दशकों बाद एक सरकारी आयोग ने 1982 के लेबनान युद्ध में लेबनानी ईसाइयों को मुसलमानों का वध करने की अनुमति देने के लिए शेरोन की निंदा की, लेकिन उनकी निंदा के वर्षों बाद शेरोन को प्रधानमंत्री चुना गया और 2005 में उन्होंने अकेले ही पहल की और गाजा से इजराइल की वापसी का पूरा खाका तैयार किया।

किबिया के बाद पूरी दुनिया से निंदा के स्वर फूट पड़े, जिनमें अमेरिकी यहूदी समुदाय भी शामिल था।[13] लेकिन बेन-गुरियन अडिग थे, जब प्रधानमंत्री ने उस कयामत की रात के बारे में बात करने के लिए शेरोन को बुलाया, तो शेरोन ने बेन-गुरियन की प्रतिक्रिया को याद किया—दुनिया भर में किबिया के बारे में क्या कहा जाएगा, उससे कोई फर्क नहीं पड़ता। सबसे महत्त्वपूर्ण बात यह है कि दुनिया के इस हिस्से में इसे कैसे देखा जाएगा? यह हमें यहाँ रहने का अवसर प्रदान करने जा रहा है।"[14] आई.डी.एफ. के सबसे प्रमुख 'कार्यकर्ता' मोशे दायन ने किबिया के लिए दुनिया की प्रतिक्रियाओं की मुखरता से एक निष्कर्ष निकाला, 'अरबों और अन्य लोगों को जो करने की अनुमति प्रदान की गई थी, उसके लिए यहूदी या इजराइल कभी माफ नहीं करेंगे।'[15]

दायन जवाबी हमलों के प्रबल समर्थक थे। कुछ महीने बाद दिसंबर 1953 में उन्हें आई.डी.एफ. का चीफ ऑफ स्टाफ नियुक्त किया गया, जो इस बात का स्पष्ट संकेत था कि इजराइल की नीति किस दिशा में आगे बढ़ रही है। इजराइल के पहले किबुत्ज के घर दूसरे बच्चे के रूप में पैदा हुए दायन लगभग नए यहूदी के प्रतीक थे, उस समय एक आभासी प्रतीक बन गए, जब उन्होंने 1941 में एक पाल्मच इकाई में सेवा करते हुए एक आँख खो दी, जो फ्रांसीसी-नियंत्रित सीरिया पर ब्रिटिश आक्रमण की सहायता कर रही थी। इसके बाद ही उन्होंने अपना ट्रेडमार्क 'आई पैच' पहना।

इजराइल की युवा सेना के शीर्ष जनरल के रूप में अपनी नियुक्ति के बाद दायन ने आई.डी.एफ. की संरचना को पुनर्गठित करने और अपनी रणनीतियों पर पुनर्विचार करने का बीड़ा उठाया। दायन ने सबसे बुद्धिमान और सबसे ज्यादा पढ़े-लिखे लोगों को मुख्यालय से बाहर और लड़ाकू इकाइयों में भेजने का आदेश

दिया। उनका मानना था कि अधिकारी शीर्ष स्थिति में रहें और (जो अभी भी आई.डी.एफ. की विशेषता है) और युद्ध में व्यक्तिगत रूप से अपने लोगों का नेतृत्व करें। स्वतंत्रता संग्राम के भारी नुकसान के बाद और यह स्वीकार करते हुए कि इजराइल के पड़ोसियों के साथ संघर्ष लगभग खत्म नहीं हुआ है, दायन ने इजराइलियों को मारने का बदला लेने को निषेधात्मक बनाने के लिए दृढ़ संकल्प लिया था। वे मध्य-पूर्व में इजराइल रक्षा बलों को सबसे शक्तिशाली सेना में बदलने के लिए दृढ़ थे।

हालाँकि इजराइलियों द्वारा अपनी रणनीति बदलने के साथ ही उनके दुश्मनों ने भी ऐसा ही किया। अरब घुसपैठ व्यक्तिगत घुसपैठियों द्वारा किए गए हमलों से लेकर फिदायीन के सशस्त्र और अच्छी तरह से प्रशिक्षित दस्तों द्वारा की जानेवाली घुसपैठ में बदल गई, जिन्हें उनकी मेजबान सरकारों, विशेष रूप से मिस्र की सेना द्वारा समर्थन देकर सुसज्जित किया गया था।

किबुत्जवाद में से एक, जो बार-बार इस तरह की घुसपैठ का लक्ष्य था, गाजा सीमा पर स्थित नाचल ओज था। 29 अप्रैल, 1956 को 21 वर्षीय रॉय रोटबर्ग घोड़े पर सवार होकर नाचल ओज के खेतों में गश्त कर रहे थे, जहाँ वे रहते थे। गजानियों को अवैध रूप से किबुत्ज के खेतों से फसल उठाते हुए देखने के आदी रोटबर्ग ने जब अरबों के एक समूह को खेतों में देखा तो वे उन्हें वहाँ से चले जाने को कहने के लिए उनकी ओर बढ़े, लेकिन यह एक जाल था और जैसे ही रोटबर्ग 'किसानों' के पास पहुँचे, फिदायीन का एक समूह अचानक सामने आया, रोटबर्ग की गोली मारकर हत्या कर दी, फिर उसके शरीर को घसीटकर गाजा ले गए, जहाँ उसे बुरी तरह क्षत-विक्षत कर दिया गया।

संयोग से दायन कुछ दिन पूर्व ही रोटबर्ग से मिले थे। उन्होंने उसके अंतिम संस्कार में भाग लिया और एक छोटा सा शोक संदेश (कुल मिलाकर सिर्फ 238 शब्दों का) दिया, जो दायन का और आनेवाले समय में, कई इजराइलियों का—इजराइल और उसके पड़ोसियों के मध्य होनेवाले लंबे और भीषण संघर्षों की अनिवार्यता को लेकर एक जाना-पहचाना बयान बन गया। दायन ने अपने श्रोताओं को याद दिलवाया कि अरब आक्रोश और हिंसा कोई आश्चर्य की बात नहीं है।

वे बोले, "हमें हत्यारों को दोष नहीं देना चाहिए। हमें अपने प्रति उनकी घृणा की शिकायत क्यों करनी चाहिए? आठ साल से वे गाजा के शरणार्थी शिविरों में बैठे हैं और अपनी आँखों से देखा है कि हमने कैसे मिट्टी और गाँवों को एक देश बनाया है, जहाँ वे और उनके पूर्वज रहते थे।"[16]

फिर भी अगर केवल इजराइल के जीवित रहने से अरब का गुस्सा भड़कने वाला था, तो दायन ने अपने श्रोताओं और अपने नवजात राष्ट्र दोनों को चेतावनी दी, इजराइलियों के लिए बेहतर होगा कि वे युद्ध के लिए हमेशा तैयार रहें। 'बाइबल' की कल्पना से भरी भाषा में, जैसे कि अपने श्रोताओं को यह याद दिलाने के लिए कि भूमि पर रहने की लड़ाई नई नहीं है, बल्कि एक कहानी है, जो हजारों साल पहले शुरू हुई थी, दायन ने आगे कहा, "हमें उसके साथ आनेवाली नफरत से नहीं बचना चाहिए और उससे सैकड़ों-हजारों अरबों के जीवन को भर देना है, जो हमारे आसपास रहते हैं और उस पल की प्रतीक्षा कर रहे हैं, जब उनके हाथ हमारे खून से सन सकते हैं। हमें अपनी आँखें नहीं फेरनी चाहिए, कहीं ऐसा न हो कि हमारे हाथ कमजोर हो जाएँ। यही हमारी पीढ़ी का फरमान है। यह हमारे जीवन का चुनाव है—तैयार और सशस्त्र, मजबूत और अडिग रहना, कहीं ऐसा न हो कि तलवार हमारे हाथों को काट दे और हम अपनी जान से हाथ धो बैठें!"[17]

यह एक विश्वदृष्टि थी, जो न केवल दायन, बल्कि उस देश का मार्गदर्शन करेगी, जिसे वह आनेवाले दशकों के लिए खोजने में मदद कर रहा था।

इजराइल जिस समय एक लंबे संघर्ष की अनिवार्यता को स्वीकार कर रहा था, मिस्र एक राजनीतिक परिवर्तन के दौर से गुजर रहा था। 1952 में कर्नल जमाल अब्देल नासिर के नेतृत्व में 'फ्री ऑफिसर्स मूवमेंट' ने तख्तापलट किया और मिस्र के तत्कालीन सम्राट् राजा फारूक को अपदस्थ कर दिया। मिस्र को उपनिवेशवाद के अंतिम अवशेषों से मुक्त करने के लिए दृढ़ संकल्प, जिसके बारे में नासिर का मानना था कि उसने अरब दुनिया का गला घोंट दिया था और इसे अपनी वास्तविक क्षमता को प्राप्त करने से रोक दिया था, मिस्र के नए नेता ने अरब के लिए एक नए युग की शुरुआत करने के लिए खुद को शीर्ष पर रखा था।

नासिर की विश्वदृष्टि और योजना में इजराइल ने एक अनूठी भूमिका निभाई।

एक प्रकार से नासिर ने इजराइल और इजराइलियों को इस क्षेत्र के उपनिवेशवाद की नवीनतम अभिव्यक्ति के रूप में देखा। उसी समय हालाँकि इजराइल ने एक सकारात्मक उद्देश्य की सेवा की, क्योंकि यह वह दुश्मन था, जिसके विनाश के लिए संपूर्ण अरब दुनिया एकजुट हो सकती थी। 'अरब एकता' को नासिर ने प्रोत्साहित किया, "सफल बदला लेने के लिए पूर्वापेक्षा की थी।"[18]

अरब जगत् ने उस प्रतिशोध की माँग की थी, उसके स्वतंत्रता संग्राम को हार जाने के बाद का वह 'दूसरा दौर', जो यहूदी राज्य को तबाह कर देगा। जॉर्डन के एक वरिष्ठ अधिकारी आजमी नशशिबी ने अप्रैल 1949 की शुरुआत में घोषणा की—"फिलिस्तीन में युद्ध को जल्द या बाद में नवीनीकृत किया जाएगा।" अरब नेताओं ने एक अमेरिकी पत्रकार केनेथ बिल्बी से कहा कि भले ही संघर्ष सौ साल तक चले, "प्रतिशोध का दिन जरूर आएगा।"[19] इस प्रकार यहूदियों के खिलाफ अरब एकता और प्रतिशोध के लिए नासिर का आह्वान ग्रहणशील कानों पर पड़ा। 1956 तक बेन-गुरियन इजराइल की जनता को चेतावनी दे रहे थे कि युद्ध बेहद नजदीक आ रहा है—उस वर्ष के अप्रैल में एक भाषण में उन्होंने संकेत दिया कि इजराइल का परीक्षण 1948 की तुलना में और भी अधिक भयंकर रूप से किया जानेवाला है।

नासिर के नियोजित अरब पुनर्जागरण का एक प्रमुख कार्य नील नदी पर असवान हाई डैम का निर्माण था। असाधारण रूप से महत्त्वाकांक्षी परियोजना को वित्तपोषित करने के लिए, जिसकी उन्हें उम्मीद थी कि मिस्र की महिमा बहाल होगी, नासिर ने अमरीकियों और अंग्रेजों से बड़ी रकम उधार ली, फिर नासिर अमरीकियों और सोवियत संघ के बीच शीत युद्ध के तनाव से भी अच्छी तरह वाकिफ थे। उन्होंने चालाकी से उन्हें एक-दूसरे से दूर कर दिया। यहाँ तक कि जब उन्हें पश्चिम से वित्तीय सहायता मिल रही थी, नासिर ने सोवियत संघ से बाँध के लिए वित्तपोषण में वृद्धि के लिए अपील की और पश्चिम ने युद्ध के एक सचेत कार्य के रूप में देखा, उन्होंने कम्युनिस्ट चीन को मान्यता देने का फैसला किया।

मिस्र ने भी भारी मात्रा में आयुध प्राप्त करना शुरू कर दिया। इस तरह के एक शस्त्रागार का निर्माण किया, जो उसके पास पहले कभी नहीं था। अगस्त 1955 में मिस्रियों ने चेकोस्लोवाकिया के साथ अभूतपूर्व हथियारों के

सौदे पर हस्ताक्षर किए, जो अनिवार्य रूप से यू.एस.एस.आर. की बोली लगा रहा था। (मिस्र को हथियारों की बिक्री विडंबनापूर्ण थी, क्योंकि स्वतंत्रता संग्राम में इजराइली सैनिकों ने चेकोस्लोवाकिया से हथियारों का इस्तेमाल किया था।)

मिस्रवासियों को 320 मिलियन डॉलर के चेक हथियार खरीदने में सक्षम बनाकर, जिनमें टैंक, बमवर्षक और लड़ाकू विमान शामिल थे, सोवियत संघ ने मध्य-पूर्व में एक नया सैन्य संगठन बनाया था और इस क्षेत्र के शक्ति-संतुलन को बदल दिया था।

हथियारों के सौदे के प्रतिशोध में और चीन की मान्यता के जवाब में संयुक्त राज्य अमेरिका ने घोषणा की कि वह अब असवान बाँध के लिए मिस्रियों को समर्थन नहीं देगा और ब्रिटिशों ने जल्द ही उसका अनुसरण किया; हालाँकि अमरीकियों और ब्रिटिशों से ऐसा करके अनजाने में ही नसीर के हाथों में खेलने का काम किया, बिल्कुल वैसे ही, जैसी उनसे उम्मीद की गई थी। 26 जुलाई, 1956 को नासिर ने अलेक्जेंड्रिया में एक विशाल भीड़ को संबोधित किया और अमरीकियों से कहा, "अपनी नाराजगी के साथ डूब मरो।" फिर उसने अपना तुरुप का पत्ता खेला और घोषणा की कि मिस्र स्वेज नहर का राष्ट्रीयकरण कर रहा है; उससे प्राप्त राजस्व से वह असवान बाँध के निर्माण के लिए धन का उपयोग करेगा। तुरंत ही नासिर अरब दुनिया के नायक बन चुके थे।

ब्रिटिश प्रधानमंत्री एंथनी ईडन गुस्से में थे। ब्रिटिश जहाज जलमार्ग (जो 1869 में खुला था) का प्रतिदिन उपयोग करते थे। नहर के नासिर के नियंत्रण में होने से फ्रांस और इंग्लैंड दोनों के महत्त्वपूर्ण हितों को खतरा था। स्वेज नहर कंपनी के ब्रिटिश और फ्रांसीसी शेयरधारक भी अपनी संपत्ति की 'चोरी' से नाराज थे। यदि नासिर उस उपनिवेशवादी शक्ति की प्रतिष्ठा को सेंध लगाने की उम्मीद कर रहा था, जो पूर्व में मिस्र पर राज करती थी, तो वह अपने मिशन में पूरी तरह से सफल हो गया था।

ग्रीष्मकाल के आगे बढ़ने के साथ नासिर का टकराव का रवैया जारी रहा और उसकी महत्त्वाकांक्षा कूटनीतिक—स्वेज नहर पर कब्जे—से सैन्यवादी तक चली गई। इजराइली सुन रहे थे और चिंतित भी थे। नासिर द्वारा हथियारों के अधिग्रहण का मतलब था कि मिस्र अब एक भयानक खतरा था और इजराइल

की सुरक्षा खतरे में थी। फ्रांसीसी भी चिंतित हो रहे थे। अल्जीरिया में एक नया स्वतंत्रता आंदोलन जोर पकड़ रहा था और फ्रांसीसी चिंतित थे कि मिस्रवासी इसका समर्थन करने के लिए अरब दुनिया में अपनी बढ़ती गति का उपयोग करने जा रहे हैं। अल्जीरियाई 'अलगाववादियों' के हाथों में आधुनिक चेक हथियार फ्रांसीसियों के लिए आपदा का कारण बन सकते हैं।

नासिर के शक्ति प्रदर्शन को लेकर ब्रिटिश और फ्रांस की चिंता जैसे-जैसे गहराती गई, इजराइली नेता भी उतने ही अधिक अधीर होते जा रहे थे। कई लोगों को इस बात पर शक था कि इजराइल इजिप्ट की शक्ति में इस फैलाव से बच भी पाएगा या नहीं? नासिर ने हथियार हासिल करने के कारणों को छिपाने का कोई प्रयास नहीं किया; नए सोवियत हथियार संभवतः उसे यहूदी राज्य को नष्ट करने में सक्षम बना सकते थे।

इजराइलियों के मन में अभी भी नरसंहार की यादें ताजा होने के साथ, इजराइल मिस्र की धमकियों को हलके में लेनेवाला नहीं था। हजारों इजराइलियों ने स्वेच्छा से खाई खोदने का काम किया। लोगों ने धन और कीमती गहने एक शस्त्र कोष में दान कर दिए।* स्कूली बच्चों ने अपने दोपहर के भोजन के पैसे इस उद्देश्य के लिए दान कर दिए।

इसके बावजूद 1948 के बाद से इजराइल की अंतरराष्ट्रीय स्थिति नाटकीय रूप से बदल गई थी। अब एक दशक से भी कम समय के बाद फ्रांसीसी और ब्रिटिश (जिन्होंने थोड़े समय पूर्व ही, यहूदी आप्रवासन को प्रतिबंधित कर दिया था और यहूदी भूमिगत सदस्यों को फाँसी पर लटका दिया था) ने इजराइल में एक संभावित सैन्य भागीदार देखा। इजराइल के प्रधानमंत्री मोशे शेयरेट, जो बेन-गुरियन के पद छोड़ने के बाद प्रधानमंत्री बने थे (बेन-गुरियन कुछ साल बाद एक बार फिर प्रधानमंत्री बने), 25 अक्तूबर, 1955 को इजराइल-फ्रांसीसी बैठकों के दौर के लिए पेरिस गए, जिसे दोनों देशों के बीच संबंधों को मजबूत करने के लिए

---

* आभूषण दान करने का विचार अचानक कहीं से नहीं आया। यहाँ भी, कई इजराइलियों के लिए 'बाइबल' के आख्यान की महत्ता प्रतिध्वनित हुई, जब इजराइली तंबू का निर्माण कर रहे थे और मूसा ने उनसे, जो कुछ वे कर सकते थे, दान करने के लिए कहा। 'बाइबल' बताती है, "सभी स्त्री और पुरुष, जो चढ़ाना चाहते थे, हर प्रकार के अपने सोने के गहने लाए। वे चिमटी, कान की बालियाँ, अँगूठियाँ, अन्य गहने लेकर आए।" (निर्गमन 35:22)

बनाया गया था। "मैं हमेशा से इजराइल का दोस्त रहा हूँ," फ्रांसीसी प्रधानमंत्री एडगर फाउरे ने शेयरेट को आश्वासन दिया, "लेकिन अब यह दोस्ती का सवाल नहीं है। यह राजनीतिक यथार्थवाद के कारणों के लिए है कि फ्रांस को आपकी मदद करने के लिए बुलाया गया है।"[21]

एक साल बाद अक्तूबर 1956 में तीनों देशों ने एक गुप्त समझौता किया, जिसे 'सेवर्स के प्रोटोकॉल' के रूप में जाना जाता है। समझौते के अनुसार, इजराइल को नासिर की सेना के खिलाफ बड़े पैमाने पर हमला करना था और एक दिन के भीतर स्वेज नहर तक पहुँचने का प्रयास करना था, तब फ्रांसीसी और ब्रिटिश दोनों देशों से शत्रुता समाप्त करने का आह्वान करेंगे और माँग करेंगे कि मिस्र अंतरराष्ट्रीय नौवहन के लिए नहर खोल दे। इजराइल को नहर से कई मील पूर्व में अपनी सेना को पीछे लेने के लिए कहा जाएगा, लेकिन 'प्रोटोकॉल' में विशेष रूप से यह निर्धारित किया गया था कि यह समझा जाता है कि इजराइल को उसे स्वीकार करने के लिए बाध्य नहीं किया जाएगा—माँग केवल दुनिया को दिखाने के लिए होगी।

हालाँकि इजराइल अपने सैनिकों को जमीन पर पहुँचानेवाला पहला देश होगा, उसके पास समझौते में हासिल करने को बहुत कुछ था। फ्रांस की साझेदारी ने इस भावना का संचार किया कि छोटा राज्य अब अकेला नहीं है और न ही अंतरराष्ट्रीय शतरंज की बिसात पर सिर्फ एक मोहरा है। इजराइल एक खिलाड़ी बन रहा है। समझौते के हिस्से के रूप में, मिस्र को एक खतरे के रूप में समाप्त करने के अपने अभियान में इजराइल को ब्रिटिश और फ्रेंच से हवाई कवर मिलेगा और दोनों यूरोपीय देश अंतरराष्ट्रीय समर्थन भी प्रदान करेंगे। इसके अलावा फ्रांस ने इजराइल को हथियार प्रदान किए, जो अक्तूबर की शुरुआत में आने लगे।

रक्षा मंत्रालय के तत्कालीन महानिदेशक शिमोन पेरेस, जिन्होंने इस मसौदे पर बातचीत करने में महत्त्वपूर्ण भूमिका निभाई थी, हथियारों को गुप्त रूप से आते हुए देखने के लिए हाइफा बंदरगाह गए। वे अपने साथ नटन अल्टरमैन को ले गए, जिन्होंने वर्षों पहले 'द सिल्वर प्लेटर' लिखा था। अल्टरमैन जो देख रहे थे, उससे इतने प्रभावित हुए कि उन्होंने एक कविता लिखी, 'इट विल वन डे बी टोल्ड'[22]—"मैंने बीती रात स्टील, बहुत स्टील, नए स्टील का सपना देखा," उन्होंने

लिखा और फिर स्टीवडोर का वर्णन किया, "लोहे की जंजीरों से लदे कनस्तरों का वाहक।" यह कोई साधारण स्टीवडोर नहीं था, हालाँकि अल्टरमैन ने लिखा, "जमीन पर पहुँचते ही वह यहूदियों की शक्ति की अभिव्यक्ति बन जाता है।"

यह अल्टरमैन के स्वर में एक नाटकीय परिवर्तन था। वे अब 'प्रतीक्षारत-राज्य' के बारे में नहीं लिख रहे थे; अल्टरमैन अब 'यहूदियों की शक्ति' के बारे में लिख रहे थे।

यहूदी शक्ति अपने समय पर ही आई। नासिर ने फिदायीन का समर्थन करने के लिए मिस्र के सैनिकों को गाजा पट्टी में भेजना शुरू कर दिया। शिमोन पेरेज ने बाद में याद किया—"इजराइल के मन में कोई संदेह नहीं था कि नासिर किसी भी क्षण आक्रमण करनेवाला है।"[23]

29 अक्तूबर, 1956 को, जब इजराइल युद्ध शुरू करने की तैयारी कर रहा था, जिसे 'सिनाई अभियान' के रूप में जाना जाएगा, घरेलू मोर्चे पर त्रासदी हुई। अरब इजराइल तब आठ वर्षों से सैन्य शासन के अधीन रह रहे थे और अविश्वास अभी भी बना हुआ था। मिस्र के साथ आनेवाली लड़ाई की तैयारी में इजराइल ने शाम पाँच बजे 'लिटिल ट्राएंगल' के सभी अरब गाँवों, जो जॉर्डन की सीमा से लगे हुए थे, जिसमें कफ्र कसेम के नाम से एक गाँव भी शामिल है, में कर्फ्यू लागू कर दिया।

कर्फ्यू की खबर पाँच बजने से कुछ मिनट पहले ही सार्वजनिक की गई और अधिकांश मजदूरों को समय पर इसकी सूचना नहीं मिली। कर्फ्यू के बाद सेना की इकाइयों का सामना करनेवाले अधिकांश श्रमिकों को बिना किसी घटना के जाने दिया गया, लेकिन जब कफ्र कसीम से पचास मजदूरों का एक दल नए लगाए गए कर्फ्यू से बेखबर शाम पाँच बजे के बाद काम करके घर लौट रहा था, तभी उनका सामना आई.डी.एफ. के एक गश्ती दल से हो गया। इजराइली सैनिकों ने शहर के सैंतालीस लोगों की गोली मारकर हत्या कर दी, जिनमें कई महिलाएँ और बच्चे भी शामिल थे। राज्य की स्थापना के बाद से यह अरबों का सबसे बड़ा नरसंहार था।

हालाँकि कई अधिकारियों को गिरफ्तार किया गया और बाद में दोषी ठहराया गया, लेकिन इसके तुरंत बाद सभी को जेल से रिहा कर दिया गया। बेन-गुरियन

ने इस घटना को 'भयानक अत्याचार' कहा[24] और आनेवाले वर्षों में कई इजराइली अधिकारियों ने नरसंहार के लिए गहरा पश्चात्ताप व्यक्त किया। अक्तूबर 2006 में इजराइल के शिक्षा मंत्री यूली तामीर ने इजराइली स्कूलों को निर्देश दिया कि वे काफर कासेम नरसंहार को याद करें और अनैतिक आदेशों की अवहेलना करने की आवश्यकता पर विचार करें। दिसंबर 2007 में इजराइल के राष्ट्रपति शिमोन पेरेस ने मुसलिम ईद अल-अधा के त्योहार के दौरान कफ कसेम में एक स्वागत समारोह में भाग लिया और समुदाय से क्षमा-याचना की—"अतीत में यहाँ एक भयानक घटना हुई और हमें इसके लिए गहरा खेद है।" अक्तूबर 2014 में इजराइल के दसवें राष्ट्रपति रूवेन रिवलिन कफ्र कसेम में वार्षिक स्मारक समारोह में भाग लेनेवाले पहले राष्ट्रपति बने।

इसके बावजूद इस घटना के इजराइली समाज के लिए दीर्घकालिक कानूनी निहितार्थ थे। मुकदमा पहली बार चला था, जब इजरायली न्यायपालिका ने चर्चा की कि क्या और कब इजराइली सुरक्षाकर्मियों को एक प्रत्यक्ष आदेश की भी अवहेलना करने के लिए बाध्य किया गया था, जो स्पष्ट रूप से अवैध था। न्यायाधीश बेंजामिन हेलेवी (जिन्होंने मामले को एकमात्र न्यायाधीश के रूप में सुना) ने लिखा है कि 'स्पष्ट रूप से अवैध आदेश का विशिष्ट चिह्न यह है कि इस तरह के आदेश को काले झंडे की तरह उड़ना चाहिए, एक चेतावनी है—'निषिद्ध!' आनेवाले वर्षों में वाक्यांश 'एक स्पष्ट रूप से अवैध आदेश', हेलेवी के निर्णय का एक सीधा उद्धरण, युद्ध के संचालन की नैतिकता के बारे में इजराइल की चर्चाओं में सर्वव्यापी हो जाएगा।

29 अक्तूबर को शाम के ठीक पाँच बजे (कफ्र कसेम में कर्फ्यू लगाए जाने के समय) इजराइली सैनिक सिनाई में घुस गए। इजराइल ने सिनाई में मिस्र की वायु सेना और मिस्र की सेना के मुख्य ठिकानों के बीच सभी संचार को तेजी से काट दिया। इसके तुरंत बाद, एरियल शेरोन के नेतृत्व में, इजराइली पैराट्रूपर्स ने, स्वेज नहर के लिए सड़क पर एक महत्त्वपूर्ण मार्ग, सिनाई में मितला दर्रे की ओर चुपचाप अपना रास्ता बना लिया। 30 अक्तूबर तक, पैराट्रूपर्स ने इस विशाल रेगिस्तान को पार कर लिया था, मिस्र के तीन सैन्य ठिकानों को आसानी से पार

कर लिया था और नहर से सिर्फ पचास किलोमीटर दूर थे।

30 अक्तूबर को, ब्रिटिश सरकार ने इजराइल और मिस्र दोनों को गुप्त रूप से नियोजित सार्वजनिक अल्टीमेटम जारी किया, जिसमें माँग की गई कि वे नहर से अपनी सेना वापस ले लें। अंग्रेज मूल रूप से मिस्रवासियों को उस नहर पर अपना नियंत्रण छोड़ने का आदेश दे रहे थे, जिसका उन्होंने राष्ट्रीयकरण किया था, जैसा कि योजना बनाई गई थी, इजराइलियों ने अल्टीमेटम का जवाब नहीं दिया। मिस्र ने इसे बिना समय गँवाए खारिज कर दिया। अगले दिन, ब्रिटिश और फ्रांसीसी लड़ाकू विमानों ने मिस्र के हवाई क्षेत्रों पर बमबारी की, लेकिन छह दिनों तक कोई भी ब्रिटिश या फ्रांसीसी सेना इस क्षेत्र में नहीं उतरी। इजराइल ने मिस्रियों से अपने बल पर युद्ध किया।

आखिरकार, एक प्रमुख क्षेत्रीय संघर्ष में निहित संघर्ष की संभावना के बारे में चिंतित, अमेरिकियों ने माँग की कि ब्रिटिश, फ्रांसीसी और इजराइल अपनी सेना को क्षेत्र से हटा दें। सोवियत संघ ने भी यही माँग की। रूसियों ने अभी-अभी हंगेरियन क्रांति को कुचल दिया था और इस प्रक्रिया में हजारों हंगेरियनों को मार डाला था, इसलिए उनके पास वार्त्ता की बात करने के बहुत कम नैतिक अधिकार थे, फिर भी, यहाँ अमेरिकी और सोवियत हितों के संगम का मतलब था कि इजराइल, फ्रांस और ब्रिटेन को पीछे हटना पड़ा।

हालाँकि इजराइल, सिनाई से अपनी सेना को हटाने के लिए उत्सुक नहीं था और इसका एक बड़ा कारण यह था कि वो गाजा को एक बार फिर से हमलों के लिए लॉञ्चिंग पैड बनने की अनुमति देने के लिए तैयार नहीं था, अंततः अमेरिकियों ने स्वीकार किया कि इजराइल इस बात पर जोर दे रहा था कि इससे बाहर निकलने से पहले उसे सुरक्षा की गारंटी मिल जाए। इसलिए संयुक्त राज्य अमेरिका ने वादा किया कि यदि इजराइल संक्षिप्त युद्ध में अपने कब्जेवाले सभी क्षेत्रों से 'पूर्ण और त्वरित वापसी' के लिए सहमत हो गया तो अमेरिकी तिरान के जलडमरूमध्य (सिनाई और अरब प्रायद्वीप के बीच संकीर्ण समुद्री मार्ग) के माध्यम से इजराइल के 'मार्ग के अधिकार' की गारंटी देंगे। वे भविष्य में इजराइल की 'अपने अधिकारों की रक्षा के लिए कार्य करने की स्वतंत्रता' की गारंटी भी देंगे।

संयुक्त राज्य अमेरिका को अपने वादों पर खरा उतरने के लिए ज्यादा समय नहीं मिलनेवाला था।

ब्रिटिश पक्ष में प्रधानमंत्री ईडन ने व्यवस्थित रूप से समझौते के किसी भी निशान को नष्ट करने की माँग की, ताकि यूनाइटेड किंगडम मामले में अपनी भूमिका से इनकार कर सके, हालाँकि इससे उसका कोई भला नहीं हुआ। इजराइल और फ्रांस दोनों ने प्रतियाँ संगृहीत की थीं और ईडन ने जबरदस्त राजनीतिक दबाव में इस्तीफा दे दिया।

कुल मिलाकर, युद्ध 29 अक्तूबर से 7 नवंबर तक चला। इजराइल ने 231 सैनिकों को खो दिया और 900 अन्य घायल हो गए। लगभग 5,000 घायलों के साथ मिस्र के मृतकों का अनुमान 1,500 और 3,000 के बीच है।

एक छोटे से युद्ध के लिए, सिनाई अभियान ने बहुत महत्त्वपूर्ण परिणाम प्राप्त किए थे। इजराइल ने तिरान के जलडमरूमध्य में अपने पारित होने के अधिकार को सुरक्षित कर लिया था और उन देशों से अंतरराष्ट्रीय गारंटी प्राप्त कर ली थी, जिन्होंने कुछ समय पहले ही इसके जीवित रहने की क्षमता पर संदेह किया था। लगातार आठ साल तक घुसपैठ के बीच जीने के बाद इसने अपने नागरिकों के लिए सुरक्षा और आत्मविश्वास की भावना स्थापित की थी, जैसा कि माइकल ओरेन ने कहा, "सिनाई अभियान इजराइल का दूसरा स्वतंत्रता संग्राम था।"[25] आई.डी.एफ., जिसने अपनी व्यावसायिकता से दुनिया को चकित कर दिया था, ने सौ घंटों में सिनाई प्रायद्वीप पर कब्जा कर लिया था और इसके परिणामस्वरूप, इजराइल को एक दशक की शांति प्राप्त हुई। मध्य-पूर्व में एक नई सैन्य शक्ति उभर चुकी थी।

युद्ध के बाद, डेविड बेन-गुरियन को यह बात स्पष्ट हो गई थी कि संयुक्त राज्य अमेरिका के साथ इजराइल के संबंध उससे कहीं अधिक जटिल हो रहे थे, जितना कई लोगों ने अनुमान लगाया था या आशा की थी। उनके पास ऐसा सोचने के भरपूर कारण भी थे। विभाजन से पहले जब संयुक्त राष्ट्र इजराइल की प्रस्तावित सीमाओं पर चर्चा कर रहा था, तब अमेरिकी विदेश विभाग ने संयुक्त राष्ट्र को सीमाओं को फिर से बनाने और अरबों को और भूमि देने के लिए प्रोत्साहित किया। 1953 में, उस समय के राज्य सचिव, जॉन फोस्टर डलेस ने सुझाव दिया

कि "इजराइल द्वारा वर्तमान में नियंत्रित क्षेत्र में अरब शरणार्थियों की विशिष्ट संख्या का प्रत्यावर्तन।" 'वर्तमान में नियंत्रित' शब्दों ने इजराइलियों को सुझाव दिया कि डलेस को विश्वास नहीं था कि इजराइल लंबे समय तक जीवित रहेगा। मिस्र द्वारा चेक के साथ हथियारों के सौदे पर हस्ताक्षर करने के बाद संयुक्त राज्य अमेरिका ने शक्ति संतुलन को बहाल करने के लिए इजराइल को हथियार बेचने से इनकार कर दिया (जिसके चलते इजराइल हथियारों की तलाश में फ्रांस की ओर चला गया।) इजराइल ने अमरीकियों से गुहार लगाई, लेकिन कोई फायदा नहीं हुआ। वास्तव में "राष्ट्रपति आइजनहावर ने फ्रांसीसी प्रधानमंत्री गाय मोलेट से टिप्पणी की कि इजराइल को हथियार बेचने का कोई मतलब नहीं है, क्योंकि 17,00,000 यहूदी संभवतः 40 मिलियन अरबों के खिलाफ अपना बचाव नहीं कर सकते थे।"[26]

सिनाई अभियान के बाद संयुक्त राज्य अमेरिका (यू.एस.एस.आर. के साथ) ने युद्ध शुरू करने के लिए ब्रिटेन, फ्रांस और इजराइल की निंदा करने के लिए संयुक्त राष्ट्र में नेतृत्व किया। अमेरिकी निंदा चेतावनी हो सकती है, लेकिन इजराइल ने फिर भी अपना पक्ष रखने का फैसला किया और विदेश मंत्री गोल्डा मीर को संयुक्त राष्ट्र भेज दिया। मीर अपनी बुद्धि के लिए प्रसिद्ध थी, उसने व्यंग्य के साथ उल्लेख किया—

> "सुखद विभाजन किया गया है। अरब राज्य इकतरफा 'युद्ध के अधिकार' का आनंद लेते हैं, (जबकि) शांति बनाए रखने की इकतरफा जिम्मेदारी इजराइल की है, लेकिन जुझारूपन इकतरफा रास्ता नहीं है। क्या यह आश्चर्य की बात है कि इस राक्षसी भेद के तहत काम करनेवाले लोग आखिरकार बेचैन हो जाते हैं और अंत में अपने जीवन को हर तरफ से नियंत्रित युद्ध के खतरों से बचाने का रास्ता तलाशते हैं?"[27]

बेन-गुरियन ने गोल्डा मीर को जब इजराइल का पक्ष रखने के लिए संयुक्त राष्ट्र भेजा, वे उससे पहले ही यहूदी राज्य पर अपना प्रभाव बना चुकी थीं। 1898 में कीव में जनमी गोल्डा माबोविच (बाद में मेयर्सन, उनके पति का अंतिम नाम), वे जल्द ही अपने कट्टर जियोनी परिवार के साथ पिंस्क चली गईं, जब मीर की बहन (जो हर्जेल की मौत के बारे में सुनकर, पूरे दो साल तक काले रंग की पोशाक

पहनती रही) अपने घर पर जियोनीवादी बैठकों के लिए समान विचारधारावाले साथियों को आमंत्रित करती थीं तो गोल्डा जाकर परिवार के कोयले के चूल्हे के पीछे छिप जाती थीं, ताकि वे उनके बीच हो रही बातचीत को जितना हो सके, उतना अधिक-से-अधिक सुन सकें। जब वे आठ वर्ष की थीं, तब परिवार 1906 में मिल्वौकी, विस्कॉन्सिन चला गया।

वहाँ पर पार्लर की एक बैठक, जिसमें किबुत्ज आंदोलन और ए.डी. गॉर्डन के दर्शन पर चर्चा की गई थी, में मीर अपने भावी पति मॉरिस से पहली बार मिलीं, जिनके साथ उसका प्रेमहीन विवाह हुआ। इसके तुरंत बाद उन्होंने फिलिस्तीन जाने का फैसला किया—

> "मुझे लगता है कि जब हम शहर (एक परेड में) से गुजर रहे थे, तभी मुझे अहसास हुआ कि मैं अब फिलिस्तीन के बारे में अंतिम निर्णय को स्थगित नहीं कर सकती। मुझे लगा, पेटलीरा की जानलेवा भीड़ का एकमात्र सार्थक जवाब मिल्वौकी में होनेवाली परेड नहीं, बल्कि फिलिस्तीन है। यहूदियों के पास फिर से अपनी भूमि होनी चाहिए और मुझे उसे बनाने में मदद करनी चाहिए, भाषण देकर या धन जुटाकर नहीं, बल्कि वहाँ रहकर और काम करके।"[28]

वे और मॉरिस 1922 में संयुक्त राज्य अमेरिका से चले गए। 1956 तक वे मपई पार्टी नेतृत्व की सीढ़ियाँ चढ़ चुकी थीं और डेविड बेन-गुरियन ने उन्हें विदेश मंत्री नियुक्त किया। उनके पहले कामों में से एक उनके नाम का हिब्रूकरण करना था, जैसे उनसे पूर्व के कई जियोनी नेता कर चुके थे; उन्होंने इसे मेयर्सन से बदलकर 'मीर' कर दिया।

सिनाई अभियान के कुछ ही समय बाद उन्होंने अल्टन्यूलैंड को बाहर निकाला और विदेश मंत्रालय के कर्मचारियों को हर्जेल के क्लासिक उपन्यास से एक अंश पढ़कर सुनाया—

> "राष्ट्रों की विपदा से एक प्रश्न अभी भी उठ रहा है, जो आज तक अनसुलझा है और जिसकी गहन त्रासदी को केवल एक यहूदी ही समझ सकता है। यह अफ्रीकी प्रश्न है। गुलामों के व्यापार के उन सभी भयानक प्रकरणों को याद करें, मनुष्य, जो केवल इसलिए कि वे काले थे, मवेशियों

की तरह चोरी हो गए, कैदी बन गए, पकड़ लिये गए और बेचे गए। उनके बच्चे अजीब भूमि में बड़े हुए, अवमानना और शत्रुता की वस्तु, क्योंकि उनके रंग अलग थे। मुझे यह कहने में कोई शर्म नहीं है, हालाँकि मैं यह कहते हुए खुद को उपहास के लिए बेनकाब कर सकता हूँ कि एक बार जब मैं यहूदियों के छुटकारे को देख चुका हूँ तो मैं अपने लोगों को भी अफ्रीकियों के छुटकारे में सहायता करना चाहता हूँ।"[29]

एक बार 'अल्टन्यूलैंड' पढ़ना समाप्त करने के बाद मीर ने अपने कर्मचारियों से कहा कि अब हर्जेल के इस आलोक में हर्जेल के दृष्टिकोण को पूरा करना आप लोगों का काम है। अफ्रीकी स्वतंत्रता की विशाल लहर की शुरुआत के साथ मीर ने जोर देकर कहा कि अफ्रीकी राष्ट्रों और इजराइल के कई साझा अनुभव और संघर्ष थे। हमारी तरह उनकी स्वतंत्रता वर्षों के संघर्ष के बाद ही जीती गई थी। हमारी तरह उन्हें भी अपने राज्य के लिए संघर्ष करना पड़ा और हमारी ही तरह किसी ने उन्हें चाँदी के थाल में परोसकर उनकी संप्रभुता नहीं सौंपी है।"[30]

मीर को उम्मीद थी कि इजराइल अफ्रीकी देशों को, जिनके इतिहास भी इजराइल के समान ही थे, प्रौद्योगिकी, कृषि विशेषज्ञता और सबसे महत्त्वपूर्ण, दमित लोगों का एक मॉडल प्रदान करने में सक्षम होगा, जिसने लंबे समय से प्रतीक्षित राष्ट्रीय पुनरुद्धार किया था। उन्होंने आशा व्यक्त की कि पुनर्जन्म और पुन: प्राप्त संप्रभुता की यहूदी कहानी न केवल यहूदियों के लिए, बल्कि दुनिया भर के राष्ट्रों से बात करेगी।

थोड़े समय के लिए इजराइल ने कई अफ्रीकी देशों के साथ सकारात्मक संबंधों को बढ़ावा देने का प्रबंध किया और कृषि, जलयोजन और अन्य तकनीकों में अपनी विशेषज्ञता का उपयोग करके उन्हें अपनी उत्पादकता को आगे बढ़ाने में मदद की। लंबी अवधि में गोल्डा एक भोली आशा थी। नव स्थापित अफ्रीकी देश जल्द ही एक ऐसे गुट का गठन करेंगे, जो संयुक्त राष्ट्र में इजराइल के सबसे बड़े दुश्मनों में से एक बन जाएगा। इजराइल के प्रस्तावों से कोई फर्क नहीं पड़ा।

आंतरिक रूप से इजराइल एक विश्व स्तरीय सेना की नींव रख रहा था, जैसा कि दायन ने रॉय रोटबर्ग के लिए अपनी स्तुति में उल्लेख किया था, संघर्ष

जल्द ही समाप्त नहीं होनेवाला था और इजराइलियों ने उस प्रकार की निवारक सैन्य क्षमताओं को विकसित करना शुरू कर दिया, जिनकी उन्हें जीवित रहने और इजराइल के नागरिकों के लिए सुरक्षा प्रदान करने के लिए आवश्यकता होगी, लेकिन इजराइल ने आत्म-प्रतिबिंब की संस्कृति भी स्थापित की थी, सैन्य आचरण पर न्यायिक निरीक्षण और सैन्य आदेशों पर स्पष्ट नैतिक सीमाएँ व्यक्त की थीं।

वैश्विक मोर्चे पर यहूदी राज्य अंतरराष्ट्रीय साजिश, यहाँ तक कि युद्ध में एक खिलाड़ी बन गया था। इसने अन्य देशों की मदद करने की प्रतिबद्धता प्रदर्शित की थी, जो इसकी विशेषज्ञता से लाभान्वित हो सकते थे।

तेजी से आगे बढ़ता हुआ एक राज्य अब अपने को कम कमजोर महसूस कर रहा था और इजराइल न केवल अस्तित्व के बारे में, बल्कि भविष्य के बारे में भी सोचना शुरू कर सकता था, हालाँकि वे जो खोज करनेवाले थे, वह यह थी कि भविष्य के निर्माण के लिए सबसे पहले उन्हें यहूदी लोगों के लंबे इतिहास में सबसे दुखद अवधियों में से एक का सामना करना होगा।

□

11

इजराइल ने यहूदियों के नरसंहार का सामना किया

"ये ऑशविट्ज ग्रह का एक क्रॉनिकल है, इस ग्रह के निवासियों के कोई नाम नहीं थे, उनके कोई माता-पिता नहीं थे और न ही उनके बच्चे थे, वे वहाँ पैदा नहीं हुए थे और उन्होंने जन्म नहीं दिया था; इस दुनिया के नियमों के अनुसार वे न ही जीते थे और न ही वे मरे थे।"

—येचिल डी-नूर, इचमैन मुकदमे में गवाही[1]

23 मई, 1960 को अपराह्न चार बजे कनेसेट का प्लेनम अपनी पूरी क्षमता के साथ खचाखच भरा हुआ था। प्रधानमंत्री बेन-गुरियन के पास निश्चित तौर पर राष्ट्र के नाम कोई अभूतपूर्व खबर थी। इकट्ठा हुए लोग यह सुनने के लिए इंतजार कर रहे थे कि प्रधानमंत्री क्या कहने वाले हैं, कक्ष में उत्तेजना फैली हुई थी।

बेन-गुरियन मंच पर पहुँचे और बोलना शुरू किया—

"मुझे कनेसेट को यह सूचित करना है कि कुछ ही समय पूर्व नाजी युद्ध के सबसे बड़े अपराधियों में से एक, एडॉल्फ इचमैन, वह व्यक्ति, जो कुछ नाजी नेताओं के साथ उसका जिम्मेदार है, जिसे वे अंतिम समाधान कहते हैं, जिसमें छह मिलियन यहूदियों का खात्मा कर दिया था, उसको इजराइली सुरक्षा बलों ने खोज लिया है। एडॉल्फ इचमैन पहले से ही इजराइल की गिरफ्त में है और जल्द ही उस पर नाजियों और उनके सहयोगियों की शर्तों के अनुसार कानूनी मुकदमा चलाया जाएगा।"[2]

इतना बोलने के साथ ही बेन-गुरियन मंच से हट गए और कक्ष से बाहर निकल गए।

पूरे कक्ष में सन्नाटा छा गया। कक्ष में मौजूद प्रत्येक व्यक्ति घोषणा की व्यापकता और उसके निहितार्थों से जूझ रहा था। क्या इजराइल राज्य आखिरकार यूरोपीय यहूदियों के हत्यारों में से एक को न्यायोचित सजा दे पाएगा? क्या लाखों लोगों की हत्या और प्रताड़ित, गैस से और जला दी गई या जिंदा दफनाने के लिए और नाजी नरसंहार मशीन द्वारा जिन लाखों बच्चों का जीवन नष्ट कर दिया गया था, क्या प्रतिशोध का कुछ उपाय मिल जाएगा? क्या जियोनी कांग्रेस के उन प्रतिनिधियों का लेखा-जोखा होगा, जो मर गए थे, उन बहनों और भाइयों, माता-पिता और पत्नियों के लिए जो कमरे में बैठे थे और उन सैकड़ों-हजारों अन्य लोगों के लिए, जिन्होंने इजराइली समाज बनाया था?

एडॉल्फ इचमैन एक नाजी एस.एस.-ओबेरस्टुरम्बैनफुहरर (लेफ्टिनेंट कर्नल) और होलोकॉस्ट करनेवालों में से एक थे, जो वानसी सम्मेलन में एक अहम व्यक्ति थे, जिन्होंने अंतिम समाधान पर फैसला किया था और पकड़े जाने के समय, वे उस समय तक जीवित सर्वोच्च रैंकिंगवाले नाजी अधिकारी थे। उन्होंने युद्ध के बाद का अपना अधिकांश समय अर्जेंटीना में छद्म नाम से बिताया था और अब 'मोसाद' (इजराइल की सुरक्षा एजेंसियों में से एक) ने उसका पता लगा लिया है, उसे पकड़ लिया है और उसे अर्जेंटीना से निकालकर इजराइल लेकर आ गए हैं।

यह सोच से भी परे था, फिर जैसे कि बासल में 63 साल पहले थियोडोर हर्जेल को मिली 10 मिनट की जय-जयकार को जारी रखते हुए प्लेनम में मौजूद लोगों ने स्वतःस्फूर्त और तालियों की गड़गड़ाहट से हॉल को हिलाकर रख दिया।

जैसा कि अनुमान था, दुनिया के अधिकांश देशों ने प्रशंसा नहीं की। पूरी दुनिया से विरोध के स्वर फूट पड़े। अर्जेंटीना के अधिकारियों ने, बेशर्मी से नाजियों को शरण दी, ने दावा किया कि इजराइल की काररवाई—'एक शासन द्वारा पूरी तरह से और सार्वभौमिक रूप से निंदा की गई विधियों में विशिष्ट थी।'[3] संयुक्त राष्ट्र सुरक्षा परिषद् ने संकल्प-132 पारित किया, जिसमें कहा गया था

कि इजराइल ने अर्जेंटीना की संप्रभुता का उल्लंघन किया था और चेतावनी दी कि भविष्य में ऐसी कोई भी कारवाई अंतरराष्ट्रीय शांति को कमजोर कर सकती है। संयुक्त राज्य अमेरिका, फ्रांस, ब्रिटेन और सोवियत संघ, सभी इजराइल की निंदा करने में लगे हुए थे।

अर्जेंटीना के नागरिकों ने भी अपनी सरकार की प्रतिक्रिया का अनुसरण करते हुए अर्जेंटीना के यहूदी समुदाय पर हिंसक हमलों का जवाब दिया। 'वाशिंगटन पोस्ट' और 'न्यूयॉर्क पोस्ट' दोनों ने निंदा प्रकाशित की, जबकि 'क्रिश्चियन साइंस मॉनिटर' ने कहा, "इजराइल के बाहर किए गए यहूदियों के खिलाफ अपराधों का फैसला करने का निर्णय 'जर्मन जन्म या वंश के व्यक्तियों की वफादारी' पर नाजियों के दावे के समान है, वे जहाँ भी रहते हैं।"[4] 'टाइम' पत्रिका ने हद पार करते हुए बेन-गुरियन के कार्यों को 'उलटा नस्लवाद' का एक रूप कहा।

इजराइल न्याय की भावना से प्रेरित हो आगे बढ़ा। डेविड बेन-गुरियन का एक शैक्षिक एजेंडा भी था। इजराइल के युवा लोगों का पालन-पोषण ऐसे समाज में हुआ था, जो अब तक नरसंहार का सामना करने से बचता था। यह एक सार्वजनिक गणना का समय था। प्रधानमंत्री का मानना था, "इजराइल के युवाओं को 1933 और 1945 के बीच यूरोप के यहूदियों के साथ जो हुआ, उसकी सच्चाई सीखनी चाहिए।"[6]

इसलिए एक साहसिक कदम में, जिसमें इजराइल ने एक अलग महाद्वीप पर हुए अपराध के लिए अधिकार क्षेत्र का दावा किया था, राज्य की स्थापना से पहले एक हत्यारे को तीसरे देश से पकड़ा गया था, इजराइल ने एडॉल्फ इचमैन—जो नाजी शासन का प्रतीक था—पर मुकदमा चलाया। इस बार पहरेदार यहूदी थे, नाजी नहीं। इस बार यहूदी कँटीले तारों के पीछे बैठे हुए नहीं थे, बल्कि इस बार आरोपी नाजी थे, जो यहूदी राज्य की राजधानी यरुशलम में यहूदी न्यायाधीशों की अदालत में एक सुरक्षावाले काँच के पिंजरे के पीछे बैठे थे।

इचमैन पर चलनेवाला मुकदमा पहली बार होगा कि इजराइली समाज सार्वजनिक रूप से अत्याचार के भयानक विवरण और बुरे सपने के साथ सामने होगा, जो कि कई इजराइली—यूरोप के नरक से बचे—हर दिन उनके साथ होते

हैं, लेकिन नाजी नरसंहार ने पहले ही एक से अधिक मौकों पर इजराइल की नीति को रँग दिया था।

1951 में बेन-गुरियन द्वारा कनेसेट प्लेनम को दंग करनेवाली घोषणा करने से लगभग दस साल पहले, इजराइल और जर्मन संघीय गणराज्य (पश्चिम जर्मनी) की सरकारों ने बातचीत शुरू कर दी थी, जिसमें जर्मनी नरसंहार के दौरान यहूदी लोगों के साथ किए गए बरताव के लिए इजराइल को नकद क्षतिपूर्ति का भुगतान करेगा। युद्ध के बाद के जर्मन चांसलर कोनराड एडेनॉयर ने 27 सितंबर, 1951 को कहा कि जर्मनी 'यहूदी और इजराइल राज्य, जिसने इतने सारे बेघर शरणार्थियों को प्राप्त किया है, के प्रतिनिधियों के साथ संयुक्त रूप से तैयार था, ताकि समस्या का समाधान निकाला जा सके।'[7]

इजराइल द्वारा एक जर्मन सरकार से बातचीत की घोषणा मेनाकेम बेगिन को भी खुद पर लगाई गई राजनीतिक सेवानिवृत्ति से वापस ले आई। बेगिन सार्वजनिक जीवन से संन्यास ले चुके थे, कम-से-कम अस्थायी रूप से। इसके बावजूद जब बेन-गुरियन ने इस बात की घोषणा की कि वे कनेसेट में क्षतिपूर्ति के मामले को लेकर प्रस्ताव लाएँगे तो बेगिन के पूर्व सहयोगियों ने उन्हें वापस मैदान में लौटने की सलाह दी और विश्वास दिलवाया कि सिर्फ बेगिन (जो अभी भी कनेसेट के एक सदस्य थे) ही इकलौते ऐसे व्यक्ति थे, जो जर्मनी के साथ किसी भी समझौते को अकल्पनीय समझनेवाले लोगों की आवाज बन सकते थे। उनका यह भी मानना था कि क्षतिपूर्ति, बेन-गुरियन की बरखास्तगी की अवहेलना के उद्देश्य के रूप में नहीं, बल्कि यहूदी आवाज के रूप में बेन-गुरियन पर यहूदी इतिहास और यहूदी सम्मान के दायित्वों को छोड़ने का आरोप लगाते हुए राजनीतिक मैदान में फिर से प्रवेश करने का अवसर प्रदान करेगी।

बेगिन के पिता, माता और भाई की नाजियों द्वारा हत्या कर दी गई थी, उसने बेन-गुरियन पर निर्दयी हमला किया और केवल इस विचार पर कि इजराइल जर्मनों से नकद मुआवजा स्वीकार करेगा। वे क्रोधित थे, क्योंकि जर्मन वे लोग नहीं थे, जिनके साथ यहूदी थोड़े गर्व के साथ भी बातचीत करने पर विचार करेंगे।[8]

इसके बाद की बहसों के दौरान बेगिन ने कहा, "वे जर्मनी के साथ एक समझौते पर हस्ताक्षर करने वाले हैं और कह रहे हैं कि जर्मनी एक राष्ट्र है, न कि

यह क्या है—भेड़ियों का एक झुंड है, जिसके नुकीले दाँतों ने हमारी प्रजा को मार डाला और भस्म कर दिया।"[9]

उस समय देश के सबसे बेहतरीन वक्ता बेगिन ने इजराइली समाज के अधिकांश लोगों के जुनून को जगाया। देश के प्रमुख समाचार-पत्रों में से एक 'मारिव' ने एक कार्टून प्रकाशित किया, जिसमें एक जर्मन को खून से लथपथ पैसे का थैला पकड़े हुए दिखाया गया था, जो एक इजराइली को देने के लिए अपना हाथ बढ़ा रहा था। दिसंबर 1951 में 'हेरुट' (फ्रीडम, बिगिंस पॉलिटिकल पार्टी का अखबार) में एक हेडलाइन में पूछा, "एक जले हुए बच्चे के लिए हमें कितना मिलेगा?"

व्यवहारवादी बेन-गुरियन ने प्रतिवाद किया कि आर्थिक रूप से समृद्ध यहूदी राज्य अंतरराष्ट्रीय प्रशंसा को जगाएगा; यहूदी एक से अधिक तरीकों से अपने सम्मान की रक्षा कर सकते थे। बेन-गुरियन जानता था कि इजराइल की अर्थव्यवस्था ढहने के कगार पर है। सरकार ने खाद्य राशन की व्यवस्था की थी, इज़राइल के पास देश को अपने पैरों पर खड़ा करने के लिए आवश्यक भारी मशीनरी में से कुछ भी नहीं था और यहूदी राज्य को सैकड़ों-हजारों बेसहारा यहूदी प्रवासियों के लिए आवास की सख्त जरूरत थी, जिन्होंने इसके तटों पर अपना रास्ता बना लिया था। यदि जर्मन धन इजराइल के एक स्थिर देश बनने को और आगे बढ़ा सकता है, तो वह भी सटीक न्याय का एक रूप होगा।

राष्ट्रीय विवाद, जिसने अभूतपूर्व कटुता को जन्म दिया, 7 जनवरी, 1952 को अपने चरमोत्कर्ष पर पहुँच गया, जो कि कनेसेट के वोट के लिए निर्धारित तिथि थी। ठंड के मौसम में पूरे इजराइल से भारी भीड़ कनेसेट में बहस का विरोध करने के लिए यरुशलम के डाउनटाउन सियोन स्क्वायर में इकट्ठा हुई, फिर केवल कुछ सौ गज की दूरी पर सामने आई। बिगिन ने वोट तक ही केसेट में प्रवेश करने से इनकार कर दिया, भीड़ को एक ऐसे स्वर में संबोधित किया, जिसे उन्होंने पहले कभी नहीं माना था। उन्होंने बेन-गुरियन को 'वो पागल, जो अब प्रधानमंत्री है,' कई संभावित प्रभावों के साथ 'अब' गर्भवती के रूप में संदर्भित किया।

इसके बाद बेगिन ने सरकार को धमकी दी—"जर्मनी के साथ कोई बातचीत नहीं होगी, इसके लिए हम सभी अपनी जान देने को तैयार हैं। इसका उल्लंघन

करने से मरना बेहतर है। इस पहल को दबाने के लिए हम कोई बलिदान नहीं देंगे।" इस तथ्य का उल्लेख करते हुए कि उसने अपने आदमियों को अल्टलेना के दिन आग बुझाने का आदेश दिया था, उसने अब अपना स्वर बदल लिया।

"यह जीवन और मृत्यु का युद्ध होगा।" उन्होंने अपने समर्थकों से कहा। "आज मैं आदेश दूँगा—'रक्त'!"[10]

जिस व्यक्ति ने अल्टलेना की घटना में गृहयुद्ध को टालने में मदद की थी, अचानक वही गृहयुद्ध की धमकी देने लगा!

बेन-गुरियन न तो बेगिन की बयानबाजी से प्रभावित थे और न ही उनकी धमकियों से चिंतित थे। उनके लिए बेगिन एक डेमोगॉग से ज्यादा कुछ नहीं था, एक पोलिश यहूदी, जो नए पोस्ट-यूरोपीय इजराइलियों के देश में कनेसेट के मंच के लिए उपयुक्त नहीं था। दोनों व्यक्तियों ने अपनी गहरी व्यक्तिगत दुश्मनी से भी परे यहूदी दुनिया को गहराई से अलग नजरिए से देखा। बेगिन ने जोर देकर कहा कि एक यहूदी राज्य, जिसने यहूदी स्मृति और यहूदी अतीत की पवित्रता की भावना को त्याग दिया, उसके पास कोई आत्मा नहीं होगी और होने का कोई कारण नहीं होगा। बेन-गुरियन के लिए, यहूदी राज्य यूरोपीय अतीत की भयावहता को स्वीकार करते हुए आगे बढ़ने के बारे में था, लेकिन इससे आगे बढ़ रहा था।

प्रधानमंत्री बेन-गुरियन के लिए, जो नरसंहार से बहुत पहले ही यूरोप छोड़ चुके थे, प्रवासी यहूदी, जिनके लिए बेगिन अभी भी शोक करते थे, चौम नचमन बियालिक के दर्दनाक महाकाव्य कविता 'द सिटी ऑफ स्लॉटर' का दयनीय, कमजोर यहूदी था। उसने सोचा, इजराइल ने कुछ बेहतर बनाया है।

कनेसेट के अंदर तीखी बहस हुई और कनेसेट के तीखे सत्र के बाहर हिंसा भड़क उठी। बिगिन के कुछ समर्थकों ने 'बेन-येहुदाह स्ट्रीट'* तक सियोन स्क्वायर से केसेट तक उसका पीछा किया और गुस्से में खिड़कियों पर पत्थर फेंके। अचानक काँच टूटने की आवाज ने कनेसेट की बहस को बाधित कर दिया।

---

* सड़कों के नामकरण में इजराइल में व्याप्त ऐतिहासिक जागरूकता का एक प्रतिनिधित्व है। कई सड़कों का नाम यहूदी विद्वानों, लेखकों और अतीत के नायकों के नाम पर रखा गया है—'बाइबल', रब्बीनिक और आधुनिक यहूदी इतिहास में प्रसिद्ध तिथियाँ और इसी तरह। कई इजराइली शहरों में बेन-येहुदा स्ट्रीट है, जिसका नाम आधुनिक हिब्रू के पिता के नाम पर रखा गया है।

पुलिस ने बाहर भीड़ को तितर-बितर करने के लिए जिस आँसू गैस का इस्तेमाल किया था, वह कनेसेट में आ गई और कारवाई अस्थायी रूप से निलंबित कर दी गई। आखिरकार, बहस जारी रही और जैसा कि अपेक्षित था, कनेसेट ने 9 जनवरी को जर्मनी के साथ वार्त्ता के साथ आगे बढ़ने के लिए 60-51 मतदान किया। बेगिन ने हार मान ली, लेकिन इमारत के बाहर और प्लेनम, दोनों ही स्थानों पर उनकी भड़काऊ बयानबाजी के लिए उन्हें कनेसेट से तीन महीने के लिए प्रतिबंधित कर दिया गया था।

जैसा कि बेन-गुरियन ने उम्मीद की थी, अन्य विदेशी सहायता स्रोतों के साथ संयुक्त रूप से इजराइल को अपने पैरों पर खड़ा कर दिया। धन का उपयोग आवास में सुधार, एक इजराइली शिपिंग बेड़े और राष्ट्रीय एयरलाइन बनाने, सड़कों और दूरसंचार प्रणालियों के निर्माण और बिजली नेटवर्क स्थापित करने के लिए किया गया था। पुनर्मूल्यांकन ने इजराइल की राष्ट्रीय जलवाहक परियोजना को वित्तपोषित करने में भी मदद की, जो देश के शुष्क हिस्सों में पानी लाने के लिए महत्त्वपूर्ण है, जिससे उन्हें रहने योग्य बना दिया गया है—सूखे मध्य-पूर्व में कोई छोटी चुनौती नहीं है। छोटे राज्य ने प्रति व्यक्ति (और मुद्रास्फीति के लिए समायोजित), राष्ट्रीय जल वाहक पर खर्च किए गए पनामा नहर के निर्माण के लिए संयुक्त राज्य अमेरिका द्वारा खर्च की गई राशि का लगभग छह गुना खर्च किया, जो 'हूवर बाँध या गोल्डन गेट ब्रिज जैसे अन्य प्रतिष्ठित अमेरिकी सार्वजनिक कार्यों से कहीं अधिक है।'[11] परियोजना के शीर्ष पर देश में हर चौदह सक्षम लोगों में से एक वाहक पर काम कर रहा था, चाहे वह खुदाई, पाइपफिटिंग, वेल्डिंग या कोई अन्य कार्य कर रहा हो।[12] इसकी लागत इजराइल के सकल घरेलू उत्पाद का लगभग 5 प्रतिशत है, एक असाधारण राशि किसी भी देश के लिए—इजराइल जैसे आर्थिक रूप से कमजोर देश में तो और भी अधिक। क्षतिपूर्ति के बिना परियोजना संभवतः तब संभव नहीं होती।

1950 के दशक के मध्य तक इजराइल दुनिया की सबसे तेजी से बढ़ती अर्थव्यवस्था थी, यहाँ तक कि जर्मनी और जापान से भी आगे।[13] क्षतिपूर्ति के अप्रत्याशित परिणाम भी थे, साथ ही वित्तीय से कहीं अधिक। 1940 के दशक में यूरोप में जो कुछ हुआ था, होलोकॉस्ट में बचे और इजराइली समाज ने उसके बारे

में बोलने से सालों तक परहेज किया था। बचे लोगों के लिए यादें बहुत दर्दनाक थीं। इजराइली समाज के लिए इस विषय ने मदद करने में यिशुव की अक्षमता और एक यूरोपीय यहूदी-पीड़ित की छवि, जिसे इजराइल ने पार करने की कोशिश की, दोनों छवियों को जन्म दिया।

अब क्षतिपूर्ति के बाद इजराइल द्वारा नरसंहार के विषय को शामिल करने से इनकार करने के दुष्परिणाम थे और वह व्यक्ति, जो अब इजराइल के यहूदी अंतःकरण की रक्षा करने की भूमिका से जुड़ा था, वह था डेविड बेन-गुरियन का राजनीतिक विरोधी, मेनाकेम बेगिन। क्षतिपूर्ति की बहस ने शुरुआत को इजराइल की यहूदी आत्मा, यहूदी स्मृति की पवित्रता का प्रतिनिधित्व करने का अवसर दिया, चाहे वह कितना भी दर्दनाक क्यों न हो।

ऐसा नहीं था कि सिर्फ बेन-गुरियन की 'मपई पार्टी' के पतन के बीज बोए गए थे। यह किब्बुत्जिम के लिए भी एक महत्त्वपूर्ण मोड़ था। इजराइल के इतिहास में उस समय तक किब्बुत्जिम के कई लोगों ने बिना किसी अपवाद के निजी संपत्ति को गैर-कानूनी घोषित कर दिया था। सदस्यों ने कपड़ों और अन्य उपहारों के साथ-साथ सबकुछ साझा किया, जो किब्बुत्ज सदस्यों को मित्रों या परिवार से प्राप्त हो सकता है। बच्चों को उनके माता-पिता ने नहीं, बल्कि सामूहिक घरों में पाला, जहाँ वे बचपन से ही सोते, रहते थे।

हालाँकि क्षतिपूर्ति के साथ उस नीति में एक दरार भी दिखाई दी। उत्तरजीवियों ने अचानक इस धारणा का विरोध किया कि जो धन वे अपने स्वयं के अवर्णनीय दुःख के लिए प्राप्त करेंगे, उन्हें उन लोगों के साथ साझा किया जाना चाहिए, जो नरसंहार से नहीं गुजरे थे। कुछ प्रकार की संपत्ति, उन्होंने जोर देकर कहा, सभी के लिए नहीं। कुछ किबुत्जिम पर, जिस बहस ने इस मुद्दे को जन्म दिया, वह कनेसेट में गरमागरम बहस से कम मुखर या तीखी नहीं थी।

कई लोग किब्बुत्जिम समझौता करने की स्थिति में आ गए; सदस्य कुछ मुआवजे, जो उन्हें प्राप्त हुए थे, रख सकते थे, लेकिन शेष सरकारी खजाने में जमा कर दिए जाएँगे। एक संस्था के रूप में किब्बुत्ज दशकों तक जीवित रहेगा, लेकिन किब्बुत्ज का पूर्ण समतावाद समाप्त हो गया था। दशकों बाद जब किब्बुत्जिम सार्वजनिक संपत्ति का निजीकरण और उन्मूलन करेगा, तो कुछ लोग यह देखेंगे

कि इजराइल के जाने-पहचाने समाजवादी संस्थान में जर्मन पुनर्मूल्यांकन के प्रभाव में बदलाव की जड़ें हैं।[14]

अगर इजराइल के प्रलय के साथ पहले गंभीर लेखे में क्षतिपूर्ति की महत्त्वपूर्ण भूमिका थी, तो कई साल बाद रूडोल्फ काजटनर के दिलचस्प मुकदमे के साथ ही मामला और अधिक गंभीर हो गया। जून 1955 में एक सनकी होलोकॉस्ट उत्तरजीवी मल्कील ग्रुएनवाल्ड ने एक पैंफलेट प्रकाशित किया, जिसमें उन्होंने काजटनर पर आरोप लगाया, जो युद्ध के दौरान हंगरी में जियोनीवादी रेस्क्यू कमेटी के प्रमुख थे, ने 1944 में जर्मनों के साथ एक समझौता किया था, जिसे बाद में 'माल के बदले खून' के रूप में जाना जाने लगा, जिसमें काजटनर के ट्रकों को जर्मनों को स्थानांतरित किया जाना शामिल था, जो यहूदियों के एक ट्रेन लोड के बदले में दिए गए थे, जिन्हें ऑशविट्ज नहीं भेजा जाएगा। इस सौदे के कारण करीब सत्रह सौ यहूदियों को रिहा कर दिया गया, उनमें से काजटनर का अपना परिवार और अन्य धनी यहूदी शामिल थे, जिन्होंने ट्रेन में स्थान पाने के लिए एक विशेष कीमत चुकाई थी। सौदे में शामिल अनाथ, हसीदीम और चुनिंदा अन्य लोग थे, जो पूरी तरह से सार्वजनिक था और क्योंकि उन लोगों की जान बचाने के अलावा काजटनर ने ऑशविट्ज के बजाय बड़ी संख्या में यहूदियों को श्रम-शिविरों में भेजने की व्यवस्था भी की थी, कई हंगेरियन यहूदियों ने उन्हें उस भयानक अँधेरे काल का नायक माना।

हालाँकि अन्य लोगों का धर्मार्थ दृष्टिकोण बहुत कम था। उन्होंने तर्क दिया कि काजटनर ने अपने परिवार को बचा लिया था, अजीजों के अधीन बहुत अच्छी तरह से रहता था और शायद सबसे अहंकारी की तरह यहूदियों को यह बताने में विफल रहा था कि वह उन्हें नहीं बचा सकता था, जो उन्हें इंतजार करा रहा था। उन्होंने कहा कि काजटनर कोई नायक नहीं था, बल्कि हजारों यहूदियों की मौत में शामिल था।

युद्ध के बाद काजटनर इजराइल चले गए, बेन-गुरियन की 'मपई' पार्टी के साथ काम करना शुरू किया और अपने जीवन में ज्यादातर सुर्खियों से दूर रहे, जब ग्रुएनवाल्ड ने यह आरोप लगाया कि काजटनर पाँच लाख हंगेरियन यहूदियों का

'विकृत हत्यारा' है, जिनमें से अट्ठाईस ग्रुएनवाल्ड के अपने परिवार के सदस्य थे, काजटनर इजराइल के उद्योग और व्यापार मंत्रालय के एक वरिष्ठ पद पर कार्यरत थे। अपनी प्रतिष्ठा की रक्षा के लिए सरकार ने ग्रुएनवाल्ड पर मानहानि के लिए मुकदमा चलाने का फैसला किया।

हालाँकि बुजुर्ग और संसाधनों से रहित ग्रुएनवाल्ड ने बिना कानूनी लड़ाई के पद छोड़ने से इनकार कर दिया। उन्होंने शमूएल तामीर नाम के एक वकील को काम पर रखा, जो बिगिन के इरगुन के सदस्य थे। कोर्ट रूम में शानदार प्रदर्शन करते हुए एक प्रतिभाशाली वकील और बहसबाजी में कुशल बयानबाजी तामीर ने मुकदमे के फैसले को अपने पक्ष में रखने में कामयाबी हासिल की। तामीर ने तर्क दिया कि ग्रुएनवाल्ड सही था और काजटनर एक सहयोगी था। संक्षेप में काजटनर और संघ द्वारा, जिस सरकार ने उसका काम उठाया था, उसे अब ग्रुएनवाल्ड के आरोपों के खिलाफ अपना बचाव करना पड़ा।

अदालत ने अंततः ग्रुएनवाल्ड को दोषमुक्त कर दिया और घोषणा की कि काजटनर ने 'अपनी आत्मा को शैतान को बेच दिया था।' सार्वजनिक रूप से अपमानित काजटनर वैरागी बन गया। सुप्रीम कोर्ट ने अंततः उस फैसले को उलट दिया, लेकिन काजटनर के लिए बहुत देर हो चुकी थी। 4 मार्च, 1957 को काजटनर की तेल अवीव में उनके घर के बाहर जेव एकस्टीन द्वारा हत्या कर दी गई थी।'[15]* ट्रांसफर एग्रीमेंट की स्पष्ट प्रतिक्रिया में 1933 में अर्लोसोरॉफ की हत्या के समान काजटनर की हत्या ऐसी दूसरी हाई-प्रोफाइल यहूदी की हत्या थी, जिनकी जर्मनों के साथ बातचीत में उनकी भूमिका के लिए हत्या कर दी गई थी। इस बार हालाँकि हत्या स्वतंत्रता के बाद इजराइल में की गई थी। यह पहली बार था, जब किसी यहूदी ने यहूदी राज्य में राजनीतिक कारणों से किसी यहूदी की हत्या की थी। दु:ख की बात है कि यह आखिरी हत्या नहीं।

---

* एकस्टीन शिन बेट के लिए एक एजेंट था, जिसने उसे कट्टरपंथी दक्षिणपंथ पर नजर रखने का काम (लेकिन उससे अधिक नहीं करने के लिए) सौंपा; हालाँकि उसने बिल्कुल ऐसा ही किया, दक्षिणपंथ की विचारधारा अंततः उसपर छा गई और वह दुष्ट हो गया। उसने हत्या के लिए सात साल जेल की सजा काट ली और बाद में हत्या के लगभग छह दशक बाद, अपनी आत्मकथात्मक किताब 'क्विल्ट ब्लैंकेट' प्रकाशित की, जिसमें उसने कहा, "मैं आज ऐसा नहीं करूँगा। मैं शूट नहीं करूँगा। इसके बारे में कोई संदेह नहीं है।" (एलाद जेरेट, 'काजटनर किलर : आई नेवर हैव शॉट हिम टुडे,' वायटीन्यूज.कॉम (29 अक्तूबर, 2014)।

जैसे क्षतिपूर्ति समझौते के अप्रत्याशित परिणाम सामने आए, बिल्कुल वैसे ही काजटनर के मुकदमे के भी परिणाम देखे गए। काजटनर की निंदा करते हुए न्यायाधीश ने, हालाँकि अनजाने में इस धारणा को मजबूत किया कि जो यहूदी नरसंहार से बच गए थे, उन्होंने कुछ अरुचिकर किया होगा। अन्यथा बहुत से लोगों ने सोचा कि वे क्यों बच गए, जब इतने लाख अन्य लोग मारे गए थे?

विडंबना यह है कि नरसंहार पर जनता के ध्यान ने वास्तव में कुछ बचे लोगों को अपने अनुभवों के बारे में बात करने के लिए अनुइच्छुक बना दिया। उनका वह बोझ बन गया, जिसे वे अकेले सहन करेंगे और इसने इस भावना को भी मजबूत किया कि वे किसी तरह 'अलग' थे। 'यूनिट 101' के कमांडर और अंततः प्रधानमंत्री बने एरियल शेरोन को याद होगा कि जिस किब्बुत्ज में वे बड़े हुए थे, उसमें ऐसा लगता था, जैसे बचे हुए लोग अपनी दुनिया में रहते थे—

> "बचे लोगों के अपने कोड शब्द थे और (कोई) कभी भी यह सुनिश्चित नहीं कर सकता था कि वे वास्तव में क्या कह रहे हैं? वे या तो किसी अपमान के कारण एक-दूसरे से बात नहीं कर रहे थे या फिर एक-दूसरे के लिए मरने को तैयार थे। एक किब्बुत्ज को विश्वास का स्थान माना जाता था; ऐसे लोगों के साथ कम्यून कौन बना सकता है?"[16]

जनता की नजर से दूर इजराइल के विकास पर प्रलय का एक और बड़ा प्रभाव था। 1955 तक डेविड बेन-गुरियन दूरगामी निर्णय पर पहुँच गए थे। वे जानते थे कि अरब-इजराइल संघर्ष निकट भविष्य में किसी भी समय हल नहीं होनेवाला था। विश्व इतिहास की अनियमितताओं को देखते हुए वे विशेष रूप से पश्चिम पर निर्भर नहीं रहना चाहते थे। उन्होंने तय किया कि इजराइल को परमाणु शक्ति-संपन्न बनने की जरूरत है।

उस समय केवल संयुक्त राज्य अमेरीका, ब्रिटेन और यू.एस.एस.आर. के पास परमाणु हथियार थे। इजराइल ने ट्रांजिस्टर रेडियो का निर्माण भी नहीं किया था। केवल यह धारणा कि बिना तकनीकी विशेषज्ञतावाला एक छोटा देश, जो दो मिलियन से कम नागरिकों का घर है, बेन-गुरियन के कुछ सलाहकारों के लिए काल्पनिक और दूसरों के लिए एक बुरा विचार था, लेकिन प्रधानमंत्री के लिए,

अरबों के साथ संघर्ष के साथ-साथ भेद्यता की भावना, जो कि होलोकॉस्ट ने पैदा की थी, एक निर्णायक कारक था। इजराइल यहूदी भेद्यता को समाप्त करने के लिए तत्पर था, इसके लिए उसे चाहे जो भी करना पड़े।

जब उसने बाद में इजराइल की परमाणु क्षमता के महत्त्व पर विचार किया तो गोल्डा मीर ने होलोकॉस्ट पर नहीं, बल्कि अपने बचपन के दंगों के बारे में बताया। उसने इजराइल की परमाणु क्षमता को अलग-अलग तरह से कहा; यह वह नाम था, जिसे पूर्वी यूरोपीय यहूदी उन फलों के संरक्षण के लिए इस्तेमाल करते थे, जिन्हें उन्होंने गुप्त रखा था, ताकि एक पोग्रोम फूट जाए, जब तक कि खतरा टल न जाए, तब तक वे इसे खाएँ।

बेन-गुरियन ने 1956 में शिमोन पेरेस को पेरिस भेजा, ताकि वे इजराइल को अपनी परमाणु क्षमता विकसित करने में मदद करने के लिए फ्रांसीसी (जो उस समय अपने स्वयं के परमाणु कार्यक्रम विकसित कर रहे थे) को समझाने की कोशिश करें। अरब विरोधी भावना (जो 1956 के स्वेज अभियान में सबसे स्पष्ट रूप से सामने आई) और यहूदियों के प्रति नाजी विची फ्रांसीसी सरकार के यहूदियों के प्रति व्यवहार के आलोक में फ्रांस ने सहमति व्यक्त की।* अल्जीरिया में इसके दुर्भाग्य के आलोक में अपनी पहुँच का विस्तार करना और उपनिवेशवाद की धुँधली रोशनी ने निस्संदेह इजराइल के साथ सहयोग करने के विचार को और भी आकर्षक बना दिया। फ्रांस ने इंजीनियरों और तकनीशियनों, प्लूटोनियम को अलग करने की

---

* इजराइल के परमाणु हथियार के अधिग्रहण की इस दिलचस्प कहानी में अमेरिकी यहूदी भी शामिल थे। उनमें से सबसे उल्लेखनीय जाल्मन शापिरो, एक रसायन विज्ञानी, आविष्कारक और प्रतिबद्ध जियोनिस्ट थे, जब 'न्यूक्लियर मैटेरियल्स एंड इक्विपमेंट कॉरपोरेशन' (न्यूमेक) की 1965 की सूची में लगभग 200 से 600 पाउंड का यूरेनियम गायब पाया गया तो 'न्यूमेक' की स्थापना करनेवाले शापिरो पर जासूसी और परमाणु सामग्री को इजराइल भेजने का आरोप लगाया गया। 'द सैमसन ऑप्शन : इजराइल्स न्यूक्लियर आर्सेनल एंड अमरीकांज फॉरेन पॉलिसी' के लेखक सेमुर हर्ष का तर्क है कि शापिरो ने कुछ भी गलत नहीं किया और मुख्य जाँचकर्ताओं में से एक को यह कहते हुए उद्धृत किया, "मुझे यह इंगित करने के लिए कुछ भी नहीं पता है कि शापिरो दोषी है।" शापिरो को कभी भी अभियोग नहीं लगाया गया था, लेकिन इजराइल के परमाणु कार्यक्रम में अवैध अमेरिकी यहूदी शामिल होने की अफवाहों ने उन्हें जीवन भर के लिए परेशान किया। कई अमेरिकी जियोनीवादियों के लिए इजराइल की सुरक्षा को बढ़ावा देने में उनकी भूमिका के लिए शापिरो एक प्रसिद्ध नायक था। (सीमोर हर्श, द सैमसन ऑप्शन : इजराइल्स न्यूक्लियर आर्सेनल एंड अमरीकांज फॉरेन पॉलिसी (न्यूयॉर्क : रैंडम हाउस, 1991), पीपी 243, 250, 252, 255।

सुविधा तथा मिसाइल क्षमता प्रदान करने की प्रतिबद्धता जताई। इजराइल परमाणु क्षमता रखनेवाले गिने-चुने देशों में से एक बन जाएगा। होलोकॉस्ट की छाया में इजराइल के पत्रकार और टिप्पणीकार अवि शावित नोट करते हैं, यह उन लोगों के लिए नहीं खोया, जो इस योजना के बारे में जानते थे कि इतिहास में पहली बार, यहूदियों में अरब लोगों का सफाया करने की क्षमता हो सकती है।[17]

सन् 1960 तक संयुक्त राज्य अमेरिका को पता था कि फ्रांस इजराइल को परमाणु रिएक्टर बनाने में मदद कर रहा है, जब वे 1961 की शुरुआत में राष्ट्रपति बने, परमाणु अप्रसार के लिए प्रतिबद्ध कैनेडी बहुत चिंतित थे; तदनुसार इजराइल और संयुक्त राज्य अमेरिका ने एक समझौते पर हस्ताक्षर किए, जो निर्धारित करता है कि 1962 में शुरू होने पर अमेरिकी अधिकारी साल में एक बार डिमोना जा सकते हैं, जहाँ रिएक्टर स्थित था। कुछ समय के लिए अमेरिकी परमाणु कार्यक्रम का कोई सबूत नहीं खोज सके, जैसे-जैसे अमेरिकी अधिक संदिग्ध होते गए, डिमोना में वास्तव में जो हो रहा था, उसे छिपाने के लिए इजराइल अधिक-से-अधिक गहराई में चला गया। इजराइलियों ने नकली नियंत्रण कक्ष बनाए; उन्होंने भूमिगत हिस्सों के प्रवेश द्वारों को ढक दिया, यहाँ तक कि कुछ इमारतों के चारों ओर कबूतर के शौच को भी फैला दिया, ताकि यह प्रकट हो सके कि वे उपयोग में नहीं आते थे।

हालाँकि इजराइल ने इन निरीक्षणों को पारित कर दिया, लेकिन यह स्पष्ट था कि यह चाल हमेशा के लिए काम नहीं करेगी। 1969 में गोल्डा मीर, तत्कालीन प्रधानमंत्री, रिचर्ड निक्सन के साथ एक समझौते पर पहुँची, जो अभी-अभी राष्ट्रपति चुने गए थे कि इजराइल अपने कार्यक्रम को आगे बढ़ाएगा, लेकिन यह प्रकट नहीं करेगा कि उसके पास हथियार है। इजराइल के पास वह सुरक्षा हो सकती है, जो यह सुनिश्चित करने के लिए आवश्यक है कि यहूदियों के खिलाफ होलोकॉस्ट जैसे नरसंहार अभियान अतीत के अवशेष हैं, अरब दुनिया को अपने स्वयं के हथियार की तलाश में जाने के बिना।

यह इस जटिल पृष्ठभूमि के खिलाफ था—जर्मन क्षतिपूर्ति, काजटनर परीक्षण और (हालाँकि केवल एक छोटे से अभिजात वर्ग के लिए जाना जाता है) इजराइल

के एक सुरक्षित परमाणु हथियार की खोज, कि इचमैन के कब्जे ने इजराइल को वज्र की तरह मारा। इजराइलियों ने सराहना की, विदेशों ने निंदा की, यहाँ तक कि अमेरिकी यहूदी भी बहुत विवादित हो गए थे। दरअसल इचमैन के कब्जे के साथ बेन-गुरियन और जैकब ब्लोस्टीन के बीच दस साल पहले हुआ नाजुक समझौता सुलझने के करीब आ गया था। इजराइल को विश्व यहूदी के लिए केंद्रीय स्थान के रूप में स्थापित करने की इच्छा नहीं रखते हुए अमेरिकी यहूदी समिति का मानना था कि इचमैन परीक्षण इजराइल में नहीं होना चाहिए; इसके कुछ सदस्यों ने संभावना पर अपनी नाराजगी पर जोर देने के लिए गोल्डा मीर से भी मुलाकात की। इजराइल के अधिकारियों को क्रोधित करते हुए एजेंसी नेताओं ने आरोप लगाया कि यरुशलम में इचमैन की कोशिश करना इस तथ्य को कमजोर कर देगा कि उसने 'केवल यहूदियों के खिलाफ ही नहीं, मानवता के खिलाफ अकथनीय अपराध' किए हैं।

इन भावनाओं से नाराज बेन-गुरियन ने कई सार्वजनिक तरीकों से अपनी आलोचना को उजागर किया। अमेरिकी यहूदी समिति द्वारा इजराइलियों के खिलाफ लगाए गए आरोप के रूप में बेन-गुरियन ने अगले दिसंबर में 'न्यूयॉर्क टाइम्स' में लिखा—

> "अब मैं देख रहा हूँ कि यह तर्क यहूदियों और दूसरों के बीच है कि इजराइल कानूनी रूप से इचमैन को आजमाने का हकदार है, लेकिन नैतिक रूप से ऐसा नहीं करना चाहिए, क्योंकि इचमैन का अपराध, इसकी विशालता में, मानवता और मानवता के विवेक के खिलाफ है, न कि यहूदियों के खिलाफ। केवल एक हीन भावनावाला यहूदी ही ऐसा कह सकता है; केवल वही, जो यह नहीं जानता कि यहूदी भी इनसान हैं।"[19]

यहूदी लोगों के खिलाफ अपराध के विरोध में 'मानवता के खिलाफ अपराध' का संदर्भ 'यहूदी लोगों के खिलाफ अपराधों की तुलना में मानवता के खिलाफ अपराधों के बारे में बोलने में एंजेसी के अकर्मण्यता पर एक हमला था।'*

---

* बेन-गुरियन की टिप्पणियाँ इजराइल के नेताओं के दोषों के लिए अमेरिकी यहूदियों की आलोचना करने की चल रही प्रवृत्ति का हिस्सा थीं, इस मामले में यहूदी विशिष्टतावाद की तुलना में अमेरिकी सार्वभौमिकता के साथ उनका अधिक आराम था, हालाँकि अन्य लोगों ने अमेरिकी यहूदियों में अलग-अलग विफलताओं की ओर इशारा किया। संयुक्त राज्य अमेरिका में इजराइल

बेन-गुरियन का क्रोध न केवल एजेंसी पर, बल्कि बड़े पैमाने पर अमेरिकी यहूदियों पर भी था, जिन पर उन्होंने प्रलय में यहूदी पीड़ा को कम करने का आरोप लगाया था। "संयुक्त राज्य के यहूदियों का यहूदी धर्म सभी अर्थ खो रहा है और केवल एक अंधा व्यक्ति ही इसके विलुप्त होने के दिन को देखने में विफल हो सकता है।" उन्होंने कहा। वे यहूदी, जो इजराइल में नहीं रहते थे, उन्हें 'मृत्यु के चुंबन और धीमे...आत्मसात् करने के अवसर नहीं आए थे।'[20] इस तरह की बयानबाजी ने सिर्फ दस साल पहले ब्लोस्टीन समझौते की भावना का उल्लंघन किया। बेन-गुरियन को यह जानना था कि इन टिप्पणियों से ब्लोस्टीन क्रोधित हो जाएगा, पर उन्होंने परवाह नहीं की।

ब्लॉस्टीन को वापस लाने के लिए लंबे समय तक प्रयास करना पड़ा और कुछ अपूरणीय क्षति जरूर हुई थी। जिस तरह सुधारों ने किब्बुत्ज के मूलभूत लोकाचार को उजागर करने में तेजी लाई थी, विडंबना यह थी कि एक नाजी का कब्जा था, जिसने इजराइल के यहूदियों और संयुक्त राज्य के लोगों के बीच संबंधों में एक और दरार डाल दी थी।

11 अप्रैल, 1961 को यरुशलम में इचमैन परीक्षण शुरू हुआ।

यहूदी इतिहास के सदियों को उद्घाटित करते हुए अभियोजन शुरू हुआ। इसने इचमैन पर फिरौन और हामान सहित यहूदी लोगों के दुश्मनों की एक कतार में खड़े होने का आरोप लगाया।* अभियोजन पक्ष का इरादा न केवल उन बचे लोगों के साथ हुआ था, जो गवाही देंगे, बल्कि नाजियों ने क्या किया था, इस

के राजदूत के रूप में अपना कार्यकाल पूरा करने पर माइकल ओरेन ने अमेरिकी यहूदियों के बारे में—'एली : माई जर्नी अक्रॉस द अमेरिकन-इजराइल डिवाइड' शीर्षक अपने संस्मरण में लिखा—"मैं उन पर (अमेरिकी यहूदियों) पापों के सबसे मादक द्रव्य का आरोप लगाना चाहता था : कृतघ्नता।" (माइकल ओरेन, एली : माई जर्नी अक्रॉस द अमेरिकन-इजराइल डिवाइड (न्यूयॉर्क : रैंडम हाउस, 2015), पृ. 267)

* दो, 'बाइबल' की कथा में क्लासिक खलनायक हैं, जिन्होंने यहूदी लोगों को मिटाने की माँग की थी। फिरौन ने आज्ञा दी कि इजराइल के सभी बालकों को नील नदी में डाल दिया जाए (निर्गमन 1:22)। हामान 'बाइबल' की एस्तेर की पुस्तक का खलनायक है, जिसने राजा से कहा, "कुछ निश्चित लोग हैं, जिनके कानून दूसरे लोगों से अलग हैं।...यदि महामहिम को इससे प्रसन्नता हो, तो उनके विनाश का आदेश सुनाया जाए।" (एस्तेर 3:8-9)

बारे में मुकदमा चलाने का इरादा था। पूरी तरह से यहूदी लोगों के लिए, जबकि स्टैंड पर बुलाए गए कुछ गवाहों ने वास्तव में युद्ध के दौरान इचमैन के साथ रास्ते पार कर लिये थे, मुकदमे ने उन बचे लोगों से भी सुना, जिन्होंने इचमैन का सामना नहीं किया था, लेकिन युद्ध की भयावहता, अवर्णनीय पीड़ा और नाजियों द्वारा की गई तबाही के बारे में बात कर सकते थे। यूरोप के यहूदियों पर हमला। कुछ पर्यवेक्षकों ने इस फैसले पर आपत्ति जताई, लेकिन मुख्य अभियोजक गिदोन हॉसनर ने जोर देकर कहा कि उनकी जिम्मेदारी होलोकॉस्ट को 'इतिहास में अपना स्थान' दिलाना था।

इजराइल के युवाओं ने जो शिक्षा प्राप्त की, बेन-गुरियन का मानना था कि उन्हें इसकी आवश्यकता थी। मुकदमे ने कोई विवरण नहीं छोड़ा। गवाहों ने महिलाओं, पुरुषों और बच्चों के मारे जाने का वर्णन किया। एक चश्मदीद ने बताया कि कैसे उसके बच्चे को गोली मार दी गई, क्योंकि उसने उसे अपनी बाँहों में पकड़ रखा था। एक अन्य ने एक भयानक दृश्य का वर्णन किया, जिसमें हजारों फ्रांसीसी बच्चे, अपने माता-पिता से अलग हो गए और बिना किसी वयस्क पर्यवेक्षण के नम, गंदे कमरों में ले जाया गया—"उनके लिए अपने माता-पिता के लिए चिल्लाते हुए रात के दौरान जागना असामान्य नहीं था। कुछ अपने नाम तक जानने के लिए बहुत छोटे थे।"[22] बच्चों को निर्वासित कर दिया गया—"संघर्ष करते हुए और चिल्लाते हुए"[23]—ऑशविट्ज में उनकी हत्या कर दी गई और उन्हें जला दिया गया।

एक और गवाह ने आखिरी पत्र पढ़ने का प्रयास किया, जो उसके पति ने उसे लिखा होगा और वह आखिरी शब्द, जो वह अपने बच्चों को कहा—"मेरी प्यारी पत्नी और बच्चो···हम बहुत लंबी यात्रा पर निकल रहे हैं···मैं किसी भी तरह अपने भाग्य को वहन करूँगा, जो कुछ भी हो सकता है। मैं तुम्हें दुःखी नहीं करना चाहता, लेकिन मैं तुम्हारे साथ अभी भी बहुत कुछ जीना चाहता हूँ। ईश्वर हमें प्रदान करें कि हमें इसे प्राप्त करने की अनुमति दी जा सके।"[24] जिस महिला को पत्र संबोधित किया गया था, वह इतनी अधिक भावुक हो गई कि वह इसे पढ़ नहीं पाई; उसने इसे अपनी ओर से पढ़ने के लिए वकीलों में से एक को दे दिया, लेकिन उसने भी पत्र को पढ़ने में कठिन पाया।

बिरकेनौ के एक कैदी ने अपनी पत्नी और बेटी से अलग होने का वर्णन किया, जिन्हें 'बाईं' ओर भेजा गया था, यानी गैस चैंबर में। उसने याद किया कि लोगों के क्रश के बावजूद वह अपनी छोटी लड़की के लाल कोट के कारण उसे पहचान सकते थे। "लाल धब्बा इस बात का संकेत था कि मेरी पत्नी वहाँ पास में ही थी। लाल धब्बा छोटा और छोटा होता जा रहा था।" उसने उन्हें फिर कभी नहीं देखा।[25]

शायद सबसे यादगार गवाही येहेल डी-नूर ने दी थी, जो ऑशविट्ज में कैदी रहा था। डी-नूर ने पहले ही 'का-त्सेटनिक 1,35,633'* के 'कलम' नाम से लिखा था, लेकिन जब उन्होंने मुकदमे में गवाही दी तो उनकी असली पहचान पहली बार कई इजराइलियों को पता चली। उन्होंने कहा कि डी-नूर ने ऑशविट्ज की दुनिया को मंत्रमुग्ध कर देनेवाले विवरण के साथ अपनी गवाही शुरू की, एक ऐसी दुनिया, जो सभी इरादों और उद्देश्यों के लिए एक अलग ग्रह था। उन्होंने ऑशविट्ज को 'राख का ग्रह' कहा।

हालाँकि डी-नूर की गवाही विचित्र और फिर असंगत हो गई तथा वह बेहोश हो गया।[26] डी-नूर की देह गवाह स्टैंड पर गिर गई और पुलिस अधिकारियों ने उसे होश में लाने की कोशिश की, जिससे इजराइलियों को उस भयावहता का अहसास हुआ, जिसके बारे में वे लोग सुन रहे थे।

जिस तरह नवंबर 1947 में संयुक्त राष्ट्र महासभा में विभाजन पर वोट के समय दुनिया के यहूदी रेडियो के आसपास मँडरा रहे थे, उसी तरह इजराइली, अब अपने रेडियो से चिपके हुए थे, कहानियों और स्थिति की भयावहता को सुन रहे थे। गवाहों के रूप में बचे हजारों इजराइली लोगों को अपने अनुभवों को बताने की 'अनुमति' दी। हमेशा से ऐसा नहीं था। 'नए यहूदी' पर इजराइल के ध्यान को देखते हुए, जो खुद का बचाव कर सकते थे, इन बचे हुए लोगों ने अपनी बाँहों पर टैटूवाले नंबरों के साथ उन यहूदियों का प्रतिनिधित्व किया था, जिन्हें

* डी-नूर का नाम और उसका कलम नाम दोनों प्रतीकात्मक रूप थे। उनका जन्म यूरोप में येहील फीनर के रूप में हुआ था, लेकिन उन्होंने अपना नाम बदल दिया (जैसा कि कई यूरोपीय प्रावासियों ने इजराइल में किया था) डी-नूर, जिसका अरामी में अर्थ है—'आग से बाहर।' उनका 'कलम' नाम का-त्सेटनिक 1,35 633, कोजेंट्रेशंसलागर का छोटा रूप है, जिसका अर्थ है—एकाग्रता शिविर में कोई व्यक्ति। डी-नूर का कैदी नंबर 1,35,633 था।

इजराइली भूलना चाहते थे। वे अकसर होलोकॉस्ट पीड़ितों की तुलना यीशु के नए, शक्तिशाली यहूदियों से करते थे, जिन्होंने अंग्रेजों को उखाड़ फेंका और सैन्य शक्ति के साथ अरबों से लड़ाई लड़ी। स्पष्ट रूप से, "प्रलय में मारे गए लोगों के बारे में कहा जाता था कि वे 'नाश' हो गए थे, जबकि यहूदी, जो फिलिस्तीन में लड़ते हुए मारे गए थे, वे 'खेत रहे थे'।"[27]

टॉमी लैपिड, बुडापेस्ट यहूदी बस्ती के एक प्रसिद्ध इजराइली पत्रकार और सफल राजनीतिज्ञ (यायर लैपिड के पिता, एक बहुत प्रशंसित पत्रकार और राजनीतिक दल येश अतीद के संस्थापक) ने वर्षों बाद याद किया कि किस तरह के अनुभवी सदस्य ने यिशुव के बचे लोगों पर आरोप लगाया कि उन्होंने क्या सहा था? "तुम वापस क्यों नहीं लड़े?" वे पूछेंगे।

"आप भेड़ों की तरह वध होने के लिए क्यों गए?" वे प्रथम श्रेणी के यहूदी थे, जिन्होंने हथियार उठाए और लड़े, जबकि हम द्वितीय श्रेणी के थे, जिन्हें जर्मन प्रतिरोध का सामना किए बिना नष्ट कर सकते थे।[28] शायद इससे भी बुरी बात यह है कि जो लोग यिशुव में पैदा और बड़े हुए थे, उन्होंने उन भयानक तरीकों पर प्रकाश डाला, जो नाजियों ने मारे गए यहूदियों के शरीर के लिए किए थे। उदाहरण के लिए, वे जानते थे कि नाजियों ने यहूदियों के शरीर का इस्तेमाल साबुन बनाने के लिए किया था। लैपिड ने याद किया—

> "उस समय एक रसोइया होता था, जो ऑशविट्ज का एक उत्तरजीवी था, जिसके हाथ पर नीले रंग के कई सारे टैटू गुदे हुए थे। लंबे समय तक कर्मचारियों ने उसे 'सोप' कहा, जो प्रसिद्ध नाजी योजना पर साबुन बनाने के लिए यहूदी शरीर की वसा का उपयोग करते थे। "अरे, सोप!" वे इस प्रकार कहते।
>
> "आज दोपहर के भोजन में क्या है?" जिस पर सोप असहज रूप से हँसता और उनकी प्लेट भर देता।[29]

अब मुकदमे के साथ-साथ मामले भी बदलने लगे। अभियोजन पक्ष ने इस सवाल को चकमा देने का कोई प्रयास नहीं किया कि उत्तरजीवियों ने विरोध क्यों नहीं किया? एक मार्मिक क्षण ने उन सवालों को खामोश कर दिया। 'बेइस्की' के नाम से एक गवाह, दर्दनाक कहानी कह रहा था कि पंद्रह हजार कैदी कैसे

देखते थे, जबकि एक युवा लड़के को एक कुरसी पर फँसाने के लिए फहराया जाता था। गरीब लड़के को तड़पाते हुए फंदे की रस्सी टूट गई, जो दया के लिए चिल्लाने लगा। इसके बाद एस.एस. जवानों ने फिर से फाँसी का आदेश जारी कर दिया। एक निर्दयी कदम का वकीलों में से एक ने गवाह से इस भयानक दृश्य का वर्णन करते हुए पूछा कि इसे देखनेवाले हजारों कैदियों ने प्रतिक्रिया क्यों नहीं दी? साक्षी ने निम्नलिखित कहा—

> "मैं इसका वर्णन नहीं कर सकता···आतंक से भरा भय··हमारे पास एक पोलिश शिविर था। 1,000 डंडे थे···छावनी से सौ मीटर की दूरी पर उनके पास जाने के लिए एक जगह थी···अपने घर। मुझे डंडे से भागने का एक भी उदाहरण याद नहीं है, लेकिन कोई यहूदी कहाँ जा सकता था? हमने जो कपड़े पहने थे··पीली धारियों के साथ पीले रंग में रँगे थे। हमारे सिर के केंद्र में उन्होंने बाल 4 सेंटीमीटर चौड़ी पट्टी में एक प्रकार का चिह्न बनाया। मान लीजिए, शिविर के भीतर 15,000 लोग बिना सशस्त्र बल के भी छावनी की सीमा के पार कैसे और कहाँ जाएँगे? वे क्या कर सकते थे?"[30]

सन् 1943 में राज्य की स्थापना से वर्षों पहले, जब यिशुव में नाजी अत्याचारों की खबरें फैलने लगी थीं, यूक्रेन में जनमे हिब्रू लेखक हैम हजाज ने 'द सेर्मन' प्रकाशित किया। लघुकथा का मुख्य पात्र युडके (यहूदा का एक छोटा, यहूदा के लिए हिब्रू) है, एक किब्बुत्ज सदस्य आमतौर पर बोलने में मितभाषी होता है। एक शाम युडके एक भाषण में फूट पड़ता है, जो एक इजराइली क्लासिक बन गया।

> मैं यह बताना चाहता हूँ कि मैं यहूदी इतिहास का विरोधी हूँ। हमने अपना इतिहास खुद नहीं बनाया, गोइम ने इसे हमारे लिए बनाया है। इसमें क्या है? उत्पीड़न, मानहानि, अत्याचार, शहादत। मैं बस अपने बच्चों को यहूदी इतिहास पढ़ाने से मना करूँगा। शैतान उन्हें उनके पूर्वजों की शर्म के बारे में क्यों सिखाता है? मैं उनसे बस इतना कहूँगा—"लड़को, जिस दिन से हमें अपनी भूमि से निर्वासित किया गया था, हम बिना इतिहास के लोग रहे हैं। क्लास समाप्त। बाहर जाओ और फुटबॉल खेलो।"[31]

अंत में भले ही देर से, इचमैन ने इजराइली समाज को यह देखने के लिए मजबूर किया कि युडके गलत था। कोई भी यहूदी अतीत से मुक्त नहीं हो सकता

था। नया इजराइली यहूदी कथा को शुरू करना चाहता था, लेकिन परीक्षण ने इजराइली समाज को यह स्पष्ट कर दिया था—यहूदी जीवन यहूदी इतिहास से गहरे लगाव के बिना नहीं जिया जा सकता, चाहे वह कितना भी दर्दनाक क्यों न हो!

कोर्ट ने इचमैन को मौत की सजा सुनाई। (संयोग से तीन न्यायाधीशों में से एक बेंजामिन हेलेवी थे, जिन्होंने कफ्र कसेम मुकदमे की अध्यक्षता की थी।) उन्हें पकड़े जाने के दो साल बाद 31 मई, 1962 को फाँसी दी गई थी, ताकि उसकी कब्र एक समाधि न बने, उसका अंतिम संस्कार किया गया और उसकी राख को इजराइल के बाहर समुद्र में फेंक दिया गया। कोई कातिल नहीं, इचमैन यहूदी लोगों का पौराणिक दुश्मन था। यहूदी राज्य के इतिहास में दीवानी अदालत द्वारा मृत्युदंड का एकमात्र उदाहरण है।*

नरसंहार लंबे समय से यिशुव और प्रारंभिक राज्य के लिए यहूदी इतिहास का एक परेशान करनेवाला आयाम रहा है। ऐसा इसलिए था, क्योंकि यिशव का नया यहूदी यूरोप में असहाय, प्रताड़ित पीड़ितों से बहुत अलग यहूदियों की एक छवि बनाने की कोशिश कर रहा था, अब वह नया यहूदी हो गया था। यह कहानी में बारीकियाँ जोड़ने का समय था कि इजराइल ने अपने और अपने लोगों के बारे में बताया।

यह युवा राज्य के लिए एक दर्दनाक प्रक्रिया थी, लेकिन अगर कुछ भी हो तो यह उस पीढ़ी के लिए और भी स्पष्ट हो गया, जो कि होलोकॉस्ट के बारे में बहुत कम जानता था कि यहूदियों के पास एक राज्य है, जिसे वे अपना कह सकते हैं। □

---

* 30 जून, 1948 को इजराइल की स्वतंत्रता की घोषणा के लगभग छह सप्ताह बाद और स्वतंत्रता संग्राम के बीच में मीर ताबियन्स्की नाम के एक आई.डी.एफ. अधिकारी पर जासूसी का झूठा आरोप लगाया गया और एक ड्रमहेड कोर्ट मार्शल में उसे मौत की सजा सुनाई गई। फायरिंग दस्ते द्वारा उसे मार डाला गया था, लेकिन बाद में पता चला, वे बेकसूर थे। [शबताई तेवेथ, बेन गुरियंस स्पाई : द स्टोरी ऑफ द पॉलिटिकल स्कैंडल दैट शेप्ड मॉडर्न इजराइल (न्यूयॉर्क : कोलंबिया यूनिवर्सिटी प्रेस, 1996), पीपी. 31–54।]।

12

छह दिनों के युद्ध ने एक देश को हमेशा के लिए बदल दिया

"मुझे जो कुछ प्रिय है, वह सब मेरे चरणों में डाल दिया गया—इजराइल की पुरानी भूमि, मेरी जवानी की मातृभूमि, मेरे कटे हुए देश का आधा हिस्सा।"

—**इजराइली कवि हैम गौरी,** छह दिवसीय युद्ध के बाद

सन् 1967 तक यहूदी राज्य अविश्वसनीय हमलों की बौछार से बच गया था, एक लाख से अधिक आप्रवासियों को समायोजित कर लिया था,[1] अंतरराष्ट्रीय मंच पर एक खिलाड़ी के रूप में उभरा था और जल्दी से राष्ट्रीय, राजनीतिक एवं सांस्कृतिक परंपराओं की बहाली कर रहा था। निस्संदेह कई चुनौतियाँ सामने थीं, लेकिन अपनी स्थापना के उन्नीस साल बाद इजराइल ने कल्पना से परे बेहतर प्रदर्शन किया था, जब संयुक्त राष्ट्र ने नवंबर 1947 में एक यहूदी राज्य बनाने के लिए मतदान किया था।

फिर भी यरुशलम अभी भी विभाजित था। स्वतंत्रता संग्राम में नेवली इजराइल रक्षा बल यरुशलम के पूर्वी हिस्से और पुराने शहर पर कब्जा करने में असमर्थ थे, जो अब जॉर्डन के हाथों में था। करीब दो दशकों तक देश की राजधानी के बीचोबीच सिंडर ब्लॉक और कँटीले तारों की एक दीवार चलती रही। भले ही इजराइल सरकार उसके साथ रहने के लिए तैयार थी, कई यहूदियों के लिए, विशेष रूप से धार्मिक समुदाय में यह एक घाव था, जिसे ठीक करने से इनकार कर दिया गया था।

जैसे ही 1967 का स्वतंत्रता दिवस नजदीक आया, यरुशलम के मेयर टेडी कोल्लेक ने यरुशलम के बारे में गाने शुरू किए, जिन्हें दूसरे वार्षिक इजराइली सॉन्ग फेस्टिवल के हिस्से के रूप में राष्ट्रीय रेडियो पर प्रसारित किया जा सकता था। उस समय तक कुछ इजराइली कवियों या संगीतकारों ने यरुशलम के बारे में गीत लिखे थे। सदी की शुरुआत के बाद से लिखे गए मुट्ठी भर लोगों ने इस तथ्य का कोई उल्लेख नहीं किया कि शहर विभाजित हो गया था या यहूदी पश्चिमी दीवार तक नहीं पहुँच सकते थे, यहाँ तक कि पुराने शहर में प्रवेश नहीं कर सकते थे।

इसलिए कोल्लेक ने गीतकार नाओमी शेमेर सहित पाँच लोगों को यरुशलम के बारे में गीत लिखने के लिए आग्रह किया। इस तरह के विकट विषय पर लोकप्रिय गीत लिखने की चुनौती से भयभीत होकर सभी ने मना कर दिया। आखिरकार, शेमेर ने भरोसा किया और एक गीत लिखा। उसने इसे 'सोने का यरुशलम' कहा।

"पेड़ और पत्थर की नींद में, उसके सपने के लिए बंधक," पहली कविता घोषित, "वह शहर है, जो अकेला बैठता है, जबकि उसके दिल में एक दीवार है।"[2] उसके बाद जाना-पहचाना इनकार आया—

सोने का और पीतल का और प्रकाश का यरुशलम,
अपने सभी गीतों के लिए देखो, मैं वायलिन हूँ।[3]

मूल रूप से शुली नतन नामक एक युवा, अज्ञात सोप्रानो द्वारा गाया गया गीत, उस समय हिट गीत बन गया, जिसे रेडियो पर लगातार सुना जा रहा था। इजराइल के सबसे उत्सुक पर्यवेक्षकों में से एक ने लिखा इजराइलियों ने यरुशलम के लापता हिस्सों के लिए अपनी लालसा को दबा दिया था। लेकिन अब वे शुली नतन के साथ गा रहे थे, अपनी विभाजित राजधानी का शोक मना रहे थे।"

धार्मिक वर्ग में यरुशलम के विभाजन पर निराशा थी। पश्चिमी दीवार—यरुशलम के प्राचीन मंदिर का एकमात्र अवशेष—यहूदियों के लिए सीमा से बाहर थी। दो हजार वर्षों तक यहूदियों ने वहाँ प्रार्थना की थी, यद्यपि बहुत कम संख्या

में, अब इज़राइल ने स्वतंत्रता संग्राम में यरुशलम के पुराने शहर को खो दिया था और हेब्रोन तथा अन्य पारंपरिक पवित्र यहूदी स्थल भी दुश्मन के हाथों में थे, विडंबना यह है कि यहूदी राज्य के पास पारंपरिक यहूदी पवित्र स्थानों पर उनकी संप्रभुता नहीं थी।

नाओमी शेमर के गाने के प्रसारण से ठीक एक दिन पहले, रब्बी जवी येहुदा कूक (रहस्यवादी पुल निर्माता रब्बी अब्राहम इसाक कूक के बेटे) ने अपने शिष्यों से उन्नीस साल पहले संयुक्त राष्ट्र के मतदान के दिन अपने स्वयं के अनुभव के बारे में बात की थी। डेविड बेन-गुरियन और मेनाकेम बेगन की तरह वह भी जश्न मनाने में असमर्थ थे, लेकिन एक अलग कारण से—

> "खुशी की भावनाओं का जश्न मनाने के लिए पूरा देश सड़कों पर उतर आया···(लेकिन) मैं बाहर जाकर आनंद में शामिल नहीं हो सका। मैं अकेला बैठ गया और बोझिल महसूस करने लगा। उस पहले घंटों में जो कुछ हुआ था, उसके साथ मैं अपनी शांति नहीं बना सका, इस भयानक खबर के साथ कि भविष्यवक्ताओं की पुस्तक में परमेश्वर का वचन पूरा नहीं हुआ था—'उन्होंने मेरी भूमि को विभाजित किया!'··· हमारा हेब्रोन कहाँ है? क्या हम इसे भूल गए हैं? और हमारा शकेम (नबलुस) कहाँ है—क्या हम उसे भूल भी गए हैं? और हमारा जेरिको कहाँ है—क्या हम उसे भूल भी गए हैं? और यरदन नदी का दूसरा किनारा कहाँ है? पृथ्वी का हर ढेला कहाँ है? भगवान् की भूमि का हर टुकड़ा? क्या हमें इसका एक सेंटीमीटर भी देने का अधिकार है? भगवान् न करे! उस अवस्था में मेरा पूरा शरीर स्तब्ध, घायल और टुकड़े-टुकड़े सा हो गया था। मैं जश्न नहीं मना सका। 'उन्होंने मेरी भूमि को विभाजित कर दिया!' उन्होंने भगवान् की भूमि को विभाजित कर दिया!···मैं बाहर नाचने और आनंद मनाने के लिए नहीं जा सकता था। 19 साल पहले जैसी स्थिति थी।"

जो लोग मौजूद थे, उनके अनुसार, प्रतिक्रिया पूरी तरह से मौन थी। विद्यार्थियों ने अपने रब्बी से ऐसा दुःख, ऐसा आक्रोश कभी नहीं सुना था।[6] वे सोच रहे थे कि क्या वह उन्हें बताना चाह रहा था?

कुछ समय के लिए यह क्षेत्र तेजी से तनावपूर्ण होता जा रहा था। सीरिया ने इजराइल के राष्ट्रीय जलवाहक से पानी 35 प्रतिशत तक दूर करने के अपने इरादे की घोषणा की थी। इजराइल ने जवाब दिया था कि वह इस तरह के कृत्य को युद्ध का कार्य मानेगा, लेकिन सीरिया ने कार्य जारी रखा। इससे सीमा पर संघर्ष शुरू हो गया, सीरिया ने इजराइल के गाँवों पर गोलीबारी की, तो इजराइल ने जमीन पर चलनेवाले भारी उपकरणों पर हमला किया, जिसका उपयोग सीरियाई जल-परियोजना के लिए कर रहे थे।

1967 के वसंत में बाहरी लोगों ने जान-बूझकर आग में घी डालने का काम किया। सोवियत संघ ने मिस्र और सीरिया के प्रतिनिधियों को सूचित किया कि इजराइल हमले की तैयारी के लिए उत्तर में बारह ब्रिगेड लाया था। प्रधानमंत्री एशकोल ने इन दावों का खंडन किया और 26 अप्रैल को उन्होंने सोवियत राजदूत दिमित्री चुकाखिन को भी अपने साथ आने और खुद इसे देखने के लिए आमंत्रित किया। (चुकाखिन ने मना कर दिया।) हालाँकि संयुक्त राज्य अमेरिका ने भी जोर देकर कहा कि सोवियत रूस की खबर पूरी तरह से झूठी थी, सीरियाई लोगों ने सोवियत संघ पर विश्वास करने का फैसला किया। सीरिया और मिस्र को सूचित करके कि इजराइल युद्ध की योजना बना रहा है, सोवियत संघ कुल मिलाकर चिनगारी को भड़का रहा था।

कुछ हफ्ते बाद, 15 मई को इजराइल ने अपनी स्वतंत्रता दिवस की वार्षिक परेड का आयोजन किया। आमतौर पर हर साल एक अलग स्थान पर आयोजित की जानेवाली यह परेड 1967 में यरुशलम में होनेवाली थी।* हमेशा की तरह यह परेड अधिकांश सैन्य प्रकृति की थी, जिसे भारी मात्रा में सैन्य-सामान प्रदर्शित करके सेना की ताकत को उजागर करने के लिए डिजाइन किया गया था। उस वर्ष हालाँकि जॉर्डन के साथ इजराइल के 1949 के युद्धविराम समझौते को ध्यान में रखते हुए कि इजराइल द्वारा यरुशलम में लाए गए टैंकों की संख्या को सीमित कर दिया गया था और परेड में सामान्य से बहुत कम रक्षा कवच शामिल थे। सोवियत संघ की चेतावनी के कारण हाई अलर्ट पर रहनेवाले मिस्रियों और सीरियाई लोगों

* आखिरी वार्षिक परेड एक साल बाद 1968 में हुई थी। इजराइल ने उच्च लागत के कारण परेड बंद कर दी थी। इजराइल की पच्चीसवीं वर्षगाँठ के मौके पर 1973 में एक अंतिम परेड आयोजित की गई थी।

के लिए परेड में कम संख्या में टैंक इस बात की पुष्टि करते थे कि टैंक कहीं और थे, यानी युद्ध की तैयारी कर रहे थे।

परेड के आगे बढ़ने के साथ एक इजराइली अधिकारी ने आई.डी.एफ. इंटेलिजेंस से यित्जाक रॉबिन को एक नोट दिया, जो अब आई.डी.एफ. के चीफ ऑफ स्टाफ हैं, जिन्होंने बदले में इसे प्रधानमंत्री एशकोल* को दे दिया। उसमें लिखा था कि मिस्र के बख्तरबंद वाहन सिनाई महाद्वीप में प्रवेश कर चुके थे। एशकोल और रॉबिन ने संयम के साथ काम करने का फैसला किया, लेकिन जैसे-जैसे दिन बीतता गया, नोट लगातार और अधिक जरूरी होते गए। जिसे उत्सव का दिन माना जाता था, वह जल्द ही अशुभ में बदलता जा रहा था।

इजराइली नेतृत्व इसे लेकर निश्चित नहीं था कि कैसे प्रतिक्रिया दी जाए! एक ओर वे जानते थे कि नासिर इस तरह के सैन्य प्रदर्शनों के प्रशंसक थे; फिर भी उन्हें उम्मीद थी कि वह युद्ध के इरादे से नहीं थे; दूसरी ओर वे जानते थे कि मिस्र और सीरिया ने कई महीने पहले एक पारस्परिक रक्षा संधि पर हस्ताक्षर किए थे, लेकिन इजराइल को उम्मीद थी कि संकट को कूटनीतिक दृष्टि से हल किया जा सकता है, यह एक मामूली सैन्य काररवाई के साथ मिट गया, जब काहिरा रेडियो ने घोषणा की, "हमारी सेना युद्ध के लिए पूरी तरह से तैयार है।"[7] 15 मई का दिन, जिसे अरब राष्ट्रों ने 1948 के युद्ध (और परेड के दिन) में उनकी हार के चलते शोक के रूप में चिह्नित किया, नासिर ने घोषणा की, "भाइयो, फिलिस्तीन में अंतिम लड़ाई की तैयारी करना हमारा कर्तव्य है।"[8] अरब अभियान में लंबे समय से प्रतीक्षित इजराइल को नष्ट करने के लिए 'अगले दौर' की संभावना बढ़ती जा रही थी।

अगले तीन सप्ताह—इजराइल में 'हम्ताना' ('प्रतीक्षा अवधि') के रूप में जाने जाते हैं, जो इजराइल के इतिहास में सबसे तनावपूर्ण अवधियों में से एक थे। मिस्रवासियों ने सिनाई में सैनिकों और उपकरणों के पाँच डिवीजन उतारे, प्रत्येक

---

* इतिहासकार माइकल ओरेन के अनुसार, रॉबिन और एशकोल को वास्तव में परेड से एक रात पहले एक नोट मिला, जिसमें उन्हें मिस्र के सैनिकों के सिनाई में प्रवेश करने की बात कही गई थी। वे अगले दिन परेड में नोट्स प्राप्त करते रहे, उन्हें स्थिति पर अपडेट करते रहे। (माइकल ओरेन, सिक्स डेज ऑफ वॉर : जून 1967 और द मेकिंग ऑफ द मॉडर्न मिडिल ईस्ट (ऑक्सफोर्ड : ऑक्सफोर्ड यूनिवर्सिटी प्रेस, 2002), पीपी. 61-63।)

में 15,000 पुरुष, 100 टैंक, 150 बख्तरबंद कर्मियों के वाहक और सोवियत तोपखाने की आपूर्ति शामिल थी।

क्या नासिर का इरादा वास्तव में युद्ध में उतरने का था या फिर यह अरब गौरव को बहाल करने का दिखावा मात्र था, जो अंततः हाथों से निकल गया था। जानकार इस विषय पर भी विभाजित हैं। उसके सच्चे इरादे जो भी हों, नासिर के कार्यों ने इजराइलियों के बीच यह भावना पैदा की कि उसका लक्ष्य युद्ध है। 16 मई को उन्होंने आसन्न संघर्ष को अंतरराष्ट्रीय क्षेत्र में ले जाकर दाँव उठाया। 1957 से (1956 के सिनाई अभियान के बाद), संयुक्त राष्ट्र के आपातकालीन बल ने गाजा और शर्म अल-शेख (सिनाई प्रायद्वीप के बहुत दक्षिणी सिरे पर क्षेत्र का नाम) के साथ दर्जनों अवलोकन चौकियों में कई हजार सैनिकों को तैनात किया था। सैनिकों को इजराइल में घुसपैठ को रोकना था और यह सुनिश्चित करना था कि मिस्र ने तिरान के जलडमरूमध्य को बंद नहीं किया। लेकिन अब मिस्री सैनिक सिनाई में बढ़ते जा रहे थे।

युद्धप्रियता का एक और कार्य करते हुए नासिर ने यू थांट (संयुक्त राष्ट्र संघ के महासचिव) को क्षेत्र से संयुक्त राष्ट्र के सैनिकों को हटाने का निर्देश दिया। इजराइल ने माना कि महासचिव कम-से-कम कुछ प्रतिरोध करेंगे, लेकिन यू थांट ने महासभा को सूचित किए बिना इसका तुरंत अनुपालन किया। 19 मई तक इस क्षेत्र में संयुक्त राष्ट्र की सेना की कोई उपस्थिति नहीं थी। यह पूरी तरह से स्पष्ट था कि संयुक्त राष्ट्र इस हमले के खिलाफ इजराइल को सुरक्षा प्रदान नहीं करनेवाला था।

राजनीतिक और सैन्य अधिकारियों ने सहमति व्यक्त की कि इजराइल तिरान के जलडमरूमध्य को बंद करने के लिए मिस्र के कदमों पर विचार करेगा (जो कि लाल सागर के साथ इलियट के दक्षिणी इजराइली बंदरगाह को जोड़ता था और पूर्व में इजराइल का महत्त्वपूर्ण वाणिज्यिक लिंक था)[९] एक कैसस बेली। (एक ऐसा कार्य, जो युद्ध को सही ठहराता है) दो दिन बाद मिस्र ने वैसा ही किया। मिस्र ने सिर्फ आठ दिनों के अंतराल में 1956 के सिनाई अभियान में इजराइल द्वारा किए गए हर राजनयिक लाभ को सफलतापूर्वक मिटा दिया था।

राजनयिक मोर्चा अब सबसे महत्त्वपूर्ण बन गया। इजराइल के अंतरराष्ट्रीय प्रयासों के केंद्र में व्यक्ति अब्बा एबान था। 1915 में कैपटाउन में जनमे एबन अपने परिवार के साथ बचपन में ही लंदन चले गए। बाद में उन्होंने कैंब्रिज में क्लासिक्स और ओरिएंटल भाषाओं का अध्ययन किया, उस समय वे 'फेडरेशन ऑफ जियोनिस्ट यूथ' के साथ जुड़ गए और इसकी पत्रिका का संपादन करने लगे। द्वितीय विश्वयुद्ध की शुरुआत में एबन ने विश्व जियोनी संगठन में चौम वीजमैन के साथ काम करके अपना कॅरियर शुरू किया। इसके बाद उन्होंने मिस्र और फिलिस्तीन में ब्रिटिश सेना के खुफिया अधिकारी के रूप में कार्य किया।

1947 तक एबन को फिलिस्तीन पर संयुक्त राष्ट्र की विशेष समिति (यू. एन.एस.सी.ओ.पी.) के लिए संपर्क नियुक्त किया गया था और उसी दौरान उन्होंने अब्बा को पहला नाम 'हेब्रिकाइज' किया। बाद में उन्होंने संयुक्त राज्य अमेरिका में इजराइल के राजदूत, साथ ही संयुक्त राष्ट्र में इसके राजदूत, दोनों के रूप में कार्य किया। वह 1959 में इजराइल लौट आए और कनेसेट के लिए चुने गए। 1966 में उन्होंने विदेश मंत्री के रूप में शपथ ली और आठ साल का कार्यकाल पूरा किया।

एबन के रूप में इजराइल का एक प्रतिभाशाली, स्पष्टवादी और योग्य प्रतिनिधि था। (वर्षों बाद राष्ट्रपति लिंडन जॉनसन ने एबन से कहा, "मुझे लगता है कि आप आज दुनिया में सबसे वाक्पटु वक्ता हैं।") एबन फ्रांस पहुँचे, जो केवल ग्यारह साल पहले सिनाई अभियान में इजराइल का मुख्य सहयोगी था और अभी भी इनका हथियारों का मुख्य आपूर्तिकर्ता था, लेकिन एबन इस चिंता में फ्रांस चले कि माहौल बदल रहा है। फ्रांसीसी विदेश मंत्रालय के महासचिव हर्वे अल्फांड ने कुछ समय पहले ही कहा था—"फ्रांस की 'इजराइल के अस्तित्व' की मान्यता और अरब राज्यों के साथ फ्रांस की मित्रता के बीच कोई विरोधाभास नहीं था।" उन्होंने केवल 'इजराइल के अस्तित्व' की बात की थी, लेकिन अरब राज्यों के साथ वास्तविक 'दोस्ती' की।

फ्रांसीसी राष्ट्रपति चार्ल्स डी. गॉल के साथ एबन की बैठक ने उनके डर की पुष्टि की। डी. गॉल ने जोर देकर कहा कि स्थिति को फ्रांस, ब्रिटेन, संयुक्त राज्य अमेरिका और सोवियत संघ द्वारा हल किया जाना था, लेकिन यह एक

स्पष्ट रूप से कुटिल माँग थी, जिसे कोई भी संतुष्ट नहीं कर सकता था; यू.एस. एस.आर. संघर्ष की लपटों को हवा दे रहा था और राजनयिक समाधान की सुविधा नहीं देनेवाला था। डी. गॉल ने यह भी चेतावनी दी कि 'इजराइल को पहले गोली मारनेवाला नहीं होना चाहिए।' जब एबन ने बताया कि तिरान के जलडमरूमध्य के बंद होने से कैसस बेली का गठन हुआ, तो डी. गॉल ने इस धारणा को खारिज कर दिया। मिस्र इजराइल की अर्थव्यवस्था को पंगु बना रहा था, फिर भी फ्रांसीसी नेता के लिए यह जरा भी मायने नहीं रखता था, जब एबन ने डी. गॉल की ओर इशारा किया कि 1956 में फ्रांस ने वादा किया था कि अगर मिस्र ने नाकाबंदी लगाई तो वह लड़ने के लिए इजराइल के अधिकार को मान्यता देगा और अब बिल्कुल ठीक वैसा ही हो रहा था, डी. गॉल ने गैर-जिम्मेदार तरीके से जवाब दिया कि 1967 अब 1956 नहीं रह गया है।

फ्रांस से निराश होकर एबन लंदन चले गए और लेबर प्रधानमंत्री हेरोल्ड विल्सन से मुलाकात की। वहाँ उन्हें कुछ सहारा मिला। विल्सन ने उन्हें बताया कि कैबिनेट की बैठक हो चुकी है और 'नाकाबंदी की नीति को जीतने की अनुमति नहीं दी जानी चाहिए।'[11]

1957 में इजराइल के सिनाई छोड़ने के बदले में संयुक्त राज्य अमेरिका ने इजराइल के आत्मरक्षा के अधिकार को मान्यता देने का वादा किया था, लेकिन तभी यदि मिस्र फिर से तिरान के जलडमरूमध्य को बंद कर देता है। लेकिन लंदन में राष्ट्रपति लिंडन जॉनसन के साथ एबन की मुलाकात निराशाजनक थी। जॉनसन ने सहमति व्यक्त की कि मिस्र के जलडमरूमध्य को बंद करना 'अवैध' होगा और एबन को बताया कि संयुक्त राज्य अमेरिका 'लाल सागर रेगाटा' योजना तैयार कर रहा है, जो कि चालीस समुद्री शक्तियों के जहाजों के एक अंतरराष्ट्रीय काफिले का उपयोग करने के लिए अंतरराष्ट्रीय समुद्री अधिकार गारंटी के लिए तिरान के जलडमरूमध्य के माध्यम से मुक्त मार्ग की पुष्टि करता है।

एबन असहजता के साथ बैठक से बाहर निकले। इजराइल अस्तित्व के खतरे का सामना कर रहा था, जबकि जॉनसन—स्पष्ट रूप से वियतनाम में जारी अमेरिकी युद्ध में व्यस्त थे—के 'रेगाटा योजना' पर काररवाई करने में सक्षम होने की संभावना

नहीं थी। डी. गॉल की तरह जॉनसन ने भी इजराइल को हमला करनेवाला पहला देश नहीं होने की चेतावनी दी थी। अमेरिकी राष्ट्रपति ने कहा, "इजराइल अकेला नहीं होगा, जब तक कि वह अकेले जाने का फैसला नहीं करता।"

यह 1957 में संयुक्त राज्य अमेरिका द्वारा की गई प्रतिबद्धताओं से बहुत दूर था। संयुक्त राज्य अमेरिका फ्रांस की तरह 1956 के अपने वादे से मुकर रहा था।

एबन ने जैसे-जैसे दुनिया की यात्रा की, इजराइल में मामले तेजी से तनावपूर्ण होते गए। देश के नेतृत्व के सामने पहला प्रश्न यह था कि क्या गोली चलाने से पहले इंतजार करना चाहिए, जैसा कि अमेरिका ने माँग की थी या पहले हमला करके मजबूत स्थान हासिल करना चाहिए? प्रधानमंत्री लेवी एशकोल ने जोर देकर कहा कि इजराइल को इंतजार करना होगा—"युद्ध शुरू करना राजनीतिक, कूटनीतिक और शायद नैतिक दृष्टि से भी तार्किक नहीं है।"

"हमें अब अपने आप को संयमित करना होगा और एक या दो सप्ताह या उससे भी अधिक समय तक अपनी सेना को तैयार रखना होगा...परिपक्वता की माँग है कि हम इस परीक्षा के लिए तैयार रहें।"[12]

कैबिनेट ने 27 मई को कारवाई से पहले इंतजार करने के पक्ष में मतदान किया। अगले दिन, 28 मई को पहले से ही परेशान जनता को संबोधित करने के लिए रेडियो का सहारा लिया। उन्होंने कहा कि इजराइल अभी भी संयुक्त राज्य अमेरिका की सहायता से कूटनीतिक रूप से संकट को सुलझाने की उम्मीद करता है।

हालाँकि उनका भाषण एक आपदा था, जैसा कि प्रधानमंत्री के अंग्रेजी भाषण लेखक येहुदा अवनेर ने बाद में कहा—

> 'इसके बाद और भी कागजों की सरसराहट की आवाज आई, इस बार 'एर्र, एर्र' की घरघराहट के साथ, जैसे कि एशकोल अपने विचारों से भटक गए थे, या 'जिम्मेदार निर्णय लेने' और 'उद्देश्य की एकता' के बारे में लिखे गए परिवर्तनों को समझने के लिए संघर्ष कर रहे थे। वे लड़खड़ाते रहे, अटक-अटक कर बोलते रहे, बार-बार 'एर्र, एर्र' करते हुए हकलाते रहे। उनके श्रोता भयभीत राष्ट्र थे, और जितना अधिक वे अपने पढ़ने में अटक रहे थे, उतने ही अनिश्चित व घबराए हुए लग रहे थे, तब भी जब उन्होंने

इस आश्वासन के साथ अपने भाषण का अंत किया कि यदि हमला हुआ तो इजराइल को पता है कि खुद की रक्षा कैसे करनी है।"[13]

एशकोल की रेडियो दुर्घटना को 'हकलाने वाले भाषण' के रूप में जाना जाने लगा। "अचानक देश शक्तिहीन और नेतृत्वहीन लगने लगा", ऐवनेर ने बाद में याद किया। "इजराइल के दुश्मन आनंदित हो रहे थे, जबकि खाइयों में तैनात इजराइली सैनिकों ने अपने ट्रांजिस्टर तोड़ दिए और आँसू बहाने लगे।"[14] 'हारेत्ज' अखबार के एक प्रमुख स्तंभकार ने लिखा, "यह आश्चर्यजनक है कि कैसे प्रलय का सामना करनेवाले लोग एक बार फिर से विश्वास करने और खुद को खतरे में डालने के लिए तैयार हैं।"[15]

एशकोल के प्रति निष्पक्षता में उन्होंने मूल रूप से अपने घर पर भाषण रिकॉर्ड करने की योजना बनाई थी, लेकिन उन्हें उसकी समीक्षा करने में देर हो गई और जब तक उन्होंने पाठ में परिवर्तन पूरा किया, तब तक पृष्ठ क्रॉस आउट्स, टिप्पणियों और एरोज से भर चुके थे। फिर स्टूडियो ने उन्हें सूचित किया कि भाषण को पहले रिकॉर्ड करने के लिए बहुत देर हो चुकी है, अतः प्रधानमंत्री को भाषण को लाइव पढ़ने के लिए मजबूर होना पड़ा, उन पृष्ठों को, जो निशानों से इतने भरे थे कि लगभग अस्पष्ट, यानी पढ़ने-योग्य नहीं थे।

लेकिन नुकसान हो चुका था और एशकोल में जनता का विश्वास खत्म हो गया था। उनके निष्कासन की पुकार उठने लगी, साथ ही यह सुझाव भी कि बेन-गुरियन प्रधानमंत्री के पद को फिर से ग्रहण करें। अगले दिन एक अन्य 'हारेत्ज' स्तंभकार ने लिखा—

> 'यदि हम यह विश्वास कर सकते कि इन महत्त्वपूर्ण दिनों में एशकोल वास्तव में राज्य के जहाज को दिशा देने में सक्षम हैं, तो हम स्वेच्छा से उनका अनुसरण करते। लेकिन कल रात उनके रेडियो संबोधन के बाद हमें ऐसा कोई विश्वास नहीं रहा। यह प्रस्ताव कि बेन-गुरियन को प्रधानमंत्री पद और मोशे दयान को रक्षा मंत्रालय सौंपा जाए, जबकि एशकोल घरेलू मामलों का प्रभार लें, हमें बुद्धिमत्तापूर्ण लगता है।"[16]

प्रधानमंत्री के प्रतीक्षा करने के निर्णय से सैन्य अधिकारी बहुत निराश थे।

एरियल शैरोन ने, जो तब तक एक जनरल, एक पैदल सेना ब्रिगेड कमांडर, और अभी भी आई.डी.एफ. में उभरते हुए सितारे थे, ने सोचा कि इजराइल द्वारा की गई देरी एक बड़ी रणनीतिक गलती थी—

> 'आज हमने अपने हाथों से अपने सबसे शक्तिशाली हथियार को हटा दिया है—दुश्मन का हमारे लिए डर। हमारे पास मिस्र की सेना को नष्ट करने की शक्ति है, लेकिन अगर हम मुक्त मार्ग के मुद्दे पर झुक जाते हैं, तो हम इज़राइल के विनाश का द्वार खोल देते हैं। हमें भविष्य में एक ऐसी चीज के लिए बहुत बड़ी कीमत चुकानी होगी, जो वैसे भी हमें अभी करनी ही थी।'''इजराइल के लोग न्यायपूर्ण युद्ध करने, लड़ने और कीमत चुकाने के लिए तैयार हैं। प्रश्न मुक्त-मार्ग का नहीं, बल्कि इजराइल के लोगों के अस्तित्व का है।'[17]

29 मई को जॉर्डन के राजा हुसैन नासिर से मिलने के लिए काहिरा गए। नासिर ने बैठक में उस रक्षा समझौते का मुद्दा उठाया, जिस पर उन्होंने एक वर्ष पहले सीरिया के साथ हस्ताक्षर किए थे, फिर हुसैन ने कहा, "मुझे एक और प्रति दो; हम सीरिया शब्द को जॉर्डन शब्द से बदल देते हैं, तब मामला व्यवस्थित हो जाएगा।"[18]

इजराइल ने जॉर्डन के साथ संबंध बनाने में बहुत कुछ दिया था। स्वतंत्रता संग्राम में यरुशलम में और उसके आसपास लड़ने के बावजूद आपसी संबंध काफी मजबूत थे। फिलिस्तीनी घुसपैठ के बावजूद उन्नीस वर्षों तक इजराइल-जॉर्डन सीमा पर अपेक्षाकृत शांति थी। लेकिन अब असहनीय दबाव में राजा को लगा कि उसके पास युद्ध में जाने के अलावा कोई विकल्प नहीं है। जॉर्डन के लोगों ने भी सीरिया के साथ एक आपसी रक्षा समझौते पर हस्ताक्षर किए और इजराइल अब तीन अलग-अलग मोर्चों पर युद्ध की संभावना का सामना कर रहा था—सीरिया, जॉर्डन और मिस्र। एक दिन बाद लड़ाई में शामिल होने के लिए उत्सुक इराकी सैनिक मिस्र पहुँच गए, जैसे वे 1948 में पहुँचे थे।

इस बीच संयुक्त राज्य अमेरिका ने कुछ खास नहीं किया। उस क्षेत्र में कोई जहाज नहीं था, जो नाकाबंदी को तोड़ने के प्रयास का समर्थन करता, और इजराइल के पास समय भी नहीं था। अन्य देशों से जुड़ने के लिए अमेरिका और

ब्रिटेन के अनुरोध को नजरअंदाज कर दिया गया। जॉनसन ने घोषणा की कि उन्हें संकट से बाहर निकलने का कोई रास्ता नहीं दिख रहा है, जबकि व्हाइट हाउस ने, जिसका ध्यान वियतनाम में अपनी अंतहीन समस्याओं पर केंद्रित था और जो एक अन्य सैन्य उद्यम पर कीमती राजनीतिक पूँजी खर्च करने से बचना चाहता था—मिसाइलों, टैंकों एवं जेट विमानों के लिए इजराइल के निवेदन को नजरअंदाज कर दिया।

फ्रांस से और बुरी खबर थी। डी गॉल ने पहले ही एबन से कहा था कि जो भी देश पहले गोली चलाएगा, उस पर फ्रांस शस्त्र-बहिष्कार का प्रतिबंध लगा देगा। लेकिन डी गॉल ने अपना विचार बदल दिया और किसी तरह की शत्रुता फैलने से पहले ही इजराइल को हथियारों की बिक्री पर पूर्ण रूप से प्रतिबंध लगा दिया। फ्रांस यह नहीं मानता था कि इजराइल अरबों को हरा सकता है, इसलिए उसने इसे मुसलिम जगत् के साथ अपने दीर्घकालिक संबंधों को पुनर्जीवित करने के अवसर के रूप में देखा।

तनाव इतना अधिक था कि आई.डी.एफ. के चीफ ऑफ स्टाफ रॉबिन भी डगमगाने लगे। वे बहुत कम भोजन ले रहे थे, पर एक दिन में लगभग सत्तर सिगरेट पी रहे थे और बहुत अधिक मात्रा में कॉफी भी, फिर वे नर्वस ब्रेकडाउन का शिकार हो गए। यह जानकारी कि युद्ध की पूर्व संध्या पर उनका प्रमुख सैनिक ध्वस्त हो गया, पहले से ही भयभीत देश को असह्य दहशत में डाल देती, इसलिए उनकी बीमारी को 'निकोटीन विषाक्तता' का नाम दिया गया।[19] रॉबिन का डॉक्टर ईमानदार था, उसने बीमारी को 'तीव्र चिंता' कहा। जैसा कि इजराइली समाज के एक गहन पर्यवेक्षक यौसी क्लीन हालेवी ने कहा, "इजराइल न केवल एक युद्ध का सामना कर रहा है, बल्कि अस्तित्व की लड़ाई, संप्रभुता के यहूदी सपने के अंत का सामना कर रहा है, और इस जिम्मेदारी ने रॉबिन को अभिभूत कर दिया है।"[20]

रॉबिन ने एक दिन आराम किया, दवाइयाँ लीं और सक्रिय ड्यूटी पर लौट आए।

संकट के समय इजराइल के प्रमुख सहयोगी विश्व के यहूदी थे। अरब की राजधानियों से आ रही बयानबाजी को सुनकर यूरोपीय और अमेरिकी यहूदी समझ

गए कि यह कोई खेल नहीं है। यह जानते हुए कि उन्होंने प्रलय के दौरान कम प्रतिक्रिया दी थी, अमेरिकी यहूदी फिर से वही गलती करने के लिए तैयार नहीं थे। उन्होंने धन का योगदान दिया, रैलियों का आयोजन किया और वाशिंगटन में राजनीतिक दबाव बनाया।

इजराइल के समर्थन में न्यूयॉर्क में एक रैली ने 1,50,000 लोगों को आकर्षित किया, जो अमेरिकी यहूदियों की अब तक की सबसे बड़ी रैली थी। (ए.आई.पी.ए.सी. (AIPAC) अमेरिकन इजराइल पब्लिक अफेयर्स कमेटी, जो अंततः यू.एस.-इजराइल संबंधों के समर्थन में कैपिटल हिल पर अमेरिकी यहूदी धर्म की केंद्रीय आवाज बननेवाली थी—इस अवधि के दौरान मौजूद थी, लेकिन केवल एक दशक बाद ही वास्तविक प्रभाव प्राप्त करनेवाली थी।)[21] छह महीनों के भीतर संयुक्त यहूदी अपील के 'आपातकालीन अभियान' ने 307 मिलियन डॉलर जुटाए। अमेरिकी यहूदी बहुत प्रभावित हो गए थे—अमेरिकी यहूदियों और इजराइल के बीच एक नया रिश्ता शुरू हो रहा था, जबकि हर जगह यहूदी सोच रहे थे कि क्या यहूदी राज्य एक अपरिहार्य हमले से बच पाएगा? पूरे अमेरिका में अलग-अलग यहूदियों ने, जैसे कि इजराइलियों ने किया था, राज्य के अस्तित्व को सुनिश्चित करने के लिए जो कुछ भी कर सकते थे, हरसंभव तरीके से किया। उदाहरण के लिए, बीचवुड, ओहियो में एक दंपती ने, जो अपने घर के नवीनीकरण के लिए वर्षों से बहुत परिश्रम से धन बचा रहे थे, अपने बचाए सारे धन को इजराइल के नाम कर दिया।[22]

लेकिन अरब जगत् भी जाग चुका था। 26 मई को नासिर ने घोषणा की, "हमारा मूल उद्देश्य इजराइल को नष्ट करना होगा।"[23] अहमद शुकीरी ने, जो 1957 से 1962 तक संयुक्त राष्ट्र में सऊदी अरब के राजदूत रहे थे, जो अंततः फिलिस्तीन लिबरेशन ऑर्गनाइजेशन के अध्यक्ष बने, ने घोषणा की, "आग लगने की स्थिति में कोई भी यहूदी नहीं बचेगा।"[24] काहिरा, बगदाद और दमिश्क में विरोध प्रदर्शन हुए और सड़कों पर लोगों की भारी भीड़ जमा हो गई, जो नारे लगा रही थी—'यहूदियों को मौत दो!' और 'यहूदियों को समुद्र में फेंक दो!'[25]

हर्जल और बियालिक का यूरोप मध्य-पूर्व में आ गया था। ऑशविट्ज के ओवन द्वारा रोजाना हजारों यहूदियों को जलाए जाने के ठीक बाईस वर्ष बाद और

ईचमैन परीक्षण से इजराइलियों को खूँटियों से जड़ने तथा भयभीत करने के पाँच वर्ष बाद अरब जगत् ने जान-बूझकर होलोकॉस्ट इमेजरी को उद्दीपित किया। मिस्र के एक अखबार में एक कार्टून ने डेविड के एक सितारे के दिल में छुरा घोंपते हुए एक हाथ दिखाया; उस पर हस्ताक्षर था—'नाइल ऑयल्स ऐंड सोप्स कंपनी,' जो मृत यहूदियों के शरीर से साबुन बनाने की नाजी प्रथा का एक स्पष्ट संदर्भ था।

इजराइल ने सबसे बुरे दौर का सामना करने के लिए तैयारी की। देशभर में रब्बियों ने सामूहिक कब्रों के रूप में उपयोग किए जानेवाले क्षेत्रों को घेर लिया। रैमत गैन स्टेडियम को चालीस हजार लोगों को दफनाने के लिए मैदान के रूप में तैयार किया गया। होटलों को मेहमानों से मुक्त कर दिया गया, ताकि इसका उपयोग बड़े पैमाने पर आपातकालीन स्थिति में प्राथमिक चिकित्सा केंद्र के रूप में किया जा सके। स्कूलों को बम-आश्रयों में बदल दिया गया। दैनिक रूप से हवाई हमले के अभ्यास हो रहे थे और 1938-1940 के किंडरट्रांसपोर्ट पर एक विडंबनापूर्ण मोड़ में, जिसमें यहूदी बच्चों को खतरे से बाहर कर दिया गया (अधिकतर इंग्लैंड के लिए), इजराइली बच्चों को यूरोप भेजने के लिए योजना तैयार की गई। इजराइली खुफिया विभाग ने एशकोल को बताया कि सिनाई में जहरीली गैस के उपकरण का पता चला है, लेकिन इजराइल के पास गैस मास्क का भंडार नहीं है। एशकोल यूरोप से अपनी युवावस्था की भाषा यिडिश में बुदबुदाए, 'खून पानी की तरह बहनेवाला है।' वहाँ ब्लैक ह्यूमर (काला हास्य) भी था। इजराइली मजाक में कहते थे कि देश के एकमात्र अंतरराष्ट्रीय हवाई अड्डे पर एक संकेत है, जिस पर लिखा था—'अंत में जानेवाला कृपया बत्ती बुझा दे!'[26]

1 जून तक यह स्पष्ट हो गया था कि जॉनसन की रेगाटा योजना—जलमार्गों को खोलने का अंतरराष्ट्रीय प्रयास—ने कोई अंतरराष्ट्रीय रुचि नहीं जगाई और वह होनेवाली नहीं थी। यह पूछे जाने पर कि क्या संयुक्त राज्य अमेरिका पहले फायरिंग करने से इजराइल को रोकना चाहता है? तब अमेरिकी विदेश मंत्री डीन रस्क ने जवाब दिया, "मुझे नहीं लगता कि किसी को रोकना हमारा काम है।"[27] इजराइल के लिए यह पहला संकेत था कि उसे आक्रमण करने की अनुमति दी जा सकती है।[28]

घरेलू स्तर पर एशकोल ने देश के मिजाज को समझा और फैसला किया कि किसी भी अन्य बात से ज्यादा सरकार को एकता का प्रदर्शन करने की आवश्यकता है। उन्होंने विपक्ष के नेताओं को कैबिनेट में लाकर इजराइल की पहली 'एकता सरकार' की स्थापना की। उन विपक्षी नेताओं में मेनाचेम बेगिन थे, जिन्हें बेन-गुरियन के नेतृत्व में राजनीतिक रेगिस्तान में भेज दिया गया था। एशकोल की एकता सरकार बेगिन को इजराइली राजनीति के केंद्र के निकट ले आई।

व्यापक माँग के जवाब में मोशे दयान को रक्षा मंत्री नियुक्त किया गया था। जो बेन-गुरियन की राफी पार्टी के सदस्य थे, न कि एशकोल की लेबर पार्टी के। इजराइल की घबराई हुई जनता, जिसने पहले कभी एकता सरकार नहीं देखी थी, ने दयान की नियुक्ति का जयकारे के साथ स्वागत किया।

फिर अपने सहयोगियों को चकित कर देनेवाले एक कदम उठाते हुए बेगिन ने वास्तविक सुझाव दिया कि संकट के दौरान बेन-गुरियन को प्रधानमंत्री के रूप में सेवाएँ देने के लिए वापस लाया जाए। बेन-गुरियन ने मना कर दिया, लेकिन इस भाव ने बेगिन के प्रति उनके दृष्टिकोण को नरम कर दिया और एक अस्थायी संबंध का निर्माण होने लगा। "यदि मैं बेगिन को उस तरह जानता, जैसे मैं उन्हें अभी जानता हूँ," वे बाद में कहते हैं, "तो इतिहास का चेहरा ही अलग होता।"[29]

गुरुवार,1 जून, 1967 को एकता सरकार की पहली बैठक में निर्णय लिया गया कि राजनीतिक टोली अगली सुबह सामान्य कर्मचारियों और रक्षा समिति से 'पिट' में मिलेगी, जो तेल अवीव में आई.डी.एफ. मुख्यालय में एक भूमिगत संचालन केंद्र था। शुक्रवार की उस बैठक में सरकार ने युद्ध में जाने का फैसला किया। शनिवार, 3 जून को जनरलों (शैरोन, रॉबिन, येशायाहू गविश और अन्य) ने अपनी युद्ध योजना प्रस्तुत की और दयान ने कहा कि सेना को कारवाई हेतु अधिकृत करने के लिए कैबिनेट अगले दिन बैठक करेगी।

रविवार को हुई सात घंटे की बैठक में दयान ने अपना सैन्य प्रस्ताव कैबिनेट के सामने पेश किया। स्थिति विकट थी : मिस्रवासियों के पास सिनाई में कम-से-कम 1,00,000 सैनिक और 900 टैंक थे। उत्तर की ओर सीरिया ने 75,000 सैनिकों और 400 टैंकों को तैयार कर लिया था, जबकि जॉर्डन के लोगों ने 32,000 सैनिक और लगभग 300 टैंक जमा कर लिये थे। कुल मिलाकर इजराइल के

सामने 2,07,000 सैनिकों और 1,600 टैंकों की संभावित सेना थी। पूरी लामबंदी के साथ इजराइल 2,64,000 सैनिक जुटा सकता था, लेकिन उसके पास मात्र 800 टैंक थे। जहाँ तक विमानों की बात थी, इसमें स्थिति और भी खराब थी। अरबियों के पास 700 लड़ाकू विमान थे, जबकि इजराइल के पास केवल 300।

लेकिन दयान ने इस बात पर जोर दिया कि यदि उनकी सेना शीघ्र हमला करती है तो इजराइल जीत सकता है। उन्होंने कैबिनेट से पहले हमले को मंजूरी देने के लिए इस अनुरोध के साथ कहा कि वह और एशकोल ही समय निर्धारित करेंगे। कैबिनेट ने मिस्र पर एक पूर्वव्यापी हमले को अधिकृत करने के लिए 12:5 के अनुपात में वोट दिए। हमले का समय दयान और रॉबिन पर छोड़ दिया गया।

5 जून की सुबह पचपनवीं पैराट्रूपर ब्रिगेड तेल नॉफ वायुसेना बेस पर तैनात थी, जो तेल अवीव के दक्षिण में लगभग बारह मील की दूरी पर भूमध्य सागर के किनारे स्थित एक छोटे से इजराइली शहर रेहोवोट के निकट था। सुबह 7:10 बजे दर्जनों विमानों को उड़ान भरते हुए, बेहद नीचे उड़ते हुए और दक्षिण की ओर जाते हुए देखकर इजराइली सैनिक चकित रह गए। खुशकिस्मती से उनका स्थान ऐसा था और वे कुछ ही सैनिक थे, जिन्होंने अगले नब्बे मिनटों तक विमानों को उड़ान भरते एवं फिर वापस लौटते देखा था।

सुबह 7:30 बजे तक दो सौ इजराइली जेट-लड़ाकू मिस्र की ओर उड़ान भर रहे थे, जो हमला करने के लिए तैयार थे। इजराइल जानता था कि उस समय मिस्र के पायलट नाश्ता कर रहे होंगे और उनके विमान पूरी तरह पहुँच से बाहर होंगे। हमलावर दल इजराइल की वायुसेना के एक बड़े हिस्से का प्रतिनिधित्व कर रहा था; पूरे देश की रक्षा के लिए मात्र बारह विमान पीछे रह गए थे, जो एक बहुत ही जोखिम भरा कदम था। मिस्र के रडार से बचने के लिए हमलावर विमान खतरनाक रूप से लगातार नीचे उड़ान भर रहे थे, लगभग पंद्रह मीटर की ऊँचाई पर। एक पैराट्रूपर ने बाद में याद करते हुए कहा कि विमान इतने नीचे उड़ रहे थे कि उसे लगता था कि यदि वह अपनी बाँह ऊपर करता तो उनमें से एक को छू सकता था।

पायलट सख्त रेडियो चुप्पी का पालन कर रहे थे। सभी से कहा गया था कि उन्हें किसी भी परिस्थिति में मदद के लिए रेडियो पर नहीं जाना था, चाहे उनकी

स्थिति कितनी भी विकट क्यों न हो। यदि वे हताश हो जाएँ तो उन्हें अपने विमानों को समुद्र में गिरा देना था।

जॉर्डन के रडार ने इजराइली जेटों का पता लगा लिया, लेकिन वे मिस्रवासियों को चेतावनी देने में असमर्थ थे, जिन्होंने जॉर्डनियों को सूचित किए बिना अपने फ्रीक्वेंसी कोड बदल दिए थे। यह बहुत बड़ी गलती थी। केवल तीन घंटे में, हमलों की क्रमिक लहरों में (इजराइली विमान बेस पर लौटते, उनमें पुनः ईंधन भरा जाता और सशस्त्र किया जाता, और वे फिर से मिस्र के लिए रवाना हो जाते) इजराइल ने मिस्र के सैकड़ों विमानों को नष्ट कर दिया। मिस्र के एक-तिहाई पायलट मारे गए, तेरह ठिकाने नष्ट होकर कार्य करने योग्य नहीं रह गए और तेईस रडार स्टेशनों एवं विमान भेदी साइटों को बेकार कर दिया गया। लड़ाई के लिए मिस्र के पास अब कोई वायुसेना नहीं थी।

इजरालियों ने सत्रह विमान और पाँच पायलट खो दिए। उसका एक विमान क्षतिग्रस्त हो गया और इजराइल के परमाणु रिएक्टर की साइट डिमोना पर भटक गया। चूँकि पायलट रेडियो पर संवाद करने में असमर्थ था, अतः इजराइली हॉक मिसाइलों ने इजराइली जेट को हवा में गोली से उड़ा दिया।

10:35 बजे, पहले इजराइली विमानों के उड़ान भरने के लगभग तीन घंटे बाद यित्जाक रॉबिन को एक सीधी रिपोर्ट मिली—"मिस्र की वायुसेना का अस्तित्व समाप्त हो गया है।"[30] आनेवाले दिनों में इजराइल को कई नुकसान होनेवाले थे, लेकिन आई.डी.एफ. के नेतृत्व को समझ में आ गया कि अभी क्या हुआ था—इजराइल ने युद्ध शुरू होने से पहले ही उसे पूरी तरह से जीत लिया था।

इजराइली जॉर्डन के राजा हुसैन के पास गए और उनसे संघर्ष में प्रवेश न करने का अनुरोध किया। हालाँकि जॉर्डन ने इजराइल पर गोलीबारी शुरू कर दी थी, इजराइलियों ने कहा कि यदि जॉर्डन गोलीबारी रोक देता है, तो इजराइल 1949 में दोनों देशों द्वारा हस्ताक्षरित युद्ध-विराम की शर्तों को स्वीकार करना जारी रखेगा। लेकिन राजा हुसैन, जिन्होंने शायद नासिर के विरोध पर विश्वास किया होगा कि मिस्र संघर्ष में अच्छा प्रदर्शन कर रहा था और अगर वे युद्ध में शामिल नहीं हुए तो उन्हें अपनी आबादी के बीच फैलते रोष की चिंता करनी पड़ेगी, जवाब

में अपने सैनिकों को युद्ध–विराम रेखा पार करने और वायुसेना को कारवाई के लिए अलर्ट पर रहने के निर्देश दिए।

11:50 बजे जॉर्डन, सीरिया और इराक के विमानों ने इजराइल पर हमला कर दिया, लेकिन अगले दो घंटों में इजराइली वायुसेना (IAF) ने दुश्मन के सभी विमानों को मार गिराया या खदेड़ दिया और जॉर्डेनियन एवं सीरियाई वायुसेना के ठिकानों को नष्ट कर दिया। सिर्फ 5 जून को इजराइल ने चार सौ अरब के विमानों को नष्ट कर दिया। अब उसका वायु–प्रभुत्व स्थापित हो चुका था।

भूमि पर इजराइली सैनिकों ने गाजा पट्टी को मिस्र के शेष हिस्सों से काट दिया। अगले दिन इजराइली सैनिकों ने एक भी गोली चलाए बिना शर्म एल–शेख पर कब्जा कर लिया और तिरान के जलडमरूमध्य को पुनः खोल दिया।

जब वे 5 जून को अपने शपथ ग्रहण समारोह में जा रहे थे, मेनाचेम बेगिन ने जॉर्डन की गोलाबारी की आवाज सुनी। फिर भी बेगिन को खतरा नहीं, बल्कि अवसर का आभास हुआ। जब कैबिनेट इस्तेमाल किए हुए पुराने फर्नीचरों और सफाई सामग्री से भरे धूल भरे भूमिगत स्टोर–रूम में इकट्ठा हुई (कैबिनेट को वहाँ मिलने का निर्देश दिया गया था, क्योंकि नेसेट लॉन पर गोले गिर गए थे, जिससे कुछ खिड़कियाँ टूट गई थीं), तब बेगिन ने सुझाव दिया कि इजराइल को हुसैन के निर्णय का अधिकतम लाभ उठाते हुए संघर्ष में प्रवेश करना चाहिए। उन्होंने कहा कि इजराइल को पुराने शहर यरुशलम को पुनः प्राप्त करना चाहिए। जब एशकोल ने इस तरह के युद्ध में लगनेवाली लागत के बारे में चिंता व्यक्त की, तो बेगिन ने, जैसा कि वे अकसर करते थे, यहूदी इतिहास के संदर्भ में संघर्ष का वर्णन किया। "सज्जनो," उन्होंने अपने चारित्रिक रूप से भावपूर्ण स्वर में प्रोत्साहित किया, "जॉर्डन की सेना पूरी तरह से नष्ट हो गई है और हमारी अपनी सेना शहर के द्वार पर है। हमारे सैनिक पश्चिमी दीवार के लगभग सामने हैं। हम उन्हें कैसे कह सकते हैं कि वे उस तक न पहुँचें? हमारे हाथ में इतिहास की एक सौगात है। यदि हम इसे जब्त नहीं करेंगे तो आनेवाली पीढ़ियाँ हमें कभी माफ नहीं करेंगी।"[31]

कुछ ही घंटों के भीतर आई.डी.एफ. कमांड ने आदेश जारी किया—"दो बटालियनें पूर्व व पश्चिम यरुशलम को अलग करनेवाले अवरोध को तोड़ते

हुए, खदानों और खाइयों के माध्यम से रास्ता बनाते हुए माउंट स्कोपस पहुँचें।" सैनिकों से कहा गया था कि वे पुराने शहर पर कब्जा करने और '1948 की शर्म को मिटा देने'[32] की तैयारी करें। अगले दिन 6 जून को पैराटूपरों ने बस से यरुशलम में प्रवेश किया। हालाँकि वे शहर के बाहरी ओर गोलाबारी की आवाजें सुन सकते थे, पश्चिमी यरुशलम, जो 1948 से इजराइल के कब्जे में था और अब इजराइल की राजधानी था, वह शांत था। शांति से प्रभावित, लेकिन साथ ही निराश भी, सैनिकों ने नाओमी शेमर के गीत गाकर चुप्पी तोड़ी, जो केवल तीन सप्ताह में देश के लिए इतना परिचित सा हो गया था। वे गा रहे थे—'यरुशलम ऑफ गोल्ड, ऐंड ऑफ ब्रौंज ऐंड ऑफ लाइट', 'बीहोल्ड फॉर ऑल योर सॉन्स, आई एम द वायलिन।' उन 'वायलिनों' को क्या पता था कि वे युद्ध की भीषणतम लड़ाइयों में हिस्सा लेनेवाले थे।

हमले की शुरुआत शुभ नहीं थी। दोषपूर्ण खुफिया जानकारी के आधार पर इजराइल ने थल सैनिकों को पुराने शहर के ठीक बाहर जॉर्डन के एक गढ़ में भेजा, जिसे 'एम्युनिशन हिल' के नाम से जाना जाता था, इस विश्वास पर कि इजराइली दल बचाव कर रही जॉर्डन सेना से तीन गुना बड़ा होगा! परंतु जॉर्डन ने वहाँ इजराइलियों की अपेक्षा से कहीं अधिक सैनिक तैनात कर रखे थे। लड़ाई 6 जून को अपराह्न 2:30 बजे आरंभ हो गई और 6:30 बजे समाप्त हो गई। जैसा कि माइकल ओरेन परिणाम का वर्णन करते हैं, "पॉइंट इजराइली दस्ते लगभग पूरे नष्ट कर दिए गए थे। उनके तीन शेरमैन में से एक को मार गिराया गया था और अन्य दो अपनी तोपों को इतना नीचे नहीं उतार सके कि वे जलमग्न जॉर्डन के ठिकानों पर फायर कर सकें। खुद को खतरे में डाले बिना तोपखाने से समर्थन लेने में असमर्थ, दुश्मन की खाइयों के बीच से निकलने के लिए बहुत बड़े पैकों के साथ पैराटूपर खुले मैदान में बिना कवर आगे बढ़ने के लिए मजबूर हो गए।"[33] यह इजराइल-अरब संघर्ष के इतिहास में सबसे खूनी लड़ाइयों में से एक थी। चार घंटे की लड़ाई में इजराइल ने पैंतीस सैनिक खो दिए और जॉर्डन के इकहत्तर सैनिक मारे गए।

फिर भी भारी लड़ाई की रात के बाद अगली सुबह 4:30 बजे तक इजराइली सैनिक पुराने शहर के पास के नो-मैंस-लैंड क्षेत्र में प्रवेश कर गए और कुछ

घंटों बाद इजराइल के पास प्राचीन दीवारों के बाहर के सभी अरब क्षेत्रों पर नियंत्रण हो गया। सैनिक नीचे बैठ गए यह सुनने की प्रतीक्षा में कि कैबिनेट क्या निर्णय लेगी और उन्हें क्या आदेश मिलेंगे! सुबह 9:15 बजे मौटा गुर, जो उस समय पचपनवीं पैराट्रूपर ब्रिगेड के कमांडर थे (और बाद में आई.डी.एफ. के चीफ ऑफ स्टाफ), को आदेश मिला, "फौरन पुराने शहर में जाइए और उस पर कब्जा कर लीजिए!"

मौटा जमीन पर बैठ गए और चारदीवारी को देखने लगे। वह खिली हुई एक ठंडी सुबह थी और सूरज उनकी पीठ पर था। टेंपल माउंट के सोने-चाँदी के गुंबद उनके सामने चमक रहे थे। उन्होंने अपनी आँखें बंद कर लीं, मानो प्रार्थना कर रहे हों। वे राजा डेविड के साथ यहूदी पंथ में प्रवेश करनेवाले थे, जिसने यरुशलम को जीता था और उसे अपनी राजधानी बना लिया था। यहूदा मैकाबी के साथ, जिन्होंने हेलेनिस्टों द्वारा मंदिर को अपवित्र करने के बाद मंदिर को शुद्ध किया था; बार कोचबा, जिन्होंने खुद को रोम के विरुद्ध गिरा दिया था और यरुशलम के लिए हताश यहूदियों की आखिरी लड़ाई हार गए थे। फिर बलपूर्वक लागू अलगाव की सदियाँ आईं, परिदृश्य स्मृति में बदल गया। अब परिदृश्य सपने से पुनः बाहर आ रहा था और वास्तविक पहुँच में झिलमिला रहा था।[34]

गुर ने अपने पैराट्रूपरों को लायंस गेट की ओर बढ़ने का आदेश दिया। एक घंटे बाद वे पुराने शहर के फाटकों में घुसकर टेंपल माउंट पहुँच गए। मौटा गुर ने रेडियो लिया और एक रिपोर्ट प्रसारित की, जो अब एक प्रतिष्ठित इजराइली वाक्यांश बन गया है, 'द टेंपल माउंट हमारे कब्जे में है।'

केवल तीन सप्ताह पहले रब्बी ज्वी येहुदा कूक ने अपने छात्रों को अपनी तड़प भरी पुकार से चौंका दिया था, "मेरा यरुशलम कहाँ है?" अब पैराट्रूपरों के साथ, जिन्होंने अभी-अभी शहर पर कब्जा किया था, टेंपल माउंट से पश्चिमी दीवार पर उतरे। रबी श्लोमो गोरेन और आई.डी.एफ. के प्रमुख रब्बी (बाद में इजराइल के प्रमुख रब्बी) भी वहाँ मौजूद थे। हाथ में शॉफर और तोराह लिये वे किसी के द्वारा कंधों पर उठा लिये गए थे। भावनाओं के आवेग में, हालाँकि वे पारंपरिक रैम्स हॉर्न नहीं बजा पा रहे थे। एक अन्य सैनिक ने, जो तुरही बजा

रहा था, गोरेन से कहा कि वे शॉफर उसे सौंप दें, फिर वह उसे बजाने लगा। पिछली बार जब पश्चिमी दीवार पर शॉफर की आवाज सुनाई दी थी, जो इरगुन के युवकों द्वारा बजाया गया था, जिन्होंने ब्रिटिश आदेशों की अवहेलना की थी, को तुरंत भागना पड़ा था। अब और नहीं। हजारों वर्षों बाद पहली बार टेंपल माउंट और पश्चिमी दीवार संप्रभु यहूदी के कब्जे में थी।

7 जून तक, युद्ध शुरू होने के ठीक दो दिन बाद मिस्र और जॉर्डन की सेनाएँ लगभग हार चुकी थीं। नासिर ने एक जनरल रिट्रीट (सामान्य वापसी) का आदेश दिया। फिर भी उन्होंने युद्ध-विराम पर हस्ताक्षर करने से इनकार कर दिया, क्योंकि वे 1956 के समान एक धारा चाहते थे, जिसके अनुसार इजराइल को सिनाई छोड़ना पड़ता। लेकिन डी गॉल सही थे—1967 अब 1956 नहीं था; इजराइल सहमत नहीं होनेवाला था। आखिरकार जब उन्होंने देखा कि उनके लिए अपने खोए हुए किसी भी क्षेत्र को वापस पाने की कोई उम्मीद नहीं है, तब नासिर ने 8 जून की मध्यरात्रि को युद्ध-विराम स्वीकार कर लिया।

जब दक्षिण में और देश के केंद्र में युद्ध सामने था, आई.डी.एफ. का नेतृत्व इस बात को लेकर संघर्ष कर रहा था कि उत्तर में क्या करना चाहिए! दयान और एशकोल सीरियाई लोगों से गोलान हाइट्स लेने के खिलाफ थे। दोनों ने जोर देकर कहा कि सीरियाई सैनिकों ने अब तक उत्तरी सीमा को पार करने का कोई प्रयास नहीं किया, दोनों को डर था कि युद्ध को उत्तर में फैलाने से सोवियत को हस्तक्षेप करने का बहाना मिल जाएगा।

लेकिन अन्य लोग इस बात से असहमत थे। 8 जून को डेविड एलाजार (इजराइल के उत्तरी मोर्चे के कमांडर) गोलन को अधिकार में लेने के लिए उन्हें मनाने का प्रयास करने के उद्‍देश्य से एशकोल के पास गए। उन्होंने प्रधानमंत्री को याद दिलाया कि इजराइल के उत्तर के नागरिक वर्षों से नियमित सीरियाई गोलाबारी एवं घुसपैठ के भय के साथ जी रहे हैं। सीरिया गोलाबारी करना शुरू करता तो इजराइली बम आश्रयों में उतर जाते और थोड़ी देर बाद बाहर आकर देखते कि उनके घर, सार्वजनिक भवन या खेत जल रहे हैं। वे अपने बच्चों के

साथ आतंकित रहते थे और अपने भविष्य को लेकर चिंतित भी थे। यह इजराइल के लिए एक ही बार में इन खतरों को मिटाने और उत्तर को सामान्य स्थिति प्रदान करने का सुनहरा मौका था।

एलाजार की याचिका, साथ ही पहाड़ी क्षेत्र पर कब्जा करने की रॉबिन की योजना को सुनने के लिए रक्षा पर एक आपातकालीन मंत्रिस्तरीय समिति की बैठक बुलाई गई। हालाँकि दयान प्रस्तुतियों के बाद भी अडिग रहे। वे अभी भी चिंतित थे कि लड़ाई को उत्तर में ले जाने से रूसियों को युद्ध में प्रवेश करने का बहाना मिल जाएगा। उसी दिन कुछ समय पूर्व गलत पहचान के एक मामले में, इजराइल ने गलती से मिस्र के तट से कुछ ही दूरी पर एक अमेरिकी जहाज यू.एस.एस. लिबर्टी पर बमबारी की थी, जिसमें अमेरिकी चालक दल के 34 सदस्य मारे गए थे, 171 घायल हुए थे और अमेरिकी नौसेना के जहाज को भारी नुकसान हुआ था। यह यू.एस.-इजराइल संबंधों में एक भयावह क्षण था और रूसियों के युद्ध में प्रवेश करने की संभावना, ठीक उस समय, जब अमेरिका इजराइल से नाराज था, एक लापरवाही लग रही थी।

बैठक के बाद रॉबिन ने एलाजार को समिति के निर्णय के बारे में बताने के लिए बुलाया। एलाजार निराश थे। उन्हें लगा कि सरकार ने एक बार फिर सीमा पर रहनेवाले नागरिकों के प्रति अपनी जिम्मेदारी को भुला दिया है। "इतनी मुसीबतें पैदा करने के बाद, गोलाबारी और प्रताड़ना के बाद क्या उन अहंकारी दुष्टों को हमारी पीठ पर सवार पहाड़ियों की चोटी पर छोड़ दिया जाएगा?" वे बाद में बड़बड़ाए, "यदि इजराइल राज्य हमारी रक्षा करने में असमर्थ है तो हम जानने के अधिकारी हैं! हमें सीधे तौर पर कह दिया जाना चाहिए कि हम राज्य का हिस्सा नहीं हैं, सेना की सुरक्षा के हकदार नहीं हैं। हमें हमारे घर छोड़ देने और इस दुःस्वप्न से भाग जाने के लिए कह दिया जाना चाहिए!"[35]

दोपहर 2 बजे थकी हुई सैन्य कमान तितर-बितर हो गई और आराम करने चली गई। लेकिन 6 बजे दयान की नींद हृदय परिवर्तन के साथ अचानक खुल गई। उन्होंने केंद्रीय कमान को बुलाया, जिसने उन्हें सूचित किया कि यद्यपि इजराइल ने उत्तर में हमला नहीं किया था, गोलान हाइट्स पर सीरियाई इकाइयाँ टूट रही थीं और भाग रही थीं। 6:45 बजे दयान ने सीधे एलाजार को फोन

किया और तुरंत गोलान हाइट्स पर हमला शुरू करने का आदेश दिया।[36] जब रॉबिन को जागने के बाद खबर मिली तो उन्होंने एलाजार को फोन किया और चेतावनी दी—"केंद्रीय कमांड का आकलन पूरी तरह से गलत था। सीरियाई सेना कहीं से भी पतन के करीब नहीं है। आपको यह मान लेना चाहिए कि वह हठपूर्वक पूरी ताकत से लड़ेगी!"[37]

रॉबिन सही था। लड़ाई भीषण थी और इजराइल का नुकसान गंभीर था। सिर्फ उस युद्ध में 115 सैनिक मारे गए थे और 306 घायल हुए थे। लेकिन सीरियाई नुकसान और अधिक था। 9 जून की रात तक इजराइली मजबूत स्थिति में आ गए थे और सीरियाई सुरक्षा ध्वस्त हो रही थी।*

इसके कुछ ही समय बाद आई.डी.एफ. सीरिया की राजधानी दमिश्क से लगभग चालीस मील पश्चिम में एक सीरियाई शहर कुनेत्रा पर कब्जा करने के लिए आगे बढ़ रही थी। जब इजराइल ने कुनेत्रा पर कब्जा कर लिया तो सीरिया युद्ध-विराम के लिए सहमत हो गया। 10 जून को शाम 6:30 बजे, छह दिवसीय युद्ध समाप्त हो गया था।

युद्ध बहुत छोटा था—यह मात्र 132 घंटे चला था, इजराइल की जीत निर्णायक थी। मिस्रवासियों ने 10 से 15,000 आदमी खो दिए थे, अन्य 5,000 लापता थे और हजारों घायल हो गए थे। जॉर्डन के 700 सैनिक मारे गए, साथ ही 6,000 लापता या घायल थे। उत्तरी मोर्चे पर 450 सीरियाई मारे गए और लगभग 2,000 लापता या घायल थे। मिस्र का मात्र 15 प्रतिशत सैन्य हार्डवेयर बरकरार रहा। इजराइल के 679 सैनिक मारे गए (कुछ इजराइली स्रोतों ने बाद

---

* जबकि इजराइल का नुकसान वैसे भी बहुत अधिक था, अगर एली कोहेन-इजराइल के सबसे प्रसिद्ध जासूसों में से एक और अब एक इजराइली किंवदंती ने अपना काम न किया होता तो वे और भी बदतर होते। कोहेन का जन्म 1924 में मिस्र के एलेक्जेंड्रिया में हुआ था और 1947 में वह मिस्र की सेना में भरती हुआ। इजराइल की स्थापना के बाद कोहेन को मुसलिम ब्रदरहुड द्वारा उस विश्वविद्यालय में परेशान किया जाता था, जहाँ वह पढ़ रहा था। उसका परिवार कई अन्य यहूदी परिवारों की तरह इजराइल चला गया। कोहेन, जो धाराप्रवाह अरबी बोलता था, एक इजराइली जासूस बन गया और सीरिया के रक्षा मंत्री का मुख्य सलाहकार बनने के बाद 1961 और 1965 के बीच उसने सीरिया में महत्त्वपूर्ण खुफिया जानकारी एकत्र की। फिर वह पकड़ा गया, उसे मौत की सजा सुनाई गई और मई 1965 में दमिश्क के एक सार्वजनिक चौक पर उसे फाँसी दे दी गई। सीरियाई सुरक्षा के बारे में उसने इजराइल को जो जानकारी दी थी, उसने छह दिवसीय युद्ध के दौरान इजराइल द्वारा गोलान हाइट्स के तड़ित कब्जे में योगदान दिया।

में उस संख्या को लगभग 800 बताया) और 2,567 घायल हो गए थे।*

क्षेत्र के संदर्भ में युद्ध ने इजराइल को नाटकीय रूप से बदल दिया। इजराइल ने युद्ध में बयालीस हजार वर्ग मील के भूभाग पर कब्जा कर लिया था, जो उसके मूल आकार के तीन गुना से अधिक था।[38] उसने गाजा पट्टी, सिनाई प्रायद्वीप, जॉर्डन नदी के पश्चिमी तट (पूर्वी यरुशलम सहित) और गोलान हाइट्स पर कब्जा कर लिया। इजराइल एक अलग देश की तरह महसूस कर रहा था। हैम गौरी ने, जो यहूदियों की उन भूभागों तक पहुँच न होने के आदी हो गए थे, छह दिवसीय युद्ध के बाद कहा, "मुझे ऐसा लग रहा था, जैसे मैं मर गया हूँ और अब जाग रहा हूँ, पुनरुत्थित।" कभी बँटा हुआ देश आखिरकार फिर से एक हो गया था। गौरी ने कहा, "वह सब, जिससे मैं प्यार करता हूँ, मेरे चरणों में डाल दिया गया था, आश्चर्यजनक रूप से स्वामी-रहित परिदृश्य उजागर हो गए थे, जैसे कि एक सपने में हों। इजराइल की पुरानी भूमि, मेरी युवावस्था की मातृभूमि, मेरे कटे हुए देश का आधा हिस्सा।"[39]

स्वतंत्रता की लड़ाई के दौरान लगभग सात लाख अरब लोग इजराइल छोड़कर पड़ोसी देशों में चले गए थे (जो कि अधिकांश मामलों में उन्हें नागरिक बनाने से इनकार करके उन्हें स्थायी शरणार्थियों में बदलनेवाले थे)। छह दिवसीय युद्ध ने एक बार फिर उनके जीवन को जड़-मूल से बदल दिया। उन्होंने अब खुद को जॉर्डन के शासन में नहीं, बल्कि इजराइल के नियंत्रण में रहते हुए पाया। 1967 में वेस्ट बैंक और गाजा में लगभग 1.25 मिलियन फिलिस्तीनी थे और उनका भाग्य अंतरराष्ट्रीय चिंता का विषय बननेवाला था।

इसलिए इसमें कोई आश्चर्य नहीं है कि जैसा 1948 के युद्ध में हुआ था, संशोधनवादी इतिहासकार ('नए इतिहासकारों' का समूह) एक बार फिर छह

---

* जैसा कि 1948 में हुआ था, डायस्पोरा (प्रवासी) यहूदियों ने एक बार फिर इजराइल की जीत की कीमत चुकाई। क्रोधित भीड़ ने यहूदियों पर हमला किया और मिस्र, यमन, लेबनान, ट्यूनीशिया एवं मोरक्को में पूजा-स्थल जला दिए। त्रिपोली (लीबिया) में एक नरसंहार में 18 यहूदी मारे गए और 25 घायल हुए। मिस्र में देश के 4,000 यहूदियों में से 800 को गिरफ्तार कर लिया गया। लगभग 7,000 यहूदियों को अरब देशों से निकाल दिया गया, जिनमें से कई के पास केवल उनके पहने हुए कपड़े और एक छोटे बैग में कुछ चीजें थीं। (माइकल ओरेन, सिक्स डेज़ ऑफ वॉर, पृ. 307)

दिवसीय युद्ध के बारे में एक कहानी गढ़ने की कोशिश कर रहे थे, जो कि मुख्यधारा की इजराइली कथा से अलग थी। कुछ लोगों ने दावा किया कि युद्ध पालमाख के सदस्यों के स्थायी जुझारूपन का परिणाम था, जो 1948 में वेस्ट बैंक पर कब्जा नहीं करने के बेन-गुरियन के फैसले से निराश थे। उदाहरण के लिए, एक यहूदी इजराइली राजनीतिक स्तंभकार हैम हानेगबी ने लिखा—"यह याद रखा जाना चाहिए कि 1967 में सेना की कमान पालमाख के पूर्व सदस्यों के हाथ में ही थी, जो छह दिवसीय युद्ध का लाभ उठाकर वह काम पूरा करने के लिए सुलग रहे थे, जिससे उन्हें 1948 में वंचित कर दिया गया था—फिलिस्तीनियों के शेष क्षेत्रों पर कब्जा करना और विजय की शक्ति के माध्यम से, सच्चे विस्तृत इजराइल को प्राप्त करना।"[40] अन्य लोगों का तर्क था कि युद्ध आर्थिक विफलता का परिणाम था, जहाँ सरकार बेरोजगारी से ध्यान भटकाना चाहती थी। "1964 में शुरू हुई वृद्धि की प्रक्रिया इस अर्थ में 'आवश्यक नहीं' थी कि वह अरब-इजराइल संघर्ष की अत्यावश्यकताओं से नहीं उपजी थी। उन वर्षों में इजराइल की प्रतिक्रियाओं की शक्ति, एक निश्चित रणनीति को व्यक्त कर रही थी, जो राज्य के अपने सामाजिक सिद्धांतों से पीछे हटने के लिए क्षतिपूर्ति कर रही थी।"[41]

पिछले कुछ वर्षों में यह स्पष्ट हो गया है कि इन आरोपों में तर्कशक्ति है, लेकिन ऐतिहासिक योग्यता नहीं है। वास्तव में युद्ध के तीस वर्ष बीत जाने के बाद जब इजराइल के राज्य पुरालेख ने उस अवधि से दस्तावेजों को अवर्गीकृत कर दिया (अरब अभिलेखागार अनिश्चितकाल के लिए बंद हैं), तो राजनयिक इतिहास की समीक्षा करना और यह साबित करना संभव हो गया था, जैसाकि माइकल ओरेन ने अपनी प्रतिष्ठित 'सिक्स डेज ऑफ वॉर' में किया था—"इजराइल युद्ध टालने के लिए बेताब था और युद्ध की पूर्व संध्या तक उसे टालने के प्रयास में हरसंभव उपाय अपनाया।"[42]

बंदूकों के खामोश होने और खतरे के टल जाने के साथ इजराइल वस्तुतः उत्साह के चरम पर था। यहूदी राज्य बच गया था। फ्रांसीसियों द्वारा धोखा खाए, अमेरिकियों द्वारा रद्द किए गए और रूसियों द्वारा परेशान किए गए इजराइलियों

को पूरी तरह से उनके हाल पर छोड़ दिया गया था, फिर भी निर्णायक रूप से वे जीत गए थे। फिलिस्तीन से अंग्रेजों को खदेड़नेवाले लड़ाकों का रैगटैग बैंड अब एक पेशेवर सेना में बदल चुका था। इजराइल इस क्षेत्र का सबसे शक्तिशाली देश था, व्यापक अंतर से और यहूदी खतरे से बाहर थे। वे दिन बीत चुके थे, जब कोई व्यक्ति यहूदी लोगों को दंड की धमकी दे सकता था। वे दिन लद चुके थे, जब यहूदी अपने शत्रुओं के हथियार इकट्ठा करने पर डरने लगते थे। वे दिन बीत चुके थे, जब यहूदियों को सोचना पड़ता था कि कहीं एक और प्रलय तो नहीं आनेवाली है! उन प्रारंभिक जियोनिस्ट विचारकों ने एक ऐसी दुनिया का सपना देखा था, जिसमें यहूदी अपने पैतृक घर की भूमि पर संप्रभु, अंततः सुरक्षित रहेंगे, अंततः वह दिन आ गया था।

उत्साह की उमंग में केवल इजराइली ही नहीं थे। सोवियत यहूदी, जो यहूदियों की उससे अलग छवि के साक्षी थे, जिसमें उनकी परवरिश हुई थी, अचानक यहूदी होने में एक नया गर्व महसूस करने लगे थे।[43] इजराइल के लिए सोवियत संघ छोड़ने की उनकी माँग आनेवाले वर्षों में और अधिक मुखर होनेवाली थी। अमेरिकी यहूदी भी उल्लसित थे। युद्ध के बाद के वर्ष में, सोलह हजार अमेरिकी यहूदी इजराइल चले गए, जो कि इजराइल के निर्माण के बाद से यह कदम उठानेवाले अमेरिकी यहूदियों की कुल संख्या से अधिक था।[44]

जबकि यरुशलम में पैराट्रूपर्स पुराने शहर पर कब्जे का जश्न मना रहे थे, नाओमी शेमेर सिनाई में थीं और सैनिकों के एक समूह के लिए गाने की तैयारी कर रही थीं, लेकिन उन्होंने एक रेडियो प्रसारण में सैनिकों को अपना गीत, 'यरुशलम ऑफ गोल्ड' गाते हुए सुना, जिसमें उन्होंने यरुशलम के बारे में लिखा था—"एक शहर जो अकेला बैठा है, जबकि उसके दिल में एक दीवार है।" उन्होंने महसूस किया कि युद्ध के छह दिनों ने उनके गाने को पुराना बना दिया था तो एक सैनिक की पीठ का मेज के रूप में उपयोग करते हुए उन्होंने जल्दी से एक अतिरिक्त कविता लिखी—

हम पानी के गड्ढों, बाजार और चौक में लौट आए हैं
पुराने शहर में टेंपल माउंट पर एक शोफर पुकारता है

और चट्टान में गुफाओं में हजारों सूरज चमकते हैं
हम एक बार फिर मृत सागर में लौटेंगे, (इस बार) जेरिको सड़क से।[15]*

एक लंबे समय से सँजोया जायोनी स्वप्न सच हो गया था। यह सुरक्षा का, आत्मविश्वास का, गर्व का, अंतरराष्ट्रीय प्रशंसा का सपना था।

यह लंबे समय तक नहीं चलनेवाला था।

□

---

* युद्ध से पहले इजराइलियों की मृत सागर तक पहुँच थी, लेकिन केवल दक्षिण में बीरशेबा की ओर और अराद के माध्यम से ड्राइव करके, जो यरुशलम से एक बंजर रेगिस्तान से होते हुए कई घंटों की यात्रा थी। अब यरुशलम से पूर्व की ओर यरीहो रोड तक पहुँच के साथ मृत सागर मुश्किल से आधे घंटे से कुछ अधिक दूरी पर था।

13

व्यवसाय का बोझ

यरुशलम मेरा है, फिर भी मेरे लिए एक अजनबी है…
लोग वहाँ रहते हैं, अजनबी…
वे वहीं रह रहे हैं, जहाँ वे हमेशा से रहे हैं और मैं अजनबी हूँ।

—**अमोस ओज,** छह दिवसीय युद्ध के तुरंत बाद

हम कुएँ/बाजार और चौक में लौट आए हैं।…(और) पुराने शहर में टेंपल माउंट पर नाओमी शेमेर ने लिखा था और वे वापस आए। शहर के बीच की दीवार गायब हो गई थी, जबकि टेंपल माउंट के नीचे की दीवार एक बार फिर उनकी हो गई थी। लगभग दो हजार वर्ष पहले रोमनों के मंदिर को नष्ट करने के बाद यहूदियों ने पहली बार पश्चिमी दीवार तक सामूहिक यात्रा की।

वे पत्थरों को छूने के लिए, बाजारों की छानबीन करने के लिए, अपनी आँखों से उस स्थान को देखने के लिए गए, जिसके लिए यहूदी सदियों से तरस रहे थे और जो पिछले उन्नीस वर्षों से पूरी तरह उनकी पहुँच से बाहर था। "वहाँ बच्चों की गाड़ियाँ घुमाती महिलाएँ थीं और सिर पर स्कार्फ बाँधे दादियाँ थीं, फ्लॉपी हैट लगाए किब्बुत्जनिक थे तथा प्रार्थना की शॉलों में और हसीदिक फर हैटों एवं काले फेडोरा व बेरेट तथा बुने हुए किपोट में रूढ़िवादी पुरुष थे।…अजनबी एक-दूसरे को देखकर मुसकरा रहे थे—"हम ही वे हैं, जो अंत तक पहुँच पाए हैं!"[1]

फिर भी यह 'कहानी का अंत' नहीं था। उत्सव से परे, वहाँ भयावहता भी थी, एक भावना थी कि उत्साह जो दिखा रहा था, जीत उससे कहीं अधिक जटिल थी। हाँ, अभी भी युवा राज्य ने एक ऐसे युद्ध में कदाचित् दुर्गम बाधाओं को पार कर लिया था, जो कई लोगों ने सोचा था कि देश का अंत लिख देगा। हाँ, इजराइल

राष्ट्र 'बाइबल' की भूमि में वापस आ गया था, उन स्थानों पर, जिनके बारे में यहूदियों ने सदियों से अपने सबसे पवित्र ग्रंथों में पढ़ा था।

फिर भी वे बाजार, जिनके बारे में नाओमी शेमेर ने गाया था, निर्जन नहीं थे। अमोस ओज के पिता ने नवंबर 1947 की उस भयानक रात को उससे वादा किया था कि यहूदी इतिहास हमेशा के लिए बदल गया था, अब महसूस कर रहा था कि इतिहास का रुख एक बार फिर से बदल सकता था। वह सिनाई में अपनी सैन्य सेवा से सीधे यरुशलम गया, सड़कों पर घूमा और अपने आप में सोचने लगा—

> 'यरुशलम मेरा है, फिर भी मेरे लिए अजनबी है।...शहर बसा हुआ है। यहाँ लोग रहते हैं, जैसे अजनबी—मुझे उनकी भाषा समझ में नहीं आती, वे वहीं रह रहे हैं, जहाँ वे हमेशा से रहे हैं और मैं अजनबी हूँ।... उनकी आँखें मुझसे नफरत करती हैं। वे मुझे मृत देखना चाहते हैं। शापित अजनबी।...(मैं) एक सब-मशीनगन को पकड़े इसकी सड़कों का पीछा कर रहा हूँ, मेरे बचपन के एक बुरे सपने की तरह—एक विदेशी शहर में एक विदेशी आदमी।'[2]

युद्ध के तुरंत बाद उसने लेबर पार्टी के अखबार 'डावर' के लिए एक स्तंभ में लिखा—"अपरिहार्य व्यवसाय भी व्यवसाय को भ्रष्ट कर रहा है।" यह एक ऐसी स्थिति थी, जिसका वह दशकों तक डेविड ग्रॉसमैन, जैसे अन्य इजराइली उपन्यासकारों के साथ समर्थन करनेवाला था।*

युद्ध से पूर्व ली गई वेस्टर्न वॉल (पश्चिमी दीवार) की श्वेत-श्याम तसवीरें दीवार के साथ-साथ चलती एक तंग, सँकरी गली को दरशाती हैं, जो कुछ सौ लोगों को समायोजित करने के लिए भी बहुत छोटी है, जश्न मनानेवाले उन हजारों

* जबकि कई हाई प्रोफाइल इजराइली, रैंक और फाइल के साथ कब्जे का विरोध करने के लिए सामने आए। सभी इजराइली इस बात से सहमत नहीं थे कि वेस्ट बैंक में इजराइल की उपस्थिति कानूनी दृष्टि से एक 'कब्जा' थी। पूर्व इजराइली सुप्रीम कोर्ट न्यायमूर्ति एडमंड लेवी की अध्यक्षता में 2012 की रिपोर्ट ने तर्क दिया कि चूँकि वेस्ट बैंक में कभी भी एक संप्रभु इकाई नहीं थी और विशेष रूप से जॉर्डन के क्षेत्र के दावों के त्याग के संदर्भ में देखे जाने पर इजराइल के पास इस भूमि के वास्तविक संप्रभु के रूप में कानूनी आधार था। [Amb.ऐलेन बेकर, "द लीगल बेसिस ऑफ इजराइल्स राइट्स इन द डिस्प्यूटेड टेरिटरीज" (विवादित प्रदेशों में इजराइल के अधिकारों का कानूनी आधार) http://jcpa.org/ten-basic-points-summarizing-israels-rightsin- judea-and-samaria/.]

नागरिकों से बहुत कम, जिनके यहूदी धर्म के सबसे पवित्र स्थान तक पहुँचने की सरकार को प्रत्याशा थी। उस सँकरी गली के ठीक आगे मुगराबी क्वार्टर नामक एक खस्ताहाल छावनी थी। 1948 में लड़ाई से विस्थापित होकर लगभग 135 अरबी परिवारों ने वहाँ शरण ली थी और तब से वे वहीं रह रहे थे। 10 जून की शाम को, सेना की मंजूरी के साथ मुगराबी क्वार्टर में परिवारों को वह क्षेत्र छोड़ने का निर्देश दिया गया, ताकि पश्चिमी दीवार के सामने बड़ी भीड़ को समायोजित करने के लिए विस्तृत प्लाजा बनाने हेतु उसे खाली किया जा सके। इसके तुरंत बाद सेना के बुलडोजर घरों को समतल करने और दीवार तक ज्यादा लोगों की पहुँच को बनाने के लिए चौक में घुस गए। मुगराबी क्वार्टर ऑपरेशन के कमांडर ने बाद में याद किया, “पड़ोस को खाली करने का आदेश मेरे जीवन में सबसे कठिन था।…जब आप ‘फायर!’ (युद्ध में) (गोली चलाने) का आदेश देते हैं तो आप एक ऑटोमेटन (स्वचालित मशीन) होते हैं। यहाँ आपको यह जानते हुए एक आदेश देना था कि आप निर्दोष लोगों को चोट पहुँचा सकते हैं।”[3]

कुछ विद्वान् मुगराबी क्वार्टर* की घटना को जल्दबाजी में तैयार की गई नीतियों और हड़बड़ी में लिये गए निर्णयों की एक व्यापक परिघटना के रूप में देखते हैं, जिनमें से कुछ आनेवाले दशकों में इजराइल को आकार देनेवाले थे। 10 जून को मुगराबी का हटाया जाना बिना किसी राष्ट्रीय वार्त्तालाप के सामने आया कि उन कस्बों और मोहल्लों के साथ क्या करना है, जिन पर इजराइल ने अभी-अभी कब्जा किया है? जैसा कि इजराइलियों को जल्द ही पता चलनेवाला था, उन्होंने कब्जे में लिये गए क्षेत्रों और वहाँ रहनेवाले लोगों के बारे में जो निर्णय लिये थे—वे यहूदी राज्य के लिए चुनौतियाँ पैदा करनेवाले थे, जो कि उन खतरों से कम नहीं थे, जिनको छह दिवसीय युद्ध ने समाप्त करना चाहा था।

---

* मुगराबी क्वार्टर भी लंबे समय से यहूदियों और अरबों के बीच विवाद का विषय था। 1929 में जब यहूदियों और अरबों के बीच पश्चिमी दीवार तक यहूदियों की पहुँच को लेकर तनाव चल रहा था, तब हज अमीन अल-हुसैनी ने उस स्थान पर यहूदी पहुँच को प्रतिबंधित करने का आह्वान किया। जवाब में यिशुव के अशकेनाजी प्रमुख रब्बी अब्राहम यित्जाक हाकोहेन कूक ने मुगराबी क्वार्टर को खाली करने का आह्वान किया। अब उनका सुझाव, जिस पर कभी अमल नहीं किया गया—सफल हुआ। [हिलेल कोहेन, इयर जीरो ऑफ द अरब-इजराइली कंफ्लिक्ट, 1929 (वाल्थम, एम.ए. : ब्रैंडिस यूनिवर्सिटी प्रेस, 2015, पृ. xvii।)]

जो सामने आ रहा था, उसके प्रति इजराइलियों की हर जगह भावुक प्रतिक्रियाएँ थीं। धार्मिक इजराइलियों के लिए, केवल यह तथ्य कि यहूदी राज्य ने आपदा को टाल दिया है। कुछ लोगों का मानना था कि युद्ध मसीहा के युग का अग्रदूत था। उन्हें ऐसा लगा कि परमेश्वर ने रब्बी ज्वी येहुदा की दर्द भरी पुकार सुन ली थी। वे धार्मिक जुनून एक ऐसे आंदोलन में ईंधन भरनेवाले थे, जो जल्द ही इजराइल को हमेशा के लिए बदलनेवाला था।

धर्मनिरपेक्ष इजराइलियों के लिए भी भावनाओं के द्वार अचानक खुल गए और एक बार फिर वे इजराइल के प्रमुख कवि थे, जिन्होंने एक राष्ट्र की भावनाओं को अभिव्यक्ति दी। नेटन ऑल्टरमैन ने लंबे समय तक इजराइली यादगार क्षणों को कविताओं में चिह्नित किया, जो प्रतिष्ठित बन गईं। वे राष्ट्र की आवाज बन गए थे।

यद्यपि 1967 और 1970 में उनकी मृत्यु के बीच ऑल्टरमैन विभाजनकारी व्यक्ति बन गए थे, जब उन्होंने इजराइल की तेज-तर्रार युद्धोत्तर टुकड़ी की ओर से अपनी कलम उठा ली। इस आंदोलन ने दृढ़ता से कहा कि वेस्ट बैंक पर कब्जा करके इजराइल ने इजराइल की 'बाइबल' भूमि पर संप्रभुता हासिल कर ली है। "इजराइल को कुछ भी नहीं छोड़ना चाहिए, 'इस राष्ट्र का पालना' तो विशेष रूप से नहीं।" उन्होंने कहा।

"इस जीत का मतलब यह है कि इसने इजराइल राज्य और इजराइल की भूमि के बीच के अंतर को मिटा दिया। राज्य और भूमि अब से एक समान हैं।"[4]

अधिकांश लोग जानते थे कि ऑल्टरमैन एक धर्मनिरपेक्ष यहूदी थे[5], यद्यपि उस क्षेत्र को रखने की प्रतिबद्धता, जिसे इजराइल ने छह दिवसीय युद्ध में हासिल किया था और आगे धार्मिक समुदाय से जुड़नेवाली थी, भूमि का अधिग्रहण करना और उस पर निर्माण करना उन्नीसवीं सदी के अंत में उसकी शुरुआत से ही धर्मनिरपेक्ष जियो गतिविधि का मंत्र रहा है। पहले के अलियोत के दौरान युवा समाजवादी यहूदी रूस से आए थे और अकसर प्रवासी-आधारित संरक्षकों की मदद से उन अरबों से भूमि खरीदते थे, जो कि बेचना चाहते थे, जब अरबों ने 1947 में एक युद्ध में, जो 1949 तक चलनेवाला था, यिशुव पर हमला किया था, तब इजराइल ने और अधिक भूमि का अधिग्रहण कर लिया था। स्वतंत्रता संग्राम के बाद के वर्षों में, 1950 के दशक में, उस भूमि पर भी निर्माण करना

जियोनीवाद का अगला कदम लग रहा था।

एक और कारण था कि धर्मनिरपेक्ष जियोनीवादियों ने बड़े जोश के साथ नई भूमि को अपनाया। कुछ समय से पुराना लेबर जियोनीवाद थक चुका था। छह दिवसीय युद्ध से पूर्व के छह वर्षों में मात्र दस नए मोशाविम या किब्बुत्जिम स्थापित किए गए थे। सामूहिक कृषि बंदोबस्त काफी हद तक यूरोपीय समाजवादी यहूदियों की परियोजना थी और चूँकि उन यहूदियों में से अधिकांश हिटलर के गैस चैंबरों में अपना अंत देख चुके थे, इसलिए संभावित आप्रवासी बहुत कम थे। धर्मनिरपेक्ष जियोनीवाद जुनून के लिए तैयार था।

धर्मनिरपेक्ष जियोनीवाद के घटते हुए वैचारिक जुनून ने एक खालीपन पैदा कर दिया, जिसने धार्मिक यहूदियों को जियोनीवाद के नए नेता, इजराइल के तीसरे दशक के अग्रदूत बनने का अवसर दिया। यदि पिछले यहूदी धार्मिक नेताओं ने जियोनीवाद पर इसलिए हमला किया था, क्योंकि वह अत्यधिक धर्मनिरपेक्ष था और उसने एक नया यहूदी राज्य बनाने की माँग की थी तो युद्ध के पश्चात् कुछ धार्मिक नेताओं ने वास्तव में पुन: सक्रिय जियोनीवाद का नेतृत्व करने का मन बनाया था। इस नए जुनून का उदाहरण और किसी ने नहीं, बल्कि रब्बी ज्वी येहुदा कुक ने प्रस्तुत किया। युद्ध से पहले रब्बी कुक ने इजराइल की भूमि की खंडित स्थिति पर शोक व्यक्त किया था; अब युद्ध के बाद वे अचानक एक आधुनिक दिन के 'बाइबल' के पैगंबर की तरह सुनाई दे रहे थे, जो जियोनी आंदोलन की महिमा को याद कर रहे थे—

> रब्बी इजराइली ध्वज में लिपटे एक मंच से बोल रहे थे। पवित्र पुस्तकों को रखनेवाले एक तिकटी को धर्मनिरपेक्ष इजराइल में लपेटे हुए रब्बी ज्वी येहुदा कह रहे थे—"यह झंडा उस मखमली कपड़े से कम पवित्र नहीं है, जिसने मेरे पीछे तोराह के संदूक को ढका हुआ है"दृढ़ आवाज, बुलंद स्वर में रब्बी ने दुनिया को चेतावनी दी कि वह परमात्मा की योजना में हस्तक्षेप न करे और मुक्त भूमि को इजराइल के नियंत्रण से छीनने का प्रयास न करे। इजराइल की लोकतांत्रिक रूप से चुनी गई सरकार को भी।" उन्होंने आगे कहा, "इन क्षेत्रों से हटने का अधिकार हमें नहीं है।"[6]

रब्बी कुक का यह आत्मविश्वास कि उनके पास सरकार को इस संबंध में चेतावनी देने का अधिकार है कि उसके पास क्या करने का अधिकार है और क्या

करने का नहीं, आनेवाले समय की एक अशुभ चेतावनी थी। अधिकांश इजराइली यह संकेत समझने में पूरी तरह चूक गए।

यद्यपि सभी धार्मिक यहूदियों ने मामलों को इस तरह से नहीं देखा। एक उल्लेखनीय अपवाद, इजराइल के सबसे महत्त्वपूर्ण बुद्धिजीवियों में से एक, रूढ़िवादी यहूदी प्रोफेसर येशायाहू लीबोविट्ज थे। लीबोविट्ज के लिए जून 1967 में जीत से निकलनेवाला प्रमुख धार्मिक दायित्व था—इजराइल के लिए अपनी आत्मा को बचाना। ऐसा करने के लिए उन्होंने जोर देकर कहा कि इजराइल को अपने कब्जेवाले क्षेत्रों से पीछे हटने की आवश्यकता थी, क्योंकि इजराइल एक विदेशी आबादी पर अपना शासन नहीं थोपेगा।

युद्ध के तीन वर्ष बाद उन्होंने बारहवीं कक्षा के इजराइली छात्र को एक पत्र लिखा, जिसमें संक्षेप में वह बताया गया था, जो 1967 में गोलीबारी बंद होने के समय से वह कहते आ रहे थे—

> "मैं उन क्षेत्रों से तत्काल बाहर निकलने के पक्ष में हूँ, जहाँ सवा लाख अरबी लोग बसे हुए हैं, उन कारणों से जिनका शांति से कोई लेना-देना नहीं है। मैंने हमेशा उस क्षेत्र से बाहर निकलने की बात कही है, उन्हें वापस करने की नहीं, क्योंकि मुझे नहीं पता है कि उन्हें किसको 'वापस' करेंगे—हुसैन को? फतह को? नासिर को? स्थानीय निवासियों को? यह हमारा काम नहीं है, न ही यह हमारा दायित्व या हमारा अधिकार है कि हम इस बात से चिंतित हों कि हमारे वहाँ से निकल जाने के बाद अरब उन क्षेत्रों का क्या करेंगे? हमें हमारे यहूदी राज्य में अपनी स्थिति मजबूत बनाने और उसकी रक्षा करने की आवश्यकता है। यदि हम सम्मान के साथ वहाँ से नहीं निकलते हैं, अर्थात् हमारी अपनी स्वतंत्र इच्छा से, तो यहूदी लोगों और हमारे राज्य की वास्तविक आवश्यकताओं की समझ के परिणामस्वरूप अमेरिकी और रूसी हमें अपमानजनक वापसी के लिए मजबूर करेंगे।"
>
> इसे समझो, इन 'क्षेत्रों' की समस्या में मुझे बिल्कुल भी दिलचस्पी नहीं है, बल्कि (मुझे जिसमें दिलचस्पी है) वह 12,50,000 अरबियों की समस्या है, जो वहाँ रहते हैं और वह भी अरबों के प्रति चिंता से नहीं, बल्कि यहूदी लोगों और हमारे राज्य के लिए चिंता से। "हमारे नियंत्रण वाले क्षेत्र

> में इन अरबों (राज्य में पहले से रहनेवाले 3,00,000 के अलावा) को शामिल करने का अर्थ होगा—एक यहूदी राज्य के रूप में इजराइल राज्य का उन्मूलन, यहूदी लोगों का संपूर्णता में विनाश और राज्य में हमने जो सामाजिक सद्भाव बनाया है, उसकी बरबादी।"[7]

अधिकांश धार्मिक यहूदी आइकोनोक्लास्ट (मूर्तिभंजक) लिबोविट्ज से असहमत थे। उनमें से एक हनान पोराट था, उन पैराट्रूपरों में से एक, जिन्होंने ओल्ड सिटी और टेंपल माउंट को मुक्त कराया था, जब वह पश्चिमी दीवार के पास पहुँचा और पवित्र पत्थरों को देखा तो वह फुसफुसाया, "हम 'बाइबल' का अगला अध्याय लिख रहे हैं।"[8]

जियोनीवाद लंबे समय से युवाओं की एक क्रांति बना हुआ था। एक कवि चैम नचमन बियालिक ने अपनी 1892 की कविता 'टू द बर्ड' तब लिखी, जब वे उन्नीस वर्ष के थे। यित्जाक रॉबिन केवल छब्बीस वर्ष के थे, जब हारेल ब्रिगेड के कमांडर के रूप में उन्होंने यरुशलम की लड़ाई में महत्त्वपूर्ण भूमिका निभाई थी। अब केवल जोश और प्रेरणा से भरपूर, चौबीस वर्षीय हनन पोराट और उनकी पीढ़ी ने एक आंदोलन शुरू किया था, जो इजराइल को हमेशा के लिए बदलनेवाला था।

1943 में जनमे और यरुशलम के बाहर जूडियन हिल्स में एक नव स्थापित धार्मिक किब्बुत्ज, फार एत्जिओन में पले-बढ़े, पोराट निर्वासन को प्रत्यक्ष रूप से जानते थे। स्वतंत्रता संग्राम के दौरान फार एत्जिओन स्वतंत्रता से ठीक एक दिन पहले 13 मई, 1948 को अरबों द्वारा कुचले गए किब्बुत्जिम में से एक था; सभी लोगों को इकट्ठा किया गया था और गोलियों से या हथगोलों द्वारा सबको मार दिया गया था। वह और उसके दोस्त बच गए थे, क्योंकि फार एत्जिओन की महिलाओं और बच्चों ने किब्बुत्ज खाली कर दिया था और यरुशलम में शरण ली थी, जबकि पुरुष अपने घरों की रक्षा करने के प्रयास में वहीं रह गए थे।

जब क्षेत्र में किब्बुत्जिम गिरा, तो मृतकों में पोराट के सबसे करीबी मित्रों के (जिनके साथ वह किब्बुत्ज में बड़ा हुआ था) पिता शामिल थे, जब पोराट ने कहा कि वह 'अपने पूर्वजों की भूमि' को छुड़ाने जा रहे हैं, तो उन्होंने ऐसा वस्तुतः कहा था।

दूसरों ने भी ऐसा ही किया। छह दिवसीय युद्ध के बाद के दिनों में योएल

बिन–नन, एक लोकप्रिय 'बाइबल' शिक्षक, अपने छात्रों को उन स्थानों पर ले गए, जहाँ वे वर्षों से पढ़ रहे थे।

> हाथ में पॉकेट के आकार की 'बाइबल', धूप का चश्मा और किब्बुत्जनिकों का बिना किनारे का हैट पहने, योएल अपने छात्रों को 'बाइबल' के परिदृश्य में लेकर गए। उन्होंने झरनों, खँडहरों, 'बाइबल' में वर्णित स्थलाकृतियों की खोज की, जिनसे प्राचीन युद्ध के मैदानों के स्थलों का पता चल सकता था। उन्होंने उस मार्ग का पता लगाया, जिस पर इब्राहिम हेब्रोन से यरुशलम तक चला था और 1948 के पालमाख सेनानियों के मार्ग का भी, जिन्होंने फार एत्जिओन पर घेराबंदी को तोड़ने का प्रयास किया था—एक सतत इतिहास, जो मानो निर्वासन की बीस शताब्दियों द्वारा अबाधित था।[9]

बिन–नन अब 'बाइबल' को इस तरह से जीवंत कर सकते थे, जो तब तक संभव नहीं था, जब तक कि उनके छात्र उन पहाड़ियों पर नहीं चले थे, जिनकी वह बात करती है। बिन–नन के शिक्षण में पोराट को उसके धार्मिक जुनून के लिए एक नया निर्गम–मार्ग मिल गया था—उस भूमि को फिर से बसाने का उसका अभियान, जिस पर उसके मित्रों के पिता मारे गए थे। वह भूमि, जो इजराइल का हिस्सा बन चुकी होती, यदि किब्बुत्ज नहीं गिरा होता।

25 सितंबर, 1967 को युद्ध की समाप्ति के ठीक तीन महीने बाद, हनान पोराट ने प्रधानमंत्री के साथ एक बैठक की व्यवस्था करने में सफलता हासिल की, जिसमें फार एत्जिओन को फिर से बसाने के लिए सरकार की अनुमति प्राप्त करने की उम्मीद थी। उसने बातचीत में उसका वर्णन कई बार किया, क्योंकि वह उस गलतफहमी को दरशाती थी, जो राजनीतिक नेतृत्व को इस नए धार्मिक उत्साह के बारे में थी—

> "तुम क्या चाहते हो, किंडरलाच ?" एशकोल ने बच्चों के लिए यहूदी लाड़ का उपयोग करते हुए पूछा। "ऊपर जाना चाहता हूँ।" हनान ने कहा। "अच्छा, किंडरलाच, अगर तुम ऊपर जाना चाहते हो तो जाओ।" "सुनो!" हनान ने जोर देकर कहा। "दस दिनों बाद रोश हशानाह होगा।" (यहूदी नववर्ष) "हम उसी स्थान पर प्रार्थना करना चाहते हैं, जहाँ हमारे

माता-पिता प्रार्थना किया करते थे।" "अच्छा, किंडरलाच!" प्रधानमंत्री ने कहा। "यदि तुम प्रार्थना करना चाहते हो तो प्रार्थना करो।"[10]

बातचीत के इस ब्योरे से यह स्पष्ट नहीं है कि प्रधानमंत्री उपेक्षापूर्वक बोल रहे थे, उत्साहजनक थे या केवल संशयवादी हो रहे थे? एशकोल की टिप्पणियों को फिर से बताया गया···गर्मजोशी भरे अनुमोदन से लेकर पूर्ण इनकार तक हर चीज को, केवल कार्यकर्ताओं की अवज्ञा से पराजित होकर यद्यपि जो बात स्पष्ट है,[11] वह यह है कि एशकोल का पोराट के बारे में चाहे जो भी विचार था, उसने पोराट के चित्त की दृढ़ता को बहुत कम करके आँका था।

गश एत्जिओन में वापसी भूमि को बसाने या इजराइल के भौतिक और राजनीतिक परिदृश्य को बदलने के लिए एक सामान्य अभियान से कहीं अधिक थी। पोराट और उसके मित्र घर जा रहे थे। वे उस भूमि पर लौट रहे थे, जहाँ उनमें से अधिकांश का जन्म हुआ था, जिस भूमि पर उनके माता-पिता खेती करते थे और जिस पर उन्होंने अपने घर और अपने समुदाय का निर्माण किया था। यह वह स्थान था, जहाँ उनके पिता बचाव की कोशिश में मारे गए थे, जहाँ उनके माता-पिता की हत्या कर दी गई थी। यदि जियोनीवाद रिट मुख्यतः यहूदी लोगों के अपने पैतृक वतन में लौटने के बारे में थी, तो पोराट और उसके साथी अपने खुद के पारिवारिक घरों में लौटना चाहते थे। "क्योंकि हम उठेंगे और हम पहले की तरह फिर से उभरेंगे!" हैम गौरी ने तब लिखा था, जब फार एत्जिओन और आसपास के यहूदी गाँव मई 1948 में गिरे थे। वहाँ मरनेवाले लोगों के बेटों और बेटियों ने 19 साल बाद उस वचन को पूरा करने का दृढ़ निश्चय किया था, जो गौरी ने देश से किया था।

पोराट को केवल एशकोल के अनुमोदन की ही आवश्यकता थी। दो दिनों के भीतर हनान पोराट और उसके मित्रों ने (जिन्हें 'फार एत्जिओन के बच्चे' कहा जाता है) फार एत्जिओन को फिर से बसाना शुरू कर दिया था। बीट-अप ट्रकों और बसों में वे उस भूमि पर वापस चले गए, जिस पर किब्बुत्ज खड़ा था।

जब वे वहाँ पहुँचे तो उन्होंने गद्दे उतारे और उन्हें उन अस्थायी एल्युमीनियम की संरचनाओं के फर्श पर बिछा दिया, जिन्हें वे अब घर कहनेवाले थे, फिर उन्होंने पुरुषों के शयनागार में रब्बी ज्वी येहुदा कुक की एक तसवीर लटका दी

वेस्ट बैंक में पहले पुनर्वास में अपनी पहली रात को सोने के लिए तैयार हो गए।

फार एत्जिओन, जिसे व्यापक रूप से यरुशलम की रक्षा में पराजित हुआ समझा जाता था, इजराइल की सामूहिक स्मृति में एक अद्वितीय स्थान रखता है। उसके पुनर्वास ने जीवन के सभी क्षेत्रों में इजराइलियों को प्रेरित किया। तेल अवीव में 'सेवानिवृत्त होने जा रहे एक दंत चिकित्सक ने अपने कार्यालय के उपकरण बेचकर उससे मिली धनराशि फार एत्जिओन[12] को दान करने की पेशकश की।" और तेल अवीव विश्वविद्यालय के रेक्टर ने टिप्पणी की कि 'फार एत्जिओन के अग्रदूत रास्ता दिखा रहे हैं।'[13] एक छात्र ने प्रस्ताव रखा कि यदि उसे किब्बुत्ज में शामिल किया जाता है तो वह अपनी उच्च शिक्षा को त्यागने के लिए तैयार है। एक नवदंपती ने किब्बुत्ज पर हनीमून के लिए जाने का अनुरोध किया।

आबादकार आंदोलन ने गति पकड़ ली और फिर कभी पीछे मुड़कर नहीं देखा।

> 1973 के अंत तक, केवल छह वर्ष बाद, इजराइली वेस्ट बैंक में (जिनमें से अधिकतर जॉर्डन घाटी में थे) सत्रह बस्तियाँ स्थापित कर चुके थे और मई 1977 तक उनकी संख्या छत्तीस हो गई थी। 1973 तक गाजा पट्टी में और सिनाई प्रायद्वीप (राफा उपमार्ग) के उत्तर-पश्चिमी कोने में सात बस्तियाँ स्थापित हो गई थीं और 1977 तक वे सोलह तक पहुँच गई थीं। सिनाई प्रॉपर में 1973 तक तीन बस्तियाँ थीं और 1977 तक बढ़कर 16 हो गई थीं।[14]

1974 में, 1967 में कब्जे में ली गई भूमि को बसाने का इरादा रखनेवाले इजराइलियों ने अपनी पहली महत्त्वपूर्ण राजनीतिक इकाई बनाई, जो धार्मिक जियोनी आंदोलन की आधारशिला बननेवाली थी। 'गश एमुनिम' ('वफादारों का गुट') के नाम से जानी जानेवाली, यह न केवल रब्बी जवी येहुदा कुक की विचारधारा का अवतार थी, बल्कि कई मायनों में एक प्रारंभिक जियोनी लोकाचार की नवशक्ति संचार भी थी। वर्षों बाद एरियल शेरोन को याद आनेवाला था कि जब किसी ने उनसे पूछा था, "ये गश एमुनिम लोग कौन हैं?" तो उन्होंने उत्तर दिया था, "वे वैसे ही हैं, जैसे हम 1940 के दशक में थे, पर थोड़ा अधिक गंभीर हैं।"[15] गश एमुनिम इजराइली समाज पर एक अमिट छाप छोड़नेवाले थे : 2012 तक, लगभग 3,41,000 इजराइली लोग इन बस्तियों में रहने लगे थे।

जबकि कुछ इजराइली वेस्ट बैंक को धार्मिक और वैचारिक कारणों से इजराइल के कब्जे में रखना चाहते थे, कुछ अन्य धर्मशास्त्र से नहीं, बल्कि सुरक्षा के कारणों से प्रेरित थे। 1970 में पालमाख के एक संस्थापक यिगल एलोन ने, जो तब उपप्रधानमंत्री और आप्रवासी अवशोषण मंत्री के रूप में सेवाएँ दे रहे थे, 1967 में इजराइल द्वारा कब्जे में लिये गए कुछ क्षेत्रों को वापस करने और दूसरे क्षेत्रों को अपने पास रखने का प्रस्ताव दिया। उनके सुझाव के अनुसार, जिसे अब 'एलोन योजना' (मानचित्र 9 देखें) के नाम से जाना जाता है, इजराइल को जॉर्डन घाटी, पूर्वी यरुशलम और एत्जिओन ब्लॉक के साथ-साथ हेब्रोन के बाहरी इलाके में एक नए यहूदी पड़ोस, किर्यात अरबा पर कब्जा बनाए रखना था। इन क्षेत्रों में इजराइल नागरिक बस्तियों का निर्माण करेगा, जो आवास प्रदान करने के अलावा पूर्व में हमलों का पता लगाने के लिए प्रारंभिक चेतावनी प्रणाली के रूप में काम करेगा। जिन ब्लॉकों पर इजराइल का नियंत्रण नहीं होगा, उन्हें जॉर्डन (योजना के एक संस्करण में) के हवाले कर दिया जाएगा और उन्हें राजमार्गों से जोड़ा जाएगा। एलन ने अधिकांश सिनाई को मिस्र वापस करने का, लेकिन गोलान के एक बड़े हिस्से को अपने पास रखने का प्रस्ताव रखा, हालाँकि यह योजना इजराइल में विवादास्पद थी (और इस पर व्यापक रूप से चर्चा की गई थी, लेकिन इजराइल सरकार द्वारा कभी औपचारिक रूप से मत नहीं दिया गया था), यह अंततः खत्म हो गई, क्योंकि जॉर्डन के राजा हुसैन ने इसे पूरी तरह खारिज कर दिया था।

कुछ दशकों बाद अधिकांश इजराइलियों को यह स्पष्ट होनेवाला था कि वेस्ट बैंक का कुछ विभाजन अपरिहार्य था (अंतरराष्ट्रीय दबाव के कारण, अन्य कारणों के अलावा), लेकिन तब तक, मामले उस समय से कहीं अधिक जटिल हो गए थे, जब एलन ने अपनी योजना का प्रस्ताव रखा था। 2015 तक वेस्ट बैंक में सैकड़ों, हजारों इजराइली यहूदी रहने लगे थे। इजराइली और फिलिस्तीनी, दोनों ही बातचीत में अपनी (परस्पर अनन्य) माँगों में अधिक उलझ गए थे और संघर्ष कई तरीकों से राजनीतिक से धार्मिक हो गया था, जिसमें दोनों पक्षों के धार्मिक विचारक दावा कर रहे थे कि परमात्मा ने भूमि उन्हें सौंपी थी। एलन की योजना बहुत जल्दी आ गई थी, लेकिन यदि उसे अपनाया गया होता, तो मध्य-पूर्व का इतिहास बहुत अलग रूप में सामने आता।

कब्जे में लिये गए क्षेत्रों के साथ क्या करना चाहिए, यह अब जियोनीवाद में सबसे विवादास्पद मुद्दा बन गया। आंदोलन के आरंभिक वर्षों में हर्जल ने एक राज्य की माँग की थी, जबकि अहद हाम ने जोर देकर कहा था कि राज्य का दर्जा देना एक गलती होगी। यहूदियों को फिलिस्तीन में एक सांस्कृतिक केंद्र का निर्माण करना चाहिए, और कुछ नहीं। बाद में बेन-गुरियन और जाबोटिंस्की के बीच, यानी मुख्यधारा के जियोनीवादियों और संशोधनवादियों के बीच लड़ाई इस बात पर हुई, कि फिलिस्तीन से बाहर निकालने को लेकर उन्हें ओटोमंस और अंग्रेजों का कितना विरोध करना है। वर्षों बाद बेन-गुरियन और मेनाचेम बेगिन में जर्मन सुधारों को लेकर, उससे भी अधिक गहराई से इजराइल की नीतियों और राजनीतिक एजेंडे को निर्धारित करने में यहूदी स्मृति की भूमिका को लेकर विवाद हुआ, अब यह दक्षिणपंथी बनाम वामपंथी था, आबाद करनेवालों और उनके बीच विवाद था, जो सोचते थे कि इजराइल को उस भूमि को त्याग देना चाहिए, जिस पर उसने कब्जा किया है। पहले की वैचारिक बहसों की तरह यह कोई यहूदी-समर्थक/जियोनी-विरोधी विभाजन नहीं था। यह दो खेमों के बीच एक गहरा विभाजन था, जो यहूदी राज्य से प्यार करते थे और जो उसकी समृद्धि के लिए प्रतिबद्ध थे, लेकिन जो इस बात पर असहमत थे कि काररवाई की कौन सी योजना उसकी आत्मा की सर्वाधिक रक्षा करेगी?

जहाँ गश एमुनिम ने वर्जिन क्षेत्र देखा, 'बाइबल' की भूमि को युवा यहूदियों को अपने लोगों के जन्मस्थान पर वापस बुलाते देखा, अन्य इजराइलियों ने लोगों को देखा, लगभग 1.25 मिलियन अरबों को देखा, जो अब खुद को इजराइली शासन के अधीन पा रहे थे। जहाँ एलोन ने बढ़ी हुई सुरक्षा की संभावना को देखा, वहीं लीबोविट्ज ने एक ऐसा कैंसर देखा, जो इजराइल के चरित्र को निगल लेगा। इजराइल की सीमाओं का मुद्दा अब केवल सुरक्षा और कूटनीति का प्रश्न नहीं रह गया था; यह एक धार्मिक मामला था और अधिक जटिल था। इजराइली समाज इस तरह से विभाजित होता जा रहा था, जैसा पहले कभी नहीं हुआ था; आज तक भी वह खाई नहीं पट पाई है।

हनान पोराट की तरह मीर एरियल—एक शर्मीला, घुँघराले बालोंवाला,

कलात्मक पैराट्रूपर—भी यरुशलम के पुराने शहर की लड़ाई में खड़ा था, फिर भी जहाँ पोराट वेस्टर्न वॉल पहुँचने पर आश्चर्य में पड़ गया था, मीर का अनुभव स्पष्ट रूप से अलग था। 'किसी भी पल,' उसने सोचा, 'यह मुझसे कहनेवाली है, यहाँ मैं हूँ, दो हजार वर्ष की लालसा की पूर्ति।' लेकिन ऐसा नहीं हुआ। मीर एरियल को कोई हर्ष नहीं हुआ, इस बात का कोई बोध नहीं हुआ कि 'बाइबल' का अगला अध्याय अब लिखा जा रहा है। 'मुझे क्या हो गया है?' उसने सोचा।

'मैं किस तरह का यहूदी हूँ?'[16] सहज रूप से संगीतमय, उसने अपनी कलम निकाली और नाओमी शेमर के गीत का एक अलग संस्करण लिखा।[17]

जहाँ शेमर ने अपने गीत की शुरुआत 'पहाड़ की हवा वाइन की तरह स्वच्छ है, और देवदार की गंध गोधूलि की हवा में प्रवाहित हो रही है,' एरियल ने अपना संस्करण, जिसे उसने 'लोहे का यरुशलम' शीर्षक दिया, हिब्रू शब्द बी' मच्शाकयिच, 'तुम्हारे अंधकार में' के साथ शुरू किया।[18] 'तुम्हारे अंधकार में, यरुशलम'', ' उसने लिखा, "हम तुम्हारी सीमाओं का विस्तार करने और दुश्मन को खदेड़ने आए हैं।"

जहाँ नाओमी शेमर ने यहूदी लोगों को अपनी पैतृक जमीन के साथ फिर से जुड़ते देखा था, जिस पर वे पैदा हुए थे, मीर एरियल युद्ध के कारण हुई पीड़ा से परे नहीं देख पा रहा था। उसने 'यरुशलम ऑफ गोल्ड' (सोने का यरुशलम) वाक्यांश का प्रयोग करके अपने गीत को समाप्त किया, लेकिन एक बहुत ही अलग भावना के साथ। यरुशलम न केवल सोने का शहर था, बल्कि 'सीसे का और सपनों का' भी था। एरियल ने एक प्रार्थना के साथ अंत किया—

हमेशा तुम्हारी दीवारों के बीच
शांति बनी रहे।

युद्ध के बाद एरियल ने गाने के अपने संस्करण की सस्ती सी रिकॉर्डिंग की, जो किसी तरह इजराइली रेडियो तक पहुँची, जहाँ अचानक उसे बार-बार बजाया जाने लगा। नाओमी शेमर की दर्दनाक, अर्ध-व्यंग्यात्मक फटकार की लोकप्रियता कोई दुर्घटना नहीं थी। इजराइल एक उमड़ते तूफान का सामना कर रहा था। उसे उन जमीनों का क्या करना चाहिए, जिन पर उसने कब्जा किया है? लीबोविट्ज

और पोराट के विचार एक-दूसरे से बिल्कुल उलट थे। शेमर और एरियल ने अलग-अलग उत्तर दिए। एरियल, योस्सी क्लेन हलेवी के शब्दों में, आगे जाकर इजराइल का बॉब डायलन बननेवाला था। वह अपनी पीढ़ी की मोहभंग की भावना की आवाज बना। इस मोहभंग को 'पीस नाउ आंदोलन' को जन्म देने में एक और दशक लगनेवाला था; लेकिन यहाँ, जैसा कि इजराइली समाज में अकसर होता था, संगीतकार और कवि आगे आनेवाले आंदोलनों के अग्रदूत थे।

आई.डी.एफ. ब्रास में से भी कुछ लोग समझ गए थे कि इस महान् जीत में एक कमजोर बिंदु भी था। बाद में यित्जाक रॉबिन ने कहा, "हम अपने नियंत्रणवाले क्षेत्र का विस्तार कर सकते थे, यदि हमने काहिरा पर कब्जा करने का इरादा किया होता तो मिस्र की कोई भी सेना आई.डी.एफ. को रोकने में सक्षम नहीं थी। अम्मान के साथ भी ऐसा ही था और 11 जून को दमिश्क को अधिकार में लेने के लिए उसे अधिक प्रयास नहीं करना पड़ता, लेकिन हम जमीन का अधिग्रहण करने के लिए युद्ध में नहीं गए थे और जिन पर हमने पहले ही कब्जा कर लिया था, वे भारी बोझ बन चुके थे।"[19]

'बोझ' शिक्षाप्रद शब्द था। बहुत से इजराइलियों को आभास हो गया था कि उन जमीनों पर कब्जा करना, जिनका इजराइल ने अभी-अभी अधिग्रहण किया था और 1.25 मिलियन से अधिक अरबों पर शासन करना कठिन होनेवाला था। डेविड बेन-गुरियन, जिन्होंने 1948 में अपने जनरलों की इस दलील को ठुकरा दिया था कि इजराइल वेस्ट बैंक पर कब्जा कर ले, अपनी सेवानिवृत्ति पर बोले, "इजराइल को यरुशलम और गोलान को अपने पास रखना चाहिए।"

उन्होंने कहा, "लेकिन बाकी सबसे छुटकारा पा लेना चाहिए। उस मामले में वे येशायाहू लीबोविट्ज से सहमत थे। जो दाँव पर थी, वह इजराइल की आत्मा थी।"

पहले जो इजराइल के योद्धाओं से अपेक्षित व्यवहार माना जाता था, उससे प्रस्थान में संघर्ष के दिग्गजों ने भी जो कुछ देखा था, उसके बारे में अपनी गलतफहमी साझा करना शुरू कर दिया। युद्ध में लड़नेवाले किब्बुत्ज के सदस्यों के साथ साक्षात्कार की एक श्रृंखला में, जो 'सोल्जर्स टॉक' नामक पुस्तक में प्रकाशित हुई थी, इजराइलियों ने उन भावनाओं को सुना, जो पहले कभी व्यक्त नहीं की गई

थीं। सैनिक दूसरे व्यक्ति को मारने के दर्द के बारे में, युद्ध करने के लिए बाध्य होने पर अपने क्रोध के बारे में, उस शर्मिंदगी के बारे में बता रहे थे, जो उन्हें तब महसूस होती थी, जब उनके अपने बच्चों की उम्र के बच्चे आत्मसमर्पण में हाथ उठाते थे।

साक्षात्कार के प्रकाशकों को अपनी पुस्तक में लोगों की सामान्य संख्या में रुचि की आशा थी। उन्हें बहुत अचरज हुआ, जब उसकी एक लाख प्रतियाँ बिक गईं, इजराइल जैसे छोटे बाजार में बड़ी संख्या! पुस्तक की इतनी अच्छी बिक्री का कारण वही था, जो मीर एरियल के गीत 'यरुशलम ऑफ आयरन' के इतने लोकप्रिय होने का था। कुछ इजराइलियों की छठी इंद्रिय बता रही थी कि वे कयामत के दिन के करीब पहुँच रहे थे—ऐसे लोगों के साथ, जिनका राष्ट्रीय आंदोलन अभी शुरू ही हो रहा था और जिसे भड़काने में इजराइलियों ने खुद मदद की थी।

जहाँ छह दिवसीय युद्ध ने इजराइल को विभाजित कर दिया था, वहीं पराजित अरब फिलिस्तीनी समुदाय को एकजुट कर दिया था। इजराइल की जीत ने नासिर के अखिल अरबवादी आंदोलन को एक गहरा झटका दिया था, अब यह स्पष्ट हो गया था कि नासिर या अन्य अरब नेताओं में से किसी ने भी फिलिस्तीनियों (जो 1948 में युद्ध से भाग गए थे और उनके वंशज) के लिए कुछ नहीं किया था, जिनके बारे में वे बहुत ज्यादा परवाह करते थे। नासिर को बहुत अपमान का सामना करना पड़ा था, लेकिन फिलिस्तीनी भी उतने ही अपमानित हुए थे, भले ही वे अधिकतर एक बहुत बड़ी लड़ाई में मोहरे ही थे। सात लाख फिलिस्तीनियों में से कई को 1948 में लड़ाई के दौरान बेदखल कर दिया गया था और वे वेस्ट बैंक तथा गाजा में स्थानांतरित हो गए थे, अब खुद को उन्हीं लोगों के अधीन रह रहे थे, जिन्हें वे अपने परिवारों को उखाड़ने के लिए जिम्मेदार मानते थे।

यह परिवर्तन कई मायनों में फिलिस्तीनियों के लिए अव्यवस्थित करनेवाला था। 1949 की युद्धविराम रेखा को एक सार्थक सीमा के रूप में मिटाना उन शहरों और घरों का दौरा करने का अवसर दे रहा था, जहाँ से वे उन्नीस वर्ष पहले 1948 में भागे थे, लेकिन यह अपने साथ जटिल भावनाएँ लेकर आया था, जैसा कि इस अवधि के एक इतिहासकार कहते हैं—

"कतामोन और बाका की सड़कों पर पश्चिम यरुशलम के मोहल्ले, जिनकी हवेलियों को 1948 में धनी अरबों द्वारा त्याग दिया गया था और यहूदी प्रवासियों के बीच उपविभाजित किया गया था—जॉर्डन की नंबर प्लेटों के साथ लोगों से भरी कारें धीरे-धीरे रेंग रही थीं, जबकि पूर्वी यरुशलम और उससे आगे के परिवार पीछे छूटते घरों को देख रहे थे···अमेरिकी महावाणिज्य दूत इवान विल्सन ने (एक केबल में लिखा—) "ग्रैंड पियानो के अरब मालिक, जो 19 वर्षों से हमारे न्यू सिटी निवास के लिविंग रूम में हैं, जब से उन्होंने इसे मेरे पूर्ववर्ती को सुरक्षित रखने के लिए सौंपा था···1948 में जल्दी में निकलते हुए, उसे वापस लेने आए हैं।"[20]

हालाँकि कुछ फिलिस्तीनियों को संदेह था कि इजराइलियों के इरादे नापाक थे। घस्सान कनाफानी, इस अवधि के एक प्रमुख फिलिस्तीनी लेखक (और एक हिंसक आतंकवादी संगठन, 'पॉपुलर फ्रंट फॉर द लिबरेशन ऑफ पैलेस्टाइन' के एक नेता) ने 'रिटर्निंग टू हाइफा' (उनकी कई प्रकाशित लघुकथाओं में से एक) में वर्णन किया कि कैसे फिलिस्तीनी वेस्ट बैंक से हाइफा उन स्थानों को देखने के लिए लौटे, जो 1948 तक उनके घर थे। पुरुष चरित्र इजराइल में ड्राइव करते हुए अपनी पत्नी से कहता है—

"जैसे ही उन्होंने आधिपत्य का काम पूरा किया, उन्होंने सीमा खोल दी, अचानक और तुरंत। इतिहास में किसी भी युद्ध में ऐसा कभी नहीं हुआ है। तुम वह भयानक घटना जानती हो, जो अप्रैल 1948 में हुई थी, तो अब यह क्यों? केवल हमारी खातिर? नहीं! यह युद्ध का हिस्सा है। वे हमसे कह रहे हैं, 'अपनी खुद की मदद करो, देखो और समझो कि हम तुमसे कितने बेहतर, कितने अधिक विकसित हैं। तुम्हें हमारा सेवक होना स्वीकार करना चाहिए। तुम्हें हमारी प्रशंसा करनी चाहिए।' "[21]

कुछ अन्य फायदे भी थे। वेस्ट बैंक के कुछ फिलिस्तीनियों को इजराइल में रोजगार मिल गया और उनके जीवन-स्तर में वृद्धि हो गई। समय के साथ इजराइल के शासन में शैक्षिक अवसरों का विस्तार हुआ, फिर भी फिलिस्तीनियों के लिए सबसे प्रमुख कारक यह था कि वे अब जॉर्डन के मुसलमानों के अधीन नहीं रह रहे थे, बल्कि इजराइल के यहूदियों के अधीन थे। यह केवल समय की बात थी, जब

उस आधिपत्य को समाप्त करना उनका प्राथमिक राष्ट्रीय उद्देश्य बननेवाला था।

1950 के दशक के अंत में यासिर अराफात ने 'फतह', 'फिलिस्तीनी राष्ट्रीय मुक्ति आंदोलन' की स्थापना कर ली थी।

अराफात का जन्म अगस्त 1929 में काहिरा में हुआ था। उसके पिता गाजा शहर से आए थे, जबकि उसकी माँ यरुशलम में पली-बढ़ी थीं। जब उसकी माँ की मृत्यु हो गई, तो उसके पिता ने उसे उसकी माँ के परिवार के साथ यरुशलम के पुराने शहर में रहने के लिए भेज दिया, वह स्वयं काहिरा वापस चला गया, जहाँ उसने सिविल इंजीनियरिंग की पढ़ाई की। (हालाँकि उसने 1948 के युद्ध में मुसलिम ब्रदरहुड के साथ लड़ने के लिए स्कूल से समय निकाल लिया था।) सिनाई अभियान के बाद जब सभी फिदायीनों को निष्कासित कर दिया गया था, अराफात कुवैत चला गया, जहाँ वह कई फिलिस्तीनी शरणार्थियों के बीच रहा और 1959 में उसने 'फतह' की स्थापना की।

1968 में 'फतह' पी.एल.ओ. (फिलिस्तीन लिबरेशन ऑर्गनाइजेशन, जिसे 1964 में स्थापित किया गया था—इजराइल के वेस्ट बैंक पर कब्जा करने से पहले) का हिस्सा बन गया और काफी जल्दी उसका प्रमुख बन गया। अराफात की सत्ता में वृद्धि ने केवल इजराइल को प्रभावित नहीं किया, क्योंकि पी.एल.ओ. ने अंतरराष्ट्रीय आतंकवाद का आविष्कार किया और इस प्रकार पूरी दुनिया को असुरक्षित बना दिया था।

जहाँ इजराइल में ऐसे लोग थे, जो भूमि को छोड़ने की वकालत कर रहे थे, ताकि दोनों लोग साथ-साथ रह सकें, पी.एल.ओ. समझौता करने के लिए मुश्किल से ही खुला था। जियोनीवाद के प्रति उसका रवैया उसके चार्टर में स्पष्ट था—

> "जियोनीवाद अपनी स्थापना में एक उपनिवेशवादी आंदोलन है, अपने लक्ष्यों में आक्रामक और विस्तारवादी, अपने विन्यास में नस्लवादी और अलगाववादी तथा अपने साधनों एवं उद्देश्यों में फासिस्ट (फासीवादी)।" इस विनाशकारी आंदोलन के अगुआ और उपनिवेशवाद के स्तंभ के रूप में अपनी क्षमता में इजराइल विशेष रूप से मध्य-पूर्व में और सामान्य रूप से अंतरराष्ट्रीय समुदाय के लिए तनाव और उथल-पुथल का एक स्थायी स्रोत है।[22]

अब 1967 में फिलिस्तीनियों (और पी.एल.ओ., जो अरब लीग और मिस्र से जुड़े थे) के अपमान के साथ अराफात के नेतृत्ववाला 'फतह' अचानक लाखों फिलिस्तीनियों के लिए पहले से कहीं अधिक आकर्षक हो गया था। 'फतह' ने पी.एल.ओ. पर अधिकार कर लिया और अराफात—अब एक अंतरराष्ट्रीय हस्ती—उसका अध्यक्ष बन गया। यासिर अराफात सभी इरादों और उद्देश्यों के लिए फिलिस्तीनियों के राजनीतिक नेता थे।

फिलिस्तीनी राजनीतिक कदम उठा रहे थे और जैसा कि जियोनीवादियों के मामले में हुआ था, एक साहित्यिक आवाज भी ढूँढ़ रहे थे। उन्हें वह पश्चिमी गलीली में जनमे एक फिलिस्तीनी महमूद दरवेश की कविता में विशेष रूप से मिली, जिसका परिवार स्वतंत्रता संग्राम के दौरान अल-बिरवा के अपने गाँव से भाग गया था। अरब पद्य की सदियों और बेघर-बार दोनों को आकर्षित करते हुए, जिसे उन्होंने और उनके साथी फिलिस्तीनियों ने महसूस किया था, दरवेश ने 1964 (पी.एल.ओ. की स्थापना का वर्ष)[23] में 'आइडेंटिटी कार्ड' (पहचान-पत्र) लिखा। 'लिखो! मैं एक अरब हूँ,' उसने अपने पाठक से घोषणा की और फिर फिलिस्तीनी कथा के केंद्र में आरोप की ओर मुड़ गया, "तुमने मेरे पूर्वजों के बाग चुरा लिये हैं और वह भूमि जिस पर मैं खेती करता था। और तुमने हमारे लिए कुछ नहीं छोड़ा इन चट्टानों के अलावा।" फिर आई धमकी—

यदि मुझे भूख लगेगी
सूदखोर का मांस मेरा भोजन होगा।
खबरदार!
खबरदार!
मेरी भूख से।
और मेरे क्रोध से!

अन्य फिलिस्तीनी लेखकों और कवियों की तरह दरवेश भी स्वतंत्रता और आजादी चाहनेवाले लोगों की आवाज था। जिस क्रोध के बारे में उसने चेतावनी दी थी, वह निर्विवाद रूप से वास्तविक था और जल्द ही इजराइल की निरंतर समृद्धि के लिए एक बहुत बड़ा खतरा बननेवाला था।

1 सितंबर, 1967 को अरब लीग ने, जो छह दिवसीय युद्ध की समाप्ति के तीन महीने बाद खार्तूम (सूडान की राजधानी) में एकत्र हुई थी, एक बयान जारी किया, जिसमें जोर देकर कहा गया—

> "अरब राष्ट्राध्यक्षों ने आक्रामकता के प्रभावों को खत्म करने के लिए अंतरराष्ट्रीय और राजनयिक स्तर पर अपने राजनीतिक प्रयासों को एकजुट करने और 5 जून की आक्रामकता के बाद से कब्जे में ली गई अरब भूमि से आक्रामक इजराइली सेना की वापसी सुनिश्चित करने पर सहमति व्यक्त की है। यह सिद्धांतों के भीतर किया जाएगा, जिसका अरब राज्य पालन करते हैं, अर्थात् इजराइल के साथ कोई शांति नहीं, इजराइल की कोई मान्यता नहीं, उसके साथ कोई बातचीत नहीं और फिलिस्तीनी लोगों के उनके अपने ही देश में अधिकारों पर जोर देना।"[24]

'कोई शांति नहीं, कोई मान्यता नहीं और कोई बातचीत नहीं'—यह अरब दुनिया का एक मंत्र सा बन गया।

इजराइल ने जून 1967 के छह दिनों में शानदार सैन्य जीत हासिल की थी, लेकिन उस जीत ने उन अरब राज्यों के साथ यहूदी राज्य के संघर्ष को समाप्त नहीं किया था, जिनसे वह घिरा हुआ था। अब यह स्पष्ट था कि इस विजय ने एक नया संघर्ष भी जगाया था—फिलिस्तीनियों के साथ। दोनों पक्षों ने इस पर जोश के साथ प्रतिक्रिया व्यक्त की। इजराइल की ओर से गश एमुनिम उभरा, जिसने 'बंदोबस्त आंदोलन' को नई वैचारिक धार दी। फिलिस्तीनियों के लिए इजराइल की जीत ने उनके अपने राष्ट्रवाद में और यहूदी राज्य को मिटाने की उनकी इच्छा में ईंधन का काम किया।

सन् 1967 में अपनी जीत के परिणामस्वरूप अब यहूदी राज्य का एक नया और तेजी से शक्तिशाली बन रहा दुश्मन था, जो नाटकीय रूप से इजराइल का भविष्य बदलनेवाला था।

□

14

योम किप्पुर युद्ध

'संकल्पना' धराशायी

"तुमने वादा किया था ̈ शांति का ̈ (और) तुमने अपने वादे पूरे करने का वादा किया था।

—इजराइली गीत 'विंटर '73' से

1973 के वसंत में, जब यित्जाक रॉबिन संयुक्त राज्य अमेरिका में इजराइल के राजदूत के रूप में वाशिंगटन में पाँच साल के कार्यकाल के बाद इजराइल लौटे, तो उन्होंने महसूस किया कि वे एक बदले-बदले से देश में वापस आए हैं। उन्होंने कहा, "मैं जिस इजराइल में घर आया था, उसमें एक आत्मविश्वासी, लगभग आत्मसंतुष्ट आभा थी, जो युद्ध की संभावना से दूर एक देश के अनुकूल होती है।"[1]

यदि छह दिवसीय युद्ध से पहले के सप्ताह अभूतपूर्व आत्म-संदेह और भारी निराशा के दिन थे, तो युद्ध के बाद के वर्षों में बड़े आत्मविश्वास की शुरुआत हुई। प्रतीत हो रहा था कि इजराइल विनाश के खतरे से पार निकल गया है; इजराइल की पिछली पीढ़ियों की प्रवासी जैसी घबराहट अब अतीत लग रही थी।

बाद में इजराइल नई राष्ट्रीय मानसिकता का संदर्भ देनेवाला था—एक विश्वदृष्टि, जो विशेष रूप से सेना के शीर्ष अधिकारियों और इजराइल के खुफिया समुदाय में गहराई से निहित थी—कंसेप्जिया 'अवधारणा' के रूप में। सामान्य इजराइलियों के साथ-साथ उनके नेताओं को आई.डी.एफ. की सैन्य श्रेष्ठता में पूरा विश्वास था। इस बात से निश्चिंत कि मिस्र की वह सैन्य-शक्ति बहाल होने

में वर्षों लगेंगे, जिसे यहूदी राज्य ने छह तड़ित दिनों में बिना देर किए नष्ट कर दिया था, उन्होंने मान लिया कि सीरिया भी इजराइल की उत्तरी सीमा पर हमला करने के बारे में नहीं सोचेगा। आई.डी.एफ. की बदौलत, उन्होंने जोर देकर कहा, "इजराइल अब अजेय था।"

इजराइली जीवन कई मायनों में बदल गया था। यदि राज्य के प्रारंभिक वर्षों में सैन्य नेता अपनी उपलब्धियों के बारे में विनम्रता की भावना के साथ बोलते थे—संस्कृति जोर देती थी कि वे केवल 'राष्ट्र की सेवा करने के लिए अपना कर्तव्य निभा रहे हैं', अब इजराइल आई.डी.एफ. जनरलों की पूजा करता था और उन्हें नायकों जैसा सम्मान देता था। उनमें से कुछ जनरलों ने राजनीति में आने के लिए अपनी नई लोकप्रियता का दाँव लगाया। इस प्रकार बेन-गुरियन की सैन्य और राजनीति के बीच विभाजन पर जोर देने की नीति को उन्होंने मिटा दिया। डेविड बेन-गुरियन, मोशे शैरेट और लेवी एशकोल, वे तीन व्यक्ति थे, जिन्होंने 1948 में छह दिवसीय युद्ध के दौरान प्रधानमंत्री के रूप में कार्य किया था, उनके पास कहने के लिए कोई सैन्य अनुभव नहीं था, हालाँकि आनेवाले वर्षों में इजराइल के कई प्रधानमंत्री पूर्व सेनापति या उच्च पदस्थ सैनिक बनने वाले थे।

बेन-गुरियन, ए.डी. गॉर्डन या गोल्डा मीर जैसे जियोनी नेताओं की तपस्या भी विस्मृत हो गई। इजराइल के आरंभिक नेताओं ने भौतिक सुख-सुविधाओं को त्याग दिया था और जब वे राजनीतिक सीढ़ी के शिखर पर पहुँच गए, तब भी वे कम सुविधाओं के साथ छोटे से साधारण घरों में रहते थे। अब इजराइली नेता अच्छी तरह से सुख-सुविधा में जीने लगे—वास्तव में बहुत अच्छी तरह से।

यित्जाक रॉबिन सही कह रहे थे। इजराइल बदल गया था।

इस नई मानसिकता के साथ इजराइल ने 1973 के वसंत में स्वतंत्रता दिवस पर अपने इतिहास की सबसे बड़ी सैन्य परेड का आयोजन किया। यह अंतिम परेड भी बननेवाली थी।

इजराइलियों के साहस और अजेयता की भावना के बावजूद इजराइल में अभी भी शांति नहीं थी। विशेष रूप से सिनाई के किनारे, इजराइल और मिस्र की सेनाएँ 'आमने-सामने' बनी हुई थीं[2]—दोनों पक्ष एक-दूसरे को स्पष्ट दिखाई दे

रहे थे और उनके बीच छोटी पतली नहर के अलावा कुछ भी नहीं था। इजराइल ने बार-लेव लाइन (जनरल चैम बार-लेव, आई.डी.एफ. के चीफ ऑफ स्टाफ के लिए) नामक नहर के किनारे रक्षात्मक मोरचों का निर्माण शुरू कर दिया; हालाँकि किसी ने नहीं सोचा था कि यह मिस्र के जोरदार आक्रमण को सफलतापूर्वक रोक पाएगी, लेकिन उसके समर्थकों का मानना था कि मिस्र के कभी भी हमला करने की स्थिति में यह एक प्रभावी प्रारंभिक चेतावनी होगी और यदि आवश्यक हुआ तो अतिरिक्त बलों के आने तक मिस्रियों को पर्याप्त समय तक रोक रखेगी।

हालाँकि शुरू से ही इजराइली सैन्य अधिकारी 'बार-लेव लाइन' की संभावित प्रभावकारिता के बारे में असहमत थे। दक्षिणी कमान के तत्कालीन प्रमुख एरियल शेरोन का मानना था कि 'बार-लेव लाइन' खतरनाक है, क्योंकि वह सुरक्षा की अनुचित भावना को आमंत्रित करती है। "मैं पूर्ण निश्चितता के साथ जानता था कि मैं सही था और वे (जनरल और पूर्व चीफ ऑफ स्टाफ) गलत थे।" उन्होंने बाद में पूरे विश्वास के साथ कहा।

"बार-लेव लाइन हम पर आपदा लाने के लिए कारण थी, लेकिन यह कोई खुशी की बात नहीं थी, जब चार वर्ष बाद उसने ठीक वैसा ही किया।"[3] लेकिन अधिकांश लोग बहुत चिंतित नहीं थे और निर्माण-कार्य जारी रहा। कुछ के लिए 'बार-लेव लाइन' दक्षिणी सीमा पर इजराइल की अभेद्यता की प्रतीक बन गई।

जब इजराइल रक्षात्मक किलेबंदी का निर्माण कर रहा था, मिस्र के राष्ट्रपति नासिर ने अधिक आक्रामक मुद्रा धारण कर ली। इजराइल को सिनाई प्रायद्वीप, जिस पर उसने छह दिवसीय युद्ध में कब्जा कर लिया था, छोड़ने को बाध्य करने के लिए दृढ़-निश्चयी नासिर ने सिनाई में सीमित तोपखाने, बैराज और घुसपैठिए फैला दिए, जब वे अप्रभावी साबित हुए तो मिस्र ने 8 मार्च, 1969 को एक और आक्रमण शुरू किया, जो 'वॉर ऑफ एट्रिशन' (संघर्षण का युद्ध) के नाम से जाना गया।

'वॉर ऑफ एट्रिशन', जिसे अकसर इजराइल के सशस्त्र संघर्षों की सूची से हटा दिया जाता था, मार्च 1969 से अगस्त 1970 तक चला, जब युद्ध विराम अंततः प्रभावी हुआ, तो सीमा एक इंच भी आगे नहीं बढ़ी थी, लेकिन दोनों पक्षों के लिए भारी जन क्षति हुई थी, हालाँकि विद्वान् सटीक संख्या के बारे में असहमत हैं,

एक इजराइली सैन्य इतिहासकार का कहना है कि इसमें 921 इजराइली मारे गए थे; उनमें से 694 सैनिक और बाकी आम नागरिक थे। एक नौसेना विध्वंसक के अलावा युद्ध का गठन करनेवाली दर्जनों लड़ाइयों में इजराइल ने लगभग दो दर्जन विमान गँवा दिए थे।

हालाँकि जैसा कि पिछले सभी युद्धों में हुआ था, अरब के हताहतों की संख्या बहुत अधिक थी। बेनी मॉरिस का मानना है कि मिस्र में लगभग दस हजार सैनिक और नागरिक मारे गए थे; युद्ध के दौरान कुछ मोरचों पर मिस्र के एक दिन में लगभग तीन सौ सैनिक मारे जा रहे थे।[4] मिस्र ने लगभग सौ विमान और कई नौसैनिक जहाज खो दिए थे। एक नुकसान में, जो निश्चित रूप से प्रतीकात्मक और साथ ही मिस्र के लिए मूर्त था, मिस्र के चीफ ऑफ आर्मी स्टाफ भी मृतकों में शामिल थे।

अप्रैल 1970 में मिस्र के राष्ट्रपति नासिर ने विश्व जियोनिस्ट कांग्रेस (1897 में हर्जल द्वारा बेसल में पहली कांग्रेस आयोजित करने के बाद से जियोनिस्ट कांग्रेसों के लिए जिम्मेदार निकाय) के अध्यक्ष नचुम गोल्डमैन को संघर्ष के एक संभावित समाधान पर चर्चा करने के लिए काहिरा आमंत्रित किया। प्रधानमंत्री गोल्डा मीर ने यह मानते हुए कि यह एक जाल था, गोल्डमैन पर काहिरा न जाने के लिए दबाव डाला।[5] कुछ इजराइलियों ने आश्चर्य व्यक्त करना शुरू कर दिया कि क्या इजराइल वास्तव में हिंसा के चक्र से बाहर निकलने के लिए पर्याप्त कर रहा है? तब कई लोगों को इजराइल के सामूहिक लोकाचार का एक अक्षम्य उल्लंघन लगा, हाई स्कूल के 58 छात्रों ने 28 अप्रैल, 1970 को मीर को एक पत्र भेजा। उन्होंने लिखा—"हम और कई अन्य लोग सोच रहे हैं कि हम कैसे एक स्थायी, भविष्यहीन युद्ध में लड़ सकते हैं, जबकि हमारी सरकार की नीति ऐसी है कि वह शांति के अवसरों को खो देती है?"[6] गोल्डा मीर को लेकर सार्वजनिक अशांति आरंभ हो गई थी।

वह एक साधारण पत्र था—जिसे अभी भी 'बारहवीं कक्षावालों के पत्र' के रूप में जाना जाता है, लेकिन उसने देश को हिला दिया। यह पत्र इजराइल के सामूहिक लोकाचार (बेन-गुरियन की बड़ी मामलच्तियुत परियोजना का एक

आयाम) के मोर्चे में दरार के पहले संकेतों में से एक था। इतने ही से रूप इजराइल में शांति आंदोलन की शुरुआत हो गई थी; अपनी सरकार की विदेश नीति की ईमानदारी और उद्देश्यों पर सवाल उठानेवाले इजराइली नागरिकों की एक परंपरा का जन्म हो चुका था।

कई महीनों बाद दिल का दौरा पड़ने से मिस्र के राष्ट्रपति का निधन हो गया। गमाल अब्देल नासिर ने यह जानकर दम तोड़ दिया कि उनके जीवन का प्रमुख उद्देश्य विफल हो गया है। उन्होंने इजराइल को समुद्र में धकेलने के अपने वादे को पूरा नहीं किया था और उसकी भव्य परिकल्पना, 'अखिल अरब आंदोलन' दम तोड़ रही थी। उनकी मृत्यु कई मायनों में मिस्र के नेतृत्ववाले 'पैन-अरब आंदोलन' के ताबूत में अंतिम कील की तरह थी।

यदि पैन-अरबवाद मर रहा था तो फिलिस्तीनी राष्ट्रवाद जाग रहा था। इजराइल की आजादी और फिलिस्तीनी 'नकबा' ('तबाही') के बाद से, जो स्वतंत्रता संग्राम के दौरान सामने आया था, अरब देश लगातार कहते आ रहे थे कि फिलिस्तीनी उद्देश्य अखिल अरब आंदोलन का प्रमुख केंद्र होगा, फिर भी कुछ नहीं हो पाया था। फिलिस्तीनी उद्देश्यों के लिए अरब राज्यों का समर्पण, फिलिस्तीनी कार्यकर्ताओं को अहसास होने लगा था, बयानबाजी के अलावा और कुछ नहीं था। फिलिस्तीनियों को समझ में आ गया था कि यदि उन्हें प्रगति करनी है और विशेष रूप से यदि उन्हें 1967 के युद्ध के क्षेत्रीय नुकसान को भरना है, तो उन्हें यह स्वयं करना होगा।

जिस व्यक्ति ने इस मुद्दे को सबसे प्रभावी ढंग से उठाया, वह यासिर अराफात थे। वे फिलिस्तीन की राष्ट्रीय आकांक्षाओं को दुनिया के एजेंडे में लाने में कामयाब रहे, लेकिन ऐसा करने के लिए उन्होंने दुनिया भर में फिलिस्तीनी हिंसा की एक परंपरा चला दी, अंततः अराफात ने न केवल इजराइली नागरिकों के खिलाफ, बल्कि यूरोप और उसके बाहर अपने दुश्मनों के खिलाफ आतंक का अभियान शुरू कर दिया।

आतंक का अभियान 1960 के दशक के मध्य में तीव्रता से शुरू हुआ। 1965 की शुरुआत में 'फतह' बंदूकधारियों ने अधिक घातक छापे मारने के

लिए इजराइल की सीमा पार करना शुरू कर दिया। मई 1965 में उनके हमले तेज होने लगे। उन्होंने एक फार्म ट्रक, एक रासायनिक टैंकर और किब्बुत्ज के निवासियों पर गोलीबारी की, जिसमें कई लोग घायल हो गए। जून 1967 और मार्च 1971 के बीच हमले लगातार जारी रहे, जिसमें कई इजराइली मारे गए और घायल भी हुए।

अराफात शुरू से ही अपने इस दावे को लेकर स्पष्ट थे कि जून 1967 से पहले की सीमाओं पर इजराइल की वापसी भी पर्याप्त नहीं होगी। फिलिस्तीनियों के मन में इससे कहीं अधिक महत्त्वाकांक्षी और घातक लक्ष्य था। अगस्त 1970 में अराफात ने कहा, "हम न तो उससे चिंतित हैं, जो जून 1967 में हुआ, न ही जून युद्ध के परिणामों को खत्म करने को लेकर चिंतित हैं।"

"फिलिस्तीनी क्रांति की मूल चिंता हमारी भूमि से जियोनी इकाई को उखाड़ फेंकना और उसे मुक्त करना है।"

फिलिस्तीनी आतंक इस क्रांति को विदेशों में भी ले गया और कई विमानों का अपहरण किया। 21 फरवरी, 1970 को ज्यूरिख में एक स्विस एयर विमान में हुई तोड़-फोड़ में 47 यात्रियों और चालक दल के सदस्यों की मौत हो गई थी; पीड़ितों में सत्रह इजराइली थे। उसी दिन म्यूनिख में एक वृद्धाश्रम पर फिलिस्तीनी हमले में सात बुजुर्ग यहूदी मारे गए।

हालाँकि अराफात इन घटनाओं से जल्दी ही अंतरराष्ट्रीय स्तर पर बदनाम हो गए, लेकिन उनका अभियान सफल रहा। फिलिस्तीनी राष्ट्रवाद एक अंतरराष्ट्रीय चिंता बन गया और अंततः इजराइल को राजनयिक रक्षात्मक स्थिति में डाल दिया।

यह अरब दुनिया थी, जिसने सबसे पहले अराफात पर जवाबी हमला किया। 1970 तक जॉर्डन साम्राज्य, जहाँ हजारों की संख्या में फिलिस्तीनी स्वतंत्रता संग्राम के दौरान और बाद में छह दिवसीय युद्ध के दौरान भागकर गए थे, अराफात के कट्टरपंथी और घातक पैलेस्टाइन लिबरेशन ऑर्गेनाइजेशन-पी.एल.ओ. (फिलिस्तीन मुक्ति संगठन) के संचालन का एक महत्त्वपूर्ण आधार बन रहा था। हालाँकि जल्द ही पी.एल.ओ. आगे निकल गया; उसने जॉर्डन की हाशेमाइट राजशाही पर अपनी नजरें केंद्रित कर दीं। राजा हुसैन केवल तीन महीनों में

पी.एल.ओ. आतंकवादियों द्वारा हत्या के दो प्रयासों में बच गए। जॉर्डन की धरती पर पी.एल.ओ. के आगामी हमलों में, जिनका उद्‍देश्य हाशेमाइट वंश को उखाड़ फेंकना था, जॉर्डन जा रहे तीन विमानों का अपहरण और बाद में उनका टेलीविजन पर प्रसारित विनाश शामिल थे।

दाँव पर लगी अपनी राजशाही के साथ राजा हुसैन ने एक क्रूर कारवाई से इसका जवाब दिया, जिसे अब 'ब्लैक सेप्टेंबर' (काला सितंबर) के रूप में जाना जाता है। उन्होंने जो शुरू किया, वह वास्तव में एक गृहयुद्ध था, पी.एल.ओ. आतंकवादी संगठनों और जॉर्डन के सशस्त्र बलों के बीच लड़ा गया, जो सितंबर 1970 में शुरू हुआ और जुलाई 1971 तक दस माह चला। युद्ध में लगभग दो हजार पी.एल.ओ. लड़ाके मारे गए; हजारों फिलिस्तीनी गैर-लड़ाकों ने भी अपनी जान गँवाई। जॉर्डन इतनी उथल-पुथल में था कि सीरिया को जॉर्डन पर आक्रमण करने का एक अवसर दिखाई दिया, यह दावा करते हुए कि उसका लक्ष्य फिलिस्तीनियों के विनाश को रोकना है और सीरियाई तभी रुके, जब इजराइल ने दमिश्क के नजदीक, गोलान हाइट्स पर टैंकों का जमावड़ा कर दिया।

हालाँकि हुसैन अपने राज्य को बचाने में कामयाब रहे, लेकिन उन्होंने अनजाने में एक अन्य मध्य-पूर्वी देश का विनाश कर दिया। पी.एल.ओ. नेतृत्व और उसके हजारों लड़ाके, जॉर्डन से निष्कासित दक्षिणी लेबनान भाग गए। 1975 तक लेबनान में, जहाँ लंबे समय से मुसलमानों और ईसाइयों के बीच एक अनिश्चित तथा तनावपूर्ण समझौता चल रहा था, नागरिक अशांति फैल चुकी थी और चौतरफा गृहयुद्ध शुरू होनेवाला था। 'मध्य-पूर्व का पेरिस' अंततः मलबे में बदलनेवाला था, मुख्यतः अराफात के कारण, एक कार्यशील देश के रूप में लेबनान के दिन गिनती के रह गए थे।

शीतयुद्ध के उग्र होने के साथ संयुक्त राज्य अमेरिका और सोवियत संघ ने मध्य-पूर्व और विशेष रूप से मिस्र को अपना प्रभाव स्थापित करने के लिए एक महत्त्वपूर्ण स्थान के रूप में देखा। सोवियत संघ ने मिस्र और अनवर सादात को, जिन्होंने दो बार नासिर के अधीन मिस्र के उपराष्ट्रपति के रूप में कार्य किया था और नासिर की मृत्यु हो जाने पर उनके स्थान पर राष्ट्रपति बने थे, अपने संरक्षण में ले लिया, लेकिन सादात ने उसका विरोध किया, जिसे वे मिस्र के आंतरिक मामलों

में सोवियत हस्तक्षेप के रूप में देख रहे थे, सो सोवियत सलाहकारों को मिस्र से बाहर जाने का आदेश दे दिया।

इजराइल और संयुक्त राज्य अमेरिका का मानना था कि सादात ने इस तरह के महत्त्वपूर्ण सहयोगी को छोड़कर एक बड़ी रणनीतिक गलती की, लेकिन मिस्र का नेता उनकी सोच से कहीं अधिक चालाक था। सादात जानते थे कि सोवियत इस बात से चिंतित थे कि मिस्र इजराइल के खिलाफ एक और युद्ध शुरू कर देगा। यदि मिस्र फिर से हार जाता है तो वह सोवियत संघ को, जो मिस्र की सहायता कर रहा था, प्रतिकूल परिस्थितियों में डाल देगा। सोवियत संघ, चाहे वह सादात से कितना ही नाराज हो, उन्हें हारने नहीं दे सकता था।

रूस ने सीरियाई लोगों को मजबूत करके मिस्र को 'दंडित' किया। उसने उन्हें सैकड़ों टैंक, विमान और एस.ए.एम. (सतह से हवा में मार करनेवाली मिसाइल) प्रदान किए। लगभग रातोरात सीरिया दुनिया में प्रति व्यक्ति सबसे सशस्त्र अरब राष्ट्र बन गया। यह देखते हुए कि सीरियाई बाथ शासन 'जायोनी आक्रमण के सभी निशानों के परिसमापन"[7] के लिए प्रतिबद्ध था, यह इजराइल के लिए बुरा घटनाक्रम था। रूसी भी जानते थे कि वे मिस्र को नहीं छोड़ सकते हैं। सादात के साथ अपनी निराशा के बावजूद, उन्होंने उनको जेट लड़ाकू विमान, टैंक, टैंकरोधी मिसाइल, एस.ए.एम. और स्क्वाड प्रदान किए, जो इजराइल के प्रमुख शहरों को खतरे में डाल सकते थे।

सादात को वही मिला, जो वह चाहते थे। अचानक मध्य-पूर्वी शक्ति संतुलन उतना नहीं बिगड़ा था, जितना कि कई इज़राइली मानते थे। अधिकांश इजराइलियों के इस बात से अनजान होने के साथ कि यह क्षेत्र कितनी तेजी से स्थानांतरित हो रहा है, यह अवधारणा एक गहरा दायित्व बन रही थी।

सादात मिस्र के गौरव को बहाल करने के लिए दृढ़ संकल्पित थे। मार्च 1973 तक सादात और सीरिया के राष्ट्रपति हाफिज अल-असद इजराइल के खिलाफ एक संयुक्त आक्रमण शुरू करने के लिए एक सामान्य समझौता हुआ। उन्होंने कई विवरणों को अनियोजित छोड़ दिया, क्योंकि दोनों देशों के दिमाग में अपने अलग उद्‌देश्य थे। सीरिया को अभी भी इजराइल को नष्ट करने की उम्मीद थी, लेकिन

सादात 1967 की पराजय के अपमान को पूर्ववत् करके मिस्र की गरिमा को बहाल करने के लिए तैयार थे। यदि उनकी सेनाएँ स्वेज नहर के पूर्वी तट पर एक समुद्र तट स्थापित कर लेती हैं और इजराइली सुरक्षा तथा प्रतीकात्मक 'बार-लेव लाइन' को पार कर लेती हैं तो अभियान सफल रहेगा। यह सुनिश्चित करने के लिए कि इजराइल की वायु शक्ति का सीमित प्रभाव होगा, योजना एस.ए.एम. द्वारा प्रदान की गई सुरक्षा के बारह किलोमीटर की सीमा के भीतर रहने की थी, जो रूसियों ने उन्हें प्रदान की थी।

संभव है कि युद्ध की योजना बनाते हुए भी सादात एक वैकल्पिक, समानांतर मार्ग पर विचार कर रहे थे। 1971 की शुरुआत में सादात ने इजराइल को यह सुझाव देते हुए प्रस्ताव रखा कि यदि इजराइल स्वेज नहर से चालीस किलोमीटर की दूरी पर पीछे आ जाता है तो इजराइल और मिस्र एक अंतरिम समझौते पर आ सकते हैं। गोल्डा मीर ने इजराइल की सुरक्षा में पूरी तरह से आश्वस्त और संदिग्ध कि सादात का शांति बनाने का वास्तव में कोई गंभीर इरादा था, सुझाव को सिरे से खारिज कर दिया।[8]

1972 के अंत में और अधिकांश इजराइलियों की जानकारी के बिना, सादात ने राष्ट्रीय सुरक्षा सलाहकार के पद पर लंबे समय तक राजनयिक रहे हाफिज इस्माइल को नियुक्त कर दिया। उन्होंने इस्माइल को अमेरिकी राष्ट्रपति रिचर्ड निक्सन के राष्ट्रीय सुरक्षा सलाहकार हेनरी किसिंजर के साथ गुप्त वार्त्ताएँ करने का निर्देश दिया। इसका उद्देश्य यह स्पष्ट करना था कि मिस्र अपने संघर्ष को समाप्त करने और इजराइल के साथ सामान्य संबंध स्थापित करने के लिए तैयार होगा, यदि इजराइल 1967 में मिस्र से कब्जे में लिये गए क्षेत्रों से हटने को तैयार हो जाए।

किसिंजर और इस्माइल 1973[9] में दो बार मिले, लेकिन मिस्र के इस प्रस्ताव का भी कोई परिणाम नहीं निकला। ऐसा क्यों हुआ, यह मामला अस्पष्ट है। कुछ विद्वानों के अनुसार, इस्माइल इजराइल के साथ एक समझौता करने को लेकर, वह जिसमें एक क्षेत्र लौटाया जाएगा और सामान्य संबंध स्थापित किए जाएँगे, स्पष्टवादी था।[10] या फिर सादात ने मिस्र के गौरव को बहाल करने के लिए युद्ध में जाने का फैसला कर लिया था, किसी भी कीमत पर और इस्माइल के प्रयासों को केवल एक भटकानेवाली रणनीति बना दिया था?[11] कारण जो भी हो, इस प्रस्ताव

पर कभी गंभीरता से ध्यान नहीं दिया गया।

इजराइल की ओर से भी कुछ लोगों ने प्रस्ताव रखे। इजराइल के रक्षा मंत्री मोशे दयान मिस्त्रवासियों के साथ एक आर्थिक व्यवस्था ढूँढ़ने के इच्छुक थे, उन्हें विश्वास था कि यदि इजराइल स्वेज नहर के किनारे से हट गया और मिस्त्रवासी इजराइल को शिपिंग के लिए नहर का उपयोग करने की अनुमति देने लगे तो दोनों देश युद्ध को टाल सकते हैं,[12] हालाँकि न तो इजराइल सरकार ने और न ही मिस्त्रवासियों ने इस प्रस्ताव में अधिक दिलचस्पी दिखाई, अंततः उसे भी ठंडे बस्ते में डाल दिया गया। एक ऐसे युद्ध से बचने के बारे में कोई भी बहुत चिंतित नहीं लग रहा था, उन्हें विश्वास था कि जिसे मिस्र के लोग शुरू नहीं करना चाहते थे।

1973 की वसंत और ग्रीष्म ऋतु में मिस्र की सेनाओं ने इजराइल की दक्षिणी सीमा पर सैन्य अभ्यास शुरू कर दिया। इजराइली आलाकमान ने मान लिया कि ये नियमित अभ्यास हैं, लेकिन वे उस तरह के अभ्यास नहीं थे। स्वेज नहर को पार करने की तैयारी करते हुए मिस्त्रवासी आई.डी.एफ. को सीमा पार मिस्र की गतिविधियों के प्रति संवेदनशील बनाने की कोशिश कर रहे थे। समय बीतने के साथ इजराइली खुफिया विभाग ने पर्याप्त सबूत जुटा लिये कि मिस्त्रवासी हमले की योजना बना रहे हैं, लेकिन आलाकमान ने सभी सूचनाओं का गलत अर्थ लगाया। इजराइल की अभेद्यता की भावना और मिस्र के सशस्त्र बलों के प्रति आई.डी.एफ. का अपमानजनक रवैया—इतनी व्यापक थी कि आई.डी.एफ. के प्रभारियों ने या तो इस धारणा को ही खारिज कर दिया कि मिस्र हमला करेगा या यह मान लिया कि इजराइल की बेहतर खुफिया रिपोर्ट उन्हें पर्याप्त चेतावनी दे सकती है, ताकि वे अपनी ओर फेंकी गई किसी भी चीज को पीछे धकेल सकते हैं।

मई में मिस्र के अपनी सेना को हाई अलर्ट पर रखने के बाद आई.डी.एफ. चीफ ऑफ स्टाफ डेविड 'डैडो' एलाजार ने आई.डी.एफ. की आंशिक लामबंदी का आदेश दिया, लेकिन एक बड़ी वित्तीय लागत पर, जब मिस्र ने अपना अलर्ट वापस ले लिया तो इजराइल की ओर से कई लोगों को लगा कि डैडो ने त्वरित प्रतिक्रिया व्यक्त की थी, अगली बार इजराइली जनरल बहुत जल्दी लामबंद होने में हिचकिचाएँगे।

सितंबर के अंत में राजा हुसैन ने गुप्त रूप से यरुशलम की यात्रा की, जहाँ वे प्रधानमंत्री मीर से मिले। राजा ने उन्हें बताया कि मिस्र और सीरिया इजराइल पर आक्रमण करने की योजना बना रहे हैं। बैठक ने गोल्डा को हिलाकर रख दिया, लेकिन उनके आलाकमान ने उन्हें आश्वस्त किया। एक बार फिर इजराइल ने कुछ नहीं किया।

अक्तूबर के शुरुआत में इजराइल के खुफिया संस्था को मोसाद के एक वरिष्ठ एजेंट, अशरफ मारवान से, जो मिस्र के राष्ट्रपति नासिर का दामाद और एक इजराइली जासूस दोनों था, से जानकारी मिली।[13] मारवान ने इजराइलियों को चेतावनी दी कि मिस्र एक हमले की योजना बना रहा है, जिसे वह एक सैन्य अभ्यास के रूप में दिखाएगा। यह जानकारी प्रधानमंत्री कार्यालय तक कभी नहीं पहुँची।[14]

इजराइल के दक्षिणी कमान में लेफ्टिनेंट बेंजामिन सिमन टोव ने 1 अक्तूबर को अपने अधिकारी लेफ्टिनेंट कर्नल डेविड गेदालियाह को एक दस्तावेज प्रस्तुत किया, जिसमें कहा गया था कि नहर के पश्चिमी किनारे पर मिस्र की तैनाती सैन्य अभ्यास का नहीं, बल्कि युद्ध की तैयारी का संकेत है। दो दिन बाद उन्होंने एक दूसरी रिपोर्ट प्रस्तुत की, जिसमें जोर देकर कहा गया था कि बहुत संभावना है कि मिस्रवासी एक बड़े संघर्ष की तैयारी कर रहे हैं। गेदालियाह ने यह रिपोर्ट वितरित नहीं की, न ही उसे जनरल हेडक्वार्टर्स को भेजी गई दक्षिणी कमान की खुफिया रिपोर्ट में शामिल किया। सिमन तोव की रिपोर्ट पर कोई ध्यान नहीं दिया गया।

4 और 5 अक्तूबर को सोवियत सलाहकार अपने परिवारों के साथ मिस्र और सीरिया से चले गए। इजराइली मुख्यालय ने इस पर भी ध्यान नहीं दिया। उन्हीं दिनों, मिस्र और सीरिया की हवाई तसवीरों ने अभूतपूर्व रूप से बड़ी संख्या में टैंकों, पैदल सेना इकाइयों और एस.ए.एम. की उपस्थिति का संकेत दिया, फिर भी इजराइल ने कोई प्रतिक्रिया नहीं दी। 5 अक्तूबर को सुबह साढ़े बारह बजे तेल अवीव में मोसाद मुख्यालय को एक तार मिला, जिसे अत्यावश्यक चिह्नित किया गया था। एक बार फिर मारवान द्वारा ही भेजा गया तार कह रहा था कि युद्ध आसन्न है। उन्होंने जोर देकर कहा कि वह मोसाद प्रमुख, जनरल जवी जमीर से बात करना चाहते हैं और जब उनकी बात हुई, तो उन्होंने जमीर से कहा कि अगले

दिन, 6 अक्तूबर को एक हमले की शुरुआत होगी, जो यहूदी वर्ष का सबसे पवित्र दिन योम किप्पुर है, हालाँकि मारवान ने यह गलत सूचना दी कि हमला सूर्यास्त के समय होगा।

शुक्रवार को योम किप्पुर की पूर्व संध्या पर इजराइली संसद् का आपातकालीन सत्र बुलाया गया। सैन्य खुफिया सूचना के प्रमुख जनरल एली जीरा ने सरकार को सूचित किया कि उनके पास अकाट्य सबूत हैं कि अगले दिन शाम छह बजे मिस्र का हमला होगा। चीफ ऑफ स्टाफ जनरल एलाजार ने तुरंत एक उग्र हवाई हमले की अनुमति का अनुरोध किया, जो कि इजराइल द्वारा जून 1967 के संकट को सँभाले जाने के समान होगा। गोल्डा मीर ने अनुमति देने से इनकार कर दिया। यित्जाक रॉबिन ने, जो उस समय संयुक्त राज्य अमेरिका में इजराइल के राजदूत थे, हेनरी किसिंजर की माँगों पर सहमति दे दी थी, जो अमेरिकी खतरों से जुड़ी थीं कि इजराइल पहले हमला नहीं करेगा। अमेरिकी सहानुभूति और सहयोग खोने का जोखिम उठाने के अनिच्छुक मीर और दयान ने अनुरोध को अस्वीकार कर दिया; हमलावर के रूप में प्रस्तुत होने की इच्छा न रखते हुए उन्होंने एक पूर्ण आई.डी. एफ. लामबंदी के ब्रास के अनुरोध को भी अस्वीकार कर दिया और उसके बजाय एक बहुत सीमित लामबंदी का निर्णय लिया। वे इस बात पर अवश्य सहमत हुए कि यदि अगले दिन युद्ध छिड़ जाता है तो गोल्डा मीर को अपने निर्णय पर रक्षित सेना को लामबंद करने का पूरा अधिकार होगा।

योम किप्पुर आमतौर पर इजराइल में एकदम शांत दिन होता है। कानूनन सभी व्यवसाय बंद होते हैं और सड़कों पर शायद ही कोई वाहन चलता है। बच्चे कभी-कभी इजराइल के प्रमुख राजमार्गों की सुनसान गलियों में साइकिल चलाते दिख जाते हैं, हालाँकि यह एक धार्मिक अवकाश होता है, यह किसी-न-किसी प्रकार से धर्मनिरपेक्ष यहूदियों द्वारा भी मनाया जाता है। अधिकांश इजराइली यहूदी, वे भी जो सामान्य रूप से धार्मिक नहीं हैं, पच्चीस घंटे उपवास रखते हैं। कई लोग, जो आमतौर पर सिनागोग (आराधनालय) में नहीं जाते हैं, वे भी दिन के कम-से-कम कुछ घंटों के लिए वहाँ जाते हैं। यह स्थिरता का, पूर्ण शांति और गहन निजी चिंतन का दिन होता है।

1973 में दोपहर दो बजे योम किप्पुर पर हवाई हमले के सायरन से देश में फैला सन्नाटा अचानक भंग हो गया। ये पहले ऐसे सायरन थे, जिन्हें यरुशलमवासियों ने छह दिवसीय युद्ध के बाद सुना था। इजराइलियों ने जब अपने रेडियो चालू किए, तो पहले उन्होंने कुछ भी नहीं सुना—अधिकांश रेडियो स्टेशन भी योमो किप्पुर के लिए बंद हो गए थे, हालाँकि जिन लोगों ने अपने रेडियो चालू रखे, उन्होंने जल्द ही वह सुन लिया, जो वे यकीनन सुनना नहीं चाहते थे। 'सायरन एक झूठी चेतावनी नहीं है, जब सायरन फिर से बजता है तो सभी को अपने छिपने के स्थानों में चले जाना चाहिए। प्रोग्रामिंग की कमी के कारण रेडियो स्टेशन बीथोवेन का मूनलाइट सोनाटा बजाने लगे, जो अपने उत्तेजक अंत्येष्टि स्वर के लिए जाना जाता है।

ठीक एक घंटे बाद, अपराह्न साढ़े तीन बजे एक और घोषणा हुई—"मिस्र और सीरिया ने हमला कर दिया है। आंशिक लामबंदी का आदेश दे दिया गया है।" पूरे देश में और अधिक हवाई सायरन बजने लगे—योम किप्पुर की शांति अब एक धुँधली स्मृति बन गई थी और सैकड़ों, फिर हजारों और अंत में दसियों हजार लोग घबराए हुए बम से छिपने के स्थानों की ओर भागने लगे। शाम चार बजे तक सड़कों पर तेजी से यह संकेत देते वाहनों की भरमार होने लगी थी कि उनका उपयोग सैनिकों को मोर्चे पर ले जाने के लिए किया जा रहा है और रेडियो घोषणाएँ सभी गैर-जरूरी यातायात को सड़कों से दूर रहने का निर्देश दे रही थीं। गैस स्टेशन खुलेंगे, सार्वजनिक परिवहन, जो छुट्टी के लिए बंद था, फिर से शुरू होने जा रहा था, जबकि अस्पतालों में सभी गैर-आपातकालीन मरीजों को छुट्टी देकर घर भेज दिया जाएगा, ताकि घायल सैनिकों के लिए जगह बन सके। वह अंतिम घोषणा जनता के लिए पहला संकेत थी कि जो कुछ भी हो रहा है, वह बेहद गंभीर है।

कुछ परिवारों के पिताओं, भाइयों और पुत्रों को सेना में भरती कर लिया गया और सभी को उनकी सैन्य इकाइयों में भेज दिया गया। इसके तुरंत बाद एक रेडियो उद्घोषक ने लोगों के सबसे बुरे डर की पुष्टि कर दी—"मिस्र ने स्वेज नहर को पार कर लिया है और अब वे पूर्वी तट पर हैं।" शाम पाँच बजे तक जनता को सूचित किया गया—"सीरियाई विमान ऊपरी गलील में काररवाई कर रहे हैं।

एक भीषण हवाई युद्ध जारी है।" नागरिकों को निर्देश दिया गया कि वे अपनी खिड़कियों, शीशों और तसवीरों पर टेप चिपका दें, ताकि काँच के टुकड़े उड़कर उनके घरों में न आएँ।

कुछ क्षणों बाद इजराइलियों को उनकी प्रधानमंत्री ने संबोधित किया। उन्होंने बताया कि उनकी कैबिनेट संभावित आक्रमण पर चर्चा कर ही रही थी, जब मिस्र और सीरिया ने हमारी भूमि पर और आकाश में गोलाबारी शुरू कर दी। यह एक अल्पकथन था। प्रधानमंत्री ने जनता को जो बात न बताने का निश्चय किया था, वह यह था कि युद्ध के पहले पंद्रह मिनट में मिस्र के 240 लड़ाकू विमान नहर को पार कर चुके थे, मिस्र के 2,000 सैनिकों को समर्थन देते हुए जिन्होंने आक्रमण के पहले ही मिनट में इजराइल की चौकियों पर 10,000 गोले दाग दिए थे। गोलाबारी का सिलसिला तैंतीस मिनट तक चला था।[15] नहर के पूर्व की ओर इजराइलियों के पास केवल 436 सैनिक थे, जिनमें से अनेक तो हाल ही के आप्रवासी थे, जिनके पास युद्ध का कोई अनुभव नहीं था। प्रधानमंत्री यह बताने में भी विफल रहीं कि 1,400 सीरियाई टैंक गोलान हाइट्स के नीचे इजराइल की गलील की ओर बढ़ रहे हैं और 600 टैंकों की मुख्य सीरियाई सेना के सामने इजराइल के पास केवल 57 टैंक हैं। सीरिया इजराइल के गढ़ में घुसने के कगार पर है।

बाद में शाम को मोशे दयान ने खुलासा किया कि युद्ध के बीच में भी अवधारणा किस हद तक प्रबल थी। उन्होंने भविष्यवाणी की कि इजराइल के हताहतों की संख्या 'दसियों' में होगी—नुकसान सैकड़ों तक नहीं पहुँचेगा। जहाँ तक गोलान का सवाल है, उन्होंने कहा, "मुझे नहीं लगता कि यह हमारे लिए एक बुरा दिन था।" हालाँकि रात आठ बजे तक रेडियो ने बताया कि सभी महिलाओं और बच्चों को गोलान से निकाल लिया गया है, ठीक वैसे, जैसे मई 1948 में जॉर्डन के हाथों हारने से पहले गश एत्जिओन में हुआ था।

आधी रात तक इजराइल ने 2,00,000 रिजर्व सैनिकों को लामबंद कर लिया था, जिनमें से कई सीधे युद्ध में भेज दिए गए थे, जब वे अपनी पोस्ट पर पहुँचे, तो उनमें से कई को टूटे और अनुपयोगी उपकरण तथा खराब रखरखाववाले टैंक मिले। एरियल शेरोन के जीवनी लेखक के शब्दों में—"यह युद्ध के लिए दुरुस्त और तैयार सेना नहीं थी, बल्कि एक ऐसी सेना थी, जो अपने अति आत्मविश्वास

का आनंद लेने में ढीली और पतनशील हो गई थी।"[16] अनुपयुक्त हथियारों से लैस उन रिजर्व सैनिकों ने खुद को 3,00,000 सीरियाई सैनिकों और 8,50,000 मिस्र के सैनिकों का सामना करते हुए पाया। एक बार फिर, जैसा कि उसने 1948 और 1967 में किया था, इराक युद्ध में शामिल हो गया और उसने 14,000 सैनिक युद्ध में भेज दिए। लेबनान रोजाना गोलाबारी कर रहा था। आई.डी.एफ. की संख्या छह पर एक थी।

1973 में यहूदी राज्य पच्चीस वर्ष का था और अपने संक्षिप्त इतिहास में तीसरी बार अपने अस्तित्व के लिए युद्ध का सामना कर रहा था। युद्ध के पहले भाग के दौरान, जो एक अनंतकाल की तरह प्रतीत हो रहा था, जब इजराइल बचाव की मुद्रा में था, परिणाम किसी भी तरह से पूर्व निष्कर्ष से परे थे।

सोलह दिवसीय युद्ध के पहले पाँच दिन इजराइल के लिए सबसे बुरे दिन थे; इजराइल के कुल नुकसान का आधा हिस्सा उन शुरुआती दिनों में हुआ। कुछ सबावी हमलों के साथ, आई.डी.एफ. ने अधिकतर दुश्मन को दूर रखने पर ध्यान केंद्रित किया। इजराइल के सैनिक हतप्रभ थे। एरियल शेरोन ने 7 अक्तूबर को एक बेस का दौरा करने के बाद बताया, "अचानक उनके साथ कुछ ऐसा हो रहा था, जो पहले कभी नहीं हुआ था। ये वे सैनिक थे, जो जीत के साथ बड़े हुए थे··· यह वह पीढ़ी थी, जो कभी हारी नहीं थी, अब वे सदमे की स्थिति में थे···यह कैसे हुआ कि वे (मिस्र) आगे बढ़ रहे हैं और हम हार रहे हैं?"[17]

स्थिति गंभीर थी। लड़ाई के पहले ही दो दिनों में इजराइल ने अपने 10 प्रतिशत विमान खो दिए थे। फ्रंट लाइन पर एक आई.डी.एफ. का बख्तरबंद डिवीजन अपने आधे से अधिक टैंक खो चुका था। 'बार-लेव लाइन' इजराइल की अभेद्यता की प्रतीक विघटित हो गई। 8 अक्तूबर तक इजराइल सिनाई रेगिस्तान में तैनात 290 टैंकों में से 180 को खो चुका था। दयान ने, जो तब तक अपने पहले के अहंकारी आत्मविश्वास की मूर्खता को समझ चुके थे, कुछ ही देर बाद एक प्रेस कॉन्फ्रेंस की और अपने श्रोताओं को अपने निराशा के स्वर से चौंका दिया। गोल्डा मीर ने उन्हें टी.वी. पर साक्षात्कार देने से रोकने के लिए हस्तक्षेप किया, जब उन्हें बताया गया कि वह 'तीसरे मंदिर के विनाश' पर चर्चा करने जा रहे हैं।[18]

गोल्डा मीर ने सहायता के लिए राष्ट्रपति निक्सन से अपील की और यह संकेत भी दिया कि इजराइल विनाश के कगार पर है; हालाँकि इजराइल के लिए प्रत्येक घंटा महत्त्वपूर्ण था*, निक्सन ने अपना समय लिया। टेलीविजन पर बोलते हुए प्रधानमंत्री ने जॉर्डन से अपील की कि वह 1967 में की गई महँगी गलती न दोहराए। इजराइल और जॉर्डन के बीच सहयोग के स्तर को देखते हुए गोल्डा के पास यह मानने का कारण था कि जॉर्डन युद्ध में बहुत सक्रिय भूमिका नहीं निभाएगा, हालाँकि अमेरिकी सहायता के संबंध में वह केवल प्रतीक्षा ही कर सकती थी।

युद्ध के पाँचवें दिन, 10 अक्तूबर को प्रधानमंत्री ने टेलीविजन पर इजराइल की जनता को संबोधित किया। उन्होंने मिस्र और सीरिया द्वारा इजराइल को पहुँचाए जानेवाले भारी नुकसान के लिए सोवियत संघ की निंदा की। "वह सब साजो-सामान जो सीरिया और मिस्र के सैनिकों के हाथ में है, सोवियत संघ से आता है।"[19]

निक्सन भी समझ गए थे कि इजराइल कुछ मायनों में एक और बड़े नाटक में एक अभिनेता है—दो महाशक्तियों के बीच एक छद्म युद्ध, जिसमें दूसरों का महत्त्वपूर्ण प्रभाव है। राष्ट्रपति ने अपने राष्ट्रीय सुरक्षा सलाहकार को निर्देश दिया कि इजराइल को वह सैन्य हार्डवेयर दे दिए जाएँ, जिनका उसने अनुरोध किया था—लेजर-निर्देशित बमों के एकमात्र अपवाद के साथ, लेकिन इजराइल को उपकरण का परिवहन एल अल विमानों पर करना होगा।[20] कुछ रिपोर्टों के अनुसार, निक्सन न केवल इजराइल के अस्तित्व के संबंध में बढ़ती अमेरिकी चिंता से प्रेरित थे, बल्कि उन रिपोर्टों से भी थे कि इजराइल ने—जो अपने अस्तित्व के बारे में चिंतित था—अपने परमाणु शस्त्रागार से आवरण हटा दिया था।[21]

---

* वर्षों बाद यह स्पष्ट हो गया कि निक्सन को यहूदियों के लिए हलकी-फुलकी अरुचि नहीं थी। उनके विश्वासी सहयोगी हेनरी किसिंजर को अपने यहूदीपन के साथ गहरा संबंध रखने के लिए जाना जाता है। राजदूत येहुदा अवनेर ने बाद में लिखा कि किसिंजर के लिए यहूदी होना 'न्यूरोसिस का स्रोत' था। 2010 में जारी निक्सन टेपों में, किसिंजर को राष्ट्रपति से कहते हुए सुना जा सकता है कि "यदि वे सोवियत संघ में यहूदियों को गैस चैंबर में डालते हैं तो यह अमेरिकी चिंता का विषय नहीं है।" (येहुदा अवनेर, द प्राइम मिनिस्टर्स : ऐन इंटिमेट नैरेटिव ऑफ इजराइली लीडरशिप [यरुशलम : टोबी प्रेस, 2010], पृ. 269; गिल ट्रॉय, 'हैप्पी बर्थडे, मिस्टर किसिंजर,' 23 मई, 2013, टैबलेट, http:// www. tabletmag.com/jewish-news-and Politics/132819/happy-birthday-mr -kissinger#xCoSwz6BrWoHxhzI.99.)

8 अक्तूबर को सिनाई में एक इजराइली हमले के बुरी तरह विफल होने के बाद आई.डी.एफ. का जनरल स्टाफ समझ गया कि आपदा को रोकने के लिए, इजराइल को युद्ध की कारवाई में बदलाव लाने की तुरंत आवश्यकता है। इसलिए आई.डी.एफ. के नेतृत्व ने उत्तरी सीमा को प्राथमिकता देने का फैसला किया, जहाँ सीरियाई काफी आगे तक बढ़ चुके थे और दक्षिण को कुछ समय के लिए रक्षात्मक स्थिति में रहने का निर्देश दिया। यह योजना काम कर गई। दो दिनों के भीतर, 10 अक्तूबर तक, इजराइली बल सीरियाई बलों को सीमा पर वापस धकेल चुके थे, जहाँ से चार दिन पहले सीरिया के राष्ट्रपति हाफिज अल-असद ने हमला किया था। 11 अक्तूबर तक दमिश्क के बाहरी इलाके इजराइली तोपखाने की सीमा के भीतर थे। इसके तुरंत बाद आई.ए.एफ. के विमानों ने दमिश्क में सीरियाई रक्षा मंत्रालय की इमारत पर बमबारी की।[22] कुछ दिनों पहले की तुलना में कहीं अधिक आशावादी दयान ने अब एक धमकी जारी की—"सीरियाइयों को यह सीखना चाहिए कि दमिश्क से इजराइल तक की सड़क इजराइल से दमिश्क तक की सड़क भी है।"[23]

अचानक इजराइल के बजाय सीरिया के रक्षात्मक हो जाने के साथ महाशक्तियों की चिंताएँ हावी होने लगीं। दमिश्क के साथ इजराइल की निकटता पर सोवियत संघ के चिंतित होने के साथ संयुक्त राज्य अमेरिका में सोवियत राजदूत अनातोली डोब्रिनिन ने 11 अक्तूबर को किसिंजर को सूचित किया कि सोवियत हवाई सेना अलर्ट पर है और दमिश्क की रक्षा के लिए सोवियत युद्धपोत सीरियाई तटीय शहरों की ओर बढ़ रहे हैं। दो दिन बाद, 13 अक्तूबर को रिचर्ड निक्सन ने अमेरिकी विमानों को इजराइल के लिए सैन्य एयरलिफ्ट में सहायता करने का आदेश दिया।

अब इजराइल को दक्षिण से खतरे का सामना करना था। 14 अक्तूबर को मिस्र ने एक गंभीर सामरिक गलती की। एक नया हमला शुरू करने के लिए वे अपनी सैम (SAM) छतरी से आगे निकल आए और खुद को इजराइली वायुसेना के सामने अनावृत कर दिया। आगे की लड़ाई में मिस्र ने 250 टैंक गँवा दिए, जबकि इजराइल ने केवल 20 गँवाए। दक्षिण में युद्ध के ज्वार का खिसकना आरंभ हो गया था।

इजराइल ने अवसर का लाभ उठाया। 15 अक्तूबर को जनरल एरियल शेरोन की कमान में इजराइली सेना ने एक आक्रमण की शुरुआत की, जिससे वह

स्वेज नहर को पार कर सकती थी। एक बहुत ही रक्तरंजित लड़ाई में (इजराइल ने अकेले उस लड़ाई में तीन सौ सैनिक खो दिए थे, पूरे छह दिवसीय युद्ध में जितने खोए थे, उसके लगभग आधे) पहली इजराइली टुकड़ियाँ नहर के दूसरी तरफ पहुँचने में सफल रहीं। एक सप्ताह के भीतर आई.डी.एफ. ने सामूहिक रूप से नहर पार कर ली थी और उसके पश्चिमी तट पर कब्जा कर लिया था। 19 अक्तूबर को सोवियत संघ और संयुक्त राज्य अमेरिका ने युद्धविराम का आह्वान करने के लिए क्रमशः मिस्र और इजराइल पर दबाव डालना शुरू कर दिया, हालाँकि उत्तर और दक्षिण दोनों स्थानों पर लड़ाई जारी रही।

22 अक्तूबर को संयुक्त राष्ट्र सुरक्षा परिषद् ने एक बैठक की और फिर प्रस्ताव 338 पारित किया, जिसमें उस दिन शाम 6:52 बजे लड़ाई बंद करने का आह्वान किया गया। समय-सीमा से ठीक दो मिनट पहले इजराइली रेडियो ने घोषणा की कि इजराइल युद्धविराम की शर्तों को स्वीकार करेगा।

फिर भी लड़ाई जारी रही, लेकिन 24 अक्तूबर को दो बजे, जब आई.डी.एफ. ने मिस्र की तीसरी सेना को घेर लिया और उसका सफाया कर सकता था, मिस्र और सीरिया संघर्ष-विराम के लिए सहमत हो गए, जब दोपहर एक बजे यह प्रभावी हुआ तो युद्ध अनिवार्य रूप से समाप्त हो गया था।

युद्ध का अंत होने तक आई.डी.एफ. ने सराहनीय प्रदर्शन किया था। डॉगफाइट्स (हवाई लड़ाइयों) में आई.ए.एफ. ने 277 अरब विमान मार गिराए थे, जबकि अपने केवल 6 (46 : 1 के अनुपात में) गँवाए थे। कुल मिलाकर अरब सेनाओं ने इजराइल के 102 के मुकाबले अपने 432 विमान खोए थे। मृतकों की संख्या बहुत अधिक थी। अरब हताहतों में मृतकों की संख्या 8,258 और घायलों की 19,540 थी, हालाँकि अरब हताहतों को लेकर कुछ इजराइली अनुमानों का दावा है कि वास्तविक नुकसान इससे दोगुना था, अर्थात् 15,000 मृत (जिनमें से 11,000 मिस्रवासी थे) और 35,000 घायल (जिनमें से 25,000 मिस्रवासी थे)।[24]

इजराइल ने 2,656 सैनिक गँवाए थे और अन्य 7,250 घायल हो गए थे। यह अरब के नुकसान की तुलना में बहुत कम था, लेकिन यह उनसे तीन गुना से भी अधिक था, जो इजराइल ने 1967 में खोए थे, जब उसने छह दिनों के भयंकर युद्ध

में अपने आकार को तीन गुना कर दिया था। इस युद्ध में, जो बहुत लंबे समय तक चला था, इजराइल वहीं पहुँच गया, जहाँ से उसने शुरू किया था। युद्ध से पहले के दिनों में स्पष्ट रूप से गंभीर गलतियाँ हुई थीं और देश आश्चर्यजनक रूप से हताहतों की संख्या से जूझ रहा था। भूमि, शांति और युद्ध के बारे में कई इजराइली धारणाएँ चकनाचूर हो गई थीं, हालाँकि इजराइलियों के पास मैदान में लड़ रहे सैनिकों पर, एक बार फिर भरोसा करने का कारण था, उन्हें अपने नेतृत्व पर कम भरोसा था और क्षेत्र में शांति की किसी भी संभावना के लिए उनकी आशा समाप्त हो गई थी। कई लोगों के लिए यह आशा खत्म हो चुकी थी कि कभी तो एक 'अंतिम युद्ध' होगा, जैसा कि यिगल यादीन ने संघर्ष के बाद उल्लेख किया—"यह पहला युद्ध था, जिसमें पिता और पुत्र एक साथ लड़ रहे थे। हमने कभी नहीं सोचा था कि ऐसा होगा। हम पिता लड़े, ताकि हमारे बेटों को युद्ध में न जाना पड़े।"[25]

क्षतिग्रस्त इजराइलियों का अपने सहयोगियों पर विश्वास भी हुआ था। विशेष रूप से इजराइल के राजनीतिक दक्षिणपंथियों के बीच, ऐसे कई लोग थे, जो किसिंजर को हथियारों के शिपमेंट में देरी के लिए, वह भी जब उनकी सख्त आवश्यकता थी, कभी माफ नहीं करेंगे। सैन्य उपकरणों की आपूर्ति द्वारा फ्रांस के अरब राज्य को समर्थन ने कुछ लोगों को आश्चर्यचकित किया, लेकिन इजराइली इस बात से स्तब्ध थे कि ब्रिटेन, जो तेल-बहिष्कार के बाद के अधिकांश यूरोप की तरह, इजराइल को छोड़ रहा था और अरबों की ओर बढ़ रहा था—ने क्षेत्र को सैन्य सहायता पर प्रतिबंध लगा दिया था, जब ब्रिटेन ने अंततः अपने स्वयं के प्रतिबंध को तोड़ा तो उसने ऐसा मिस्र के हेलीकॉप्टर पायलटों को प्रशिक्षण देकर किया, जब इजराइल ने शिकायत की तो ब्रिटेन ने इजराइल से कहा कि मध्य-पूर्व में मोर्चे पर प्रशिक्षण देने की तुलना में इंग्लैंड में उन पायलटों को प्रशिक्षण देना उनके लिए बेहतर है। तीसरी दुनिया के देशों ने, जिनमें वे भी शामिल थे, जिनमें इजराइल ने महत्त्वपूर्ण धन और विशेषज्ञता का निवेश किया था, यहूदी राज्य के साथ संबंध तोड़ लिये।

तेल ने भी, एक बार फिर इस घटनाक्रम में प्रवेश कर लिया था। 17 अक्तूबर को, युद्ध के बीच में अरब देशों ने संयुक्त राज्य अमेरिका और अन्य देशों पर, जिन्होंने इजराइल का समर्थन किया था, सजा के रूप में तेल प्रतिबंध लगा दिया। प्रतिबंध से अमेरिकी और अन्य पश्चिमी अर्थव्यवस्थाओं में अराजकता फैल गई, जिससे

इजराइल एक बार फिर सीधे-सीधे अंतरराष्ट्रीय साजिश की चर्चा का मुख्य विषय बन गया, तब OPEC-ओपेक (सऊदी अरब के प्रभुत्ववाले पेट्रोलियम निर्यातक देशों का संगठन) उभरा, जो दशकों तक अमेरिकी विदेश नीति को रँगनेवाला था।

कंसेप्जिया का स्थान उदासी की एक गहरी भावना, देश के नेताओं पर भरोसे की कमी और इस अनुभूति ने ले लिया था कि आई.डी.एफ. अजेय नहीं है। एक देश, जो विजेता होने का आदी हो चुका था, धीरे-धीरे अपने नुकसान की भयावहता के साथ समझौता कर रहा था। मीडिया इजराइली पी.ओ.डब्ल्यू. (POWs) के फुटेज दिखा रही थी, एक ऐसी घटना, जिसके इजराइली अभ्यस्त नहीं थे और जो उन्हें भयानक लगी। उसमें जले हुए इजराइली टैंकों और मृत आई.डी.एफ. सैनिकों की तसवीरें थीं। एक किब्बुत्ज, बीट हशिता ने अपने ग्यारह पुत्र खो दिए थे। ग्यारह सैन्य जीपों के एक काफिले की फिल्म, जिनमें से प्रत्येक में इजराइल के झंडे में लिपटा एक ताबूत था, को सहन करना कई दर्शकों के वश के बाहर था।

उसे सहन करना कुछ किब्बुत्ज सदस्यों के लिए भी बहुत कठिन था। धर्म की पूर्ण अस्वीकृति और संस्थापक पीढ़ी की धर्मनिरपेक्षता के प्रति पूर्ण प्रतिबद्धता का रास्ता खुलना शुरू हो गया। उस समय यह कहना जल्दबाजी थी, लेकिन इजराइल नए यहूदी की अपनी प्रारंभिक छवि से दूर जानेवाला था—धर्मनिरपेक्ष, आत्मविश्वासी, धर्म को खारिज करता और उन स्थानों पर अर्थ की खोज करना आरंभ करनेवाला था, जिन्हें पिछली पीढ़ियों ने सिरे से खारिज कर दिया होता।

नाओमी शेमर, जिन्होंने 1967 में 'यरुशलम ऑफ गोल्ड' लिखा था, एक बार फिर लगभग एक भविष्यवक्ता साबित हुईं। 1973 के युद्ध से कुछ ही समय पहले, उन्होंने बीटल्स के गीत 'लेट इट बी' का हिब्रू संस्करण लिखा था। युद्ध के बाद उन्होंने शब्द और राग बदल दिए, हालाँकि गीत के अंत के शब्द अभी भी बीटल्स की धुन को सूक्ष्म रूप से ताजा करते हैं। उनके गीत ने, जिसने देश को मंत्रमुग्ध कर दिया था और अभी भी व्यापक रूप से गाया जाता है, पूरे देश की उदासी को पकड़ लिया था।[26] 'क्षितिज पर अभी भी एक सफेद पाल है,' उन्होंने लिखा, लेकिन 'एक भारी काले बादल के नीचे।' और बीटल्स के एक स्पष्ट आह्वान में, एक विशिष्ट 1973 इजराइली प्रतिध्वनि के साथ, उन्होंने लिखा—

वह सब जिसकी हम लालसा रखते हैं, उसे रहने दें।
कृपया, उसे रहने दें, उसे रहने दें
वह सब जिसकी हम लालसा रखते हैं, उसे रहने दें।

समय बीतने के साथ भी देश का दुःख कम नहीं हुआ। 1995 में इजराइल स्वतंत्रता दिवस पर इजराइलियों ने एक गीत का पहला प्रदर्शन सुना, जो जल्द ही एक इजराइली क्लासिक बननेवाला था। 'विंटर '73' शीर्षक से इस गीत की शुरुआत है—'हम '73 की सर्दियों के बच्चे हैं।' उनके माता-पिता ने, बच्चों ने गाया, 'पहली बार भोर में हमारा सपना देखा, जब युद्ध समाप्त हो गए।' ये बच्चे उन्हें बनाना समझ गए थे, हताशा का एक कार्य था, उनके माता-पिता का उम्मीद की संभावना से जोश के साथ चिपके रहने का—"और जब आपने हमें '73 की सर्दियों में प्यार से गर्भ में धारण किया, आप अपने शरीरों को उन सबसे भरना चाहते थे, जिन्हें युद्ध दूर ले गया था।"[27]

मगर उनके माता-पिता ने भी वादे किए थे। 'आपने हमारे लिए सबकुछ करने का वादा किया था, हमारे दुश्मन को एक प्रियजन में बदलने का।' हालाँकि एक पूरी पीढ़ी के बाद भी, ऐसा नहीं हुआ था। इसलिए गीत के अंतिम शब्द थे, जिन्होंने इजराइल को अपनी गिरफ्त में ले लिया था और जो अभी भी एक आबादी के रोंगटे खड़े कर देता है, जो उस गीत को गाना जारी रखती है—

आपने शांति का वादा किया था;
आपने घर पर वसंत और फूलों का वादा किया था;
आपने अपने वादे निभाने का वादा किया था;
आपने एक डव (प्रेम के शब्द) का वादा किया था।

1995 में जब यह गीत सामने आया, योम किप्पुर युद्ध के दो दशक से अधिक समय के बाद, तब तक कोई डव नहीं आया था। इजराइल अब तक टूटे दिल वाला देश था, एक ऐसा देश, जो अभी भी युद्ध में था। यहाँ तक कि प्रायश्चित्त का धार्मिक अवकाश, योम किप्पुर, यहूदी राज्य में कभी पहले जैसा नहीं होनेवाला था। व्यक्तिगत आत्मनिरीक्षण का एक धार्मिक अवकाश अक्षमता,

शोक, हानि और इजराइल का भ्रम टूटने की वार्षिक स्मृति में बदल गया था और आज भी बना हुआ है।

कई मायनों में योम किप्पुर युद्ध ने इजराइल की आत्मा के एक हिस्से को चकनाचूर कर दिया।

युद्ध के गहरे राजनीतिक प्रभाव भी हुए थे। 13 नवंबर, 1973 की शुरुआत में मेनाचेम बेगिन ने नेसेट में गोल्डा मीर और सरकार, दोनों पर हमला किया, उसके लिए, जो उनके अनुसार युद्ध का अक्षम संचालन था। बेगिन को दशकों से विपक्ष में निर्वासित कर दिया गया था, लेकिन अब इजराइली उन्हें सुन रहे थे; हालाँकि लेबर पार्टी के आधिपत्य के लिए और भी अधिक हानिकारक अग्रनात आयोग था, जो यह जाँच करने के लिए स्थापित किया गया था कि युद्ध से पहले की अवधि में क्या हुआ था? आयोग की नियुक्ति 21 नवंबर, 1973 को हुई थी और 1 अप्रैल, 1974 को उसने अपने निष्कर्ष प्रकाशित किए। उसने कई विफलताओं के लिए सेना के अधिकारियों को जवाबदेह ठहराया, लेकिन अधिकांशतः सरकार पर दोषारोपण करने से परहेज किया। सेना के तीन वरिष्ठ अधिकारियों—डेविड एलाजार (चीफ ऑफ स्टाफ), जनरल एली जीरा (खुफिया शाखा के प्रमुख) और शमूएल गोनेन (दक्षिणी कमान के प्रमुख)—से उनके पद छीन लिये गए। इसके तुरंत बाद गोनेन ने इजराइल छोड़ दिया और अपना शेष जीवन अफ्रीका में व्यतीत किया। 61 साल की उम्र में दिल का दौरा पड़ने से उनका निधन हो गया। युद्ध के बाद तीन वर्ष से भी कम समय में डेविड एलाजार की भी अप्रैल 1976 में दिल का दौरा पड़ने से मृत्यु हो गई। वे 51 वर्ष के थे।

हालाँकि अग्रनत आयोग गोल्डा मीर और मोशे दयान के प्रति कम आलोचनात्मक था, लेकिन इसने कुछ मायनों में राजनीतिक क्षेत्र के लिए मामले को बदतर बना दिया। ऐसा लग रहा था कि उन्हें 'पास' मिल रहा था; जनता क्रोधित और निराश हो गई और उसने राजनेताओं के इस्तीफे के लिए शोर मचाना शुरू कर दिया।

शांतिपूर्ण जन-विरोध शुरू हो गए। सबसे प्रसिद्ध यरुशलम में प्रधानमंत्री के आवास से मोट्टी अशकेनाजी का एकल प्रदर्शन हुआ, जहाँ उन्होंने एक बोर्ड

पकड़ा हुआ था, जिसपर लिखा था—"ग्रैंडमा (प्रधानमंत्री गोल्डा मीर को दिया गया उपनाम), आपका रक्षा मंत्री विफल है और आपके 3,000 पोते मर चुके हैं।"[28] युद्ध से पहले किसी निर्वाचित अधिकारी से इस तरह बात करना अकल्पनीय होता; इस बार उसने एक राष्ट्र को उत्तेजित कर दिया। लेबर पार्टी ने दिसंबर 1973 में स्थगित चुनाव जीत लिये, लेकिन गोल्डा मीर ने अप्रैल 1974 में इस्तीफा दे दिया और उनका स्थान यित्जाक रॉबिन ने लिया। अपने पहले कार्यकाल में मीर के पास जितना बहुमत था, रॉबिन के पास उसकी तुलना में कम था और देश में अभी भी चल रही उथल-पुथल के साथ वे कई मायनों में एक ऐसी पार्टी की अध्यक्षता कर रहे थे, जिसका आधिपत्य समाप्त होनेवाला था।

प्रधानमंत्री के पद पर रॉबिन के उदय ने एक नए युग की शुरुआत की। वह बीसवीं सदी में पैदा हुए पहले प्रधानमंत्री थे और पहले मूल निवासी थे। वह पहले व्यक्ति थे, जिन्होंने अपनी पूरी शिक्षा इजराइल में प्राप्त की थी और सेना के रैंकों से उभरनेवाले पहले व्यक्ति थे। इजराइल एक नए प्रकार के नेता के लिए तैयार लग रहा था।[29]

अमेरिकी यहूदियों ने परिवर्तन को महसूस किया और कुछ लोगों को, जिन्हें 1967 के बाद से एक आत्मविश्वासी, उग्र इजराइल का सामना करना मुश्किल लगा था, वास्तव में राहत मिली थी कि इजराइल कुछ हद तक निराशा से घिर चुका था। 'एक कमतर इजराइल से निपटना खुशी की बात होगी,' कई अमेरिकी यहूदी नेता कभी-कभी टिप्पणी करते थे।[30] जैकब ब्लोस्टीन और डेविड बेन-गुरियन के विचारों के बीच चल रहे तनाव में ब्लोस्टीन के विचार एक बार चढ़ाई पर थे।

दिसंबर 1973 में युद्ध के कुछ ही महीनों बाद, अभी भी दुःखी एक देश की पीड़ा में और भी दर्द जोड़ते हुए डेविड बेन-गुरियन की मृत्यु हो गई। वे कुछ समय से बीमार चल रहे थे, लेकिन इजराइल ने अभी जो आघात सहा था, उसे देखते हुए देश के संस्थापक और पितातुल्य व्यक्ति की मृत्यु एक और दर्दनाक आघात था।

वे निरंकुश प्रवृत्ति के थे और शायद राजनीति में थोड़े लंबे समय तक रह गए, लेकिन यूरोप में जनमे वे जल्दी ही फिलिस्तीन आ गए, शुद्ध विचारधारा

से प्रेरित। उन्होंने संतरे चुनने का काम किया, श्रमिक संघ बनाए और यिशुव राजनीति के शीर्ष पर पहुँच गए, फिर डेविड बेन-गुरियन ने ब्रिटिश शासन के अशांत वर्षों के दौरान यिशुव का कुशल मार्गदर्शन किया, पूर्व-राज्यों का और फिर एक राज्य का भी निर्माण किया। उनके पास समय की एक त्रुटिहीन समझ थी, वे जानते थे कि कब प्रतीक्षा करनी है और कब चलना है। उन्होंने राज्य के तैयार होने से पहले ही उसकी घोषणा कर दी थी, क्योंकि वे जानते थे कि शायद दूसरा अवसर कभी न आए।

एक सेना के व्यक्ति न होते हुए भी उन्होंने स्वतंत्रता संग्राम के दौरान अनुभवहीन राज्य का साहस और रणनीतिक प्रतिभा के साथ मार्गदर्शन किया। यदि हर्जल ने राजनीतिक जियोनीवाद को जीवन दिया था तो डेविड बेन-गुरियन ने इजराइल राज्य को जीवन दिया था। यित्जाक नवोन (इजराइल के पाँचवें राष्ट्रपति) का दृढ़ता से मानना था, "दो हजार वर्ष पूर्व 'दूसरे मंदिर' के विनाश के बाद जन्म लेनेवाले महानतम यहूदी थे,[31] और अब वे जा चुके थे।"

इजराइली युद्ध के बाद पहले ही बिखरे हुए और उदास डेविड बेन-गुरियन के अंतिम संस्कार को टेलीविजन पर ऐसे देख रहे थे, एक इजराइली लेखक ने कहा, "जैसे कि वे अपने खुद को देख रहे थे।"[32]

युद्ध आपदा के साथ आरंभ हुआ था और उसने कंसेप्तिजया (अवधारणा) को चूर-चूर कर दिया, फिर भी योम किप्पुर युद्ध के दौरान इजराइल के आचरण के उल्लेखनीय आयाम भी थे। सीरियाई टैंक इजराइल के उत्तर से घुसकर जाने के लिए तैयार थे, लेकिन जनता चिंतित होने के बावजूद भागी नहीं। युद्ध से पहले और अपने प्रारंभिक दिनों में सेना ने भयानक गलतियाँ की थीं, लेकिन अकल्पनीय दबाव में, वह फिर से संगठित हुई, अपनी रणनीति फिर से तैयार की और अंततः एक बार फिर इजराइल के सैन्य वर्चस्व का प्रदर्शन किया। इजराइल के सैनिक सैकड़ों की संख्या में और फिर हजारों की संख्या में मारे गए थे, कुछ हद तक उच्चाधिकारियों द्वारा की गई गलतियों के कारण लेकिन इजराइली सैनिक मोर्चे पर डटे रहे। वे भागे नहीं, और न ही उन्होंने आत्मसमर्पण किया, हालाँकि उन्होंने दयान की प्रधानमंत्री को टिप्पणी नहीं सुनीं थी कि तीसरा मंदिर-नवीनीकृत यहूदी

कॉमनवेल्थ—दाँव पर था, उन्होंने अनुमान लगाया कि वे सबकुछ खो देने के करीब आ गए थे। इजराइल उनकी निगरानी में गिरनेवाला नहीं था।

हमेशा की तरह इजराइल के लोकतंत्र ने काम किया, जिसमें नागरिकों ने सैन्य अधिकारियों और देश के सार्वजनिक नेतृत्व दोनों को जवाबदेह ठहराया।

युद्ध के अंत में इजराइल की सैन्य स्थिति जबरदस्त थी। उसने मिस्र की तीसरी सेना को घेर लिया था और उसे नष्ट कर सकती थी। उत्तर में इजराइली कवच दमिश्क तक पहुँचने के लिए तैयार था। विशेष रूप से आश्चर्य के तत्त्व और इजराइल के शुरुआती नुकसान को देखते हुए, यह एक आश्चर्यजनक सैन्य उपलब्धि थी। योम किप्पुर युद्ध वास्तव में अंतिम बार था, जब इजराइल ने एक दुश्मन की खड़ी सेना का सामना किया था।[33] युद्ध और उसके पहले दिनों की ओर अग्रसर करनेवाली विफलताओं के बावजूद आई.डी.एफ. ने अपने पड़ोसी अरब राज्यों को आश्वस्त कर लिया था कि इजराइल पर सीधे हमला करना एक आत्म-विनाशकारी, हारा हुआ प्रस्ताव था।

फिर भी इजराइल 'जीता' नहीं था, उस तरह से नहीं, जिसका वह अभ्यस्त हो गया था। वर्षों बाद श्लोमो गाजिट (1974 से 1979 तक सैन्य खुफिया प्रमुख) ने एक टेलीविजन साक्षात्कार में स्वीकार किया कि योम किप्पुर युद्ध में कोई विजेता नहीं था।[34] उस सैन्य गतिरोध ने, उनका मानना था, दोनों पक्षों को पहले की तुलना में शांति संधि की संभावना के लिए कहीं अधिक खुला बना दिया था।

इजराइल को नष्ट करने के लिए अरब की लड़ाई खत्म नहीं हुई थी। युद्ध के मैदान में हारने के बाद इजराइल के शत्रु अपना अभियान कहीं और ले गए। कई वर्षों से फिलिस्तीनी भी इजराइल पर एक राजनयिक हमले में लगे हुए थे, अब अरब तेल प्रतिबंध से भयभीत यूरोपीय देशों ने अरब और फिलिस्तीनी दबाव के आगे घुटने टेक दिए, जिससे उस राजनयिक हमले को और अधिक प्रभावी बनाने में मदद मिली। नवंबर 1974 में यासिर अराफात को संयुक्त राष्ट्र में वार्त्ता देने के लिए आमंत्रित किया गया। अपने भाषण में, जिसे 'ऑलिव ब्रांच ऐंड गन' के नाम से जाना जाने लगा, वे इजराइल के साथ शांति के बारे में नहीं, बल्कि 'फिलिस्तीन पर यहूदी आक्रमण' के विषय में बोले। हिंसा की भी उतनी ही धमकी

देते हुए जितना उन्होंने शांति का संकेत दिया, उन्होंने तालियों की गड़गड़ाहट के बीच कहा, "आज मैं एक हाथ में ऑलिव ब्रांच (जैतून की डाली) और दूसरे में स्वतंत्रता सेनानी की बंदूक लेकर आया हूँ। जैतून की डाली मेरे हाथ से गिरने न दें। मैं दोहराता हूँ, जैतून की डाली मेरे हाथ से गिरने न दें।"

तालियों की गड़गड़ाहट के उत्तर में अराफात ने अपने हाथों को अपने सिर के ऊपर बाँध लिया और उनकी बेल्ट पर एक होल्स्टर (पिस्तौलदान) दिखाई देने लगा। होल्स्टर, जिसे अराफात स्पष्ट प्रतीकात्मक इरादे के साथ महासभा की विस्तृत बैठक में लाए थे, अब भी जारी हिंसा की एक झीने आवरण से युक्त धमकी थी, लेकिन तालियों पर उसका कोई प्रभाव नहीं पड़ा। अराफात ने इजराइल के अस्तित्व पर युद्ध की घोषणा की थी और संयुक्त राष्ट्र ने प्रशंसा और उत्साहपूर्ण स्वागत के साथ उत्तर दिया। केवल एक वर्ष बाद महासभा ने संयुक्त राष्ट्र में पी.एल.ओ. पर्यवेक्षक का दर्जा दे दिया।

इजराइल पर संयुक्त राष्ट्र का हमला जारी रहा। नवंबर 1975 में महासभा ने 72 बनाम 35 मतों से (32 तटस्थों के साथ)—प्रस्ताव 3379 को मंजूरी दी, जिसमें कहा गया था—"जियोनीवाद नस्लवाद और नस्लीय भेदभाव का एक रूप है।" संयुक्त राज्य अमेरिका ने प्रस्ताव के विरुद्ध मतदान किया। संयुक्त राष्ट्र में अमेरिकी राजदूत डेनियल पैट्रिक मोयनिहान ने उसकी निंदा की, जो वे समझ रहे थे कि वास्तव में हो रहा था—"संयुक्त राष्ट्र यहूदी-विरोध को अंतरराष्ट्रीय कानून बनानेवाला है।" मोयनिहान ने अपनी अब प्रसिद्ध हो चुकी घोषणा की—"संयुक्त राज्य...स्वीकार नहीं करता, वह इसका पालन नहीं करेगा, वह इस कुख्यात कानून को कभी स्वीकार नहीं करेगा...संसार के ऊपर एक बड़ी बुराई छोड़ दी गई है।"[35]

मोयनिहान को भी इस बात का अनुमान नहीं था कि यहूदी राज्य का अंतरराष्ट्रीय स्तर पर अवैधीकरण कितनी दूर तक और कितनी तेजी से फैलेगा, हालाँकि स्थायी सेनाओं के विरुद्ध युद्ध अब पीछे छूट चुके थे, फिर भी इजराइल कुछ मायनों में कम सुरक्षित था। कई मायनों में यहूदी राज्य एक अंतरराष्ट्रीय परियाह (परित्यक्त) बनने जा रहा था और खुद को पहले की तुलना में कहीं अधिक कमजोर पानेवाला था।

□

15
क्रांति के भीतर क्रांति
इजराइल के राजनीतिक अधिकार का उदय और प्रतिशोध

"हम किसी के डरनेवाले यहूदी नहीं होंगे" वह दिन अब बीत गए, आत्म-बलिदान के लिए तत्परता के बिना, एक और ऑशविट्ज होगा।

और यदि हमें हमारी आत्मरक्षा के लिए कीमत चुकानी है, तो हमें वह चुकानी होगी।"

—प्रधानमंत्री मेनाचेम बेगिन[1]

1970 के दशक में इजराइली संगीत परिदृश्य—इजराइल में अधिकांश राजनीतिक, सांस्कृतिक और सार्वजनिक जीवन की तरह—यूरोपीय मूल के श्वेत यहूदियों, अश्केनाजिम के प्रभुत्व में था, जैसा कि आधुनिक अलियोत और स्वतंत्रता की शुरुआत से बहुत पहले से था। नाओमी शेमर के माता-पिता विल्ना से आकर बसे थे। 1960 के दशक में इजराइली रॉक के निर्विरोध सरताज एरिक आइंस्टीन का जन्म 1939 में यिशुव में हुआ था, जिनके माता-पिता भी यूरोप से थे। 1973 में जब पहली यूरोविजन प्रतियोगिता का आयोजन किया गया था, तब इजराइल का प्रतिनिधित्व देश के सबसे लोकप्रिय गायकों में से एक इलानित ने किया था। उनके माता-पिता पोलैंड से फिलिस्तीन आकर बसे थे। 1974 में यूरोविजन में इजराइल का प्रतिनिधित्व करनेवाला बैंड और उनका वह गीत 'नताती लाह छायाई' ('मैंने उसे अपना जीवन दे दिया')—जो आज भी एक इजराइली हिट है—बेहद लोकप्रिय कावेरेट (बीहाइव), पाँच श्वेत (अश्केनाजी) पुरुषों का एक चंचल हास्य समूह था।

इजराइली रेडियो स्टेशन अधिकतर मिज्राचिम द्वारा लिखित और प्रस्तुत संगीत को नजरअंदाज करते थे। रिकॉर्डिंग कंपनियों को उनमें बहुत कम दिलचस्पी थी। संगीत प्रतिष्ठानों को मिजराची संगीत की मध्य-पूर्वी लय अजीब, विदेशी और लगभग अरबी लगती थी। जिस तरह से ये मिज्राचिम दिखते थे, बोलते थे या अपना यहूदीपन व्यक्त करते थे, उसमें ऐसा कुछ नहीं था, जिसकी कल्पना बियालिक, ऑल्टरमैन और अन्य ने की थी, जब उन्होंने यहूदी राज्य में उभरनेवाले उस नए यहूदी के बारे में सोचा था। संगीत परिदृश्य बहुत व्यापक घटना का एक प्रतिनिधित्व मात्र था—मिज्राचिम लगभग हर प्रकार से इजराइली समाज की परिधि से निर्वासित कर दिए गए थे।

यह जल्द ही सर्वव्यापी होनेवाले ऑडियो कैसेट का आविष्कार था, जिसने एक नाटकीय बदलाव लाने में सहायता की। 1970 के दशक की शुरुआत में मिजराची संगीतकारों ने, जो रिकॉर्डिंग स्टूडियोज द्वारा नजरअंदाज किए जाते थे, अपने संगीत को कैसेटों के माध्यम से प्रसारित करना शुरू किया, पहले तेल अवीव में और बाद में अन्य क्षेत्रों में भी। यह उत्तरी अफ्रीकी, मध्य-पूर्वी संगीत जल्द ही मुजिकत हा-कासेतोत 'कैसेट संगीत' कहा जाने लगा।* जल्द ही इसने इजराइली संगीत परिदृश्य को बदलना शुरू कर दिया। मिजराची संगीत ने इजराइल के जीवन में अपनी जगह बना ली। जोहर आर्गोव (जिनके माता-पिता यूरोप से नहीं, बल्कि यमन से आए थे) जैसे संगीतकारों को कैसेट संगीत क्रांति के साथ अपने पहले ब्रेक मिले[2] और अंततः वे राष्ट्रीय सितारे बन गए।

मिजराची 'क्रांति', जो 1970 के दशक में आरंभ हो रही थी, संगीत उद्योग के अलावा भी बहुत कुछ प्रभावित करनेवाली थी। इजराइल का राजनीतिक जीवन भी एक भूकंपीय बदलाव से गुजरनेवाला था। मिज्राचिम लंबे समय तक अरब बहुसंख्यकों के अधीन रहे थे। वे इजराइल तब आए, जब उनके मेजबान देशों ने उन पर देश छोड़कर जाने के लिए दबाव डाला या मजबूर किया। अकसर अपनी

---

* लगभग उसी समय और अनिवार्य रूप से उसी क्षेत्र में अयातुल्ला रुहोल्लाह खुमैनी अपने विध्वंसक विरोधी पश्चिमी (और शाह विरोधी) उपदेशों को वितरित करने के लिए ऑडियो कैसेटों का उपयोग कर रहे थे, जो आगे 1979 की ईरानी क्रांति के लिए रास्ता तैयार कर रहा था।

अधिकांश संपत्ति के बिना निष्कासित किए गए, जल्द ही उनमें से कई, जो काफी हद तक गरीबी में जकड़े थे, इजराइली समाज का एक अंग बन गए, फिर भी जिस इजराइल में वे आए थे, वह स्वयं विध्वंसकारी आर्थिक दबावों का सामना कर रहा था और उसके पास खर्च करने के लिए बहुत कम संसाधन थे, जबकि इन मिज्राचिम ने इजराइल को अपना नया देश बना लिया था।

यहूदी राज्य ने उन सभी को स्वीकार कर लिया, सभी को नागरिक बना दिया, उन्हें शिक्षा और बुनियादी आवास दिया, लेकिन सरकार ने उन्हें दूर-दराज के माबारोट में रखा था। सरकार का इन आप्रवासियों को देश के केंद्र से दूर रखने का फैसला कुछ मायनों में राष्ट्रीय चिंताओं से प्रेरित था। वर्षों पहले किब्बुत्जिम को सैन्य प्रशिक्षण की उनकी परंपरा के साथ इजराइल की सीमाओं के पास रखने से देश की रक्षा में योगदान मिला था। इसी तरह माबारोट को देश के केंद्र से दूर स्थित करना राज्य की परिधि को आबाद करने का एक सचेत निर्णय था, ताकि भविष्य में उन क्षेत्रों पर इजराइल का कब्जा संघर्ष का कारण बने तो उनसे मदद मिल सके।

फिर भी मिज्राचिम के लिए स्वभाविक रूप से माबारोट को देश के केंद्र से इतनी दूर रखने के निर्णय ने एक भावना उत्पन्न की कि उन्हें वस्तुतः इजराइली समाज से बाहर भेज दिया गया था और जब तक वे कोई कारवाई नहीं करेंगे, कुछ भी नहीं बदलेगा। अधिकांश आप्रवासी पीढ़ी सरकार के फैसलों के सामने विनम्र बनी रही, लेकिन उनके बच्चों के लिए अन्याय की भावना उनकी पहचान का प्रमुख स्तंभ बन गई। 1970 के दशक की शुरुआत में उन्होंने संगठित होना शुरू किया। ब्लैक पैंथर्स समूह (इसी नाम के अमेरिकी समूह के नाम पर) ने 1971 में प्रधानमंत्री गोल्डा मीर के साथ एक बैठक आयोजित की, जिसमें उन्होंने अपनी निराशा व्यक्त की। बैठक के बाद मीर के पास उनके विषय में कहने के लिए इतना ही था, "वे अच्छे नहीं हैं।"[3] मापई का नेतृत्व पूरी तरह पहुँच से परे था; देश क्रांति के लिए तैयार था। अग्रनात आयोग और बाद में गोल्डा मीर के इस्तीफे ने उस भावना को मजबूत कर दिया।

मीर के उत्तराधिकारी यित्जाक रॉबिन भी अधिक समय तक नहीं टिक सके। 1977 में इजराइली प्रेस ने खुलासा किया कि रॉबिन की पत्नी लिआह का एक छोटे विदेशी बैंक में खाता था (उन वर्षों से बचा हुआ, जब वे संयुक्त राज्य में

इजराइल के राजदूत के रूप में सेवाएँ दे रहे थे), जो तब इजराइली कानून द्वारा निषिद्ध था। एक क्रोधित, हताश और निराश इजराइली जनता लेबर नेताओं से तंग आ चुकी थी, जो अक्षम, भ्रष्ट या पहुँच से बाहर थे, जब देश के बाकी हिस्से आर्थिक रूप से संघर्ष कर रहे थे।

रॉबिन ने मीर की तरह इस्तीफा दे दिया।

इजराइल बदलाव के लिए तैयार था। 1949 में इजराइल के पहले चुनावों के बाद से राजनीतिक विरोध में निर्वासित (छह दिवसीय युद्ध से शुरू होनेवाली एकता सरकार की संक्षिप्त अवधि को छोड़कर) मेनाचेम बेगिन ने 1977 तक उनतीस साल अधिक राजनीतिक प्रगति करने में विफल रहते हुए बिताए थे। जे'एव जाबोटिंसकी के एक शिष्य बेगिन ने अपनी अधिकतर प्रतिष्ठा—बेहतर के लिए और बदतर के लिए—राज्य-पूर्व युग के उत्तरार्ध में और स्वतंत्रता के पहले दशक के दौरान स्थापित की थी।

इरगुन का नेतृत्व करने के लिए नियुक्त होने के बाद उन्होंने अंग्रेजों के विरुद्ध विद्रोह की घोषणा कर दी थी। उन्होंने किंग डेविड होटल की इमारत पर हमले की योजना रची थी, जो फिलिस्तीन छोड़ने के ब्रिटिश निर्णय के लिए महत्त्वपूर्ण साबित हुई। बेगिन ने यह सुनिश्चित करने में भी महत्त्वपूर्ण भूमिका निभाई थी कि अल्टालेना के बाद की लड़ाई एक गृहयुद्ध न बन जाए, यद्यपि वे जर्मन क्षतिपूर्ति लेने के खिलाफ अपनी राजनीतिक लड़ाई हार गए, लेकिन इस लड़ाई ने उन्हें कई इजराइलियों के बीच इजराइल की आत्मा के यहूदीपन के लिए चौकीदार के रूप में प्रतिष्ठा दिलाई।

दूसरी ओर डेविड बेन-गुरियन ने बेगिन को लगातार एक फासीवादी के रूप में नामित किया था। ऐसा ही लेबल अमेरिकी यहूदियों के साथ भी चिपक गया था। 1948 में संयुक्त राज्य अमेरिका की बेगिन की यात्रा से पहले प्रमुख अमेरिकी यहूदी हस्तियों ने, जिनमें अल्बर्ट आइंस्टीन और हन्नाह अरेंड्ट भी थे, न्यूयॉर्क टाइम्स को एक पत्र लिखा, जिसमें उन्होंने भी बेगिन को एक फासीवादी कहा, यह देखते हुए कि बेगिन 'अतिराष्ट्रवाद, धार्मिक रहस्यवाद और नस्लीय श्रेष्ठता के एक घालमेल का प्रचार कर रहे थे।'[4]

1977 तक बेगिन आरोप से विचलित नहीं हुए थे, लेकिन कई इजराइलियों को यह आभास हो गया था कि वे उससे कहीं अधिक जटिल थे, जितना उनके शत्रु उन्हें समझते थे। वे बेगिन थे, जो इजराइली अरबों पर सैन्य शासन के अंत के लिए जोर देनेवाली सबसे भावुक आवाजों में से एक थे[5] और अल्टलेना मामले की 1965 की नेसेट की पुनः जाँच के बाद, जिसमें कुछ लोगों ने आरोप लगाया था कि बेन-गुरियन ने बेगिन को मरवाने का प्रयास किया था, वह बेगिन थे[6], जो मुख्य रूप से सही साबित हुए।

विपक्ष के प्रमुख के रूप में अपने विगत वर्षों के दौरान, बेगिन ने मिजराची यहूदियों के साथ एक संबंध बना लिया था। वे उन्हें समय-समय पर याद दिलाते रहते थे कि जब वे इरगुन का संचालन करते थे, तो उनके लड़ाके ट्यूनीशिया, यमन, सीरिया, अर्जेंटीना, दक्षिण अफ्रीका, इराक, फारस और अन्य गैर-यूरोपीय यहूदी समुदायों से आए थे—

> "इरगुन के सभी प्रभागों में हमारे सदस्य थे, जो सभी यहूदी समुदायों और सभी वर्गों से आए थे। हम लघु रूप में यहूदी राष्ट्र के पिघलानेवाले बरतन थे। हम उत्पत्ति के बारे में कभी नहीं पूछते थे—हम केवल वफादारी और क्षमता की माँग करते थे। पूर्वी समुदायों से हमारे साथी इरगुन में खुश और घर जैसा महसूस करते थे। कोई भी कभी उनके प्रति श्रेष्ठता की मूर्ख भावना प्रदर्शित नहीं करता था और इस प्रकार उन्हें ऐसी किसी भी अनुचित हीन भावना से मुक्त होने में मदद मिलती थी, जो उनके मन में पल रही होती थी।"[7]

"इरगुन में, नेसेट के विपरीत।" उन्होंने कहा। मिजराची पुरुषों ने सत्ता के सर्वोच्च पद प्राप्त किए थे।

यह उम्मीद की जा सकती थी कि मिज्राचिम बेगिन, एक सूट-धारी, 'उचित' और सज्जन पॉलिश यहूदी को, अत्यधिक यूरोपीय, इसलिए उसी समस्या के रूप में देखेंगे, जिसका प्रतिनिधित्व लेबर करता था। बेगिन को इजराइल के उत्तरी अफ्रीकी प्रवासियों के साथ अपनी पॉलिश पृष्ठभूमि का अच्छा लाभ मिला। 1950 के दशक के आरंभ में जब उन्होंने माबारोट का दौरा किया (और वहाँ रहनेवाले मिज्राचिम को 'मेरे भाइयो और बहनो' कहा), तो ट्रांजिट कैंप के

निवासियों का उनकी औपचारिक पोशाक पर, उनके काले सूट पर ध्यान गया, जो कि यिशुव नेताओं के बीच इतना अनुपयुक्त लग रहा था। उन लोगों ने उनकी पोशाक को अपने प्रति सम्मान के रूप में देखा; मिज्राचिम को वह टी-शर्ट और नेकर, जो बेन-गुरियन उन लोगों से मिलने आने पर पहनना पसंद करते थे, उपेक्षापूर्ण, असम्मानजनक प्रतीत होती थी। बेगिन ने उनके सुलगते क्रोध को भुनाना शुरू किया। 1959 की शुरुआत में उन्होंने मुख्यत: मिजराची दर्शकों को बताया कि बेन-गुरियन ने इजराइल को 'अश्केनाजिम और गैर-अश्केनाजिम' के बीच विभाजित देश में बदल दिया है।[8]

योम किप्पुर युद्ध, अग्रनात आयोग के पश्चात् मीर का इस्तीफा, वित्तीय घोटाले के बादल के तहत रॉबिन का इस्तीफा और मिजराची आबादी की स्थायी निराशा का संयोजन इत्यादि घटनाएँ तूफान लाने को पर्याप्त थीं। मई 1977 में चुनाव के दिन, एग्जिट पोल (इजराइल के इतिहास में पहला) ने देश को चौंका दिया। बेगिन के लिकुड ने 43 सीटें जीतीं, जबकि मतदाताओं ने एलाइनमेंट (बेन-गुरियन की पुनर्विन्यासित मापई पार्टी) को केवल 32 सीटें दीं (इसकी पिछली संख्या के एक-तिहाई से भी कम)। मेनाचेम बेगिन लगातार आठ चुनाव हारने के बाद नौवाँ चुनाव जीतनेवाले इतिहास में एकमात्र नेता बन गए।[9]

इस जीत को इजराइली समाचार वाचक चैम याविन ने 'महापक' या 'रिवर्सल' कहकर बुलाया। (यह शब्द 'क्रांति' के लिए इब्रानी शब्द महापीचा से संबंधित था।) कई इजराइली, विशेष रूप से मिजराची मतदाता, उत्साह के साथ 'बेगिन'''बेगिन!' के नारे लगाते हुए सड़कों पर उतर आए। इजराइल को एक नया युवराज मिल गया था। वह केवल बेगिन का दिन नहीं था; मिज्राचिम को लग रहा था कि वह उनका दिन भी था, अंततः उन्हें लग रहा था कि उन्होंने राष्ट्र की दिशा तय करने में केंद्रीय भूमिका निभाई है।

अश्केनाजी अभिजात वर्ग सदमे में था। वे इजराइली लोग, जो बेन-गुरियन के अधीन बड़े हुए थे और उनका सम्मान करते थे, किसी अन्य दल के नेतृत्ववाले देश की कल्पना भी नहीं कर सकते थे, जैसा कि एक उत्सुक पर्यवेक्षक ने कहा, "वे नहीं समझ पा रहे थे कि कोई उस पार्टी से कैसे नफरत कर सकता है, जिसने

राज्य का निर्माण किया और लाखों मिज्राचिमों को यहाँ स्थान दिया। वे उसकी हार से स्तब्ध थे।"[10]

चुनाव के दिन जब नतीजे आने लगे, पत्रकारों ने बेगिन की ओर अपने माइक्रोफोन ठेलने शुरू कर दिए, यह जानने के लिए उत्सुक कि उनका क्या कहना है, बेगिन हमेशा अपने साथ एक किप्पाह लेकर चलते थे। अब उन्होंने उसे पहन लिया और शेहेचेयानु—किसी उपलब्धि और सौभाग्य को चिह्नित करने के लिए पारंपरिक आशीर्वाद का पाठ करने लगे। इजराइलियों ने कभी किसी उच्च पदस्थ राजनेता को ऐसा करते नहीं देखा था। बेन-गुरियन ने 1948 में राज्य की घोषणा के दौरान भी किप्पाह नहीं पहना था अथाह भीड़ के बीच, जब एक अन्य रिपोर्टर ने उनसे पूछा कि वे किस शैली के प्रधानमंत्री होंगे तो इस अजीब से प्रश्न पर बेगिन एक पल के लिए रुके और फिर उत्तर दिया, "एक अच्छे यहूदी की शैली में।"[11]

इजराइली अभी भी इस बात को लेकर विभाजित हैं कि ऐसा कहने से उनका क्या तात्पर्य था, लेकिन इजराइल ने इस बात पर पुनर्विचार करना शुरू कर दिया था कि एक 'अच्छा यहूदी' होने का क्या अर्थ है? उस वर्ष इजराइली मंच के एक अत्यधिक लोकप्रिय कॉमेडियन, अभिनेता और निर्देशक उरी जोहर ने पहली बार एक टेलीविजन गेम शो में किप्पाह पहना, जिसकी वे मेजबानी करते थे।[12] यह बहुत व्यापक घटना का केवल एक उदाहरण था; धर्म इजराइल के जीवन में फिर से प्रवेश कर रहा था—राजनीति और संस्कृति दोनों में भी।

अपने लोकतंत्र के प्रति इजराइलियों की गहरी प्रतिबद्धता के एक प्रभावशाली प्रदर्शन में, मापई से लिकुड में परिवर्तन, मापई शासन के लगभग तीन दशकों के बाद, जो पूरी तरह से निर्विरोध था, बेगिन ने सरकार का नेतृत्व ग्रहण कर लिया।

उनके शासन के दौरान पहला बड़ा विकास मिज्राचिम पर नहीं, बल्कि शांति पर केंद्रित था। वर्षों से हेनरी किसिंजर इजराइल और मिस्र के बीच शटल कूटनीति में संलग्न थे और योम किप्पुर युद्ध के बाद दोनों की सेनाओं को अलग करते हुए दोनों पक्षों को दो विघटन समझौतों पर सहमत करने में सफल रहे थे, लेकिन उन्होंने पिछले संघर्ष को समाप्त किया था—पर भविष्य के संघर्ष की संभावना को टालने के लिए उन्होंने कुछ नहीं किया था।

हालाँकि बेगिन के चुनाव के कुछ ही महीनों बाद, गुप्त बैक-चैनल संचार की एक श्रृंखला के बाद (जिनमें से कुछ रोमानिया के राष्ट्रपति निकोले चाउसेस्कु के माध्यम से थे), मिस्र के राष्ट्रपति अनवर सादात 9 नवंबर, 1977 को मिस्र की संसद् में अपनी तैयार टिप्पणियों से पीछे हट गए। इजराइल मुझे आपको यह बताते हुए सुनकर दंग रह जाएगा, उन्होंने घोषणा की—"मैं उनसे बहस करने के लिए पृथ्वी के छोर तक जाने के लिए तैयार हूँ, यहाँ तक कि उनके घर, नेसेट तक भी, ताकि मिस्र के एक भी सैनिक को घायल होने से बचा सकूँ।"[13]

सादात की पहली चाल की लगभग तत्काल प्रतिक्रिया में बेगिन ने अपना खुद का रेडियो प्रसारण जारी किया—सीधे मिस्र के लोगों को लक्षित करते हुए, जिसमें उन्होंने सादात को यरुशलम आमंत्रित किया। आठ दिन बाद कई इजराइलियों को हैरान करते हुए सादात का विमान तेल अवीव में उतरा। बेगिन विमान से उतरनेवाली सीढ़ियों के नीचे सादात से मिले और दोनों व्यक्ति सादात तथा उनके काफिले के लिए तैयार किए गए रेड कारपेट पर गले मिले। इजराइल और मिस्र के झंडे हवा में लहरा रहे थे। इसके बाद के मिनटों में सादात ने इजराइली नेतृत्व के एक वास्तविक 'कौन क्या है' से मुलाकात की। वह व्यक्ति, जिसने इजराइल से युद्ध छेड़ा था, अब इजराइल की भूमि पर खड़ा देश के नेताओं से मिल रहा था और उसका गर्मजोशी से स्वागत किया जा रहा था। उनका परिचय मोशे दयान और यित्जाक रॉबिन से कराया गया, जिन्होंने 1967 में इजराइल की शानदार जीत का नेतृत्व किया था और गोल्डा मीर से, जिन्होंने 1973 में उन्हें पराजित किया था।

रॉबिन ने बाद में याद किया कि वे सादात से तुरंत प्रभावित हो गए थे, "यहाँ वह एक के बाद एक, कुछ पलों के अंतराल में, अपने सभी पूर्व कट्टर दुश्मनों से मिल रहे थे और फिर भी उन्होंने उनमें से प्रत्येक को बिल्कुल सही बात कहकर अपनी यात्रा शुरू करने का एक तरीका ढूँढ़ लिया।"[14] उन्होंने इजराइल के नागरिकों पर भी गहरा प्रभाव छोड़ा, जो टेलीविजन पर पूरी तन्मयता के साथ देख रहे थे। "इजराइल के नागरिक बहुत खुश थे। यदि सादात उन्हें अपने शांतिपूर्ण इरादों के लिए राजी करना चाहते थे तो उन्होंने उन लोगों को अपनी एक ही नाटकीय कृति से जीत लिया था।"[15]

अगले दिन सादात नेसेट को संबोधित करनेवाले पहले अरब नेता बन गए।

उन्होंने शांति के लिए पाँच शर्तें रखीं—1967 की सीमाओं पर इजराइल की पूर्ण वापसी, फिलिस्तीनियों के लिए स्वतंत्रता, सभी को शांति और सुरक्षा में रहने का अधिकार, भविष्य में हथियारों का सहारा नहीं लेने की प्रतिबद्धता और मध्य-पूर्व में युद्ध की समाप्ति।

सादात की माँगें तर्कहीन थीं और बातचीत श्रमसाध्य, तीखी और धीमी गति से चल रही थी। संयुक्त राज्य अमेरिका राष्ट्रपति जिमी कार्टर के अधीन वार्त्ता में बिचौलियों के रूप में शामिल हो गया। बेगिन और सादात के बीच एक पारस्परिक सम्मान विकसित हो गया (हालाँकि उनके रिश्ते में भी कई उतार-चढ़ाव आए थे), लेकिन बेगिन और कार्टर के बीच संबंध विषाक्त थे। कार्टर ने बेगिन और सादात को कैंप डेविड में आमंत्रित किया, जहाँ उन्होंने सोचा कि ग्राम्य परिवेश मामलों को आगे बढ़ाने में मदद कर सकता है, हालाँकि वहाँ भी, बातचीत लगभग ध्वस्त हो गई। बेगिन और सादात के बीच तीखी बहस छिड़ गई और दोनों ने एक-दूसरे की ओर देखना भी बंद कर दिया। कार्टर ने बेगिन को एक 'साइको' (मानसिक रोगी)[16] कहा, जबकि बेगिन को लग रहा था कि कार्टर जान-बूझकर बेरहमी से उन रियायतों की अनदेखी कर रहे थे, जिन्हें राष्ट्रपति प्रधानमंत्री से देने के लिए कह रहे थे। बेगिन वहाँ से प्रस्थान करने के लिए तैयार हो गए।

अंततः दोनों पक्ष अपने मतभेदों को कम करने में सफल हुए। बेगिन ने सिनाई का त्याग कर दिया, लेकिन वेस्ट बैंक को अपने पास रखा। उन्होंने सादात की इस माँग का विरोध किया कि फिलिस्तीनियों को वेस्ट बैंक से भूमि दी जाए, यह कहते हुए कि उनका एक शत्रु के साथ समझौते पर हस्ताक्षर करके दूसरे के लिए एक राज्य बनाने का इरादा नहीं है। मिस्र के राष्ट्रपति को इजराइल के साथ शांति स्थापित करनेवाले पहले अरब राष्ट्राध्यक्ष बनकर और फिलिस्तीनियों के साथ गद्दारी करके सिनाई वापस मिल गया।

28 सितंबर, 1978 को लगभग तीन बजे, कई घंटों की तीखी बहस के बाद नेसेट ने मतदान में 84 मत पक्ष में, 19 विरोध में दिए, जबकि 17 तटस्थ रहे; कैंप डेविड शांति समझौते को मंजूरी दे दी गई। बेगिन ने मिस्र के साथ अपनी शांति की शुरुआत कर दी थी। जिस शख्स को कभी अंग्रेजों ने 'आतंकी नंबर वन' कहा था, उसने इजराइल के सबसे शक्तिशाली शत्रु से सुलह कर ली थी। शांति की

खातिर इजराइल उस भूमि से हटने के लिए सहमत हो रहा था, जिस पर उसने एक ऐसे युद्ध में कब्जा किया था, जिसे उसने शुरू नहीं किया था और जिसमें उसने अपने हजारों बेटों को खो दिया था। उन लोगों के लिए, जिन्हें याद था कि मीर की वामपंथी झुकाववाली सरकार ने बातचीत के लिए सादात के स्पष्ट प्रस्तावों पर विचार करने से इनकार कर दिया था, यह एक आश्चर्यजनक कदम था।

यह अंतिम बार भी नहीं था, जब इजराइल ने शांति की उम्मीद में भूमि सौंपने का विकल्प चुना था।

इजराइलियों ने इस तथ्य पर ध्यान दिया कि वह एक दक्षिणपंथी प्रधानमंत्री है—वास्तव में देश का पहला दक्षिणपंथी प्रधानमंत्री, जो क्षेत्र से हटने के लिए सहमत हुआ है। इसका एक कारण संसदीय राजनीति थी। यदि वामपंथी पीछे हटने की कोशिश करते तो दक्षिणपंथी इस कदम को रोकने की कोशिश करते, लेकिन जब दक्षिणपंथ ने क्षेत्र छोड़ने की वकालत की तो वामपंथ को (जो हमेशा शांति के लिए समझौता करने का अधिक इच्छुक होने का दावा करता था) स्पष्ट रूप से इस कदम का समर्थन करना होगा। यह प्रतीत हो रहा था कि दक्षिणपंथ भविष्य में भी शांति की कुंजी हो सकता है। इस मामले में सूत्र का एक महत्त्वपूर्ण हिस्सा स्वयं बेगिन थे। अपने कई पूर्ववर्तियों की तुलना में कहीं अधिक निर्णायक, जब वे अवसर देखते थे तो शायद ही कभी कार्य करने से हिचकिचाते थे।

इसके तुरंत बाद नोबेल समिति ने बेगिन और सादात, दोनों को शांति पुरस्कार देने का निर्णय लिया, हालाँकि सादात की इजराइल के साथ शांति स्थापित करने की इच्छा ने उन्हें अरब दुनिया में सबसे निंदित नेता बना दिया था। (अरब लीग ने मिस्र को बहिष्कृत और निष्कासित कर दिया तथा काहिरा में अपना मुख्यालय बंद कर दिया। विदेशों में पढ़नेवाले मिस्र के छात्रों को अन्य अरब राज्यों से निष्कासित कर दिया गया।) अपने जीवन के लिए भयभीत (और शायद इस अवस्था में बेगिन के साथ दिखने के अनिच्छुक, जबकि बातचीत का खुलासा हो ही रहा था) सादात ने 10 दिसंबर, 1978 को नोबेल सम्मान समारोह में शामिल नहीं होने का फैसला किया और अपने प्रतिनिधि के रूप में अपने दामाद को भेज दिया।

इजराइल में भी दलों में शत्रुता कायम रही। गोल्डा मीर—कड़वाहट से भरी और बेन-गुरियन की बेगिन से सहज नाराजगी ने अपनी विशिष्ट बुद्धि से टिप्पणी

की कि बेगिन नोबेल के नहीं, बल्कि ऑस्कर के हकदार थे,[17] जब बेगिन ओस्लो में पुरस्कार प्राप्त कर रहे थे, तब गोल्डा मेरी की मृत्यु हो गई।

फिर भी सादात की सावधानियाँ और नोबेल समारोह में शामिल न होने का उनका निर्णय उन्हें बचा नहीं पाया। मिस्र के राष्ट्रपति के प्रति लोगों का नजरिया तब और बिगड़ गया, जब इजराइल ने 1980 का यरुशलम कानून पारित किया, जिसमें कहा गया था कि संपूर्ण यरुशलम इजराइल की राजधानी था और उसकी व्याख्या पूर्वी यरुशलम के इजराइल के कब्जे के रूप में की गई। 6 अक्तूबर, 1981 को जॉर्डन के राजा अब्दुल्ला प्रथम की 1951 की हत्या की याद दिलाते एक क्षण में, जो यह अफवाह फैलने के बाद की गई थी कि वे इजराइल के साथ शांति वार्त्ता पर विचार कर रहे हैं, अनवर सादात की उनकी अपनी ही सेना के सैनिकों द्वारा हत्या कर दी गई (जो मिस्र के इसलामी जिहाद से संबद्ध थे), जब वे अक्तूबर युद्ध (योम किप्पुर युद्ध के लिए मिस्र का दिया नाम) के दौरान मिस्र द्वारा स्वेज नहर को पार करने की स्मृति में काहिरा में वार्षिक परेड में भाग ले रहे थे।[18]

इजराइल में भी कटुता और आक्रोश था। 1978 में कैंप डेविड समझौते पर हस्ताक्षर के समय से ही सिनाई के यहूदी निवासी नेसेट के वहाँ से निकलने के निर्णय का विरोध कर रहे थे। सबसे बड़ा गतिरोध गाजा की सीमा के पास एक छोटे से धर्मनिरपेक्ष शहर यमित में हुआ, जहाँ सादात की हत्या के तुरंत बाद अप्रैल 1982 में गंभीरता से वापसी शुरू हो गई; हालाँकि कई लोग मुआवजे लेकर शांति से चले गए, कुछ निवासियों ने अपने घरों को छोड़ने से इनकार कर दिया।[19] वे छतों से चिपक गए और आई.डी.एफ. सैनिकों को उन्हें हटाने के लिए तेज पानी की बौछारों का इस्तेमाल करना पड़ा। एक चरमपंथी समूह ने खुद को यमित में एक बंकर में बंद कर लिया और कहा कि अगर सेना उन्हें हटाएगी तो वे खुद को उड़ा लेंगे। बेगिन ने पीछे हटने से इनकार कर दिया, अंततः इजराइली अधिकारियों ने बस्ती को पूरी तरह से नष्ट कर दिया। उन्होंने उसके ग्रीनहाउसों को नष्ट कर दिया और बागों को उखाड़ फेंका। जो स्थान उपजाऊ भूमि में तब्दील हो गया था, लगभग तुरंत ही एक बार फिर रेगिस्तान में बदल गया।

हालाँकि वापसी में ज्यादा चोटें नहीं आई थीं, लेकिन इजराइली सैनिकों के साथ

इजराइली नागरिकों की हाथापाई के दृश्य ने देश को झकझोरकर रख दिया। लगभग एक-चौथाई सदी के बाद 2005 में इजराइल के गाजा छोड़ने के समय इजराइली एक बार फिर पीड़ा के ऐसे ही दृश्य देखनेवाले थे, फिर भी दोनों तरह की वापसी वास्तव में इजराइली लोकतंत्र की काम में संलग्नता, साथ ही वहाँ के आबादकारों तथा सेना द्वारा संयम का उल्लेखनीय प्रदर्शन थीं। अत्यधिक उदासी और हिंसा की भविष्यवाणियों के बावजूद दोनों ही में गंभीर चोटें देखने को नहीं मिली थीं। लेकिन इजराइलियों को यह आभास भी हो गया था कि यदि कभी इजराइल को वेस्ट बैंक छोड़ना पड़ा तो इससे कहीं अधिक हिंसक दृश्य सामने आएँगे।

हालाँकि लिकुड एक धार्मिक राजनीतिक दल नहीं था, उसका अधिकांश नेतृत्व और उसके कई मतदाता गश एमुनिम—धार्मिक-राष्ट्रवादी आंदोलन, जिसने बस्तियों के विकास का नेतृत्व किया था—के लिए एक स्वाभाविक जुड़ाव महसूस करते थे। ये आबादकार एक ऐसे युग में भावुक और निर्भीक जियोनी थे, जिसमें कई इजराइली पिछली पीढ़ियों के वैचारिक उत्साह के बारे में निंदक होने लगे थे। गश एमुनिम के अग्रदूत खुद को वह करते हुए देख रहे थे, जो प्रारंभिक अग्रदूतों ने किया था, उस भूमि पर निर्माण जारी रखना, जो यहूदियों की पैतृक मातृभूमि है और जिस पर अब इजराइल ने एक रक्षात्मक युद्ध में कब्जा कर लिया था।

आबादकार आंदोलन के साथ बेगिन की पहचान वर्षों पहले शुरू हो गई थी। 1974 में गश एमुनिम के सदस्यों ने अपनी पहली बस्ती 'एलोन मोरेह' के निर्माण की अनुमति माँगी थी, जैसा कि कई बस्तियों (हेब्रोन सहित) की शुरुआत में हुआ था, अनुमति से इनकार कर दिए जाने के बाद भी आबादकार वहाँ चले गए थे। आखिरकार कई अनुरोधों के बाद (वामपंथी सरकार) ने स्वीकार कर लिया और उसे मंजूरी दे दी, जो आबादकार पहले ही शुरू कर चुके थे।

नए कब्जेवाले क्षेत्र में बस्तियों का मुद्दा शायद उस समय का सबसे विभाजनकारी राजनीतिक प्रश्न था और उसे चकमा देने की उम्मीद में लेबर सरकारें घबरा गईं। उस अनिर्णय ने आबादकारों को जमीन पर अपने तथ्य तैयार करने की अनुमति दी। इसके विपरीत, बेगिन उस नीति को जारी रखने के लिए प्रतिबद्ध थे, केवल राजनीतिक समीचीनता के रूप में नहीं, बल्कि सिद्धांत के रूप

में। मई 1977 में चुनाव के दो दिन बाद बेगिन और एरियल शेरोन ने अस्थायी एलोन मोरेह साइट का दौरा किया। 'जल्द ही' बेगिन ने कहा, "कई और एलोन मोरेह होंगे।"[20]

जब निर्वाचित प्रधानमंत्री के पीछे गए पत्रकारों ने पूछा कि क्या बस्तियों के लिए बेगिन की दृढ़ प्रतिबद्धता में वेस्ट बैंक का भावी राज्यहरण निहित है, तो उन्हें बदले में एक फटकार मिली—

> "हम 'राज्यहरण' शब्द का उपयोग नहीं करते हैं। आप विदेशी भूमि पर कब्जा करते हैं, अपने देश पर नहीं। इसके अलावा यह शब्द 'वेस्ट बैंक' क्या था? अब से विश्व को वास्तविक—'बाइबल'—नाम 'यहूदिया और सममारिया' की आदत डाल लेनी चाहिए।...क्या आपके लिए इन शब्दों का प्रयोग करना इतना कठिन है?"[21]

अब एक अलग ही इजराइली लोकाचार सत्ता में आ गया था। प्रधानमंत्री के रूप में बेगिन के कार्यकाल के दौरान बस्तियों की संख्या दोगुनी हो गई। यह देखते हुए कि यह संख्या बाद में दक्षिणपंथी इजराइली सरकारों के तहत बढ़ जाएगी और यह कि दक्षिणपंथ बस्ती आंदोलन की वैधता की रक्षा को लेकर हमेशा से अधिक अटल थी, अंतरराष्ट्रीय समुदाय बाद में इजराइल के राजनीतिक अधिकार के निर्माण के रूप में बस्तियों की बात करेगा, लेकिन यह गलत था, जब बेगिन ने पदभार ग्रहण किया तो पचहत्तर बस्तियाँ बन भी चुकी थीं और वे गोल्डा मीर तथा यित्जाक रॉबिन की सरकारों के अधीन बनाई गई थीं। भूमि को बसाना—चाहे वह खरीदी गई हो या उन संघर्षों में कब्जे में ली गई हों, जिन्हें इजराइल नहीं चाहता था, राजनीतिक दक्षिणपंथ या वामपंथ की नीति नहीं थी। यह आरंभ से ही जियोनीवाद के लोकाचार का एक केंद्रीय स्तंभ था।

इसी प्रकार यहूदियों ने अपने राज्य का निर्माण किया था। कई इजराइलियों को उस विचारधारा को छोड़ने का कोई कारण नहीं दिखाई दिया, जिसने उनके देश को संभव बनाया था। दक्षिणपंथ में जो बात अलग थी, वह यह थी कि उसने यह दावा पूरी तरह से बिना किसी खेद के किया।

जबकि इजराइल मिस्र के साथ शांति (भले ही एक 'सर्द' शांति) वार्ता में था, नए खतरों का उभरना जारी रहा। इराक के सद्दाम हुसैन यहूदी राज्य को 'खून की नदियों में डुबाने की धमकी दे रहे थे।[22] इस उद्देश्य में इराक फ्रांसीसियों के सक्रिय सहयोग से एक परमाणु रिएक्टर बना रहा था। फ्रांसीसियों ने कभी इजराइल की सहायता डिमोना में उनका रिएक्टर बनाने में मदद की थी, अब यहूदी राज्य को नष्ट करने के लिए प्रतिबद्ध एक देश की सहायता करने का फैसला कर लिया था। अपने चुने जाने पर बेगिन जोर देकर कहने लगे कि किसी भी परिस्थिति में हुसैन को, जो यहूदी राज्य को नष्ट करने का इरादा रखते हैं, परमाणु हथियार हासिल करने की अनुमति नहीं दी जा सकती।

अगस्त 1978 में बेगिन ने काररवाई की उचित दिशा निर्धारित करने के लिए गुप्त कैबिनेट बैठक बुलाई। राजनयिक मोर्चे पर इजराइली जानते थे कि संयुक्त राज्य अमेरिका, जिसकी दिलचस्पी अरब मध्य-पूर्व में अपने व्यापक हितों की रक्षा करने में थी, एक हमले के बाद इजराइल को निंदित और अलग-थलग कर सकता है, विशेष रूप से अमेरिकी विदेश विभाग ने 1980 के अंत तक यह दावा करना जारी रखा था कि इस बात का कोई पुख्ता सबूत नहीं है कि इराक ने परमाणु विस्फोटक हासिल करने का फैसला किया है।[23] सैन्य दृष्टि से इराक के रिएक्टर को नष्ट करने का मिशन कम विश्वासघाती नहीं होगा। पायलट दुश्मन के इलाके में बारह सौ मील की दूरी पर उड़ान भर रहे होंगे, राडार से बचने के लिए खतरनाक रूप से नीचे और धरती के करीब। (वास्तव में मिशन के लिए प्रशिक्षण में कई पायलट मारे गए थे।)

फिर भी बेगिन के लिए इस बात पर कोई सवाल ही नहीं था कि मिशन महत्त्वपूर्ण था। यहूदी लोगों ने एक बार फिर विलुप्त होने के खतरे में जीने के लिए दो हजार वर्षों के बाद अपने राष्ट्रीय घर को पुनर्स्थापित नहीं किया था।

7 जून, 1981 को आठ इजराइली लड़ाकू विमानों ने पूर्व में इराक की ओर रुख किया। गुप्त रूप से पहुँचकर उन्होंने अपने बम गिरा दिए; ओसिराक में इराकी रिएक्टर पूरी तरह नष्ट हो गया और सभी विमान सुरक्षित इजराइल लौट आए। जहाँ यह हमला इजराइल की सेना के लिए एक गौरवशाली क्षण था, लेकिन अंतरराष्ट्रीय प्रतिक्रिया बड़ी आलोचनात्मक थी। फ्रांसीसी बेहद नाराज थे, लेकिन

इजराइल सरकार को संयुक्त राज्य अमेरिका में भी व्यापक आलोचना का सामना करना पड़ा। हमले के दो दिन बाद 'न्यूयॉर्क टाइम्स' ने संपादकीय प्रकाशित किया, जिसमें हमले को 'अक्षम्य और अदूरदर्शी आक्रामकता का एक कार्य' कहा।[24] बेगिन के अतीत पर टिप्पणी करते हुए अखबार ने घोषणा की कि प्रधानमंत्री 'अपने सबसे दुर्बल शत्रुओं के कोड, यानी आतंक के कोड को गले लगाते हैं। वे पीड़ित होने की अपनी गहरी भावना से आक्रामकता को सही ठहराते हैं।'[25] 'लॉस एंजिल्स टाइम्स' के जोसेफ क्राफ्ट ने हमलों की तुलना अराफात के आतंकवाद से की और जोर देकर कहा कि "अमरीकियों को यह बताने में डरने की आवश्यकता नहीं है कि फिलिस्तीनी नेता यासिर अराफात आतंकवादी रणनीति के लिए उससे अधिक घातक नहीं प्रतीत होते, जितने कि मेनाचेम बेगिन हैं।"[26]

संयुक्त राज्य अमेरिका ने आरंभ में इजराइल के कार्यों की निंदा की, यहाँ तक कि सर्वसम्मति से संयुक्त राष्ट्र सुरक्षा परिषद् के प्रस्ताव 487 का समर्थन किया, जिसमें हमले को 'संयुक्त राष्ट्र के चार्टर और अंतरराष्ट्रीय आचरण के मानदंडों के स्पष्ट उल्लंघन' के रूप में दरशाया गया था।[27] एक दशक बाद, 1991 में 'ऑपरेशन डेजर्ट स्टॉर्म' में इराक के साथ युद्ध के दौरान संयुक्त राज्य अमेरिका अनिवार्य रूप से अपनी बात से मुकर गया। अमेरिकी रक्षा सचिव डिक चेनी ने इजराइलियों को ओसिराक रिएक्टर के अवशेषों की एक उपग्रह तसवीर दी, जिस पर उन्होंने लिखा—

> *"जनरल डेविड इवरी के लिए, 1981 में इराकी परमाणु कार्यक्रम में उनके द्वारा किए गए उत्कृष्ट कार्य के लिए धन्यवाद और प्रशंसा के साथ, जिसने डेजर्ट स्टॉर्म में हमारा काम बहुत आसान कर दिया!"*

—डिक चेनी, यू.एस. सेक्रेटरी, डिफेंस[28]

मिस्र के साथ 'शांति संधि' भी इराक पर हमले से बच गई। किसी अरब सेना ने जवाब नहीं दिया। रिएक्टर चला गया था, शांति संधि बच गई थी और हर कोई समझ गया था कि अमेरिकी राष्ट्रपति रोनाल्ड रीगन भी उतने नाराज नहीं हैं, जितना वे दिखा रहे थे। हमला एक अद्वितीय सफलता था।

इजराइल की अब 'बेगिन डॉक्ट्रिन (सिद्धांत)' के नाम से एक नीति थी, जो कि स्वयं बेगिन के राजनीतिक क्षेत्र से दूर हो जाने के बाद भी लंबे समय तक चलनेवाली थी। उसका कहना था कि इजराइल सामूहिक विनाश के हथियार को विकसित या हासिल करने की इच्छा रखनेवाले अपने किसी भी नश्वर शत्रु का सामना नहीं करेगा।[29]

हालाँकि इजराइल ने साबित कर दिया था कि वह अपने अस्तित्व को स्वीकार करने के इच्छुक राष्ट्रों के साथ शांति स्थापित कर सकता है और अपने विनाश की योजना बनानेवालों से मुकाबला कर सकता है। यहूदी राज्य की नई चुनौती स्थायी सेनाएँ नहीं थीं, बल्कि आतंकवाद—विशेष रूप से 'फिलिस्तीन लिबरेशन ऑर्गेनाइजेशन' (पी.एल.ओ.) था।

सितंबर 1970 के बाद से, जब जॉर्डन के राजा हुसैन ने यासिर अराफात और पी.एल.ओ. को अपने राज्य से निष्कासित कर दिया था, पी.एल.ओ. ने लेबनान (इजराइल की उत्तरी सीमा पर) को इजराइल के खिलाफ गतिविधियों के एक नए आधार के रूप में इस्तेमाल करना शुरू कर दिया था। लेबनान कभी एक फलता-फूलता मध्य-पूर्वी देश था, अब कई गुटों के बीच द्वेषपूर्ण होकर गृहयुद्ध की चपेट में था, जिसमें आरोपित मैरोनाइट ईसाई और देश की मुसलिम आबादी, सीरियाई और ड्रूज शामिल थे। लेबनान गहरी प्रतिद्वंद्विता वाला देश था; देश के विघटन और अराजकता ने उसे इजराइल में आतंकवादी गतिविधियों के लिए एक आदर्श लॉन्चिंग पैड बना दिया।

आतंकवाद बेशक इज़राइल के लिए कोई नई बात नहीं थी। प्रारंभ में पी.एल.ओ. ने उच्च दृश्यतावाले हमलों का विकल्प चुना, जिनमें से कई इजराइल के इतिहास में यादगार पल बन गए। सबसे कुख्यात तो सितंबर 1972 में म्यूनिख ओलंपिक पर हुआ हमला था। ब्लैक सेप्टेंबर संगठन के आतंकवादियों ने ओलंपिक गाँव में इजराइली आवास ब्लॉक पर धावा बोल दिया था और इजराइली एथलीटों को बंधक बना लिया था। जर्मनी की विशेष बल की एक टीम बंधकों को छुड़ाने के अपने प्रयास में विफल रही और गोलीबारी के अंत तक ग्यारह इजराइली

मारे गए थे।* अधिकांश इजराइली समझ गए थे कि नरसंहार के तीस साल बाद, वह और कोई देश नहीं, बल्कि जर्मनी था, जहाँ यहूदी खून बहाया जा रहा था, जबकि पूरी दुनिया टेलीविजन पर इस भयावहता को देख रही थी।

चार वर्ष बाद, 1976 की गरमियों में फिलिस्तीनी और जर्मन आतंकवादियों ने एयर फ्रांस के एक विमान का अपहरण कर लिया और उसे एंटेबे (युगांडा) ले गए, जहाँ उन्होंने सौ से अधिक लोगों को बंधक बनाया, जिनमें से अधिकांश यहूदी और उनमें से कई इजराइली थे। एक साहसी मिशन में, जो इजराइली किंवदंती बन गई, एक इजराइली विशेष टीम ने 4 जुलाई को एंटेबे के लिए उड़ान भरी और सभी बंधकों को बचा लिया (लड़ाई में मारे गए तीन लोगों के अलावा)। टीम के कमांडर योनातन नेतन्याहू (बेंजामिन नेतन्याहू, जो बाद में प्रधानमंत्री बने, के भाई) हमले में मारे गए एकमात्र इजराइली कमांडो थे और लगभग तुरंत—सफल बचाव और उनकी बहादुरी एवं पराक्रम को देखते हुए—वे एक इजराइली नायक के रूप में मशहूर हो गए।

घरेलू मोर्चे पर भी अशांति थी। पिछले कुछ वर्षों में इजराइली अरबों ने संगठित होना और बेहतर सामाजिक तथा आर्थिक स्थितियों की माँग करना शुरू कर दिया था। मार्च 1976 में इजराइली सरकार ने भूमि के एक बड़े हिस्से का विनियोग करने की, जिसमें से कुछ अरब के स्वामित्व में थी और उसे कई यहूदी

---

* लगभग चालीस वर्ष बाद, 2015 के अंत में न्यूयॉर्क टाइम्स और अन्य समाचार स्रोतों ने दशकों पहले प्राप्त जानकारी पर रिपोर्ट दी, जिसमें पता चला कि एथलीटों को गोलाबारी में मारे जाने से पहले पीटा गया था और प्रताड़ित किया गया था। एक बंधक की उसके साथियों के सामने ही गोली मारकर हत्या कर दी गई, जो बँधे हुए थे और उसकी मदद करने में असमर्थ थे। एक अन्य का बधिया कर दिया गया, संभवत: उसके जीवित रहते ही। 1903 में किशिनेव दंगों में लुटेरे रूसियों ने न केवल यहूदियों को मार डाला था, बल्कि जीवित महिलाओं के स्तन काट दिए थे। यहूदियों की न केवल हत्या, बल्कि उन्हें क्षत-विक्षत करने का खेल अभी भी जारी है। ("म्यूनिख में एथलीटों की हत्या के भयानक विवरण से पता चला।") 'उन्हें उनके मित्रों के सामने प्रताड़ित किया गया था', http://www.ynet.co.il/articles/0,7340,L-4733681,00.html [हिब्रू]; सैम बोर्डेन भी देखें, "लंबे समय से छुपाए गए विवरण 1972 के म्यूनिख हमलावरों की क्रूरता प्रकट करते हैं", न्यूयॉर्क टाइम्स [2 दिसंबर, 2015], http://www.nytimes.com/2015/12/02/sports/long-hidden-details-reveal-cruelty-of-1972-munich-attackers.html.)

शहरों को सौंपने की घोषणा की, जिसमें कारमील (हाइफा और गलीली के सागर के लगभग बीच में एक इजराइली शहर) शामिल था। इजराइली अरबों के लिए लंबे समय से उनकी भूमि पर उनके नियंत्रण कम होना उनकी सामान्य श्रेणी की स्थिति का प्रतीक था। 30 मार्च को सैकड़ों-हजारों इजराइली अरबों ने विरोध करना शुरू कर दिया। भूमि विनियोग तत्काल उत्प्रेरक था, लेकिन लोगों की भारी उपस्थिति से लग रहा था कि विरोध लंबे समय से उबलती नाराजगी के बारे में भी था। विरोध हिंसक हो गया; अरबों ने सड़कों पर टायर जलाए, सड़कों को अवरुद्ध कर दिया और सुरक्षा बलों पर पत्थर (और कुछ कहते हैं, मोलोटोव कॉकटेल) फेंके। इसके बाद हुई तबाही में, जिसके विवरणों पर काफी विवाद रहा, छह इजराइली अरब, जो सशस्त्र नहीं थे—इजराइली सेना द्वारा मारे गए। इजराइल के कई अरबों के दिमाग में यह 1956 के कफ्र कासेम नरसंहार की पुनरावृत्ति थी और यह इजराइली अरबों की स्वयं की भावना में एक महत्त्वपूर्ण मोड़ बन गया। अरबों ने देखा कि इजराइल के यहूदी सरकार के खिलाफ नियमित रूप से विरोध करते थे, लेकिन यहूदियों को सैनिकों और पुलिस द्वारा गोली नहीं मारी जाती थी। भूमि दिवस 1976, जैसा कि वह कहा जाने लगा, इजराइली अरब कथा में परिभाषित और दुखद ऐतिहासिक घटना में बदल गया था।

जहाँ इजराइली अरबों ने ज्यादातर निहत्थे ही विरोध किया था, इजराइल के बाहर फिलिस्तीनी चरमपंथी अधिक हिंसक हो गए। अराफात ने रणनीति बदल दी और दक्षिणी लेबनान को अपने बेस के रूप में इस्तेमाल करते हुए इजराइली जीवन को असहनीय बनाने की इच्छा से इजराइली नागरिकों पर रॉकेट फेंकने शुरू कर दिए। उत्तरी इजराइल में सीमा पार से हमले और रॉकेट फायरिंग उत्तरोत्तर बढ़ती गई; इजराइल के नागरिकों के लिए बंकरों में जीवन का एक नियमित हिस्सा बन गया और देश के उत्तरी हिस्से में एक घेराबंदी की भावना उतर आई थी। 1982 तक पंद्रह हजार से अधिक फिलिस्तीनी गुरिल्ला दक्षिणी लेबनान में सक्रिय थे, बेरूत से लेकर नीचे 'फतह भूमि' कहे जानेवाले क्षेत्र तक।[30]

11 मार्च, 1978 को प्रधानमंत्री के रूप में बेगिन के कार्यकाल के आरंभ में ग्यारह लोगों के आतंकी सेल ने समुद्र से इजराइल में घुसपैठ की, इजराइल की तटीय सड़क से तेल अवीव जा रही एक बस का अपहरण किया, 48 इजराइलियों

को मार डाला और सत्तर को घायल कर दिया। यह 'टाइम पत्रिका' का कहना था, "इजराइल के इतिहास में सबसे भयानक आतंकवादी हमला था।"[31] एक इजराइली प्रतिक्रिया 'ऑपरेशन लिटानी' ने पी.एल.ओ. को शीघ्रता से बेरूत वापसी के लिए मजबूर किया, लेकिन पी.एल.ओ. लेबनान में स्थापित रहा। यह एक प्रारंभिक संकेत था कि इजराइल सैन्य साधनों से आतंक के खिलाफ अपना युद्ध आसानी से नहीं जीत पाएगा।

उत्तर दिशा में खतरा जारी रहा, साथ ही गोलाबारी भी। उत्तर में इजराइलियों को बंकरों में भागना पड़ा, क्योंकि लेबनान के रॉकेट उनके कस्बों और शहरों पर हमला कर रहे थे। इजराइली बच्चे कई-कई रातें जमीन के नीचे डर में बिता रहे थे। तब जिस प्रकार तटीय सड़क के हमले ने लेबनान में इजराइल का पहला आक्रमण शुरू किया था—लंदन में फिलिस्तीन के एक बिखरे हुए आतंकवादी समूह द्वारा किए गए हमले ने दूसरे को अवक्षेपित कर दिया।

3 जून, 1982 को फिलिस्तीनी आतंकवादियों ने इंग्लैंड में इजराइल के राजदूत श्लोमो अर्गोव को लंदन में गोली मार दी।* अर्गोव पर हमला बरदाश्त से बाहर था, लेकिन तनाव बढ़ रहा था। बेगिन-जाबोटिंस्की के एक शिष्य, जिन्हें हदर (यह धारणा कि यहूदी जीवन का सार गौरव होना चाहिए) के प्रति एक उत्साही प्रतिबद्धता विरासत में मिली थी, के लिए रात-दर-रात डर में छिपे हुए इजराइली बच्चों की छवि एक आक्रोश था, जिसे वे नहीं निभानेवाले थे। यह एक छवि थी कि यूरोप में यहूदी जीवन कैसा है और यहूदी संप्रभुता के उद्देश्य के विपरीत है। एक विस्मय जगाते हुए, जिसमें बिआलिक के 'द सिटी ऑफ स्लॉटर' की गूँज थी, बेगिन ने पूछा कि यहूदियों को खुद को बचाने के इच्छुक हुए बिना खुद पर हमला क्यों स्वीकार करना चाहिए—

> "हम किसी से डरनेवाले यहूदी नहीं होंगे। हम अमरीकियों या संयुक्त राष्ट्र द्वारा हमें बचाने की प्रतीक्षा नहीं करेंगे। वे दिन अब लद गए। हमें अपना बचाव खुद करना होगा। आत्म-बलिदान के लिए तत्परता के बिना

---

* हालाँकि गोली उसके सिर में लगी थी, पर आर्गोव की मृत्यु नहीं हुई। वह तीन महीने तक कोमा में रहा और होश में आने के बाद वह दृष्टिहीन हो चुका था, फिर वह वहाँ से वापस इजराइल भेज दिया गया, जहाँ जीवन भर वह पुनर्वास अस्पताल में स्थायी रोगी के रूप में रहा। 2003 में, इक्कीस साल तक अस्पताल में भरती रहने के बाद तिहत्तर वर्ष की आयु में उसकी मृत्यु हो गई।

एक और ऑशविट्ज होगा और यदि हमें अपनी आत्मरक्षा के लिए कीमत चुकानी है, तो हमें वह कीमत चुकानी पड़ेगी। हाँ, युद्ध का अर्थ रक्तपात, शोक, अनाथ होना है और यह विचार करने के लिए एक भयावह बात है, लेकिन जब हमारे अपने लोगों का खून बहने से बचाने के लिए एक अनिवार्यता पैदा होती है, जैसा कि अब गलीली में उनका बह रहा है तो हममें से किसी को संदेह कैसे हो सकता है कि हमें क्या करना है ?"[32]

बेगिन की योजना जोखिम से भरी थी। इजराइलियों को उम्मीद थी कि यदि ईसाई लेबनान को नियंत्रण में ले लेते हैं तो इजराइल में रॉकेट फायरिंग बंद हो जाएगी। इसके अलावा बेगिन को आशा थी कि लेबनान की ईसाई फलांगिस्ट पार्टी के प्रमुख बशीर गेमायल का समर्थन करने के बदले में (फलांगिस्ट 1936 में स्थापित एक लेबनानी ईसाई अर्धसैनिक संगठन थे) लेबनान के मुसलमानों के खिलाफ चल रही उनकी लड़ाई में इजराइल को शांति संधि का तोहफा मिल सकता है; हालाँकि पूरी योजना गेमायल की सफलता पर निर्भर थी, जिस पर इजराइल का वस्तुतः कोई नियंत्रण नहीं था।

गलीली के लिए 'ऑपरेशन पीस' (शांति) का शुभारंभ 6 जून, 1982 को किया गया। दक्षिणी लेबनान को पी.एल.ओ. लड़ाकों से मुक्त करने में कुछ प्रारंभिक सफलताओं के बावजूद इजराइल की योजनाएँ शीघ्र ही सामने आ गईं। एरियल शेरोन इजराइली सैनिकों को 40 किमी. की उस रेखा से बहुत दूर ले गए, जिस पर कैबिनेट ने सहमति व्यक्त की थी और जिसका पालन करने का वचन बेगिन ने रीगन को दिया था। कुछ ही समय बाद आई.डी.एफ. ने बेरूत की घेराबंदी कर ली; स्पष्ट था कि इजराइल ने दूसरे देश पर आक्रमण किया था। इजराइली हताहतों की संख्या भी बड़ी थी—दो सौ से अधिक सैनिक मारे गए थे और एक हजार से अधिक घायल हो गए थे। पहली बार इजराइलियों ने महसूस किया कि वे एक ऐसा युद्ध लड़ रहे हैं, जिसे शुरू करने का चुनाव इजराइल ने किया था, न कि ऐसा, जो उन पर थोपा गया था।

लेबनान इजराइल का वियतनाम बनता जा रहा था।

इजराइल की अंतरराष्ट्रीय छवि को भी नुकसान पहुँचा। अपने खुद के नुकसान के बावजूद अराफात ने बेरूत छोड़ने से इनकार कर दिया। वह नियमित

पश्चिमी टेलीविजन पर दिखाई देते थे और अपंग फिलिस्तीनी बच्चों तथा अब तक सुलगते फिलिस्तीनी घरों की तसवीरें दिखाते थे। बेरूत पर इजराइल के हमले के परिणामस्वरूप लाखों अंतरराष्ट्रीय दर्शकों के लिए अराफात अचानक एक नायक, फिलिस्तीनी लोगों के उद्धारक बन गए थे।

सैन्य दृष्टि से, हालाँकि अराफात और पी.एल.ओ. इजराइल की भारी मारक क्षमता के बीच कोई मुकाबला नहीं था। इजराइल ने दक्षिण-पश्चिम बेरूत में फिलिस्तीनी शरणार्थी शिविरों पर, जो पी.एल.ओ. मोर्चों के महत्त्वपूर्ण ठिकाने थे, लगातार और सफलतापूर्वक बमबारी की। 12 अगस्त, 1982 तक अराफात ने हार मान ली। 1971 में जबरन जॉर्डन से बाहर निकाले जाने के बाद पी.एल.ओ. को अब लेबनान भी छोड़ना पड़ा। 21 और 30 अगस्त के बीच लगभग नौ हजार पी.एल.ओ. लड़ाकों (और अन्य छह हजार सीरियाई सैनिकों) को शहर से बाहर ले जाया गया। अराफात अपने कुछ लड़ाकों के साथ ट्यूनीशिया के लिए रवाना हो गए।

अपनी शुरुआत से ही, हालाँकि लेबनानी ऑपरेशन के बारे में कुछ भी आशा के अनुसार नहीं हुआ था और उसका अंत कोई अपवाद नहीं था। अराफात के बेरूत से जाने के बाद एक माह से भी कम समय में 14 सितंबर, 1982 को बेरूत में ईसाई फलांगिस्ट मुख्यालय पर एक सीरियाई ने बमबारी की। 27 लोग मारे गए, उनमें बशीर गेमायल भी शामिल थे। इजराइल ने शांति के लिए अपनी 'महान् लेबनानी आशा' खो दी थी और ईसाइयों ने एक ऐसे नेता को खो दिया था, जिनका बहुत से लोग सम्मान करते थे। इजराइल सरकार की रणनीति बिखर रही थी।

मामले जल्दी ही बदतर हो गए। गेमायेल की हत्या के बाद के हंगामे में एरियल शेरोन का मानना था, इजराइल को शहर के दक्षिण-पश्चिम किनारे पर भीड़-भाड़वाले फिलिस्तीनी शरणार्थी शिविरों पर कब्जा करने का अवसर मिल गया, जो उन्होंने कहा कि उन पी.एल.ओ. सेनानियों के लिए घर की तरह थे, जिन्होंने लेबनान नहीं छोड़ा था।

शेरोन ने कैबिनेट को बताया कि उन्होंने सबरा शरणार्थी शिविर को सुरक्षित करने की योजना बनाई थी। उन्होंने एक दूसरे शिविर 'शतीला' का उल्लेख नहीं किया और जोर देकर कहा कि ईसाई फलांगिस्टों को 'उनके अपने तरीकों से काम करने के लिए छोड़ दिया जाएगा।'[33] इजराइलियों ने वादा किया, लड़ाई नहीं करेंगे।

16 सितंबर की शाम को, आई.डी.एफ. डिवीजनों ने सबरा और शतीला, दोनों शिविरों के इलाके को सुरक्षित कर लिया। आई.डी.एफ. की निगरानी में, गेमायल की हत्या का बदला लेने के इरादे से, ईसाई फलांगिस्ट बलों ने शिविरों में प्रवेश किया और मुसलिम पी.एल.ओ. सेनानियों के भयंकर प्रतिरोध का सामना किया। ईसाइयों ने जल्दी ही उन्हें वश में कर लिया और फिर गेमायल की हत्या से क्रोधित और अपने मुसलिम प्रतिद्वंद्वियों के लिए लंबे समय से चली आ रही नफरत से वशीभूत उन्होंने नागरिकों पर गोलियाँ बरसाना शुरू कर दिया। तीन दिनों तक ईसाई फलांगिस्टों ने फिलिस्तीनी मुसलमानों का अंधाधुंध नरसंहार किया, जब तक यह खत्म हुआ, "बीस और तीस के दशकों में युवाओं को हाथ-पैर बाँधकर दीवारों के सहारे खड़ा कर दिया गया और फिर मशीनगनों से गोलियों की बौछार (फ्यूसिलैड्स) के साथ गैंगलैंड शैली में रौंद दिया गया।"[34] अनुमानित सात सौ से आठ सौ पुरुष-महिलाएँ और बच्चे मारे गए थे।

26 सितंबर, 1982 को सैकड़ों-हजारों लोगों ने तेल अवीव में सरकार के खिलाफ विरोध प्रदर्शन किया और नरसंहार की न्यायिक जाँच की माँग की। 'शेरोन द मर्डरर' (हत्यारा शेरोन) और 'बेगिन द मर्डरर' (हत्यारा बेगिन), दोनों के इस्तीफे की माँग की। यह एक गहरा राष्ट्रीय संकट था; बेगिन ने यह निर्धारित करने के लिए 'कहान आयोग' की स्थापना की कि इजराइल नरसंहार के लिए जिम्मेदार है या नहीं?

संयुक्त राज्य अमेरिका में नरसंहार का इजराइल के युवा यहूदियों के दृष्टिकोण पर गहरा प्रभाव पड़ा। इजराइल के लिए 1967 के बाद जो निरंतर समर्थन उभरा था, वह जा चुका था, जैसा कि एक प्रमुख अमेरिकी यहूदी सामाजिक कार्यकर्ता ने कहा, "वह एक शर्मनाक क्षण था···मुझे लगता है कि हमने भी बहुत सारे युवाओं को खो दिया···आप एक राष्ट्र के रूप में इस तरह का व्यवहार करके युवा आदर्शवादी यहूदियों में इजराइल के लिए जुनून पैदा करने की आशा नहीं कर सकते, जब तक कि आप कट्टरपंथियों का सामना नहीं कर रहे हों।"[35] इजराइल और युवा अमेरिकी यहूदियों के बीच संबंधों के ताने-बाने में यह दरार आनेवाले वर्षों में और भी स्पष्ट होनेवाली थी।

चार महीने के विचार-विमर्श के बाद आयोग ने अपने निष्कर्षों की घोषणा

की। उसने निर्धारित किया कि सबरा और शतीला में नरसंहार के लिए कोई भी इजराइली सीधे जिम्मेदार नहीं था, एरियल शेरोन, इस मामले के लिए 'व्यक्तिगत रूप से जिम्मेदार' थे।

> रक्षा मंत्री द्वारा एक नरसंहार के खतरे की अवहेलना को सही ठहराना असंभव है। युद्ध में उनकी भागीदारी गहरी थी और फलांगिस्टों के साथ संबंध उनकी निरंतर व्यवहार में थे। यदि वास्तव में रक्षा मंत्री ने, जब उन्होंने निर्णय लिया कि फलांगिस्ट बिना आई.डी.एफ. के ऑपरेशन में भाग लिये शिविरों में प्रवेश करेंगे, यह नहीं सोचा था कि निर्णय ठीक वही आपदा ला सकता है, जो वास्तव में हुई थी, तो इसके लिए एकमात्र संभावित स्पष्टीकरण यह है कि क्या उम्मीद की जानी थी, इस बारे में किसी भी आशंका की अवहेलना की थी।[36]

कैबिनेट ने काहन आयोग की सिफारिशों को स्वीकार कर लिया। कड़वाहट से भरे शेरोन रक्षा मंत्री का पद छोड़ने के लिए सहमत हो गए, लेकिन वे सरकार में 'बिना पोर्टफोलियो के मंत्री' बने रहे, जो किसी विशेष मंत्रालय के लिए जिम्मेदार नहीं थे। अपमानित और व्यापक रूप से तिरस्कृत, यह कल्पना करना मुश्किल रहा होगा कि केवल दो दशक बाद वही उग्र एरियल शेरोन प्रधानमंत्री बनेंगे और इजराइल की सबसे महत्त्वपूर्ण क्षेत्रीय निकासी में से एक के वास्तुकार होंगे।

इजराइल ने लेबनान में सीमा के साथ एक सैन्य उपस्थिति बनाए रखी, जब तक कि प्रधानमंत्री एहुद बराक ने 2,000 में इजराइल के सैनिकों को बाहर नहीं निकाल लिया। पुलआउट के समय, कई इजराइलियों ने महसूस किया कि इजराइल के पास लेबनान में लगभग दो दशकों से कई सौ हताहतों के अलावा दिखाने के लिए कुछ नहीं है। लेबनान में चले आक्रमण ने देश के अधिकांश हिस्से को स्थायी रूप से कड़वाहट से भर दिया था और सबरा तथा शतीला के कारण अपराधबोध से ग्रस्त कर दिया था। देश के मिजाज को मैटी फ्रीडमैन द्वारा खूबसूरती से कैद किया गया था—एक इजराइली, जिसने लेबनान में इजराइल की उपस्थिति के अंत तक सेवाएँ दी थीं और जो बाद में अंतरराष्ट्रीय स्तर पर मान्यता प्राप्त पत्रकार एवं लेखक बन गया था—

> "1982 में लेबनान पहुँचा इजराइल अभी भी कल्पनाशील और चुस्त था, भले ही उसके विचार कितने ही नासमझ और उनका निष्पादन कितना ही खराब क्यों न हो, हमने सोचा कि हम यह कर सकते थे। आक्रमण (लेबनान पर) हमारे परिवेश में एक नाटकीय परिवर्तन लानेवाला था। अंतर्निहित (सबकुछ) एक ही भावना थी—हमारा भाग्य लचीला था और इसे आकार देना हमारा काम था, लेकिन हममें से अधिकतर लोगों को समझ में आ गया कि हम गलत थे, मध्य-पूर्व हमारे आदेश या हमारी आशाओं के आगे नहीं झुकेगा। वह हमारे लिए नहीं बदलेगा।[37]

इजराइल के फिल्म उद्योग ने भी देश की प्रतिस्पर्धी भावनाओं को पकड़ लिया। 'टू फिंगर्स फ्रॉम सिडोन' (1986) ने इजराइल की वापसी से कुछ समय पहले लेबनान में इजराइली सैनिकों के दैनिक जीवन की रूपरेखा प्रस्तुत करते हुए वहाँ के खतरों और लेबनान में आई.डी.एफ. की जातीय एवं नैतिक जटिलताओं की ओर संकेत किया। 'ब्यूफोर्ट' 2007 में इसी नाम के एक लेबनानी पर्वत पर नामित एक इजराइली चौकी पर बनी एक फिल्म अधिक आलोचनात्मक थी, जिसमें लेबनान में इजराइल के अंतिम वर्षों में वहाँ तैनात सैनिकों के एक समूह को चित्रित किया गया था। फिल्म ने उनके वहाँ होने के डर और उन नैतिक संकटों को दिखाया था, जिनका सामना उन्होंने इजराइल की वापसी की पूर्व संध्या पर किया था, साथ ही युद्ध की अंतहीनता और निरर्थकता की गहरी भावना को व्यक्त किया।

लेकिन लेबनान की विरासत के साथ चल रहे इजराइल के हिसाब-किताब की संवेदनशीलता को 2008 में निर्मित एक इजराइली फिल्म 'वाल्ट्ज विथ बशीर' से बेहतर किसी ने नहीं पकड़ा था। यह फिल्म अरी फोलमैन की कहानी बताती है, जो 1982 में एक 19 वर्षीय इन्फेंट्री (पैदल सेना) सैनिक था। 2006 में उसकी सेना सेवा की अवधि का एक मित्र युद्ध से अपने दुःस्वप्न सुनाता है, लेकिन फोलमैन को आश्चर्यजनक रूप से कुछ भी याद नहीं है। सेना में सेवाएँ देनेवाले अन्य लोगों से मिलने के बाद फोलमैन को अंततः याद आ जाता है कि वह उन सैनिकों में से था, जिन्होंने शिविर के अंदर नरसंहार को अंजाम दे रहे लेबनान के ईसाई फालांगे मिलिशिया के लिए शरणार्थी शिविर को रोशन करने के उद्देश्य से

आकाश में आग की लपटें भड़का दी थीं[38] और वह अपनी इस भावना का सामना करता है कि उसने उन स्मृतियों को अवरुद्ध कर दिया था, क्योंकि उसे लगता था कि वह नरसंहार के लिए उन लोगों से कम दोषी नहीं है, जिन्होंने वास्तव में उसे प्रत्यक्ष रूप से अंजाम दिया था।

यहाँ आत्म-परीक्षा और आत्म-आलोचना की एक निरंतरता थी, जो इजराइली समाज की उसकी स्थापना के समय से ही विशेषता थी। जिस प्रकार पुस्तक 'खिरबेट खिजेह' एक बेस्टसेलर बन गई थी, जब उसने स्वतंत्रता संग्राम के दौरान कुछ इजराइली सैनिकों के व्यवहार पर सवाल उठाए थे और फिर उसे देश के हाई स्कूल पाठ्यक्रम का हिस्सा बना दिया गया था। 'वाल्ट्ज विथ बशीर' को भी हजारों इजराइलियों ने देखा था। एक ऐसे समाज में, जो युद्ध में और सबरा तथा शतीला में अपनी भूमिका के साथ लंबे समय से संघर्ष कर रहा था, यह अंतहीन प्रतीत होती बहस और विश्लेषण का विषय था, एक इजराइली वार्त्तालाप का हिस्सा कि क्या—एक संघर्ष में, जिसका वे अंत नहीं कर सकते थे—इजराइली फिर भी अपना रास्ता भटक रहे थे ?[39]

लेबनान में फिल्म पर प्रतिबंध लगा दिया गया था। कहान आयोग की रिपोर्ट के महीनों बाद मेनाचेम बेगिन ने—जो अस्वस्थ, युद्ध से निराश और अपनी पत्नी की मृत्यु के बाद पूरी तरह से एकाकी थे—इस्तीफा दे दिया और अपने घर वापस चले गए। अगले पूरे दशक के लिए 1992 में अपनी मृत्यु तक वे अपनी पत्नी की स्मृति में आयोजित स्मारक समारोहों और चिकित्सीय प्रयोजनों को छोड़कर अपने घर से बाहर नहीं निकले। ब्रिटिश शासनादेश के दौरान लेची का नेतृत्व करनेवाले यित्जाक शमीर प्रधानमंत्री के रूप में इरगुन के पूर्व प्रमुख के उत्तराधिकारी बने।

जहाँ बेगिन ने इजराइल के राजनीतिक मानचित्र को बदल दिया था, वहीं वे इजराइली उपदेश के सामने नई धार्मिक संवेदनाएँ भी लेकर आए थे। निष्ठापूर्वक अनुपालक न होने के बावजूद वे बिना किसी हिचकिचाहट के यहूदी परंपरा से प्यार करते थे और उसका सम्मान करते थे, जैसा कि मिनिस्टर डैन मेरिडोर ने कहा था, "वे यहूदी बोलते थे।"[40] आनेवाले दशकों में इजराइली समाज फिर से

'यहूदी बोलना' शुरू करनेवाला था, उन तरीकों से, जिनकी स्वयं बेगिन कभी कल्पना नहीं कर सकते थे।

तथापि मेनाचेम बेगिन की विरासत को भी लेबनान ने गहराई से रँग दिया था। बेगिन के पास आक्रमण करने के उचित कारण थे, लेकिन युद्ध एक दलदल में बदल गया था, अंततः लेबनान एक कार्यशील राज्य के रूप में अस्तित्व में नहीं रहनेवाला था। वहाँ की हिंसा से उत्पन्न शक्ति-शून्य हिंसा, जिसमें इजराइल निकटता से शामिल था—पूर्ववर्ती देश को हिज्बुल्लाह के लिए एक छावनी में बदलनेवाली थी, जो इजराइल के लिए और भी अधिक भयानक आतंकवादी खतरा बन जाएगी। क्या इसे रोका जा सकता था? स्पष्ट रूप से यह जानना कठिन है। क्या बेगिन ने गंभीर निर्णय लिये थे या एरियल शेरोन ने उन्हें गुमराह किया था? इस पर भी अभी तक उन लोगों के बीच गरमागरम बहस चल रही है, जो उस समय बेगिन की सरकार में थे।

बेगिन के वे वर्ष इजराइल के लिए आसान नहीं थे, लेकिन वे महत्त्वपूर्ण थे। इजराइल ने अपने एक समय के सबसे शक्तिशाली शत्रु मिस्र के साथ शांति स्थापित कर ली थी। उसने स्पष्ट कर दिया था कि वह अपने शत्रुओं के हाथों में सामूहिक विनाश के हथियारों को बरदाश्त नहीं करेगा। उसने दिखाया था कि यह युद्ध में जाएगा, ऐसे युद्ध में भी, जिसका अंततः कई इजराइलियों ने विरोध किया, अपने नागरिकों और बच्चों के सामान्य जीवन जीने के अधिकारों की रक्षा के लिए, ताकि उन्हें बंकरों में न सोना पड़े।

सामाजिक मोर्चे पर लिकुड ने मुक्त पूँजीवाद के युग की शुरुआत की थी, लेकिन वह भी गड़बड़ा गया था। वार्षिक मुद्रास्फीति 450 प्रतिशत तक पहुँच गई।[41] मिज्राचिम आर्थिक मंदी से सबसे ज्यादा प्रभावित हुए थे[42], फिर भी अतीत के अन्याय और इजराइल के कुछ आप्रवासियों के साथ दुर्व्यवहार को स्वीकार करते हुए इजराइली कुछ मायनों में अधिक एकीकृत होकर उभरे थे।

शायद सबसे महत्त्वपूर्ण बात यह है कि दशकों तक इजराइल पर शासन करनेवाली एक पार्टी का आधिपत्य टूट गया था। लंबे समय तक राजनीतिक रेगिस्तान में रहनेवाले दक्षिणपंथ ने देश की राजनीति एवं नीतियों पर लेबर की

पकड़ को समाप्त कर दिया था। इजराइलियों के पास अब विकल्प थे, जब वे अपने देश के भविष्य की रूपरेखा तैयार कर रहे थे। अधिकांश अवसरों पर वे कैसे मतदान करेंगे, इस बात को यह निर्धारित करनेवाला था कि वे कितना समर्थित या अलग-थलग महसूस करते हैं, जब आनेवाले दशकों में अंतरराष्ट्रीय समुदाय इजराइल को छोड़ देगा, तब इजराइली कठोरता में सुरक्षा की तलाश करेंगे। जो इजराइली सुरक्षित महसूस करते हैं, वे सामाजिक मुद्दों में शामिल हो सकते हैं और शांति के लिए अधिक जोखिम उठा सकते हैं; जब उन्हें खतरा महसूस हुआ, तो उन्होंने सहज रूप से उनका चुनाव कर लिया, जो उन्हें लगा कि वे उनकी रक्षा कर सकते हैं। यह साधारण तथ्य आनेवाले वर्षों में मध्य-पूर्व की नियति को बदलनेवाला है।

□

संदर्भ-सूची

परिचय

1. बेन-गुरियन ने यह टिप्पणी 3 फरवरी, 1956 को एडवर्ड आर. मरो के साथ एक सी.बी. एस. टेलीविजन साक्षात्कार के दौरान की थी, https://www.youtube.com/watch v=40o75OQmHAw (इसे अंतिम बार 15 मार्च, 2016 को देखा गया)।
2. मार्क ट्वेन, 'कंसर्निंग द ज्यूज' (यहूदियों के संबंध में) 'हार्पर्स' मैगजीन, मार्च 1898।

अध्याय 1 : कविता और राजनीति : यहूदी देश को घर की तलाश

1. लॉरेंस ऐप्सटीन, द ड्रीम ऑफ जियोन : द स्टोरी ऑफ द फर्स्ट जियोनिस्ट कांग्रेस (लैनहम, एम.डी. : रोमैन ऐंड लिटिलफील्ड, 2016), पृ.सं. 16।
2. रॉबर्ट एम. सेल्तजर, ज्यूइश पीपल, ज्यूइश थॉट : द ज्यूइश एक्सपीरिएंस इन हिस्टरी (न्यूयॉर्क : मैकमिलन पब्लिशिंग, 1980), पृ.सं. 632।
3. याकोव शैवित एवं जेहुदा रेनहार्ज, ग्लोरियस, अकर्स्ड यूरोप (वाल्थम, एम.ए. : ब्रैंडीस यूनिवर्सिटी प्रेस, 2010), पृ.सं. 88।
4. वाल्टर लाक्यूर, अ हिस्टरी ऑफ जियोनिज्म (न्यूयॉर्क : शॉकेन बुक्स, 1976), पृ.सं. 60।
5. डेविड पैटरसन, 'इंट्रोडक्शन' (परिचय), अब्राहम मापू में, ट्रांस. जोसेफ मैरीमाउंट, द लव ऑफ जियोन ऐंड अदर राइटिंग्स (इजराइल : टोबी प्रेस, 2006), पृ.सं. xvi।
6. एलेक्स बीन; ट्रांस. मौरिस सैमुअल, थियोडोर हर्जल : अ बायोग्राफी (फिलाडेल्फिया : ज्यूइश पब्लिकेशन सोसाइटी ऑफ अमेरिका, 1940), पृ.सं. 232।
7. श्लोमो ऐविनेरी, ट्रांस. हैम वॉत्जमैन, हर्जल : थियोडोर हर्जल ऐंड द फाउंडेशन ऑफ द ज्यूइश स्टेट (लंदन : वीडेनफेल्ड ऐंड निकोलसन, 2008), पृ.सं. 33।
8. अमोस एलोन, द पिटी ऑफ इट ऑल : ए पोर्ट्रेट ऑफ द जर्मन-ज्यूइश एपोच 1743-1933 (न्यूयॉर्क : पिकाडोर, 2002), पृ.सं. 213।
9. बीन, ट्रांस. सैमुएल, थियोडोर हर्जल, पृ.सं. 37।
10. ऐविनेरी, ट्रांस. वॉत्जमैन, हर्जल, पृ.सं. 85 (हर्जल की डायरी से उद्धृत)।
11. बीन, ट्रांस. सैमुएल, थियोडोर हर्जल, पृ.सं. 19।

12. योरम हजोनी, द ज्यूइश स्टेट : द स्ट्रगल फॉर इजराइल्स सोल (न्यूयॉर्क : बेसिक बुक्स, 2000), पृ.सं 84–85।
13. लेखक और टोरंटो, कैनेडा के डेविड मैटलो के बीच बातचीत तथा राफेल पटाई की द ज्यूज ऑफ हंगरी : हिस्टरी, कल्चर, साइकोलॉजी (डेट्रायट : वेन स्टेट यूनिवर्सिटी प्रेस, 1996), पृ.सं. 347 भी देखें।
14. ऐविनेरी, ट्रांस. वॉत्जमैन, हर्जल, पृ.सं. 61–62।
15. वही, पृ.सं. 78।
16. वही, पृ.सं. 69।
17. थियोडोर हर्जल, द ज्यूइश स्टेट (न्यूयॉर्क : डोवर पब्लिकेशंस, 1989), पृ.सं. 47।
18. वही, पृ.सं. 92–93।
19. वही, पृ.सं. 76।
20. वही।
21. हैजोनी, द ज्यूइश स्टेट, पृ.सं. 99–100।
22. ऐविनेरी, ट्रांस. वॉत्जमैन, हर्जल, पृ.सं. 116।
23. पैटरसन, 'इंट्रोडक्शन,' मापू में, ट्रांस. मैरीमाउंट, द लव ऑफ जियोन, पृ.सं. xiv।
24. काफी समय से कहा जा रहा था कि हैस की पत्नी सिबिल पेश एक वेश्या थी और जिस प्रकार से पुरुष काफी समय से गरीब महिलाओं की मजबूरी का फायदा उठाते आ रहे थे, हैस ने उसके लिए प्रायश्चित्त के रूप में उससे विवाह किया था; लेकिन पेश की पृष्ठभूमि के बारे में दावा अब कुछ विद्वानों की असहमति का विषय है।
25. मूसा हैस, द रिवाइवल ऑफ इजराइल : रोम ऐंड यरुशलम, द लास्ट नैशनलिस्ट क्वेश्चन (लिंकन : यूनिवर्सिटी ऑफ नेब्रास्का प्रेस, 1995), पृ.सं. x।
26. कई लोग गलती से यह मान लेते हैं कि हैस अपने शीर्षक में रोमन गणराज्य का उल्लेख कर रहे थे; वास्तव में उन्होंने जोर दिया था कि आधुनिक इतालवी राष्ट्रवाद की व्याख्या फिलिस्तीन में एक यहूदी राष्ट्रीय आंदोलन द्वारा की जानी चाहिए। देखें, ऐप्स्टीन, 'द ड्रीम ऑफ जियोन', पृ.सं. 6।
27. ऐरिक कोहेन, 'द स्पिरिट ऑफ ज्यूइश कंजर्वेटिज्म' (यहूदी रूढ़िवाद की भावना), मोजैक (6 अप्रैल, 2015), http://mosaicmagazine.com/essay/2015/04/the-spirit-of-jewish-conservatism/ (अंतिम बार 6 अप्रैल, 2015 को देखा गया)।
28. लाक्यूर, अ हिस्टरी ऑफ जियोनिस्म, पृ.सं. 54।
29. वही, पृ.सं. 53।
30. आर्थर हट्र्जबर्ग, ed., द जियोनिस्ट आइडिया (फिलाडेलफिया : ज्यूइश पब्लिकेशन सोसाइटी, 1997), पृ.सं. 32।
31. वही, पृ.सं. 188।
32. वही, पृ.सं. 195।

33. बीन, ट्रांस. सैमुएल, थियोडोर हर्जल, पृ.सं. 226।
34. वही, पृ.सं. 230।
35. जे'एव तजाहर, 'चैम अर्लोसोरोफ और नाजीवाद के उदय की ओर उनका दृष्टिकोण', ज्यूइश सोशल स्टडीज, वॉल्यूम 46, नं. 3/4 (समर–ऑटम 1984), पृ.सं. 322।
36. ऐप्स्टीन, द ड्रीम ऑफ जियोन, पृ.सं. 86।
37. ऐविनेरी, ट्रांस. वॉत्जमैन, हर्जल, पृ.सं. 141।
38. वही, पृ.सं. 1।
39. ऐप्स्टीन, द ड्रीम ऑफ जियोन, पृ.सं. 83।
40. थियोडोर हर्जल, ओल्ड न्यू लैंड (प्रिंसटन, ऐनजे : मार्कस वीनर पब्लिशर्स, 1997), पृ.सं. 248।
41. वही, पृ.सं. 174।
42. ऐविनेरी, ट्रांस. वॉत्जमैन, हर्जल, पृ.सं. 167।

अध्याय 2 : मातृभूमि के कुछ निशान

1. जॉर्ज इलियट, डैनियल डेरोंडा, परिचय एडमंड व्हाइट द्वारा, नोट्स डॉ. ह्यूग ओसबोर्न द्वारा (न्यूयॉर्क : मॉडर्न लाइब्रेरी, 2002), पृ.सं. 15। डेनियल डेरोंडा शुरुआत में विलियम ब्लैकवुड ऐंड संस द्वारा आठ खंडों में, फरवरी से सितंबर 1876 तक प्रकाशित की गई थी। बाद में उसे दिसंबर 1878 में कुछ खंडों में संशोधनों के साथ, जो मुख्य रूप से यहूदी जीवन और प्रथाओं से संबंधित थे, पुनर्प्रकाशित किया गया।
2. जेनेसिस (उत्पत्ति) 12:1।
3. जेनेसिस (उत्पत्ति) 12:7।
4. एक्जोडस (निर्गमन) 1:9–10। वाक्यांश अपने आप को विभिन्न व्याख्याओं को प्रदान करता है। जेपीएस अनुवाद वाक्यांश को 'जमीन से उठो' के रूप में प्रस्तुत करता है, जो जाहिर तौर पर एर्लिच के मिकरा किफ्शुतो पर आधारित है। बेबीलोनियन तल्मूड (सोताह 11a) सुझाव देता है कि फराओ का अर्थ है—'देश पर प्रभुत्व प्राप्त करना'; लेकिन यह अर्थ पद्य के स्पष्ट अर्थ को अस्पष्ट करता है, जो उस विस्तार के साथ मेल खाता है, जो जेनेसिस के प्रारंभिक अध्यायों के लिए केंद्रीय है। सबसे सरल अनुवाद सबसे अच्छा काम करता है।
5. व्यवस्था विवरण 7:1।
6. एलेक्स बीन, ट्रांस मौरिस सैमुएल, थियोडोर हर्जल : अ बायोग्राफी (फिलाडेल्फिया : ज्यूइश पब्लिकेशन सोसाइटी ऑफ अमेरिका, 1940), पृ.सं. 232।
7. जेरेमियाह 29:5–6।
8. भजन संहिता (Psalms) 137:1।
9. भजन संहिता (Psalms)) 126:1–6।
10. द्वितीय इतिहास (II क्रॉनिकल्स) 36:23।

11. जे. मैक्सवेल मिलर एवं जॉन एच. हेस, अ हिस्टरी ऑफ एंशिएंट इजराइल ऐंड जूडाह (लुइसविले, KY : वेस्टमिंस्टर जॉन नॉक्स प्रेस, 2006), पृ.सं. 509।

12. जेरोम मर्फी-ओ'कॉनर एवं बैरी कनलिफ, द होली लैंड : ऐन ऑक्सफोर्ड आर्कियोलॉजिकल गाइड, 5वाँ संस्करण। (न्यूयॉर्क : ऑक्सफोर्ड यूनिवर्सिटी प्रेस, 2008), पृ.सं. 378-381।

13. हेइम बेन-सैसन, ed., अ हिस्टरी ऑफ द ज्यूइश पीपल (कैंब्रिज, एम.ए. : हार्वर्ड यूनिवर्सिटी प्रेस, 1976), पृ.सं. 332।

14. बीन, ट्रांस. सैमुएल, थियोडोर हर्जल, पृ.सं. 232।

अध्याय 3 : विचारधारा नहीं, एक बातचीत

1. मौंटी नोम पैनकॉवर, 'द किशिनेव पोग्रोम ऑफ 1903', मॉडर्न जूडैस्म (Modern Judaism), वॉल्यूम 24, नं. 3 (2004), पृ.सं. 199। जब तक कि कुछ और उल्लिखित न हो, किशिनेव पर पैनकॉवर का काम इस अध्याय में वर्णित इतिहास का स्रोत है।

2. विंस्टन चर्चिल, 'एम.आई.टी. मिड-सेंचुरी दीक्षांत समारोह, 31 मार्च, 1949', एम.आई.टी. इंस्टीट्यूट आर्काइव्ज, https://libraries.mit.edu/archives/displays/midcentric/mid-cent-churchill.html (अंतिम बार 7 दिसंबर, 2015 को देखा गया)।

3. पैनकॉवर, 'द किशिनेव पोग्रोम ऑफ 1903', पृ.सं. 187।

4. वही।

5. वही, पृ.सं. 188।

6. वही।

7. वही, पृ.सं. 211।

8. डेविड जी. रोस्कीज, एड., द लिटरेचर ऑफ डिस्ट्रक्शन : ज्यूइश रेस्पोंसिस टू कैटास्ट्रोफ (फिलाडेल्फिया : ज्यूइश पब्लिकेशन सोसाइटी, 1988), पृ.सं. 162।

9. पैनकॉवर, 'द किशिनेव पोग्रोम ऑफ 1903', पृ.सं. 199।

10. वही।

11. लॉरेंस ऐप्सटीन, द ड्रीम ऑफ जियोन: द स्टोरी ऑफ द फर्स्ट जायोनिस्ट कांग्रेस (लैनहम, एमडी : रोमन ऐंड लिटिलफील्ड, 2016), पृ.सं. 97।

12. श्लोमो ऐविनेरी, ट्रांस. हैम वॉत्जमैन, हर्जल : थियोडोर हर्जल ऐंड द फाउंडेशन ऑफ द ज्यूइश स्टेट (लंदन : वीडेनफेल्ड ऐंड निकोलसन, 2008), पृ.सं. 241।

13. पैनकॉवर, 'द किशिनेव पोग्रोम ऑफ 1903', पृ.सं. 199।

14. ऐविनेरी, ट्रांस। वॉत्जमैन, हर्जल, पृ.सं. 245।

15. वही, पृ.सं. 259।

16. ऐला फ्लोर्सहाइम, 'गिविंग हर्जल हिज ड्यू', अजूरे (Azure), नं. 21 (ग्रीष्मकालीन 5765/2005), पृ.सं. 21, http://azure.org.il/include/print.php?id=182 (अंतिम बार 1 मई, 2016 को देखा गया)।

17. पैनकॉवर, 'द किशिनेव पोग्राम ऑफ 1903', पृ.सं. 194।

18. स्टीवन जे. जिप्परस्टीन, एल्युसिव प्रोफेट : अहद हा'अम ऐंड द ओरिजिंस ऑफ जियोनिज्म (बर्कले : यूनिवर्सिटी ऑफ कैलिफोर्निया प्रेस, 1993), पृ.सं. 11।

19. वही, पृ.सं. 14।

20. वही, पृ.सं. 18–19।

21. अहद हा'अम, 'यहूदी राज्य और यहूदी समस्या', आर्थर हट्र्जबर्ग, द जियोनिस्ट आइडिया (फिलाडेल्फिया : ज्यूइश पब्लिकेशन सोसाइटी, 1997), पृ.सं. 268।

22. योरम हजोनी, द ज्यूइश स्टेट : द स्ट्रगल फॉर इजराइल्स सोल (न्यूयॉर्क : बेसिक बुक्स, 2000), पृ.सं. 127।

23. जिप्परस्टीन, एल्यूसिव प्रोफेट, पृ.सं. 129।

24. आर्थर हट्र्जबर्ग, ed., द जियोनिस्ट आइडिया (फिलाडेल्फिया : ज्यूइश पब्लिकेशन सोसाइटी, 1997), पृ.सं. 54–55।

25. यशायाह 2:3।

26. एलन डाउटी, "मच अ डू अबाउट लिटिल : अहद हा'अम्स 'ट्रुथ फ्रॉम एरेत्ज यिसराइल,' जियोनिज्म, ऐंड द अरब्स," इजराइल स्टडीज, वॉल्यूम 5, नं. 2 (फॉल 2000), पृ.सं 161 (अहद हा'अम के अनुसार)। इटैलिक्स जोड़े गए हैं।

27. मैक्स नोर्डौ, 'ज्यूरी ऑफ मसल', पॉल मेंडेस-फ्लोहर एवं येहुदा रेनहार्ज में, द ज्यू इन द मॉडर्न वर्ल्ड : ए डॉक्यूमेंट्री हिस्टरी, द्वितीय संस्करण। (ऑक्सफोर्ड : ऑक्सफोर्ड यूनिवर्सिटी प्रेस, 1995), पृ.सं. 547–548।

28. पैनकॉवर, 'द किशिनेव पोग्रोम ऑफ 1903', पृ.सं. 209।

29. जे'एव (व्लादिमीर) जैबोटिंस्की, 'बेतारियन दृष्टिकोण का आधार एक विचार है : यहूदी राज्य : बेतार की विचारधारा', विश्व यहूदी संगठन, http://www.wzo.org.il/index.php?dir=site&page=articles&op=item&cs=3360&langpage=eng&category=3122&mode=print (अंतिम बार 7 दिसंबर, 2015 को देखा गया)।

30. रेमंड पी. स्किंडलिन, अ शॉर्ट हिस्टरी ऑफ द ज्यूइश पीपल : फ्रॉम लेजेंडरी टाइम्स टु मॉडर्न स्टेटहुड (ऑक्सफोर्ड और न्यूयॉर्क : ऑक्सफोर्ड यूनिवर्सिटी प्रेस, 2000), पृ.सं. 224।

31. ए.डी. गॉर्डन, 'लॉजिक फॉर द फ्यूचर (1910)', हट्र्जबर्ग में, द जियोनिस्ट आइडिया, पृ.सं. 373।

32. येहुदा मिर्स्की, रैव कूक : मिस्टिक इन ए टाइम ऑफ रेवोल्यूशन (न्यू हैवेन : येल यूनिवर्सिटी प्रेस, 2014), पृ.सं. 65।

33. हट्र्जबर्ग, द जियोनिस्ट आइडिया, पृ.सं. 291–292।

34. मीकाह जोसेफ बर्डीजेव्स्की, 'रैकिंग ऐंड बिल्डिंग', हट्र्जबर्ग में, द जियोनिस्ट आइडिया, पृ.सं. 293।

35. बेबीलोनियन तल्मूड, केतुब्बॉट 111।

36. एलन नैडलर, 'पवित्रता और राजनीति : सतमार रेबे का मामला', जूडाइज्म (Judaism), वॉल्यूम 31 (स्प्रिंग 1982), पृ.सं 40।

37. एलन लैलचुक एवं गर्शोन शेक्ड, 8 ग्रेट हिब्रू शॉर्ट नॉवेल्स (न्यू मिलफर्ड, सीटी : टोबी प्रेस, 2012), किंडल संस्करण, स्थान 1029।

अध्याय 4 : एक सपने से

1. यह वाक्यांश अकसर उद्धृत किया जाता है। प्रधानमंत्री एरियल शेरॉन के भाषण में एक उदाहरण http://www.pmo.gov.il/English/ MediaCenter/Speeches/Pages/speech040105.aspx पर देखा जा सकता है।

2. हानी ए. फारिस, 'इजराइल जैंगविल की जियोनिज्म को चुनौती', जर्नल ऑफ पैलेस्टाइन स्टडीज, वॉल्यूम 4, नं. 3 (स्प्रिंग 1975), पृ.सं. 81।

3. वही।

4. हॉवर्ड एम. साचर, अ हिस्टरी ऑफ इजराइल : फ्रॉम द राइज ऑफ जियोनिज्म टु आवर टाइम (न्यूयॉर्क : अल्फ्रेड ए. नौफ, 1979), पृ.सं. 23।

5. अनीता शापिरा, ट्रांस. ऐंथनी बैरिस, इजराइल : ए हिस्टरी (वॉलथम, एम.ए. : ब्रैंडीस यूनिवर्सिटी प्रेस, 2012), पृ.सं. 28।

6. बैनी मॉरिस, 1948 : द फर्स्ट अरब-इजराइली वॉर (न्यू हैवन ऐंड लंदन : येल यूनिवर्सिटी प्रेस, 2008), पृ.सं. 6।

7. डेविड फ्रॉमकिन, अ पीस टु ऐंड ऑल पीस : द फॉल ऑफ द ऑटोमन एंपायर ऐंड द क्रिएशन ऑफ द मॉडर्न मिडल ईस्ट (न्यूयॉर्क : हेनरी होल्ट, 2009), पृ.सं. 36।

8. येहुदा मर्स्की, रैव कूक : मिस्टिक इन ए टाइम ऑफ रेवोल्यूशन (न्यू हैवन : येल यूनिवर्सिटी प्रेस, 2014), पृ.सं. 59।

9. वही, पृ.सं. 59-60।

10. वही, पृ.सं. 50।

11. साचर, अ हिस्टरी ऑफ इजराइल, पृ.सं. 82।

12. याफाह बर्लोविट्ज, इन्वेंटिंग अ लैंड, इन्वेंटिंग अ पीपल (तेल अवीव : होत्जा'अत हकिबुत्ज हामुचद, 1996), पृ.सं. 55 (हिब्रू में)।

13. थियोडोर हर्जेल, ट्रांस. आई.एम. लैस्क, द ज्यूइश स्टेट (तेल अवीव : एम. न्यूमैन पब्लिशिंग हाउस, 1954), पृ.सं. 134।

14. मर्स्की, रैव कूक, पृ.सं. 54।

15. वही, पृ.सं. 53-54।

16. बर्लोविट्ज, इन्वेंटिंग अ लैंड, पृ.सं. 18-19।

17. वही, पृ.सं. 20।

18. मर्स्की, रैव कूक, पृ.सं. 66।

19. रूथ कार्क, 'उन्नीसवीं सदी के फिलीस्तीन में भूमि स्वामित्व के बदलते पैटर्न : यूरोपीय प्रभाव', जर्नल ऑफ हिस्टॉरिकल जियोग्राफी, वॉल्यूम 10, नं. 4 (1984), पृ.सं. 357–384।

20. नूरित गोवरिन, रूट्स एंड टॉप्स : द इंप्रिंट ऑफ द फर्स्ट आलियाह इन हिब्रू लिटरेचर (तेल अवीव : पैपिरस ऐंड तेल अवीव यूनिवर्सिटी, 1981), पृ.सं. 43 (हिब्रू में)।

21. मर्स्की, रैव कूक, पृ.सं. 68।

22. वही, पृ.सं. 68–69।

23. शापिरा, ट्रांस. बैरिस, इजराइल : अ हिस्टरी, पृ.सं. 46।

24. ताली आशेर, 'द ग्रोइंग साइलेंस ऑफ द पोएट्स रेचेल' (कवयित्री रेचेल का बढ़ता मौन) रूथ कार्क, मार्गारीट शिलो, और गैलिट हसन-रोकेम में, eds., ज्यूइश वीमेन इन प्री-स्टेट इजराइल : लाइफ हिस्टरी, पॉलिटिक्स ऐंड कल्चर (वॉल्थम, एम.ए. : ब्रैंडीस यूनिवर्सिटी प्रेस, 2008), पृ.सं. 245।

25. रेचेल ब्लुव्स्टीन, 'परहैप्स (शायद)', फिलिस्तीन इजराइल जर्नल, वॉल्यूम 3, नं. 3 और 4 (1996), http://www.pij.org/details.php?id=536 (अंतिम बार 7 दिसंबर, 2015 को देखा गया)।

26. एस. इलान ट्रोएन, इमैजिनिंग जियोन : ड्रीम्स, डिजाइंस ऐंड रियलिटीज इन ए सेंचुरी ऑफ ज्यूइश सेटलमेंट (न्यू हैवन ऐंड लंदन : येल यूनिवर्सिटी प्रेस, 2003), किंडल संस्करण, लोकेशंस 1358–1361।

27. वही, लोकेशंस 1368–1369।

28. टॉम सेगेव, 1967 : इजराइल, द वॉर, ऐंड द इयर दैट ट्रांसफॉर्म्ड द मिडिल ईस्ट (न्यूयॉर्क : हेनरी होल्ट, 2007), पृ.सं. 442।

29. ट्रोएन, इमेजिनिंग जियोन, लोकेशन 1541।

30. वही, लोकेशन 1566।

31. वही, लोकेशन 1609।

32. साचर, अ हिस्टरी ऑफ इजराइल, पृ.सं. 83।

33. ट्रोएन, इमेजिनिंग जियोन, लोकेशन 1609।

34. मार्टिन गिल्बर्ट, इजराइल : अ हिस्टरी (न्यूयॉर्क : हार्पर पेरेनियल, 1998), पृ.सं. 24।

अध्याय 5 : बालफोर घोषणा

1. सैमूएल काट्ज, लोन वुल्फ : अ बायोग्राफी ऑफ व्लादिमीर (जे'एव) जाबोटिंस्की (फोर्ट ली, एनजे : बैरिकेड बुक्स, 1995), पृ.सं. 136।

2. एडवर्ड ग्रे, विस्काउंट ऑफ फैलोडोन, ट्वेंटी फाइव ईयर्स 1892–1916 (न्यूयॉर्क : फ्रेडरिक ए. स्टॉक्स कंपनी, 1925), पृ.सं. 20।

3. जब हर्जल अभी जीवित था, उसने फिलीस्तीन में यहूदी बस्ती के लिए अपने प्रस्तावों के साथ सत्तारूढ़ तुर्कों से संपर्क किया था, जिसे उन्होंने स्पष्ट रूप से अस्वीकार कर दिया था—इस

डर से कि 'मध्य-पूर्व में एक अतिरिक्त गैर-मुसलिम खड़ा हो जाएगा, जो यूरोपीय हस्तक्षेप के लिए और मजबूत आधार प्रदान करेगा।' अनीता शापिरा, ट्रांस. एंथनी बैरिस, इजराइल : अ हिस्टरी (वॉलथम, एम.ए. : ब्रैंडीस यूनिवर्सिटी प्रेस, 2012), पृ.सं. 22।

4. काट्ज, लोन वुल्फ, पृ.सं.177।
5. रेहोवोट में चैम वीजमैन के घर में, जो अब एक संग्रहालय है, एक प्रदर्शन में उद्धृत।
6. शापिरा, ट्रांस. बैरिस, इजराइल : अ हिस्टरी, पृ.सं. 71।
7. जोनाथन श्नीर, द बैलफोर डिक्लेयरेशन : द ओरिजिंस ऑफ द अरब-इजराइली कॉन्फ्लिक्ट (न्यूयॉर्क : रैंडम हाउस ट्रेड पेपरबैक्स, 2012), पृ.सं.197।
8. जॉन ब्यु, 'द ट्रैजिक साइकल : वेस्टर्न पावर्स ऐंड द मिडिल ईस्ट', न्यू स्टेट्समैन (21 अगस्त, 2014), http://www.newstatesman.com/world-affairs/ 2014/08/tragic-cycle-western-powers-and-middle-east (अंतिम बार 7 दिसंबर, 2015 को देखा गया)।
9. शापिरा, ट्रांस. बैरिस, इजराइल : अ हिस्टरी, पृ.सं.73।
10. सेसिल ब्लूम, 'सर मार्क साइक्स : ब्रिटिश डिप्लोमैट ऐंड अ कन्वर्ट टु जिओनिज्म', ज्यूइश हिस्टॉरिकल स्टडीज, वॉल्यूम 43 (2011), पृ.सं. 142।
11. वाल्टर लाक्यूर, अ हिस्टरी ऑफ जियोनिज्म (न्यूयॉर्क : शॉकेन बुक्स, 1976), पृ.सं. 186। हालाँकि यह व्यापक रूप से माना जानेवाला दृष्टिकोण है, पर हर कोई इससे सहमत नहीं है कि एसीटोन का बालफोर घोषणा से कोई लेना-देना था और कुछ विद्वान् इस संबंध को केवल शहरी किंवदंती मानते हैं।
12. आर्थर जेम्स बालफोर, 'बालफोर डिक्लेयरेशन' (1917), द ऐवलॉन प्रोजेक्ट, http://avalon.law.yale.edu/20th_century/balfour.asp (अंतिम बार 7 दिसंबर, 2015 को देखा गया)।
13. शापिरा, ट्रांस. बैरिस, इजराइल : अ हिस्टरी, पृ.सं. 73।
14. ईटन बार योसेफ, 'द लास्ट क्रूसेड? ब्रिटिश प्रोपेगंडा ऐंड द पैलेस्टाइन कैंपेन, (अंतिम धर्मयुद्ध? ब्रिटिश प्रचार और फिलिस्तीनी अभियान) 1917-18', जर्नल ऑफ कंटेंपरेरी हिस्टरी, वॉल्यूम 36, नं. 1 (जनवरी 2001), पृ.सं. 100।
15. माउंट स्कोपस साइट को 1914 में अधिगृहीत किया गया था—लेकिन प्रथम विश्वयुद्ध ने सुनिश्चित किया कि निर्माण में 1918 तक देरी होगी।
16. सेठ एम. सीगल, लेट देयर बी वाटर : इजराइल्स सॉल्यूशन फॉर अ वाटर-स्टार्व्ड वर्ल्ड (न्यूयॉर्क : थॉमस ड्यून बुक्स, 2015), पृ.सं. 22।
17. मार्टिन गिल्बर्ट, इजराइल : अ हिस्टरी (न्यूयॉर्क : हार्पर पेरेनियल, 1998), पृ.सं. 9।
18. वही, पृ.सं. 45-46।
19. सीगल, लेट देयर बी वाटर, पृ.सं. 28।
20. श्लोमो ऐविनेरी, 30 दिसंबर, 2014 को यरुशलम में शजार केंद्र में व्याख्यान।

21. अनीता शापिरा, ट्रांस। एंथनी बैरिस, बेन-गुरियन : फादर ऑफ मॉडर्न इजराइल (न्यू हैवन एवं लंदन : येल यूनिवर्सिटी प्रेस, 2014), पृ.सं. 28।

22. माइकल माकोवस्की, चर्चिल्स प्रॉमिस्ड लैंड : जियोनिज्म ऐंड स्टेटक्राफ्ट (न्यू हैवन : येल यूनिवर्सिटी प्रेस, 2007), किंडल संस्करण, लोकेशन 1463।

23. मार्टिन गिल्बर्ट, चर्चिल ऐंड द ज्यूज : अ लाइफलॉन्ग फ्रेंडशिप (न्यूयॉर्क : हेनरी होल्ट, 2007), पृ.सं. 50।

24. टॉम सेगेव, ट्रांस। हैम वॉत्जमैन, वन पैलेस्टाइन, कंप्लीट : ज्यूज ऐंड अरब्स अंडर द ब्रिटिश मैंडेट (न्यूयॉर्क: लिटिल, ब्राउन, 2000), पृ.सं. 104।

25. हॉवर्ड एम. साचर, अ हिस्टरी ऑफ इजराइल : फ्रॉम द राइज ऑफ जिओनिज्म टु आवर टाइम (न्यूयॉर्क : एल्फ्रेड ए. नौफ, 1979), पृ.सं. 186.

26. जे'एव जाबोटिंस्की, 'द आयरन वॉल', ज्यूइश वर्चुअल लाइब्रेरी, http://www.jewishvirtuallibrary.org/jsource/Zionism/ironwall.html (अंतिम बार 7 दिसंबर, 2015 को देखा गया)।

27. वही।

28. हिलेल कोहेन, ईयर जीरो ऑफ द अरब-इजराइली कॉन्फ्लिक्ट, 1929 (वाल्थम, एम.ए. : ब्रैंडीस यूनिवर्सिटी प्रेस, 2015), पृ.सं. xvii।

29. जेफरी गोल्डबर्ग, 'द पैरानॉयड, सुपरमैसिस्ट, रूट्स ऑफ द स्टैबिंग इंतिफादा', अटलांटिक (16 अक्तूबर, 2015), http://www.theatlantic.com/international/archive/2015/10/the-roots-of-the-palestinian-uprising-against-israel/410944/ (अंतिम बार 7 दिसंबर, 2015 को देखा गया)।

30. श्नीर, द बालफोर डिक्लेयरेशन, पृ.सं. 375।

31. बेनी मॉरिस, राइटियस विक्टिम्स : अ हिस्टरी ऑफ द जियोनिस्ट-अरब कॉन्फ्लिक्ट, 1881-2001 (न्यूयॉर्क : विंटेज बुक्स, 2001), किंडल संस्करण, लोकेशन 2481।

32. योरम हजोनी, द ज्यूइश स्टेट : द स्ट्रगल फॉर इजराइल्स सोल (न्यूयॉर्क : बेसिक बुक्स, 2000), पृ.सं. 210।

33. डैनियल गॉर्डिस, मेनाचेम बेगिन : द बैटल फॉर इजराइल्स सोल (न्यूयॉर्क : नौफ डबलडे, 2014), पृ.सं. 36।

अध्याय 6 : अगर वे जा भी सकते हों तो जाने के लिए कोई स्थान नहीं

1. एडॉल्फ हिटलर, मीन काम्फ (बोरिंग, OR : CPA बुक पब्लिशर, 2000), पृ.सं.184।

2. तुविया फ्रिलिंग, ट्रांस. ओरा कमिंग्स, ऐरोज इन द डार्क : डेविड बेन-गुरियन, द यिशुव लीडरशिप, ऐंड रेस्क्यू अटेंप्ट्स ड्यूरिंग द होलोकॉस्ट, वॉल्यूम 1 (मैडिसन : यूनिवर्सिटी ऑफ विस्कॉन्सिन प्रेस, 2005), पृ.सं.16।

3. हावा एशकोली-वैगमैन, 'यिशुव जियोनिज्म : नाजीवाद के प्रति उसका रवैया और तीसरे रैह पर पुनर्विचार', मॉडर्न जुडैज्म, वॉल्यूम 19, नं. 1 (फरवरी 1999), पृ.सं. 26।

4. कॉलिन शिंडलर, 'जियोनिस्ट हिस्टरी'ज मर्डर मिस्ट्री', ज्यूइश क्रॉनिकल ऑनलाइन (16 जून, 2013), http://www.thejc.com/comment-and-debate/comment/108596/zionist-historys-murder-mystery (अंतिम बार देखा गया 7 दिसंबर, 2015)।
5. टॉम सेगेव, ट्रांस। हैम वॉत्जमैन, द सेवेंथ मिलियन : द इजराइलीज ऐंड द होलोकॉस्ट (न्यूयॉर्क : हेनरी होल्ट, 1991), पृ.सं. 21।
6. वही, पृ.सं. 25।
7. नीना एस. स्पीगल, एंबॉडीइंग हिब्रू कल्चर (डेट्रायट : वेन स्टेट यूनिवर्सिटी प्रेस, 2013), पृ.सं. 22।
8. वही, पृ.सं. 135।
9. वही, पृ.सं. 7।
10. आबा हिलेल सिल्वर, मोशे शेरटोक, और चैम वीजमैन, 'बिफोर द यूनाइटेड नेशंस : अक्तूबर 1947 (संयुक्त राष्ट्र से पहले : अक्तूबर 1947)', पृ.सं. 7। कॉपी लेखक के पास फाइल पर।
11. बैनी मॉरिस, वन स्टेट, टू स्टेट्स : रिजॉल्विंग द इजराइल/पैलेस्टाइन कॉन्फ्लिक्ट (न्यूयॉर्क : विंटेज बुक्स, 2001), किंडल संस्करण, लोकेशन 523।
12. उरी जवी ग्रीनबर्ग का अनुवाद, 'वन ट्रुथ ऐंड नॉट टू' (एक सत्य, दो नहीं), नीता स्टाल द्वारा किया गया है, 'जीसस ऐंड द फरिसीज थ्रू द आईज ऑफ टू हिब्रू राइटर्स : अ कॉन्ट्रेरियन पर्सपेक्टिव' (यीशु और फरीसी दो हिब्रू लेखकों की दृष्टि से : एक विरोधाभासी परिप्रेक्ष्य), हिब्रू स्टडीज, वॉल्यूम 56, नं. 1 (11 दिसंबर, 2015)।
13. योरम हजोनी, द ज्यूइश स्टेट : द स्ट्रगल फॉर इजराइल्स सोल (न्यूयॉर्क : बेसिक बुक्स, 2000), पृ.सं 231।
14. वही, पृ.सं. 232।
15. फ्रिलिंग, ट्रांस. कमिंग्स, ऐरोज इन द डार्क, पृ.सं. 19।
16. वही।
17. हॉवर्ड एम. साचर, अ हिस्टरी ऑफ इजराइल : फ्रॉम द राइज ऑफ जियोनिज्म टु आवर टाइम (न्यूयॉर्क : एल्फ्रेड ए. नौफ, 1979), पृ.सं. 219।
18. दीना पोराट, द ब्लू ऐंड द येलो स्टार्स ऑफ डेविड : द जियोनिस्ट लीडरशिप इन पैलेस्टाइन ऐंड द होलोकॉस्ट, 1939-1945 (कैंब्रिज, एम.ए., एवं लंदन : हॉर्वर्ड यूनिवर्सिटी प्रेस, 1990), पृ.सं. 2।
19. जेफानियाह 1:15।
20. साचर, अ हिस्टरी ऑफ इजराइल, पृ.सं. 226।
21. जैक एल. श्वाट्र्जवाल्ड, नाइन लाइव्स ऑफ इजराइल : अ नेशंस हिस्टरी थ्रू द लाइव्स ऑफ इट्स फॉरमोस्ट लीडर्स (जेफरसन, एन.सी. : मैकफारलैंड, 2012), पृ.सं. 33।
22. मार्टिन गिल्बर्ट, इजराइल : अ हिस्टरी (न्यूयॉर्क : हार्पर पेरेनियल, 1998), पृ.सं. 101।

23. माइक लैनचिन, 'एस.एस. सेंट लुइस : यहूदी शरणार्थियों का जहाज, जो किसी को नहीं चाहिए था।' बी.बी.सी. वर्ल्ड सर्विस (13 मई, 2014), http://www.bbc.com/ news/ magazine-27373131 (अंतिम बार 7 दिसंबर, 2015 को देखा गया)।

24. ऐलन गुगेनहाइम एवं ऐडम गुगेनहाइम, 'डूम्ड फ्रॉम द स्टार्ट', नेवल हिस्टरी, वॉल्यूम 18, नं. 1 (फरवरी 2004), पृ.सं. 46-51।

25. डगलस फ्रांत्ज एवं कैथरीन कोलिंस, डेथ ऑन द ब्लैक सी : द अनटोल्ड स्टोरी ऑफ द स्ट्रुमा ऐंड वर्ल्ड वॉर सेकेंड'ज होलोकॉस्ट एट सी (लंदन : हार्पर कॉलिंस, 2003), पृ.सं. 254।

26. बैनी मॉरिस, राइटियस विक्टिम्स : अ हिस्टरी ऑफ द जियोनिस्ट-अरब कॉन्फ्लिक्ट, 1881-2001 (न्यूयॉर्क : विंटेज बुक्स, 2001), किंडल संस्करण, लोकेशंस 4035-4037।

27. जिनेविएव पिटोट, ट्रांस। डोना एडूआर्ड, द स्टोरी ऑफ द ज्यूइश डिटेनीज इन मॉरीशस 1940-1945 (लैनहम, एम.डी. : रोमैन ऐंड लिटिलफील्ड, 1998), पृ.सं. 129।

28. गिल्बर्ट, इजराइल : अ हिस्टरी, पृ.सं. 151. मॉरिस, राइटियस विक्टिम्स, पृ.सं. 22, कुछ कम संख्याओं का सुझाव देता है।

29. सेगेव, ट्रांस. वॉत्जमैन, द सेवेंथ मिलियन, पृ.सं. 22।

30. फ्रिलिंग, ट्रांस. कमिंग्स, ऐरोज इन द डार्क, पृ.सं. 47।

31. मॉरिस, राइटियस विक्टिम्स, पृ.सं. 162-163।

32. गिल्बर्ट, इजराइल : अ हिस्टरी, पृ. 112।

अध्याय 7 : यिशुव ने अंग्रेजों का विरोध किया, अरब विभाजन से लड़े

1. मेनाचेम बेगिन, ट्रांस. सैमुअल काट्ज, द रिवोल्ट (1951; पुनर्मुद्रण बिने ब्राक, इजराइल : स्टीमात्जकी, 2007), पृ.सं. 59-60।

2. लेखक के साथ साक्षात्कार, 18 अप्रैल, 2013।

3. ब्रूस हॉफमैन, ऐनोनिमस सोल्जर्स : द स्ट्रगल फॉर इजराइल : 1917-1947 (न्यूयॉर्क : अल्फ्रेड ए. नौफ, 2015), पृ.सं. 333।

4. विवरण अलग हैं। मार्टिन गिल्बर्ट (इजराइल : अ हिस्टरी [न्यूयॉर्क : हार्पर पेरेनियल, 1998], पृ.सं. 118-119) का दावा है कि मोएन को छह तारीख को और सेनेश को आठ को मारा गया था, लेकिन अन्य विवरणों से पता चलता है कि सेनेश की मृत्यु मोएन की हत्या से एक दिन पहले हो गई थी। बेशक, कोई कारण और प्रभाव नहीं था।

5. अनीता शापिरा, ट्रांस. एंथनी बैरिस, बेन-गुरियन : फादर ऑफ मॉडर्न इजराइल (न्यू हैवन ऐंड लंदन : येल यूनिवर्सिटी प्रेस, 2014), पृ.सं. 138।

6. लॉरेंस ऐप्स्टीन, द ड्रीम ऑफ जियोन : द स्टोरी ऑफ द फर्स्ट जियोनिस्ट कांग्रेस (लैनहम, एम.डी. : रोमैन ऐंड लिटिलफील्ड, 2016), पृ.सं 120।

7. एरिक लिस्तब्लौ, 'सर्वाइविंग द नाजीस, ओनली टु बी जेल्ड बाय अमेरिका', (नाजियों से बचना, केवल अमेरिकियों द्वारा जेल में डाले जाने के लिए) न्यूयॉर्क टाइम्स (7 फरवरी, 2015), http://www.nytimes.com/2015/02/08/sunday-review/

surviving-the-nazis-only-to-be-jailed-by-america.html (अंतिम बार 7 दिसंबर, 2015 को देखा गया)।

8. वही।
9. गिल्बर्ट, इजराइल : अ हिस्टरी, पृ.सं. 121।
10. येहुदा ऐवनेर, 24 अक्तूबर, 2012 को लेखक के साथ साक्षात्कार।
11. गिल्बर्ट, इजराइल : अ हिस्टरी, पृ.सं. 138–139।
12. हॉफमैन, ऐनोनिमस सोल्जर्स, पृ.सं. 379।
13. गिल्बर्ट, इजराइल : अ हिस्टरी, पृ.सं. 145।
14. वही।
15. विद्वानों के बीच ये संख्याएँ थोड़ी भिन्न हैं—कॉलिन शिंडलर, अ हिस्टरी ऑफ मॉडर्न इजराइल, द्वितीय संस्करण (न्यूयॉर्क : कैंब्रिज यूनिवर्सिटी प्रेस, 2013), 538,000 यहूदियों और 3,97,000 अरबों के आँकड़े बताता है (पृ.सं. 45)।

    16. गिल्बर्ट, इजराइल : अ हिस्टरी, पृ.सं. 149।
17. 'सी.आई.ए. रिपोर्ट ऑन द कॉन्सिक्वेंसेस ऑफ द पार्टीशन ऑफ पैलेस्टाइन' (फिलिस्तीन के विभाजन के परिणामों पर सी.आई.ए. रिपोर्ट), पृ.सं.18. कॉपी लेखक के पास फाइल पर।
18. डेविड मैक्युलॉ, ट्रूमैन (न्यूयॉर्क : साइमन ऐंड शूस्टर, 1993), किंडल संस्करण, लोकेशंस 11804–11836।
19. गिल्बर्ट, इजराइल : अ हिस्टरी, पृ.सं 150।
20. आईसेंटर (iCentre), 'द स्टोरी ऑफ अ वोट, (एक वोट की कहानी) 29 नवंबर, 1947', iCentre (4 नवंबर, 2012), http://www.theicenter.org/voice/story-vote-nov-29-1947.
21. कालक्रम के विवरण अलग-अलग हैं। आबा एबन अपनी आत्मकथा में लिखते हैं कि मतदान मंगलवार, 26 नवंबर एवं फिर बुधवार, 27 नवंबर को एक अपील और एक फिलिबस्टर के कारण स्थगित कर दिया गया था। उस गुरुवार को थैंक्सगिविंग के लिए तीसरे अंतराल के बाद मतदान अंततः शुक्रवार, 29 नवंबर को हुआ। आसफ सिनिवर लिखित एबन की जीवनी में कहा गया है कि मतदान बुधवार को स्थगित कर दिया गया था, लेकिन अंततः शनिवार को आयोजित किया गया था। अनीता शापिरा लिखती हैं कि मतदान शुक्रवार को हुआ, जबकि बैनी मॉरिस कहते हैं कि उस दिन शनिवार था।
22. आसफ सिनिवर, आबा एबन : अ बायोग्राफी (न्यूयॉर्क एवं लंदन : ओवरलुक डकवर्थ, 2015), पृ.सं. 91।
23. श्लोमो ऐविनेरी, ट्रांस. हैम वॉत्जमैन, हर्जल : थियोडोर हर्जल ऐंड द फाउंडेशन ऑफ द ज्यूइश स्टेट (लंदन : वीडेनफेल्ड ऐंड निकोलसन, 2008), पृ.सं. 141 (हर्जल की डायरी से उद्धृत)।
24. ए.ए.पी. (A.A.P), 'यू.एन.ओ. ने फिलिस्तीन विभाजन योजना को पास किया', मॉर्निंग हेराल्ड (1 दिसंबर, 1947), http://trove.nla.gov.au/ndp/del/article/134238148

(अंतिम बार 7 दिसंबर, 2015 को देखा गया)।

25. आमोस ओज, ट्रांस. निकोलस डी लैंग, अ टेल ऑफ लव ऐंड डार्कनेस (ऑरलैंडो : हारकोर्ट, 2004), पृ.सं. 359।

26. वही।

27. माइकल बार-जोहर, ट्रांस. पेरेट्ज किड्रोन, बेन-गुरियन : अ बायोग्राफी, द न्यू मिलेनियम एडिशन (इजराइल : वीडेनफेल्ड ऐंड निकोलसन, 2013), किंडल संस्करण, लोकेशन 3028।

28. डैनियल गॉर्डिस, सेविंग इजराइल : हाउ द ज्यूइश पीपल कैन विन अ वॉर दैट मे नेवर ऐंड (होबोकेन, एनजे : विले, 2009), पृ.सं. 170। संयुक्त राष्ट्र द्वारा फिलिस्तीन के विभाजन के लिए मतदान के दो सप्ताह बाद, 15 दिसंबर, 1947 को हारेत्ज ने इस भाषा का श्रेय वीजमैन को दिया।

29. निर्गमन (Exodus) 19:15।

30. निर्गमन (Exodus) 19:10।

31. नदव श्रगाई, 'द लेजेंड ऑफ ऐंबुश्ड पालमाच स्क्वाड '35',' हारेत्ज (27 अप्रैल, 2009), http://www.haaretz.com/the-legend-of-ambushed-palmach-squad-35-1.274876 (अंतिम बार 7 दिसंबर, 2015 को देखा गया)। मूल वृत्तांत एक स्तवन पर आधारित था, जो बेन-गुरियन ने हमले के कुछ ही दिनों बाद अपनी मापई पार्टी को दिया था। बेन-गुरियन ने स्पष्ट रूप से एक अरबी से अपनी जानकारी प्राप्त की थी, जो कथित तौर पर घटनास्थल पर मौजूद था, लेकिन जिसने नरसंहार में भाग नहीं लिया था। बादवाला संस्करण इकसठ वर्ष बाद सामने आया, जब कहानी योचानन बेन-या'अकोव द्वारा बताई गई थी, जो कफार एट्जियन में पैदा हुए थे और युद्ध से अनाथ हो गए थे।

32. तमार एस. डुकर, ' 'आई एम ए सिविल वॉर' : द पोएट्री ऑफ हैम गोरी', ह्यूग कैनेडी में संस्करण, वॉरफेयर ऐंड पोएट्री इन द मिडिल ईस्ट (लंदनः आई.बी. टॉरिस, 2013), पृ.सं. 242-243।

33. माटी एलोन, होलोकॉस्ट ऐंड रिडेंपशन (विक्टोरिया, बी.सी. : ट्रैफर्ड पब्लिशिंग, 2013), पृ.सं. 168।

34. योसी मेलमैन, 'यहूदियों ने ठीक अरबों की तरह, अनैतिक स्थानों में हथियार छिपाए', हारेत्ज (27 जनवरी, 2011)।

35. शापिरा, ट्रांस. बैरिस, इजराइल : ए हिस्टरी, पृ.सं 161।

36. वही, पृ.सं. 157-158।

37. बैनी मॉरिस, राइटियस विक्टिम्स : अ हिस्टरी ऑफ द जियोनिस्ट-अरब कॉन्फ्लिक्ट, 1881-2001 (न्यूयॉर्क : विंटेज बुक्स, 2001), किंडल संस्करण, लोकेशंस 6208।

38. बैनी मॉरिस, अंतरराष्ट्रीय स्तर पर मान्यता प्राप्त और एक सम्मानित इजराइली 'नए इतिहासकार', जिन्होंने इजराइली सैन्य ज्यादतियों के कई वृत्तांत लिखे, का मानना है कि बलात्कार के आरोप बिल्कुल झूठे थे। अधिकांश समकालीन इतिहासकारों का अनुमान है कि

मारे गए लोगों की संख्या 100 से 120 के बीच थी। अरब इतिहासकारों ने भी अपने आख्यान बदल दिए हैं। 1987 में वेस्ट बैंक शहर रामल्लाह के पास बिरजीत विश्वविद्यालय से जुड़े दो फिलिस्तीनी विद्वानों ने गवाहों के साथ कई साक्षात्कारों के बाद एक रिपोर्ट जारी की। उन्होंने मृतकों की संख्या 107 बताई और अपनी रिपोर्ट में बलात्कार का कोई जिक्र नहीं किया। उनके निष्कर्ष बेगिन के विपरीत नहीं थे। Cf. बेनी मॉरिस, 'दी हिस्टोरियोग्राफी ऑफ डियर यासीन', जर्नल ऑफ इजराइली हिस्टरी : पॉलिटिक्स, सोसाइटी, कल्चर, वॉल्यूम 24, नं. 1 (अगस्त 2006), पृ.सं. 87। मेरा युद्ध का अधिक विस्तृत सारांश और वे तरीके भी देखें, जिनमें उनका विभिन्न दलों द्वारा उपयोग किया गया था—मेनाचेम बेगिन : द बैटल फॉर इजराइल्स सोल (न्यूयॉर्क : नौफ डबलडे, 2014), अध्याय 6, 'डेडली रोड टु यरुशलम'।

39. गिल्बर्ट, इजराइल : अ हिस्टरी, पृ.सं. 179–180।

अध्याय 8 : स्वतंत्रता : एक राज्य का जन्म

1. ब्रूस हॉफमैन, ऐनोनिमस सोल्जर्स : द स्ट्रगल फॉर इजराइल : 1917–1947 (न्यूयॉर्क : एल्फ्रेड ए. नौफ, 2015) किंडल संस्करण, लोकेशन 8282।
2. एरियल फेल्डेस्टीन, 'वन मीटिंग—मैनी डिस्क्रिप्शंस : द रेसोल्यूशन ऑन द इस्टैब्लिशमेंट ऑफ द स्टेट ऑफ इजराइल' (एक बैठक-कई विवरण : इजराइल राज्य की स्थापना पर संकल्प), इजराइल स्टडीज फोरम, वॉल्यूम 23, नं. 2 (शीत ऋतु 2008), पृ.सं. 104।
3. वही।
4. बैनी मॉरिस, 1948 : द फर्स्ट अरब-इजराइली वॉर (न्यू हैवन ऐंड लंदन : येल यूनिवर्सिटी प्रेस, 2008), पृ.सं. 177।
5. वही, पृ.सं. 178।
6. 'इजराइल की स्वतंत्रता की घोषणा 1948', एवलॉन प्रोजेक्ट, http:// avalon.law.yale.edu/20th_century/israel.asp (अंतिम बार 7 दिसंबर, 2015 को देखा गया)।
7. अनीता शापिरा, ट्रांस. एथनी बैरिस, इजराइल : अ हिस्टरी (वॉलथम, एम.ए. : ब्रैंडीस यूनिवर्सिटी प्रेस, 2012), पृ.सं. 180।
8. द्वितीय सैमूएल 23:3।
9. येहुदाह मर्स्की, 'व्हाट इज अ नेशन-स्टेट फॉर?' (राष्ट्र-राज्य किसलिए है?) मार्जिनेलिया (11 मार्च, 2015), http://marginalia.lareviewofbooks.org/nation-state-yehudah-mirsky/ (अंतिम बार 7 दिसंबर, 2015 को देखा गया)।
10. जेनेसिस (उत्पत्ति) 32:28।
11. शापिरा, ट्रांस. बैरिस, इजराइल : अ हिस्टरी, पृ.सं. 164।
12. अमीरा लैम, 'पेरेस स्वतंत्रता की घोषणा को याद करते हैं : हमारे पास जश्न मनाने का समय नहीं था', Ynetnews.com (21 दिसंबर, 2014), http://www.ynetnews.com/articles/0,7340,L-4606090,00.html।
13. टेकुमाह (रीबर्थ : द फर्स्ट फिफ्टी ईयर्स), एक इजराइली टेलीविजन शृंखला, पहला प्रसारण

1998, चैनल 1, एपिसोड 3 29:25 पर।

14. मार्टिन गिल्बर्ट, इजराइल : अ हिस्टरी (न्यूयॉर्क : हार्पर पेरेनियल, 1998), पृ.सं. 192।
15. मॉरिस, 1948, पृ.सं. 237।
16. शापिरा, ट्रांस. बैरिस, इजराइल : अ हिस्टरी, पृ.सं. 165।
17. कॉलिन शिंडलर, अ हिस्टरी ऑफ मॉडर्न इजराइल, दूसरा संस्करण (न्यूयॉर्क : कैंब्रिज यूनिवर्सिटी प्रेस, 2013), पृ.सं. 55।
18. गिल्बर्ट, इजराइल : अ हिस्टरी, पृ.सं. 207–208।
19. मॉरिस, 1948, पृ.सं. 142।
20. वही, पृ.सं. 159।
21. वही।
22. वही, पृ.सं. 365।
23. वही, पृ.सं. 266।
24. वही, पृ.सं. 268।
25. चेक हथियारों पर स्वस्तिकों की जिज्ञासा का उल्लेख आयलोन संग्रहालय प्रदर्शनी में किया गया है और लेखक को प्रोफेसर बैनी मॉरिस द्वारा भेजे गए एक इ-मेल में इसकी पुष्टि की गई है। "चेको से आनेवाले हथियार मानक जर्मन मौसर राइफल और एम.जी. मशीनगन थे—इसलिए संभवत: कई के ऊपर स्वस्तिक थे, जो मई 1945 से पहले जर्मनों के लिए उत्पादित किए गए थे (जैसे कि चेक लोगों द्वारा निर्मित मेसर्समिट्स में भी मूल रूप से थे)। इ-मेल, दिनांक 1 मई, 2016, लेखक के पास फाइल पर है।
26. उदाहरण के लिए, देखें, एलीएजर कोहेन, ट्रांस। योनातन गॉर्डिस, इजराइल्स बेस्ट डिफेंस : द फर्स्ट फुल स्टोरी ऑफ द इजराइली एयर फोर्स (न्यूयॉर्क : ओरियन बुक्स, 1993), पृ.सं. 7–60। साथ ही देखें, अबव ऐंड बियॉन्ड (प्लेमाउंट प्रोडक्शंस ऐंड कटहदीन प्रोडक्शंस, नैंसी स्पीलबर्ग द्वारा निर्मित, 2015) 15:20 बजे।
27. अबव ऐंड बियॉन्ड 38:20 पर।
28. अबव ऐंड बियॉन्ड 43:00 पर।
29. अबव ऐंड बियॉन्ड 50:40 पर।
30. अबव ऐंड बियॉन्ड 51:30 पर।
31. लेखक द्वारा अनुवाद। ज्ञापन की तसवीर लेखक के पास फाइल पर।
32. जेरोल्ड एस. औरबैक, ब्रदर्स ऐट वॉर : इजराइल ऐंड द ट्रेजेडी ऑफ द अल्तालेना। (न्यू ऑरलियंस : क्विड प्रो बुक्स, 2011), पृ.सं. 50।
33. येहुदा लापिडोट, ट्रांस. चाया गलई, 'द अल्तालेना अफेयर', एट्जेल, http://www.etzel.org.il/english/ac20.htm (अंतिम बार 7 दिसंबर, 2015 को देखा गया)।
34. जवी हैरी हर्विट्ज, बेगिन : हिज लाइफ, वर्ड्स ऐंड डीड्स (यरुशलम : गेफेन पब्लिशिंग, 2004), पृ.सं. 27।

35. ऐवी शिलोन, ट्रांस. डेनिएल जिल्बरबर्ग एवं योरम शैरेट, मेनाचेम बेगिन : अ लाइफ (न्यू हैवन ऐंड लंदन : येल यूनिवर्सिटी प्रेस, 2007), पृ.सं. 130।
36. औएरबाच, ब्रदर्स ऐट वॉर, पृ.सं. 109।
37. माइकल ओरेन, 'क्या इजराइल छह दिन का युद्ध चाहता था?' अज़ूरे (स्प्रिंग 5759/1999), पृ.सं. 47।
38. वही।
39. इलान पैप्पे, 'अ पोस्ट-जियोनिस्ट क्रिटिक ऑफ इजराइल ऐंड द पैलेस्टीनियंस (इजराइल और फिलिस्तीनियों के एक उत्तर-जियोनी आलोचक), भाग-II : द मीडिया', जर्नल ऑफ पैलेस्टाइन स्टडीज (स्प्रिंग 1997) में, पृ.सं. 37-43, ओरेन में उद्धृत, 'डिड इजराइल वांट द सिक्स डे वॉर?' (क्या इजराइल छह दिवसीय युद्ध चाहता था?) पृ.सं. 48।
40. ऐरी शैवित, माई प्रॉमिस्ड लैंड : द ट्रियम्फ ऐंड ट्रेजेडी ऑफ इजराइल (न्यूयॉर्क : स्पीगल ऐंड ग्राऊ, 2013), पृ.सं.108।
41. वही, पृ.सं. 132।
42. देखें मार्टिन क्रेमर, 'व्हाट हैपंड ऐट लाइडा' (लाइडा में क्या हुआ) मोजेक (1 जुलाई, 2014), http://mosaicmagazine.com/essay/2014/07/what-happened-at-lydda/.
43. बैनी मॉरिस, 'जियोनिज्म के 'ब्लैक बॉक्स',' मोजेक (13 जुलाई, 2014), http://mosaicmagazine.com/response/2014/07/zionisms-black-boxes/ (अंतिम बार 7 दिसंबर, 2015 को देखा गया)।
44. गिल्बर्ट, इजराइल : अ हिस्टरी, पृ.सं. 218।
45. नदव मान, 'लेंस के पीछे से पहली आई.डी.एफ. परेड', Ynet news.com (13 दिसंबर, 2008), http://www.ynetnews.com/article/0,7340,L-3637748,00.html (अंतिम बार 7 दिसंबर, 2015 को देखा गया)।
46. ऐरी शैवित, 'सर्वाइवल ऑफ द फिटेस्ट? बैनी मॉरिस के साथ एक साक्षात्कार', हारेत्ज (8 जनवरी, 2004), http://www.haaretz.com/survival-of-the-fittest-1.61345 (अंतिम बार 7 दिसंबर, 2015 को देखा गया)।
47. शिलॉन, ट्रांस. जिल्बरबर्ग एवं शैरेट, मेनाचेम बेगिन : अ लाइफ, पृ.सं. 137।
48. शापिरा, ट्रांस. बैरिस, इजराइल : अ हिस्टरी, पृ.सं. 172।
49. मॉरिस, 1948, पृ.सं. 406।

अध्याय 9 : एक राज्य के सपने से लेकर राज्य के दर्जे की असलियत

1. पिनहास एल्पर्ट एवं डोटन गोरेन, eds., डायरी ऑफ अ मुच्तर इन यरुशलम : द हिस्टरी ऑफ द बीट इजराइल नेबरहुड ऐंड इट्स सराउंडिंग्स इन द राइटिंग्स ऑफ रब्बी मोशे येकुतिएल एल्पर्ट (1938-1952) (रैमत गैन, इजराइल : बार इलान यूनिवर्सिटी प्रेस, 2013), पृ.सं. 173-174 [हिब्रू में]। वेरेद केलनर (Vered Kellner) से अंग्रेजी अनुवाद, 'लौगिंग्स ऐंड

डिसअपॉइंटमेंट्स : अ वोटर इन एक्साइल इन न्यूयॉर्क' (लालसाएँ और निराशाएँ : न्यूयॉर्क में निर्वासन में एक मतदाता), हारेत्ज (18 जनवरी, 2013), http://www.haaretz.com/opinion/longings-and-disappointments-a-voter-in-exile-in-new-york.premium-1.494743 (अंतिम बार 5 अगस्त, 2016 को देखा गया)।

2. वेरेड केलनर, 'लौंगिंग्स एंड डिसअपॉइंटमेंट्स : अ वोटर इन एक्साइल इन न्यूयॉर्क', हारेत्ज (18 जनवरी, 2013), ऑनलाइन http://www.haaretz.com/opinion/longings-and-disappointments-a-voter-in-exile-in-new-york.premium-1.494743 (अंतिम बार 5 अगस्त, 2016 को देखा गया)।
3. ज्यूइश टेलीग्राफिक एजेंसी, 'इजराइल आज पहले राष्ट्रीय चुनावों में मतदान करेगा; अभियान चरम पर पहुँचा', (25 जनवरी, 1949), http://www.jta.org/1949/01/25/archive/israel-to-vote-today-in-first-national-elections-campaign-reaches-high-peak (अंतिम बार 7 दिसंबर, 2015 को देखा गया)।
4. टेकुमाह (रीबर्थ : द फर्स्ट फिफ्टी ईयर्स), एक इजराइली टेलीविजन श्रृंखला, पहला प्रसारण 1998, चैनल 1, एपिसोड 21, 00:35 पर।
5. 'मूविंग सेरेमनी ने हर्जल के अवशेषों के पुनर्वसु को चिह्नित किया; इजराइली कैबिनेट पूर्ण उपस्थिति में', ज्यूइश टेलीग्राफिक एजेंसी, http://www.jta.org/1949/08/18/archive/moving-ceremony-marks-reburial-of-herzls-remains-israeli-cabinet-in-full -attendance.
6. थियोडोर हर्जल, ट्रांस. आई.एम.लास्क, द ज्यूइश स्टेट (तेल अवीव : एम. न्यूमैन पब्लिशिंग हाउस, 1954), पृ.सं. 137।
7. वही, पृ.सं. 151।
8. जे.टी.ए., 'इजराइल की संविधान सभा के वीजमैन के संबोधन का उद्घाटन सत्र' (15 फरवरी, 1949), http://www.jta.org/1949/02/15/archive/of-chaim-weizmanns-address-opening -session- of-israeli-constituent-assembly (अंतिम बार 7 दिसंबर, 2015 को देखा गया)।
9. वही।
10. वही।
11. रॉबर्ट फ्रॉस्ट, 'द डेथ ऑफ द हायर्ड मैन' (बॉस्टन के उत्तर में, 1915), Bartleby.com, http://www.bartleby.com/118/3.html (अंतिम बार 7 दिसंबर, 2015 को देखा गया)।
12. अनीता शापिरा, ट्रांस. एथनी बैरिस, इजराइल : अ हिस्टरी (वॉलथम, एम.ए. : ब्रैंडीस यूनिवर्सिटी प्रेस, 2012), पृ.सं. 208।
13. 'अरब देशों से यहूदियों का विस्थापन—1948-2012', जस्टिस फॉर ज्यूज फ्रॉम अरब कंट्रीज (अरब देशों के यहूदियों के लिए न्याय), http://www.justiceforjews.com/main_facts.html (अंतिम बार 7 दिसंबर, 2015 को देखा गया)।
14. कॉलिन शिंडलर, अ हिस्टरी ऑफ मॉडर्न इजराइल, द्वितीय संस्करण (न्यूयॉर्क : कैंब्रिज

यूनिवर्सिटी प्रेस, 2013), पृ.सं. 64।

15. शापिरा, ट्रांस. बैरिस, इजराइल : अ हिस्टरी, किंडल संस्करण, लोकेशन 5437-5443।
16. शिंडलर, अ हिस्टरी ऑफ मॉडर्न इजराइल, पृ.सं. 93।
17. गोल्डा मीर, माई लाइफ (न्यूयॉर्क : डेल पब्लिशिंग, 1975), पृ.सं. 250-251।
18. एस्थर मीर-ग्लिट्जेंस्टीन, 'ऑपरेशन मैजिक कार्पेट : यमेनाइट यहूदियों के इजराइल में जादुई आप्रवासन के मिथक का निर्माण', इजराइल स्टडीज, वॉल्यूम 16, नं. 3 [फॉल (पतझड़) 2011], पृ.सं 150।
19. शापिरा, ट्रांस. बैरिस, इजराइल : अ हिस्टरी, किंडल संस्करण, लोकेशन 5453।
20. इजराइल विदेश मंत्रालय, 'इजराइल राज्य में शिक्षा के पचास वर्ष', http://www.mfa.gov.il/mfa/aboutisrael/israelat50/pages/fifty%20years%20of%20education%20in%20 the%20state%20of%20israel.aspx.
21. हर्जल, ट्रांस. लास्क, द ज्यूइश स्टेट, पृ.सं. 16।
22. शिंडलर, अ हिस्टरी ऑफ मॉडर्न इजराइल, पृ.सं. 94।
23. शापिरा, ट्रांस. बैरिस, इजराइल : अ हिस्टरी, पृ.सं. 231।
24. सेठ जे. फ्रांत्जमैन, 'डेविड बेन-गुरियन, इजराइल के अलगाववादी संस्थापक', फॉरवर्ड (18 मई, 2015), http://forward.com/opinion/israel/308306/ben-gurion-israels-segregationist-founder/ (अंतिम बार 8 दिसंबर, 2015 को देखा गया)।
25. वही।
26. निर केदार, 'बेन-गुरियन की मम्लख्तियत : व्युत्पत्ति और सैद्धांतिक जड़ें', इजराइल स्टडीज, वॉल्यूम 7, नं. 3 (फॉल 2002), पृ.सं. 129।
27. टेकुमाह, एपिसोड 17, 12:00 पर।
28. शापिरा, ट्रांस. बैरिस, इजराइल : अ हिस्टरी, पृ.सं. 199।
29. तमारा ट्रुबमैन, 'अ मिस्ट्री दैट डिफाइज सॉल्यूशन', हारेत्ज (5 नवंबर, 2001), http://www.haaretz.com/print-edition/news/a-mystery-that-defies-solution-1.73913 (अंतिम बार 8 दिसंबर, 2015 को देखा गया)।
30. मोशे रीनफेल्ड, 'स्टेट कमीशन : मिसिंग यमनाइट बेबीज नॉट किडनैप्ड', हारेत्ज (4 नवंबर, 2001), http://www.haaretz-.com/news/state-commission-missing-yemenite-babies-not-kidnapped-1.73778 (अंतिम बार 8 दिसंबर, 2015 को देखा गया)।
31. '1948 के बाद से येशिवा छात्रों के लिए सेना छूट में 15,000% वृद्धि', हिदुश वेबसाइट, http://hiddush.org/article-2338-0-15000_Growth_in_army_exemptions_for_yeshiva_students_since_1948.aspx (अंतिम बार 9 दिसंबर, 2015 को देखा गया)।
32. टेकुमाह, एपिसोड 11, 31:45 पर।
33. टेकुमाह, एपिसोड 11, 20:15 पर।
34. शापिरा, ट्रांस. बैरिस, इजराइल : अ हिस्टरी, पृ.सं. 197।

35. डेविड बेन-गुरियन, लाइक स्टार्स ऐंड डस्ट : ऐसेज फ्रॉम इजराइल्स गवर्नमेंट ईयर बुक (रैमत गैन, इजराइल : मसादा प्रेस, 1976), पृ.सं. 147। लेखक द्वारा हिब्रू से अनुवाद। यह अंश मेरी सेविंग इजराइल : हाउ द ज्यूइश पीपल कैन विन अ वॉर दैट मे नेवर इंड (होबोकेन, एन.जे. : विली, 2009), पृ.सं. 154 में भी आता है।

36. जैकब ब्लॉस्टीन, 'द वॉयस ऑफ रीजन : अमेरिकी यहूदी समिति के अध्यक्ष, जैकब ब्लॉस्टीन द्वारा उसकी कार्यकारी समिति की बैठक में संबोधन, 29 अप्रैल, 1950', अमेरिकन ज्यूइश कमिटी आर्काइव्ज, http://www.ajcarchives.org/AJC_DATA/Files/507.PDF), पृ.सं. 11. (अंतिम बार 8 दिसंबर, 2015 को देखा गया)। मूल में इटैलिक्स, पृ.सं. 9।

37. वॉल्टर इसाकसन, आइंस्टीन : हिज लाइफ ऐंड यूनिवर्स (न्यूयॉर्क : साइमन ऐंड शूस्टर पेपरबैक, 2007), पृ.सं. 520।

38. वही।

39. ब्लॉस्टीन, 'द वॉयस ऑफ रीजन', पृ.सं. 11. इटैलिक्स मूल।

40. वही, पृ.सं. 10. इटैलिक्स मूल।

41. शापिरा, ट्रांस. बैरिस, इजराइल : अ हिस्टरी, पृ.सं. 179।

अध्याय 10 : अंतरराष्ट्रीय कार्यक्षेत्र में इजराइल का प्रवेश

1. अनीता शापिरा, ट्रांस. ऐंथनी बैरिस, इजराइल : ए हिस्टरी (वॉलथम, एम.ए. : ब्रैंडीस यूनिवर्सिटी प्रेस, 2012), पृ.सं. 274।

2. मारे गए इजराइलियों की संख्या को लेकर अत्यधिक मतभेद है। मार्टिन गिल्बर्ट का दावा है कि इन हमलों में 967 इजराइली मारे गए थे [मार्टिन गिल्बर्ट, द रूटलेज एटलस ऑफ द अरब-इजराइल कॉन्फ्लिक्ट (न्यूयॉर्क : रूटलेज, 2005), पृ.सं. 58]। लेकिन बैनी मॉरिस उस संख्या को 'सरासर बकवास' कहते हैं। (देखें बैनी मॉरिस, इजराइल्स बॉर्डर वॉर्स, 1949-1956 : अरब इन्फिल्ट्रेशन, इजराइली रीटैलिएशन, ऐंड द काउंटडाउन टु द सुएज वॉर (ऑक्सफोर्ड : ऑक्सफोर्ड यूनिवर्सिटी प्रेस : 1993), पृ.सं. 101) रूढ़िवादी अनुमान कई सौ का है।

3. मॉरिस, इजराइल्स बॉर्डर वॉर्स, 1949-1956, किंडल संस्करण, लोकेशंस 3037-3049।

4. वही, लोकेशंस 3123-3128।

5. मार्टिन गिल्बर्ट, इजराइल : अ हिस्टरी (न्यूयॉर्क : हार्पर पेरेनियल, 1998), पृ.सं. 289-290।

6. एस. यिझार, ट्रांस. निकोलस डी लैंग और याकोब ड्वेक, खिरबेट खिजेह : ए नॉवेल (न्यूयॉर्क : फरार, स्ट्रॉस ऐंड गिरौक्स, 2014), पृ.सं. 100।

7. वही, पृ.सं.103-104।

8. नूह एफ्रॉन, 'द प्राइस ऑफ रिटर्न', (वापसी की कीमत) हारेत्ज (23 नवंबर, 2008), http://www.haaretz.com/news/the-price-of-return-1.258035 (अंतिम बार 8 दिसंबर, 2015 को देखा गया)।

9. रॉबर्ट स्लेटर, वॉरियर स्टेट्समैन : द लाइफ ऑफ मोशे दयान (न्यूयॉर्क : सेंट मार्टिंस प्रेस, 1991), पृ.सं. 149।

10. मॉरिस, इजराइल्स बॉर्डर वॉर्स, 1949-1956, लोकेशंस 3037-3049।
11. डेविड लैंडोउ, एरिक : द लाइफ ऑफ एरियल शेरॉन (न्यूयॉर्क : ऐल्फ्रेड ए. नौफ, 2013), पृ.सं. 7।
12. गिल्बर्ट, इजराइल : अ हिस्टरी, पृ.सं. 292।
13. जवी गैनिन, ऐन अनईजी रिलेशनशिप : ज्यूइश लीडरशिप ऐंड इजराइल, 1948-1957 (सिराक्यूज, NY : सिराक्यूज यूनिवर्सिटी प्रेस, 2005), पृ.सं. 190-191।
14. लैंडोउ, एरिक, पृ.सं. 26-27।
15. मॉरिस, इजराइल्स बॉर्डर वॉर्स, 1949-1956, लोकेशंस 3293-3299।
16. मिच गिंसबर्ग से अनुवाद, 'जब मोशे दयान ने जियोनीवाद का परिभाषित भाषण दिया', टाइम्स ऑफ इजराइल (26 अप्रैल, 2016), http://www.timesofisrael.com/when-moshe-dayan-delivered-the-defining-speech-of-zionism/ (अंतिम बार 8 मई, 2016 को देखा गया)। अलुफ बैन, 'डूम्ड टू फाइट' (9 मई, 2011) भी देखें, हारेत्ज http://www.haaretz.com/weekend/week-s-end/doomed-to-fight-1.360698 (अंतिम बार 8 दिसंबर, 2015 को देखा गया)।
17. गिंसबर्ग, 'जब मोशे दयान ने जियोनींवाद का परिभाषित भाषण दिया।' चेमी शैलेव भी देखें, 'मोशे दयान की स्थायी गाजा स्तुति : यह हमारी पीढ़ी का भाग्य है', हारेत्ज (20 जुलाई, 2014), http://www.haaretz.com/blogs/west-of-eden/premium-1.606258 (अंतिम बार 8 दिसंबर, 2015 को देखा गया)।
18. मॉरिस, इजराइल्स बॉर्डर वॉर्स, 1949-1956, लोकेशंस 208-213।
19. वही।
20. हावर्ड एम. साचर, अ हिस्टरी ऑफ इजराइल : फ्रॉम द राइज ऑफ जियोनिज्म टु आवर। टाइम (न्यूयॉर्क : अल्फ्रेड ए. नौफ, 1979), पृ.सं. 486।
21. वही, पृ.सं. 487।
22. गिल्बर्ट, इजराइल : अ हिस्टरी, पृ.सं. 315।
23. वही, पृ.सं. 317।
24. मॉरिस, इजराइल्स बॉर्डर वॉर्स, 1949-1956, लोकेशन 7962।
25. माइकल बी ओरेन, 'स्वतंत्रता का दूसरा युद्ध', अजूरे, नं. 27 (विंटर 5767/2007)।
26. साचर, अ हिस्टरी ऑफ इजराइल, पृ. 483।
27. गिल्बर्ट, इजराइल : अ हिस्टरी, पृ.सं. 326-327।
28. गोल्डा मीर, माई लाइफ (न्यूयॉर्क : डैल पब्लिशिंग, 1975), पृ.सं. 59.
29. येहुदा ऐवनेर, द प्राइम मिनिस्टर्स : ऐन इंटिमेट नैरेटिव ऑफ इजराइली लीडरशिप (यरुशलम : टोबी प्रेस, 2010), किंडल संस्करण, लोकेशंस 1822-1829।
30. वही।

अध्याय 11 : इजराइल ने यहूदियों के नरसंहार का सामना किया

1. डेविड मिकिक्स, 'होलोकॉस्ट पल्प फिक्शन', 'टैबलेट' मैगजीन (19 अप्रैल, 2012), http://www.tabletmag.com/jewish-arts-and-culture/books/ 97160/ka-tzetnik.
2. डेबोराह ई. लिपस्टैड, द इचमैन ट्रायल (न्यूयॉर्क : नौफ डबलडे, 2011), पृ.सं. 3।
3. वही, पृ.सं. 21-22।
4. वही, पृ.सं. 24-25।
5. वही, पृ.सं. 29।
6. मार्टिन गिल्बर्ट, इजराइल : अ हिस्टरी (न्यूयॉर्क : हार्पर पेरेनियल, 1998), पृ.सं. 337।
7. जॉर्ज लैवी, जर्मनी ऐंड इजराइल : मॉरल डेब्ट ऐंड नैशनल इंट्रेस्ट (लंदन : फ्रैंक कैस, 1996), पृ.सं. 7।
8. मेनाचेम बेगिन, व्हाइट नाइट्स : द स्टोरी ऑफ अ प्रिजनर इन रशिया (न्यूयॉर्क : हार्पर कॉलिंस, 1979), पृ.सं. 265।
9. डेनियल गॉर्डिस, मेनाचेम बेगिन : द बैटल फॉर इजराइल्स सोल (न्यूयॉर्क : नोफ डबलडे, 2014), पृ.सं. 104।
10. गिल्बर्ट, इजराइल : अ हिस्टरी, पृ.सं. 280।
11. सेठ एम. सीगल, लैट देयर बी वॉटर : इजराइल्स सॉल्यूशन फॉर अ वॉटर-स्टार्व्ड वर्ल्ड (न्यूयॉर्क : थॉमस ड्यून बुक्स, 2015), पृ.सं. 40।
12. सेठ एम. सीगल, '50 वर्ष बाद, राष्ट्रीय जलवाहक अभी भी एक प्रेरणा है', Ynetnews.com (6 सितंबर, 2014), http://www.ynetnews.com/articles/ 0,7340,L-4528200,00.html (अंतिम बार 10 मई, 2016 को देखा गया)।
13. टेकुमाह (रीबर्थ : द फर्स्ट फिफ्टी इयर्स), एक इजराइली टेलीविजन शृंखला, पहला प्रसारण 1998, चैनल 1, एपिसोड 17, 20:15 पर।
14. असफ इनबारी, हाबैता (तेल अवीव : येदियोत सेफरिम, 2009), पृ.सं. 169-170, 178 (डैनियल गॉर्डिस द्वारा अनूदित)।
15. एलाड जेरेट, 'कास्नेर्स किलर : आई वुड नेवर हैव शॉट हिम टुडे', Ynetnews.com (29 अक्तूबर, 2014), http://www.ynetnews.com/articles/ 0,7340,L-4585767,00.html (अंतिम बार 8 दिसंबर, 2015 को देखा गया)।
16. यौसी क्लीन हालेवी, लाइक ड्रीमर्स : द स्टोरी ऑफ द इजराइली पैराट्रूपर्स हू रीयूनाइटेड यरुशलम ऐंड डिवाइडेड अ नेशन (न्यूयॉर्क : हार्पर-कॉलिंस, 2013), पृ.सं. 42।
17. ऐरी शैवित, माई प्रॉमिस्ड लैंड : द ट्रियम्फ ऐंड ट्रेजडी ऑफ इजराइल (न्यूयॉर्क : स्पीगल ऐंड ग्रौ, 2013), पृ.सं. 179-180।
18. लिप्सताड, द इचमैन ट्रायल, पृ.सं. 34।
19. डेविड बेन-गुरियन, 'इचमैन केस जैसा कि बेन-गुरियन ने देखा', 'न्यूयॉर्क टाइम्स' (18 दिसंबर, 1960), http://timesmachine.nytimes.com/timesmachi

ne/1960/12/18/99904385.html? पृ.सं. 182 (अंतिम बार 8 दिसंबर, 2015 को देखा गया)।

20. लिप्सताड, द इचमैन ट्रायल, पृ.सं. 36।
21. वही, पृ.सं. 53।
22. वही, पृ.सं. 78।
23. वही।
24. वही, पृ.सं. 97–98।
25. वही।
26. 'प्लैनेट ऑशविट्ज' (इचमैन परीक्षण में येहिल डी–नूर की फिल्माई गई गवाही), https://www.youtube.com/watch?v=o0T9tZiKYl4.
27. ओज ऐल्मोग, द सब्रा (बर्कले : यूनिवर्सिटी ऑफ कैलिफोर्निया प्रेस, 2000), पृ.सं. 84।
28. ऐर लैपिड, ट्रांस. इवान फॉलेनबर्ग, मेमोरीज आफ्टर माई डेथ : द जोसेफ (टॉमी) लैपिड स्टोरी (लंदन : इलियट ऐंड थॉम्सन लिमिटेड, 2011), पृ.सं. 131–132।
29. वही।
30. लिप्सताड, द इचमैन ट्रायल, पृ.सं. 80–81।
31. हैम हजाज, द सरमन ऐंड अदर स्टोरीज (यरुशलम : टोबी प्रेस, 2005), पृ.सं. 237।

अध्याय 12 : छह दिनों के युद्ध ने एक देश को हमेशा के लिए बदल दिया

1. ज्यूइश एजेंसी, 'द मैसिव इमीग्रेशन', http://www.jewishagency.org/he/historical-aliyah/content/22097 (अंतिम बार 10 दिसंबर, 2015 को देखा गया) (हिब्रू में)।
2. गीत के कई अनुवाद प्रकाशित हो चुके हैं। यह मेरा वाला है।
3. 2004 में, अपनी मृत्युशय्या पर शेमर ने स्वीकार किया कि उन्होंने जो राग लिखा था, वह काफी हद तक एक बास्क लोरी पर आधारित था। टॉम सेगेव, 'पत्र में, नाओमी शेमर ने 'यरुशलम ऑफ गोल्ड' धुन उठाना स्वीकार किया था', हारेत्ज (5 मई, 2005), http://www.haaretz.com/news/in-letter-naomi--shemer-admitted-lifting-jerusalem-of-gold-tune-1.157851 (अंतिम बार 8 दिसंबर, 2015 को देखा गया)।
4. यौसी क्लीन हालेवी, लाइक ड्रीमर्स : द स्टोरी ऑफ द इजराइली पैराट्रूपर्स हू रीयूनाइटेड यरुशलम ऐंड डिवाइडेड अ नेशन (न्यूयॉर्क : हार्पर–कॉलिंस, 2013), पृ.सं. 58।
5. वही, पृ.सं. 31।
6. वही, पृ.सं. 34।
7. माइकल बी. ओरेन, सिक्स डेज ऑफ वॉर : जून 1967 ऐंड द मेकिंग ऑफ द मॉडर्न मिडिल–ईस्ट (ऑक्सफोर्ड : ऑक्सफोर्ड यूनिवर्सिटी प्रेस, 2002), पृ.सं. 63।
8. वही।

9. वही, पृ.सं. 368।
10. आबा एबन, आबा एबन : ऐन ऑटोबायोग्राफी (लेक्सिंगटन, एम.ए. : प्लंकेट लेक प्रेस, 2015), किंडल संस्करण, लोकेशन 7223।
11. वही, लोकेशन 7352।
12. ओरेन, सिक्स डेज ऑफ वॉर, पृ.सं. 133।
13. येहुदा ऐवनेर, द प्राइम मिनिस्टर्स : ऐन इंटिमेट नैरेटिव ऑफ इजराइली लीडरशिप (यरुशलम : टोबी प्रेस, 2010), पृ.सं. 148।
14. वही।
15. ओरेन, सिक्स डेज ऑफ वॉर, पृ.सं. 132।
16. ऐवनेर, द प्राइम मिनिस्टर्स, पृ.सं. 148।
17. ओरेन, सिक्स डेज ऑफ वॉर, पृ.सं. 134।
18. मार्टिन गिल्बर्ट, इजराइल : अ हिस्टरी (न्यूयॉर्क : हार्पर पेरेनियल, 1998), पृ.सं. 377।
19. अब्राहम ऐवी–है, 'द पोस्टमैन नॉक्स ट्वाइस : यित्झाक रॉबिन, मैन ऑफ कॉन्ट्राडिक्शंस', (पोस्टमैन दो बार दस्तक देता है : यित्झाक रॉबिन, विरोधाभासों का आदमी) यरुशलम पोस्ट (11 सितंबर, 2014), http://www.jpost.com/Opinion/The-POSTman-Knocks-Twice-Yitzhak-Rabin-man-of-contradictions-375134 (अंतिम बार 23 मार्च, 2016 को देखा गया)।
20. हालेवी, लाइक ड्रीमर्स, पृ.सं. 57।
21. सैमुएल जी. फ्रीडमैन, ज्यू वर्सेस ज्यू : द स्ट्रगल फॉर द सोल ऑफ अमेरिकन ज्यूरी (न्यूयॉर्क : साइमन ऐंड शूस्टर, 2001), पृ.सं. 164. माइकल ओरेन, पावर, फेथ ऐंड फैंटेसी : अमेरिका इन द मिडिल–ईस्ट, 1776 टु द प्रेजेंट (न्यूयॉर्क : डब्ल्यू.डब्ल्यू. नॉर्टन, 2007), पृ.सं. 536.
22. वही, पृ.सं. 319।
23. गिल्बर्ट, इजराइल : अ हिस्टरी, पृ.सं. 373।
24. अनीता शापिरा, ट्रांस. ऐंथनी बैरिस, इजराइल : अ हिस्टरी (वॉलथम, एम.ए. : ब्रैंडीस यूनिवर्सिटी प्रेस, 2012), पृ.सं. 298।
25. ऐवनेर, द प्राइम मिनिस्टर्स, पृ.सं. 135।
26. टॉम सेगेव, ट्रांस. जेसिका कोहेन, 1967: इजराइल, द वॉर, ऐंड द ईयर दैट ट्रांसफॉर्म्ड द मिडिल–ईस्ट (न्यूयॉर्क : हेनरी होल्ट, 2005), पृ.सं. 15। मैंने सेगेव के हिब्रू के अनुवाद में थोड़ा बदलाव किया है।
27. गिल्बर्ट, इजराइल : अ हिस्टरी, पृ.सं. 378।
28. क्या हुआ और कब हुआ, इसके वृत्तांत थोड़े भिन्न हैं। अंतर देखने के लिए शापिरा, ओरेन और गिल्बर्ट की तुलना करें। निम्नलिखित वृत्तांत माइकल ओरेन के कालक्रम पर आधारित है।

29. डेनियल गॉर्डिस, मेनाचेम बेगिन : द बैटल फॉर इजराइल्स सोल (न्यूयॉर्क : नोफ डबलडे, 2014), पृ.सं. 126।
30. ओरेन, सिक्स डेज ऑफ वॉर, पृ.सं. 176।
31. ऐवनेर, द प्राइम मिनिस्टर्स, पृ.सं. 156–158।
32. हालेवी, लाइक ड्रीमर्स, पृ.सं. 69।
33. ओरेन, सिक्स डेज ऑफ वॉर, पृ.सं. 222।
34. वही, पृ.सं. 88।
35. गिल्बर्ट, इजराइल : अ हिस्टरी, पृ.सं. 391।
36. वही, पृ.सं. 392।
37. वही।
38. ओरेन, सिक्स डेज ऑफ वॉर, पृ.सं. 307।
39. गर्शोम गोरेनबर्ग, द एक्सीडेंटल एंपायर : इजराइल ऐंड द बर्थ ऑफ द सेटलमेंट्स, 1967–1977 (न्यूयॉर्क : हेनरी होल्ट, 2006), पृ.सं. 2।
40. माइकल ओरेन, 'क्या इजराइल छह दिवसीय युद्ध चाहता था?' अजूरे (स्प्रिंग 5759/1999), पृ.सं. 49।
41. वही, पृ.सं. 50।
42. वही, पृ.सं. 51।
43. टेकुमाह (रीबर्थ : द फर्स्ट फिफ्टी इयर्स), एक इजरायली टेलीविजन श्रृंखला, पहला प्रसारण 1998, चैनल 1, एपिसोड 19, 20:35 पर।
44. टेकुमाह, एपिसोड 20, 25:45 पर।
45. हालेवी, लाइक ड्रीमर्स, पृ.सं 98।

अध्याय 13 : व्यवसाय का बोझ

1. यौसी क्लीन हालेवी, लाइक ड्रीमर्स : द स्टोरी ऑफ द इजराइली पैराट्रूपर्स हू रीयूनाइटेड यरुशलम ऐंड डिवाइडेड अ नेशन (न्यूयॉर्क : हार्पर–कॉलिंस, 2013), पृ.सं. 111।
2. गर्शोम गोरेनबर्ग, द एक्सीडेंटल इंपायर : इजराइल ऐंड द बर्थ ऑफ द सेटलमेंट्स, 1967–1977 (न्यूयॉर्क : हेनरी होल्ट, 2006), पृ.सं. 86।
3. वही, पृ.सं. 43।
4. वही, पृ.सं. 85।
5. त्सुर एर्लिच, 'नाथन द वाइज', अजूरे, नं. 28 (स्प्रिंग 5767/2007), http://azure.org.il/include/print.php?id=445 (अंतिम बार 8 दिसंबर, 2015 को देखा गया)।
6. हालेवी, लाइक ड्रीमर्स, पृ.सं. 119।
7. लीबोविट्ज के पत्र का अनुवाद, जिसे लेखक द्वारा कई वेबसाइटों पर पुनः प्रस्तुत किया गया है।

8. हालेवी, लाइक ड्रीमर्स, पृ.सं. 94।
9. वही, पृ.सं. 152।
10. वही, पृ.सं. 140-142।
11. गोरेनबर्ग, द एक्सीडेंटल इंपायर, पृ.सं. 113।
12. हालेवी, लाइक ड्रीमर्स, पृ.सं. 145-146।
13. वही।
14. बैनी मॉरिस, राइटियस विक्टिम्स : अ हिस्टरी ऑफ द जियोनिस्ट—अरब कॉन्फ्लिक्ट, 1881-2001 (न्यूयॉर्क : विंटेज बुक्स, 2001), पृ.सं. 335।
15. टेकुमाह (रीबर्थ : द फर्स्ट फिफ्टी ईयर्स), एक इजराइली टेलीविजन शृंखला, पहला प्रसारण 1998, चैनल 1, एपिसोड 14, 4:50 पर।
16. हालेवी, लाइक ड्रीमर्स, पृ.सं. 96-97।
17. वही, पृ.सं. 101।
18. लेखक द्वारा अनुवाद।
19. मार्टिन गिल्बर्ट, इजराइल : अ हिस्टरी (न्यूयॉर्क : हार्पर पेरेनियल, 1998), पृ.सं. 393।
20. गोरेनबर्ग, द एक्सीडेंटल इंपायर, पृ.सं. 61-62।
21. घसान कनाफनी, पैलेस्टाइंस चिल्ड्रन : रिटर्निंग टु हाइफा ऐंड अदर स्टोरीज (बोल्डर, सीओ : लिन रिएनर, 2000), पृ.सं. 151।
22. 'हमास चार्टर' ऑनलाइन कई स्थानों पर पाया जाता है। अनुवाद थोड़े भिन्न होते हैं। यह अनुवाद ज्यूइश वर्चुअल लाइब्रेरी से लिया गया है।
23. महमूद दरविश, 'Identity Card' (पहचान-पत्र), http://www.barghouti.com/poets/darwish/bitaqa.asp.
24. 'द खार्तूम रेजोल्यूशंस', (खार्तूम संकल्प), इजराइल के विदेशी मामलों का मंत्रालय (1 सितंबर, 1967), http://www.mfa.gov.il/mfa/foreignpolicy/peace/guide/pages/the%20khartoum%20resolutions.aspx (अंतिम बार 8 दिसंबर, 2015 को देखा गया)।

अध्याय 14 : योम किप्पुर युद्ध

1. मार्टिन गिल्बर्ट, इजराइल : अ हिस्टरी (न्यूयॉर्क : हार्पर पेरेनियल, 1998), पृ.सं. 423।
2. हावर्ड एम. साचर, अ हिस्टरी ऑफ इजराइल : फ्रॉम द राइज ऑफ जियोनिज्म टु आवर टाइम (न्यूयॉर्क : अल्फ्रेड ए. नोफ, 1979), पृ.सं. 744।
3. डेविड लैनडौउ, एरिक : द लाइफ ऑफ एरियल शैरोन (न्यूयॉर्क : अल्फ्रेड ए. नोफ, 2013), पृ.सं. 75।
4. जीव शिफ, अ हिस्टरी ऑफ द इजराइली आर्मी : 1874 टु द प्रेजेंट (लंदन : मैकमिलन, 1985), पृ.सं. 246।

5. टेकुमाह (रीबर्थ : द फर्स्ट फिफ्टी ईयर्स), एक इजरायली टेलीविजन श्रृंखला, पहला प्रसारण 1998, चैनल 1, एपिसोड 9, 36:20 पर।
6. अनीता शापिरा, ट्रांस। एथनी बैरिस, इजराइल : अ हिस्टरी (वॉलथम, एम.ए. : ब्रैंडीस यूनिवर्सिटी प्रेस, 2012), किंडल संस्करण, लोकेशंस 7794–7795।
7. साचर, अ हिस्टरी ऑफ इजराइल, पृ.सं. 748।
8. टेकुमाह, एपिसोड 9, 43:18 पर।
9. विलियम बी क्वांड्ट, पीस प्रोसेस : अमेरिकन डिप्लोमेसी ऐंड द अरब–इजराइली कॉन्फ्लिक्ट सिंस 1967 (वाशिंगटन, डी.सी. : ब्रुकिंग्स इंस्टीट्यूशन, 2005), पृ.सं. 101।
10. 'किसिंजर ऐंड इस्माइल कंडक्ट सीक्रेट मीटिंग्स' (किसिंजर और इस्माइल गुप्त बैठकें आयोजित करते हैं), सेंटर फॉर इजराइल एजुकेशन, http://israeled.org/kissinger-ismail-conduct-secret-meetings/ (अंतिम बार 8 दिसंबर, 2015 को देखा गया)।
11. क्वांड्ट, पीस प्रोसेस, पृ.सं. 455।
12. मोर्देचाई बार–ऑन, मोशे दयान : इजराइल्स कंट्रोवर्शियल हीरो (न्यू हैवन एवं लंदन : येल यूनिवर्सिटी प्रेस, 2012), पृ.सं. 156।
13. टेकुमाह, एपिसोड 10, 8:07 पर।
14. मिच गिंसबर्ग, 'योम किप्पुर युद्ध से पूर्व मोसाद की चेतावनी प्रधानमंत्री तक नहीं पहुँची, हाल ही में जारी किए गए कागजात दिखाते हैं', टाइम्स ऑफ इजराइल (20 सितंबर, 2012), http://www.timesofisrael.com/newly-released-papers--detail-depth-of-mishandling-of-yom-kippur-war-warnings / (अंतिम बार 8 दिसंबर, 2015 को देखा गया)।
15. गिल्बर्ट, इजराइल : अ हिस्टरी, पृ.सं. 432।
16. लैंडोउ, एरिक, पृ.सं. 98।
17. बैनी मॉरिस, राइटियस विक्टिम्स : अ हिस्टरी ऑफ द जियोनिस्ट–अरब कॉन्फ्लिक्ट, 1881–2001 (न्यूयॉर्क : विंटेज बुक्स, 2001), पृ.सं. 416।
18. शापिरा, ट्रांस, बैरिस, इजराइल : अ हिस्टरी, पृ.सं. 330।
19. गिल्बर्ट, इजराइल : अ हिस्टरी, पृ.सं. 440।
20. हर्बर्ट ड्रक्स, द अनसर्टेन एलायंस : द यू.एस. ऐंड इजराइल फ्रॉम कैनेडी टु द पीस प्रोसेस (वेस्टपोर्ट, सीटी : ग्रीनवुड प्रेस, 2001), पृ.सं.113।
21. आमिर ओरेन, 'योम किप्पुर युद्ध पर सी.आई.ए. रिपोर्ट : इजराइल के पास परमाणु शस्त्रागार था', हारेत्ज (13 फरवरी, 2013), http://www.haaretz.com/news/diplomacy-defence/cia-report-on-yom-kippur-war-israel-had-nuclear armenal. premium-1.501101 (अंतिम बार 8 दिसंबर, 2015 को देखा गया)।
22. टेकुमाह, एपिसोड 10, 32:00 पर।
23. गिल्बर्ट, इजराइल : अ हिस्टरी, पृ.सं. 442।
24. अब्राहम रॉबिनोविच, द योम किप्पुर वॉर : द एपिक एनकाउंटर दैट ट्रांसफॉर्म्ड द मिडिल–ईस्ट

(न्यूयॉर्क : शॉकेन बुक्स, 2004), पृ.सं. 497।

25. गिल्बर्ट, इजराइल : अ हिस्टरी, पृ.सं. 460।
26. मौटी रेगेव एवं एडविन सेरोसी, पॉपुलर म्यूजिक ऐंड नैशनल कल्चर इन इजराइल (बर्कले : यूनिवर्सिटी ऑफ कैलिफोर्निया प्रेस, 2004), पृ.सं. 67।
27. लेखक द्वारा हिब्रू से अनुवाद।
28. रॉबिनोविच, द योम किप्पुर वॉर, पृ.सं. 499।
29. रॉबर्ट स्लेटर, रॉबिन : 20 ईयर्स आफ्टर (इजराइल : के.आई.पी.-कोटरिम इंटरनेशनल पब्लिशिंग, 2015)।
30. टेकुमाह, एपिसोड 20, 37:55 पर।
31. टेकुमाह, एपिसोड 7, 45:30 पर।
32. असफ इनबारी, हाबैता (तेल अवीव : येदियॉट सेफरिम, 2009), पृ.सं. 242। (डैनियल गॉर्डिस द्वारा अनुवाद)।
33. 1982 में एक संक्षिप्त अपवाद था, जब इजराइली सैनिकों ने सीरियाई सेना का सामना किया, लेकिन इसने सीरिया के साथ वास्तविक युद्ध को कभी प्रेरित नहीं किया।
34. टेकुमाह, एपिसोड 13, 11:40 पर।
35. गिल ट्रॉय, मोयनिहांस मोमेंट : अमेरिकाज फाइट अगेंस्ट जियोनिज्म एज रेसिज्म (ऑक्सफोर्ड : ऑक्सफोर्ड यूनिवर्सिटी प्रेस, 2013), पृ.सं. 18।

अध्याय 15 : क्रांति के भीतर क्रांति

1. येहुदा ऐवनेर, द प्राइम मिनिस्टर्स : एन इंटिमेट नैरैटिव ऑफ इजराइली लीडरशिप (यरुशलम : टोबी प्रेस, 2010), पृ.सं. 606।
2. बेन शैलेव, 'जोहर अर्गोव का फ्लावर, जिसने दस लाख कैसेट लॉन्च किए', हारेत्ज (4 मई, 2012), http://www.haaretz.com/weekend/week-s-end/zohar-argov-s-flower-that-launched-a-million-cassettes-1.428235 (अंतिम बार 8 दिसंबर, 2015 को देखा गया)।
3. नीर हैसन, 'यरुशलम का नेबरहुड (पड़ोस) मिजराही ब्लैक पैंथर्स के सम्मान में सड़कों के नाम रखेगा', हारेत्ज (14 जून, 2011), http://www.haaretz.com/jerusalem-neighborhood-to-name-streets-in-honor-of-mizrahi-black-panthers-1.369313 (अंतिम बार 23 मार्च, 2016 को देखा गया)।
4. अल्बर्ट आइंस्टीन, 'न्यू फिलिस्तीन काव्य : मेनाचेम की यात्रा और राजनीतिक आंदोलन के उद्देश्य पर चर्चा', न्यूयॉर्क टाइम्स (4 दिसंबर, 1948), https://archive.org/details/AlbertEinsteinLetterToTheNewYorkTimes.December41948।
5. पाँचवें नेसेट (Knesset) में, बेगिन ने बड़ी अरब आबादीवाले क्षेत्रों पर से सैन्य कानून को धीरे-धीरे उठाने की वकालत की। यह उनके मस्तिष्क में कानून का एक विस्तार था, जो व्यक्तिगत स्वतंत्रता और आजादी का उल्लंघन करता था और इजराइल के चरित्र का

प्रतीक था। 'एक स्वतंत्र देश के संस्थापक सिद्धांतों में से एक', उन्होंने कहा, 'यह है कि सैन्य कमांडरों को सैनिकों की और नागरिकों को नागरिकों की निगरानी करनी चाहिए।' ऐवी शिलोन, ट्रांस. डेनियल जिल्बरबर्ग एवं योरम शैरेट, मेनाचेम बेगिन : अ लाइफ (न्यू हैवन ऐंड लंदन : येल यूनिवर्सिटी प्रेस, 2007), पृ.सं. 191।

6. डेनियल गॉर्डिस, मेनाचेम बेगिन : द बैटल फॉर इजराइल्स सोल (न्यूयॉर्क : नोफ डबलडे, 2014), पृ.सं. 88।
7. मेनाचेम बेगिन, ट्रांस. सैमुएल काट्ज, एड. इवान एम. ग्रीनबर्ग, द रिवोल्ट : स्टोरी ऑफ द इरगुन (बिने-ब्राक, इजराइल : स्टीमेत्स्की ग्रुप, 1952), पृ.सं. 78।
8. नेड टेम्को, टु विन ऑर टु डाई : अ पर्सनल पोर्ट्रेट ऑफ मेनाचेम बेगिन (न्यूयॉर्क : विलियम मोरौ, 1987), पृ.सं. 146।
9. अनीता शापिरा, ट्रांस. ऐंथनी बैरिस, इजराइल : अ हिस्टरी (वॉलथम, एम.ए. : ब्रैंडीस यूनिवर्सिटी प्रेस, 2012), पृ.सं. 357।
10. असफ इनबारी, हाबैता, (तेल अवीव : येदियॉट सेफरिम, 2009), पृ.सं. 248 (अनुवाद डैनियल गॉर्डिस द्वारा)।
11. इजराइली ब्रॉडकास्टिंग अथॉरिटी (आई.बी.ए.), 30 मई, 1977। हिब्रू का अनुवाद, समान रूप से सही या तो 'एक अच्छे यहूदी की शैली में' या 'एक अच्छी यहूदी शैली में' किया जा सकता है।
12. बेंजामिन बीट हलाचमी, डिस्पेयर ऐंड डेलिवरेंस : प्राइवेट साल्वेशन इन कंटेंपररी इजराइल (ऐल्बनी : स्टेट यूनिवर्सिटी ऑफ न्यूयॉर्क प्रेस, 1992), पृ.सं. 55।
13. गॉर्डिस, मेनाचेम बेगिन, पृ.सं. 159।
14. मार्टिन गिल्बर्ट, इजराइल : अ हिस्टरी (न्यूयॉर्क : हार्पर पेरेनियल, 1998), पृ.सं. 489।
15. शापिरा, ट्रांस. बैरिस, इजराइल : अ हिस्टरी, पृ.सं. 367।
16. गॉर्डिस, मेनाचेम बेगिन, पृ.सं. 171।
17. ओफर ग्रोसबार्ड, मेनाचेम बेगिन : द ऐब्सेंट लीडर (हाइफा : स्ट्रैटेजिक रिसर्च ऐंड पॉलिसी सेंटर, नैशनल डिफेंस कॉलेज, आई.डी.एफ., 2007), पृ.सं. 271।
18. मोहम्मद फदेल फहमी, '30 वर्ष बाद, सादात की हत्या, इजराइल के साथ शांति पर सवाल बने रहे', CNN (सी.एन.एन.) (7 अक्तूबर, 2011), http:/edition.cnn.com/2011/10/06/world/meast/egypt-sadat-assasination/ (अंतिम बार 8 दिसंबर, 2015 को देखा गया)।
19. विडंबना यह है कि इनमें से अधिकतर विरोधी शहर के निवासी नहीं थे।
20. गेर्शोम गोरेनबर्ग, द एक्सीडेंटल इंपायर : इजराइल ऐंड द बर्थ ऑफ द सेटलमेंट्स, 1967-1977 (न्यूयॉर्क : हेनरी होल्ट, 2006), पृ.सं. 361।
21. टेम्को, टु विन ऑर टु डाई, पृ.सं. 198।
22. हैल ब्रांड्स एवं डेविड पालकी, 'सद्दाम, इजराइल और बम : परमाणु अलार्मवाद न्यायसंगत है ?' इंटरनैशनल सिक्योरिटी, वॉल्यूम 36, नं. 1 [समर (ग्रीष्मकाल 2011)] पृ.सं. 133।

23. वही, पृ.सं. 146।

24. 'इजराइल का भ्रम', न्यूयॉर्क टाइम्स (9 जून, 1981), http://www.nytimes.com/1981/06/09/opinion/israel-s-illusion.html (अंतिम बार 8 दिसंबर, 2015 को देखा गया)।

25. गॉर्डिस, मेनाचेम बेगिन, पृ.सं. 192।

26. जोसेफ क्राफ्ट, 'बेगिन के लिए, अंत? उन्हें रेड के लिए चुनाव में हरा देना चाहिए, जो इजराइल को और अलग-अलग कर देती है', लॉस एंजिल्स टाइम्स (11 जून, 1981)।

27. 'यूनाइटेड नेशंस सिक्योरिटी काउंसिल रेसोल्यूशन 487 (1981)', यूनाइटेड नेशंस, http://www.un.org/documents/ga/res/36/a36r027.htm (अंतिम बार 8 दिसंबर, 2015 को देखा गया)।

28. मोशे फुक्समैन-शाल, एड., ट्रांस. रुचि ऐविटल, 'डिक चेनी का मेनाचेम बेगिन को पत्र', इजराइल्स स्ट्राइक अगेंस्ट द इराकी न्यूक्लियर रिएक्टर 7 जून, 1981 (यरुशलम : मेनाचेम बेगिन हेरिटेज सेंटर, 2003), पृ.सं. 77।

29. डैन रवीव एवं यौसी मेलमैन, स्पाइज अगेंस्ट आर्मगेडन : द मोसाद ऐंड द इंटेलिजेंस कम्युनिटी (इजराइल : येदिओत एहरोनौथ बुक्स, 2012), पृ.सं. 334।

30. गादी ब्लूम एवं नीर हेफेज, एरियल शेरोन : अ लाइफ (न्यूयॉर्क : रैंडम हाउस, 2006), पृ.सं. 213।

31. 'मिडिल-ईस्ट : अ सब्बाथ ऑफ टेरर', टाइम (20 मार्च, 1978), http://www.time.com/time/magazine/article/0,9171,919454,00.html.

32. ऐवनेर, द प्राइम मिनिस्टर्स, पृ.सं. 606।

33. टेम्को, टु विन ऑर टु डाई, पृ.सं. 283-284।

34. थॉमस एल. फ्रीडमैन, फ्रॉम बेरूत टु यरुशलम (न्यूयॉर्क : फर्रार, स्ट्रॉस एवं गिरौक्स, 1989), पृ.सं. 162।

35. टेकुमाह (रीबर्थ : द फर्स्ट फिफ्टी ईयर्स), एक इजरायली टेलीविजन श्रृंखला, पहला प्रसारण 1998, चैनल 1, एपिसोड 20, 45:50 पर। वक्ता Ms. मैगजीन की संपादक लैटी कॉटिन पोगरेबिन थीं।

36. गादी ब्लूम एवं नीर हेफेज, एरियल शेरोन : अ लाइफ (न्यूयॉर्क : रैंडम हाउस, 2006), पृ.सं. 246-247।

37. मैटी फ्रीडमैन, पंपकिन फ्लॉवर्स : अ सोल्जर्स स्टोरी (चैपल हिल, एन.सी. : एल्गोनक्विन, 2016), पृ.सं. 188।

38. इस बात का दावा कि इजराइल ने आग भड़काई थी, अन्य लोगों के अलावा थॉमस फ्रीडमैन का है, फ्रॉम बेरूत टु यरुशलम, पृ.सं. 161।

39. निरित एंडरमैन, 'लेबनान युद्ध पर इजराइली फिल्म 'वाल्ट्ज विद बशीर' बेरूत में दिखाई गई', हारेत्ज (21 जनवरी, 2009), http://www.haaretz.com/news/israeli-film-on-

lebanon-war-with-bashir-shown-in-beirut-1.268524 (अंतिम बार 8 दिसंबर, 2015 को देखा गया)।

40. डैन मेरिडोर, लेखक के साथ साक्षात्कार, 2 जनवरी, 2013।

41. माइकल बी. ओरेन, अलाय : माई जर्नी अक्रॉस द अमेरिकन-इजराइली डिवाइड (न्यूयॉर्क : रैंडम हाउस, 2015), पृ.सं. 27।

42. शिलोन, ट्रांस. जिल्बरबर्ग ऐंड शैरैट, मेनाचेम बेगिन : अ लाइफ, पृ.सं. 374-375।

□□□